परजा

परजा

गोपीनाथ महान्ती

अनुवाद
शंकर लाल पुरोहित

वाणी प्रकाशन ग्रुप
भारतीय ज्ञानपीठ
वाणी प्रकाशन : भारतीय ज्ञानपीठ की पुस्तकों के एकमात्र प्रकाशक एवं वितरक

राष्ट्रभारती/लोकोदय ग्रन्थमाला : ग्रन्थांक 904

सजिल्द तीसरा संस्करण : 2015
सजिल्द चौथा संस्करण : 2026

वाणी प्रकाशन : भारतीय ज्ञानपीठ की पुस्तकों के एकमात्र प्रकाशक एवं वितरक

वाणी प्रकाशन

4695, 21-ए, दरियागंज, नयी दिल्ली-110 002
दूरभाष : 011-23273167, 23275710
ईमेल : sales@vaniprakashan.in
www.vaniprakashan.com

ISBN : 978-93-5775-992-2

मूल्य : ₹ 595

परजा

(ओड़िया उपन्यास)

गोपीनाथ महान्ती

अनुवाद : शंकर लाल पुरोहित

PARJA
(Oriya Novel)
by Gopinath Mohanti
Translated by Shankar Lal Purohit

आवरण-चित्र : दिलीप कुमार त्रिपाठी
मुद्रक : आर. टेक ऑफ़सेट प्रिंटर्स, दिल्ली-110 032

अनुवादक की ओर से

गोपीनाथ महान्ती का नाम भारतीय साहित्य में महाकाव्यात्मक उपन्यासकार के रूप में अग्रणी है। उनको गैर-ओड़ियाभाषी पाठकों ने 'अमृत सन्तान', 'माटीमटाल' और 'दानापाणी' के अनुवादों के जरिये ही विशेष जाना। परन्तु अँग्रेजी भाषा का पाठक 'परजा' के अनुवाद से मुग्ध हुआ है। गोपीनाथ शरीर से अधिक आत्मा के कलाकार हैं, स्थिति से अधिक परिवेश के जीवन्त सहभोक्ता हैं। गोपीनाथ की दृष्टि केवल मनुष्य की आत्मा तक सीमित नहीं रहती। उन्हें प्रकृति का कण-कण संवेदनशील लगता है। जगदीशचन्द्र बसु ने केवल यन्त्रों से स्पन्दन माना था। गोपीनाथ तो पर्वत, मेघ, झरना, नदी-नाले, महाद्रुम से लेकर दूब और घास, सागर से ओस-बिन्दु तक सब में उनकी गतिशील सत्ता, संबदेनशील प्राण-निधि का अनुभव करते हैं। इस विराट सत्ता में मानव उसका एक छोटा-सा अंश है। उससे भिन्न नहीं और न ही स्वतन्त्र। गोपीनाथ की इस दृष्टि से रूबरू हुए बिना 'परजा' ही नहीं, 'माटीमटाल' अथवा 'अमृत सन्तान' आदि प्रकृतिनिष्ठ कृतियों का भी अमृतपान नहीं किया जा सकता।

यह अनुभव एक पल या एक घटना से सम्भव नहीं। यह एक प्रक्रिया है जो निरन्तर जारी है! इसमें तितली और चींटी से लेकर हिरन, साँभर और महाबली बाघ-शेर-बघेरा सब शामिल हैं। गोपीनाथ ने जीवन को इसी प्रकार अखंड रूप में देखा है। इन सब के बीच में रहते प्राणों का अनुभव पाया है। वह अनुभव इन पन्नों में स्पन्दित होता मिल जाता है। हिन्दी में राजा-महाराजाओं और पुराणपुरुषों को साहित्य के नायक-नायिका की मर्यादा सदियों से दी जाती रही है। प्रेमचन्द ने पहली बार किसान 'होरी' को नायक बनाया— सामान्य एक मानव मूरत को सिंहासनासीन किया। वह ग्राम जीवन की उपज है। कृषक जीवन के बीच सुख-दु:ख भोगकर कुछ मूल्यों को लिये देदीप्यमान है, उनके लिए मरकर भी वह अमर है। उसी प्रकार का प्रयास फकीर मोहन में हुआ है, वे खूब सफल रहे। 'छह बीघा ज़मीन' (छ माण आट गुंठ) ऐसी एक मानव की जीवन महागाथा है। पर जीवन की खोज यहीं नहीं रुकती। गोपीनाथ गाँवों से और आगे बढ़ते हैं— वन, जंगल,

अगम्य पर्वत और पर्वतमालाओं, कन्दाराओं को लाँघ मानवीय सत्ता का सन्धान करते हैं। यह जीवन भी नागर जीवन की तरह सुख-दुःख, प्रेम-विरह, उतार-चढ़ाव से परिपूर्ण है। परन्तु इसकी निरीहता, इसकी प्रतिबद्धता और इसका अकृत्रिम आचरण आज भी हमारे सारे ह्रास-पतन और विघटन के बीच हमें गहरे तक अभिभूत कर देता है। गोपीनाथ का 'परजा' मानवीय करुणा, पीड़ा, उत्थान-पतन और मूल्यों से जुड़े रहने से उपजी वेदना का एकदम अनूठा कथानक है। इन भाषा रहित मानव नामधारी प्राणियों में और शेर, हिरण, खरगोश, अजगर, साँप-बिच्छू के बीच बहती जीवन धारा में कोई अन्तर नहीं मिलता। गोपीनाथ की भाषा इस पूरे दृश्यपटल को समेटने में पूर्णतः समर्थ है।

पर अनुवादकीय क्षमता का यही सबसे दुर्बल पक्ष है। वन-पर्वत प्रदेश के किसी प्राणी, पौधे अथवा जीव-जन्तु का पर्याय पाना जितना दुरूह, उनके भाव-अनुभव व्यवहार शैली का समतुल्य भाषा प्रयोग भी तदनुरूप दुरूह है। यहाँ हमारे प्रचलित मानदंडों का उसी स्तर पर वनवासी जीवन में मूल्य नहीं मिलता। इनकी आवश्यकताएँ, इनकी पसन्द-नापसन्द, प्रेम-घृणा के पात्र, लाज-शरम और चाहत— व्यक्त करने के अवसर हमारे-आपके मानदंडों से भिन्न हैं। सम्बोधन में इनके यहाँ 'आप' जैसी कोई स्थिति नहीं है। हालाँकि ओड़िया भाषा में 'तू', 'तुम' और 'आप' तीनों प्रयोग हैं। परन्तु परजा के यहाँ 'तू' या 'तुम' ही स्वीकार्य है। इनके मूल्यबोध में गाँव में कोई गरीब नहीं होता। अभाव सबके यहाँ लगा रहता है। पर अपने को तदनुरूप ढालने को जीवन का सहज रूप मानकर वे सब प्रायः एक समान आर्थिक स्थिति में रहते हैं। मगर कोई स्वयं को गरीब नहीं कहता। उनमें अभावों से संघर्ष की अकूत क्षमता और साहस है। वे खुद को असहाय नहीं समझते। अभाव होने पर एक-दूसरे की मदद कर उसे बिना अहसास के उबार लेते हैं।

पर नयी सभ्यता के प्रवेश ने समूची दृष्टि ही बदल डाली। रुपये का मूल्य जीवन मूल्यों से अधिक होने के बाद विनिमय में उनकी सारी चेतना बिक जाती है। यह नयी भावना उन्हें न परजा रहने देती है और न आधुनिकता-सम्पन्न नागरिक। कहीं वह अपने को फिट नहीं कर पाता। तभी तो नये नियम-कानून उसे अजीब जाल की तरह फाँस लेते हैं— उनकी जीवनधारा इन दाँवपेचों में फिसलकर धराशायी हो जाती है। गोपीनाथ ने साठ साल पहले जो ढलान देखी थी, आज उसका रूप अनुवाद में सही-सही आकार ले नहीं पाता। आज की भाषा में शोषण और उत्पीड़न के ये रूप बहुत हलके, ढीले और कम चुभनेवाले लगेंगे। मगर परजा की उस मानसिकता की कल्पना करें जब आदमी मशीन का दास नहीं हुआ था। कुछ परम्परागत धारणाएँ जीवन्त थीं। अतः अनुवाद के समय भाषागत अनगढ़ता अधूरापन, शब्दों का कच्चापन अथवा व्याकरणिक शिथिलता मूल के अनुसरण पर,

वह वातावरण और मानसिकता व्यक्त करने हेतु बनायी रखनी पड़ी है। गोपीनाथ ने इस उपन्यास में परजा प्राणों में गूँजते गीतों की स्वरलिपि दी है, अर्थ सहित उसे यथावत् रख गया है ताकि ध्वनिगुण से पाठक परिचित हो सके, वरना परजा जीवन की संगीतात्मकता खड़ी बोली में तो झुलस जाएगी।

काव्यात्मकता से दूर जाकर तो यह कथानक कुछ भी सम्प्रेषण नहीं कर सकेगा। गोपीनाथ ने बड़ी विनम्रता से इसमें अध्याय जोड़कर वर्गीकरण को अस्वीकार किया था। स्थिति बदलने के साथ अध्याय बदल सकते हैं। परन्तु गोपीनाथ ने पूरी कृति को एक लम्बी कविता के रूप में रचा है। ऐसी अखंडता में वर्गीकरण कर उसके सौन्दर्य अथवा समझने की स्थिति में कोई परिवर्तन नहीं ला सकते। पहाड़ी झोले (झरने) की तरह कथानक अबाध बहता गया। जहाँ दृश्यपटल बदला है वहाँ कुछ स्थान खाली छोड़ा है, मानो झोला दिशा बदलते समय कल-कल स्वर धीमा कर आगे बढ़ जाता है। गोपीनाथ का कथानक किसी नाटकीयता का मोहताज नहीं। यह जीवन स्वयं एक नाटक है। हर पल पट-परिवर्तन हो रहा है यहाँ पर। चाहे कोई भी मौसम हो, गोपीनाथ ने उस परिवर्तन के सूक्ष्म तत्त्वों को प्रकृति के कण-कण में अनुभव किया है। मानो 'परजा' में नायकत्व मानव और प्रकृति दोनों के समभाव से प्रदान किया गया है। यहाँ गोपीनाथ का दृष्टिकोण अत्यन्त सन्तुलित है— कोई राजनीतिक झुकाव लिये बिना वे बोलते जाते हैं। गोपीनाथ का यह समभाव ही पाठक को अभिभूत कर देता है। प्रकृति के हर मोड़ पर पाठक उससे अभिभूत हो जाता है। इसी में कथानक का ऐक्य दूर कहीं पीछे रह जाता है।

इसमें असम्पृक्त कोई रह सके, अन्य विषयगत सम्पृक्तता नहीं है। अनुवादक को ऐसी निस्पृहता जान-बूझकर अपने वेश में, विचार में अपनानी है। इस अनुवाद में टकसाली हिन्दी का अभाव कई अर्थों में जरूरी लगा। इसका मूल और सन्दर्भ, सब तो अनगढ़ हैं। यह भाषा पहली बार साहित्य में (परज़ा जीवनगाथा से लेकर) आ रही है, अतः अनुवाद में समताल पर ऐसा करना सार्थक है। हिन्दी पाठक देश के हर क्षेत्र— कश्मीर से कन्याकुमारी तक के जीवन में डूबा है। अब परजा के जीवन-रस का आनन्द भी उसके लिए उपलब्ध हो रहा है। यही सन्तोष की बात है। एक प्रकार से गोपीनाथ महान्ती को इससे बड़ी श्रद्धांजलि और क्या हो सकती है! यह कृति उनको बहुत प्रिय थी। क्योंकि वे अपने जीवनकाल में परजा प्राणों, प्रकृति और परिवेश से अभिन्न हो गये थे। इस कृति के अनुवाद से वह महक कहाँ तक पहुँच पाती है, हिन्दी पाठक जान सकेंगे, अतः यह कृति उन्हें ही समर्पित है।

शंकर लाल पुरोहित

कोरापुट से लक्ष्मीपुर के रास्ते में लक्ष्मीपुर से कुल डेढ़ कोस पर जो भयंकर 'धर्मदुवार' घाटी पड़ती है—इधर से चालीस, उधर से पचास पहाड़ धक्का-मुक्की कर आमने-सामने हो जाते हैं—उस धर्मदुवार घाटी से उत्तर में कोस भर पर छोटा-सा गाँव है—'सरसुपदर'। पहाड़ की ढलान पर ठीक कमरे के पास में।

पास-पास तीन जात वालों की बस्ती, तीन झोंपड़ियों का झुण्ड—डोम साही, गदबा साही, परजा साही। कतार में घर। 'टणिअ' जाली की बाड़ में हरे-हरे मकई के खेत। मिरच, तम्बाखू के खेत। इसके अलावा माँडिया, अलसी, एरंड, कान्दूल आदि....!

सिर्फ बाईस घर की बस्ती है। इस गाँव की परजा बस्ती का शुक्रू जानी छोटी-सी दुनिया लिये मजे में जी रहा है। माँडिया का माँड़ सुबह-शाम कभी कम नहीं पड़ता, कमर में चार अँगुल वाली कौपीन का कभी अभाव नहीं होता। सुख-दुःख में गुजर कर लेता है।

तीन साल पहले उसकी घरवाली सोंबारी 'भालूगाड़' झरने पर सुबह-सुबह साग-पत्ती तोड़ रही थी, फिर कभी वापस नहीं लौटी। 'कोरापुटिया बूटा' के झुरमुटों से नरभक्षी बाघ घसीट ले गया। अब उसके परिवार के नाम पर शुक्रू जानी स्वयं, बड़ा बेटा माँडिया जानी, छोटा बेटा टिकरा जानी, दो बेटियाँ : जिली और बिली।

साँझ का समय। नीची छानवाली छोटी झोंपड़ी के बरामदे में आग दपदपा रही है। जिली या बिली एक हाँडी में माँडिया का आटा या साग की पत्तियाँ या पिसी हुई आम की गुठली डालकर चूल्हे पर चढ़ा पाँव पसारे बैठी रहती। एक तरफ चिकने बालों में जूड़े बना उसमें लाल फूल लगाये रहती। दोनों भाई माँडिया और टिकरा जानी पहाड़ खोद-खोद कन्धे पर कुल्हाड़ी और हाथ में कुदाल लिये हारे-थके आकर बरामदे में बैठ जाते। शुक्रू जानी तम्बाखू के पत्ते को बल देकर पिक्का बनाता और फिर कश लेता रहता। इससे उसका मन एक सहारा-सा पा जाता। उसके चारों बच्चे जवान हैं। उसकी झोंपड़ी के चारों ओर पहाड़-जंगल और माथे पर इतना बड़ा आकाश, इतना बड़ा विस्तार....इसमें खुद को पाकर समझ लेता है कि वह इसमें रहता है।

एकमात्र कोठरी—वहाँ अँधेरा कुलबुलाता रहता। झोंपड़ी के एक कोने में ढेर-

ढेर आम की गुठली, तेल निकालने के लिए एरंड के बीज तथा आठ-दस पसेरी माँडिया और तीन चार हाँडी। इधर-उधर छान से झूल रही दो-चार कौपीनी, साड़ी, चार-पाँच लौकी के तूम्बे, जिनमें माँडिया की खीर भरकर काम करने जाते समय अपने साथ ले जाते हैं। दीवार बाड़ पर पत्तों से बना 'तलरा', पीठ पीछे के लिए तलरी या सिर पर छाता।

बस, इसे लेकर उसकी गिरस्ती, सारा कूड़ा-करकट, मगर यह कूड़ा उसे भला लगता है। छान तले नाक-कान रोंधता घना-घना धुआँ उसे भला लगता है, क्योंकि सब उसका है, इसलिए।

साँझ के समय लहरीली पूर्वी घाट पर्वतमाला पर बिछे, जाने कितने रंग, माथे पर अबीर, बगल में हलदी का चूरा, तलहटी के गहरे जंगल में सागर का नीला-स्याह रंग। शुक्रू जानी का विश्वास है, सबका कर्ता है—एक भूत या 'डूमा'। मन चैन से सोचता, किसी जादूगर 'डूमा' ने गढ़ा है—आकाश, जंगल, साँझ और रात। जो डूमा लाता है सौभाग्य, आनन्द, वही आँधी-तूफान भी लाता है।

इस ओर के पहाड़ के माथे से नीचे तक सिर्फ सीढ़ीदार खेती। पहाड़ के नीचे बह गया है भीम की हलकी रेखा अथवा झरना, पहाड़ी नदी। उसके उस ओर ढूह तले की धरती, नम जमीन, उसमें धान होता है। वह फिर गोल होकर ढँकी रहे, नीचे से ऊपर तक छोटे-बड़े कितने ही पहाड़ खड़े हैं, घने वन वाले बूढ़े पर्वत पर।

शुक्रू जानी दृश्य देखता है और देखता है सामने उस पहाड़ी को, जिसके माथे को उसने लोबो कन्ध के साथ मिलकर घोर बरसा में कुल्हाड़ी से काटकर नंगा किया, अब वहाँ उसकी खेती की जमीन है। और वह देखता है कि अपने भविष्य में किसी उपकारी डूमा का हाथ लगकर सब सुन्दर हो गया, कितने घर बन गये, माँडिया, टिकरा ब्याह कर चुके हैं—बेटे, पोते, पोते के बेटे, उसके बेटे...दो कोड़ी—तीन कोड़ी गाय-गोरू, घर के आगे बड़ा गुहाल, गोबर की खाद...!

और चारों तरफ के सारे छोटे-बड़े पहाड़, वहाँ जंगल साफ कर खेत-खेत...खेत, बेटे-पोते, दोहते आदि के।

सोच-सोच मानो शुक्रू जानी बूढ़ा हो गया। गाँव के बीच आम के पेड़ तले, जहाँ आदमी के मरने पर उसके नाम पर पैना पत्थर गाड़ा जाता है, मानो उसी से कोई बड़े-पैने पत्थर से शुक्रू जानी की आत्मा डूमा बनकर भविष्य के बेटे-पोतों के सौभाग्य को टिमटिमा कर ताकती रहे।

रात घिर आती है।

शुक्रू जानी बाहुबल को पहचानता है, किसी और को नहीं। उस ओर के पहाड़ पर खेती के लिए वह उसे नंगा करते समय, एक साथ पाँच-छः कुल्हाड़ी थामे लगातार, बिना रुके काम करता रहा। अधिकारी (हाकिम) साहब के दो मन

वजन बोझ को काँवड़ बना उठाकर डंगर (वन) झरने को पार कर अकेले माँकड़ झोला या ककरीगुमा बँगले में पहुँचा आया है। कोस भर जाने का एक पैसा, मोटी-सोटी देह पर उसके पाँव की पिंडलियाँ कड़के पत्थर हैं, चमड़ी उसकी बरसाती है। कायला (बीमार) वह होता नहीं। आलस आता नहीं, उमर पचास धकिया रही है।

माँडिया जानी ठीक उसी की तरह, जवानी में वह जैसा था, वैसा ही है। कद्दावर देह, चेहरा बच्चों-सा सरल, भूख-प्यास की परवाह नहीं, सिर्फ हँसी और खुशी।

मगर टिकरा—सिर्फ अपनी मरी माँ को कभी कुछ-कुछ याद कर लेता है। वैसी ही डबडबायी आँखें, जल्दी-जल्दी बोलना।

साँझ की आग के पास कुटुम—कबीला बैठता—खूब जमता है, नीचे झरने से पानी का मटका लेकर हिलते-डुलते जिली-बिली आतीं, हँसी-ठिठोली करतीं और नकल उतारतीं, शुक्रू जानी कान से अधजला पिका खींचकर सुलगाता है। धुआँ पीते-पीते पी जाता है साँझ की शान्ति, खुले पहाड़ की शान्ति-सब।

उस दिन सुबह पहाड़ी झरने में जिली-बिली दोनों बहनें नहा रही थीं। नाले के मोड़ पर परजा औरतों का घाट है, पहाड़ के पास खुला, उस ओर है झुरमुटेदार जंगल। ऊँची चट्टान पर साफ पानी उछल-उछलकर दुलककर पछाड़ खा रहा है। लुढ़कता आ रहा है नीचे की ओर। वन प्रदेश में ऐसे अनगिनत डुडुमा प्रपात हैं। सिर पर बरगद की छाया, ढलान में हरे-भरे माँडिया के खेत, झुरमुटे में पानी पर झुके आ रहे हैं। सँकरी पगडंडी...लाल माटी, साँप-सँपीली राह।

नाले के सुनसान मोड़ पर, जिली-बिली नहा रही हैं। उमर सत्रह और चौदह साल। परजा के नहाने की आदत के मुताबिक दोनों नग्न हैं। जिली सामने मुँह कर अपने पहने 'पाँचिया' को चट्टान पर खँगाल रही है। बिली मटके को पास रख घुटनों तक पानी में बैठी है, खट्टे 'चिली' फल के झाग माथे पर रगड़ रही थी। बीच-बीच में सिर डुबोकर दोनों हाथों से छपाक-छपाक कर रही थी।

तभी झरने के उस ओर ढूह पर बँहगी लिये माथे का पसीना पोंछ एक जोड़ा परजा चले गये, सीधी आँखें। और एक नीचे की ओर हरड़ चिड़िया खोजने के बहाने कन्धे पर बन्दूक रखे इधर-उधर देख रहा था। वह सभ्य दुनिया का आदमी है, क्योंकि जाँघिया पहने था। हाफ कमीज पहने था। इस अधनंगे देस में। वह 'अधिकारी' हाकिम है, क्योंकि वह वन का गार्ड है, जंगल जमान (चपरासी) उसका काम है वन की रखवाली करना, जंगल जमान की इधर कमान (गश्त) पड़ गयी है। ध्यान रखना है कि कहाँ कौन वन काट रहा है, धर-पकड़ करना, गरजन

करना। एक पेड़ को ढूँढ़ने के बहाने वह कभी इधर पानी को देख लेता, अचानक नजर पड़ गयी जिली पर। दोनों बहनें हड़बड़ाकर उठ खड़ी हो गयीं। जिली ने धोया कपड़ा लपेटा। बिली अपनी बहन के पीछे ओट में होकर इधर-उधर देख पीछे सरकती गयी। हाथ बढ़ाया बरगद की जटा की ओर, वहाँ उसकी लाल साड़ी हवा में झूल रही थी। हड़बड़ाहट में झरने का पानी छलछला गया। जमान खिलखिलाकर झुरमुटे की ओट में चला गया।

जल्दी-जल्दी नहाकर भीगी साड़ी को निचोड़ा और दोनों बहन मटका बगल में दबाये जल्दी-जल्दी चढ़ गयीं। पहाड़ की ढलान में अदृश्य होने तक जंगल जमान देखता रहा। नाक फुलाकर आँखों में आग भरे छाती उठती-गिरती रही, वह एकटक देखता रहा। सीटी मारता-मारता घुमाव वाली राह से धीरे-धीरे गाँव की ओर चल पड़ा। चिड़िया लौट चुकी थी। स्थिति बिगड़ गयी, कन्धे पर बन्दूक का बोझ भारी लग रहा था।

गाँव में नायक (गाँव का बड़ा) के घर के बरामदे में गुहाल की छान बाँधी, वहीं जंगल जमान की छावनी है। नायक लगान वसूल करता है, राजा का रिबिणि (रेवेन्यू इन्स्पेक्टर) अमीन को देता है। गाँव की खोज-खबर सरकार को देता है। अत: रैयतों में वह कुछ ऊँचा है, सब में आगे वह मुलाजिम ठहरा। अधिकारी पधारे हैं। नायक के बरामदे में निवास। गौरव दिखाकर कौपीन पर पुराना कोट पहना, माथे पर पगड़ी लगायी, उस पर पिका खींचने के लिए। शाल पत्तों की कुछ चिलम उझक रही हैं। सिर को कमर से नीचे झुकाकर दोनों हाथ से अधिकारी के पाँव छूकर माथे से लगा नायक ने खूब गद्गद होते हुए कहा—

"जुहार! गारड जमानजी! आपकी पादुका शीतल रहें!"

चारों ओर हलचल मच गयी—"गारड़, गारड़, जमान, जमान!" नायक का मददगार गाँव का पहरेदार और कार्यकर्ता डोम 'बारीक' लाठी हिलाकर चारों ओर हलचल मचाते लोग जमा हो गये। चावल, दाल, साग-पान, गाँव की फसल सब आया। जंगल जमान भी महाप्रभु से कम नहीं। वन में गोरू चराने का हर जोड़े पर नांगल पानू (टेक्स) देना पड़ता है। यह तो मामूली है, किसी ने कहीं खेती के लिए बाघ झुरमुटा काटकर जमीन निकाली है, अर्थात् 'पोडू खेती' की है, उसका जुर्माना भरना होगा। किसी ने गैर-कानूनी तौर पर इजार (रिजर्व) वन से शहद निकाला है, अथवा घर बनाने के लिए शाल या पीपल काट लिया है। हर बात में सामने होगा जंगल जमान। एक जमान है, जिसका आठ रुपये वेतन, उसके दखल में है दस-पन्द्रह कोस का घना जंगल, श्वापद भरे हैं! मुर्गा आया उसके साथ अण्डे भी होंगे। ये सब हैं 'साग'। बहुतों ने मजूरी की, जंगल जमान भोग पाया, वरदान बरसाने लगा। शुक्रू जानी को चाहिए थी जमीन। उसका बढ़ता परिवार, बेटे का

करेगा ब्याह। वह देखेगा बेटे का बेटा, ऊँचे टेकड़े की ओर देखकर गहरी साँस लेता है, जंगल जमान की दया से सलमन डोम, स्टीफन डोम, दस बीघा साफ कर चुके हैं। उसे भी कुछ जमीन चाहिए, उसका भी हाथ खुजलाने लगा है। शुक्रू जानी को बड़े-बड़े लक्कड़ चाहिए और घर बनाना होगा। बेटे के ब्याह के बाद वे अलग घर में रहेंगे। यही 'परजा' समाज की रीत ठहरी। दोपहर में मुर्गे का जोड़ा और तीन कटहल लेकर जमान के पास शुक्रू जानी हाजिर हुआ! परजा की विनय भंगिमा में कहा—

"महाप्रभु! तू दया न करे तो हम मर नहीं जाएँगे?"

जंगल जमान चुप रहा।

अंटी से दो रुपये निकाल लिये, जमीन पर रखे, हाथ जोड़कर कहा—"महाप्रभु!"

"हूँ!"

"क्या, कहते हो? काट लूँ?"

"ठीक है...."

उसका काम हो गया। शुक्रू जानी के आनन्द की सीमा न रही। लम्बे-लम्बे डग भरता वह घर लौटा।

खा पीकर बोरिगा-बिस्तर समेटकर जंगल जमान ने छावनी उठा ली। अब एक और गाँव चला। सामान ढोने के लिए चार गावदी जवान खेत से बारीक लाकर हाजिर था? बोझ उठाया, गठरी सिर पर, कन्धे पर बन्दूक रख जंगल जमान उठा। शाम ढलने की वेला। गाँव के घाट पर जिली 'गुरदी' साग धो रही थी। झरने के उस ओर रुककर जमान ने हाँक लगायी—

"ऐ! ननी, का करती हो!"

"साग...बाबू!"

"देइसा (दोगी)?"

"इतना साग ले रहे हो, फिर गुरदी साग का क्या करोगे, बाबू?" जिली हँस पड़ी। और कुछ धाँगड़ियाँ पानी में उतरने के लिए ढलान में फिसलने लगीं। जमान ने सोचा—"आज इतना ही..." उसने राह पकड़ी।

झरने के घाट पर धाँगड़ियाँ जमीं। चमकते चेहरों पर खिलखिलाहट भरी हँसी हँसना और मसखरी करना इनका स्वभाव है। आज गाँव के गप्पों में जंगल के जमान की चर्चा है। वन काटने-पीटने और जमीन की बातें बड़े-बड़ों की बातें हैं। धाँगड़ियों ने उसके हावभाव की आलोचना की। "मुझे देख रहा था!"..."मेरे पीछे-पीछे भाग रहा था"...छि: पतली छड़ी-सा मरदु, उसमें क्या दम है? उसकी ऊँची आवाज—"उई मैं तो डर गयी...!" देखो तो सही, हमारी मुर्गी अंडे दिया

करती थी, बापू ने उसे ही थमा दिया...अनेक बातें, अनेक चर्चा, फिर हँसी।

ठिठोली दूर तक जाती। पुरी जानी की बेटी कजोड़ी तो जिली की दाँतकटी सहेली है। वह माँडिया जानी की पसन्द है। जिली पर अँजुरी भर पानी उछालकर हँसती हुई कजोड़ी कहने लगी—"ओ बागली!" बागली है रेंगू परजा का बेटा। कुछ दिन से गाँव में अफवाह उड़ी है बागला और जिली एक-दूसरे को चाहते हैं। ब्याह करेंगे। उसने फिर पानी उछाला—"किसकी सोच में खोयी हो? ओ...बागली?"

"धत्"

"कुछ बात नहीं बताओगी?"

जिली ने कहा—"क्या बोलती है अरी ओ भौजाई?"

"मुझे क्या गरज तेरी भौजाई बनने की?"

"हूँ, जरा भी इच्छा नहीं है तो...!"

कजोड़ी ने मुँह झटककर कहा—"हमें नहीं...नीचू-नीचू (नहीं चाहिए) हमें भाट (बहनोई) की बात बता। अच्छा लगेगा। सुना दे!"

दोनों सहेलियों में झड़प होती इसी तरह दिन में दस बार। दोनों मजे लेतीं। गाँव के बीच में है एक घर, नाम है 'धाँगड़ी बसाघर'। वहाँ रात में गाँव भर की अनब्याही लड़कियाँ सोती हैं। उससे कुछ हटकर है 'धाँगड़ा बसाघर', वहाँ कुँवारे लड़कों के सोने की जगह है। परजा समाज में लड़के-लड़की अपने घर नहीं सोते, लड़कियाँ 'धाँगड़ी बसाघर' और लड़के 'धाँगड़ा बसाघर' में सोने का नियम है। कुछ दिन हुए जिली 'धाँगड़ी बसाघर' में रात की पंगत में गयी न थी। कजोड़ी ने मजाक में पूछ लिया, "आती क्यों नहीं? धाँगड़ी बसाघर में बहुत सारे लोग हैं, इसलिए तो नहीं?"

"लोग हों, तो वे किसका क्या कर लेंगे?"

"वो देख...देख अपना इष्ट (इच्छा)? डर है किसी को या? सच, री...आज आना, वरना धाँगड़ा बसाघर में उधर बागला की दशा क्या होगी, क्या पता? वह रात-रात भर जागकर सिर्फ डुगडुगी बजाता है। गीत गाता है—ओ जिली-जिली! ओ जिली-जिली बोल!" कजोड़ी ने कोंच-कोंच कर वो गीत गुदगुदा कर सुनाया और चल दी फिर स्नेह में सुर बदलकर फुसलाया, "आज आएगी...?"

जिली ने कहा, "ठीक है" शोख हँसी हँस कजोड़ी चली गयी। अब जिली ने गुरदी साग में मन लगाया। गुरदी साग ललायी लिये हो चुका है। सूरज अस्त हो रहा है। आकाश में कविता। झरने का सुनसान किनारा। जिली को आलस लगा। अनमनी वह खड़ी रह गयी। चेहरे पर सपने की छाया। उस सपने में बागला प्रकट हो आया। ठोस गठन, सरल हँसी। बाघ-से चेहरे पर हिरन-सी निगाहें। दोनों बचपन से धूल-माटी में खेले हैं, दिनों-दिन बागला उसकी ओर खिंचता आया है।

दोनों साथ-साथ बड़े हुए हैं। शाल के पेड़-सा वह और सेवली लता-सी यह!

बागला उसे चाहता है। बागला उसके लिए खोज-खोजकर बेर ला देता है। फल लाता है, कितना नेह का दान...!

और बागला के तार बजा, डुंगडुगा, तूम्बे की खोल पर इकतारे पर रात-रात भर झनझना उठता है, जिली के लिए आमन्त्रण गीत गाते, बागला प्रतीक्षा कर रहा है।

चौंककर खड़ी रही जिली। झरने के उस ओर सियार हुआँ-हुआँ कर रहा है। तो साँझ उतर आयी! जिली घर लौट पड़ी।

अँधेरे में बस्ती का उजाला जब टिमटिमाया, शुक्रू जानी के बरामदे में चूल्हा जलने लगा। आम की गुठली के चूरे में माँडिया का आटा मिलाकर हाँडी में उबाला। गुरदी का साग पकाया।

आज शुक्रू जानी बहुत खुश है। माँडिया और टिकरा साथ बैठे। जिली और बिली बैठीं। शुक्रू जानी ने कहा, "बच्चो, समझो! कल सुबह हमारी फतेह है, जमान ने कह दिया है। अब और देर नहीं। ये लकड़ी कटी, उधर घर बना। बस। जंगल से जमीन निकली, फिर पोते-पोती, पड़पोते...।"

शुक्रू जानी ने कहा, "जाओ आज सब धाँगड़ाबसा—धाँगड़ी बसाघर में।" खुशी उफनकर फैल गयी। हँसी-मौज-मस्ती, बैठक जमने लगी। जिली ने अँधेरे में एरंड का तेल लगाकर बाल सँवारे, जूड़ा बनाया। माँडिया ने छान से अपना डुगडुगा खींच लिया। एक कोने में पालथी मारकर बैठा। एकदम अनजान बनकर अपने बाजे का कान उमेठ टुंग-टांग किया। देख लिया कि ठीक-ठाक तो है।

जिली चली गाँव के धाँगड़ी बसाघर की ओर। माँडिया गया धाँगड़ा बसाघर। अँधेरे रास्ते पर चलते-चलते माँडिया ने पूछा, "किधर चली?" जिली ने पलटकर पूछा, "और तू?"

गाँव के बीच में इधर-उधर दो घर हैं।

माँ-बाप से दूर इसी तरह ये सदा सोते हैं। न कोई बाधा, न बन्धन। कोई रुकावट नहीं। इन दो घरों को केन्द्र कर परजा जात का इतिहास युग-युग से चल रहा...सिर्फ गीत-ही-गीत में बातचीत हो जाती है। इस घर से उस घर में। यदि कुछ हो जाए ऐसी-वैसी बात, सुबह पंचायत बैठेगी, चार आने का जुर्माना कर सारे गाँववाले पीते हैं। नाचते हैं-गाते हैं, भूमि-देवता के आगे। बस इतना ही, तरुण-तरुणियों को मामूली जुर्माना होता है। जो जिसे चाहता, उसके संग चला जाता है। उस बेटी के बाप को दो कौड़ी या तीन कौड़ी रुपये झोला (कन्यादान) के देने पर ब्याह हो जाता है।

रात में चारों ओर सुनसान! गाँव के बीच में घना बरगद का पेड़ है उस पर चमगादड़ फड़फड़ा उठे। तारे अँधेरे आकाश में टिमटिमाते देखते रहे, उस धाँगडी बसाघर और धाँगड़ा बसाघर की ओर।

धाँगड़ा बसाघर से डुगडुगी बज उठी। तूम्बे के खोल पर तने तार पर अँगुली की मुँदरी और घुँघरू झम-झमकर तार की टिंग-टिंग ताल के साथ एक पर एक परजा गीत गाने लगा बागला—

होडाइलारु जोणा लो—सिजाइलारु जोणा,
ए सतिया टोकि, तोर तोलु नाके सोना,
राँगु बाँधा डुंगडुगा बढ़े शोबा बाजुलि,
आइसिके नेताबाड़ु जिसि कांडुलि,
ए सतिया टोकि, जिली जिली बोलि मलि—

"भुनी मक्का और उबली मकई के बहाने मैं गीत गा रहा तेरे लिए। हे सतिया छोकरी, तेरे नाक तले सोने का फासिया (गुना) कितना सुन्दर! उस चेहरे को बिसूर-बिसूर मेरे पीतल के तार से बँधा डुगडुगा बज रहा। कैसा सुन्दर बज रहा! सिर्फ आकुल विलाप की धुन है, विधवा माँ दुबारा ब्याह कर उसे पराये घर ले जाते समय उसकी बेटी जैसे रो-रो मरे, वैसे मैं रो-रो कर मरा जा रहा हूँ। और सतिया छोरी, अरे रे तेरा नाम जिली-जिली लेकर, मैं तो मर-मर गया।"

जिली साँस रोके सुन रही है—पास में बहाना करके वहीं कजोड़ी झूठे खर्राटे भर रही है। बागला का गीत पूरा होते न होते माँडिया ने गीत छेड़ा—

"तीनि माण माँडिया चारि माण कोसुडा
बायीं केलुबे
अकाँइ बगिहाईं कुमिडोरू चिका
बायीं केलुबे
आइला बड़े काजोड़ी आइला बड़े काजोड़ी
बायीं केलुबे
गीतारु आसाके कतारु शोसाके
दायें आइलुस
दबड़ि आइलुस
बायीं केलुबे—"

"तीन म. । माँडिया चार माण सोआँ—इनके नाम पर गीत गाया—खेल खेलें—आ बेगी—बेगी चली आ—कुम्हड़े की लतर-सी बल खाती आ, खेल खेलें आ! लो वो आ गयी! गीत का असल अर्थ ले, बात का मूल ग्रहण कर, जल्दी आयी, या दौड़ी आयी। चल खेलें। चल री...चल री—"अरी भौजाई, अरी सहेली,

हेई-हेई!'' कजोड़ी को खींच-खाँच हिलाया जिली ने फिर कहा—''अरी सुनती है...सुन ले!''

''तू ही सुन...!''

''उसने बुलाया...री...उठो ना!'' जिली ने चिकोटी काट ली। दोनों हँसते-हँसते लोट-पोट। कजोड़ी ने गीत गाया—जिली ने उसमें साथ दिया—दोनों ने गाया।

''चिताचुड़ि जाले, हाटाहुटि जाले-
माचु गिरिगिलु, काँकड़ा गिरिगिलु।
हेइ मामुकि देखि, हेइ दादिकु देखि,
आमि डरिगालु आमि गुचिगालु।
आँबागाणा गावें आँबडिगाणा गावें
एइ मालुगीतर ताहा कता-
मुइँ बारिजिबिबे मुइँ उठि जिबिबे।''

''मछली पकड़ने जाल डाले है भाँत-भाँत ने मछली पकड़ी, केंकड़े पकड़े। मगर वहाँ देखा मामा को, वहाँ देखा नाना को। डर लगा तो छोड़कर दूर भाग आया। जिस गाँव में आम गिनें, आमड़ा गिनें, उस गाँव के गीत के बोल बस इतने ही। बस इतने, इधर-उधर मुरबी परेशान, इधर भय और लाज-ही-लाज। मैं बाहर जाऊँ, चली जाऊँ रे...!''

फिर उधर से बागला ने सँभाला डुगडुगा। अबकी बार तीन-चार डुगडुगा एक साथ बज उठे। पत्तों पर से अँधेरा फिसल गया। पहाड़ के माथे पर उठ आया चाँद का बड़ा-सा टुकड़ा। डुगडुगा की झनझनाहट के बीच बागला ने गीत छेड़ा—

नीचे मलिगुड़ा में अजीब साड़ी पहनी है,
उसे जल्धी धो!
चल!
सुन्दर चूड़ियाँ!
मन में मस्त होकर नाच!
ये सरम न कर।
तेरे जाल में न माछ पड़ी न केंकड़ा!

जिली सपना देखते-देखते सोयी रही। कजोड़ी ने जितनी हँसी-ठट्ठा किया, तो वह भी नहीं जागी। फिर, धीरे-धीरे डुगडुगा थमता गया, रात और बढ़ती रही। आधी रात में, पीपल के पत्ते-पत्ते पर चाँदनी का स्वर खेलता फिर रहा था, आँख मल-मलकर जिली उठी। रात भर छाती में धम-धम उसे लगता रहा। फिर मन-ही-मन कहा—

"उहूँ...आज नहीं।"

कजोड़ी की बाँहों पर थिर हो सो गयी।

अगले दिन तड़के ही शुक्रू, माँडिया और टिकरा तीनों एक-एक कुल्हाड़ी लेकर चल पड़े दमक (पहाड़ी ढलान पर खेत) की ओर।

रास्ते में जमान मिल गया। गाँव का काम कर काँवड़िया (बोझा ढोनेवाले) कुछ चीजें लेकर वापस मजे में लौट रहे हैं। शुक्रू जानी को आँख के इशारे से बुलाकर जमान कहने लगा, "समझ ले बूढ़े, तूने जो माँगा, मैं दे चला। मैं फिर आऊँगा, जो माँगूँगा, देगा तो?"

शुक्रू जानी ने दोनों हाथेली माथे पर रखकर आकाश की ओर ताककर कहा, "तुम्हारी इच्छा महाप्रभु! तुम अधिकारी हो, तू माई-बाप हो। मैं क्या तुम्हें मना कर सकूँगा?"

जमान सन्तुष्ट हो चला गया।

लकड़ी काटना शुरू हुआ। धम-धम कुल्हाड़ी की चोट शुरू हो गयी। कमर पीठ थके नहीं, आलस्य नहीं आता। दनादन चोट पर चोट। भूख लगने पर लाओ (लौकी) के तूम्बे में से पतूखी में उड़ेल वे माँडिया का माँड़ थोड़ा-थोड़ा-सा पी लेते। फिर काम शुरू। जब धूप होती है, उसमें जंगल झुलस जाए, घने झुरमुटे में कबूतर गुटर-गूँ करता...पत्ते खड़खड़ाकर जीयाद (हिरन) कुलाँचे भरता, झुंड-के-झुंड मयूर उझककर देखते और फिर छुप जाते। परजा गण एक लय में पेड़ काटते हैं। सबके लिए विश्राम है, नहीं है तो सिर्फ आदमी के लिए।

इस तरह वन का काम लगा रहा। एक महीना बीत गया। जमीन साफ हो गयी। शुक्रू जानी के द्वार पर काठ का मंच और ऊँचा हो गया। फिर भी विराम न था। पसीने में तपती देह पर, छाती पर बाँहों को एक-दूसरी पर रख शुक्रू आकाश की ओर ताकता रहता। कितना वन है! कितनी जमीन हो जाती। पर्वत पर सोंआ, अलसी, एरंड, कान्दुल, ढलान पर माँडिया, तलहटी के गड्ढों में धान और झरने के किनारे-किनारे केला, सन्तरों का बाग। कैसी माटी है! कितने युगों पुरानी, सड़े पत्ते ढेर-के-ढेर हो पड़े हैं काली खाद बनकर। बड़े-बड़े अरहर के पौधे, अमरूद के पेड़ों से भी बड़े। एरंड में बड़ी मजबूत शाख फूटती। वन में रैयत का कोई भाग नहीं, खेती में रैयत का भाग है। वन मर सकता, खेती बढ़ा सकता, धरती बनायी है आकाश के महाप्रभु ने, उसमें अलग है केवल आदमी।

भविष्य की बहुत बड़ी बात उसके माथे में नहीं आती। वह सोचता है अपने छोटे वर्तमान की बात। जमान ने वन काटने की अनुमति दी है, भला, जमान जीता रहे! शुक्रू जानी कहता, "कल चलेंगे, वो चाचर (चट्टान) के दूसरी ओर देखा माँडिया, चाचर के उस तरफ शाल और साहज के पेड़ हैं।

अकूत आशा में साँझ की मलिन उजास को भेदकर दृष्टि बहुत दूर चली जाती।

महीना भर बीत गया।

जंगल जमान का फिर दौरा हुआ।

फिर अपनी मुरचा लगी बन्दूक कन्धे पर रख कई काँवड़ियों को पीछे-पीछे लिये जंगल जमान इस पहाड़ से उस पहाड़ को लाँघता-फलाँगता चला गया।

शान्त, सुन्दर, नीरव, जंगल। गहरे झरने में कल-कल करता पानी, जलप्रपात के नीचे रूप का घाट। जमान को अच्छा लगता है। वह अधिकारी, डरपोक देसीया लोगों के झुंड में राजा की तरह। आँख लाल कर ले, तो सब घबरा जाएँ, कोई 'ना' नहीं कहता—ना...ना। अपनी बढ़ोतरी में फूलकर वह राह चलता, उसे अच्छा लगता।

वो 'भेरीकीपदर' गाँव में माँडिया के खेत के रास्ते गयी है। हरियाली में लाल बिन्दी की तरह लाल साड़ी में कुछ धाँगड़ियाँ झुककर घास की निराई कर रही हैं। कुछ ही दूर चला होगा कि वन की धाँगड़ी ने गीत छेड़ा, जमान चला जा रहा है। कैसा सुन्दर गला, माँडिया के खेत पर हवा लहराकर उठती-गिरती गीत की स्वर लहरी छेड़ी—

"हे अजान विदेसी
तुम हमारे गाँव में आकर चले गये,
दो शबद भी न बोले
चले गये, जाओ
आज रात में जब उगेगा चाँद
सियार भूँकने के बाद
हम मरेंगी तुम्हें बिसूर-बिसूर कर!"

जमान ने रुककर सुना। सरल गीत, सरल भाव, सरल मन को छू गया। बोझिया से पूछा—"इस गाँव में रातभर रुकें?"

बोझिया ने कहा, "ना, रुकने पर हमरा काम नहीं चल सकेगा।"

सर्षूपदर पहाड़ दिखने लगा और उसकी कमर में लिपटी पेड़ की छाल। तब दिखा सर्षूपदर गाँव।

स्थान के सान्निध्य में भावना के साहचर्य से याद आया छोटा-सा गुमा हुआ चित्र। मन के नीचे से ऊपर तैरकर उभर आयीं कई अधभूली अनुभूतियाँ। सुनसान झरने का घाट। जिली की याद आते ही मन आनन्द से भर गया। फिर आयी है वह उसी जगह।

हर बार की तरह फिर 'नायक' के बरामदे में रुकना। बच्चे खेल छोड़ भाग उठे। औरतें घर में घुस गयीं, जैसे सियार गड्ढे में छुप जाता है! कमरे में से आँखें टिमटिमाकर देखने लगीं। फिर 'नाई' ने घर-घर, बस्ती-बस्ती घूमकर लोगों को जगाया। 'नायक' लगा है सेवा में। बकरी आयी, मुर्गा आया। साग-पात आया। लोगों ने पालगी की। जमान ने डेरा लिया। साँझ ढले घूमने निकला तो झरने के घाट की बात याद आ गयी। अकेला जमान फिर आया—घाट सूना था। हताशा हुई। फिर भी आशा बँधी रही, वहीं कुछ देर बैठा रहा। विश्वास था—अभी तो समय नहीं हुआ। जिली आएगी। ओट में रहकर जमान ने देखा—दो-तीन दल धाँगड़ियों के आये-गये। पर जिसे वह खोजता है वो इनमें नहीं है। छाँव और कुछ बढ़ी। अब नीम अँधेरा होने लगा। देखा जाए...देखा जाए—यों सोचता जमान बैठा रहा। पता नहीं कब अकेली जिली मटका लेकर आती दिख गयी। जमान 'हूँ' कर निकल आया। नीचे की ओर झूल आयी ढीली मूँछों को सीधा करते हुए जमान ने बात शुरू की—क्यों री नन्ही...पहचानती हो?"

"क्यों नहीं पहचानती?" जिली ने कहा।

"बड़ी भली है री तू नन्ही!"

"तू कौन-सा कम है?"

जमान आगे आ गया। हँसी-ठट्ठा शुरू हुआ। जिली ने भी भाग लिया। किसी बात में पहाड़ी बाला हटने वाली नहीं। प्यार में धाँगड़ा बसाघर और धाँगड़ी बसाघर के लड़के-लड़की एक-दूसरे को एक नाम देना-लेना करते हैं। लड़के कहेंगे 'सरियाफूल' (धनफूल), बालफूल, धान वाली। जबकि लड़कियाँ कहेंगी—पतली बालू, रंग बालू, एक-दूसरे की देह के गोरे रंग का उल्लेख कर। जमान ने कहा—"सरियाफूल बैठेगी मेरे संग?"

"ठीक है मैं सरियाफूल...तू वो रंग बालू!"

"मैं आज रुका हुआ हूँ, नाच करेगी रात में?"

"तू डुगडुगा बजाकर गीत छेड़ना, मैं नाचूँगी-कूदूँगी!"

दोनों हँस पड़े।

जमान ने गीत गाया।

"सरिया गारु काति काडु शुँडिगारु हिंडा
आइलुस रे टोकि तुइ केड़े रिसि डिंडा।"

सरियाफूल के घर की दीवार और सूँढी के घर की तरह चौड़े बरामदे को बातों में जोड़कर जमान गीत गा रहा है। बहुत जोर दिखाती है रे छोरी! आ देखें कितना जोर है तेरे में?

कहते-कहते जमान उछलकर आगे आया। जिली के कन्धे पर हाथ रखा।

आँखों में झाँका। हँस पड़ा। उसे झटककर जिली अलग खड़ी हो गयी। पल भर की उत्तेजना को वनराई की कँवारी बाला उतना बड़ा नहीं मानती। मगर हँसी की एक सीमा है। परदेसी जमान ने सीमा लाँघी है। जिली ने नाग की तरह फन नहीं उठाया और न वह खुश हो पायी। अवाक् होकर जमान के चेहरे को देखने लगी।

तभी झरने के उस ओर से जुनागुड़ा हाट से लौटते देसीया लोग बातें करते-करते निकल गये। जमान पीछे हट गया। चारों ओर देख, ताककर फिर करीब आया। आवाज दी—''सरियाफूल!''

जिली ने कोई जवाब नहीं दिया।

लकड़ी पर गोंद लगाने की तरह और ऊपर आस लगाते हुए जमान ने कहा—''कोई तो नहीं, डरती क्यों है? चल उस ओर चलें। बन्दूक लेकर हरड़ पंछी का शिकार करें।'' उत्सुकता में बढ़ जमान दो डग आगे बढ़ा। गम्भीर होकर जिली खड़ी रही। उसमें तलवे से तालू तक कुछ तलाशती-सी विदेसी को जिली देखती रही। डेंगू आदमी, पिचके गाल, मालभूमि में होने वाले ज्वर में सूखकर लम्बे हाथ-पाँव।

जमान सूँ-साँ करता दाँत भींच-भींचकर बोलता रहा—''चल....उस ओर चलें!''

सरल भाव से जिली ने उसे तौलकर देखा—ये आदमी होगा मेरा अंड्रा (मरद)! छि:! उसे बागला याद आ गया।

इतनी बड़ी हास्यास्पद तुलना! जिली खीझ उठी। बिना कुछ बोले मुड़कर चल पड़ी। जमान उसके पीछे-पीछे था।

घर के पास आकर पीछे से आवाज दी—''किसका घर है यह?''

मुड़कर जिली ने कहा—''हमारा!''

''क्या नाम है तेरे बाप का?''

''शुक्रू जानी!!''

''ओह!''

जिली घर के अन्दर चली गयी। बिली दरवाजे पर खड़ी थी।

''कहाँ है तेरा बाप?'' जमान ने पूछा।

''वन में काम पर गया है?''

''घर गन्दा है या साफ-सुथरा रखा है?''

घर तनख का सौदा (खानतलाशी) भी एक उपयुक्त कारण है। जमान घर के अन्दर गया। अन्दर अँधेरा था। ये क्या है—वो क्या है—कहते हुए वह जिली के पीछे-पीछे फिरता रहा। बुद्धि-विवेक मोह से ढँके होते हैं। होश न होने पर क्या भला, क्या बुरा इसका ख्याल नहीं रहता। ताज्जुब में भरी बिली भी अन्दर आ गयी।

जमान ने पता नहीं क्या सोचा, कहा—बहुत अँधेरा है। और बाहर चला आया। बापू आये तो बता देना—जमान अधिकारी आया था।

शुक्रू जानी ने दोनों बेटों के साथ घर आकर जब सुना—जमान आया था। घर भर में फिरकर देख रहा था। उसे आश्चर्य नहीं हुआ। ऐसे कई अधिकारी आते हैं। देसिया पल्ली में घूम-घूमकर देखने का उनका आग्रह होता है। कोई अनुग्रह दिखाकर, तो कोई आता है तलाशी में।

कहीं राँधा हुआ मद तो नहीं है? कहीं कोई चोरी का माल तो नहीं है? घर की छत में किस-किस तरह का काठ लगा है? और कुछ नहीं तो देसिया आदमी घर में कैसे झोंपड़े में जीता है? उसका घर साफ है या मैला?

शुक्रू जानी ने कहा—"माँ-बाप वही है। यदि आया है, तो यह हमारे भाग्य हैं!"

केवल जिली ने इतना भर कहा—"हूँ।"

शुक्रू जानी ने कहा—"वे खुद आये, महाप्रभु! मैं उन्हें कुछ न दे सका! हम तो यहाँ नहीं थे। आज तो रात हो गयी। कल कहीं से केला की एक घौंद लाकर उन्हें देंगे। क्यों रे बच्चो...?"

जिली वहाँ न थी।

उस रात में—

गाँव का कोलाहल कम नहीं हुआ था। 'परजा पेज बेला' (परजा का माँड़ खाने का समय) का समय बीत चुका था। शुक्रू जानी बाहर फिर रहा था। अँधेरे में पिक्का फूँकते-फूँकते गाँव के नायक का गोती (नौकर) काव परजा ने आकर एक ओर बुलाया। कहने लगा—

"हाँ-हाँ, जिली को...रे....मैं झूठ बोलता हूँ...तेरी...बेटी को जमान..."

शुक्रू गरज उठा—"ठहर जा तुझे चप्पल से मार-मार छोड़ता हूँ....ठहर जा...."

"गुस्सा क्यों करता है जानी! मेरा क्या दोष? जमान ने भेजा है, तभी आया हूँ, कोई अपने मन से आया नहीं हूँ? प्रभु अधिकारी के गाँव में आने पर हर गाँव में किसी को कैसे बुलावा होता है। उनकी इच्छा, उनकी दया! किसमें साहस है जो 'ना' करे? वे कितने दोष निकालेंगे। किसी ने तीर मारा, किसी ने द्वार मैला रखा है। सब लिखकर रिपोर्ट कर देगा। एक पर कोप करेगा तो सारे गाँव को बाँध ले जाएगा। तू ना मत कह! उनकी पादुका शीतल रहें।"

"क्या बोलता है रे काव? मेरी जिली पर उस अधिकारी की निगाह क्यों और कैसे पड़ी? मेरा क्या दोष हो गया?"

डोमसाही है, ख्रीस्तानसाही है—एक आवाज दो, झुण्ड के झुण्ड निकलकर आ जाएँ। अधिकारी का यदि इतना डर है, जा वहाँ। वो ठिंगना बाम्हन बड़ा अधिकारी जब आया था, सो, जिसका चौड़ा माथा था, अमराई में तम्बू गाड़ा था, दो रुपल्ली भेज दिये। पिलीमनू के घर से प्रेम सुन्दरी गयी, जोहान के घर से गयी, आलीसान्दर के घर से गयी।

हम गरीब लोग हैं, उसे बकरी दी, मुर्गा दिया। हम पर दाँव क्यों साध रहे हैं? कल सुबह झोला के रुपये लेकर बागला आएगा, जिली को ले जाने के लिए...!

"उनका मन है जानी। सब उनका मन। उसने क्या कहा, पता है तुझे? मक्खन से नरम-नरम हाथ-पाँव, पहाड़-सी छाती, बिजली-सी देह का रंग। परजा कुल में ऐसी धाँगड़ी हमने कहीं नहीं देखी! इसका बाप शुक्रू, उसका नाम जिली, जा उसके बाप से कहना। दो आना दो पैसा भेजा है, ये देख। कहा-दे देना और उसे कहना पिक्का पी लेना।"

शुक्रू जानी समूचा थर्रा रहा था। काव परजा की बात पूरी होते न होते दबोच लिया बूढ़े ने। पीठ पर, गालों पर धूम-धाम पिटाई-ले ले और ले- दे देना तेरे जमान अधिकारी को। ...डंगर शिस्तु...नगल...पानु...ले ले और जा भाग।" (जंगल का कर और खेत का लगान)

आँखों के आगे अँधेरा दिखने लगा। देह फूल गयी। इन्हीं हाथों से वह शाल का पेड़ पटक देता है। इन्हीं हाथों से पत्थर को तोड़ माटी बना दे। गुस्सा हो जाए तो परजा विषैला जन्तु है।

काव परजा सूँ-साँ कर अँधेरे-ही-अँधेरे में भागा। गीदड़ की तरह। गुस्से और अपमान में शुक्रू जानी की देह जल रही थी। सोचा—जमान के पास जाऊँ। फिर उसे ख्याल आया—छि: ऐसी बात कोई एक से दो कान होती है? शीतली से माथा कुछ ठिकाने आया। गुस्सा उतरा नीचे। बरामदे पर दीवार के सहारे टिक माथे पर हाथ रख सोचने लगा। मगर गुस्से को रोक न सका।

परन्तु परिणाम!

उसके अगले दिन सुबह जमान लौट गया। सीटी मारते-मारते, छड़ी हिलाते-हिलाते कन्धे पर बन्दूक रखकर चला गया, मानो कुछ नहीं हुआ। किसी को कुछ नहीं कहा। सात परत आवरण के नीचे अपमान की पोटली रख उसे ढाँपकर चला गया। कोई नहीं जान सका। लोग आधी दूर तक उसे राह दिखाने दौड़े। जमान चला गया।

रोज की धारा में काम चलता है। दिन में काम-धाम, मालिदमक पहाड़ पर

कुल्हाड़ी की धमा-धम, साँझ ढले घरोई पंगत, रात में डुगडुगा और गीत। सब पहले की तरह चलता रहा है। बस बीच-बीच में कभी शुक्रू जानी की आँख पर कोई मानो परत बिछा देता है। खुले मन की हँसी को कोई गले में अटका लेता, गड्ढे पर पर्वत की छाया की तरह विषाद चेहरे पर टँगा होता। डरता है, उसे याद है अधिकारी के नाराज होकर जाने के बाद क्या होता है। मूरख देसीया बाहर कदम रखते, उसका दोष पकड़ में आ जाए। जाने तो दोष, न जाने तो दोष। हाथ जोड़ माथे पर रख शुक्रू जानी अपने परजा देवताओं को याद करता है, कहता—''हे माँ वसुमति निशानिमुंडा, हे पिता झाकरू देवता, कबूतर की बलि दूँगा, मुर्गा बलि दूँगा, कोई अनिष्ट न हो!''

पन्द्रह दिन गये, महीना गया, दो महीना बीते, जमान नहीं आया। शुक्रू जानी ने सोचा—शायद जमान बदल गया है। जान में जान आयी। लकड़ी काटता, समय पाकर उसी मालीदमक तले, झरने के पास गाय चराने वालों के संग मद राँधते। मद नचाता है, नशा करता है, काम कराता है, जंगल साफ कराता है। वन मारने (काटने) पर राजा के कीमती जंगल का नुकसान होता है। मद राँधने पर सरकारी डिप्पो के मद की बिक्री कम हो जाती है। निर्बुधिया पहाड़ी लोगों के पथरीले सिर में इतनी बातें नहीं जातीं। वह सिर्फ इतना सोचता है, जो हाथ में आ गया सब उसका है। धूप-बरसा, हवा-पानी की तरह सब में उसका अधिकार है। मद राँधने और काम के बोझ में शुक्रू जानी सारी अशान्ति भूल जाता। न आने वाला सपना और भी पास सरक जाता। दूर की छवि पास सरक आती। वह देखता उसके बाहुबल में घर के पास कतार में कई घर बन गये हैं। सब पर उसी के नाम की छाप है। माँडिया जानी और कजोड़ी की बात सोचता, जिली सोचती बागला की बात, और भविष्य के घर-बार की बात। सब्ज वन की कोमल छाया में सब जागते-जागते सपने देखते हैं।

कई दिन बाद नीले आकाश से वज्र गिरने की तरह दूर पर्वत पर दिखने लगीं कई सफेद झक मूर्तियाँ, दो-एक टोपी, सबके आगे कन्धे पर बन्दूक, हाथ में छड़ी लिये जमान है। शुक्रू जानी ने पेड़ काटना छोड़, आँख फाड़ चौकन्ना हो उधर देखा—

देखा—ना गलती नहीं कर सकता, बिल्कुल जमान ही है!

लकड़ी काटने में और मन न लगा, मन में पाप आ गया। मन को हिम्मत बँधायी—किसी का क्या बिगाड़ा है मैंने? इतना भय क्यों? मन को समझाकर शुक्रू जानी जोर-जोर से कुल्हाड़ी चलाने लगा।

कुछ देर में अधिकारी दल लकड़ी काटने वालों के पास आ पहुँचा। जमान ने आवाज दी—''वो।'' एक-एक कर बाप-बेटे...सभी सिर झुकाकर प्रणाम कर रहे

थे अधिकारी को। कैसे हो, क्या हाल है, अधिकारी से पूछने का दम किस में है? इस नंगे, कौपीन पहनने वालों के इलाकों में, जो कपड़े पहने वही अधिकारी, जिसके जितने हुकुम जारी, जुलम भारी, वह उतना बड़ा अधिकारी। बचपन से शुक्रू जानी यही धारणा पाले हुए था। कोई कैसा भी अधिकारी हो, उसे मानना ही कर्त्तव्य रहा है।

एक ने पूछा—"किसके हुकम से लकड़ी काट रहे हो?"

शुक्रू जानी ने निर्दोष भाव से कहा—"ई जमान बाबू...!"

जमान ने कहा—"मैंने कहा, साले, हट, बहनचोद हैं, रे....मैंने कहा?"

"न कहते तुम, तो हमारा साहस होता महाप्रभु! तुम्हारे पेड़ पर कुल्हाड़ी चलाने का? तुमने उस दिन कहा था—अगली बार फिर हुकम दिया। गाँव के नायक ने देखा है। मना क्यों करते हो महाप्रभु?"

बड़े अधिकारी ने सिर हिलाया। जमान उन्हें लेकर चला स्टीपान सलमान आदि द्वारा काटकर बनाये पोड़ू की ओर। कहा—"इन्हें जितना मना करो, मानते ही नहीं। इसी ने यह सब साफ कर डाला है।" पिलिमन ने सलमान का साध्य देकर कहा—ये खंगार गँवार परजा और इसके दो बेटे हैं। जगह मापी गयी, नुकसान का हिसाब हुआ। साखी ली गयी। सबने लिया शुक्रू जानी का नाम। देसीया लोगों का यही स्वभाव है। जो कीचड़ में पड़ा है उसे पानी में धकेल देगा। साफ-साफ बात, उलटा-पुलटा नहीं। आग को अंटी में बाँधने के लिए, आगे होना उनकी कुंडली में नहीं।

कागज पर सब लिखा गया। शुक्रू जानी अपराधी बना खड़ा रहा सिर नीचे किये। कागज पर लकीर पड़ने पर उसे लगता, पैनी छुरी से कोई उसकी छाती पर लकीर खींच रहा है। देसीया आदमी को कागज का बहुत डर है। अधिकारी आपस में कुछ बोलकर सिर हिलाते रहे। थूक निगल शुक्रू जानी और तीनों बेटे खड़े रहे। सुना दिया—चार बीसा (अस्सी) रुपये का नुकसान है।

"महाप्रभु! मेरा कोई दोष नहीं। सिक्सन पोथी सिर पर उठा लूँ, बाघ छाल पर खड़ा होकर कह दूँ, महाप्रभु, मेरा कोई दोष नहीं।"

"चुप!"

"इतने रुपये कहाँ से दूँ?...तुम दया न करो तो कौन करेगा?"

"ठीक है, दे सको या न दे सको, यह बाद में विचार होगा, जा...जा...।"

शुक्रू जानी के सिर पर गाज गिरी। पहाड़ की सनसनाती हवा में मानो उसकी झोंपड़ी टूटकर बिखर गयी है। पानी बरस रहा है धार-धार, आकाश समूचा अन्धकारमय। एक फूँक में सब उड़ गया। गिलहरी की धन-दौलत! चला गया।

भीगी साड़ी बदले बिना जिली बापू को अवाक देखती रह गयी। टूटा-

बिखरा बाप बैठा है, भाई भी बैठे हैं।

किवाड़ बन्द कर, अँधेरे घर में बाप-बेटे-बेटी सब एक-दूसरे की गरदन पर हाथ रख रो पड़े। लौकी के तूम्बे में माँडिया का माँड़ वैसे ही धरा रह गया। कुल्हाड़ी बाहर से अन्दर नहीं उठी। वहीं पड़ी रही।

धरती के किसी अनजान कोने में जंगल में आदमी के बच्चे झुंड-के-झुंड में रोने लगे, कमर में डोर कौपीन, खाने को कुछेक आम की गुठली की खीर, माथे पर अनमिट दु:ख की धारा। देवता हँसे। आदमी रोये।

आँसू-ही-आँसू में जमीन भीगी। पर आदमी का मन आदमी के आँसू में भीग नहीं सका।

इसी तरह बैठे-बैठे रात बीत गयी। कोई भी पास नहीं आया। शुक्रू जानी के घर की ओर देख-देख सब डर से बच-बचकर चलते गये। आपस में फुसफुसा कर बतियाते। झोंपड़ी की ओर अँगुली करते। मानो उस घर में कोई भूत उतरा है, वह गाँव भर को खा जाएगा। मानो वहाँ कोई महामारी फैली है। पास गये कि छूत लग जाएगी। सब खा लेगा। उस घर पर अधिकारी का शाप है, किसको अपनी जान की परवाह नहीं जो आगे बढ़कर आएगा।

ऐसे बैठे-बैठे रात बीत गयी। शुक्रू जानी के घर अँधेरा। सब अपनी-अपनी जगह बैठे थे। फिर अँधेरे में गाँव में तीन-चार लोग आ गये। चुपचाप अँधेरे में उल्लू या चमगादड़ की तरह। एक-आध बार इधर-उधर झाँका। बाहर चुपचाप कुछ मन्त्रणा चली और फिर बरामदे पर चढ़ गये।

गाँव के 'चालान' ढेपूचालान ने सिर हिलाकर कहा—"मेरा कहना कि...सच है या झूठ?"

और दो-तीन ने अपना-अपना अनुभव जाहिर किया—"मेरा कहा...हुआ या नहीं?"

गाँव के नायक ने कहा—"मेरा कहा—झूठ है या सच?"

दो-तीन और थे—बोले—"हमारा कहा झूठ या सच?"

"अरे बाबा, जमान सवार, देसीया घोड़ा
जिधर चाहे वह, उसे उधर मोड़ा!!"

"अरे मेघ, बाघ और अधिकारी।
तीनों ही तो करें सदा बराबरी।"

वहाँ किसी की ताकत चलती है? उनसे खेलकर कौन सँभाल सकेगा?

शुक्रू जानी ने चेहरा कठोर कर कहा—"देखो, मेरा क्या दोष है? जमान ने पैसे लिये। हुकम दिया। तुम सबने अपनी आँखों से देखा है। अब सब मिलकर

मुझे ही झूठा कर रहे हो? करो! धर्म है। वह देखेगा। मुझे पानी में धकिया दो, मेरे चार बच्चे अनाथ होंगे।''

''होने दो। धर्म है।''

''क्यों परेशान हो रहे हो भई! हमने तेरा क्या अनिष्ट किया है? बाघ ने तुझे पकड़ लिया तो क्या हम सब बाघ के मुँह में अपना सिर देते? अधिकारी का कोप— कौन जान-बूझकर अपने ऊपर आफत लेगा? वह जैसा कहे, हम वैसे ही 'हूँ' कहें। तू हमें कुछ भी कह, बाल-बच्चे हैं हमारे भी। हम क्या करें?''

गाँव के नायक ने बात छेड़ी, ''डर नहीं, चार बीस (अस्सी) रुपये कहता है, तीन बीसा (साठ) रुपये दे देना, बात रफा-दफा हो जाय।''

''तीन बीसा...!!'' (साठ रुपये)

''न देगा, यों न देगा तो दावा कर शिक्षा देकर (जेल) ले जाएगा। जैसी तेरी इच्छा...''

''देसीया आदमी! पैसे का मुँह हमने कहाँ देखा? तुम सब बड़े आदमी हो! तीन बीसा (साठ) रुपये किसके घर में है देखें?''

फाउल डोम ने गला खँखारकर कहा—''इसका उपाय है।''

पहाड़ी लोगों में डोम ही चतुर है। डोमों में फिर फाउल डोम, एकदम विलक्षण विशारद है। उसके चेहरे पर सदा फन्द-फान्द की बात रहे। छोटा मुँह, एक बार उसे देखो तो नेवला याद आ जाए। निगाह कुटिल, मानो आदमी संग आँखमिचौली खेल रही हैं उसकी आँखें, और ओट में रहकर देख रहा, सब कुछ कर रहा, मगर वह पकड़ाई में नहीं आए।

फाउल डोम ने तरकीब बतायी—

''बेसी दूर जाने की जरूरत नहीं पड़ेगी। वो कोस भर जो रायसिल के पड़ोस में गाँव है, थोटागुड़ा गाँव—वहाँ जो साहूकार राम विशोई है उसे एक गोती चाहिए। तुम तीन हो, गोती रहना, तीन बीसा (साठ) क्या, चाहोगे तो तीन-सौ रुपये मिल जाएँगे।''

शुक्रू जानी ने कहा—''ना...ना...तीन बीसा (साठ) रुपये मैं न दे सकूँगा। वह चाहे शिक्षा करे। तीन बीसा (साठ) होता गर दस-बीस तो मर-पचकर गोती बनकर ही चुकाता। तीन बीसा (साठ) रुपये मुझसे न हो सकेंगे।''

शुक्रू जानी गुमसुम बैठा रहा।

नायक, चालान और फाउल डोम तीनों उठकर चले गये। रास्ते में कुछ मन्त्रणा की। फिर लौटे।

''देख! जानी! तीन बीसा (साठ) न सही, दस कम दे दो। हम तेरे लिए अधिकारी के पाँव पड़ समझा-बुझाकर कह आएँगे। अरे तुझे आपत्ति क्या है?

साहूकार रुपये दे देगा, तेरा क्या है?''

''और देख जानी! रुपये न देगा, बाँध ले जाएँगे। शिक्षा कर देंगे। घर-बार उखाड़-पुखाड़ लेंगे। किधर शिक्षा जाएगा। जात जाए, मेरा इतना कहा मान। रुपये दे दे।''

शुक्रू जानी ने सोचकर देखा—क्या असंगत है? पर माँडिया और टिकरा गोती बनेंगे। कुछ दिन। कितने लोग तो बनते हैं। हर्ज क्या है?

छाती थर्रा कर गहरी साँस निकली। ''हूँ!'' गोती! पैसा गिन देने को साहूकार है, रुपया देगा, सिर खरीद लेगा, छः-सात बरस के लिए। फिर बिके सिर का गुलाम। वही खेत का काम होगा। वही वन का काम होगा। वही अलसी बुनाई, मड़ुवा बुनाई, पर अपने खेत में नहीं, पराये के लिए। जहाँ जाओ, साहूकार का मारका लगा गुलाम...गोती!

याद आया माँडिया, टिकरा, जिली—बिली, अगर ब्याह-सावा कर लेते। घर लायक घर बनता। पहाड़ के नीचे झरने के किनारे-किनारे हलदी में भरा धन खेत धान में खूब लहराता।

ना, इस जनम में नहीं। अगले जनम में।

इस जनम में सिर्फ गोती बनना है। केवल पसीना बहाना है। खाने को आम की गुठली का माँड़, पहनने को चार अँगुल का कपड़ा, इसकी मार, उसकी गाली, बस इसी के लिए उसका जन्म है।

मन माना नहीं, अपने घर की छाया छोड़कर साहूकार के घर का काम करने दोनों बच्चों को भेजने से मन विद्रोह कर बैठा। मन मानता ही नहीं कि उसने कोई कसूर किया है। चिलचिलाती दुपहर, कुल्हाड़ी लेकर पसीने में तर हो लकड़ी काटी है, पास के पहाड़ में वन का काम किया है। किसका क्या खाया? मन मानता ही नहीं कि यह उसका अधिकार नहीं। केवल रोज देखने से कोई चीज अपनी नहीं हो जाती। जो अपनी लगे, वह परायी कैसे, अपनी बाड़ी में लगा फल, उस पर कैसे पराये का दावा हो सकता है?

पहाड़ी आदमी का मन तर्क नहीं समझता। पीठ पर लगे तो समझेगा चोट पड़ी है। मगर लगने पर सोचे कि मुसीबत आ पड़ी। कोई मारता है। क्यों मारता है, यह समझने की शक्ति उसमें नहीं।

शुक्रू जानी सिर नीचा किये सोचता रहा। मुसीबत आ गयी है। आती है जैसे अचानक बरसा, शीत, बाघ और मृत्यु। मुसीबत आयी है। गला पकड़ रही है शीत अँधेरे में कहीं ले जाने के लिए। हाथ-पाँव रोक न सकें। मुँह न खुले। भले-बुरे का विचार न हो। आँख टिमटिमाकर देखती रहें, और खींचकर ले जाए दूर। मुसीबत आयी है तो जाना ही होगा।

फिर भी, आखिरी बार देखने की तरह, जैसे जाती धूप को विकल हो देखता है शुक्रू जानी, वैसे ही देखता रहा अपनी स्वाधीनता। जबान लड़खड़ा गयी। कहा—"गोती! ना रे नायक, मैं नहीं देख सकूँगा। मेरे तो बिना माँ के अनाथ बच्चे हैं।"

"ठीक है, जानी, सारी रात पड़ी है। कल बताना।"

वे चले गये।

शुक्रू जानी ने रात को कभी बड़ी नहीं माना।

रात अपने आप आए, अपने आप जाए। वह पहाड़ की खोह में या गाँव पर कोई संकेत नहीं छोड़ जाती। पहर होते न होते चूल्हा बुझ जाए। घर का द्वार बन्द हो जाए। गाँव भर का सारा शोर-शब्द डूब जाता है।

पर आज की रात! शुक्रू जानी भूल न सका। अँधेरा मन में घुस गया। अँधेरा-अनजान भय, छुपी-छुपी रुँधी हुई रुलाई। तन्न-तन्न छानबीन कर अवस्था समझने लायक जोर उसके विचार में न रहा। बस, कुल मिलाकर धारणा बनी—करुणा की स्याह छाया। धारणा ला देती है। मन के गहरे में एक चेतना में सपना, सब मानो इन्हीं आँखों के आगे हो गया है। और हर छवि में लगा है मन का अँधेरा, मानो कारुणा में उसके हर चित्र का भाव प्रकाश है।

अपने पेट को काटकर साग-माँड़ पिलाकर बच्चों को उसने और स्त्री सोंबारी ने आदमी बनाया है। उसका और सोंबारी का कितना झगड़ा होता था घर बनाने के लिए। वह और सोंबारी धूप में कमर कस जुट गये थे। उस साल खूब पानी बरसा। बच्चे टुकुर-टुकुर देखते रहे। वह और सोंबारी रस्सी से झूलकर घर को हवा के कोप में बचा सके। सोंबारी निराई करती। बच्चों को एक-एक को छाती से बाँधे होती। देह की ऊष्मा देकर इन्हें बड़ा किया है। कितने कष्ट-दुःख सहे! आज वे जाएँगे, गोती होने! धूप नहीं, ठंड नहीं, देह का सुख-चैन नहीं। पराया जुआ गले में डालकर फिरना होगा। पेट पीठ में लग जाए। मुँह सूख जाए और ऐसे में कभी रात में आकर आवाज देगा—"बापू!"

सोंबारी आज पास में नहीं है। इतने बड़े दुर्दिन में भी नहीं।

आज दस बरस हो गये—डूमा बनकर आत्मा-फिरती होगी न मालूम किस झाड़-जंगल में। बरसा-तूफान में। शीत-ठंड में, अकेली फिरती होगी वह। लगा जैसे सोंबारी रो रही है, सोंबारी फफक रही! डबडबायी आँखों में उफन रहे आँसू टप-टप झर रहे...!

रो रही है। आकाश में टँगे हैं अनन्त मेघ। दल-दल में लहर-दर-लहर

नीले-सब्ज पहाड़ों पर केवल मेघों के शर-सोंबारी अकेली जंगल-ही-जंगल खोजती-फिरती रो रही है। आँसू भींगे आकाश तले सब कुछ मानो आँसुओं में लथपथ...!

उस रुलाई के आँधी-तूफान में धीमी-धीमी रोशनी भरे उजाले के नीचे सब बिजली की तरह उलट-पलट हो रहा है। पेड़ उखड़कर पहाड़ के नीचे एकदम चित हो लेटे हैं। सब उखड़कर घिरता आ रहा है प्रलय का स्रोत, और पश्चिम से पूर्व की ओर बिछा है काला स्याह, होश गुम करने वाला अंधकार।

शुक्रू जानी सोच में डूबा था। रात भारी हो रही थी, मन के गहरे से दौड़ता आ रहा था रात के अँधेरे का झरना, खूब गहरे से।

आधी रात में माँडिया ने पूछा टिकरा से—"सो गया क्या?"

"ना, नींद नहीं आती।"

"चलो टिकरा गोती बनें।"

"हाँ, भाई!"

दोनों भाइयों को अपना मन हलका लगा।

शुक्रू जानी सपना देख रहा था। निराशा की शान्ति में दोनों ने आँख मूँद लीं। धान और माँडिया के पौधे सिर हिला रहे हैं। उसके अपने खेतों में उगी है सिर्फ घास, बड़ी-बड़ी घोड़ों के खाने की घास। घास-फूल खाने को मोरों का झुंड उतर रहा है। वह खेत की रखवाली कर रहा है। एक लाठी लिये है।

सुबह हुई। शुक्रू जानी जाग गया। देखा चारों ओर भोर का उजाला हो गया है। जंगल जाग गया है। सब साफ-साफ दिख रहा है। सन्देह का कोई कारण नहीं। फजर के खुले-फैले में अपनी कमजोरी छुपाने को राह नहीं, नींद तोड़ने वाले पहाड़ को देख कल्पना गायब हो गयी, काम करने के लिए वह तैयार हुआ। दन्तरीला पहाड़ कंकरीले मन में एक रूखापन और कठिनता ले आता है। इसी में दिन काट-काट वह आदमी बना है।

भाग्य के आगे सिर नवाकर उसने तय किया, मैं और टिकरा सौ रुपयों के लिए गोती हो जाएँगे। माँडिया घर चलाएगा। टिकरा को पास रख पीठ पर पंख की तरह छाया में रख उसे आदमी करेगा। हम चाहे गोती बनें। मुसीबत आयी, वह कट भी जाएगी और फिर हम वापस लौट आएँगे।

मन को दिलासा दी। बच्चों को समझाया—"अरे हर्ज क्या है? बच्चो, ये जमान और अधिकारी देखते हो, जानते हो ये क्या हैं? वे भी गोती हैं। खरीदे हुए चाकर हैं। हमारी तरह इन्होंने भी 'गजा' (दस्तावेज) लिख दिया है। वे क्या कहीं मन में परेशान हैं? ये जो जमान है, किस देश में घर है इसका? क्यों आता है यहाँ? वह किसका गोती है? काँवड़ ढोते-ढोते कन्धे पर बेंड़ी बँध गयी। अपनी इन्हीं

आँखों से देखा है कितनी जात के अधिकारी यहाँ आते हैं! काले, गोरे, मटियारे और कितने भाँति की उनकी बोली! झोड़िया परजा की बोली से कन्ध की बोली में जो फर्क है, उससे ज्यादा फर्क है! हम उनके काँवड़िया, डोली ढोनेवाले, वे किसी साहूकार के गोती हैं, उनके खाद्य के लिए साहूकार लोग उन्हें भातिया (खाना खुराखी) देते हैं। गरमी में, ठंड में सैकड़ों कोस भेजते हैं। आदमी साहूकार का गोती है, साहूकार डूमा (भूत यानी देवता) का गोती, यह गोती का गोती बनकर दुनिया चलती है। डर कैसा?''

अपने को दुनिया संग मिलाकर काम का बहाना करने में शुक्रू जानी को बहुत खुशी हुई। अपनी बात पर खुद को बल मिला। परिस्थिति को सहज बना अपने हाथ में कर लेने के लिए साहस आ गया। शुक्रू जानी झाड़-झूड़ खड़ा हुआ।

धूप हुई तो नायक पहुँच गया। फाउल डोम आ गया। ढेप चालान आया। अचानक अनमने होकर लुढ़कने की तरह इधर-उधर वह हिल गया।

नायक ने कहा—''ओह! बेचारे ने कितनी लकड़ी जमा की थी!''

चालान ने क़हा—''हाँ, उसने कम मेहनत नहीं की?''

फाउल डोम ने सरककर कहा—''परदेसी आदमी हैं, जमान और अधिकारी, देसीया आदमी के मरे-खपे से उनका क्या आता-जाता है?''

शुक्रू जानी ने सधी आवाज में कहा, ''चल भाई, साहूकार के घर, दो बीसा दस (सौ रुपये) लाएँगे। गोती बनेंगे।''

सब खुश हो गये—''हाँ, जानी, तू लोट-पोट हो मर जाता, हमें धिक्कार, सहें कैसे, तेरे दिमाग में बुद्धि दी, रात में तू माना नहीं। खैर भई, चलो! हम आये थे, तेरे भले के लिए।''

साहूकार जनार्दन बिशेई का बेटा साहूकार राम बिशेई जात का शुंढी है। कोरापुट जिले में ज्यादातर साहूकार होते हैं शुंढी या फिर कुमुटी। साहूकार जनार्दन बिशेई ने महुवे का मद राँधकर बेचने के लिए दुकान खोली थी। उसमें उसने खूब पैसा कमाया। इसके बाद सरकार ने मद का व्यापार अपने हाथों में लिया। तब साहूकार राम बिशेई ने मद का व्यापार छोड़ साहूकारी के व्यापार में मन लगाया। साहूकार होने के चिह्न स्वरूप उसके बायें हाथ में सोने का मोटा कड़ा होता। वह उसका भेष है। कान में दो सोने के कुंडल—यह उसका बड़प्पन है। बड़ी-बड़ी छल्लेदार मूँछें, मोटी आँखों की पलकों के नीचे, खूब गहरी आँखें, कुटिल निगाहें, मोटे-मोटे होठ दोनों पर सदा हँसी खिली रहे—यह उसका चरित्र है। उमर पैंतीस।

उसका व्यापार बड़ा आसान है। क्योंकि उसके पास रुपये हैं। रुपये में ऐसी

शक्ति है, ज्यादा रुपये थोड़े रुपये को खींचकर ले आते हैं चाहे उसमें सिन्दूर या रक्त या कीच या मांस लगा हो। रुपया रुपये संग गाँठ बाँधता है। कम रुपये आकर ज्यादा रुपयों में लीन हो जाते हैं।

पहाड़ी जात के पास थोड़ा धन, साहूकार के पास ज्यादा धन होता है। सिर्फ रुपयों की थैली बाहर झुलाकर रखने पर आस-पास के सारे थोड़े-थोड़े रुपये, सारी रेजगारी खिंची-घसीटी जाकर सूँ-सूँ करती आकर उसमें भर जाती है।

साहूकार रुपये करज देता है, क्योंकि ब्याह के समय कन्या के बाप के लिए वर के बाप को दो-तीन बीसा (चालीस-पचास) रुपये देने पड़ते हैं। इसे 'झोला' के रुपये कहा जाता है। साहूकार रुपये देकर सिर खरीदता है। लोग वर्षों चाकरी कर मेहनत कर रुपये चुकाते हैं। फिर साल-दर-साल हिसाब में रुपये बढ़ते रहें।

फिर इसके बाद और करज देगा धान-माँडिया। सावन-भादों में अनाज कम (खाद्य) हो जाता है, साहूकार गाँव-गाँव में अपना भंडार खोल देता है। फिर जब फसल पकती है, साहूकार खेत के छोर पर बैठकर अपना पावना अदा कर लेता है। ब्याज होता है चक्रवृद्धि के हिसाब में।

इसी तरह उसका कारोबार है।

कोई झंझट नहीं, क्योंकि पहाड़ी लोग प्रश्न नहीं पूछते, ठगते नहीं, जितना माँगे वही दे देते हैं।

साहूकार राम बिशेई अपने दुलकने घोड़े पर बैठता है। रस्सी की लगाम हाथ में थामे कुंडल हिलाता-हिलाता घोड़ा चलाता है। घोड़े को पीटता बेंत-दर-बेंत टूट जाती है। इधर-उधर गौर से निगाहें करता धीरे-धीरे राह चलता है। देखता कितनी धरती पर उसकी खेती बढ़ी है और कितनी धरती पर बाकी है। देखता कितने गाँव के लोग उसके हाथ के नीचे आ चुके हैं और कितने बचे हैं जो आ रहे हैं।

...दुलकने घोड़े पर चढ़कर साहूकार राम बिशेई अपना जन-बल बढ़ाते-बढ़ाते राह चलता है। वह ठहरा सिरों का एक खरीददार।

शुक्रू जानी दोनों बेटों को लेकर थोटागुड़ा गाँव पहुँचा तब तक नहाने का वक्त हो चुका था। राम बिशेई उपस्थित ही था पहले से। आँखें चमक उठीं। सूई-सी पैनी निगाह में इन्हें एक बार देखकर कहा—"पहाड़ की तलहटी वाली जमीन तेरी है तो? उस झरने के ऊपर गड्ढे वाली जमीन?"

शुक्रू जानी ने कहा—"हाँ!"

"कितने रुपये लेगा?"

"सौ!"

फाउल डोम ने इधर-उधर होकर बात तय करायी। तीन और लोग पहुँच गये। नायक, ढेपू चालान, साहूकार के खाते में इकन्नी वाली टिकुली लगाकर

'गजा' यानी दलील लिखी गयी—जो लिखित...इत्यादि...इत्यादि....नीचे लिखे गवाहों के सामने साहूकार राम बिशेई ने शुक्रू जानी और टिकरा जानी—इनको कुल सौ—अंकेई एक सौ रुपये उधार दिये। दोनों आज से 'गोती' काम करने को बाध्य रहे। एक के पीछे पाँच रुपये उतर जाते रहेंगे और प्रति माह एक के पीछे—खाना-खुराकी बावत पाँच पुटी माँडिया पाता रहेगा और शीत के दिनों में एक रुपया का एक कम्बल पाएगा। जरूरत पड़ने पर कर्म में आये...इति। सबने दस्तखत कर दिये। शुक्रू जानी रुपये लेकर आ गया। फाउल डोम, नायक, बारीक (नाई) और ढेपू चालान साथ आये।

शुक्रू जानी ने कहा—"अब चलो चलें अधिकारी के पास!"

नायक ने कहा—"राम-राम! तू जाएगा तो दो सौ रुपये से कम में छोड़ेगा नहीं वह। तुझ पर उसका बहुत गुस्सा है।"

"तो फिर?"

"तो और क्या? रुपये हमें थमा दे। मैं जाऊँगा, चालान जाएगा, फाउल जाएगा। कितनी कहा-सुनी करें, हाथ-पाँव पकड़ें। दस बार पंढेई (चप्पल) उठायी, दस बार धक्का-मुक्का खाएँ, तब जाकर उसका मन पिघलेगा, तो लेगा। तू गया तो कानी बिल्ली-सा गरज उठेगा। तू खुद जाए तो जा, फिर हमें दोष न देना।"

"क्यों? उसके रुपये गिन दूँगा...क्या कर लेगा मेरा?"

"कुछ कहेगा नहीं, बस इतना कहेगा...तू दो बीसा (चालीस रुपये) दे सकता है तो वह बीसा भी ले आ, वरना शिक्षा (जेल) कर दूँगा। ठीक है भई, तेरी इच्छा। हमने सोचा था तेरे लिए जाकर हम कहेंगे—महाप्रभु! कुछ भी आस्ति (सम्पत्ति) इसके पास नहीं, यह भी हम गाँववालों ने चन्दा कर दिया है। रक्षा करें, तू यदि खुद चलता है, तो आ, फिर तू जाने, तेरा कर्म!"

शुक्रू जानी कुछ सकपका गया।

नायक ने कहा—"और वो जो जमान अधिकारी है, तेरी छाया पड़ते ही उछलता है, कितनी सब लगा, फोड़कर कही हैं बातें, बड़े अधिकारी के आगे, तेरी कोई बात वे और नहीं सुनेंगे।"

ढेपू चालान ने सिर हिला-हिलाकर कहा, "हाँ-हाँ, इतने कागजों में पता नहीं क्या-क्या लिखकर ले गया है। राजी-राजी से काम हो गया तो ठीक है, वरना फिर तेरा भाग्य!"

शुक्रू जानी ने सोचा—"सचमुच! मैं खुद ही जाकर रुपये गिनूँगा तो फल क्या ज्यादा होगा? मगर...!"

"मैं गया तो सब भंडूर ही होगा रे...!"

"अरे जानी! इतना डरता काहे को है? तुझमें इतना अविसवास! तो फिर आ

पेड़ पर या झुरमुटे की ओट में बैठकर देखना क्या होता है। तेरे रुपये कोई खाता है या अधिकारी लेता है।''

''ना'' शुक्रू जानी ने कहा—''जरूरत नहीं, मेरे जाने से क्या फल होगा? गाँव का नायक है तू, तुझ पर मैं क्या अविश्वास करूँ? पर बात यह है कि नायक, उस दिन तो इतना कुछ लिख-लिखाकर ले गये, वो सब यदि काट देते मेरे सामने-अधिकारी आदमी देसीया परजा के भले-बुरे का बहुत ख्याल है उन्हें...!''

''ओह! इसी बात पर जानी...! कागज ले आएँगे उस जमान को कहकर, यों क्या वह हम सबको उल्लू बना देगा रे?''

शुक्रू जानी ने थूक निगला...वह चुप हो गया। नायक पर अविश्वास नहीं कर सका। मगर देसिया आदमी ठहरा वह। सहज ही विश्वास भी कर तो लेता है, कुछ आशंका रह ही जाती है, जरा-सा अविश्वास! मगर उपाय नहीं। खुद अगर गया तो अधिकारी कहीं और ज्यादा रुपये माँग लेगा, शायद बात और बिगड़ जाएगी। उससे तो भला...! नायक के हाथ में रुपये रख दिये। शुक्रू जानी घर लौट आया, खैर,जो लिखा है भाग्य में।

दो छोटे-छोटे रस्सी के टुकड़े लिये। एक खुद उठाया और एक टिकरा को थमा दिया। कहा—''टिकरा, यह रस्सी तेरी है। गज में, और यह मेरी है। एक बरस पूरा होने पर गाँठ लगाते रहेंगे।''

टिकरा ने कहा—''ठीक है।''

शुक्रू जानी फिर देखता रहा घर की ओर। पहाड़ की तलहटी में उसके खेत की धरती, उधर चोटी पर माली-दमक पहाड़, जहाँ पर उसने पाया था अपना शाल की लकड़ी का भंडार—सब पड़ा है, केवल सूरज पूरब दिशा से ढल गया पश्चिम दिशा की ओर। पहाड़-जंगल पर सूखी-सूखी धूप सचमुच मानो मर गयी है—मुरझा गयी-कटे हुए शाल के पत्तों की तरह।

शुक्रू जानी और अधिक सोच न पाया। बस इतना जान पाया कि उसका सब खत्म हो गया...

आवाज दी—''टिकरा...!''

''बापू!''

''आज से हम गोती हैं! गजा पर दसखत कर चले आये—आज से हम गोती हुए, टिकरा!'' आँसू की भाप में आँखें भर आयीं। छाती फटते बेहाल हो अधेड़ बाप ने बेटे को बाँहों में भरकर कहा, ''टिकरा, आज से हम गोती हुए!'' माँडिया देखता रहा। जिली, बिली देखती रहीं। सब पत्थर बने हुए। बस! आँख से टप-टप आँसू झरते रहे।

नंगे बाप को नंगा बेटा बाँहों में भर सिर उठाकर हिम्मत देने की कोशिश करने

लगा। रुआँसे चेहरे पर मुस्कान लाकर कहा।

"क्या हुआ? बापू! कुछ रुपल्ली ही तो हैं...चुका देंगे!"

दिन के दस बजे। जमान के हाथ में पाँच रुपये ठूँसकर नायक उसके पाँव पकड़कर कहने लगा—"महाप्रभु! दस-पन्द्रह रुपये में उसे मुक्त कर दें। देसीया आदमी है। पायेगा कहाँ से इतने रुपये?"

अधिकारी बाबू लोग तब बैठकर अखबार पर गप्पें मार रहे थे।

नायक, चालान, बारीक तीनों जाकर पाँवों में गिर गये। "महाप्रभु! घर में खाने को नहीं, केवल आम की गुठली और साग, तुम्हारी बात पर बिचारा गोती बनकर दस-रुपये करज में लाया है वह। इतना लेकर उसकी रक्षा करो, आप माई-बाप हो।"

जमान ने कहा—"हाँ, बहुत गरीब है!"

अधिकारी बाबू ने उसकी ओर देखकर कुछ रुककर जवाब दिया—"अच्छा दे, पच्चीस...।"

आखिरकार पन्द्रह रुपये चुकाये, कोई एक कागज लेकर तीनों के तीनों अधिकारी के गुण गाते गाते लौट आये। इसके बाद जंगल में मिल गये। बहुत खुश।

शुक्रू जानी के घर पर स्याह चील बैठी। वह ढूंढ़ने गया नायक, चालान नाई और फाउल डोम को। सब अपना-अपना भाग लेकर घर लौट गये। अगले दिन अधिकारी लोगों की छावनी उठ गयी।

उस रात निकला बड़ा-सा चाँद। जिली ने सदा की तरह दाहिनी ओर ढले बाँके जूड़े में गुच्छा भर सफेद रजनीगन्धा खोंस लिये। डग भरती सीधी चल पड़ी धाँगड़ी बसाघर की ओर। बड़ी प्रलय उसके जीवन में हो गयी है। बाप-भाई गोती बन गये, 'शिक्षा' के मुँह में जाकर लौट आये, घर में इतना रोना-धोना, इतना दुःख!

मगर झमाझम बारिश जैसे पहाड़ के तालू पर कभी रह नहीं पाती, कहीं पानी बह जाता है, पहाड़ी आदमी के मन पर दुःख जमा होकर नहीं रह पाता। दुःख आता है, दुःख चला जाता है। मगर घुल-घुलकर रह जाती है चिकनी हँसी, सरस आकाश में उस गोल बत्ती की तरह।

जूड़ा उसने अच्छी तरह चिकना कर बाँधा है, पहनी है अपनी शौकवाली साड़ी, जो लाल-नीली धारीदार है। चाँदनी में तितली-सी उड़ती हुई चली।

विशाल नीला आकाश फैला-पसरा है। असंख्य लहरों-सा पहाड़ों पर, सब सुनसान। मगर कितनी सुन्दर चाँदनी रात! चाँदनी में पास-दूर के झिलमिलाते अनगिनत पत्ते!

धाँगड़ी बसाघर में आज खूब धूमधाम है। क्योंकि आज जमान और अधिकारी की छावनी उठ गयी है। हवा में से आशंका जा चुकी है। बस आनन्द है!

जिली अन्दर सोयी थी। यौवन पहाड़ पर चाँदनी रात की मन उचाटने वाली पुकार का जवाब मिला।

जिली चली धाँगड़ा बसाघर।

माँडिया जानी धाँगड़ा बसाघर में मन और डुगडुगा में डूबा रहा। उसने भी उपभोग किया अधिकारी—बाहुड़ा का मद भोग।

सामने जीवन पसरा है खुला-फैला। पहाड़ के माल पर रिजर्व वन मार्का लगाने के लिए कटी खुली लाइन की तरह, जीवन सीधा है।

शुक्रू जानी और टिकरा घर की रखवाली में सोये रहे सदा की तरह। कल तो वे साहूकार के गोती हो जाएँगे।

कार्तिक मास को परजा लोगों की भाषा में 'दीवाली मास' कहते हैं।

इस दीवाली माह की कोहरेदार भोर में बाप शुक्रू जानी और बेटा टिकरा साहूकार के घर चल पड़े। दोनों की राह में ऊँचे-ऊँचे पहाड़ गम्भीर होकर खड़े थे। सिर पर ढीली पगड़ी की तरह खुल रही थी कोहरे की बाँकी बेणी।

गम्भीर निठुर और अचंचल, ठीक पूँजीपति साहूकार की तरह, पतले जंगली रास्ते पर झुक पड़ते। ढलवाँ पदर की धरती, भोर की सर्दी में भरे अलसी के खेत जाग उठे हैं।

सच, मानो दस दिगपाल केवल बड़े-बड़े महाजन, सामने सोना उड़ेले बैठे हैं पल्थीमार चौधरी बन, क्योंकि दुनिया समूची उन्हीं की है।

और राह पर चलते-चलते चले गये गोती बनने।

सर्पूपदर से थोड़गुड़ा गाँव लगभग चार कोस होगा।

घोर जंगल है।

"—धूप तेज हो गयी। गाँव के पास-पास बड़े-बड़े खेत, सब साहूकार के हैं। माँडिया की कटाई चल रही है। हमने इस साल खेत से पकी फसल कुछ पहले उठा ली, अब क्या होगा, टिकरा, आगे?"

टिकरा को याद आ गया। बाप के मुँह से बात पूरी निकलते न निकलते उसने सारा दु:ख और दर्द समझ लिया। साहूकार का धान होगा, माँडिया होगा, वे काटेंगे, साहूकार का घर बनेगा, नाम होगा।

अपना खेत हो जाएगा घास का जंगल।

"—क्यों फिकर करते हो, अकेला माँडिया ही हम दोनों से बढ़कर है। उस अकेले छोकरे के लिए जमीन कम पड़ेगी। खेत खाली क्यों रहेगा?" "ना" शुक्रू ने कहा। फिर गुमसुम राह चलने लगे। मगर शुक्रू जानी का मन शान्त न हो पाया। माँडिया—अरे वह तो कल का बच्चा है।

खेतों में फसल की कटाई जारी है। झुंड-के-झुंड लोग, मर्द कम औरतें ज्यादा, गिजाई दल-सा खेतों की तरफ, खेत में आदमी-ही-आदमी, कटाई चल रही है खेतों में। लाल-लाल बूँद-से आदमी। काम चल रहा है। दिन भर मेहनत करने पर चार पैसे, या फिर बहुत हुआ तो माँडिया दो मुट्ठी।

उनके क्या दु:ख नहीं है? कष्ट नहीं? किसे नहीं? हैं। जले भाग्य वाले मैले माथे मजूरों का देस, आधा पेट खाना, देह के लिए कहीं कभी बित्ता-आधा बित्ता भर कपड़ा। उसमें भी कितने लोगों का कितना झमेला!

मगर पहाड़ी लड़कियों की धुली-पुँछी हँसी उफन रही है पेड़ों के लम्बोतरे बेणी के सफेद फूल की तरह। सफेद हँसी, सुन्दर और अल्हड़।

कटाई करती छोरियाँ एक लय में गीत गा रही हैं—

"इस माँडिया के खेत पर हम...
रोज मिहनत करें, रोज पसीना बहाती
पके फल गाड़ी-गाड़ी भर सहेज कर रखती॥
किसके लिए? ओ प्रिय तेरे लिए।
तेरे लिए मेरी बाड़ी की मक्का, खेत का माँडिया
राँधा हुआ मद पी आँखें टिमटिमातीं,
मतवाली हो जब पुकारूँ, तुम आना।
चाँदनी रात में, पत्तों की छाँह, दबे-दबे पाँव तुम आना।
क्योंकि तुम्हारी राह देखने में ही मेरी लाज सरम है।"
एइ माँमू गावेंएइ दादि गावें
आमि डरिगलु आमि गुचिगलूँ।

(पर हे प्रिय, हमने खून-पसीना कर माँडिया पैदा किया है। खेत में, तेरे लिए, तेरे लिए।)

खुला गीत, खुली आवाज। शुक्रू जानी के खुले मन में पड़ी। मन-ही-मन रो उठा। किसके लिए, किसके लिए? किसके लिए गाड़ी भरी, बैलगाड़ी पर खेत की पकी फसल लादकर लेंगे—हमारे पसीने की कारगुजारी?

खाली-खाली सब केवल उपहास करता, मरम कचोटता, हँसी करता, नकल करता।

पहाड़, आकाश, झरने, खेत सब में भरे हैं। केवल जमान और अधिकारी, साहूकार और बँधुआ।

केवल बाघ और बकरी, लकड़ी और आग।

कितना भी इधर-उधर हो चाहे, वो जस का तस है।

बाप-बेटे सुबह जाते, शाम को लौटते। दिन भर साहूकार का काम। कभी कनापदर गाँव तो कभी कुटिंगा कभी पीपलपदर, जहाँ साहूकार भेजता वहीं जाना।

साँझ को लौटते। कन्धे पर झूलते खाली लौकी के तूम्बे, एक-एक कुल्हाड़ी। काम करते-करते हथेली पसीज जाती। पाँव की पिंडलियाँ टूट पड़ने को होतीं थकान से। जबान पर थूक सूख जाता। जंगल में चुपचाप लेट जाते। जंगल साँय-साँय करता। वन के कोने-कोने में भरा होता अँधेरा। लहरीले पहाड़ों के बीच टटोलते हुए जा सकने लायक सँकरी पगडंडी।

आकाश में तारे टिमटिमाते। गीदड़ चीखते, सियार चिल्लाते हुआँ-हुआँ करते। साँभर, हिरन दौड़ते भागते चले जाते। जंगल में बाघ। घने अँधेरे में कितने गड्ढे, ऊँच-नीच लाँघते चले आते, निराश्रय दो आदमी।

आँख जहाँ तक जाए, उसके भी उस पार तक पसरा है घना अटूट जंगल।

दिन-पर-दिन बीतते रहे। 'गोती' का हर दिन समान होता है। आज जो है, कल भी वही। केवल मेहनत, साहूकार तराजू से तोलकर काम लेता है। एक दिन देर करो, गाली देता है, और लेता है हाड़तोड़ मेहनत।

चाँदनी पक्ष जाकर अँधेरा पक्ष आ जाए, गोती समझ ही नहीं पाए। उसके लिए सब पक्ष समान।

बाप-भाई गोती हो गये। पर माँडिया जानी नहीं टूटा, वह भी बापू की तरह छाती फुला आगे देखता और अच्छे दिनों की प्रतीक्षा करता। माँडिया की फसल काटकर घर में कुछ सहेजकर रखी है। दीवाली माह में कुछ अरवी खुदाई कर रखी है, कुछ मक्का रखी है। घर के सामने आँगन जो है, वह छोटा-बड़ा है। जाफरी बनाकर एकदम बन्द क्रॉस कर घेर लिया है। पैनी-पैनी मिर्च की नोंक लाल सुर्ख दिख रही। पास के वन से मौका देख कभी मोर और सारि का झुंड- का-झुंड आता है। बिली एक लकड़ी लेकर फसल की रखवाली करती है। माँडिया जानी कुन्दरू की लतर तले ढाँकनी उठा देता है, छान की भारी पर से कुन्दरू फल सिर उठा देखते।

माँडिया जानी आँखों में अँधेरा नहीं देखता, देखता है आशा।

झरने के पास धान का खेत देखकर कुछ भरोसा होता है। महीना भर में धान पकेगा, दो गूण हो ही जाएगा, धान की धरती उसकी मारका लगी जमीन है। धान बेच उस लाभ से चला लेगा कुटुम्ब। फिर अगली फसल है।

गाँव में खूब चहल-पहल है। माघ तथा पूस—इन्हीं महीनों में तो साल भर की फसल कटाई होकर ढेर लगेगा—धान, माँडिया, अलसी, सोंआ, कान्दूल (अरहर) सब। किसी को फुरसत नहीं मिलती। सुबह से उठकर सारा गाँव जाकर खेत में काम करता।

इस हलचल में माँडिया जानी सारा दुःख-दर्द अपने आप भूल जाता। बस झरने के पास धन खेत पर नजर रहती। सोचता—जैसे सब युवक सोचते हैं—आशा की बात, सफलता और उन्नति की बात।

कभी दुपहर में झरने के पास पहाड़ी जमीन पर बाकी रह गये माँडिया को धीरे-धीरे बैठकर काटता। देह को सिहराती नाव तैर जाने की तरह पकी फसल वाले खेत के रास्ते गाँव की छोरियाँ झरने की ओर उतर जातीं।

दातौन मुँह में रखे-रखे काम करते हुए सुबह बिता देगी—यह परजा लड़कियों की आदत की विशेषता है। माँडिया जानी चौंककर माँडिया काटते-काटते कनखियों से देखता उधर से कितनी तरह की भाँगटी गुजरती हैं। कोई कपड़े-लत्ते लिये, कोई गुर्दी साग या वन से लायी मूललिये, अथवा कोई मटका लिये।

और उसी राह जाती है कजोड़ी।

चिकना-चुपड़ा चेहरा सदा, चुन-चुनकर वह लाल-नीली पट्टीदार साड़ी पहनती है। कमर से ऊपर ढाँप, जाँघ के नीचे खाली नंगा। बाँके जूड़े में लाल-लाल तँवकते वन फूलों का गुच्छा खोंस हँसती-हँसती कजोड़ी राह चलती, माँडिया जानी घड़ी भर उसे ताकता रहता।

कजोड़ी झरने की ओर जाती।

पास के खेत से फसल काटने वाली लहराती वे पहाड़ी गीत गाती। माँडिया केवल सोचता...!

धान अच्छा पकेगा—इस साल आस हो रही है। खाने के लिए कुछ रखेगा। बाकी दो-तीन बीसा (पचास-साठ) रुपये का बेच देगा तो झोला के रुपये खुद ही बच जाएँगे।

तब फिर आएगी कजोड़ी।

फिर नीचे झरने के पास अपने और धनखेत को बेचारा ताकता रहता। दुपहर की धूप में सुनहला धनखेत चमचमा रहा है। बीच-बीच में हवा के झोंके चले आते हैं। धनखेत लहरा रहे हैं। उस ओर पर्वत, घना जंगल, आकाश की सीमा, लहराती पहाड़ की रेख आँखों के उस ओर घेरा बाँधे मिल जाती है। नीले हरे काले रंग का

माँडना मँडा चित्र। उधर पहाड़, इधर उसका घर और भी दस जनों के घर हैं।

बीच में उसकी अन्नदात्री, लहराता सुनहला धनखेत। बाप-दादों की कमाई। कितने पूर्वजों का हाथ लगकर मिट्टी चिकनी हो गयी है। इसी धान से कितना सुख-दु:ख, पीढ़ी-दर-पीढ़ी परम्परागत भँवरों की धार छुपी है इस माटी में। कितने गये, कितने फिर होंगे, मरे की राख और कोंपलाएँ भविष्य के बीज मिले हैं इस माटी में।

देखते-देखते सोचते हुए माँडिया जानी थम जाता है, आँखों के आगे धान की ओट से खिल उठती है बार-बार एक छवि...क....जो...ड़ी!!!

धान और कजोड़ी, कजोड़ी और धान, धान भरा घर, मन भरा कजोड़ी, दोनों के साथ, दोनों साथ।

बाप-बेटे कभी-कभी आते। कभी रह जाते साहूकार के घर। सुबह उठकर साहूकार के काम पर जाते। कभी गाय चराने, कभी लकड़ी काटने, कभी जरूरत पड़ी तो खेत का काम करने। ठीक जैसे अपना काम हो, अपने घर का काम हो।

साहूकार राम बिशेई कभी घोड़े पर चढ़ निगरानी पर जाता है कि गोती काम कर रहा है या बैठकर पसीना सुखा रहा है।

साँझ ढलती, गोती काम से लौटते, घर आते, दिनों की मजूरी नहीं, महीने की नहीं, केवल उसका ऋण चुकाया जाता।

गोती दिन गिनता है, फिर दिन गिनना भी भूल जाता। एक दिन दूसरे दिन की तरह, फर्क कुछ नहीं।

गोती गिनता दिन, साहूकार गिनता ब्याज, गोती का दिन गिनना खतम हो जाता, सब भूलकर वह सोचने लगता है काम ही उसका सब कुछ, काम के लिए जनम हुआ।

साहूकार नहीं भूलता, ऋण की साँकल लम्बी और लम्बी होती जाती है।

घोड़े पर चढ़ राम बिशेई खोजता चलता नया गोती, नयी जमीन, उसका राज्य बढ़ता है, छीजता नहीं।

बाघ शिकार खोजता फिरे, चील चिड़िया खोजती उड़े, आदमी खोजता फिरे वन-जंगल में कन्द-मूल, साग-पात। साहूकार राम बिशेई खोजता फिरे आदमी।

सुबह से माथे पर तेज धूप अधिक-से-अधिक पड़ती हो, पेट नहीं, पीठ नहीं, मुँह-माथा नहीं। जंगल ऊँघता रहे, बीच-बीच में लौकी के तूम्बे से माँडिया का माँड़, बस काम चल जाता। साँझ ढले पर आग के गोले की तरह सूरज ढलते-ढलते धरमदुवार पहाड़ के उस पार जाकर बुझ जाता है, तो एक दिन बीता।

पकी फसल ढोते बोझ के बोझ। लौटते समय शुक्रू जानी बेटे से कहता— "अकेला माँडिया, हमसे सौ मरदूद होगा। क्यों है ना टिकरा?"

टिकरा कहता—"हाँ, बापू!"

माँडिया जानी, साँझ को काम से लौटकर चार अंगुल के कौपीन से पसीना पोंछता, कान से निकाल पिका लगाता।

बाप की पंढोई में पाँव डाले हैं, कर्त्तव्य दिखाकर भर्राये गले में कहता है— "हे जिली, बिली! फाँस बिठा दे।"

"क्यों रे, आज फिर दारू पियेगा?"

"मुँह बन्द रख, काम कर जा, जो कहूँ कर, चूल्हे पर फाँस बिठा दे।"

पसीना-पसीना हो काम के बाद साँझ का राँधा मद दो घूँट उसे बहुत भाता है। वह पीते-पीते गीत गाने लगता—

"आइला बड़े काजड़ी-काजड़ी
आइला बड़े काजड़ी मोर,
एइ बिली मोर डुगडुगा दे दो!"
(आयी रे काजरी आयी मेरी काजरी।
बिली मेरा डुगडुगा दे री दे री!)

दोनों बहनें हँसते-हँसते लोट-पोट हो जातीं। हँसी की कमी नहीं इस घर में। कजोड़ी की अगवानी गाते-गाते माँडिया मीठी नींद में घिरकर सो जाता। जिली-बिली काम पूरा कर सज-धजकर धाँगड़ी बसाघर चल पड़तीं। धाँगड़ा बसाघर से डुगडुगा बजता। धाँगड़ी बसाघर से हँसी की लहर उठती। माँडिया जानी वहीं सोया रहता। बागला के गीतों को जिली का उत्तर, प्राणों को मतवाला कर डुगडुगा बज उठता।

कजोड़ी कहती जिली से—"जा ना, अंड्रा बुला रहा है।"

जिली कहती—"चुप...चुपकर! तू जा!"

रात साँय-साँय पुकारती। कभी-कभी जिली उठकर चली जाती। चुपचाप कजोड़ी को जरा हिला देती, इधर-उधर देखती, बाहर निकल आती। सुनसान रात के प्राणों की उत्तेजना वेदना बनकर लगी रहे रात के अँधेरे में। खुले-खुले आकाश तले छटपटा कर जिली फिर लौट आती। कजोड़ी मुँह औंधे पड़ी होती। हँसते-हँसते लोट-पोट।

"—क्यों रे! लौट आयी! इतनी जल्दी....!"

जिली खर्राटे लेती है।

''गयी नहीं धाँगड़ा बसाघर चलकर,

तू मरती रह सदा डर-डर कर॥''

जिली खर्राटे भरती।

कजोड़ी जिली को खींच-खींच हैरान कर देती। फिर बाँहों में भर मुँह से मुँह सटाकर कहती—''यों यदि नखरे करेगी, एक दिन तेरे बागला को चुरा ले जाऊँगी, याद रख!''

माँडिया घर पर लेटे-लेटे सपना देखता—कजोड़ी-कजोड़ी!

दरवाजे की फाँक की राह से चाँद चिरौरी कर अँगूठा दिखा गोल-गोल मुँह से हँसता, खूब हँसता।

शुक्रू जानी टिकरा से कहता—''और कुछ पक जाए हमारे धान कटाई होगा। समझा रे टिकरा!''

टिकरा कहता—''हाँ बापू, ठीक है।''

''अकेला माँडिया तो दो बीसा-चालीस धाँगड़ा के बराबर है! क्यों है ना?''

''हाँ बापू काम करने में अकेला माँडिया, ऐसा कोई और है?''

''धान से शायद उसका झोला का पैसा हो जाएगा, क्यों?''

''शायद हो जाय।''

''अच्छी लड़की है पुरी जानी की, क्यों रे टिकरा, खासी छोरी है कजोड़ी!''

''हाँ, खूब अच्छी लड़की है! चैती पर्व में कौन नाच सके उसके आगे? बाप रे!''

''ना...ना! काम-धाम की बात कहता हूँ। खूब मेहनती है वह, है ना?''

''पुरी जानी के घर का काम और कौन करता है? झुंड-के-झुंड गोरू सँभाल लेगी। वन में कन्दा ढूँढ़ने जाती है, न धूप की परवा, न बरसा की।''

''अच्छी पटती है तेरी कजोड़ी के संग? आज से उसे खुश करते रहो वरना देगी नहीं बाद में खाना!''

''तू खुश रह बापू! तू खुश रह। मैं ठीक हूँ।''

टिकरा जानी हँसते-हँसते लोट-पोट हो गया। बाप हँसने लगा। बाप-बेटे धम-धम मिट्टी खोदें, और गप्पे मारें। समय कट जाता।

उधर माँडिया जानी खुद कम नहीं। काम करता खूब दमादम! साँझ को मद राँधकर पीता। रात भर पड़ा रहता। मेहनत का कष्ट नहीं होता। दिन भर पत्थर, कंकर संग कसरत, रात में महुवे का मद का नशा। कभी साथ में मद लेकर काम पर जाता, पर आदत पड़ गयी, अब नशा पागल नहीं करता।

सुबह उठकर जिली और बिली दोनों जंगल में लकड़ी, पत्ते और कन्द ढूँढ़ने जातीं। थोड़ा-सा माँड़ पीकर। गाँव से और भी कई छोरियाँ साथ मिल जातीं। कन्दा खोदना, गीत बोलना साथ चलता। पास के पहाड़ की ढलान में जानवर छोड़कर चरवाहों के छोकरे नीचे झरने को देख गीत गाते। तरह-तरह की चिड़ियाँ चिरमिर-चिरमिर करतीं। पेड़ की छाया के नीचे धूप की तपन बुझती जाती।

कई बार काव परजा दिख जाता। वह नायक का गोती है। ठिंगना, मुटल्ला, देह की तुलना में मुँह कुछ लम्बा, मुड़े-बाँके पतले पाँव, लरजता-सा लगे। उसे दौड़ते हुए देखकर कई बार हँसी आ जाती। जरा-सी बात को भी वह खूब मन से लेता। कभी कहता—"गाय ढूँढ़ने आया हूँ।" कभी कहता—"गाय चराने आया हूँ।" खूब गम्भीर लगता।

बिली कहती—"काव भाई, कहीं दो कन्दा ढूँढ़ दे।" तुरत-फुरत आँखें चौड़ी कर भाग छूटता। कहता—"आ-आ!" अधबाट में बीच-बीच में खड़ा हो मुड़कर कनखी से देखता। फिर आगे भागता।

जिली कहती—"काव भाई, गीत गा दे एक!"

"—गीत? ठीक है!" काव परजा मुँह खोलता, सब हँसते-हँसते लोट-पोट। काव अचम्भे में देखता रहता।

उसमें छल नहीं किसी बात का। सदा सरस रहे, कन्दा खोद देता, डाल से पत्ते तोड़ देता, भालुकुणी (एक ग्राम देवी) की तरह बोझे के नीचे सिर छुपाये दोनों बहन घर लौटतीं।

उधर पसीने में तर काँक कन्धे पर लाद काम के बीच में माँडिया परजा रुककर पाँव छितराकर मुँह बाये खड़ा देखता रहता झरने के घाट के रास्ते को।

कुछ समय बाद मशीन घुमाने की तरह चौंककर तूम्बे से मद पी लेता। और दमादम काम करने में लग जाता। घर लौटने पर जिली कहती—"बहुत मद पीता है रे माँडिया तू तो!"

"क्यों री, पीएगी तू जरा-सा?"

"मद पीने पर मुझे नाचने की तलब हो जाए। तू क्या डुगडुगा बजाएगा? तेरी कजोड़ी बहुत नाचती है रे माँडिया भैया!" जिली पारी थामती। माँडिया गम्भीर हो जाता।

"अरे बच्चो! और कुछ महुवा होता, ठीक से मद राँधते। फेरुगुड़ा गाँव वाले सब मद राँधने लगे हैं। ज्यादा मद हो तो मजदूरों को दो-दो घूँट देकर हम धान कटवा लेते। पैसे तो मिलते नहीं, मद दो घूँट देंगे, डोम बस्ती वाले राजी हो गये हैं मद पीकर मेहनत करने को।"

गरीब लोग पैसे के बदले मद देकर भी काम कराते हैं। जिली और बिली

खूब घमंड दिखाकर, मानो अभी पहाड़ उलट देंगी, उस तरह कहतीं, ''अच्छा देखेंगी।''

''और महुवा ला, मैं तुम्हें मेले से कंघी ला दूँगा।''

''हाँ, हमारे और क्या पाँव हैं मेला जाने के लिए! सुन माँडिया, ये मिरच हमने लगायी है। अब की मिरच और उबला कन्दा लेकर मेला जाऊँगी। अच्छी खादी (कपड़ा) खरीद देगा? बोल! वरना एक पैसा भी तुझे नहीं दूँगी।''

''ठीक है। ठीक है महुवा ला।''

''महुवा लाने पर क्या देगा? मूड़ी के लड्डू देगा?''

''भाग...भाग!'' माँडिया खीझ उठता।

दोनों बहनें मधुमक्खी की तरह उसकी देह से सटकर केवल कजोड़ी की बात कहतीं, चिढ़ातीं।

''आज खड़े होकर तू क्या देख रहा था?''

''तेरी कजोड़ी हंडी में खाती है।''

''तेरी कजोड़ी जरा भी भली नहीं!''

माँडिया ऊपर से चिढ़ता, अन्दर-अन्दर खुश होता मन में। रोज धाँगड़ा बसाघर जाने की सोच मद के नशे में बौराकर घर पर सोया रह जाता...कजोड़ी का सपना देखता।

...मेरी कजोड़ी....

....उसकी स्याह आँखें....

....उसका कान नीचे से झूलता....

दो ऊँचे-ऊँचे पहाड़, सुन्दर पहाड़, बीच में गहरा झरना, पहाड़ की छाया शीतल, झरने का पानी करता कलकल। नींद घिर आती।

माँडिया जानी सोया रहता, बागला परजा गीत गाता। जिली कुछ लजाकर कजोड़ी से कहती तू ही उत्तर दे। कजोड़ी स्पष्ट आवाज में जिली की बनकर बागला के गीत का जवाब देती। बीच-बीच में नयी आवाज सुनकर बागला का डुगडुगा बेताल होकर बजता।

माँडिया सोये-सोये सपना देखता। पहाड़ से लुढ़क रहा है झरने के पानी में। फिर लुढ़कते-लुढ़कते उस पार के पेड़ के ऊपर उठता।

माँडिया मद के नशे में पड़ा रहता।

हूँ...हाँ...हाँ करती चिड़ियाँ वन से उड़ आतीं, घर की छत पर बैठकर चिल्लातीं हूँ...हाँ...हूँ...हाँ...।

रात बढ़ जाती।

माँडिया की देह में ताकत भरपूर है। मगर वह हिम्मत कर किसी स्त्री से

कुछ कह नहीं पाता, उसे लाज लगती है। बात आते-आते गले में अटक जाती है। केवल आँखों-ही-आँखों कनखियों से देखने में है उसका चाहना। सामने पड़ने पर वह हटकर काम में लग जाता है। मानो वह तो कुछ नहीं जानता। उसके पेट में भूख, मुँह पर है लाज।

उसकी बात सोचने पर कजोड़ी को बहुत मजा आता। हँसी आती है। रात में कभी-कभी डुगडुगा की ताल पर एक-आध बार कजोड़ी-कजोड़ी कह गीत गाता है। कजोड़ी के जाने के बाद मुँह बाये रहता है, मानो कजोड़ी का स्पर्श हवा में कोई अनमोल खुशबू छोड़ गया है।

मगर आमने-सामने हो तो दूसरा ही आदमी बन जाता है।

गुनगुना कर गीत गाते-गाते माँडिया की कटाई चलती। कजोड़ी के उधर से जाने पर गीत बन्द हो जाता। ऐसे दिखाएगा मानो काम में वह डूबा है।

उस बार, कजोड़ी अपनी पहनी साड़ी घाट पर रख पानी में जाकर नहा रही थी। माँडिया खेत में खड़ा चुपके-चुपके देख रहा था। कजोड़ी जानती थी, अनजान बनी अनमनी हो नहाती रही, अकेली। फिर हँसी रोक न सकी। मुड़ गयी। उस अनूठी हँसी—हँसी की सारी आस, सारी कविता को माटी कर माँडिया गायब।

और कई बार वैसे ही, उसी राह पानी लाते समय कजोड़ी ने हँसी में बात छेड़कर माँडिया की ओर भूखी आँखों देखा है। माँडिया दाँत दिखाकर हँसकर काम में मन लगा देता।

कजोड़ी सोचने बैठती, हँसी आ जाती। वह स्त्री है, पेट की भूख को पुरुष से ज्यादा समझती है। फिर सोचकर मन में गुमान हो आता। क्यों? यह ही माँडिया है?

पहाड़ी में गुफा है। जानी-पहचानी। चारों ओर घोर जंगल। साग तोड़ने जाकर कजोड़ी छुपकर वहीं जा बैठती। नीचे ढलान वाले पहाड़ का दृश्य देखती। छुप-छुपकर देखती मोर का नाच, सोचती रहती।

सामने बड़ी चट्टान पर नहाने के समय मोर आकर पीहू-पीहू पुकारते। पाँच-छह मोरनियाँ आ जातीं। मोर पूँछ थिरका-थिरका कर नाचता, मोरनियाँ पीछे-पीछे भागतीं।

वह चुपके-चुपके देखती कैसे चोंच ऊपर उठाये गरदन और पीठ सटाकर मोर नाच रहा है। मोरनी झुंड में इधर-उधर घूम रही है।

मोर का नाच देखते-देखते कई बातें उसके मन में आतीं। अकेले में वह कई लोगों को याद करती।

माँडिया जानी उसे चाहता है। उसके प्रति माँडिया में 'इष्ट' है। उसकी छोटी-सी दुनिया के कई लोगों ने मान लिया है वह एक दिन माँडिया को ही

ब्याहेगी। पर माँडिया से उसने जो चाहा है, निर्लज होकर मानो वह माँडिया से कुछ माँग रही है, पा नहीं रही, न पाकर मन में विकलता भर गयी है।

माँडिया की बात सोच उसे हँसी आती है, खुशी लगती है। फिर उदास और खाली-खाली लगता।

जंगल के नियम में लाज नहीं। वन मयूर लाज नहीं करता। वन में हिरन कुलाँच भरता चला जाता, लाज नहीं आती। परन्तु माँडिया मानो लाज-सरम में डूबा है।

इस खोह में अकेले बैठे रहते समय माँडिया एक-दो बार इधर से गया है। खड़ा हो मुँह बाये देर तक देखता रहा। नीरवता तोड़ घनिष्ठता लाने के लिए कजोड़ी ने खुद ही बात शुरू की।

"कहाँ गया था रे माँडिया इस घड़ी?"

"लकड़ी काटने!"

"ओहो रे, कितनी लकड़ी काटता रहेगा दिनभर!"

अब तक कजोड़ी आँख फाड़े उसे देखती रही। माँडिया अवाक कुछ क्षण देखकर, मानो नींद टूटी है, इस ढंग से देखकर चला गया।

और उस बार इस सूने खोल में बैठी थी। कुल्हाड़ी कन्धे पर रखे माँडिया जंगल से निकलकर वहाँ आया। कजोड़ी ने कहा—"चल मुझे ले चल।"

माँडिया ने कहा—"आ!"

"रुक रे! मैं उठ नहीं पाती। मेरे पाँव में हवा अटक गयी।" कजोड़ी ने कहा।

माँडिया चुपचाप खड़ा रहा। खीझकर कजोड़ी उठ खड़ी हुई और टप-टप आगे चलने लगी। सचमुच एक काँटे पर पाँव रख वह धम से बैठ गयी। उसका फूल का गुच्छा जूड़े से गिर पड़ा। माँडिया खूब श्रद्धा सहित फूलों का गुच्छा तोड़कर लाया था और उसके जूड़े में खोंस दिया था। अपने इस काम पर झेंपकर वह कुछ पीछे हट गया। कजोड़ी उठकर गयी तब तक वहीं खड़ा रहा।

जबकि वह समझती है कि माँडिया कितनी गहराई से चाहता है उसे, पर क्या करे उसके लिए?

इस रुक-रुककर चाहने में कई बातें उसकी अधूरी रह जाती हैं। बढ़ोतरी हो रही देह की, मानो मोर का नाच देखते-देखते कई बातें याद आ जाती हैं। आधी रात धाँगड़ी बसाघर से जिली के पीछे छुप-छुपकर कई बार निकली है। देखा बागला बाहर निकला है। उसकी छाती पर सिर झुकाकर जिली लरज गयी। उसका अपना रक्त गरम पानी की तरह उबल उठता। रात में मानो किसी ने मुद्गर से प्रहार

किया है। धम-धम-धम! दोनों हाथों में मुँह छुपा वह फिर धाँगड़ी बसाघर लौट आयी है।

बागला आया है। पर माँडिया नहीं आया।

माँडिया नहीं आया, डुगडुगा बजते-बजते थक गया। चाँदनी रात में सारा संसार झूमता है। जिली उठकर गयी है, माँडिया नहीं आया।

सूनी खोह में बैठे-बैठे कजोड़ी तौलकर देखती—माँडिया, बागला और गाँव के कई धाँगड़ा देखती, मोर का नाच देखती। जीवन की इस राह के अधबीच रुकना नहीं चाहता, चाहता है जलकर भस्म हो जाना।

माँडिया नहीं आता, वह अधबीच राह में मुड़कर देखती।

आधी रात में एक बार और जिली धाँगड़ी बसाघर से उठकर चली गयी। कजोड़ी गहरी नींद में थी। बाँका चाँद पीपल की छनछनी डाल की ओट से नया-नया सिर उठा रहा है। कोहरे में अँधेरा काटकर आ रहे हैं चाँदनी के कण, ठीक धूल की तरह, गायों का झुंड लौटते समय की धूल की तरह। जंगल सोया है, अँधेरा, उजाला व कोहरा मिलकर हो गया है एक सपना।

शीत की बेखातिर कर चली आयी जिली, धाँगड़ा बसाघर में, आँखों में नींद नहीं सुहाती। लेटे-लेटे किसी की थिरकती आवाज उसने सुनी है। बाहर आकर देखा तो कहीं कोई न था।

कनकने अँधेरे में जुगनू चुगते कोई पीछे से आया, उसकी आँख पर हथेली रख पीछे खींच ले गया। बाद में जिली ने देखा कन्था ओढ़े बागला है।

उसी पीपल की छनछनी छाँव तले एक ओर दोनों मिलकर बढ़ गये। बड़ी चट्टान पर जा बैठे।

पीपल की घेर में छोटा-सा गाँव। घर-घर में टट्टी लगी है। छोटी-छोटी कोठरी में पास-पास सटकर कुत्ता और आदमी आग की सिगड़ी के निकट तब तक सो चुके हैं।

धाँगड़ी बसाघर में से कोई एक उठकर आयी तथा धाँगड़ा बसाघर से भी एक आया। वे भी मिलकर दूसरी ओर चल पड़े। इस समय कोई किसी को सवाल नहीं पूछता।

वहीं जिली और बागला बैठे रहे साथ-साथ। बागला ने पूछा—''दिन में अब जंगल क्यों नहीं आती?''

जिली ने कहा—''दिन भर तो घर का काम-धन्धा, तू क्या नहीं जानता? जब जरा-सी फुरसत मिलती है, उस समय घर पर बिली और माँडिया होते हैं। तेरे तो दरसन भी नहीं मिलते।''

दोनों धाँगड़ा और धाँगड़ी में सुख-दुःख की चरचा हुई। जिली ने कहा—''चल हम भाग चलें। कितने दिन यों रहेंगे?''

बागला ने प्यार से कहा—''भागने को क्या मेरा मन नहीं करता? छोरी...! मगर....''

जिली ने टोका—''मगर क्या? हाँ, तू तो सदा का वैसा ही ठहरा।''

जिली ने मान में मुँह फेर लिया—''ना, तेरी हर बात ऊपरी होती है। असल बात के समय अपनी राह ढूँढ़ लेता है।''

बागला ने जिली को प्यार से उसकी जिद तोड़ते हुए कहा—''अरे छोरी! जाना है तुझे एक दिन। आज अगर भाग जाएँ, कल सुबह भाई-बन्धु, कुटुम्ब लेकर तेरा बाप आएगा और कहेगा दे झोला के साठ रुपये दे। झोला के रुपये दिये बिना ब्याह कैसे होगा! ब्याह हुए बिना तुझे क्या सुविधा होगी? बोल तो।''

''तो तू क्या खाली देखने बैठा है? रेंगू परजा को पैसों की कमी है? झोला के कुछेक रुपल्ली गिन देने के लिए कमी है?''

''—इतने रुपये क्या यहीं पड़े हैं रे छोरी?''

''—तो फिर क्यों इतना प्यार दिखाता है रे बागला? हमेशा खाली भुलावा देता है। कुछेक रुपल्ली दे देगा तो तेरे रुपये पानी में नहीं पड़ जाएँगे। तेरे घर में इन अधिकारी साहबी लुगाइयों की तरह मैं यों बैठे-बैठे नहीं खाऊँगी। समझे? ठीक है, तेरा प्यार भी खूब पता चल गया। मैं चलती हूँ।''

आखिरी बात कहने तक जिली सुबक उठी। जबान लड़खड़ा गयी। सच, कितने रुपये, क्या हैं, यह हिसाब तरुण-तरुणियों की नेह भरी आँखों में दिखाई नहीं देता। उसने इतना भर सोचा—जिसके लिए बिसूर-बिसूरकर सोचती हूँ रात-दिन, वह केवल छल-छल कर खेल रहा है। ब्याह की कोई इच्छा ही नहीं दिखाता।

बागला ने नरमी से बातें कहकर उसे बहलाया।

पुरुष के वज्र बन्धन में जिली तर्क की बात भूल गयी, स्पर्श का सुख मन के मान को बहा ले गया, पता नहीं किधर। जिली ने आँखें मूँद लीं।

चलते-चलते नरम स्वर में जिली ने फिर पूछा—''कब ले जा रहा है, बागला?'' फिर एक बार देह की ऊष्मा से प्राणों में पुलक भर बागला ने भरोसा दिलाया—''बहुत जल्दी ले जाऊँगा जिली! मुझे क्या तूने इतना अमानुष समझ लिया? बस, पूस की पकी फसल की आस है। फिर यदि रुपये न मिले तो गोती बनना पड़े चाहे, तुझे मेरी होना ही है।''

''गोती क्यों बनेगा? बागला...''

"वो कुछ भी हो, बाद की बात है। माघ की तिथि में ही अपना बनाना है तुझे।"

दोनों फिर एक बार मिल गये। बाद में बागला लौट गया धाँगड़ा बसाघर। जिली चली गयी धाँगड़ी बसाघर में।

जिली सोचती गयी—परजा लोगों में ब्याह के लिए साल में चार माह होते हैं—माघ, फागुन, चैत, वैशाख। शायद चैती पर्व में महोत्सव के समय चैती नाच में बागला मेरा वर होगा। ये आगामी चैत माह में....

उसका घर, उसका अपना घर, उसका और बागला का...वह घर का काम करेगी। जंगल से लकड़ी, पत्ते, कन्दा लाने जाएगी। बागला के खेत पर लौकी तूम्बा में लेकर जाएगी गरमागरम माँडिया का माँड़।

झरने से मछली पकड़ेगी।

लूना साग और माँडिया का आटा डालकर बनाएगी स्वाद भरा चकना (तरकारी) अपने बागला की खातिर।

उसका घर, उसका अपना और बागला का।

बागला सोचता गया—अब झोला के रुपये जमा करने हैं, भले ही मुझे गोती बनना पड़े।

सोचते-सोचते गया। क्रमशः विचारों की पहली कड़ी टूटी और आँखों में उभर आया ब्याह और बन्धन। गाँव की कई धाँगड़ी, एक के पास एक सटे कई चेहरे उभर आये।

विचारों की शृंखला खतम होने आयी। बागला सोचने लगा—झोला के रुपये, ब्याह, ठीक है चले, जब तक चलता है।

फिर एक बार उसे दोषी बनाकर मन के गहरे चेतना की आँखों के आगे झूल गया जिली का आँसुओं में झलमलाता चेहरा—उसका कोमल मुँह, उसके दोनों होठ।

और कई चेहरे उभरते रहे। बागला सो गया।

पूस माह में बरसा नहीं होती। नये वर्ष की नयी फसल रखने के लिए साहूकार का नया घर बन रहा है। बाप शुक्रू जानी मिट्टी रौंद गारे से दीवार बना रहा है। बेटा टिकरा गारा ढोने वालों में शामिल हुआ है।

गोती और मजूर मिलकर कई लोग हैं। जगह-जगह से गारा ला रहे हैं। पाँच-सात औरतें पारी-पारी में गारा ढो रही हैं। जो लेकर आती वही उस पर लाद देती। काम जारी है। टिकरा उन्नीस पूरे कर बीस में पग रख रहा है। मरद हो गया

है। टिकरा एक गारे का बोझ लिये खड़ा है। गारा टोकरी में भरकर सिर पर उठा देने में गर्व होता। अकारण ही मन में गुदगुदा कर हँसी आती, इन छोरियों को लेकर हँसी-मजाक करने को मन करता।

टिकरा काम करता। कभी इधर-उधर देखता, किसी के चेहरे पर, किसी की छाती पर, किसी की देह पर उसकी दृष्टि पल भर टिककर फिर लौट जाती।

मंगली, उसकी वन बिलाव-सी आँखें। बोझ उठाने को सिर झुकाकर टिकरा के मुँह की ओर होठ पसार फिक-फिक हँसती, टिकरा सकपकाकर हँस पड़ता।

''कैसा गावदी बना है रे तू! बोझ की टोकरी तो एक झटके में लाद दे, इतना हाँफ क्यों कर रहा है?''

टिकरा होठ काट हँसता। मंगली जाती, रेनी आती। ठीक उछलती-उछलती आती। खूब हलकी चाल है उसकी। चेहरे पर छलकती हँसी। बोझ लादते-लादते कहती—''मेरे माथे से फूलों का गुच्छा गिर गया, जरा खोंस दे, टिकरा!''

''अच्छा जा अभी, लौटेगी तब खोंस दूँगा।''

अलसी पर्जनी आती। खूब अलसायी चाल है। जितनी बार वह सिर पर बोझ लेती, उतनी बार उसकी देह टिकरा को छू जाती। डबडबाती आँखों से देखती। इस तरह वह भाँप लेती है टिकरा को। फिर एक-एक कदम डालती चली जाती।

इस तरह।

रेनी आकर झगड़ बैठती—''दे, मेरे फूल दे।''

टिकरा कुछ खेलता। रेनी आगे बढ़कर खींच-तान करती, फूल छीनकर सिर में खोंसती। खड़ी देह से दस बार साड़ी खोलकर बाँधती, गाली देती-सी आँखें तरेरकर टिकरा को देख कहती—''ये क्या कर दिया! देखा, मेरे कपड़े-लत्ते!!'' और फिर हँस देती।

टिकरा को इन सब से खुशी होती। मानो वह गारे के ढूह का राजा है। और इनके ऊपर है अधिकारी। रेनी को जरा हल्के, सलीके से बोझ देता। अलसी को देता कुछ बेसी।

ये छोरी काम करते-करते एक साथ गीत छेड़ देती। टिकरा गारा मिलाता और सुनता।

वह बड़ा हो गया है।

स्त्री जात को निगाह से वह कब से देखने लगा है, पर अब इधर मन उसको ज्यादा पास लाता है, देह में पता नहीं क्या कुछ होने लगता है। बार-बार मन में पाप छूता है, कोई मानो नकसा खींचकर समझा देता है कि उसे क्या चाहिए। क्या करने से शान्त हो मन, और क्या कुछ कैसे करना होगा। याद आता है, उजाड़ जंगल

में कोई जगह, किसी पत्थर की ओट में, किसी पेड़ की छाया तले, मन- ही-मन केवल मोर की पुकार और कुछ मोरनियाँ।

मंगलू आती। खड़ी-खड़ी देह खुजलाती। कहती—"अरे गावदी तुझमें कितना जोर है?" अन्य लोग हँस पड़ते। टिकरा का मुँह इत्ता-सा हो जाता। भरपूर साहस दिखा, गला थरा कर कहता—"आ देख ले!" सब और हँसते। टिकरा और भी मुरझा जाता। छाती पर बाँहें रख पीठ तिरछी कर खड़ा हो जाता, भूत की तरह।

रेनी फिर दौड़कर आती। कन्धे पर दोनों हाथ रखकर हिलाती—"दे गारा दे। उधर खत्म होने आया।"

टिकरा मशीन की तरह काम करता जाता। सिर्फ रक्त तपकर नस-नस में घोड़े की तरह दौड़ता। छाती में इकट्ठा हो जमकर झरने के पानी के स्रोत की तरह कलकल करता, कान सूँ-साँ करने लगते। आँखों के आगे, स्याह और उजले, उजले और गोल-गोल स्याह कुछ उड़ने लगते।

फिर मन करता छटपटाकर यहाँ से भाग जाऊँ। बूढ़ा शुक्रू जानी गारे पर गारा रख अन्य गोती की तरह दीवार गढ़ता। उसका काम खूब चिकना है। काम में डूब नहीं पाता शुक्रू जानी, बार-बार पिछली बातें याद आतीं। कभी खुद सपना देखा था कि अपना घर बनाऊँगा, माँडिया का घर होगा। टिकरा का घर होगा। उसके नन्हे-से संसार के सब लग जाते काम में, देखते-देखते दीवारें खड़ी होतीं, लकड़ी लगती, मथानी उठती और उस पर पीरी घास की छावनी होती।

बहुत कुछ तो सोच रखा था, कुछ भी नहीं हो पाया।

धत्त...!

पहाड़ के आस-पास हलके हलद-अलसी के फूल ऐसे खिले हैं मानो कूँची से किसी ने चित्र बनाया है। हलद-अलसी, नीलम घास और स्याह जंगल। ऊँचा-नीचा जंगल और गड्ढों के देस पर लहरीले रंग की रेखा है। पहाड़ी ढलान पर बूँद-बूँद से दिखते गाय-गोरू व आदमियों का झुंड।

सब मानो खुला-खाली पड़ा है। दृश्य को देखकर मन उदास होकर लीन हो जाता है सूने आकाश में। वर्ण में छटा नहीं, भाव में उमंग नहीं, सब उदास और सूना-सूना, सब मटमैला और पुराना, कितना पुराना!

शुक्रू जानी की आस-उच्छ्वास लीन हो गये हैं इस खाली आकाश में।

और कुछ नहीं।

पास के पहाड़ के ढलान वाले जंगल में किसी ने आग लगायी है। धुआँ उठता है सुलग-सुलग कर।

और कुछ नहीं।

शुक्रू जानी खाली आकाश को एक बार ताकता है, गारे का लोंदा भर लीप

देता, साहूकार की दीवार पर।

काम के आस-पास एक और आदमी बैठा-बैठा इधर-उधर देख बार-बार सोचता। साहूकार राम बिशेई। लक्ष्मी की दया से उसके पास धन की कमी नहीं। पर उसमें तमाम कुटिलताएँ भरी हैं। यह होगा उसका रूप। इसके बाद शायद और कई घर होंगे। रुपये मापता है गूण (बोरों) में। धान मापता है गाड़ी (बैलगाड़ी) में, यों उसका गाँव बढ़ता है, सम्पत्ति बढ़ती है, नाम बढ़ता जाता है।

और आलसी के दिमाग में बढ़ते हैं नाना यौन-विकार। कितनी स्त्रियों का उपभोग किया है, कोई सुमारी नहीं। पर आदत से लाचार। नया चेहरा देख खुद ही चिहुँक जाता। मन की ओर उसमें भावना नहीं। किसी का प्रेम वह नहीं चाहता। देह के मोल में उसके यौवन की प्रवृत्ति का तौल है। बैठ-बैठकर वह धूप सेंकता और पिक्का पीता और कामगार छोरियों को ताकता रहता पनीली-पनीली आँखों से। होठ गीले हो जाते। आँखें बैलगाड़ी के पहिये-सी फिरती इधर से उधर, उधर से इधर। आँख से आँख मिल गयी तो छोरी लाज छुपाने हँस देती, सिर नीचा कर हँसती, देह थरा जाती। राम बिशेई नहीं हँसता। सिर्फ बैल की तरह देखता रहे, उचक-उचककर देह खुजलाता, इधर-उधर, इधर-उधर देखता। बैठे-बैठे मूँछ सहलाता।

शुक्रू जानी ने विनीत होकर कहा—"दो दिन घर जाना है, साहूकार शेल (छुट्टी) दो।"

साहूकार ने गरम हो पूछा—"किसलिए जाना है?"

शुक्रू जानी ने कहा—"ये पूस माह है, तो कुछ धान कटाई...!"

साहूकार ने कहा—"जा, काम कर, कोई छुट्टी नहीं मिलेगी।"

शुक्रू जानी चुपचाप फिर काम में लग गया।

साहूकार देखता रहा। देखते रहने में उसे आनन्द आता है।

अलसी पर्जनी के सिर पर टोकरी उठाकर देते-देते वह टिकरा परजा पर झुक गयी। टिकरा सँभालते-सँभालते पछाड़ खाकर गारे पर गिर पड़ा।

मंगली पर्जनी ने कहा—"देख-देख कितना डेंडा (गावदी) है यह छोरा! कैसे कमर मोड़ गिर पड़ा!"

सब हँस पड़े।

बेहया-सा मुँह कर टिकरा भी हँस पड़ा।

छः कोस की दूरी पर है पोड़ागड़ हाट। बुधवार के दिन हाट लगती। हफ्ते में एक

दिन। प्राय: सब जाते हैं, कोई पारी खाली नहीं छोड़ता।

जंगल में बीच-बीच में ऐसी कई हाट लगती हैं। और सात-आठ कोस दूर से पहाड़-जंगल लाँघकर लोग आते हैं—खरीददारों, बेचने वालों, देखने वालों के दल। लोग रास्ते आते, कोई आता मिरच बेचने, कोई दो-चार पैसों का नून-तेल का सौदा लेने। मगर दल बाँधकर आने में ही उन्हें आनन्द है, आना बेमतलब हो चाहे। अलसी तेल, कुसुम तेल, जूड़ा चमचमाता करने, राह में ताजा वन फूल जूड़े में खोंसकर औरतों के कई झुंड आते, क्योंकि ज्यादातर औरतें होतीं। हँसी-मजाक, गीत फैलाकर, पहाड़ लाँघ औरतों के झुंड आते, हाट उनकी यात्रा है, मेला उनका सम्मेलन है, और उनकी सभा है। उबली शकरकन्द, मकई की लाजा, वन के फल पूरे रास्ते खाते-खाते वे बतियाती आतीं। इससे दूरी का पता ही नहीं चलता। कितनी भेंट-मुलाकात हो, कितने मन हुलसाते इस राज और उस राज की कई बातें चलतीं। फिर वे लौट जातीं।

हाट में चलता हो-हा, शोर-शराबा।

गुड़-मुड़ी के बने लड्डू, दो पैसे के—बेटे के लिए ले जाने हैं। छ: कोस से जिली परजा आयी है। गाँव के नायक की स्त्री आयी है, पैसे भर का मिट्टी का तेल खरीदना है।

उसे आठ दिन जलाएगी वह।

पीतल-ताँबा मिले गहनों की दुकान के पास धाँगड़ियों की खूब रेलपेल मची है। पैसे दो पैसे में कितने सुन्दर गहने! पास में काँच की माला की दुकान, लकड़ी की कंघी और एक पैसे वाली आरसी।

बागला आया। कुछ गुच्छे माला और दो आरसी खरीदकर वह ले गया। सब में दो-दो का जोड़ा, क्योंकि जिली की बात याद करने पर वह कजोड़ी को भूल नहीं पाता। बिना उसका नाम सोचे ही अपने आप दो जोड़ा खरीद लेता।

कपड़े की दुकान के पास जिली इधर-उधर हो रही थी, पर कोई लाभ नहीं। माँडिया को उसने हाट आते समय कहीं नहीं देखा। शायद साड़ी की जिद की थी अत: माँडिया ने मुँह छिपा लिया है।

उसके पीछे-पीछे काव परजा छाया की तरह फिरता, मानो वह किसी की तलाश में फिर रहा है।

झुंड-के-झुंड पहाड़ी डेंगू, पहाड़ी डोम, क्रिश्चियन आते। हाथ में हाथ मिलाकर दोनों हाथ घिसकर चुपचाप चलते जाते।

कन्ध आते। कानों में बड़े-बड़े गोल-गोल तार बहुत से झुलाते हुए। नाना भाँति के लोग आते।

इन लोगों की भीड़ में जिली को बहुत अकेला लगता। बाद में बागला से

भेंट हुई। खूब खुशी में हँसते-हँसते। पीछे से दौड़ते हुए कजोड़ी ने खींचा। उसने मुड़कर देखा—और दोनों हँसी में डूब गयीं। तब जिली ने कहा—"मेरे भाई को खोजती है? कहीं तो नहीं दिखता!"

कजोड़ी ने कहा—"वह आज आया है। मैंने खुद देखा है।" जिली ने कहा—"देख, मेरी आँख से बचेगा, पर तेरी आँख से बचकर कहाँ जाएगा?" कजोड़ी देह मटकाकर चल दी। फिर बागला को देख जिली ने पूछा—"माँडिया को देखा है क्या?"

बागला हँस पड़ा। कहा—"हाँ, हाँ, देखा है। वो पेड़ की ओट में बैठा टीन भर मिट्टी का तेल बेच रहा है।"

जिली ने आश्चर्य में कहा—"मिट्टी का तेल?"

"—हाँ री, हाँ, जा देख ले, जाकर!"

आश्चर्य में भर सोचती रही कि इस हँसी का माने क्या हो सकता है? जिली पेड़ के पास पहुँचकर देखती है—वहाँ भीड़ कुछ कम है। आगे टीन रखी थी। कुछ बोतल रखकर माँडिया जानी बैठा है। सिर पर रूमाल बाँधे। आराम से पिक्का खींच रहा है।

जिली ने पूछा—"क्यों रे?"

माँडिया चिहुँक उठा—"किधर-किसके संग आयी घर छोड़कर?"

"—किधर आयी है? बहुत सयाना है तू! एक साड़ी खरीदने के नाम पर छुपकर यहाँ पहुँच गया! मुझे पूछता है कि कहाँ आयी!"

तभी ग्राहक आ पहुँचे—दे दे जानी बेटे! एक काच दे! (एक बोतल दे) दो आने रख दिये। माँडिया ने एक-एक बोतल बढ़ा दी। गटा-गट पीकर चलते बने।

बागला की बात सोच खूब हँसी जिली। "ओह तो यही मिट्टी का तेल बेचा जा रहा है! अच्छा, बहुत पैसे कमाये होंगे तो! चल, साड़ी तो खरीद दे मुझे।"

"—पैसे कहाँ से पाऊँगा? तू बता, उधर खेत में निराई, धनकटी, कितना काम है! राजा के घर शिस्तू (लगान), कितनी बातें हैं। तू अभी साड़ी का क्या करेगी?"

"ना...ना...तू ही अकेला जमा करेगा झोला के रुपये कजोड़ी के लिए? क्यों है ना? ठीक है!"

तर्क सही जगह लगा। माँडिया ने कहा—"अच्छा देखेंगे, यह टीन सारा बिक जाए!"

जिली मुँह सुखाये बैठी रही। हाट समाप्त हुई।

साहूकार ने छुट्टी नहीं दी। माँडिया क्या अकेला कर सकेगा अपने खेत में धान कटाई? माँडिया कटाई की बात सोचकर बूढ़ा शुक्रू जानी बिसूरता, सोचता गोती बना तब ही तो यह हालत है मेरी!

कभी-कभी घर आता। वह आता, टिकरा भी आता। फिर साँझ में चूल्हे की आग के पास बाँस रख-सुख-दुःख की बातें करते। सात-पाँच पर विचार करते। रात कटते ही शुक्रू जानी फिर गोती बन चला जाता। शुक्रू जानी का मन परेशान होता। टिकरा नहीं होता। माँडिया नहीं होता। जिली या बिली कोई परेशान नहीं होती। बूढ़े में केवल अतीत की चिन्ता, बूढ़ा हाड़ टूटने पर और जुड़ नहीं पाता है। लड़के का भविष्य, अतीत के खोल को नीचे रौंद उसी में से ऊपर बढ़ने लगा है, नीचे का खोल उसे याद नहीं।

पहाड़ की ढलान में सब्ज, बीच में हलद-जर्द अलसी के फूलों की छवि, नीले माँडिया, फीकी सब्ज सोंवा की फसल! धूप और चलते कोहरे में छवि बदल-बदल जाती। माँडिया अनमना होकर बाहर देखता, भीतर देखता, केवल कजोड़ी। मद राँधने बैठता तो केवल उसी की बात याद आती, कब होगा झोला के रुपयों का जुगाड़? ये कुछेक रुपल्ली का जुगाड़ हो पाया।

फिर क्या इसके बाद आएगी कजोड़ी...?

जंगल में कन्दा या मूल उखाड़ते-उखाड़ते समय जिली सोचती अपने बागला की बात। फूल के गुच्छे में पत्ते तोड़ सिर में खोंस देती, खुद को सजाती, हर काम के पीछे होती बागला की स्मृति।

बिली बरामदे में बैठ पत्ते में पत्ते लगाकर तल्रि तला बुनती, गुनगुना कर गीत गाती। अभी उसका 'अंड्रा' (मर्द) तय नहीं हुआ। 'बिली-बिली' कह कोई गीत नहीं गाता। मगर एक-न-एक दिन उसका भी आदमी आएगा जरूर, बिली जानती है। बरामदे पर बिछे शाल के पत्ते बन जाते विराट एक दर्पण, उसी पर रँगीली दुनिया दिख जाती, कपड़ा बित्ते भर पहन कन्धे पर कुल्हाड़ी और बहँगी डालकर भाँति-भाँति के जवान छोरे चले जाते, बिली-बिली कह पागल!

उनके पास धन नहीं। इतनी बड़ी मुसीबत आयी है। बाप-भाई साहूकार के यहाँ गोती हैं। घर में चारों कोने बुहारो तो ढेर अनाज निकल आये, बिगड़ा नहीं। पर दुनिया में सब पैसा ही तो नहीं है। केवल पेट की चिन्ता में दिन नहीं कटते। इधर-उधर की सोचते-सोचते पश्चिम की छाया पूर्व में ढल जाती। दिन चले जाते।

समय और स्वप्न, स्वप्न और समय की मिली-जुली एक अनुभूतिमय सन्धि है, यह जीवन।

बहुत शीत। पूरा पूस महीना। घर-घर में उम्हेई (सिगड़ी), घर गरम रखने के लिए बरामदे में कंडों की आग।

आकाश में भेड़ के रोयें जैसे कुछ मेघ, दो घड़ी होने पर खूब कोहरा।

माँडिया मद राँधता है। झरने में, पानी अपने आप ढलकर भाप भरी हंडी को ठंडी कर दे, मद जमता, माँडिया टीन के टीन मद बना लेता।

घने जंगल में बाघ निकलता शिकार के लिए। गीदड़ छुप जाता, हिरन छुप जाता, बाघ छुपे-छुपे चलता। जंगल का 'जमान' घूम-फिर कर देखता। कौन कहाँ पोड़ खेती कर रहा है। सेलूट जमान (आबकारी चपरासी) निगाह करता फिरता, कहाँ मद राँधा जा रहा है।

फिर भी कन्ध पोड़ काटता है, माँडिया मद राँधता है।

छलछल करते झरने का पानी अँधेरे-ही-अँधेरे में बह जाता है। पीछे नहीं देखता। किसी का काम कोई नहीं देखता।

माँडिया मद राँधता।

और सोचता।

पौष पर्व, खूब बड़ा दिन।

टिकरा और शुक्रू जानी घर लौटे हैं। दो दिन की छुट्टी है। पहाड़ के किनारे-किनारे अलसी सूखकर मटियाली हो गयी, हँसी छुपकर केवल उदासी। खेत में 'पकी' (फसल) उठ गयी, खेत खाली। जितनी दूर आँख जाती, सब्ज जंगल के किनारे-किनारे खाली धरती है। जगह-जगह माँडिया पक चुका है, धान पक गया, कटाई नहीं हुई। खेत के बीच फसल की रखवाली के लिए एक-एक खडर पला (मचान) बना है। कहीं जमीन पर, कहीं पेड़ पर, तो कहीं डाल पर।

गाँव कोस भर था कि साँझ ढल गयी। कतार-की-कतार ढूह और पहाड़ों पर कोई काला कपड़ा फिरा गया है। जगह-जगह घर लौटते झुंड-के-झुंड लोग, मटके लिये स्त्रियाँ पास के झरने से पानी भर रही हैं।

हाथ में आग के लुआठे लिये, कन्धे पर कुल्हाड़ी रखे, देह पर कन्था और कम्बल डाले बटोही चले जा रहे हैं। शुक्रू और टिकरा ने एक दल छोड़ दूसरे का साथ किया है। रास्ता कट जाता है। नीम अँधेरे में जगह-जगह ऊँचे पहाड़ की ढलान पर 'पदा' (चौरस या समतल) जमीन पर खेत जगवाली करते आग जलाकर बैठे सींगा फूँक रहे हैं। चीख रहे हैं। इधर-उधर देखते रास्ता कट गया। पहाड़ की ढलान पर सरसुपदर गाँव की रोशनी टिमकने लगी।

अँधेरा ढोते हुए बाप-बेटे दोनों ढलान पर उठ गये। कल है पौष पर्व।

गाँव के धाँगड़ा घर में मच्छर भीं-भीं करने की तरह एक साथ कई डुगडुगा झनझना रहे। इस साँझ पहर से ही आज धाँगड़ा नाच है।

कल पौष पर्व है!

पौष पर्व की भोर हुई। कोहरे भरी भोर।

मानो काँच की खिड़की से आते उजाले की तरह। देह सिहराकर दाँत कटकटा रहे हैं, फटा-पुराना ओढ़कर एक-एक़ कर समूचा गाँव निकल पड़ा। आज पौष पर्व है। वर्ष में एक दिन। फिर साल भर बाद, जीवित बचे तो। आगे देखो तो लहर-की-लहर पहाड़ पर गाढ़ा सफेद कोहरा घिरा है।

दिन निकला कोहरे में रंग कर। बहते मेघ का पक्षी रंगीन उजाला खोलता जा रहा है। नीचे जंगल-ही-जंगल में कहीं-कहीं बूँद-बूँद जैसे गाँव। कोई सुमारी ही नहीं हो पाती।

मगर आज तो पौष पर्व है! एक दिन के आनन्द की पूजा करने के लिए यहाँ मानव-जीवन प्रतीक्षा में बैठा है। कोहरे के नीचे उड़ती फिर रही है प्राणों की महक।

जल्दी उठकर मुँह पर बासी पानी छींटते न छींटते गाँव की बहू-बेटियाँ लाल माटी लाने चल पड़ी हैं। घर में लिपाई-पुताई होगी। काम लग गया है। भींत पर सफेद माटी, और लाल माटी, बरामदे में काली माटी, पीली माटी, इसके बाद माँड़ना माँड़ेंगे। घर की लिपाई हुई। पट्टी-पट्टी कर कई रंग के चित्र माटी से बने, कोयला पीसकर अलसी के तेल में मिलाकर किवाड़ एवं चौखट पर काला रँग दिया। घर चमक उठा।

माँड़ दो चुलू पीकर गाँव वाले चले जंगल से लकड़ी काटकर लाने। औरतें सिर में तेल लगाना, बाल सँवारना, साड़ी उबालना आदि काम में लगी हैं। आज पौष पर्व है, साल भर का मैल-वैल सब आज साफ होगा।

माँडिया जानी थरथराता अपने मद राँधने की जगह चल दिया। पहले ही महुवा सड़ाकर रख आया है। आज दो टीन मद राँधा जाएगा। खूब बिकेगा। पौष पर्व ....पौष पर्व कहते हुए जिली-बिली ने उसके संग जिदकर कपड़े और कड़े बनवाये हैं, वे दाम आज वसूल होंगे। माँडिया ने काम में मन दिया।

टिकरा चला लकड़ी काटने। उसे खाली-खाली लग रहा है। याद आ रहा है—साहूकार के घर में वह माटी उठाने वाली छोरी। काम के संग मन भी वहीं फेंक आया है। इसलिए अच्छा नहीं लगता।

शुक्रू जानी...।

पौष पर्व की तपिश उसके मन के गुमान को ऊष्मा नहीं दे पायी। वह भुला न पाया कि वह गोती बन गया है। उसने क्या सोचा और क्या हो गया है! अपना घर उसे काट खाने आता है। इसी में उसका जन्म, इसी घर के लिए वह बना गोती,

और अब सब शेष हो चुका है! कब से वह जा चुका है! कल की-सी बात लगती है। उसके जाते ही सब उलट-पुलट हो रहा है। झरने में मछली पकड़ने के लिए उसने जाल डाला था, वहीं पड़ा है, वैसे का वैसा। खाट का पाया टूट गया था, फिर किसी ने मरम्मत नहीं की। गत वर्ष वह जो सेम का पौधा लगाकर गया था, अब कैसे भालू की तरह घना हो गया। इस साल सेम कैसे सूखे निर्जीव हैं! अच्छी तरह उनकी सँभाल नहीं की गयी। घर में जहाँ जो रखा, इस माँडिया के हाथों सब गड़बड़-सा हो गया। उसे अच्छा नहीं लगा।

घर के आगे बड़ी चट्टान पर बैठ शुक्रू जानी सात-पाँच सोचता गया। आज पौष पर्व है! अब तक खेत में धान कटाई नहीं हुई। माँडिया वैसे ही बिना बाँधे खुला पड़ा है, उसमें कितना तो चूहे खा गये होंगे। सोचा, इनके वश का काम हो तो भी इन बच्चों की बात ऐसी ही होती है। माँडिया बच्चा ही तो है, और नहीं तो क्या?

चट्टान के पास कुत्ते के पिल्लों का झुंड कूँ-कूँ कर उठा। बिली ने चूल्हे पर हंडी पर हंडी रख चूल्हा फूँ-फाँ कर फूँकना शुरू किया। हलचल बढ़ गयी। शुक्रू जानी ने कन्धे पर कुल्हाड़ी रखी और लकड़ी काटने चल पड़ा। जैसे पहले जाया करता था।

आज पौष पर्व है। उसे भी आज लकड़ी लानी है। जितने गोती जहाँ थे, सब आये हैं। बुद्रा जानी आया है, काकना मुदली, टेंड परजा, गोरा, चितम,...ओह पता नहीं कितने गोती हैं! कोई कहीं साहूकार की गायें या भैंसें चराता है। कोई खेती करता है, कोई बैलगाड़ी चलाता है। कोई घर का काम करता है। आज बरस का एक दिन, हँसी-खुशी, गप-शप, पन्द्रह दिन बाद नवा खिया (नवान्न भक्षण) है। दो माह के बाद चैत। हँसी-खुशी में बैंट (शिकार) और धाँगड़ी नाच का आनन्द। एक दिन का आनन्द, वर्ष भर बीत जाता है। दिन चले जाते हैं।

शुक्रू जानी खेत देखने चला।

हाथ के कड़े माँज-मूँज, रंगीन साड़ी पहन गाँव की छोरियाँ चल पड़ी हैं फूल लाने के लिए। फूल न हों तो नाच नहीं होता। बाँके जूड़े में गुच्छे-के-गुच्छे फूल।

तीनों सहेली जिली, बिली और कजोड़ी एक साथ बाँह में बाँह डाले, पहाड़ पर मयूरी-सी कदम रखती चलीं। बाँके-टेढ़े नुकीले पत्थर की नोंक छूकर, गड्ढों पर छलाँग मार, पेड़ की जड़ों में झर-झर बहते ऊष्म पानी में पाँव छपछपाकर, पहाड़ी देस की तीनों धाँगड़ी चली हैं।

कोई कहीं जंगल में फूल तोड़ रही, अकेलापन लगे तो एकाएक चिल्ला पड़ती है। पहाड़ के ढलान-ही-ढलान से कभी इस चिल्लाहट की आवाज़ आती है, कभी परजा भाषा में रचे गीत। ऊँची-नीची तान में उठते-गिरते गीत, और फिर

इधर-उधर बिखर जाती है गीत की लहर।

नुकीले पहाड़ के शिखर पर लाठी का सहारा लिये खड़ा टिकरा सामने की ओर देख रहा है। नीचे पहाड़ की दीवार-सी खतम हो रही है झरने में। अँधेरे झरने छोटे-बड़े कितने ही जल-प्रपातों का पानी खल-खल करता सुनाई दे रहा है। उस ओर बीघा-दो बीघा जंगली समतल, फिर उधर पहाड़ ढूह बनता जाता है। सामने मुँह पर जाड़े की धूप। किसी पहाड़ का शुरुआती जंगल चमचमाता दिख रहा है। कहीं खोह दिखती है अँधेरी और स्याह। कहीं चिकने पहाड़ का सामने का भाग दिख रहा है सब्ज। टिकरा खड़ा है, शून्य में उदास निगाह, सिर पर जाड़े का नीला आकाश।

विशाल स्मृति में मन अपने साथ अकेले में बतियाता है, खुद अपना साथी बनता है।

वह बड़ा हो चला है। टिकरा जानी अब बच्चा नहीं रहा। झुकी बेढंगी देह को किसी ने पीट-पाटकर मानो सीधा कर दिया है। कोमल चेहरे के नीचे का हिस्सा क्रमशः सख्त हो रहा है। बाँहें गोल होने आयीं। कन्धे फूल गये। गरदन के दोनों ओर दो मांस के टुकड़े इधर-उधर मुँह मोड़ने पर टनक कर उभर आते हैं।

हाँ, टिकरा जानी अब कोई छोटा बच्चा नहीं रहा।

ट्रापिजायड की तरह पहाड़ की नुकीली नोक पर हवा में नाक ऊँची किये टिकरा कौपीन पहने लाठी के सहारे टिका रहा। तिरछे शीत में सूरज वन के साथ-साथ उसे भी रँग गये। खाली आकाश तले पहाड़ के माथे पर आदमी की धूप-छाँव मिली मूरत, एक ओर चमचमाती, एक ओर साँवली।

वह वन का एक जन्तु है।

नींद तोड़ते यौवन के मोह में देह फूल रही है। देह का विकार मन में गड़ रहा है उदास सिहरते आकाश में आकांक्षा की किरण...!

एक और जंगल के बीच झरने में निःशब्द वन में खड़ा है माँडिया। एक लय में वह पीठ पीछे दोनों हथेलियाँ कर, मद हाँडी को देख रहा है। दोनों ओर दो ऊँचे पहाड़, बीच में गहरा झरना, घने वन में सुरंग-सा दिख रहा है। उसी के बीच पतली पानी की धार बह रही कल-कल करती। दोनों तरफ सूखा। भाँत-भाँत के फर्न की झाड़ियाँ मैदान के किनारे बड़ी हो वंश फैलाये हैं। जगह-जगह पेड़ की जड़ झरने के पानी को ढाँपे हैं जाल की तरह, पानी छलकता-कूदता जा रहा है। झुरमुटों वाला जंगल, खुली जगह, सुरंग, दोनों ओर दो पहाड़ों की पीठ—चुपचाप माँडिया छुपे-छुपे मद राँध रहा है, जहाँ पर उसे कोई न देख पाए।

माँडिया अनमना हो देख रहा है। धुएँ का खेल। सोचता जा रहा है, पता नहीं कितनी बातें हैं। कजोड़ी को घर में लाएगा। मगर सोचते समय कितने अनजान प्रतिबन्धक उसके माथे पर चिन्ता की रेखा खींच जाते हैं। पचास-साठ रुपयों से वह बहुत दूर है, अन्य जाति-भाइयों की तरह वह भी गोती हो जाता ब्याह के लिए। इसमें कोई हर्ज नहीं। मगर बूढ़ा शुक्रू जानी छोड़ेगा नहीं। कजोड़ी चाहे न आए, घर नहीं उजड़ेगा। वह अगर गोती चला गया, तो फिर पीछे घर कौन देखेगा?

आज पौष पर्व है। देस भर में महोत्सव। शंका, सन्देह फेंककर खुशी मनाने की विधि है। मगर खुशी के दिन दुनिया भर की आशंका, उद्वेग मन को क्यों कचोट रहे हैं? पूर्णता की घड़ी में आदमी आगे देखकर सात-पाँच सोचे, सोचता है क्योंकि शायद वह सब गँवा चुका है।

खैर, जो होना है...होगा....!

माँडिया चूल्हा फूँकता, झरने के पास जलावन और थोड़ा सरका देता। पानी उबलकर मद की भाप पानी बनती।

दिन मुरझाने आया। माँडिया ने मद राँधने में और मन लगाया।

धूप झुक आयी। सब अपने-अपने घर लौट गये। औरतें बोझ-की-बोझ सूखी गीली लकड़ी लेकर लौटीं, सेवल पत्ते और फूल। सेवल फल घर के सामने झुलाये। यह शुभ है। बाहर के सेवल पत्ते-निरानन्द होने के कारण, फल घर के अन्दर नहीं जा सकते।

गाँव के बीच ऊँची जगह देख लकड़ियों को सजाकर रखा गया। ताकि आज रात आग जलाई जा सके।

अब साँझ ढलते न ढलते चोरी होने लगी। किसी के घर से लोटा गया, किसी की बाड़ी से सब्जी, किसी की बाड़ पर से धोती। किसी ने मौका देख पूरा हाथ साफ कर दिया। कारण, आज चोरी करने की विधि है। रात बीतने पर जिसकी जो चीज है, एक-दो पैसे लेकर लौटा दी जाती है। कुछ नष्ट नहीं होता। हलका अँधेरा घिरा है, चारों ओर 'चोर-चोर' की आवाज सुनाई देती है। आज साधु कहलाने वाला कोई नहीं।

क्रमश: रात बढ़ी। साँझ का माँड़ पीना खत्म हो गया। सब घर छोड़कर बाहर आ गये। ऊँची चट्टान पर जहाँ लकड़ी रखी थी, उसके चारों ओर, गाँव के धाँगड़ा डुगडुगा लेकर गुनगुनाने लगे। गाँव की धाँगड़ियाँ तेल में चक-चक करते चेहरे लिये बाँके जूड़े में फूल खोंस कतार में खड़ी हो गयीं। चारों ओर छोटे-छोटे लुआठे जलने लगे। झोड़िया परजा नाच शुरू हुआ।

धाँगड़ा ने पहली पंक्ति शुरू की। खडू से खडू बजाकर झोड़िया परजा शुरू हो गया।

'खड़ू मारा नाटो'....
आमू गाणू जामू गाणू बीतू, रे!
समदी बीतू रे!
आलिया बीतू रे!
माडीमाँदा खाड़ू मारा नीतू रे!
समदी नीतू रे!
तीति बीति तीति बीति तीति बीति रे!!

(''हमारे पुराने गाँव में, जिसका नाम आम गाँव हो या जामू गाँव हो, नाम से क्या होता है—इस गाँव में माला झमका कर, खड़ू से खड़ू टकराकर खड़ू मारा नाच नाचें। नाच करो, नाच करो, हँस-हँस कर तितर-बितर होकर नाच इधर-उधर, बिखर पड़े।'')

डुगडुगा की ताल पर समान ढंग से कदम डाल झूम-झूमकर हाथ में हाथ, खड़ू-से-खड़ू टकरा, धाँगड़ा नाच उठे। नाच के नशे में वन की अनादि आत्मा जाग उठी—धरती काँपी...पीढ़ी-दर-पीढ़ी को उलटा कर झोड़िया परजा नाच का युग उलटकर वापस लौट आया—पुराना समय लौट आया—

जब ताजा हवा में विष न था, था विश्वास
जब मच्छर और डाँस न थे, खून सोखने को जंगल में राह न थी।
पाँव काटता साँप न था। जंगल के लिए राह न थी।
जब परजा अपना बोझ खुद उठाता।
अपनी धरती पर लुढ़क जाता।

खुले-फैले जंगल के इलाके में उसका सरल जीवन फैला था, नाचा था, कूदा था अपने जंगल पर, अपने वन पर।

जानी (पुरोहित) आया। लकड़ी के भारे के आगे मुर्गे की बलि हुई—दो फूल रखे, रक्त और फूल को लेकर लकड़ियों पर रखा गया, आग लगाई गयी। आग दपदप जल उठी। गाँव वालों ने बार-बार 'हो-हो' का नारा लगाया। झोड़िया परजा नाच और तेज हुआ। धाँगड़ा-धाँगड़ी घेर-घुमेर, बाँके-साँप-सँपीले घूमकर नाचते रहे, आग के चारों ओर। पसीने में भरे लाल चेहरे पर लाल आग ने रंग बोर दिया। पीछे पड़ी तू लम्बी सोहनी चलती छाँव। नाच जमा। धाँगड़ी गीत गाने लगी। पहाड़ पर थरथराते हवा का झोंका, उसमें रुक-रुककर तैर आता, दूर झरने की झल-झल का स्वर।

नाच जम गया, कुछ रुककर धाँगड़ी गाती—
''ओहो हो रिश...धाँगड़ा धाँगड़ी मिश''
डोम के बाजे ने पारी थामी।

धाँगड़ा-धाँगड़ी,...धाँगड़ा-धाँगड़ी,...

शुक्रू जानी ने आधी रात में देखा वह बड़ी आग क्रमशः फिसलकर बुझ रही। गाँव वाले इधर-उधर जमा हो रहे हैं। मद के नशे में चूर। आग बुझ रही है। आज यहाँ आग बुझी, कल वहाँ जलेगी। बड़े पहाड़ की ढलान पर कितने ही गाँव, सब जगह दीवाली का पर्व एक दिन में नहीं होता। यहाँ-वहाँ महीने भर तक पर्व चलता है। मगर इसके बाद तो काम पर लौटना है।

आधी रात। चाँद कब का डूब चुका है। आग बुझ गयी। चारों ओर काला स्याह अँधेरा। कोई हचचल नहीं। कोहरा ढुलक रहा। ढुलकता है अन्धकार!

अगले दिन!

गाँव में छोटे-छोटे बच्चे इस गाल पर काला, उधर चूना पोतकर मुँह और देह पर चित्र बनाकर हाथ में एक-एक लाठी लिये दल बनाकर फिर रहे हैं। जिस तिस के दरवाजे पर लाठी से ठक-ठक कर आवाज देते हैं, नाचते हैं।

"छेर छेरा...छेर, छेरा

डूब दे....तेरा कुटा घेरा"

हँसकर घर वाला मुट्ठी-दो मुट्ठी चावल या माँडिया देता है, बच्चों का दल आगे चल पड़ता है।

डोम बस्ती में बाजा बज रहा है। जिसकी जब मरजी चार-पाँच बड़ी-बड़ी लड़कियाँ नाच-नाच कर जाती हैं। नाच-ही-नाच, मद-ही-मद, मौज-मस्ती, गप्पें। पहाड़ की तलहटी में पौष पर्व उतरा है।

साँझ डूब गयी। क्लान्ति नहीं। अवसाद नहीं, केवल मौज-मस्ती! पहाड़ की गुफा-कन्दरा से, छोटे-छोटे गाँवों में बाजा बज रहा। रुक-रुककर हवा बहकर आ रही है। अभी खेतों में चहल-पहल नहीं है।

शुक्रू के घर में सब हैं। माँडिया नहीं। वह अपना झोला के पास मद राँध रहा। पर्व के समय अच्छा व्यापार होता है। पिछले दिनों अच्छा पैसा अंटी में आ गया था। घर में एक-दो टीन रखा है। फिर भी और चाहिए। देखा-देखी और दो-तीन जनों ने पास में मद बिठा रखा है। गपशप और काम चलता है। वे साँझ को घर लौटेंगे।

तभी चार सालटू जवान (एक्साइज पुलिस) और पाँच-सात बाहरी लोगों को लेकर सब-इन्स्पेक्टर बाबू आ पहुँचा। साथ में गाँव का चमरू डोम!

भागने की और कोई राह न थी।

माँडिया जानी तब चूल्हे में लकड़ी झोंक रहा था। बड़ा चूल्हा, उसके ऊपर बड़ी नाव बिठायी, यानी मद राँधने को ऊपर एक और उलटी रखी है। छेद वाली माटी की बन्द हाँडी या 'धरनी' लगी है, झोला से आ रही पानी की धार से धरनी

की ओर एक तिर्छी बाँस की फर्ची लगी है, पानी झरकर धरनी को ठंडा कर जाता है। चूल्हे के पास एक टीन और दो बोतल है।

सालटू वाले पहुँच गये। खुद माँडिया बहँगी बना सारा मद राँधने का सामान लेकर गाँव की ओर चल पड़ा।

बात चारों ओर फैल गयी, शोर हो गया—"सालटू...सालटू!" बाजे बन्द। नाच थम गया। देवता छूट गये। औरत, बच्चे सब इधर-उधर छुप गये।

अब घर की खान-तलाशी चली। आटू, संघा, घर-बार सब जगह तलाशी ली गयी। कहीं 'धरनी', कहीं से बीड़ी। कहीं खाली टीन, टूटी बोतल, जहाँ जो मिला, लिखा गया। खाली चीजें सूँघी गयीं। हंडी-कुंडी, राख सब, शायद कहीं मद हो। कुछ मान गये। कुछ नहीं, अब अँगूठे के निशान लिये। लिखाई कर सालटू लोग खुश होकर लौट गये।

अँधेरा आया। फिर घर-घर मातम। बाहर कलह...किसने खबर दी, कौन है भेदिया! गाली फजीहत हुई। पौष पर्व खतम हो गया।

कोट घर (कचहरी) में बिचारणा (विचार) हुआ। माँडिया जानी का।

"—माँडिया जानी! तेरे नाम पर दावा है, तू अमुक दिन मद राँध रहा था, तेरे पास से अमुक-अमुक चीजें बरामद हुईं?"

बैल की तरह वह देखता रहा। दूसरे जंगली लोगों की तरह माँडिया जानी ने कहा—"सत महाप्रभु! दोष किया और क्यों नाही करूँ?" मजिस्ट्रेट बाबू ने राय सुना दी—"तुझे पचास रुपये जुरमाना, वरना पन्द्रह दिन जेल!"

माँडिया ने आपत्ति की—"कुछ नहीं, महाप्रभु! ऐसा कहेंगे तो मर जाऊँगा! दया करो महाप्रभु! आपका सहारा! रक्षा करें...!"

"ना...ना...यह सब कुछ नहीं। कुछ देगा तो दे, वरना जेल भेज देंगे!"

माँडिया जानी रोया नहीं। होश खोये नहीं। कुछ कहा नहीं। केवल खड़ा रहा। आँखों के आगे धरती घूम गयी। इधर से उधर। पौष की मुरझायी धूप तब तक मर रही थी। कोटूघर के दरवाजे पर उधर दूर गाँव के खाली-खाली खेत दिख रहे थे। सब सूना और निर्जीव। सच मानो प्राण खतम हो गये हैं!

माँडिया जानी जमानत और मुहलत के लिए दरखास्त देकर धीरे-धीरे बाहर आ गया।

कोटूघर में बिचारणा पूरा नहीं हुआ। कितने लोग...राज्य भर के लोग। काम में डूबे मजिस्ट्रेट बाबू एक-एक कागज पर फैसला करते गये। रोशनी हो गयी। सूने आकाश में राह भटकने की तरह एक-दो टिमटिमाते तारे दिखने लगे। कितने लोग आये, कितने गये। माँडिया जानी का बिचारणा समाप्त हो गया था!

पचास रुपये जुरमाना, वरना न दे सके तो पन्द्रह दिन जेल।

शाल के पेड़ पर बिजली पड़े की तरह मुँह सुखाये माँडिया जानी गाँव लौटा। पहाड़ी खोह वाला गाँव। आदमी की देह पर कुछ ऐसा सूक्ष्म परिवर्तन हो जाता है कि उसमें खून सूखता नहीं। मांस सूखता नहीं, फिर भी तो लगता है तूफान गुजर गया है।

माँडिया जानी ने छाती पर से बोझ आगे फेंक, स्प्रिंग लगे पाँवों से कदम बढ़ाये, कोस-कोस भर का कदम बढ़ाकर चला। वह लोहे की देह, वह बलिष्ठ गठन, मगर सब उसका चुक गया—पहाड़ के बरसाती झरने, दोनों किनारों को काटने वाले स्रोत के पल भर में सूखने की तरह, जो पीछे छोड़ जाता है कुछ-कुछ झरने में पानी का सिर्फ चब-चब करता पाट। वैसे, उसका सब चला गया है।

अचानक देखो तो समझ में न आए। सूनी आँखों के उस ओर वह एक करुण आर्तनाद बन गया है। सिर्फ खिन्नता भरी गहरी एक छाया है। उनसे समझ में आएगा—प्राणों को आघात लगा है। आहत मन की सूचना केवल उन निगाहों में है।

कोई कर्ण-पिशाची मानो राह-ही-राह कानों में कह रही है, वह बात-पचास रुपये-वरना पन्द्रह दिन की जेल, कितनी गरम-कितनी भयानक कैसा गर्जन, उसकी पहले आषाढ़ के काले आकाश में बिजली की गड़गड़ाहट, मानो गरज-गरजकर वही बात। वही बात कह रही...

कजोड़ी? कजोड़ी उसे याद नहीं। उसे कोई भी याद नहीं है। कोई उन आँखों में नहीं। वह खुद...और आँखों में अनदेखी छाँव और भय कोई मानो पीछे दौड़ रहा है, वो भाग रहा, जैसे चैती शिकार में नन्हा हिरन का छौना, इधर-उधर, इधर-उधर हो रहा—केवल पीछे आवाज—वो भागा-भागा, मारो, पीटो...चलाओ-ठो..." अपने डर में डरा भागा। कोस-कोस के कदम, वह कुछ नहीं देखता, केवल राह कटी है—"हिरन...हिरना...मारो...पीटो...!"

फिर गाँव...!

फिर उस बस्ती में छोटी-सी एक झोंपड़ी।

फिर कुछ परिचित लोग, गाँव के भाई, गाँव की औरतें, धाँगड़ा बसाघर के संगी-साथी, धाँगड़ी बसाघर की छोरियाँ, सारिया-फूल, सारिया दान, रम्बाली...!

और उसका सर्व सहना बापू, नंगे पहाड़ की ढलान-सा।

इनके आगे मुँह सूखा, चोर-सा, बचते-बचते इधर-उधर देख घर में आया। और बाहर नहीं निकला।

माँडिया जानी ने किवाड़ बन्द कर लिये।

शुक्रू जानी फिर गाँव के नायक बारीक, चालान, बड़े रैयत इनको लेकर चला साहूकार के घर, रुपये चाहिए।

गाँव सारा सहम गया, किसी का मुँह नहीं खुले। कितने ही लोगों को रुपया चाहिए, केवल एक को नहीं।

केवल बाड़ के पास, पानी लाते समय राह में, एक-दो औरतें इकट्ठी हों तो खुसफुसातीं—ऐसा क्या हो गया जो किसी का पति जा रहा रुपया के लिए, किसी का बेटा। पहाड़ी इलाके में कंकड़-पत्थर है, रुपये नहीं। रुपये न दो तो पकड़कर जेल कर देंगे।

परजा के माँड़ पीने का समय जा चुका है। दुपहर हो गयी। झरने के किनारे कन्धे से लाओ तूम्बे से उड़ेलकर कुछ-कुछ माँड़ पी और झमाझम घने जंगल में चल पड़े। गाँव वाले इधर-उधर की बातें कर मन बहलाते। शुक्रू जवाब देता, माँडिया बात नहीं करता। चुपचाप चलता रहा। जंगल में कभी-कभी कपोत बोलता, कितना उदास उसका स्वर! झिमझिम जंगल में, मन के आगे अंकित हो जाता—सब खतम हो गया—सब एक-एक उदास छाँव, निर्वाक्, उदास मगर सनातन-विधवा बूढ़ी माँ की तरह। कपोत बिसूरता, पत्ते झरते, माँडिया जानी होठ भींच राह चलता, टपटप पसीना बह छूटता।

तब तक पश्चिम आकाश में एक लाठी जितना (चार बजे) समय होगा। साहूकार के घर पर 'गजा' लिखाई हो गयी। साल के पाँच रुपये तै रहे।

माँडिया जानी गोती-बँधुवा हो गया।

फागुन—

खेत साँय-साँय करता, सूना। आकाश में मुट्ठी भर भी कोहरा नहीं। हाँय-फाँय करते आकाश के नीचे साँय-साँय करते खेत। जितनी दूर तक आँख जाती है—पेड़ हैं। ढूह-के-ढूह आबू-से पहाड़ी की चोटी पर ललवाँसे नये पत्ते ढेर सारे। जंगल में कतार-के-कतार लम्बोतरे पेड़, जो दो गाँवों के बीच सरहद हैं और जंगल में मटियाले खेत, न पत्ते और ने पेड़।

अब नयी-नयी खेती शुरू हो रही है। दिन उगने के स्थान पर लाल रंग पुताई होने तक सूने पेड़ के पास कहीं माँडिया जानी, कहीं शुक्रू जानी कोड़ी-कुदाल लेकर पथरीली माटी संग कुश्ती कर रहे हैं। तूम्बे से दो चुल्लू माँडिया का माँड़ पीकर पसीना बहा रहे हैं माटी पर। माटी द्रवित होगी, खेत हँसेंगे। मन हुलसेगा, अनाज का भंडार भर देंगे साहूकार के कुठले में। जब कुंडल झुलाकर साहूकार खुद जरा-सा हँस देगा, वह क्या काफी नहीं? बँधुवा और इससे ज्यादा नहीं चाहता, वह

अधिक नहीं खोजता। पीठ पर तनिक हाथ फिराना, मुँह पर जरा-सी मुस्कान, यही उसे स्वर्ग पाने जैसा है।

पहाड़ पर खेत में हल नहीं चलता, केवल कोड़ी से खेती होती है, जितनी अधिक मेहनत, उतनी अधिक फसल।

माँडिया जानी फूली-फूली देह पर जाली बन चुकी लँगोटी लगा, खेती करता, दूर दिखता एक पत्थर-सा, जिसकी सन्धि से पानी रिस-रिसकर टप-टप कर गिर रहा है।

तीनों बाप-बेटे बँधुवा। मगर अतीत को वह भुला नहीं पाता। बाप-बेटे में इतना ही फर्क है। धूसर माटी पर पहाड़ उलटते आदमी की काम करने की शक्ति थमकर मानो अपनी सत्ता खो देती है। वैसे ही मन के अरमान भी भूल जाता है। वैसे ही भुला देता है आज और कल। गरमी के नशे में मन सुलग उठता, हाथ-पाँव काम करते मशीन की तरह। समय निश्चल खड़ा रह जाता, सूने पेड़ तले आदमी माटी बन जाता।

मगर उस धूल भरी सत्ता में पेड़ तले बैठकर जब माँडिया पसीना पोंछता, फागुन की हवा का झोंका टूटी चोटी पर धूल उड़ाता, कभी-कभी दूर जंगल से तैर आती चम्पा के फूलों की मन हुलसाती महक, सूने झोड़ी पेड़ पर स्याह गौरैया बोलती—माँडिया सपना देखता—सपने में बँधुवा नहीं, साहूकार नहीं, केवल चिरन्तनी की छवि होती।

गाय चराते कन्ध छोकरों की जुड़वाँ वंशी की आवाज उस फागुनी हवा में तैर आती, सपने को और उकसा देती। उजाले की चमक, हवा की सुनसान क्लान्त काया की शान्ति की लिप्सा, सब एक-एक कर आँक देते-क्लान्ति का व्यवच्छेदहीन स्वप्न, जिसकी तूलिका में मर्मर कोमल भाषा, जिसका पट केवल शुद्ध पार्थिव सत्ता।

कजोड़ी के कोमल चेहरे पर हँसी झलक आती। उसके जूड़े में खोंसे जाते तरह-तरह के फूलों के गुच्छे। आँखों में तारे टिमटिमा आते। होठ पर सिन्दूरी रंग, कपड़े पर धातुकी का रंग, महक में ओस भीगे वन का सौरभ...

स्वप्न देखता लँगोटी पहने बँधुवा जाँघ सटाये, हाथ बाँधे, सिमटा-सिमटा बैठकर, आँख मूँदे पेड़ से टिककर।

गाँव के चौक में लम्बे पैने स्मारकी पत्थर की तरह।

फिर सपना टूट जाता उसका।

साँय-साँय करते खेत पर उदास धूप। दूर का पहाड़ काला स्याह दिखने लगा। गहरी साँस लेकर बँधुवा उठता। कोड़ी-कुदाल कन्धे पर लाद गरदन झुका चल पड़ता साहूकार के घर की ओर।

साँझ को बँधुवा को पास बुलाकर साहूकार कहता—"रे शुक्रू! इधर-उधर

की बात में तो तू बड़ा भीम है...!''

''—क्यों, क्या हो गया, साहूकार?''

''—इत्ता-सा घर! उसे खड़ा करने में इतने दिन लग गये? और कैसा काम करोगे?''

''—क्यों साहूकार! किस दिन काम बिना कराये खाली खाना देते हो? आज कहो खेत निराई, कल कहो वन जाकर लकड़ी ला, फिर अगले दिन कहेगा हल चला। जब थोड़ा समय मिलता है तो घर बनता है...तू इससे इनकार कैसे करता है?''

''ना...ना, कल से फिर दीवार उठा। ये फागुन खत्म होने को आया और ये टिकरा...तू ही देख!''

शुक्रू जानी गुमसुम रहा।

''—और चार मूँज की खाट बुनने को कहा था, सो भी पूरा न हुआ, और सिन्दू पेड़ वाली वो पदा वाली जमीन पर बाड़ लगानी है, अबकी वहाँ गन्ना लगाना है। वो भी नहीं हुआ। भले बँधुवा रखे, बूढ़े-ठाले आदमी! कुछ कहो तो सुनें नहीं। केवल फूँ-फाँ करें, बूढ़े कुत्ते की तरह।''

गोती लोग चुप बैठे सुनते। हथेली पर गाल टिकाकर, साहूकार गरज उठता, दहाड़ता जाता।

अँधेरा घिर आता।

बँधुवा काम का पता कर लेता। किसी के भाग्य में आता गाय-भैंस चराना। किसी के हिस्से आता साहूकार के लिए छोकरी तलाशना। कोई पत्थर तोड़ता, कोई पेड़ काटता। साहूकार काम कराना जानता है। किसी को आलस नहीं हो सकता। विश्राम नहीं मिलता।

अँधेरा गहराता। तारों की उजास में गाँव के चौक पर साहूकार की रुद्र मूर्ति, केवल एक चलती-फिरती छाया। नीचे सिमटे-गुमटे बँधुवा का झुंड, उदास, थके-हारे। मन में रंग नहीं, पीठ की चमड़ी खूब कड़ी, पाँव की नसें मोटी। फिर भी कभी-कभी मन में झाँकते दूर गाँव की छान, बाड़ी के पिछवाड़े खुले-फैले खेत। खाली-खाली और फिर सन-सन कर उगते, बुझ जाते। मन की नस-नस में भर जाता अपना भूला अवसाद...।

उसी दूर गाँव की खोयी बात—गाँव, शुक्रू जानी का गाँव, माँडिया का गाँव-फागुन

आया। पत्तों को रँगकर, फूलों को हँसाकर। फागुन आया, गाँव की छोरियों के काले जूड़े में आम के बौर और वन फूल, कानों के पास राह भूली मधुमक्खी। पहाड़ की सिरी (शोभा) कभी टूटती नहीं। हमेशा हरा-भरा रहता है, जो जाता है उसका पता भी न रहे, सब भरा-पूरा।

झरने के पानी में छपाक-छपाक करती कजोड़ी अकेली बैठी थी। सच, लाल कारिया (धोती की टूक) उसकी उझक रही आम की डाल की ललाई भरे पत्तों में मिल गयी थी!

बहाव के जोर में कितने ही फूल तैर आते, कजोड़ी की चोटी में फँस जाते, पानी छप-छप कर कजोड़ी हटाती, बह जाते, देह सिहर जाती।

कगार पर सुनारी के लम्बे पेड़ के फूल बहते पानी में सुनहरी छवि बना देते। झरने की गरजन में आँखें नींद में भर जातीं, पानी में बैठे-बैठे। हवा कान पर बिखरे बालों से खेलती, देह सिहरती।

कजोड़ी बैठी सोचती जा रही है—रोज जैसे कि अकेले में सोचा करती। हँसी-खुशी में, शाम के नाच में, सुबह के काम में, सारी भावनाओं को चाहे अँजुरी-अँजुरी भरकर माथे से पोंछ डालती, फिर भी वे पल्लू न छोड़तीं।

अब जिली सदा साथ नहीं फिरती। नहाने पर पीठ से मैल नहीं उतारती। पहाड़ी गुफा में मोर का नाच देखने वह साथ नहीं आती। जिली अपने घर में खुद व्यस्त है अब। कन्द खोदते-खोदते, वन में खाद्य खोजते उसे समय नहीं मिलता। जिली संग रहे तो माँडिया जानी नहीं आता। बागला की बातें करने में ही समय कट जाता। जिली रहे तो माँडिया रहे मन के पीछे, बागला आँखों के आगे रहता। वह आगे बढ़कर ठट्ठा करता। लम्बी उमर है उसकी, उसकी बात पड़ने पर चुपके-चुपके सब सुनती, अचानक कहीं से भी निकल आती। अब बाहर बागला अकेला, भीतर माँडिया। कजोड़ी ने कई बार सोचा है कि बागला की तो छुपकर ढूँढ़ने की आदत है, केवल जिली के पीछे ही नहीं। जिली की ओर मुँह करता। वह हँस देती। पर एक-आध बार कजोड़ी पकड़ी गयी। शर्माना पड़ा है। देखा है, चेहरे पर दो आँख दपदपाती खोजती हैं, उसकी अपनी आँखें।

जिली के साथ हँसी-मजाक में उसने बागला के बारे में सोचा है, हालाँकि जिली का है, यह मानकर बागला के बारे में सोचने में अच्छा लगा। फिर कभी-कभी अपने अन्दर धागे का छोर खो देती है। सब उलट-पुलट होकर खुद मन-ही-मन बागला की ओर ढल आयी है।...फिर देखा है, उसमें बागला और जिली के सम्बन्ध को लेकर जितना जिली से ठट्ठा किया, उससे जिली को चोट ज्यादा पहुँची है, ध्यान नहीं दिया। दुःख पहुँचा है, जैसे उसने दुःखी किया है। माँडिया को जिली के विवाह की बात उठाकर मजाक करते समय।

इस साधारण हँसी-ठट्ठा के इंगित-अनुप्रास को कभी तौला नहीं, जो कहा है, जो सोचा है, सब कुछ मन की सरलता में। पर बाद में पता नहीं क्यों मन में कष्ट पाया है उसने, पता नहीं क्यों मन-ही-मन गुमसुम बैठी रही है, मन-ही-मन बह गयी कितनी दूर! जहाँ गुण और स्वरूप है बागला का, बाहर है माँडिया का।

किसी अनजान देवता के आगे किस अनजान सुख के बारे में उसने कितनी गुहार की है! कभी देखा है मन-ही-मन इतना दु:ख क्यों हाय-हाय कर उठा है? कभी देखा झरने की धार में बहते डाल पत्ते-सा मन खिंच गया है अँधेरे झरने के भीतर पता नहीं कहाँ। उसकी गति है, अनुभूति की स्थिति नहीं। सिर्फ गतिशील शोर है।

आज माँडिया यहाँ नहीं। ओट में रह पेड़ पर चुपके से फूलों के गुच्छों की अचानक बारिश उस पर नहीं होती। उसके कोमल नारी मन में झरने के किनारे के जंगल में माँडिया कुल्हाड़ी की दम-दम चोट नहीं पड़ती। पल-पल रुककर उसकी कनखियों से नजर देह की दौलत खोजती निगाहें नहीं ढूँढ़तीं। आज सब कुछ सुनसान है!

माँडिया नहीं है।

छम-छम लगता। माँडिया अब नहीं है। फिर देह अलसा जाती। कहीं लद जाने को सहारा खोजती। सपने-सा लगता, कल्पना का जादू लग आँखों में कीमिया अँजता...।

स्त्री का मन कभी खाली नहीं रह सकता।

रक्त के तेज प्रवाह और प्राणों की धड़कन के नीचे, नारी-मन में जिसने शून्यता खोजी, उसने केवल बार-बार अपनी प्रकृति संग युद्ध किया है। अन्त में जीवन का उत्स अपना मुँह खुद खोलता है। तपस्विनी का तापसी मन सिर्फ रहा है बाहर के आवरण में, खुद को भुलाने, अन्दर की उस प्राणवान अनुभूति के रत्न में भोगी भर रहा। मन के गहरे में छल को कोई जगह नहीं।

कजोड़ी क्रमश: सोचने लगी कितनी बार बागला ने आकर पूछा है, जिली कहाँ? एक-आध बार हँस पड़ी, ठट्ठा किया। पर मन में जलन होने लगी—"ये सोचता है कि मैं सदा जिली की रखवाली करती हूँ?" कई बार बागला को कठोर उत्तर दिया है—तो बागला को एक सबक मिला। मन में खुशी हुई है। जिली के बारे में बागला को कुछ कहने पर लगा वह खुश होता। वह खुश होता इसलिए वह बोलती।

आज अकेले में उसे अपने एक-एक दिन का व्यवहार याद आ रहा है। बागला समूचा तो जिली का है। वह उसकी कोई नहीं, यह बात याद कर मन न जाने क्यों कसमसा गया। बागला ने मेरा क्या कसूर किया है?

उसी एकान्त में—कलकल नदी की धार और झरने किनारे के पेड़, उसके साथी हैं। अकेले में कजोड़ी बागला की ही सोचती—ओह, बागला को चोट पहुँचायी। चोट पहुँचाकर क्या यश कमाया? कभी अपनी इच्छा के खिलाफ कितनी कड़वी बातें मुँह से निकल गयीं। पर मन में बैचेनी होने लगी।

बागला आगे बढ़कर बात करता। हर बात को पत्थर के फर्श पर पीटती। आँखें दोनों हँसी में सराबोर, मुँह पर गुस्सा....!

जो सुनती तो मन में छल नहीं, जो बोले छल उसका।

उसका चाहना मानो एक सीढ़ी ऊपर चढ़ आया है। वह बागला की नहीं, पर बागला समूचा मानो उसका है। चोट पहुँचायी है—याद कर मन सहानुभूति के दर्द में भर गया। क्रमशः वह कोई नहीं, यह भाव ही समूचे मन और सूने उदास झरने को ढके है।

ऐसा नारी-मन है उसका। एक स्मृति जब झरने के इधर से उतरती है, दूसरी स्मृति झरने के उस पार वन में, क्रमशः बुझती हुई चली जाती। पदचाप भी सुनाई न दे, वन में लकड़ी काटने वाले की तरह। कजोड़ी पानी से उठी। देह पोंछी। बरगद के पेड़ से साड़ी लेकर लपेटी, अकेली चली गयी गाँव के रास्ते।

रास्ते में भूमि देवता की पूजा हुई है। रास्ते के बीच में दो हाथ ऊँची छोटी-सी छान बाँधकर बना, बच्चों के खेल की तरह, चारों ओर माँडने मँडे ऊपर रखा है एक मुर्गी के अँडे का आधा खोल।

दोनों ओर कतार में घर, बीच में पतली पगडंडी, गाँव का चौक, रास्ते पर कितने ही लोग इधर-उधर जा रहे हैं। सब अपने-अपने काम में लगे हैं। मंगलू जानी ने नया ब्याह किया है, बरामदे के पास धूप में बैठा है। उसकी स्त्री सिर से जूएँ निकाल रही है।

मिलकू मुदली सनिया परजा की बेटी संग हँसी-ठट्ठा, मौज-मस्ती चल रही है, झोला के पैसे जुगाड़ न कर झोला की बावत ससुर के घर पर गोती हुआ है। दिन पूरे होने पर लड़की ले जाएगा। जरा भी कष्ट नहीं, सदा खुश मिजाज। कुड़ुमी के घर के बाहर कुड़ुमी की छोटी बहू काठ की घोरणी से सोंवा पीस रही है। चूड़ियाँ बज रही हैं झन-झन! अपने संसार में सब बँधे हैं, जैसे घर, वैसे वर। धाँगड़ा-धाँगड़ी इस संसार में मानो बहते तिनके हैं, नीचे स्रोत में सब एक समान हैं। तीसरे स्थान, दिन में काम पर, समान रात होने पर धाँगड़ा बसाघर, धाँगड़ी बसाघर में।

इसी गाँव में इतनी चें-चाँ, कभी-कभी बहुत अटपटा लगता है। छोटे बच्चे

साफ-मैला, कुछ ना समझें। फिर मुर्गियाँ, फिर सूअर, सदा कचर-मचर, बकर-बकर। सुबह-साँझ ढेरों धुआँ। दोनों वक्त केवल दस आदमियों की चिन्ता। इसके लिए कल खेत में माँडिया का माँड़ जाएगा, उसके लिए कब कपड़े उबलेंगे। शराबी पति की लाल आँखों और गालियों, अभाव-असुविधा में भरे घर का दुःख-धन्धा, सात-पाँच कितने झंझट। जीवन में सारे सुख का समय तो यही है। धाँगड़ा-धाँगड़ी के दिन, जब कोई दायित्व नहीं, बोझ नहीं, समाज में सबकी सहानुभूति है। सबका प्यार। बदला लेने के लिए कोई दुश्मन नहीं। पीठ पर ठोंकने स्वामी या ससुर नहीं, जो बुलाये—ऐ बाई—या ऐ नन्ही!

मगर उमर आती है जब गौरैया भी घर बनाने को पागल होती है। यहाँ वहाँ से तिनके उठाती है। तब तितलियों वाला खुला-फैला उन्मुक्त जीवन अच्छा नहीं लगता। कन्धे खुद जुआ खोजने लगते हैं। वरना जीने का स्वाद टूट जाता है। लगता है जैसे सबसे छूटकर, हटकर पड़ा रहे, माथे पर दपदपाती सिन्दूर की रेखा खींचकर; पल्लू में चाबी खोंस; या नाक में, कान में गहने पहन कर। बाकी सब उपहास करते हुए गरदन फुला मैले-कुचैले कपड़े पहने बच्चे गोद में लेकर धकियाकर आगे चले जाते हैं। तब प्राण हाहाकार करे, मजदूर पति का पसीना और नाक बहते बच्चे के हाथ-पाँव की धूल-गारे की कल्पना कर इसी को मन बिसूरता है। सभ्य में धरती पर बैठने की सस्ती टिकट के लिए।

जाते-जाते राह में शुक्रू जानी का घर पड़ा। बरामदे में अकेली बिली आ-जा रही है। रसोई बनी नहीं है।

कजोड़ी की छाती में कुछ होने लगा। आजकल इधर आना उसे अच्छा नहीं लगता। क्यों? अतः दूसरे रास्ते घर लौट आती, घूमती-घामती।

सब एक-एक कर याद आ रहा है। आज कितने दिन से यह घर सुनसान पड़ा है। उदास और निस्पन्द। इधर जाने पर हाथ हिलाकर बुलाने वाला कोई नहीं है। सामने पड़ने पर बड़ी-बड़ी आँख से अनकहे मन की अनकही बात कहने के लिए माँडिया नहीं। हँसी करने को टिकरा नहीं। रास्ते में चले जाओ, प्रसन्न आशीष भरी निगाह में देख हाथ में कुदाल लिये देखने वाला शुक्रू जानी नहीं। वे इस गाँव में आते हैं कभी-कभी, मगर बस्ती में घूमने को गोती के पास समय नहीं रहता। कौन कब आता-जाता, पता ही नहीं चलता। आज कितने दिन हो गये, उनकी बात गाँव-गली में कहीं तो नहीं पड़ी। साँझ पहर में खेत में सींगा बजता है। चाँदनी में गाँव के रास्ते पर नाच में धूल उड़ती है। खेत का काम होता है, घर का काम होता है। कोई कभी भूल से भी कहता नहीं—"काम नहीं रुकेगा, शुक्रू जानी के घर पर कोई नहीं।"

आदमी की स्मृति...वह केवल पानी पर खिंची लकीर की तरह है। दुनिया

का जितना खेल, सब केवल रहने वाले लोगों को लेकर है। जो नहीं, सो नहीं। उसमें किसी का कुछ आता-जाता नहीं।

कजोड़ी सोचती, समय था जब उसका नाम और माँडिया का नाम लोगों की जबान पर सदा चढ़ा रहता। यह चैत आ रहा है। चैत में उनका ब्याह होने की बात। तब लोग बैठकर चैत के दिन गिनते, उसमें हँसी-खुशी थी, मन हुलस कर भविष्य के सपने में रात-दिन कट जाते। कितने सुन्दर, चाल में, निगाह में, बात में, हर चीज में उसके रंग की लहर हुआ करती थी। और आज...?

धीमा पड़ गया है सब, चलता जीवन का स्रोत कहीं थम गया है, एक जगह पर...!

फागुन की रात में शीत झर जाता है टप-टप, हाड़ कँपा दे, मगर पहाड़ की ओट से चाँद उठता है सुन्दर, जलती आग-सा। झरने के उस पार पोड़ा-शिंकुली पहाड़ की लहरों के उस पार से चाँद उगता है, जंगल हँसता है, तैरती-तैरती छाँव—उजाले के सपने में वनभूमि जाग उठती। तब सचमुच भूल जाए जीवन की सैकड़ों निराशा की मरीचिका, प्रकृति की विराट हँसी के कण में खिन्न चेहरे पर गलती से ही सही, हँसी खिलती है, अपने को पल भर भुला दे, जीवित रहने का ही स्वाद है।

इधर-उधर बड़े पहाड़ की दीवार कहीं ऊँची आकाश तक चली गयी है। कहीं सामने गहरे खड्ढे। खेत, गड्ढे, पहाड़, सब पर साफ एक आकाश। जिधर देखो आत्मा, चन्द्रलोक, तारालोक तक ऊपर उठ जाए। नीचे की दुनिया एक साँस में ग्रहण कर ले, मानो यह सब कितना छोटा है...!

कहाँ है इस छोटे आदमी के जरा-से हृदय के छोटे-मोटे दुःख, ग्लानि के लिए इतने बड़े साफ उजले विस्तार में स्थान...!!

ऊपर विशाल सीमाहीन विस्तार, करोड़ों सूर्य, ग्रह-तारे जिन्हें अवयव न दे सकें..., किस अनादि अतीत में उसका आरम्भ है, किस असीम भविष्य में उसका अन्त, वही आकाश...!

उसके न जाने किस अतल गर्भ में, छाँव में गढ़ी गयी खंड-विखंड पृथ्वी का विस्तार, कहीं उजाला चमचमाता, कहीं अँधेरा मिश-मिश करता, कितने ही गाँव-के-गाँव उसमें, और जंगल, और पहाड़...!

उसमें आदमी, जो नन्हे झुरमुट के समान भी न हो, छोटे शिखर के नीचे के किस पत्थर के साथ उसकी आयु ज्यादा, उसकी कम। उसके तो केवल दिन गिनना...!

उस मामूली आदमी की जरा-सी छाती कभी थरथरा जाए, कभी निस्तेज,

कभी उसकी छोटी आँखों से ओस कण-से आँसू झरते, आनन्द की हरी घास में खस-खस की तरह। या फिर दु:ख का ोना, कपोत की उदास आवाज भी खो जाती है।

उसी आकाश के विस्तार को देखने पर लगे, कहाँ है यहाँ आदमी का स्वप्न, कहाँ है उसकी प्रतिष्ठा का प्रकाश!!

आकाश के कोने से जब बदली उठती है, आता है तूफान, आकाश में स्याह हताशा, हवा में विपुल हाहाकार, बरसते मेघों के अपार आँसुओं का सागर, फिर उल्लास, फिर विराट निस्तब्धता, फिर बड़े चाँद तले चुनचुनी हँसी की लहर, इस ओर के क्षितिज से उस ओर तक...!

कितना छोटा है वह, आदमी का हृदय, कितनी नगण्य उसकी सृष्टि, कितना गोपन उसका प्रकाश!!

घर के सामने के ढूह पर जिली गाल पर हाथ दिये बैठी फागुन की रात का आकाश देखती।

खुद को भूल जाती है।

कभी उसकी आँख का सपना आकाश के विस्तार पर खुद को फैलाकर भी जगह नहीं पाता। वह सपना ग्रह, तारे, चन्द्र तक फैले दूर-दूर फैल जाता...।

कभी फिर फिसल आती, सूक्ष्म ओस कण से भी छोटी बनकर, देखती वह कोई नहीं, उसकी यहाँ स्थिति किसी अँधेरे कोने में, सातताल हिमालय की तलहटी का वह धूलकण है, और कुछ नहीं।

कितनी बातें याद आतीं। फिर उड़ जातीं, तैरते मेघ-सी। आँखें बँधी टिकी रह जातीं माथे पर चाँदनी रात में, जहाँ बन्धन नहीं, मुक्ति नहीं, है तो सिर्फ विस्तार..!

किस उपादान का बना है आदमी का मन, उसकी विशेषता है तो भी रोज देखता बाहर की पृथ्वी, वहाँ लहरें रँग देतीं, सामंजस्य-वैपरीत्य गुण में भाव का गुंजन लाये, भावना की रेखा खींचे...!

अत: आकाश, उसे भी एक-दो बात कहनी हैं। बिन्दु-के-बिन्दु जरा-से आदमी के हानि-लाभ का भी सम्बन्ध है, उसका भी अधिकार...!

नीचे आकाश पर शून्य में मन का हाहाकार भर जाता...एकदम सूना, उदासी आर्तनाद-सी वनपक्षियों के स्तब्धता चीरते आर्तनाद-सा। वह केवल उड़ता रहा। पंछी पर कभी उजाले की ज्योति, कभी छाँव, उद्देश्य खोकर फड़फड़ाता केवल जा रहा-जा रहा है।

परन्तु ना, चाँद की ओर नजर चली जाती। उसकी पूर्णता मन में समाती। हँसी-खुशी भरे। आनन्द में मिला रंग, केवल आस बढ़ा देता। सारे अँधेरे, अधछाँव-

न पाने की टूटी दन्तरीली सृष्टि–असृष्टि पर वह, भरी–पूरी हँसी हँसता चाँद...।

और तारे उजले, पर उनके चारों ओर काला–स्याह, मानो आशा–निराशा दोनों का मिला रूप है। कुछ हो गया है, जहाँ उल्लास नहीं, कोई उद्वेग नहीं। ऐसा कोई दूर–दूर घाट की चोटी की तरह, दोनों समान, पाना न पाना, परन्तु एक आश्चर्य सनातन है, जिसका नाम तारा...।

उसकी उम्र बढ़ती नहीं, कम नहीं होती, अजर–अमर, निर्लिप्त, ज्योतिर्मय, ज्योतिहीन, ज्योतिष्क–तारा।

पीछे से पीठ पर हाथ फिराकर बिली थरथराकर कहती—"क्यों, जीजी, अकेली क्या कर रही है यहाँ, आओ सोने चलें..."

जिली अनमनी हो कहती—"ऐं...!"

दोनों बहनें उठकर चली जातीं। घर के किवाड़ बन्द करती। बाहर सूनी रात साँय–साँय करती, पुकारती।

आज पता नहीं कितने महीने हो गये। बाप–भाई को गये गोती बनकर। घर पर दो बहनें अकेली हैं। जितने दिन घर पर धान, माँडिया भरा था, इस बार का पका, सदा छुट्टी, केवल माँडिया राँध खा लो, पहाड़ पर घूमने का समय बहुत, साँझ का नाच और सुबह का घूमना, सदा हँसी–खुशी।

किन्तु जैसे दिन बीतते जाते हैं। कोई एक अजान भय सूनी दुपहर में बाग का भूत घर के आगे खड़ा होने की तरह क्रमशः मन को सुखा देता है। हँसी बुझ जाती है कभी–कभी। हँसी–खुशी में अचानक भय–विह्वल मन थमकर सुनने की कोशिश करता है—आ रही हवा का सूँ–सूँ शब्द।

सोने के कमरे में आट पर ढेर था धान, माँडिया, दोनों बहनों में से जब–तब लाकर उबाल लेतीं हाँडी में। अब भाड़ी पर पाँव आगे नहीं बढ़ता। चेहरा स्याह हो गया। अन्दाज चुक गया। परजा कभी कल की नहीं सोचता। उसका सब आज है। बाप–भाई गोती हो गये, क्या रखकर गये घर के प्राणियों के लिए? शुक्रू जानी ने सोचा—भाड़ी पर धान–माँडिया है। माँडिया जानी ने सोचा—भाड़ी पर धान–माँडिया है। टिकरा जानी बहुत खफा हुआ। मन–ही–मन कहा—किसका क्या कसूर किया, घर पर खाना छोड़कर बचपन से गोती बना।

पर किसी ने न सोचा। इतना अनाज खत्म होने के बाद दोनों छोरियों का आगे कैसे गुजारा होगा?

और सोचकर भी कोई क्या करेगा? भविष्य की सोच हँसने को किसी को फुरसत नहीं होती। बस, मन को एक हिम्मत, कि कुछ रुकनहीं जाएगा। भूखों कोई नहीं मरेगा। सब अपने आप ठीक हो जायेगा—वरना देखा जाएगा।

परन्तु जिली और बिली पहाड़ की तितली तो हैं, पुरुष वाली हिम्मत उनमें

नहीं। हाँ, पहाड़ी छोरी सोते-सोते दिन नहीं काटती। वह खेत में कमर कसकर मिट्टी खोदती, घर में खाना बनाती-पकाती है। संसार चलाती है। माथे पर पैसारा लेकर बाड़ी की फसल बेचकर नमक-मिरच और मरदों के लिए पिक्का खरीदने धूप-ही-धूप में हाट-हाट फिरती है। वह परिश्रमी तो खूब है, पर सारा परिश्रम उसके मरद को लेकर है। अतः उसे फुरसत होती है—बैठी माथे पर फूल खोंस जूड़ा बाँधने की, रंग-बिरंगी साड़ी करीने से लपेटकर पहनने की, राह-बाट में मरद देख आगे बढ़कर हँसी-मजाक करने की।

यही उसके जीवन का राज है, उस पर दायित्व का बोझ नहीं। अतः उसका हाट जाना केवल शोभायात्रा है, रास्ते भर गन्ना चूसती, फूल तोड़ती, जूड़ा सजाती, गीत गाती, हँसती-खिलखिलाती, पहाड़ी देस की लक्ष्मी और शोभा होती है नारी।

इन दोनों बहनों के कल्पना के बने जादुई डंडे गुम हो गये थे। उनकी लता पर फूल कम नहीं थे। पर नीचे से किसी ने शाख खींच ली है।

पहले जाना जिली ने—

उस दिन किस ढंग में उसकी सुबह बीती थी—मन खाली-हँसी-खुशी। बागला सुबह इधर से गया है। जाते समय दोनों की देखा-देखी हुई। दोनों साथ हँस पड़े थे।

क्या था जो उस दिन जिली को खींच ले गया बागला के एकदम करीब। इतने दिन तैरते-तैरते मन आज किनारे पर लगा है। आज अचानक रास्ता भूलकर मन बह गया। अलसी खिले सूने पहाड़ की ढलान के नीचे पानी छलकते झरने के पास। जहाँ झरने की ताल पर मन नाचता। इन्द्रधनुष खिले, मोर का मेला लगे, छमछमाते हिरन सींग उठा आकर खड़े हो हवा की महक पीते हैं। उसने जल्दी से घर का काम खत्म किया। बिली से कहा—"जा, लाल मिट्टी लानी है, आज घर लीपना है।"

सोचा था, आज समय ढलने पर जब पसीने में भींगा बागला इस रास्ते आएगा, घर में बुलाएगी। बहुत दिन से वह इस घर में आया नहीं। फिर दोनों बहन मुँह-से-मुँह सटाकर बैठ उससे बातें सुनेंगी। इधर-इधर की फरमाइश करेंगी। जिद करेंगी, "साँझ को आना, भूलना नहीं। घूमने चलेंगी उस पहाड़ के उधर।"

धूप तेज। बिली मिट्टी लाने गयी। जिली चूल्हे पर हाँडी चढ़ाकर भाड़ी पर चढ़ी चावल लाने के लिए।

अँधेरे में एक ओर बाँस के कूपे में धान-माँडिया आदि भरे रखे थे। दोनों बहनों को जब जो चाहिए लिया। किसी ने कभी न सोचा। आज खत्म, खत्म होते

अनाज को देख पहली बार जिली ने सोचा—सच, इतना था, आज सब खतम होने आया! जो दो कूपा नीचे हैं, वह कितने दिन चलेगा? फिर?

उस अँधियारे घर में एक पाँव सीढ़ी पर और एक पाँव भाड़ी पर अधटिकी खड़ी थी जिली—अपनी सूनी आँख से देखती ही रही सामने की ओर। बाप-भाई अब कोई नहीं, वे और कुछ नहीं करेंगे। खेत खाली रहेगा। घर पर खाने को नहीं। आज पता चला, असल में कितने गरीब हैं वे! दु:खी का तो जीवन है, पर उनका नहीं। बाँह थामने या पीठ थपथपाने उनका कोई नहीं है। घर खाली, कूपा सूना, बाहर या भीतर सहारा देने भी कोई नहीं, कोई नहीं। उसने सोचा—ऐसा एक दिन आएगा, पुराना कपड़ा फट गया होगा, नये कपड़े के लिए पैसा नहीं।

फिर जीवन....! सोचना अच्छा नहीं लगता, फिर भी तो अपने आप सोचने लगता... पिछले कुछ महीनों से बस्ती के लोग उनके परिवार के प्रति कैसे हो गये हैं। पहले कितने लोग आते, अब बिल्ली का बच्चा तक नहीं। बस्ती का पैसा माँगने नायक चला आता, इतना पैसा दो, इतना पैसा दो, इतना दो-झगड़ पड़ता था। अब तो कोई माँगने भी नहीं आता। तो अब उन्हें लोग राँड़ छिनाल के घर से भी छोटा समझने लगे? होगा, जिसका सब चला जाता है उसके बारे में कोई कुछ नहीं सोचता। गाँव के चौक पर साँझ को जब नाच जमता है, पहले कितने धाँगड़े चले आते आगे बढ़कर, कौन कितना कान के पास डुगडुगा बजाकर गीत गा जाता, लेकिन अब कब हुआ? अब धार नहीं बहती, उधर-ही-उधर ढलकर चली जाती है। मन में जलती ईर्ष्या में नाच का आनन्द ऊबाने लगता। ऐसा क्यों हुआ?

बाहर की आँख और कूपा के धान में सम्बन्ध बहुत है। अचानक नजर नहीं आता, क्रमश: मन के गहरे उसकी ध्वनि बजती है। समझ में आता है। बहुत देर से।

जिली अपनी आस्था इतनी तौलकर नहीं देख पायी। मुँह बाये देखती रही। कूपा के नीचे, मानो वह अबकी नया देख रही है। समझ रही है।

तभी उसके मन में अनेक छोटी-बड़ी स्मृतियाँ दल बाँध इधर से उधर चली गयीं। किस दिन कब गाँव की छोरियाँ हँसती-हँसती इसी घर के आगे से निकल गयीं। बुलाया, किसी ने सुना, किसी ने नहीं। किसी दिन मन हँसी-खुशी में उछल रहा था, पर इधर सूना, कब कौन उपेक्षा उसके मन को काट गयी—सब बातें।

मन दब गया। सुबह का सारा आनन्द मिट्टी हो गया।

खड़ी रह गयी जिली अँधेरे भाड़ी पर एक पाँव रख, कितनी बेतरतीब भावनाएँ पसरती गयीं, और उसके नारी मन में भर गयी लज्जा, मानो लाज-ही-लाज में वह माटी में धँस जाना चाहती है, इस अँधेरे घर के किसी कोने में।

वह दु:खी है। अँधेरा उसका आसरा है। दुनिया की लाल आँखें मानो सारे

दरवाजे-खिड़की तोड़कर मड़ुवा धान सूने कूपा को दिखाना चाहें। उसके अँधेरे अस्तित्व में लाख छेद कर उजाला भरना चाहें। जिस उजाले के विष में हाड़ से मांस झर जाय, और झर जाय प्राणों से सारी खुशी और खुशबू, प्राण सूने हो जाएँ, जेठ के लकड़ी के अधजले वन की तरह।

जिली उतर आयी। थककर हाथ पर गाल रखकर बैठ गयी झोंपड़ी में। वह बहुत भावुक है।

बोरा भर मिट्टी लेकर बिली लौटी। कहा—''जीजी, आज तो घर लीपना है...!''

जिली ने कहा—''आज रहने दे ये सब!''

थोटागुड़ा में साहूकार राम बिशेई का घर—

पहाड़ की छाती चीरकर लाल-लाल बैलगाड़ी का रास्ता, उसके आगे गाँठ पड़ी है। जब देखो केवल बैलगाड़ी दो-चार इधर-उधर खड़ी रहती होंगी। किसी का अख ठीक हो रहा है। किसी में लोहे का फाल चढ़ाया जा रहा है, कोई वैसे ही खड़ी है, काम की प्रतीक्षा है, बच्चे नाचकूद करते हुए झूला झूल रहे हैं।

घर के आस-पास हालाँकि चार-पाँच घोड़े, उनके अगले पाँव बँधे हैं, नाच-नाचकर घास खा रहे हैं।

और पाँच-सात हाथी सरीखे बैल सोये-सोये खर्राटे भर रहे हैं। गरदन के चारों ओर मक्खियाँ-कौवे उड़ रहे हैं।

इसके बाद उसका घर। पहले सजे-धजे मिट्टी के घर। उसका अनाज का भंडार। उसके घर में धान-माँडिया। बाद में भीतर भंडार-द्वार। द्वार पर लम्बी-लम्बी टट्टी। धान, अलसी, मिरच, हलदी सूखते होंगे। द्वार के सामने ही मानो खला है। बाद में उसका पक्का घर, दखिनी तेलंगा साहूकार के घर के कायदे में। बरामदे में बोरों का ढेर, सेर-तराजू, टूटी-जर्जर खाट-कुर्सी, लोह के कीले ठुके बड़े लकड़ी के किवाड़।

घर पास आते ही अजीब-सी पकने की गन्ध आती है, आँगन में आते ही क्रमशः स्पष्ट हो जाती है। यह बासी गन्ध, बैल की और गोती के पसीने की, सहेजकर रखी पुरानी फसल की भाप, आस-पास में खाद की कुरी। वर्षों की धूल-मिट्टी। वह कामकाजी आदमी, सब मिलकर वह उसके धन-दौलत की खुशबू है। कोहरे की तरह गाँव को ढाँपकर ऊपर उठे, बाहर अपने को फेंक सके, बता देगा कि कितना बड़ा खानदानी साहूकार है रामचन्द्र बिशेई।

सब उसका है। घर के पास बड़ा नींबू का बाग, बड़े-बड़े खेत, जमीन-जायदाद, घर-बाड़ी सब हैं।

और ठीक उसका घर खानाबाड़ी के उस ओर। दोनों ओर दो छोटी-छोटी पल्ली हैं। वहाँ घर की छान टूटी-फूटी, थका-हारा होकर एक ओर झुका-टिका है, ऊपर पीरी घास का छप्पर, जगह-जगह उड़कर नंगी लकड़ी दिख रही। नीचे दीवार, टूटी-फूटी छान पर से जगह-जगह फटे कपड़े के टुकड़े झूल रहे हैं। आँगन में मुर्गे व कुत्ते और मैले-कुचैले बच्चे, गरीबों की घर-गिरस्ती है। जिनके पास खाने को खाना नहीं, पहनने को कपड़ा नहीं।

साहूकार के घर की शोभा बढ़ा देती हैं दोनों ओर दो पल्ली।

इधर दोनों ओर मानो मर चुका है। केवल इन दस-पाँच बच्चों को छोड़ दें, बाकी कभी कोई दिन में यहाँ रहता है, पता ही न चले। कौन कब आता-जाता, बच्चे पड़े रहते, आपस में मार-पीट करते, रोना-चीखना चलता। इसी तरह सुबह जाती, साँझ आती।

ठीक तभी जब गरीब की घर-गिरस्ती लड़खड़ाती चलती, अनाज लेकर झुंड-के-झुंड बैल आते, चारों ओर रास्ते पर मकड़जाल की तरह बैलगाड़ियाँ आतीं-जातीं, एक-एक जंगल चले आने की तरह लकड़ी लदे बेशुमार गोतियों के झुंड चले आते, सब चले जाते साहूकार के मधुमक्खी के छत्ते की तरह भंडार की ओर। वहाँ कौवा, वहाँ कुत्ते, वहाँ गौरैया, वहाँ आदमी, वहाँ दुनिया भर के खटमल, तिलचट्टे, उसी साहूकार के घर में।

बड़े-बड़े प्रभु अधिकारी जब आते हैं, सब उसके बरामदे में बैठा करते हैं। दोनों ओर की खुली-फैली टूटी-फूटी जर्जर पल्ली उसके घर की शिरी बढ़ा देती है। लम्बू को ठिगने की तरह गोरी को काले की तरह। दमक को खाल की तरह। विधाता के चित्र के विन्यास के लिए दौलत खाने के दोनों ओर दो खाली मशान हैं।

वे भी बुनियादी हैं, दोनों ओर के लोग, युग-युग से उनके बाप-दादा काम-धन्धा कर, खाकर चलते हैं। जमीन-जायदाद, सब क्रमशः साहूकार ले गया। वे लोग संकुचित हो गये हैं। घर के सामने साहूकार की बड़ी दारू की कोठी है। काम-धन्धे के बाद दारू पीना लगे खूब स्वाद। दिन पर दिन बीत जाते—कभी साहूकार एक दिन कहता—''ऐ, तुझ पर साठ रुपये हो गये। तू रुपये देगा या जमीन छोड़ेगा।'' अब दारू की दुकान नहीं है, पर जमीन सारी जा चुकी।

इन्हीं टूटे जर्जर घरों के आगे कितनी बातें हो गयी हैं। टूटा घर केवल मुँह बाये ताक रहा है। आँधी-तूफान सहे हैं। मुँह बाये देखता रहा है, यह इतने वर्ष का इतिहास।

बड़े घर में मिट्टी पड़ी है, एक-एक कर घरों की संख्या बढ़ी है, दौलतखाना हँस उठता है।

छोटे घर टूटे हैं।

बड़े घर के आगे रास्ता खुला है, बगीचा लगा है, लाने-ले जाने का कारोबार चल रहा है। छोटे घर के आगे बढ़ा है पीरी घास का जंगल, कूड़ा-करकट, अनाप-शनाप हैं। सदा डर है, कब साहूकार गुस्सा कर बैठे। पुलिस लगा दे। वे लुइसेन-नुंइसेंस केस कर दें।

छोटे घर ने देखा है—बड़े घर में पहले दारू भट्ठी थी। बाद में गोदाम बन गयी।

ये कई दिन की पुरानी बात हो गयी। कन्ध परजा रैयत आकर हाथ जोड़ माँगता है—"साहूकार पुटी भर धान कर्ज में दे।"

साहूकार ने कहा—"ले जा।" जाते समय साहूकार पूछता है—"पुटी भर लिया क्या रे?"

रैयत लौटकर कहता है—"हाँ, कहा तो।"

साहूकार—"गुमास्ता को कहता जा।"

रैयत लौटकर कहता—"कहा है!"

साहूकार ने यह बात कहने उसे तीन जगह भेजा।

अगले वर्ष—एक पुटी मूल और आधा पुटी ब्याज लेकर रैयत आकर कहे—"ले साहूकार!"

साहूकार अपनी पलकें ऊँची कर पूछता—"क्यों रे! यह क्या किया?"

रैयत कहता— "एक पुटी मूल और आधा पुटी ब्याज!"

साहूकार बहस करता है—एक पुटी मूल कैसा? मुझसे लिया एक पुटी, गुमास्ता को कहकर लिया एक पुटी, साहूकारिनी को कहकर लिया, एक पुटी। मेरे गोती को कहकर लिया एक पुटी। अब गिन कितने पुटी हुए? सब मिलाकर चार पुटी नहीं हुआ? उसका ब्याज हुआ दो पुटी। यों कुल छः पुटी हुआ। यह डेढ़ पुटी तो ब्याज में ही पूरा नहीं पड़ता। रैयत अवाक् होकर इधर-उधर झाँकता है, थूक निगलता है—"ठीक है, होगा ही साहूकार।" तब से रैयत कर्जदार है।

टूटे घर की दीवार धँस चुकी है। बड़े घर की दीवार पक्की हुई है। इसी तरह दिन बीतते जाते हैं।

देसीया रैयत धर्म से डरता है। साहूकार से डरता है। दोनों डर में पड़ा उसका माथा गड़बड़ा जाता है। उसका हिसाब तो रस्सी में गाँठ डाल-डालकर गाँठ गिनने में जाता है। साहूकार का हिसाब इन गाँठों में न हो। वह रहता है खूब मोटे-मोटे पोथों में। देखकर आँखें फैल जाएँ। कितने आँक, लिखाई, काला सिरा, लाल सिरा मिलकर हिसाब बढ़े। अपना वंश खुद बढ़ाता चले, कागज पर। और पालने का भार सारा रैयत पर होता।

छोटे घर ने देखा है। इस पहाड़ी खोल के मकड़जाल जैसे घाटी रास्ते की बैलगाड़ियों की लीक और पगडंडी होकर कितने लोग यहाँ आये, कोई पल्लू में सारे अलंकारों की पोटली बाँध, काँवड़ का भार कन्धे पर लादकर या नंगे माथे को कन्धे पर रख, ढलान राह पर चीजें लुढ़कती आयी हैं। अब उनका कोई पता नहीं।

वर्ष-दर-वर्ष छोटे-बड़े कितने इतिहास की नींव पर साहूकार का बड़ा घर बना है, बढ़ा है।

एक-आध बार छोटा घर भूख-प्यास में कभी कुलबुला उठा है। ऐसे ही एक जमीन, जो साहूकार ने छोटी पल्ली से छीन ली थी, गिरवी के नाम पर, उसमें मक्का की फसल खूब होती। चारों ओर बाड़, अन्दर रखवाला। दाहिनी पल्ली का सनिया परजा दो दिन उपवास रहा और फिर दो घूँट पानी पेट में डालने झरने की ओर उतर रहा था। बाड़ में हाथ डाल दो मक्का के सीट्टे तोड़ लिये। एक मुँह में डाल दिया। वैसे ही कच्चा चबा रहा था। दूसरा हाथ में था। किसी पड़ोसी ने बीच में पूछ लिया, तो सच कह दिया। बात पहुँच गयी साहूकार के कान तक। इसके बाद बीच रास्ते में महुवे के पेड़ से बाँधकर उसकी पिटाई चली। पता नहीं कितनी मार पड़ी। साहूकार ने पुलिस स्टेशन में रिपोर्ट की। इनक्वारी हुई। गवाही-जमानत चली। किसी ने कहा—मैं बाड़ के उधर दिशा बैठ रहा था। देखा है। किसी ने कहा—मैं गाय तलाश रहा था, आकाश से उतरने की तरह पता नहीं कितनी मक्का जमा हो गयी। कहीं से बोरा आ गया। बात पूरी हुई कि आधी रात में सनिया परजा बाड़ के अन्दर आकर मक्का चोरी कर रहा था। बोरा भर चुका था। मट-मट शब्द सुनकर मचान से रखवाला उतर आया। उसके बाद ये दिशा वाले, गोरू वाले गवाह। केस संगीन है।

सनिया परजा को चार माह की सजा हुई।

तब से छोटे घरवालों ने खुजबुजाना छोड़ दिया। इतने पर भी साहूकार चुप नहीं हुआ। कभी प्रभु अधिकारी आ पहुँचता। साहूकार गुहार करता—"इस गाँव के लोग मेरी बाड़ी-बगीचा लूट-मार करते हैं। मेरे खेत में गाय चरा देते हैं। इन्हें कुछ कहें तो मेरे धाँगड़ा के संग मार-पीट पर उतर आते हैं। प्रभु अधिकारी साहूकार के बरामदे पर बैठकर दोनों 'गुड़ा' के लोगों को बुला लेते हैं। लाल आँखें दिखाते हैं। सबको समझा देते हैं—"

जग्रता (होशियार) और मेंडुआर (ढीठ) बनते जा रहे हो, तुम लोग! फिर ऐसी कोई बात हमारे कानों में न पड़े, याद रखना!

छोटे घर इसी तरह खुद को संयमित करते। साहूकार खूब अच्छा नियन्त्रण रखता।

एक-आध बोरे की आस में साहूकार इनमें से कई को काम में लगाता, कभी-

कभी, मगर गोती नहीं रखता, क्योंकि इनका कुछ नहीं है। शायद कोई आसाम भाग जाए। प्रभु अधिकारी आने पर ये काम-धन्धा करते हैं, छप्पर के लिए छामंडा बाँधते, बोझ को कन्धा लगाने जाते। मौके-बेमौके कुछ-कुछ मिल जाता।

साहूकार इन अधिकारियों की आवभगत करता, अतः उसके नाम का पहले जयकारा होता।

खूब उदासी लगती, जब कोई न मिलता, साहूकार बुलावा भेजता शाम को। क्योंकि तब वह सानगुड़ा की धाँगड़ियों का नाच देखता। पहले अधिकार उसका है, बाकी बचे तो औरों का है। साहूकार टिमटिमा कर देखता और भोग करता।

चिलचिलाती धूप में एक-आध बार बड़े घर का कोई गोती पानी दो घूँट या फिर धूँगिया पीने को आग-पतंगी माँगने उस ओर टूटे-फूटे घरों में सानगुड़ा जा पहुँचता, बिरेशा के घर या अँगरा के घर या शिडा परजा के घर।

घर की घरनी लकड़ी की बिलोवनी से फेंटते-फेंटते, सोंया पीसते-पीसते रोककर सहानुभूति में पूछती—''कैसा काम लगा था जो पसीना छूट रहा है शरीर से! बैठ जा दो पल!''

गोती यहाँ चैन की साँस ले सकता है। यही टूटा झुका छान का घर। इसी घर में अनपढ़ नाक बहते बच्चे। इन सबके साथ उसके मन की समताल है। इनसे खाने में माँग माँग सकता है। घर में घुस तूम्बे से, हंडी से उड़ेलकर दो घूँट राँधी दारू पी सकता है। मौके-बेमौके पर यही उसका घर है। यहाँ कोई लाज नहीं, डर नहीं।

एक पेट के दो पूत-गरीब के द्वार पर गरीब कभी निराश होता है?

दुनिया के हर गोती की तरह वह भी साँझ को यहाँ बरगद तले बैठक जमाता है। बड़ी आग जलती, चारों ओर गोती का झुंड और इस गुड़ा के लोग बैठकर धूँगिया पीते हैं। वहाँ चर्चा चलती, खूब बड़ी-बड़ी बातें होतीं। जिनका तत्त्व केवल गोती ही समझते हैं।

जोर से कश खींचकर साहूकार के विरुद्ध में अपना रुँधकर रखा अभियोग उड़ेल देते, छाती कुछ हलकी कर लेते।

बुदा परजा कहता—

''बहुत कठिन काम है यहाँ, और हाथ-पाँव फट जाएँ, हारे-थके हों तब भी दो दिन सेल (छुट्टी) मिसा साहूकार नहीं देता।''

आयता परजा कहता—''उसकी बात न कह। ऐसा मूँजी आदमी पूरे तालुक में खोजने से न मिले।''

मधु मुदली ने कहा—''पता नहीं साहूकार ने कितना सोना रखा है! हम मेहनत कर-कर मरें, साहूकार केवल सोने का ढेर लगाता है। कैसे जल्दी सोने का

कूपा भर लेगा, उसे तो बस यही चिन्ता है। बिना खाये भूखों मरे, बस सोना-हाय सोना लगी है!''

और पूरे राज की माइयाँ (औरतें)। चाहे डोम हों या परजा, या किरस्तानी। धाँगड़ी देखी कि होठ से लार टपकी! छि:!

बुर्जा परजा ने कहा।

''—अरे, छि: कह रहा है? सोना बढ़े तो माइयाँ बढ़ें। पर और लोग माइयाँ रखें तो उसे सोना बना देंगे। ये तो कुछ न दें। उलटे उससे कुछ खींच लाये। फिर दो दिन रखे, छोड़ दे, वह चाहे रो-रोकर घर जाये। चाहे बड़े झोला (झरने) में डूब मरे।''

सीडा ने कहा किया—''ये बहुत ही खराब आदमी है! करें क्या, ब्याह के झोला के पैसे देने के लिए पाँच और बीस रुपये के लिए गोती बना, पाँच बरस के लिए, पता नहीं कभी रुपये पूरे पड़ेंगे या नहीं। भली माँईजी लाया मैं तो! दिन-रात केवल मेहनत की है। मेरे संग मेरी धाँगड़ी कहती है—कैसा ब्याह है! सदा ही यही। लेन-देन कुछ नहीं। फिर किसी से रुपये खाकर मेरे माँ-बाप उसे दे देंगे। दूसरे किसी को, तब मैं क्या करूँगा? उसका बाप मिसा खूब मेहनती आदमी बन्धु प्रजा, नहीं तो नहीं, गोती बना। अब लगता है दोनों माँईजी व अंड्रा। आसाम चले जाएँ तो ठीक रहे, सारा रक्त-मांस नोंच-नोंचकर खा रहा है।''

उस सभा में शुक्रू जानी, माँडिया थे, वे भी तम्बाकू पीते, गप्पें लगाते। अन्त में साबित होता है यह सूंडी बच्चा नहीं। ये डोम पटकार है।

छोटे-छोटों की निन्दा स्तुति बड़े-बड़ों के कान में नहीं जाती। बड़े केवल राख देखते हैं, जो उन्होंने जलाया है उसकी राख। आग नहीं देखते।

आग खुद को खुद जलाती है और धीमी होकर पड़ी रहती है। किसी भविष्य की शुभ घड़ी की प्रतीक्षा कर।

चैत् माह के आस-पास, गोती को छुट्टी मिलेगी।

नित सुबह से शाम तक मेहनत करे, चैत पर्व पर 15 दिन की छुट्टी देगा अत: अभी से अधिक काम करा लेता है। बड़ा हिसाबी है यह साहूकार।

शुक्रू जानी घर खड़ा कर रहा है। टिकरा बाप के साथ मिलकर परिश्रम करता है। माँडिया जानी ने चार की जगह पाँच खाट रस्सी की बुनाई कर दी हैं, फिर भी काम खतम नहीं हो रहा। रोज नया काम आ जाता है, गोती का काम हरदम लग रहता।

साहूकार रोज कहता है—ये कर, वो कर।

गोती सोचता—बस इतना और हुआ, तो फिर कुछ पसीना सुखा सकेगा। पर वह सुख का दिन कभी नहीं आता, केवल गोती मेहनत कर-कर मरे।

मेले के दिन बैल लाद अन्य गोतियों के संग माँडिया मेला जाता है। रास्ते भर सोचता जाता, कजोड़ी यदि मेला आयी होगी! रास्ता कट जाता, कजोड़ी से भेंट नहीं हो पाती।

टिकरा कभी-कभी हल उठाता। कभी-कभी गाय चराने जंगल जाता। जंगल में गाय छोड़ पेड़ की छाँव में बैठ जाता। दूसरे गाय चराने वाले छोकरों के संग खेल खेलता—वंशी के स्वर में गीत गाने लगता। उसका जीवन सुख में है, क्योंकि समूचा भविष्य आँखों के आगे है। शुक्रू जानी खेत जोतता।

चैत माह में धूप चुभती। आकाश में मेघ नहीं होते। शाम, हवा के झोंकों में नये पत्ते पेड़ पर थिरक जाते। ये चैती नाच के दिन हैं।

घने जंगल में यहाँ-वहाँ एक-आध पेड़ लाल फूलों की लालिमा से चमक उठता। सेमल, धातुकी, पलास और तरह-तरह के लाल फूलों के गुच्छे।

आतीं नयी तितलियाँ, रंग की छोटी-छोटी कणिकाएँ। चैती पवन में उड़ने-फिरने को मन करता।

नये फूल, नये पत्ते, नयी चिड़ियाँ, सबका मन उस एक रंग में लाल!

इस लाल विद्रोह में खून चमक उठे। छोटा छौना बड़ी मृगी को सींग घोंपता है, धाँगड़ा नयी आँखों में धाँगड़ी को देखता। चैत में मँगनी शुरू होती।

यह तो एक बात हुई। नये सूरज का लाल रंग का आभास, रोज लाल सृष्टि के सृजन का प्रतीक है, बसन्त का रूपक फाग है, क्योंकि चैत माह में ही माल इलाके में बसन्त आता है।

फिर दूसरी बात है, चैत की उदास हवा में सूखे पत्ते घूमते-घूमते खेलते उड़ते हैं। बगूले की धूल में सूखे पत्ते मिलकर मेघ की तरह ठूँठ बने पेड़ों से टकराकर बिखरते जाते हैं। उन पेड़ों की आत्मा थर्रा जाती है। हवा में मानो रुलाई मिल गयी हो, मरे-खोये का अफसोस, दीर्घ साँस-सा उभर आता है।

रैयत का अफसोस चला जाता है।

पन्द्रह दिन के महोत्सव के लिए रैयत एक महीने पहले से लग जाता है। महीने भर पहले से जमा करने लगता है, पन्द्रह दिन के महोत्सव का इन्तजाम। धान, मड़ुवा, पीसना कूटना चले। खेती-बाड़ी का काम, पानी काँजी आदि के काम, क्योंकि इन पन्द्रह दिनों में आनन्द-ही-आनन्द होगा। नाचेगा, दारू पीएगा, शिकार करने जाएगा, ताकि जीने का सारा आनन्द पाएगा, मगर क्लेश या दुःख नहीं होगा।

चैत के तुरन्त बाद चला आएगा वैशाख और ज्येष्ठ। धूप में अनजाने ही पता नहीं कब मेघ बौछारें उड़ेल देंगे। इसके बाद तो लगी रहेगी मालभूमि पर बरसा।

चारों ओर अँधेरे आकाश में सनसनाती हवा, हर तरफ गिरता झरने का पानी। खेत में स्रोत छलछल करता होगा। वहाँ धान तब बड़ा होना जरूरी है, ताकि बहती धार में मिट्टी में जड़ें सिर सलामत रख सकें, वरना पौधे बह जाएँगे। अत: पर्व के पहले से जिस-जिस की...जमीन एक-दो टुकड़े है, उनका इन दिनों अधिक काम। मेंड़ की निराई, खेत में हल करना, वहाँ पानी ढाल गीली कर बीज बुवाई, ये सारे काम होते हैं। मेंड़ की सफाई, खेत में ये ही काम, पोड़ू के किसान के भी ये ही काम। जंगल में नया पोड़ू बनेगा। पोड़ू से पहले देखना है किस जंगल में पेड़ घने नहीं, नीचे मिट्टी है, ढलान ज्यादा तीखी न हो। उसके बाद चारों ओर जगह-जगह पूजा कर चौहदी चिह्नित करने चारों ओर आग लगा देंगे। इससे पर्व खतम होते न होते गाँव भर की कुल्हाड़ियाँ पड़ेंगी उसी पर। बाद में जंगल गारद आकर देखें तब तक कोयलों का ढेर मिलेगा वहाँ। पोड़ू का कोई हिसाब करना ही सम्भव न हो, जुरमाना भी ज्यादा नहीं डालेगा।

अत: पर्व के पहले कुछ दिन बहुत व्यस्तता भरे होते हैं। सारे बच्चे भी मिलकर रोज जलावन इकट्ठे करते, बड़े खेती के काम निपटाते, स्त्रियाँ पुरुषों की मदद करती हैं। माँड़ के लिए, और लन्दा पेन्दम को पीसने-बाँटने में।

साहूकार के घर के काम में पिसकर शुक्रू जानी और उसके दोनों बेटे चारों ओर की दुनिया की व्यस्तता का रोज अनुभव करते। अपने खेत का काम इस बरस कैसे होगा, शुक्रू कुछ नहीं समझ पाया। कोई बन्दोबस्त करना अब उसके वश की बात नहीं रही। सिर्फ दु:ख करना ही रह गया।

झोंपड़ी में जिली-बिली चारों ओर केवल टिमटिमाती ताकती रहतीं। औरत ठहरीं, कुछ करने की शक्ति नहीं उनकी, आगामी चैती नाच की तैयारी में प्राणों में छटपटाहट भर जाती। इतने लोग काम में लगे, मानो उनकी पूरे दिन के लिए छुट्टी हो गयी है। पिछले बरस इन्हीं दिनों, ओह कितने काम थे, काम में आनन्द था, अपना कहकर कुछ चेष्टा थी, आशा थी, भविष्य था। घर की चिन्ता वे कुछ नहीं जानतीं। बस बाप-भाई की मुँह बोली थीं। वरना बापू मुँह फुला लेते। माँडिया कुछ रूखा बोलता, टिकरा भी हुकम जारी करता। वह काम अब समय पर क्यों नहीं हुआ? इसी बात पर।

आज सब सूना, चैत की दुपहर की तपती धूप की तरह।

पिछले बरस चैत पर्व पर नयी साड़ी दो बापू से, दो भैया से ली थी। चिरौरी कर कुछ गहने भी लिये थे। नये कड़े, गले में हलद रंगी काककंठी, पतली माला। पाँवों में नये घुँघरू। कितने लाड़ से उन्हें बापू और भैया ने पाला था!

इस साल पीठा बनाने के लिए गुड़ खरीदने तक को पैसे नहीं!

सारा गाँव पहले से ही नये खरीद चुका है। बेनिया मणि डोम वाली छोरी

कैसा सुन्दर ब्लाउज पहने है! फूलदार ब्लाउज पहनकर पनघट जा रही है। पूछो तो कहेगी—"बापू ने ऐसी तीन दी हैं।" केवल डोम की छोरी ही नहीं, सारे परजा, सारे गदबा, सारे कन्ध नये कपड़े बाहर कर चुके हैं। पहले देखेंगे कि ये नाच में फबेंगे या नहीं।

जिली और बिली सबके संग मिलकर चीजें देखतीं, बड़ाई करतीं।

घर लौटकर दोनों बहन एक-दूसरे का मुँह देखतीं। बैठी रहतीं। मुँह की बात मुँह में रह जाती। मन-ही-मन में बात हो जाती।

इस चैत में खरीद-फरोख्त होती। पर्व से पहले। फेरीवाले आते, बेच जाते ढेरों साड़ी, बहुत सारे गहने, पाँव में पायल, अँगूठी। नाचते समय जो झम-झम करें। हाथ में कड़े, गले में माला, लाल, नीली पतली-पतली रन्दाकेपु। काली माला। काराकाटी। पतली काककंठी। रोज गाँव में पैसारा आता है। चारों ओर मधुमक्खी-सी घेर लें। पैसारा बैठता। पैसारा खत्म हो जाता।

अगली वेला नयी साड़ी पहन तितली-सी सजकर गाँव की धाँगड़ी निकलती। साड़ी का रंग प्राणों में बस जाता।

जिसका भात खतम है, जिसकी अंटी खाली, गाँव की खरीद-फरोख्त में उसका क्या आना-जाना? केवल मुँह बाये खरीद-फरोख्त देखती रहो। गाँव में अमीर का भत-खौना देखे, धनी की थाली देखे, टकार को गुनता है। धनी का कुत्ता भात खाता है। गरीब डबडबायी आँख से देखता रहे।

देखता रहे और सोचे।

चैत की उदास पवन धूल उड़ाकर सूखे पत्तों का पैसारा सिर पर उठाये आँख-मिचौली खेलती जाए, मरी-सूखी भावनाओं का कोंच धकेल बाहर निकाले, मरम को कोंचे।

फेरीवाले के पैसारे के पास गाँव भर की लड़कियाँ जब जमा हो जाती हैं, जिली वहाँ नहीं होती, दूर से देखा करती। वह भी गाँव की बेटी है, नायक की बेटी के साथ, चालान बड़े रैयत की बेटी के साथ, वह भी एक है, परन्तु वे खरीदतीं, खरीदने के लिए बाप-भाई संग जिद करतीं, वह एक ओर खिसककर खड़ी हो जाती। बिली का मन नहीं सँभल पाता, पैसारे के पास हाथ हिलाकर बेमतलब इधर-उधर होती रहती। इसके-उसके हाथ से चीजें लेकर देखती, बीच-बीच में जिली के पास दौड़ी आती—"अप्पा (दीदी)! ये तुझ पर फबेगी!"

बस, देखना भर सार होता। आजकल बापू या भैया आते नहीं। जिद सुनेगा कौन? कौन उस मन के तूफान पर हाथ फिराकर शान्त कर देगा। कौन पोंछेगा आँख के आँसू?

जिली ने सोचा—नायक से कहूँ?

"—नायक, अधिक नहीं, एक रुपया देना, बापू आने पर लौटा देंगे।"

"—कैसी बात करती हो बच्ची! पैसा कहाँ है? पगली हुई है?"

अविश्वास में बात को हँसी में उड़ा दिया।

चालान ने मुँह फेर लिया। बड़े रैयत ने कहा—"खुद अपनी खातिर पंचिया खरीदने को पैसा नहीं! मैं क्या दूँ?"

सब जगह ना ही मिली। तो फिर बागला? वहाँ "ना...ना, हमें नहीं चाहिए, देख, बिली, उससे चीज माँगेगी, तेरे साथ बात नहीं करूँगी। याद रख।"

रात में नाच को जिली जाती नहीं। बिली नाचती है, खूब नाचती है, नाच में सबको जीतकर वह गरीबी की हार भुलाने की चेष्टा करती।

जब कोई नहीं पूछता—काऊ परजा पूछने आता। रास्ते में मिलने पर आवाज देता—नूनी (लड़की)! कब आ रहा है तेरा भैया? बापू आ रहा है? फिर कभी-कभी कहता—"कह दूँगा तेरे बापू को इतने दिन हुए तू वहाँ जाता क्यों नहीं?" अपने असुन्दर चेहरे को सिकुड़ाकर भौहें सिकोड़ता—माथे में दुनिया भर के ख्याल भरे हैं।

गाँव भर में उसके जैसा बदशक्ल दूसरा न होगा। नाक तो उपले की तरह छितरायी, मुँह बन्दर की तरह, कपाल जाकर धँस गया फुरफुराते बालों में। नारियल की जटा जैसी चोटी में कभी-कभी बँधा होता कोई फूल। बाँहें दोनों खूब लम्बी। पाँव चौड़े, सब पतले-पतले गठीले। वह बाँका, टेढ़ा, चिपटा और सदा गम्भीर, हड़ीला-मुँह पर कोई हँसी नहीं।

पर वह काम का आदमी है।

जो उसे कहो सब एक-एक कर याद रख जिस-तिस के यहाँ जाकर कह आता। जब मन की बात कहने बैठता—बड़ी अटपटी बातें कह देता, सरल भाव से। लोग चिढ़ जाते। छाया की तरह वह चुपचाप चला जाता, क्योंकि वह जानता है कि लोग उसकी बात पर चिढ़ते हैं।

वही काव परजा आँखों पर रखता, जिली को, बाप-भाई गये तब से।

कभी मार खायी थी, याद नहीं करता। कोई खबर लाया था, बनाकर कह दी, इसके बाद वह जवाब लेकर गया था। मगर उसमें कोई छल नहीं। आदमी में मैल है—लोग कहते। मगर भूल गया। वरना जान-बूझकर याद नहीं करता। जब से शुक्रू माँडिया गोती हुए, काव परजा ने सोच लिया, जिली-बिली उसके अपने कन्धे से ऊँची नहीं हैं। ये भी आदमी हैं, गाँव की बेटी (टोकी) हैं। बाहर से लाने पर बहुत पैसे लगेंगे, अतः अपने गाँव में से चुनना है।

इसी कारण गम्भीर होकर वह चुनता। चुनता जिली से बिली को, बिली में से जिली को। उसका मन चुनता, सोच-सोचकर वह देह की बात को भूल जाता।

मन उसका आखिर अस्तित्व बनकर आँखों में खुद को प्रकट करता। अवयव लेता। बहुत दारुण होती वह भाषामय निगाह। सन्दिग्ध, उदास, अनिर्दिष्ट, अनिश्चित। ऐसी एक छाँव-रोशनी में थरथराता रूप, जो आशंका-उद्वेग में बार-बार हिलता। फिर स्वयं पकड़ाई में आने को नहीं रहता। इन दोनों छोरियों को भूखी आँखों देखते रहता, सोचकर दृष्टिमय उसकी चेतना जड़ शरीर को भेदकर बहुत दूर चली जाती—आकाश तक। तब अभीष्ट और लक्ष्य उसके सामने नहीं रह जाता। रहता खुद और उसका चिन्तन।

वह कुरूप है, विधाता के वज्र से उसकी देह में सौन्दर्य पिघल-जलकर टूक-टूक हो इधर-उधर बिखर गया, पर उसका चिन्तन अपने अवयव छोड़ केवल सूक्ष्म रूप में आकांक्षा बन तैर जाता, अँधेरी रात में जुगनू की तरह।

अब चैत पर्व निकट हो आया। काव परजा का आना-जाना इधर बढ़ गया। खेत से दस बार घर खाने लौटता, पानी लाने आता। नायक की लकड़ी लाने दुपहर में जंगल जाता, बेवक्त, जहाँ पर जिली-बिली कन्दा खोदतीं, ठीक वहीं पास में आँवले के पेड़ को या छोटे झुरमुटे को अपनी कुल्हाड़ी सबसे अच्छी मानता। वह कुरूप ठहरा, औरों की तरह कोई उसे नहीं देखता। पर उसका अधिकार से देखना। पीछे-पीछे दौड़ना, पास रहना, इसमें कोई बाधा नहीं देता।

बिली अधिक मजाक करती, अधिक हँसती-मजाक करती। काव परजा सोचता बिली और मेरी उमर का फासला अधिक है, बिली बच्ची है। काम-धाम में भी उतनी मजबूत नहीं वह।

गम्भीर हो सोचकर देखता...ठीक तो जिली रहती। जिली सुन्दर है। उसमें जोर है। सन्तान पैदा कर सकेगी। स्वस्थ, सबल सन्तान, जिसमें भूख ज्यादा, उसमें जोर ज्यादा। वह मन को समझती है, व्यंग्य कर चोट नहीं देती। सबसे ताज्जुब...चारों ओर खुली है, कोई प्रतिद्वन्द्वी नहीं है वहाँ।

काव ने अपनी बुद्धि से तय कर लिया—शुक्रू के भाग्य बिगड़ने में जिली के पीछे कोई प्रतिद्वन्द्वी नहीं। जिली उसी की है।

चाँद के पीछे अजीब-सा काला मेघ हो—वैसे ही जिली के पीछे वह एक बड़ी छाया है। छाया दूर रहती है, पर छाया निश्चित है। अपनी गम्भीरता में वह काला स्याह होता। पर फिर आकांक्षा की सूक्ष्मता में ढीला होकर लम्बे हाथ आगे बढ़ा देता, तैरते-तैरते पंख टूटे मेघ की तरह।

एक बार दुपहर में, घर के आगे चिलचिलाती धूप में जब धूल उड़ रही थी, भाड़ी पर सेम की लतर अधमरी-सी दिख रही थी, उधर अनमनी निगाह किये जिली

बैठी थी। काव परजा आ गया।

जिली के आगे नयी साड़ी रखकर पसीना पोंछ कहने लगा—

''—ये तेरी खातिर लाया हूँ!''

हथेली पर से गाल उठाये बिना काठ-सी बैठी जिली ने पूछा—''तू क्यों लाया?''

''तू पहनेगी, इसलिए!''

''ले जा, नहीं चाहिए!'' जिली ने कहा। काव परजा ने साड़ी उठा ली, धीरे-धीरे वह चला गया।

जिली पथरायी बैठी रही। मूरत बनी। प्रतिमा पूजा ले, अर्घ्य, फूल, धूप सब ले। मगर कदम आगे नहीं करे, हँसे नहीं कि रोये नहीं। पूजा लेने को उसका जन्म हुआ अपना जीवन जीने के लिए नहीं। स्त्री कभी-कभी प्रतिमा बन जाती है, तब वह और नारी नहीं रहती। नारी वर देती है, प्रतिमा नहीं देती।

काव परजा चला गया। झुलसाती धूप में पत्ते और भी मुरझा रहे हैं। चारों ओर सुनसान। चिड़ियाँ रोती हैं। कोयल पुकारती हैं। इन दिनों कोयल कैसे भी अलग ढंग से कुहुकती है, पता ही नहीं चलता। थकी बैठी थी जिली।

जिली ने आवाज दी बिली को—''आ तो नन्ही!''

बिली सींका बुन रही थी। बुलावे के मन्त्र पर भागी आयी। बिली को छाती में भींचकर जिली फूट-फूट कर रो पड़ी।

कई दिनों बाद जिली आज रोयी।

बिली ने पूछा—''अप्पा! क्या हुआ?''

कोई जवाब नहीं।

बिली ने कहा—''काव आया था। तुझसे कुछ कहा क्या?''

जिली ने कुछ कहा नहीं। गुस्से में बिली ने पूछा—''बात क्या है?''

जिली ने कहा—''ना...उसने तो कुछ नहीं कहा। रुलाई आ गयी। देख ना, कितना अकेला-अकेला लग रहा है! कोई नहीं! बापू, माँडिया, टिकरा—कहाँ रह गये वे लोग? पर्व आ रहा है, कुछ भी जुगाड़ नहीं!'' अब तक बिली यही तो रात-दिन सोचती रही। उसकी प्रतिध्वनि-सी किसी ने कोई बात नहीं की।

चुप हो गयी। बिली ने कहा—''नया कपड़ा एक भी नहीं हुआ। न तेरा न मेरा। पीठा करने के लिए घर में गुड़ तक नहीं। नमक-मिर्च के लिए पैसे नहीं।...खाली घर में हम दो जनानी छोरी।''

जिली ने टालकर कहा—''खैर, सब आएँगे। मन को परेशान करने से क्या होगा? किस जमाने से तेरे बाल नहीं सँवारे। आ, बैठ जूड़ा बाँध दूँ। आज नाच को चलेंगी।''

ठाँव से लकड़ी की कंघी, पुराने टीन के डब्बे से जरा-सा एरंड का तेल निकाल बहन की पीठ की ओर बैठ उसका सिर बाँधा। लाड़ में सहलाते हुए। आज उसका कोई नहीं, सिर्फ इस छोटी बहन के अलावा।

जिली ने माथे में माँग निकाली। चेहरे पर एरंड का तेल मालिश कर हाथ चिकना कर आँचल के छोर से पोंछ डाला। लाड़ कर कहा—"वाह! कितनी सुन्दर है, देख ले तो धाँगड़ा पीछा करे!"

बिली ने बहन के गले में बाँह भर पीठ पर सिर रख दिया। छलछलायी आँख से कहा—"पहले तेरा..."

उस दिन साँझ को बिली ने पुकारा—"ऐ...जिली!चल चलें!"

"नाच के लिए?" जिली ने कहा—"तू ही जा!"

बिली ने कहा—"डर! मुझे डर लगता है!"

"मुझे भी!"

"चलो, दो-एक से मिल-भेंट कर आएँ कुछ...!"

"आज मैं नहीं, तुम्हीं जाओ!"

"हम भी नहीं।"

"मोरा तो भाई दांडा नाहीं!"

"ऐ, फिर इनकार करती हो?"

"कौन?"

"बागला!"

जिली गुस्सा हो गयी—"तेरा सिर।" बाहर आ गयी। बाड़ तक। घना अँधेरा। गाँव के बीच रास्ते में जो झोड़ी गाछ है, उसकी निचली डाल पर मानो कोई लाल अबीर पोत गया है। नीचे आग जल रही है, केले की बाड़ी पर छाया का गुब्बार-सा मँडरा रहा है। पालथी मारने की तरह पाँव डाल नाचकारी धाँगड़ी फिर रही होगी। डुगडुगा सुनाई दे रहा है। गीत सुनाई दे रहे हैं। आलाप चल रहा है। झमाझम....झनझन कर कोई-कोई दौड़ रहा है। फुसफुसाहट भरी बात, दबी-दबी हँसी...।

जिली का माथा झनझना उठा।

"ना, मैं नाच में नहीं जाती, किसके लिए जाना? कौन किसका है?"

खड़ी-खड़ी नाच अखाड़े की खामियाँ निकालने लगी। सब बेसुरा किये दे रही हैं। इतना खाँस रहा है कोई? गीत बोला जा रहा है या बकरी की कटाई चल रही है? सब बेसुरा! खूब। खुशी लग रही है!

मगर, अचानक डुगडुगा बन्द हो गये। डोम के बाजे ढोल-दमामा जोर से बज उठे। हाथ में हाथ फाँसकर तेजी से नाचने का बाजा-कदली बाड़ी पर छाया और तेजी फिरने लगी। साँय-साँय फिरते चक्के के धुरे की तरह। जिली के पाँव थिरक उठे। नाच चला गया उसके अन्दर गहरे तक रौंद-मथकर। इसके बाद धाँगड़ा गीत...!

पाँव तले लोटने की तरह, कान में फुसफुस करने की तरह। खुली देह पर नाखून से गुदगुदाने की तरह, फुसलाता-सा, रुआँसा-सा, आँख मूँद उड़ा लेने की तरह चाँद धोये मेघ पर हलके पाँव थापकर चलने की तरह, उभान होता-सा...!

शरीर का खून छाती में जमा कर बेसुध होकर जिली सुनती रही धाँगड़ा गीत...

कन्धे पर हाथ रख कान में हलके-से, बिली ने कहा—"जु...जु...नाटक जू..."

अनमनी जिली कह गयी—"जू...!"

दोनों बहनें अँधेरे में लीन हो गयीं, न शोर, न शब्द।

हाथ में हाथ डाले दोनों बहनें बड़े पेड़ के नीचे नाच मंडप में पहुँच गयीं। अँधेरा बीत रहा है। दूर खूब गहरे लहर-लहरिया स्याह पहाड़ उस पर घुमर डाले चोटी पर आधा चाँद क्रमश: झाँकने लगा है। बड़े पेड़ के नीचे बड़ी आग की लपटों में नाच देवता पागल हो उठे, नाच जम गया है।

गोल घेरा, गाँव की सब लड़कियाँ, पीठ पीछे हाथ में हाथ...गूँथ....जंगल के बीच खुले गोल जगह हवा के झोंके में थर्राते घने झुरमुटे की तरह, बीच में डुगडुगा लिये दल-के-दल गाँव के धाँगड़ा, माथे पर लाल पगड़ी। कन्धे से कमर में नीचे झूल रहा रंग-बिरंगा उत्तरीय। सब घेर-घुमेर नाच रहे हैं। पैर में, हाथ में, कमर में, छाती पर, नाच की तरंग खिल जाती। दूर पेड़ की हर डाल के नीचे अँधेरे में आँख मींजे गला पसारे मानो चुपचाप बैठ सुन रही हैं युगों की खोयी-मरी पूर्वजों की वे सारी आत्मा। नाच जम गया है।

दो सौ पग की भँवर में, चक्कर घिन्नी कर रहे सौ शरीरों की लहर, गीत की ताल में लय में था नशा, जिसके मद में निशा का अँधेरा काला स्याह झोला में डंठल से टूटा पत्ता झर जाए, फूल बह जाए, तैर जाए खिलखिलाती धारा में सीढ़ियाँ लाँघ प्रपात की भँवर लाँघ, चेतना नहीं, स्मृति नहीं, केवल अधजगे-से पत्तों पर झरती टप-टप ओस की बूँदें, जर्जर मन की भाषा, दल से बिछड़ी झींगुर की झीं...झीं....केवल प्रतीक्षा की पुकार—अनन्त काल की, और उसका उत्तर, झनझन करते झींगुर की बीच-बीच में झुनझुन, जो आकांक्षा बढ़ा देती है। दूर से सिहराती हवा में तैर आता मानो किसी के पाँवों के नुपूर की रुनझुन—पास आती जा रही है। धीरे-धीरे फिर

लीन हो जाती है।

पहाड़ी देस में नाच देवता के इशारे में आती है रात। नयी आयी दोनों बहनें नाच-नाच कर गोलाई के पीछे कुछ उछलकर मुड़ने लगीं। बाद में खुद अपनी ऊँचाई के अनुसार जगह चुनकर दल में मिल गयीं। किसी ने भी नहीं पूछा, पल भर में इधर से एक बाँह, उधर से एक और बाँह में लिपट छन्दित हो गयी, नाच रुका नहीं, साँकल टूटी नहीं, कौन मिला किसी की उधर निगाह नहीं।

पाँवों पर हवा का फर्श, सामने आग की आँच, माथे पर तैरता रहा डोंगी-सा चाँद, खून में नशा।

डं...डं...डं....डं....बड़े ढोल पर चोट पड़ी, टमक ने पारी थामी। बागला परजा ने झूल-झूलकर अपने मेघ-से स्वर में गीत छेड़ा। थेई-थेई धाँगड़ी ने एक स्वर में पारी थामी—ओ हो हो रिश...धाँगड़ी-धाँगड़ी मिश'' चल रहा है वर्षा का नाच।

बागला जानी गीत बोलता रहा, प्राचीन परजा कवि का बरखा गीत, परजा का आदिम संकेत—नाच में बरसा का अभिनय चल रहा।

मेरे बरखा के गीत—
नाके पर मोगरे फूल-सी सुन्दर
काली बेणी में झिलमिल करता चमेली फूल
फूलों में सजकर बेणी झुलाकर
आएगी, मैं जानता।
मरण से ध्रुव तुम
दोनों सच, मेरी कल्पना में
मरण का डर, तुम प्रेम।
इसी भरोसे नित मेरा खेल-सा जीवन
अत: जानता आओगी तुम
मेघ की बिजली में मिली तेरी बेणी॥

हे प्रिय!
जेठ का पानी सूखा
बरखा आयी ढुलक
अँधेरा लकदक
पहाड़ से उतरता झरना पाताल
बिजली का खेल!
रौंदती-कुचलती चली आती

वज्र की धुन पर्वत दर पर्वत
सोड़ामाली गाती बरखा गीत
जंगल देस के प्राण थराता शीत॥

बुझता चाँद छिप जाता
बुझते तारे की सत्ता
खो जाती कहीं।
काले स्याह आकाश—धरती।
बहुत शीत!
छान से झरता पानी
की धार
झरने में कलकल
मेंढक का कोलाहल
रोंगटे उठा कदम्ब सुनता।

इस बरखा में तुम्हारा आगमन-
हमारे देस की पुरानी प्रथा
बहू पानी उड़ेले सबके पाँवों में
ऐसे ही मेघ पानी उड़ेले
मन मेरा लेता संकेत
बरखा पानी में मन मेरा भर जाता॥

प्राचीन परजा की अमर भाषा में बागला जानी इसी अर्थ में तान खींचकर गाता :

ए जाइ हेलु बोलिमि। मलि डाडु बोलिमि।
बाँधुनियाँ जुलोई। एलुटिओ कोषोइ॥
हिन्दी देकु तेबेनि। बेगि काचु अबेनि॥
जाणुलारु एतेकु। सिकु डरु सेतेकु॥
कएँ केलु रुबेकु। सोड़ि केलु रुबनि॥
मारानुरु दसिड़ु। डशरकु तसिड़ु॥
जेठु हाणु मारुलि। बरसा दुलि आसुलि॥
अन्दारु हो मालुकोएँ। बिजुलि हो जुलुकोएँ॥
लद्दू बोद्दि अइलि। जाड़ु बाड़ु होचिलि।
लिपु जप लिपुलि। लिपु तरा लिपुलि॥

जातारु हों लिएन्ति। गड़ुरु चेन्देलि।
सने पाणि झिपुलि। रुहलिह झिपुलि॥
गाड़ु गलि कुन्नानि। जड़ि गलि कुन्नानि॥
जानु राए राबुनुं। शुनु केड़े कदम्मु॥
बिचुले हो मिड़ुले। नेडे पाणि काड़ुले॥

बरखा नाच नाच गयी। घूम-घूम, नाच-नाच कर बिजली की तरह साँप-सँपीला, तैरते मेघ की तरह झुंड बनाकर खुलना, फिर एक होना—बाँके-बाँके होकर एक कतार में गूँथना एक और कतार बनाना। हवा में हाथ हिलाना, धरती पर सिर लगाना, फिर सिर उठाकर पीछे झूम-झूम कर गुँथे-गुँथे नाचते-नाचते चले जाना। बरखा, चली, चैत की धरती जेठ के पानी में मानो धँस गयी। बुझते-बुझते तारे दप से बुझ गये। हवा का जुलूस, बिजली का महोत्सव। जेठ का पानी मानो वर के कदमों पर कन्या पानी उड़ेल रही है। कन्या आयी है। पहली बरखा में आशा-आश्वासन की वाणी-खूब कलरव। उसी नाच में जिली बहती गयी।

दल में घूमते-घूमते पता नहीं कब बागला के मुँह की साँस उसने अनुभव की। पता नहीं कब उसने भावावेग की बात सुनी।

उसकी देह तो आदत के अनुसार बरखा नाच में मेघ बन उड़ती रही, मन एक जगह से देखता रहा बिजली में वर की रोशनी, मेघ में पर का निमन्त्रण, वरण।

नाच के अन्त में धीरे नाच, झापुरु-झापुरु-पसीना फूट रहा। छाती उठती-गिरती है। चेहरे पर किसी ने अबीर बोर दिया है। जूड़े से फूल फिसलकर कुचला गया, जिली ने देखा पास में बागला नहीं है। लम्बा उत्तरीय फहराकर वह घूम रहा है। जहाँ हैं कजोड़ी, सजोड़ी, सरुबाली, सारियादान वहीं पर। धीरे-धीरे वह खिसक आयी, बिली को भी आवाज नहीं दी। किसी ने नहीं देखा, धाँगड़ी साँकल बनी...पल भर में मिल गयी। सब मानो ताली बजाकर उसकी हँसी कर रहे हैं। जिली दौड़ती चली गयी।

सुनसान रात। ओस झर रही है। पेड़ की फाँक से चाँदनी कुछ बूँद बीच-बीच में टपक जाती है। झींगुर झीं-झीं कर रहे हैं।

मोड़ पर काव परजा निकला, मोटी चादर शरीर पर डाले है। हाथ में बड़ी-सी लाठी।

"क्यों रे, ननी कहाँ चली! इस समय?"

जिली ने कोई जवाब नहीं दिया। खुद उत्तर देकर काव परजा ने कहा—"घर लौट रही है? चल मैं छोड़ आऊँ?"

बिना कुछ बात किये जिली तेजी से चलने लगी। पीछे-पीछे कुछ दूरी पर

जमीन पर लाठी टेकता चला काव परजा।

जिली बरामदे पर चढ़ी। घर में घुस टट्टी जुड़ ली काव परजा ने आवाज लगायी—खुद ही विदा ले ली। "ऐ नन्ही, मैं और न ठहरूँगा रात बहुत हो गयी, मैं चला।"

उसकी लाठी की ठक-ठक दूर लीन हो गयी। बिस्तर पर मुँह गाड़ जिली जी भर रोती रही। कोई ढाढस देने वाला नहीं आया। सूना अन्धकार।

वह सबसे विदा लेना चाहती है, कोई तो नहीं है उसका!

अमावस का अँधेरा। अन्त में गोती को छुट्टी मिली।

चाँद निकलेगा तो चैत पर्व होगा। साँझ को भी छुट्टी नहीं मिली। साहूकार ने कहा—"गाय बाँधनी हैं, अभी घर की रखवाली करने रहना है। सुबह उठकर तुम्हारी जहाँ मरजी हो जाओ, फिर सात दिन बाद आना, देर हो गयी तो फिर देखना...!"

बड़ी भोर से बाप-बेटे तीनों कन्धे पर कुल्हाड़ी रख अपनी कुदाल ले राह चलकर घर लौटे।

आज मन हलका हो रहा है। इस हल्के अँधेरे की तरह। भोर की ताजा हवा सूखे माथे पर हाथ फिरा गयी। वन में ढलान की राह ओस पर कदम डाल चलते-चलते सुबह कजलौटा कई दिन के परिचित साथी-सा प्रेमगीत गाता इधर-उधर उड़ गया।

भय नहीं, आनन्द आया है।

गिरली घाटी पर भोर का उजाला हुआ है। ढलान-ही-ढलान चढ़ाई की राह, पता नहीं कब कितने ऊपर उठ गयी है। दोनों ओर नीचे-ही-नीचे कितने गड्ढे-खोह जंगल भरे हैं। बड़े-बड़े पहाड़ का शिखर उठा है, दोनों ओर। जहाँ प्रचंड सूर्य उगता है, साँझ की तूली में रंग झलक जाता। रात का विस्मय टँगा रहे नींद में पृथ्वी पर।

उसी उठान राह पर तीन राहगीर चल रहे हैं। डर नहीं, आनन्द में।

दमक के शिखर पर पहुँचे तब तक नीचे इन्द्रनील ऊपर हीरा-माणिक का तेज चमचमा उठा। पहाड़ के बगल में गाढ़ा नीला होता गया सब्ज। माथे पर मेघ की धुन्ध और ऊपर तैरती चली गयी। दूर उजाड़ खेत चौकोर चेस के घरों की तरह, झरने सारे काली रेखा की तरह। छोटे मुंडिया कुद की तरह....साल वन में घास के मैदान की तरह।

नीचे दूरी पर...

पहाड़ के नीचे जंगल से घिरा गाँव, साँस लेने की तरह धुन्ध धूप जल गोल-

गोल हो भँवर की तरह ऊपर उठने लगी। यह धुन्ध, जगह-जगह अमराई की छत, जगह-जगह कतार में बस्ती, रंगीन डिब्बे के खिलौनों की तरह, बस यही गाँव के संकेत हैं। यह है दंडबाड़, वो उधर कन्ध बेड़ापदर, पेड़ीसील, सरजीगुड़ा...इसी तरह कई गाँव।

ढलान आयी। कितनी जल्दी रास्ता कट जाता है! कराघाटी का एक मोड़ गया, दंडबाड़ पीछे रह गया। सरगीगुड़ा दौड़ता चला आ रहा है। सुबह मुँह धोये कुरहेई फूल की महक में रास्ता पूरा हो तो घर आएगा।

गार्ड़ा झरने के किनारे जोड़ा कुसुम का झाड़, वहीं पथरीली शिला, मुसाफिर वहाँ पसीना सुखाता है। परजा बैठता है। सूखे कुरहेई डाल पर से छीलकर थोड़ा गड्ढा बनाया। एक और कुरहेई की डाल उस पर रख दही मथने की तरह माँडिया जानी ने मथा। आग छिटकी। तम्बाखू पीने लगा।

अँजुरी की अँजुरी पसीना हथेली में पोंछकर शुक्रू जानी ने कहा—"कितनी देर रोक दिया। आज पर्व है, और हम आज घर लौट रहे हैं!"

माँडिया ने कहा—"क्या करें इस पर?"

शुक्रू जानी ने कहा—"बात तो सही है। आज पर्व। दोनों बच्ची नये कपड़े भी नहीं पहन सकीं। कब खरीदता? उस साहूकार ने तो इतना हैरान कर डाला! आग के लिए दो लक्कड़ के टुकड़े भी घर में नहीं होंगे। और दूसरी बात का क्या कहें?"

"छोड़ो, वो बात, बापू! मन दुःखी होगा। चलो चलें।" फिर आगे चलने लगे।

"मालंगजोड़ी घाटी पास है—दोनों ओर दोनों पहाड़ों से गीत सुनाई दे रहे हैं। इधर धाँगड़ा गीत बोलता है। उस पहाड़ से धाँगड़ी उसका जवाब देती हैं। गीत बोल-बोलकर दोनों दल परस्पर निकट आ रहे हैं। साड़ी हलदी पानी में डूबी है। जूड़े में फूल हैं।"

यह चैत का दृश्य, घर याद आता है, जीवन का आनन्द याद करा देता है।

माँडिया जानी ने गहरी साँस छोड़कर कहा—"बापू, कजोड़ी का बाप मुझे पूछेगा तो उसे क्या कहूँगा?"

"क्यों मुँह सुखाता है? तेरी कजोड़ी कोई ले जाएगा?" टिकरा ने कहा। हँसाते-हँसाते भाई के पेट में उँगली घुसा दी। माँडिया जानी हँस पड़ा। कहा—"ठहर जा तू...!"

इसी हँसी-मजाक में रास्ता फिर हल्का लगा।

शुक्रू जानी ने सिर हिलाकर कहा—"और अब क्यों कहते हो, बेटे! सब मेरे भाग्य की बात है। वरना...खैर चलकर अब की पुरिजानी को पूछकर देखता हूँ।"

गाँव खूब सजा हुआ है। आज चैत पर्व है। नौ बजे दिन में गाँव के रास्ते पर पहुँचा तो बस्ती में गाजे-बाजे की धूम मची है! यहाँ-वहाँ झुंड-के-झुंड लोग ढोल-दमामा बजाने में लगे हैं। इधर-उधर रास्ते पर पेड़ के नीचे झुंड-के-झुंड बच्चे हो-हा शोर कर धक्कम-धक्की में उछल-कूद कर रहे हैं। पाँच-सात धाँगड़ी साथ मिलकर एक-एक दल बना झूमझूम नाच रही हैं। धाँगड़ी सारी हलदी में भींगी। कोई नाचती है। कोई माथा बाँध रही है। कोई किसी के पीछे-पीछे हलदी पानी का रंग कपड़े पर डाल रही है।

कुछ औरतें झुंड बना बैठी गप्पें मार रही हैं। गाँव के चौक पर कुछ मटकी से दारू उड़ेल पीकर नाच रहे हैं। किसी का मन हँसने को कर रहा है। किसी का जमीन पर लोटने को। किसी का सात-पाँच को बाँहों में भर मूँछ से मूँछ लगा नाचने को।

सारी चैत की लीला है।

और चल रही है ढोल-दमामे की, मन बावरा करने की, बाजे की थाप, जो केवल उठाती है, नचाती है, कहती है।

इनाका दें चिमचिम रानास
इनाका दे माड गुम रानास
आतु बिचि केला किनास।

घर पहुँचे तब तक मन का दुःख मन में मर चुका था। गाँव भर आनन्द में, बाहर मन का फूल खिल उठा है। पत्ते अँकुरा गये थे। सबकी प्रतीक्षा है, इस आनन्द से कुछ उपजेगा, जो होगा शुभ, मंगल, सुन्दर।

माँडिया जानी सोच रहा था—शायद इस चैत में मँगनी कर ब्याह हुआ है।

टिकरा सोच रहा था—धाँगड़ी नाच में कितना मजा होगा!

बूढ़े के मन में भी कुछ-कुछ खुशी हो रही थी।

जिली-बिली बुलाने आयीं। शुक्रू जानी ने बेटियों के गाल, माथे पर हाथ फिराकर कहा—"आहे! कितनी जल्दी झड़ गयी तुम लोग!" माँडिया ने बिली को ओट में बुलाकर पूछा—"कजोड़ी वगैरह कैसी हैं?"

बिली ठहाके के साथ हँस पड़ी। आवाज दी—"अप्पा! सुनती जा, जरा!" जिली आ गयी। माँडिया ने हँसकर पूछा—"बागला घर पर है?" जिली ने कहा—"लो, इसी के लिए..." मुँह मोड़कर चली गयी।

टिकरा ने मेहमान की तरह आकर पूछा—"हम आये हैं, क्या दोगी हमें खाने को?"

दिन दुपहर में। बच्चे चले गये नाचने, शुक्रू जानी घर पर सोया रहा।

लम्बा लेटकर बाँह का तकिया कर शुक्रू जानी अपनी धरती पर लेटे-लेटे कुछ शान्ति खोजने लगा। दो फूँक धुआँ, खूब परिचित मैली मिट्टी। पर करवट बदल ऊँघती आँखों से नींद की दो झपकी, बस यही उसकी शान्ति है।

कहीं कोई नहीं। इस समय घर पर कोई न होगा। गाँव के चौक में खूब नाच-गीत-बाजा-गाजा, दिन के खुले उजाले में कितनी दूर रच-बस जाता मन में। कहीं कुछ गँदलाता नहीं।

जो जिधर चाहें खुलकर चले जाते हैं। ये बच्चे-बचकाने आदमी। अपनी खुशी बखानने, अपना आनन्द तलाशने में। उनमें प्राण प्राचुर्य है। सबमें वे हलके हैं, तितली की तरह। यह चिलकती दुपहर उन्हें रोक नहीं पाती। उनका मेल-जोल, आम-बकुल के नीचे, फूल की पंखुड़ियों-ही-पंखुड़ियों में है।

बूढ़े की इनमें हिस्सेदारी नहीं।

वे उड़ रहे हैं, इस पर बूढ़े के मन में अफसोस नहीं। उसने उनको गढ़ा है, आदमी बनाया है, उड़ना सिखाया।

फिर भी! बाजे की आवाज के झटके पर वह इधर-उधर करवट लेता है। देह बूढ़ी हो रही है। एक-एक बाल पकने आये। हाथ की पेशी और पाँव की पिंडली में नसों का जाल बुन गया है। मगर मन बुढ़ापा स्वीकार नहीं करता। दिन-पर-दिन समझाता है। क्या दुनिया दिन-पर-दिन यों होती जा रही है कि इस दुनिया की आँखों में वह बेकार लगता है?

वह बेकार है। उसे पीछे छोड़ हँसता-खेलता बड़ा जीवन-लीला का जुलूस आगे बढ़ता चला जा रहा है।

यही है बूढ़े आदमी का गुमान!

सूनी दुपहर। झुके नीचे घर में पड़े-पड़े बूढ़े शुक्रू जानी को अकेला लग रहा है। मानो बाहर की हो-हा उसे और भी अकेला कर देती है संसार में।

अकेले घर में उदासी लगती है, मगर बाहर जाने को न मन और न कदम उठते, मन अधिक करता है इसी उदासी में डूबे रहने को, मन में दु:ख, आँखों में आँसू आते हैं। जीभ का स्वाद नमकीन हो जाता है। फिर भी तो मन करता है यों ही पड़ा रह सुबकता रहे, दु:ख का नमकीन स्वाद चखकर धरती पर पड़ा रहे।

पड़े-पड़े ख्याल आते, स्मृति के चित्र दिख जाते, दु:ख का तूफान मन में उलट-पलट कर मथ जाता।

आकाश-हवा जानी-पहचानी वस्तुएँ हैं। सब पर करुणा की स्याह छाँव पड़ती, पोखर पानी में घने स्याह मेघ के चित्र की तरह। निराशा की पूजा होती। आँख के कोने में आँसू झलमला आते।

आज इस चैत में—शुक्रू जानी सोच रहा है—उसकी धाँगड़ी नहीं कि सोंबारी नहीं। जब उमर थी हँसी-खुशी, नाच-गीत की, तब सोंबारी थी, आज नहीं। उदलिया ब्याह के लिए प्रचलित प्रथा के अनुसार दोनों हाथों में उठाकर उसे वह जंगल में ले गया था, चैत पर्व के नाच के बीच।

आज तो अकेला है।

सोंबारी को बाघ खा गया। उसके बाद फिर ब्याह करना हो तो ऐसी को ब्याहने की बात है, जिसके पति को बाघ खा गया है। वैसी कई मिल रही थी। लोगों ने बहुत समझाया, कितना मनाया। सब सुना शुक्रू जानी ने। आनाकानी करके रह गया। सोंबारी की जगह आखिर तक खाली पड़ रही।

इसी दुपहर में। वही उसका चेहरा दिख जाता है। थका-हारा खेत से लौटता, वह आँचल से पसीना पोंछ देती। माँड़ पीकर सोने पर माथे से जूँ निकाल देती। पाँव सहला देती। पत्ते की चिलम में तम्बाखू भर मुँह के पास रख देती—आग सुलगा हँसती! बातूनी कहीं की! देह में लिपट जाती, चैन से आँख मूँद लेती।

और सोंबारी के आँचल में ये चार बच्चे! आज इनके चेहरों में से कुछ-कुछ लेकर गढ़ने बैठो तो सोंबारी का चेहरा धुँधला-सा दिख जाता है। चिलचिलाती दुपहर में अकेले में सब बन जाता है। मगर सब हवा। वह बोलती नहीं, पुकारने पर आती नहीं, पकड़ाई में नहीं आती। वह हवा, हवा में लीन हो जाती है!

बरामदे में बैठ पाँव पसार दोनों हाथों से बहुत सारी हलदी लगा रही है कजोड़ी। आगे की ओर बाड़ एक तरफ खुली है। कजोड़ी बहुत परेशान, हड़बड़ी में जा रही थी। जितनी चेष्टा करती, हलदी चेहरे पर टिकती ही नहीं, उतर जाती है। कजोड़ी अपनी चिन्ता में खुद विभोर।

अहाते के खुली तरफ माँडिया जानी का ऊँचा सिर दिखाई दिया चिलचिलाती दुपहर में।

"अरे, कजोड़ी!"

सामने माँडिया जानी। चेहरे पर हँसी। आँखों में मानो बत्ती जल रही है। कजोड़ी खिलखिलाकर अन्दर भाग गयी।

माँडिया जानी धप से बुझकर सनसनाते दरवाजे पर खड़ा रह गया।

पिछवाड़े में झोड़ी पेड़ से सूखे पत्ते झरकर नीचे जमा हो रहे हैं। आदमी की आवाज नहीं, कभी-कभी बस्ती के सूअरों का झुंड थूथनों को नीचे कर सूँ-सूँ करता भाग-दौड़ कर रहा है।

माँड़िया भूत की तरह खड़ा रहा खूँटे-सा, कभी दरवाजे की ओर देखता,

कभी नीचे की ओर देखता, पीठ पर पड़ रही कड़ी धूप की याद ही नहीं रही। मन में सोचने की सारी शक्ति कहीं गुम हो गयी। कुछ समय बाद कपड़े ठीक-ठाक कर कजोड़ी आयी। मगर माँडिया नहीं समझ पाया कि कितनी देर बाद।

सूखे रुआँसे-से चेहरे पर, हँसने की चेष्टा कर, थमने की तरह, रुक-रुक कर कजोड़ी ने कहा—"तू...तू आज आया है!"

"हाँ,...आज आया, कजोड़ी!"

"इतने दिन पर..." कजोड़ी ने भौहें लम्बी करने की चेष्टा की।

"हाँ, आज आया!"

कजोड़ी गुम मारकर रह गयी। माँडिया कुछ भरोसा पाकर चला आया। कजोड़ी ने सिर नीचा कर लिया।

माँडिया वैसे ही काठ बना खड़ा रहा। कजोड़ी के सिर की ओर देखता रहा।

करीब सरका नहीं कि कजोड़ी को छूआ नहीं। सदा की उसकी आदत, लाज में नरम पड़ रहे मन को क्रमशः बाँधती जा रही है।

कजोड़ी की प्रत्याशा में बाधा पड़ी। माँडिया तो सदा से काठ-पत्थर रहा है। आज भी। अचानक माँडिया ने पूछा—"नाचेगी आज मेरे संग?"

कजोड़ी खिलखिलाकर हँस पड़ी। मन का सारा गुबार उसकी हँसी में उड़ गया। हँसी नहीं, बस एक कोलाहल, क़ुछेक फटने के शब्द एक साथ मिल गये हों, सूखी डाल टूटने की तरह।

"—क्या कहा?...नाचूँगी...इतने दिन फिर किसके संग नाचता रहा?...अब चैत में नाचने को मन हुआ, ना क्या?...नाचेगा? चैत में मन हुआ मेरे संग?"

"चैत कजोड़ी!"

"चैत माँडिया!"

फिर कजोड़ी घर में घुस गयी। माँडिया प्रतीक्षा में खड़ा रहा। अब पहली झलक जा चुकी थी।

अब दिक्कत न होगी। बातों के बहाव में न ढूह है और न पत्थर। माँडिया ने आवाज दी—"कजोड़ी।"

"हाँ, आयी।" कजोड़ी ने कहा। वह आ गयी। दोनों ने सुख-दुःख की चर्चा की। माँडिया ने पूछ लिया—आजकल कौन अच्छा नाचता है? ठीक से कौन गाती है? कौन-कौन से गाँव इस बार घूमने का तय हुआ? कौन से पहाड़ पर इस बार चैती शिकार करने को जाने की बात पक्की हुई है?...गाँव की फलाँ...बात...वैसे ही कजोड़ी खड़ी-खड़ी बोलती रही। माँडिया जा रहा था। अधबीच में ही मुड़कर माँडिया ने पूछा—"तेरा बापू कहाँ गया?"

"उधर गाँव में गया है।" कजोड़ी ने तुनककर देखा।

"मैं आयी...तुझे...!"

सूखी हँसी की खिलखिलाहट में मुँह खोलकर कजोड़ी ने कहा—"नाचने को बुलाएगा?...क्यों? ठीक है, नाच में तो अभी देर है। अभी तू जा...।"

माँडिया कुछ कह नहीं पाया। वह मुँह सुखाकर चला गया। गुरु गाली दें तो सयाने बच्चे को चोट लगती है—गाली दें या थप्पड़ मारें...।

कजोड़ी अनमनी बैठी-बैठी बाल सँवार चोटी बनाने लगी। बालों में एरंड का तेल लगाया। छोटे से आईने को निकालकर देखा, चेहरे का मैलापन हलदी में नहीं छुपता। उसने रगड़-रगड़ कर हलदी मली। केवल मुड़-मुड़कर गिर जाती। मुँह पर हलदी चिपकी ही नहीं रह सकी। धूप के ताप से सूखकर गिर गयी।

कुछ पल रुककर तिरछे देख मन-ही-मन हँस पड़ी। गुनगुनाकर गीत गाने लगी। मानो अपने कानों को खुद गीत सुनाना चाहती है।

बैठे-बैठे मुँह को रगड़-रगड़ कर चिकना किया।

कन्ध दिसारी रात के तारे गिनता है। काले स्याह आकाश के एक-एक तारे के संग वह बतियाता है, चुपचाप। पूछता है—मौसम और फसल का हाल, भले-बुरे दिन और घड़ियाँ।

परजा दिशारी ताड़ पत्तों की पंजिका खोलकर हिसाब गिनता है, बाप-दादा हिसाब गणना कर रख गये हैं, बस चुन लेने की बात है। किस पन्ने में क्या लिखा है, वह पंजिका से समझता है मौसम की खबर, कालसी (छाया पड़ने) को कहकर पूछता है—पूर्वजन्म की बात। कौन, किस, मरे, खोये का डूमा या आत्मा है।

कन्ध दिशारी ने तारे गिने थे, परजा दिशारी ने पंजिका देखी थी। दोनों ने विधान किया था—चैत देवता के आवाहन का योग पड़ता है आज शाम को।

दोनों की गिनती में मामूली-सा फरक आता था, कन्ध दिशारी कह रहा था—माहेन्द्र वेला (शुभ घड़ी) तब होगी जब हातीमाल पहाड़ पर साँझ के दो तारे बूढ़े इमली के पेड़ की डाल की ओट से टिमटिमाकर दिखेंगे। परजा दिशारी का समय कुछ और पहले, ठीक जब तीनों दिशा से तीन सियार चिल्लाएँ, तभी।

इन दोनों निर्णयों के बीचों-बीच गाँव के पुरोहित मुंडरा जानी ने तय किया—सियार के चिल्लाते समय मुर्गे की बलि दें। दो तारे उठते समय दो कबूतर मारें। वहाँ पहुँचते समय से लौटते समय तक गाँव के नायक मुँह में तिनका लें, गले में रस्सी बाँध, औंधे मुँह जमीन पर पड़े रहें, अत: देवता चाहें तो भी कोप नहीं कर सकें।

आज चैत देवता का उद्बोधन। वन के अन्दर उसके घर से बुलाकर लाना

होगा।

"हे! हँसी-खुशी के ठाकुर। नाच-गीत के ठाकुर, शिकार के ठाकुर, तू आ! तुम्हें दारू देंगे, मुर्गा...बकरी देंगे! हमारे गाँव में रहकर पूजा के कुछ दिन हँसकर नाच-नाचकर, माताल होकर तू अपने घर लौट जा, तू आ, तू आ!"

देवता आदमी के बीच नहीं होता। वह रहता है वन में। जहाँ और कई देवताओं के घर हैं। झाकर देवता, बाघ देवता, वसुमती देवता, और भी कई। वह वहाँ रहता है जहाँ आदमी की छाया पड़कर वनस्थली अपवित्र नहीं होती। आदमी की साँस मिल हवा में जहर नहीं घुलता।

दूर खुले में, जहाँ घने पेड़ और मोटी-मोटी झूले वाली लताएँ एक साथ बाँह में बाँह डाले मिलकर चाँदनी के लिए साँचा बनाती हैं। जहाँ चारों ओर अकूत पहाड़ का ऊबड़-खाबड़ ढालू जंगल ढाँपकर तीखा हो नीचे पगडंडी पर झूल आया है। जहाँ सर चकराती निचाई में नाच दिखता है। सुबह-साँझ की थिरकती लम्बे शाल पेड़ की छाँव, हाथ में हाथ लिये बुनियाद से पता नहीं कब से मन हुलसाता। छोटे से झरने का नाला, नाचती वन फूलों की माला, मोर नाच करे, यह है देवता का घर।

दिन डूब गया। तैयारी खत्म हुई। गाँव के लोग उठकर चले। पहाड़ पर टेढ़ी-मेढ़ी चढ़ाई की राह। दोनों ओर घने वन, चन्दन, बीजू, सरगी लकड़ी के। पाताल की तरह नीचे झलमलाता चंचल झरना। घने जंगल में कहीं दिखाई नहीं देता। लुक-छिपकर वन में जन्तु की तरह भाग जाता है, फिर उसके उधर आकाश छूते पहाड़ों की माला।

उस चढ़ाई की राह बाजा बजाते नाच-नाच कर गीत गाते गाँव वाले चले। सटे हुए दो कतार में, पास में पुरुष, पास में स्त्रियाँ।

उठान का छोर आया। दूर का पीतल हलद आकाश तब तक मैला हो आया। दूर के गाँव साफ नहीं दिखते। सब चुपचाप और शान्त हैं।

ढलान में उतर फिर राह से हटकर सब गड्ढे में देवता के झरने तक पहुँचे। पाँव से छूकर...पत्थर लुढ़कता चला गया। बाजे की आवाज में जंगल में अनेक भाग-दौड़ की आवाज, घमा-घम, छपा-छप, बड़ा बाजा बजे तो महाबली बाघ निकल आए। वन के जीव-जन्तुओं ने राह छोड़ दी। आदमी चले हैं देवता को बुलाने। रास्ते में मशाल जलायी, हाथ में आग का लुआठा लेकर ढोल-दमामा बजाकर गाँववाले देवता वृक्ष तक पहुँचे।

बहुत बड़ा आम का पेड़, काफी पुराना। ठीक झरने के पास, बड़ा पेट फुला बड़ी-बड़ी बाहु उठाये खड़ा है। तने में और ऊपर बिना डाल-पात के गुच्छे-के-गुच्छे मंजरी खिली हैं। खूब रसिक देवता है, रसीला! ऊपर लाल-लाल पत्ते मलंग

के फूल, बगल में लम्बा मधुमक्खी का छत्ता, हाथ में महौषधि गिलोय...लता का कड़ा, छाती पर सेवली लता की जनेऊ, कमर में लाल-धूसर वल्कल, देह पर वन मल्लिका, नियाली, बघनखी, महाकाल का जाल, देवता की देह है, देखते ही रोम सिहर उठें!

सिन्दूर लगायी गयी। कबूतर और मुर्गे की बलि दी गयी। धरती पर छोटे आसन पर फूल रखे। मुर्गी के अंडे रखे गये। मद उड़ेला गया। माँडने मंडे। देवता की नींद तोड़ने हेतु बाजे, खूब जोर-जोर से बजे। नाच चला। बाद में सब ढप से बन्द हो गया। लम्बे नुकीले पत्थर पर चढ़कर पुरोहित जानी आकाश की ओर मशाल उठाकर मन्त्र बोलने लगा।

"अरे चैती देवता!

अँधेरे झरने के एकान्त कोने से नींद तोड़ उठकर तू चला आ! लता-वृक्षों पर फूल खिले हैं। आकाश में उगा है चाँद। नया कपड़ा पहन नाचने को हम तैयार, धाँगड़ा-धाँगड़ी इकट्ठे हुए हैं। उठ-उठकर...आ!

हाथ में हाथ गूँथ काका, मामा की जगह पर चाँदनी रात में सलप पेड़ के नीचे छाया में जब धाँगड़ा-धाँगड़ी सब चुपचाप खड़े होंगे।

तेरे सिवा कौन उन्हें बातें बुलवा सकेगा?

कौन हमारी आवाज सुनेगा?

कौन ढेर-के-ढेर बच्चे, गुच्छे-के-गुच्छे अमिया की तरह इस बंजर धरती पर खोद-खादकर उपजाने उड़ेल देगा फसल?

शिकार के कारिया देवता!

अब पत्ता झरा...वन जला।

झरने के किनारे-किनारे वराह झुंड-के-झुंड। खुले में ज्यादा साँभर, हिरन...सूखी डाल को पीठ से धकेलते, कान खड़े कर खरगोश के बच्चे बैठे हैं।

आ तू आ...चल शिकार...चल शिकार...

पुराने लोग गये, अफसोस नहीं, हम जाएँ घर छोड़।

परन्तु बरस-दर-बरस आते-जाते रहें, तेरे झरने में तेरी पूजा चलती रहे। तेरी दया से आम में फल कम न होंगे, गुहाल में गाय-बैल कम न होंगे, खेत में फसल कम न होगी, वन देस में आदमी कम न होंगे।

अगले बरस देवता, इन्हीं दिनों हम जीते रहे तो फिर आएँगे, वरना हमारे बेटे-पोते पूजा करेंगे। तेरी पूजा कभी कम नहीं होगी...!"

सारे बाजे एक साथ बज उठे। एक साथ सबने आवाज लगायी—"तेरी पूजा कभी कम न होगी।" हवा ने लगायी—चैत की सनसनाती हवा, पेड़ सिहरे, मंजरी और अमिया झर गये। देवता ने अपने को प्रकट किया।

झिंग-झिंग जंगल में मशाल दपदपा कर जल उठी। बड़ा ढोल और भी जोर से बज उठा। बौराये-से लोग नाच उठे। रक्त में आग लगा दी मानो चैत के देवता ने।

तब तक टुकड़ा-सा बाँका चाँद पैने हँसिया की तरह एक ओर तीखे पर्वत के ऊपर टकटकी लगाकर देख रहा है। गड्ढे में देवता की पीठ के चारों ओर ऊँचे पहाड़। खड्ढे में स्याह अँधेरा, पर्वत पर चाँदनी, नीचे से ऊपर बाँकी-टेढ़ी कितनी स्याह रेखाएँ। भूत-सी दिखती पहाड़ की छाँव, घुला-मिला रंग, जिसका कोई नाम नहीं दिया जा सके। जहाँ सब जादू-सा, हर झुरमुट, हर पत्थर जीवन पाकर खड़ा रहे अपने आसन पर।

पूजा खतम हुई। ऊपर मशाल लेकर पीछे-पीछे कतार बनाकर फिर आदमी ऊपर उठे। ठँसी-ठँसी एक ही कतार। बाँका-टेढ़ा, साँप-सँपीला रास्ता, पास-पास जलती मशाल का सिरा। मानो प्रागैतिहासिक काल का हिलोरमय एक विराट बिच्छू, अपने परिचित पहाड़ की ढलान-ही-ढलान पर चढ़ने में लगा है।

उसी रात, गाँव के चौक में सब इकट्ठे हुए। माँज-घिस, पोंछ-पोंछकर चिकने-चुपड़े बन, मन के सारे दाग, सारी कलौंस धो-पोंछ आदमी जम गये। आनन्द मनाने, पूजा करने। बीच में बड़ी आग जला ली। चारों ओर पितृ पुरुषों के पत्थर दिख रहे हैं। हाँ, उन्हीं की तो धारा बह रही है। अति पुरातन, इस सनातन धरती पर। यहाँ कितने चैत आये और गये हैं!

आदमी मरा है, उसके संकेत की तरह लगा है गाँव के चौक में लम्बोतरा पत्थर, चिपटा पत्थर। फिर भी आनन्द की लहर चल रही है, रुकी नहीं।

गाँव के चौक में नाच चल रहा है। उधर शुक्रू जानी के घर बोल-चाल...चल रही है। मुँहलगी जिली, बाप और भाई को दोष दे रही थी।

''गये सो गये, लौटना ही नहीं! कोई खबर ही नहीं ली। कोई नया कपड़ा नहीं, कुछ नहीं! कभी याद ही नहीं किया कि घर पर दो-दो जनाना छोरियाँ हैं। कैसे चलती होंगी! यों कंगाल बनकर नाट में जाऊँ? तुम्हारा मन है, तुम जाओ!''

जिली मनाकर रही है, मगर पुराने कपड़े साफ कर दोनों ने पहने थे। सिर पर बाल बाँध तैयार हुई थीं। फूल खोंसे थे बालों में। माँडिया जानी ने कहा—''ठीक है, ठीक है। कपड़ा आएगा। सब आएगा। बागला कब तक अलस में रहेगा?''

चिंहुककर हाथ उठा जिली ने कहा—''केवल मेरे संग बातें करेगा तू। देने के समय कुछ नहीं? बातों में आगे...देखो तो बापू!'' अपने पर से हटकर मान माँडिया पर गिरा तो शुक्रू जानी बीच में पंच बनकर खड़ा हो गया—''अरे ठहर रे माँडिया एक पल...यह तो वैसे ही छोरी है, तू नाट में जा!''

गोरू हाँकने की तरह कुलपति ने कहा—"जा...जा...चैत पर्व के समय गाली-गलौज नहीं होती।"

दोनों बहनें एक-दूसरे का हाथ पकड़ उछलती-कूदती चल पड़ीं नाच के लिए। माँडिया हँसते-हँसते लोट-पोट। कहा—"जब भी इनको नया कपड़ा या गहना न दो ऐसे ही खीझ में भर जाएँगी। केवल अपनी सोचतीं। हमारी हालत क्या थी, हम क्या हो गये, इतनी बड़ी हो गयीं, इनके दिमाग में आता ही नहीं।"

शुक्रू जानी ने कहा—"अरे निदरबी (अभावी) घर के बच्चे ठहरे, फिर कुछ भी हो, बच्ची ही है, लड़की अच्छा पहनना न चाहे तो क्या लड़का चाहेगा? हम दे नहीं पाते, मगर कोई लड़की यह बात नहीं समझती। बाप-भाई के आगे लड़कियों की सदा ऐसे ही जिद चलती है। लड़की की माँग, हमारे पास है या नहीं, वे क्या जानें! आज उनकी माँ जीवित होती तो तू ऐसे कह पाता?"

माँडिया को बात चुभ गयी। अपने भाग्य पर उसे गुस्सा आया। बँधे हाथ झटककर खोल लिये। कहा—"साले कुचक्री डोम लोग, मद, जरा मद राँधता था, पकड़ा दिया, तभी इतनी बात है, वरना रुपयों की कमी होती? क्या जिली-बिली आज मुँह सुखाये चली जातीं?"

शुक्रू जानी चुप रह गया। लगता है जैसे गहरी साँस लेते थक गया है—कहा—"खैर जो होना था हो गया। अब मन उदास किये क्या होगा, तू ही बोल?...आज चैत पर्व है। आज तो मन खुश करने का दिन है, वो बात क्यों कहते हो अब?"

बरामदे में तीनों बैठे हैं। पिक्का पी रहे। धीरे-धीरे गप्पें मार रहे। उधर चौक कम्पायमान है। नाच जम गया होगा।

नाच देखने चलने को किसी के पाँव नहीं उठते।

टिकरा ने आलस्य छोड़ कहा—"उनके लिए इतना विचार, और मुझे कोई नया कपड़ा नहीं पहनाओगे, बापू?"

उसकी पीठ सहलाकर शुक्रू जानी ने कहा—"पगले! ठीक है, तेरा कपड़ा अगली बार के लिए रहा।"

माँडिया ने कहा—"जो पहने है, पहने रहो। कोई पूछे तो कह देना नया है, कपड़ा नया हो जाएगा।"

माँडिया हँस पड़ा। शुक्रू जानी ने कुछ कहा नहीं। सिर्फ टिकरा की पीठ पर थरथराता हाथ फिरा दिया।

बाप की हथेली और माँ की गोद सूखी हड़ीली हो जाएँ, परन्तु पता नहीं क्या उस स्पर्श में होता है, उसमें प्राण शीतल हो जाते हैं। मन का ताप चला जाता है। कारण और फल, दो छिन्न होने पर बाहर के गठन में विशेषता खिल उठे, पर दोनों

छू जाने पर फिर जमुना उफनकर बह जाती है, रागिनी बज उठती है, जो मरण का दास नहीं है, जो अमृत है।

वैसे ही गुमसुम सब बैठे हैं। टिकरा सहला रहा है। शुक्रू जानी पिक्का को जोर-जोर से फूँक रहा है गिड़गिड़ाते-से टिकरा ने बापू को कहा—"बापू, मैं नाच में जाता हूँ।"

"अच्छा, जा...बहुत रात न करना।"

टिकरा चला गया।

कुछ समय कट गया। माँडिया ने कहा—"बापू!"

"क्या बात है?"

"ब्याह की बात!"

"हूँ!"

"ऐं!"

"ब्याह की बात।"

अब की बूढ़े ने कान लगाये। मुँह का पिक्का पाँव से रगड़कर बुझा दिया। कहा—"क्या करूँ, तू बता? तू ही सोचकर कह।" माँडिया बाप के मन की बात समझ गया। "हाँ, बात सही है, सब एक ओर, पैसा एक ओर। एक के पास वह बँधुवा है। अपनी देह बन्धक हो गयी और दुबारा बन्धक रख नहीं सकता। 'कन्यासुना' (सगुन) दिये बिना कौन अपनी बेटी देगा?"

बेटे को निरुत्तर देख बूढ़े ने कहा—"पुरी जानी कितना चढ़कर बोलेगा, मैं नहीं जानता? हमारे पास कुछ भी तो नहीं। ले-देकर ये दो खेत हैं। उन्हें भला बेच दूँ या बन्धक रख दूँ? फिर घर पर बहू आएगी, उसे खाने क्या दूँगा? घर पर दो-दो बेटियाँ हैं। उनका पोषण कैसे होगा?"

शुक्रू जानी सोच रहा था—तर्क की बात से मर्म की बात में कितना फर्क है? वह माँडिया पर खीझ उठा—केवल सोचता ही सोचता है, बूढ़ों की तरह इधर-उधर की सोचता रहता है।

गावदी जवान सोचता नहीं, मन मरजी से अनचली राह पर बढ़ता चला जाता है। फिर खुद-ब-खुद रास्ता निकल आता है।

मेरी इस उमर में—माँडिया माँ के पेट में आ चुका था।

किसी को पकड़कर ले आता, फिर लड़की के बन्धु-कुटुम्बी आते, प्रथा मुताबिक दो थप्पड़ देते, फिर शगुन के रुपयों का फैसला होता। झोला के रुपये लेते, देखा जाता। ऐसे कई ब्याह होते हैं। इसे 'उदुलिया' ब्याह कहते हैं। माँडिया को फिर एक बार खुद लड़का बनकर, क्या करना है, क्या नहीं करना वह सब बेटे को बता नहीं सकेगा।

यह आज्ञाकारी सयाना बेटा! इसके लिए आत्मा रो पड़ी। मन करता है गोद में लिटा थपकी दे-देकर सुला देता। दया आ गयी। भरोसा और हिम्मत देकर कहा—''ये तो मँगनी के दिन आ गये, चैत में। मुझे इतना सब क्या पूछ रहा है? तू घर में बहू लाता, कितना खुश होता मैं! तेरी माँ तो है नहीं खुश होने के लिए। तू जा...जो करना है कर, मेरी पूरी सहमति है।''

माँडिया ने कहा—''बापू, मैं नाच देखने जाता हूँ, अच्छा! तम्बाखू पत्ता है मेरी अंटी में, तुम पीते रहना। लो!'' बापू के प्रति खूब नरम हो गया उसका मन। एक बीज के गाछ के फल हैं। बापू की बात समझ गया। बाप के प्रति कृतज्ञता में उसे माँ याद आ रही थी।

अँधेरे में बेटे की आँख या चेहरा शुक्रू जानी नहीं देख पाया। हाथ फैलाकर कहा—''धूँगिया है? दे...!''

सब गये। अँधेरे बरामदे में बूढ़ा अकेला बैठा रहा। ठंडी हवा चेहरे पर लग रही है। गाँव के चौक में नाच का हिल्लोल मन में भर-भर कर कुछ बाहर-भीतर कोंच रहा है। सामने के दो पेड़ों का सहारा ले आँखें टिकाकर बूढ़ा विश्राम की चेष्टा कर रहा है। वहाँ पत्ते-पत्ते पर चिपके हैं अगणित जुगनू। एक साथ झक से चमक उठते हैं, एक साथ बुझ जाते हैं। भावना स्थिर नहीं रह सकी।

ना, मन नहीं लग रहा। चैती नाच उसे बाहर धकेलता है, वह नस-नस में मिल चुका, दारू की तरह।

वह सचेत हो उठा कि उसके हाथ हैं, पाँव हैं, देह है, हर अंग का आयतन है, वजन है।

बूढ़ा उठा। लाठी ठक-ठक करता हुआ गाँव के रास्ते चल पड़ा-नाच मैदान की ओर।

गाँव के बीच चौक में नाच हो रहा है। यह 'वेरामण' नाच-न्याय पंचायत बैठने की जगह है। यहीं पर पितृ पुरुषों के पत्थर, मृत पुरुषों की स्मृति में लम्बोतरे पत्थर, औरतों के लिए चिपटे पत्थर हैं। खूब तन्मय होकर गोल घेरे में दर्शक बैठे हैं, गाँव के बड़े-बूढ़े या फिर विवाहित लोग हैं। ब्याह के बाद धाँगड़ा-धाँगड़ी भी नाच से बाहर रहते हैं। बूढ़े और विवाहितों का एक ही नाम है—'डोकरा' वैसे ही 'डोकरी'।

दर्शकों के घेरे में, अनब्याही धाँगड़ी का घेरा, पीठ की ओर उसका हाथ उसको पकड़े, इसका उसको पकड़े, मिलकर एक माला, अधखिले फूलों की माला। उनकी भँवर में सारे-सारे धाँगड़े।

जीवन के संकेत की तरह धाँगड़ों को केन्द्र कर धाँगड़ी दल घूम-घूमकर नाच रहे हैं। ऐसे ही हिरनी, ऐसे ही मोरनी। नित सब्ज, नित साँवली प्रकृति के दायित्व

का बोझ लिये, इसी तरह नारी पुरुष को केन्द्र में कर घूमती है। सारी छटा, सारा दृश्य मानो इसीलिए है।

नाच चरम पर पहुँच गया। ऊपर बड़ा-सा चाँद, नीचे आग, पास में दारू का डिब्बा, गति खूब तेज। माथे पर पसीना झलक आया। अपनी गरदन फुला-फुलाकर, छाती ऊँची-नीची कर ठवनि में कमर लचकाकर, बाँकी कर घूम-घूमकर वे चली जातीं, छाँव छाती पर पड़ती, खून गरम हो जाता।

समय बीतता चला। मदमस्त होकर कुछ दर्शक बेहाल हो नाचने लगे, बूढ़े-जवान सब मिल गये, कितने गये, कितने नये आये। समय के साथ-साथ नाच के नियमों की कठोरता ढीली पड़कर खुलने लगी है।

बागला परजा डुगडुगा बजा रहा था। कतार घूमते समय जिली पास होती तो उसे कनखी से देखती जाती। कई बार देह से देह टकरा जाती, दोनों हँसते। फिर किसी दूसरे की तरफ देख बागला हँसता। परिहास करता। जिली कातर नजरों से देखती रहती। मुँह सुखा लेती। रक्त प्यासी आँखों-सी देखती-देखती बागला की निगाहों का अनुसरण करती। खुद को कष्ट देकर वह आनन्द पाती।

क्रमश: उनके कान भाँय-भाँय करने लगते। नाच के बोल कानों में नहीं पड़ते। भीड़ आँखों को नहीं दिखती, केवल अनुभूति भरी होती। नाच का छन्द बीच-बीच में बदलता, नाच की ताल बदल जाती। सब अपना नाच बदल नये समन्वय में बढ़ जाते। जिली को ख्याल न रहता, पुराने ताल पर नाच-नाच बाहर खुल जाती। कतार नहीं मिलती, संगी नहीं मिलता। गाँव भर की लड़कियाँ अलग हो जातीं। जिली चौंक उठती, फिर चुपके-से, धीरे-धीरे कदम बदलती, दल में मिलती।

सोचती—कह दूँ बागला से, एक ही बात तो! उसके बाद फिर चाहे जो हो, 'हाँ' या 'ना' एक बार में तय हो जाए। किन्तु नाच, हो-हा, ताली, बाजा, वह आवाज घनी नाच की कतार, एक के बाद एक भँवरी घूमने में सिर चकरा जाता। जिली की देह, क्या करूँ, क्या करूँ...अधबीच में सोचते-सोचते मन बीच में अटक जाता।

कतार में माँडिया डुगडुगा बजा रहा था। सबमें मिलाकर छाती में हिम्मत कर कजोड़ी को चुन लेता, दो डग आगे बढ़ जाता, कजोड़ी के कान के पास जोर-जोर से बजाता। हँस देता। वह भी हँसकर कनखियों से देखती, एक ओर सरककर नाच की धार में। फिर कई धाँगड़े उसकी ओर खिंचे आते, बागला फूल फेंकता, मिलू परजा फूल फेंकता, रतन परजा आगे बढ़ता। सबकी अँजुरी का फूल फेंकना टालकर कजोड़ी नाच में बह जाती।

काव परजा भी नाच रहा था। मुँह पर एक भी शब्द नहीं। कपड़े पहने इधर-

उधर हो रहा था। केले के तने-सा हिलता, जरा भी आवाज नहीं। आँखें जिली की तलाश में फिर रही थीं।

लोग नाच देखते, कौन किससे मजाक कर रहा है वह देखते। हँस पड़ते। हँसी के ठहाकों में गाँव का वेरामन दुलक उठता। इस बीच कितने वर-धरा, कितनी कन्या-मँगनी चुपके-छिपे होतीं। समूह में कोई इसका सुराग नहीं पाता।

एक स्वर में, एक लहर में गीत होता, सारे युवा दल, युवती दल को इस बीच एक-एक कर, एक-एक मन की बात चुपके-चुपके जाकर छूती। अपने मन की भावना को लेकर किसी पद पर जोर देता।

जिसकी बात जो समझता, जो जिसका वो, उसका वो।

जिसका किसी से कोई खास नहीं होता, वही साफ गले से ऊँचे स्वर में खुलकर गीत बोलता, शायद किसी का अनजाने ही में मन पिघल जाए। गीत का उतार खुद ही धाँगड़ी दल से गरज-गरजकर आ जाता।

''ओहो हो रिस-दांडी-दांडा मिश।''

(नाच गड़बड़ा जाता)

रात क्रमश: बढ़ चली। दारू पी-पीकर कई लुढ़क गये। माँडिया ने तो भरपेट मद पीया। लेली परजा के खुले बरामदे में गिरकर खर्राटे भरने लगा। शुक्रू जानी नशे में चूर इधर-उधर बकते हुए बेटी बिली की पीठ का सहारा लिये घर लौटा। टिकरा कुछ छोरियों के पीछे-पीछे जाकर अँधेरे में कहीं गायब हो गया। मद, नाच और मस्ती में चूर होने पर क्रमश: पहने हुए कपड़े अस्त-व्यस्त हो चुके थे। आज सात खून माफ हैं, आज ही नहीं चैत पर्व के सब दिनों में। दो-दो कर धाँगड़े अपने-अपने रास्ते चले गये। अब नाच का स्थान खाली होने आया। मगर बाजा बन्द नहीं हुआ। केवल वे रह गये जिनका खास अपना कोई साथी नहीं। बस केवल नाच में आनन्द है, और नाच रहे थे कजोड़ी, बागला, जिली। कजोड़ी के पाँवों में तो बिजली है, चेहरे पर अछोर हँसी। तीखी आँखों की कनखियों से नजरें। पलक पर परदा आता ही नहीं। आज वह रानी है। कितनी फूल मालाएँ टूटकर गले से गिरी हैं। कितनी लदी हैं। उस ओर ध्यान ही नहीं, वह केवल नाच रही है।

बीच-बीच में धाँगड़ी तलाशता धाँगड़ा खूब करुण भाव से गीत में पुकार देता है—

आलो बाँगि चुड़ाइ दनि चिंगि कोसाइँ
मारानुरु गुरिचु - तोरानुरु दसिरि।

बोल में बोल मिल जाते, अर्थ केवल उसके स्वर में होता है।

आलो राजा गुड़ा दे, दनी राणी कचे दे।
आचा मना माने दे, बला चगा चगे दे॥
सेटिएका बसुलि, सीरे ये का जुडुलि।
ताड़िमारि काँदुलि, मन्दा सेड़ा गुँजुलि।
आजि आजि सिना नुनि एबे एबे सिनाति।
नाटु केलुनाईंकि ओ केलाकेलु नाईंकि।

कजोड़ी नाचती, जिली नाचती, स्वप्न में तैरती-सी घूम-घूम चली जाती हैं वे। कैसा नशा है इस गीत में! नारी के कान में समझाने, फुसलाने का गीत है—संगीत का सपना कहाँ बहा ले जाता है, चमेली धोया ताजा चाँद, रात के एकान्त में ऊँघते उन्माद-सा मानो लम्बे तीखे होठ पत्थर से आँके गये। अधमुँदी आँख धार पर छुरी-सा दहककर अंग-अंग और मांसपेशियों की लहर स्वतः खिलती जाती। नचनी लड़कियाँ खुद ही खुशी से झूम उठतीं, सपेरे की बीन पर नागिन दल की तरह। खूब भावावेग में धाँगड़ा गीत बोलते, गीत के स्वर उतर आते भावावेग से करुणा में, विकल हो झुक जाते, मानो एक घड़ी आयी, वह घड़ी जा रही है, जाने के बाद एकदम सुनसान—

आज-आज सिनानुनि एबे-एबे सिनाति।
नाटु केलुनाई किओ केलाकेलु नाइकि॥

इस तरह धाँगड़ी के कदमों में लोटकर धाँगड़ा छटपटाता है। पहाड़-से जवान, आकाश-सी चौड़ी छाती, धाँगड़ी के नन्हे पैरों की ओर झुककर थाम ले।

और धाँगड़ी—वह विश्वास करती है कि इतनी पूजा उसका प्राप्य है, वह अपने स्वप्न में बहती, इतनी बड़ी छाती पर खूब अलस भाव से, रौंदती-कूदती, झूमती, हिलकर आघात करती नाचती निकल जाती है।

यह केवल कविता है, जीवन की एक दिशा है। इसके बाद सपना टूटता है, हाड़-मांस अपना अधिकार जाहिर करते हैं। भागने-दौड़ने को बच्चों का खेल एक ओर टाल दे। सृजन के आकर्षण में हाड़-मांस का आदमी उठा लेता मांस को। स्वप्न स्तब्ध हो जाता है।

रात साँय-साँय पुकारती है। चाँद मुरझाने आया। बड़ी आग धीमी पड़ने लगी। क्रमशः जो जिधर, सब अन्तर्हित होते गये। जिली की आँख के सामने कजोड़ी को उठाकर बागला जानी एक ओर भागता चला गया।

बाजा धमा-धम बज रहा था। नाच मंडप प्रायः थिर हो आया। बाँहों का सहारा लेकर जिली अकेली किसी परदादी की आत्मा-चपटे पत्थर पर ढलकर मुरझा

गयी। अँधेरे में बाजा धमधम बजता रहा।

धीरे-धीरे बाजा भी बन्द हो गया। रोशनी बुझ गयी। बड़े-बड़े पेड़ों तले अँधेरा जम रहा था। आकाश के एक कोने में उजला चमकीला शुक्र तारा उग आया था, मानो अँधेरे में गुम हो गयी छोटी आत्मा के रूप को मशाल जलाकर कोई खोजने आया है।

जिली की देह पर ढेर सारी ओस लद चुकी है, उसी परदादी के पत्थर पर मुँह टिकाये जी भर आँसू बहाती जा रही है।

अँधेरे में शुक्र तारे ने सिर उठाकर देखा—यह तो कोई खोयी हुई आत्मा...!

अचानक चौंकते-से उस अमराई की ओट में से गीदड़ हुआँ-हुआँ करते चले गये। कान झाँय-झाँय कर पेड़ों की खोह में चिती साँप चीख उठे। जिली हड़बड़ाकर जाग गयी। धीरे-धीरे घर की ओर चल पड़ी।

रात समाप्त होने आयी। शान्त पवन में दूर से देवता का आशीर्वाद तैरता आ रहा है। कुछ झाँय-झाँय-सा सुनाई देता है, जिसमें सुख के बढ़ने या दुःख घटने जैसा कुछ नहीं। फिर भी वह साँय-साँय करते प्राणों को सान्त्वना देती है।

सुबह आठ बजे धमधम बाजे की आवाज से माँडिया की नींद टूटी। पिछली रात में कुछ अधिक पी गया था। आलस तोड़, अँगड़ाई लेकर देखने से पता चला सामने या चौक में कोई नहीं है। नाच-गाना कुछ नहीं। पिछली रात क्या हो रहा था कुछ याद नहीं। इधर-उधर बासी फूलों की टूटी मालाएँ, टूटे मद हाँडी के ठीकरे। जगह-जगह राख, हवा में कैसी मादक, राँधे मद की गन्ध, एक बार सूँघ लो नाक-मुँह खुल जाए, पेट भर खींच लेने का मन करे, बस यही बची है पिछली रात की स्मृति।

लेकिन बाहर इतना ही है। भीतर, मन-ही-मन वह कितने सपने देखता रहा। सपने में कजोड़ी को उठाकर ले गया—जंगल में सूखे पतले झरने की नरम सेवार की गद्दी पर। रास्ते भर कजोड़ी का हाथ पकड़े पूछता रहा—"कजोड़ी तू किसकी है?" इस तरह पूरे रास्ते चलता रहा। कमर में हाथ फँसा कहती रही अपने पतले होठ उसके कान में सटाकर—"मैं तेरी...तेरी" इसी तरह पूछता रहा। रास्ता खतम ही नहीं हुआ, उसे जवाब भी पूरा नहीं मिला था। जितना भी पूछो, जवाब न निकला। जवाब देकर भी कजोड़ी स्वयं को समझा न सकी।

इसके बाद वे पहुँचे नदी-झरने के कछार में। बीच में पतली साफ भीगी बालू की रेखा-सा दिख रहा था झरना, दोनों ओर ऊँचे-ऊँचे पहाड़ और घना जंगल। बालू

पर हिरन के पगचिह्न, दो के चिह्न गुँथे हैं। कजोड़ी को गोद में लेकर पत्थर पर बैठा। हाथ में आये वन फूलों का गुच्छा लेकर उसके बालों में सजा दिया। अचानक एक झुंड हिरन का सामने आकर खड़ा हो गया। दल का राजा बारह सींगा—बड़े सींगों का मुकुट उठाकर नाक फनफनाकर देखने लगा, सींगों से हिरनी को कोंचकर उड़ता-सा उधर चला गया। पीछे-पीछे उसका दल।

दोनों बैठे रहे उस पार। और फिर उसे याद नहीं।

माँड़िया सपनों में ही जीता है। सपना ही मिलता है उसे।

बाजा धमाधम बजता रहा। गाँव में आज चैती शिकार शुरू है! मरद चलेंगे शिकार पर। कुछ मिला तो मिला, वरना औरतों के हाथों अपमान होंगे। पहने कपड़े जमाकर गाँठ लगा तोरण बना देंगी कहेंगी—जान गयी मरदानगी, इसके नीचे सिर झुकाकर आओ। गोबर और गन्दे बाल मिलाकर तीन बनाएँगी, गाँव की सब औरतें मिलकर फेंककर कहेंगी, ''जंगल जाओ।'' किस आदिम काल की प्रथा है यह। यदि जन्तु मारा है, तो फिर खूब स्वागत हो, फूल माला, नाच-गीत...!

इस तरह नारी उनके दुःख-दर्द क्या समझे, वन के काँटे, वन के साँप और बाघ की बातें? उसे चाहिए थोड़ा-सा आत्म प्रासाद, जितना परखती चले, वह और ज्यादा परखती रहे, कि पुरुष उसके लायक है या नहीं। यह पसन्द-नापसन्द स्त्री की आँख का मूल है, इसी की परवाह कर मर्द पहाड़ उलटता है, पत्थर तोड़ता है।

यही सोचते-सोचते माँडिया घर गया। इतने सुन्दर मिलन के समय में मानो पूरा आनन्द वह पा नहीं सका। उसमें बहुत कुछ अधूरा रह गया। सोचता रहा—कजोड़ी उसे चाहती तो है, फिर भी कजोड़ी पर कुछ-कुछ खीझ रह गयी। इतने दिन में उसे कजोड़ी ने कुछ अपना दिया...!

फिर सपने की बात उसके मन पर छायी रही। सपने और सच में फर्क कहाँ रहा? सब कुछ पाया है। कजोड़ी उसकी समूची है—अकेले की।

चाहत के बीच इधर-उधर खींचतान खूब चलती है। मगर वह प्रेम करती है।

उसे यों ही हँसी आ गयी। हिरन का झुंड उसने देखा है। आज हिरन जरूर पड़ेंगे सामने। एक ही चोट में। कोई कहीं जाए, मैं तो झरने के पास इन्तजार करूँगा। और यदि साथ में कजोड़ी है तो फिर क्या कहना?

माँडिया नित्यकर्म पूरे करके चला।

परजा पेज लेने के समय से कुछ पहले ही, जल्दी पेज (माँड़) पीकर गाँव के सारे मर्द हथियार लेकर गाजे-बाजे के साथ वन को चल पड़े। औरतें नाचते-गाते गाँव के छोर तक उन्हें पहुँचाकर आयीं। धनुष-तीर, बरछा-देसी नली, कुल्हाड़ी,

लाठी, छुरी आदि सब अपने-अपने हथियार लेकर चल पड़े। उत्साह देखने लायक था उस समय। आदमी चला, गाँव भर के कूकर साथ थे।

माँडिया अपनी गुप्त प्रतिज्ञा के मुताबिक और साथ पाँच को लेकर नये रास्ते में झरने का किनारा देख चलता चला गया किनारे-किनारे।

घना जंगल। पत्ते झड़कर केवल सूनी लकड़ियों और डालियों का जाल भरा है। ऊपर से दूर के, पास के कई गाँव दिखते, चार-पाँच बड़ी-बड़ी पहाड़ी नदियाँ दिखतीं। उतरने पर पास के जंगल में आँखें बँधी रहें। झरने के आस-पास जंगल ज्यादा है। अगणित तरह-तरह के गाछ, लता कोई बता न सके उनके नाम। गुच्छे-के-गुच्छे बाघवा लता के फूल में-ठीक बाघ-सी गन्ध आती। इधर-उधर बूँद-बूँद आग-सी लगी हो। ऐसे छोटे-छोटे लाल फूल। यह फूल-पत्तों का राज्य है। ये ही यहाँ की बुनियाद हैं।

पहाड़ की ढलान में एक जगह अधसूखे कोरापुटिया झुरमुटे पर नीचे से ऊपर चढ़ते-चढ़ते एक धार पताका की तरह मोरपंखों की पड़ी है, जगह-जगह कुछ पंखे पड़े हैं—शायद बाघ खींच ले गया है मोर को। परजा बच्चों ने मोर पंख उठाकर माथे में खोंस लिये। जगह-जगह चौड़े बाघ पंजे के निशान रह गये हैं। पतली पगडंडी पर बाघ की लीद (गू) लथपथ पड़ी है। लोंदे-के-लोंदे पड़ी और कीच घुले होने की तरह, पिसे टाट की तरह, तोड़ दो तो हड्डियों के टुकड़े निकलें, बालों के गुच्छे निकलें। झोड़ी के एक पेड़ के नीचे काफी पत्थर ढेर हुए पड़े हैं। दो-दो हाथ ऊँची खूँटी पर आम की डाल वैसे ही सूखी है। एक ओर पत्तों के छाते की मूठ है, छाते के पत्तों से कुछ, पिछले साल यहीं सूँढी के चरवाहे गोती को बाघ खा गया था। उसका यह अन्तिम तर्पण है।

ऊबड़-खाबड़ से बचते हुए सावधानी के साथ पाँचों शिकारी झरने की ओर उतरते गये।

रास्ते में वन, कदली वन, भिंडी की क्यारियाँ, पान के जंगल, तीन-तीन हाथ लम्बे वन के फल लताओं पर झुककर झूलते दिख रहे हैं। हाथी के बड़े-बड़े कानों की तरह हरभंगा लता के पत्तों की तरह पेड़ से फूल झूल रहे हैं। भाँति-भाँति के बूढ़े फर्न के पेड़ों की सूँड उठी दिखती है पाँच-सात हाथ ऊँची। उस घने जंगल में कल-कल का अनुसरण करते पाँच शिकारी नीचे उतर रहे हैं।

इसके बाद एक गहरा झरना। उसके दोनों ओर पहाड़ को बीच में मानो गहरे छुरी से काट दिया है। चैत में कूल लाँघता पानी नहीं, केवल एक कोने में सिर्फ बित्ते भर चौड़ी कलकल करती धार है। बाकी पतली बालू की रेखा है। जगह-जगह रंग-बिरंगे झिलमिल पत्थर हैं।

आशा में वे पाँचों शिकारी बालू की लकीर के सहारे-सहारे चलने लगे। ऊपर

के शिकारी दल का कोलाहल सुनाई दे रहा है। सब अपनी-अपनी जगह चुप हो घात लगाये बैठ चुके हैं। वन में हल्ला-गुल्ला कर शिकार हाँकने में लगे हैं। उधर गहरे में आवाज मानो गिर रही है। भरोसा हो रहा था—इतने लोग हैं तो आज कोई जानवर जरूर मिलेगा। जाएगा किधर! चारों ओर तो पहरा है।

झरने के साथ-साथ माँडिया जानी चलता रहा।

गहरी पहाड़ी कन्दरा से ऊपर का आकाश दो पहाड़ों में तीखे शिखर के सहारे-सहारे साँप-सँपीला होकर दिखता। दोनों ओर सघन वन क्रमशः ऊपर की ओर हलका होता जा रहा है। पहाड़ ने निर्भय हो हाथ-पाँव बिछा दिये हैं। अतः ऊपर से नीचे की ओर पहाड़ टूक-टूक हो झुका लग रहा है। सब से ऊँचे इधर-उधर एक-एक बड़े पेड़ कोई इधर, कोई किधर झाँक रहा है।

बाजे की आवाज से चौंककर विशालकाय अजगर ऊपर से झुक आये पहाड़ की फाँक में बाँके—टेढ़े बरगद में बल खाते हुए धीरे-धीरे किसी खोह में चला गया। उसकी पूँछ झरने पर लटककर झूलती-झूलती किधर गायब हो गयी। अनेक बन्दर सभा छोड़कर नीचे की ओर देखने लगे। वे तरह-तरह की गालियाँ देते हुए डाल पर झाँक-झाँककर देखने लगे।

घने वन की पगडंडी पर धीरे-धीरे चले गये पाँच शिकारी।

जगह-जगह झरने की बालू को हिरन का झुंड दल मथकर जा चुका है। खोज-निशान इतने कि गिनना सम्भव नहीं। यही उनका घाट है—पाँव पखारने, वन भोजकर पंगत लगाकर गपशप करने। ऐसे चिह्न जगह-जगह पर इतने अधिक कि शिकारी की छाती नाच उठे। जानवरों की खान है यहाँ, पर जानवर चक्कर में पड़ेगा नहीं!

वे और भी अन्दर चले। बाँका-टेढ़ा मुड़ता झरना चल रहा था। छोटी-बड़ी अनेक धाराएँ ऊँचे पहाड़ को चीरकर उसमें आकर मिलती हैं। सदा झमझम की आवाज मानो अँधेरे-ही-अँधेरे में छोटे-छोटे पहाड़ पर हल्की-सी बौछार उड़ेल रही हैं।

मौका देख, खास जगह पर दाँव लगा, एक-एक आदमी बैठ गया। आखिरी छोर पर पुरानी देसी नली लेकर माँडिया सजकर बैठ गया। यहाँ पानी की धार कुछ गोल घेरे में मुड़ी है। सामने से झरने की पतली धार, दौड़ती आकर पहाड़ में चार-पाँच घेरे काट, पालिशदार हंडी की तरह, धीरे-से बड़े झरने में मिल गयी है। पहाड़ की फाँक में नीचे से चार-पाँच धार झरती हुई मुँह लपलपा रही हैं। ठंडी जगह देख अनेक फर्न के पेड़ और सेवल के पेड़ ऊँचे हो गये हैं। एक बड़ी चट्टानहै, उसके चारों ओर लाल-लाल तेल-सा चिकमिक करता पानी। भीगी धरती पर छोटे-छोटे पीले फूलों के पौधों से जंगल भर गया है। अपनी जगह चुनकर माँडिया चुपके से

बैठ गया। पहले जाकर कुछ डालियाँ और पत्ते तोड़े, पेड़ के आगे ठूँस-ठाँस कर लटका दिये। ओट में बन्दूक सजा बारूद भरकर गौर से बैठा देखता रहा। सब सुनसान।

कभी-कभी ऊपर से आवाज आती है। किन्तु बहुत दूर-ही-दूर से। भयंकर निस्तब्धता झरने की भीषणता और बढ़ा देती। बीच-बीच में कड़-मढ़, चड़-चड़ सुनाई देती, माँडिया चौंक जाता। फिर देखता कहीं कुछ नहीं। सिर्फ झरने का गुर-गुर...। जमा होकर पानी ढलते समय बीच-बीच में जगह-जगह कगार टूटने की तरह छलछल आवाज। छू-छूकर घने काँटेदार बाँस के वन में हवा घुसती। मधुमक्खियाँ घाँव-घाँव कर उठतीं। जमीन के पेड़ की काख में मधुछत्ता।

सामने इस शोभा को देखते-देखते मन में कई तरह की बातें आतीं। सामने इस पहाड़ की दीवार पर जगह-जगह बड़े पत्थर सजे हैं, कितना किटकिटाता अँधेरा छिटककर आ रहा है उसके बीच से, और नीचे चिक-चिक करते हलद फूलों का सिरा, एक समान, चाहे थाली फिरा दो ऊपर-ही-ऊपर चली जाए। बीच-बीच में वन कदली धीरे-धीरे कान हिला रही। सब सुन्दर। सब शान्त। पर कौन जाने? अचानक यदि महाबलि बाघ इसमें दबे-छुपे कब निकल पड़े? कौन कह सके? इतने बड़े अछोर पहाड़ की दीवार के रास्ते पुख्ता एक पाड़ा मुँह में उठाकर नाचता-नाचता बाघ चढ़कर चला गया था। कौन कह दे? इस अँधेरी गुफा में अनेक भालू होंगे। आस-पास पुराने सूखे पेड़ के ठूँठों के पास कितने गहरे गड्ढे, बाँबी खोद-खोदकर भालू खा गया है, नाखून की रेखा पड़ी दिख रही है।

ना, भालू का वध नहीं कर सकते। चाहे वह नष्ट करे। उसे मारना महापाप है। पर बाघ? भय के साथ गुस्सा भी आ गया। बाघ ने उसकी माँ को खाया है।

बाघ आ जाये तो वह देख लेगा!

फिर याद आता है—आज इस झरने से न लौट सका तो कजोड़ी याद आ गयी। धू-धू करते बाँस वन में हवा की तरह धू-धू करती गहरी साँस निकल गयी। फिर भी कजोड़ी एक ओर खींचती है, साहूकार दूसरी ओर। हँसी आ गयी। इतने रुपये उसके मिट्टी होंगे? इतना होशियार रहकर गोती से वह काम लेता है! साहूकार कैसे भी मुँह बिदका लेता। दाँत रगड़ता। होठों के रास्ते झाग बह आते।

जीवन कितना है? उसका अपना कित्ता-सा है? कजोड़ी, साहूकार, पहले ये दोनों, फिर वह खुद। कैसे-कैसे अजीब सपने आये। उस हलद फूलों घिरी चट्टान पर घिरी पड़ी है उसकी देह। एक ओर साहूकार खींचता है—दूसरी ओर कजोड़ी...!

खुस-खास कोई जरा-सी आवाज हुई। माँडिया ने देखा कुछ दूरी पर कोई सियार थककर उसे देख रहा है। आँखें चार हो गयीं, सियार चला गया।

माँडिया ने सोचा—यह सियार इधर क्यों आया? आज रास्ते में खरगोश के

बच्चे से भेंट नहीं हुई। अच्छा शिकार जुटेगा। पर कैसा शिकार?

सियार क्यों आया?

सियार की निगाहों में मानो कोई इशारा है। कहाँ देखी थी ऐसी निगाह? हाँ, काफी दिन पहले सूँढी के यहाँ बगीचे से चुपके-चुपके मक्का तोड़ते समय रास्ते में रखवाला आवाज करता तो कोई ऐसे ही टरका देता। केवल निगाह से। कौन? माँ?

माँडिया के रोंगटे खड़े हो गये। आँख टिमटिमाकर गौर से देखा। कहीं कोई नहीं। सियार खड़े-खड़े कहीं गायब हो गया।

डर बढ़ गया। पर ठीक तभी झरने की ओर झुरमुटे में बिजली कौंधने की तरह बड़ा साँभर उछलकर खड़ा हो गया। मुँह उठाकर देख लिया। इतने बड़े-बड़े सींग। माँडिया डर भूल गया। बारूद पर आग लगाने जा रहा था। निशाना लगाकर देखता रहा। मगर देसी नली अचानक नहीं फूटती। रंजक में सुरर-सुरर की आवाज हुई। सींगा चौंककर देखने लगा। इसके बाद एक छलाँग में झरने के इस पार। जोरदार घर्राहट और फिर ढाँय!

तब तक सींगा अदृश्य हो गया था।

माँडिया ने फिर बारूद भरकर नली तैयार की। पाँचों एक साथ मिले। फिर झरने में कुछ दूर जाकर अपनी जगह चुनकर बैत गये। अगणित मृग चिह्नों से झरने की जमीन मथी-गुँथी दिख रही है। ठाँय की आवाज में साहस आ गया। जानवर चाहे खिसक जाए। फिर इन्तजार करते रहे।

आज खरहा नहीं दिखा, जरूर जानवर निकलेगा।

दिन बीत गया।

पहाड़ से ढलकर छाँव का बोझ झरने के अन्दर फिसल आया। फिर स्तब्धता, मानो इसकी हजार आँखें हैं, सूई-सी पैनी हैं। सूखे पत्तों-से पतले कान। देर से गीध पहाड़ी चोटी पर चक्कर मार रहा है। बाघ खायी लाश को ढूँढ रहा है। दिन भर की तपिश आदमी ने, फालतू ही सही। शिकार नहीं है। मन में निराशा हुई। आते समय जो आशा जल-जल कर रास्ता दिखाती रही—झरने के अँधेरे में, अब बुझ गयी है।

पाँचों साथियों ने सिर हिलाकर कहा—"आज इसके मरने का योग नहीं।" इस तरह अनदेखे हिरनों के झुंड की आयु का हिसाब कर लौटने लगे। गुफा का अँधेरा स्याही बन गया है। कन्धे पर बन्दूक भारी लग रही है। सिर नीचा किये झरने से निकल वे चले गये।

झरना छोड़ पहाड़ की चढ़ाई करते समय ऊपर से सींगा में एक रागिनी बज उठी। अँधेरे में मिलकर पत्ते-पत्ते से वह भी नीचे फिसल गयी। उसका अर्थ है—

"जो जहाँ है लौट आओ। घर बाहुड़ना है।" लहर-दर-लहर सींगा पुकार उठा, बहुत उदास वह, पर प्यार उड़ेल देता, कितनी विकल है वह समुदाय के हर मनुष्य के लिए।

लौट आ भई-लौट आ।

साँझ भई-लौट आ,

पाँचों शिकारी पहाड़ पर चढ़ चले गये।

गाँव के पास बहस चल रही थी। जंगल हाँकने वालों को बन्दूक वाले जिम्मेदार ठहरा रहे थे, "तुमने ठीक से हाँका नहीं। तुम्हारी आस में बैठे-बैठे हम धोखा खा गये। कोई कम जानवर हमने खोजे थे, तुम सबको छोड़कर बैठे रहे।"

कोई भाग्य की निन्दा कर बयान कर रहा था—जानवर पता नहीं किस रास्ते खिसक गया, मरने का जोग न था। कोई कह रहा था—"मेरी गोली पेट में लगी, लोट गया, पर फिर उठकर भाग छूटा।" कोई कह रहा था—"मैंने मारने की सोची, पर कहीं गोली तुम्हें न लग जाए।"

वहाँ पर केवल तर्क, सब खीझ में भरे, हतोत्साह। शाम तक वे गाँव के पास पहुँच गये। पुरानी रीति के अनुसार स्त्रियाँ भर्त्सना, अपमान करने आयीं। कजोड़ी बार-बार माँडिया पर गन्दे गोबर की बौछार कर रही थी। जिली भी फेंक रही थी। भैया के सिवा उसका कौन है जिस पर फेंकेगी? दोनों ओर से फेंके हुए लोंदे सहकर माँडिया हँसता रहा। कहता जाता—"ठहर-ठहर" मन-ही-मन भरोसा हो रहा था—फिर भी कजोड़ी मेरी है!

आदमी के जीवन में प्रेम कई बार आता है। हर पल आता है, उसके अनेक रूप हैं, मगर पहला प्रेम एक पल में झलक जाता है, जीवन की धूसर राह में वह फिर नहीं दिखता।

अँधेरे के फरचा में शान्त निस्तब्धता में अचानक कजलौटे का संगीत-सा, नींद में हड़बड़ाकर उठा दे, दुःस्वप्न की छाया कट जाए, अधजगी प्रकृति पर हृदय का स्नेह ओस-सा बिखर जाता, स्वार्थ टूट जाए। मन कहे—"हे ईश्वर, सब सुख से रहें।" शत्रु-मित्र की बात भूलकर प्रेम गीत गाता जाए हृदय, कजलौटे के संग सम-ताल रखकर। पूरबी की लहर में हृदय जाग उठे।

कैसा है वह मोह!

कितना अधूरा होता! कितनी भूल, भ्रम, कितनी अनबूझ, अधबूझ बातें

मिलकर आदमी का पहला प्रेम है यह। दुर्बल है वह, छरहरी लता-सा, उसी दुर्बलता में बाँधना चाहे।

सब है वह नदी, पर अपनी छलछल-कलकल में खुद विभोर है। वैसे ही वह सुध-बुध खो बैठता है। दिन के उजाले में मन को भुलाने वाली बातें कितनी अनुभूति को खींच कर ले जाए गुण में, वर्ण में। हानि-लाभ पर तौला जाता, मोल-भाव चलता। कहाँ कजलौटे का गीत, कितने पीछे है वह!

वह था पहला प्रेम...!

जिसकी पृष्ठभूमि में है रात के अन्त की निस्तब्ध शान्त प्रकृति और जिसकी अग्रभूमि में अँधेरे के अन्त का, नये प्रकाश का उन्मेष है—वही।

धूसर रास्ता खत्म होता ही नहीं। अचानक फिर कभी रात उतर आती है। सब बुझ जाता है, दिन का झोला खाली हो जाता, खाली मुट्ठी हलकी होकर निकल आती है। 'मैं' पन खत्म है, फिर वह आशीष—"सब सुख से रहें!" कितना विषाद का है, कितना मानी है!

किसका कर्म...उतर आता। फिर कल का काम, पहाड़ पर से ढलान में लुढ़क आते-जैसे बड़े-बड़े पत्थर गिर आते हैं।

जिली के पहले प्रेम का रंग उड़ चुका था। हर जगह आघात जो करता है—एक किवाड़ आज से धड़ से बन्द हो गया। कहीं कुछ बारीक सरल था—बाँका-टेढ़ा होकर मोटा हो गया। अब वह आघात सहेगी, पर वह मोटी हो गयी।

पहले प्रेम की किरण पूर्व दिशा में ही बुझ गयी कहीं!

दुःख या लज्जा, ठीक कह ना पाये, इतना गहरा है वह। वह दिन का उजाला सह न पाएगा। मानो कोई स्त्री समाज की आँखों से छुपकर पेट की सन्तान का गला घोंटकर अँधेरे स्याह झरने में गाड़ गयी है। छोड़कर जाना मुश्किल है इसलिए बैठी रो रही है।

मरे यह धारणा। कौन किसका है? बागला उसका क्या होता है? आज से उसका नाम छुप जाए। जाए। कौन दो, जाए! मगर...

चैत के प्रखर आनन्द में रुलाई छुपाने को जगह कहाँ? छुपानी होगी गहरे झरने में। औरत यह जानती है। अत: वह बिजली होने पर भी धरती है। धरा होने पर भी बिजली है।

शाम से ही उसका सिर दर्द होने लगा। वह घर पर रह गयी। अँधेरे में टटोलने लगी कि बागला ने क्या-क्या उपहार कब-कब दिये थे उसे। माला दो लड़, एक कंघी, जिसके दाँते टूट चुके थे। छोटा-सा आईना, एक साबुन, ऐसे ही कुछ और।

सबको उसने तोड़ा-पटका, कूटा। सुबह के लिए माँडिया उबालते-उबालते चूल्हे के पास बैठी थी। एक-एक कर सबको आग में डाला, जाने दो सब।

सोचते-सोचते आँखें बह चलीं। क्रमशः चूल्हे में आग बुझने आयी, जिली जहाँ की तहाँ है। अनजाने रुलाई की हिचकी निकल पड़ी। वह समझ नहीं पा रही थी कि क्या कर रही है। पीछे से शुक्रू जानी आया। कन्धे पर हाथ रखकर हलके से हिला कान के पास कहा—"तू रो रही है, बेटी?"

जिली ने बाप की गोद में मुँह छुपा लिया। सारा मान, सारा अरमान किवाड़ धकेल बाहर चला आया।

श्याम आँचल खींचकर बाप और बेटी के दुःख को रात ने ढाँप लिया। बहुत गहन है वह—ओह!!

कन्ध बंशी ने बार-बार पुकारा—"ओ मू बस्नपि ओ मूडे...ओ मूडे" आ...आ...टोकी आ।

रात का नाच खूब जमकर हुआ। वहाँ जिली उसमें न थी।

सुबह उठकर माँडिया जानी ने सोचा—आज कुछ-न-कुछ होकर रहेगा। तब बड़ी भोर थी। कुछ लोग एक-एक कर बाहर जा रहे हैं। आमने-सामने कतार में घर के किवाड़ हैं। लाल-काली-पीली मिट्टी की रेखा दीवार पर चमचमाती दिख रही है...मानो भोर के दाँत हैं। चारों ओर गन्दगी में कूड़ा, खाद का चूरा, आम के छिलके, गुठली के ढेर पड़े हैं। जम्हाई ले रही बस्ती के बीच लम्बा सलप का पेड़ डाल-पर-डाल गिराकर खड़ा सिर्फ ऊँघ रहा है। अभी कोई पहला कौवा तक नहीं आया। तरह-तरह की मुरड़ान की गन्ध-परजा बस्ती की खासियत है। सुबह की खुली हवा में भाप बनकर मिल जाती है। अतीत की वंश-परम्परा के साथ सम्बन्ध गहरा कर रही है, मानो सारी आवर्जना का यह समाहार है। छान पर चीथड़ों से लेकर ओली के नीचे तक सब मिलकर अनुभव करा रहे हैं—यह बाप-दादा के युग की मिट्टी है, सब सुरक्षित है यहाँ।

परम्परागत समुदाय की जड़ पसारने का मनोबल लेकर माँडिया नींद से जगा है। उसे लगता है कुछ होगा, ऐसा कुछ जो मिट्टी और मनुष्य को एक साथ गूँथ कर विराट भविष्य की ओर उचककर थापता है, चिर श्यामल धरा को चिरमुखर करने के लिए।

एकान्त में माँडिया ने सोचा—आज मैं कुछ करूँगा, कजोड़ी के बारे में। लेन-देन केवल दोनों ओर सरकता जाता है। लेन-देन के दिन भी अब समाप्त होने जा रहे हैं। अब तो घर बसाने के दिन हैं। पलथी मार बैठो, बच्चे बड़े करो और सूअर पालना, संसार में दस लोगों के साथ समान होना है।

छः में से दो-दिन बीत गये—वे और नहीं लौटेंगे—इसमें माँडिया को सन्देह न था। पर उपाय? यह कजोड़ी बताए। उदलिया आए, या फिर उसका बाप मिलुक जानी साहूकार का कर्ज चुका कर माँडिया को गोती रखे। उपाय के दोनों ओर तौल

कर देखना है बूढ़े को। धाँगड़ा को खाली लक्ष्य की चिन्ता रहे, उपाय जो भी पड़े हाथ में।

गुनगुना कर गीत गाते हुए माँडिया सुबह का नित्यकर्म पूरा करने के लिए झरने की ओर चला। आज उसका शुभ दिन है। महुरिया डोम गाँव में है, दिशारी भी है। भोज-भात के खर्च की बात मन में शूल-सी उठी। अप्रिय है, गीत की गुनगुन में वे कहीं पीछे सरक गयी। मन के अँधेरे कोने में, जहाँ भूत-प्रेतों का वास है।

इस बड़ी भोर में शुभ दिन खुद अपनी सूचना दे रहा है। मन-ही-मन, पाँव हलका लगता है, हृदय उफन पड़ता है।

"कजोड़ी! ऐ कजोड़ी
सारियागारु कातिकाडू शुँडिगारु हिंडा
आइलुस रे टोकी तुइ केते रिसिडिंडा!"

नदी से लौटते समय कजोड़ी से भेंट। ढलान में नीचे से चढ़-चढ़कर माँडिया ऊपर आ रहा है। खाली मटका हाथ में लेकर कजोड़ी नीचे उतर रही है। दोनों अचकचाकर खड़े हो गये।

"कजोड़ी!"

"क्या है रे माँडिया?"

"आज शिकार पर जाना है?"

"मैं?"

कजोड़ी का हँसते-हँसते पेट बेदम। हँसी में पेट हिला-हिलाकर शोख निगाह में माँडिया की ओर कनखियों से देखने लगी। माँडिया आगे बढ़ गया। कजोड़ी राह पकड़कर उतरी। माँडिया ने दो डग भर आगे जाकर उसे हाथ के इशारे से बुलाया। कजोड़ी ने देखा। माँडिया ने हाथ का इशारा किया। कजोड़ी ने मुड़कर हाथ हिलाया। माँडिया किनारे पर रुक गया। कजोड़ी मुड़कर नीचे उतरी। माँडिया दो कदम नीचे उतरा। कजोड़ी और भी तेजी से नीचे उतरने लगी। सीढ़ियाँ लाँघती, नाचती-कूदती, गुनगुनाती गीत गा रही थी।

माँडिया जानी अवाक् रह गया। ऊपर उठ कगार पर गौर से देखने लगा नीचे की ओर। ऊपर कुछ-कुछ धूप है, नीचे अँधेरा है। मालभूमि का जंगल जाल की तरह दिख रहा है। दोनों ओर धान की क्यारियाँ हैं। भरे-पूरे चिकने गालों की तरह। सुबह की धूप पहाड़ पर पलस्तर लगा रही है। चारों ओर सब सुन्दर है। झरने की राह में छाया अन्धकार भरा जंगल, नीचे कुंज में कितने चिकने पत्थर हैं, कितनी छोटी-छोटी कोठरी, उसकी सब्ज दीवार, उसी की सेवार की गद्दी।

एकान्त सुनसान।

स्वतः उसके पाँव उठे-नीचे की ओर-और नीचे झरने के नीचे की तरफ। पानी की छलछल आवाज सुनाई दे रही है। माँडिया जानी नीचे उतर रहा है।

पीठ तिरछी कर कजोड़ी हाथ-मुँह धो रही है, वहाँ धूप पड़ रही है, कोई नहीं।

पागल-सा आगे कूद माँडिया कजोड़ी पर बाघ-सा झपटकर आक्रमण कर बैठा, उसे होश नहीं। कजोड़ी कुछ सोचे उससे पहले ही कान के पास सूँ-सीं तेज गरम साँस में मुँह जल जाता है। सारी देह उस पर।

पीट-पाटकर छटपटाकर कजोड़ी ने खुद को छुड़ाया—दोनों अलग होकर हाँफ रहे हैं। दोनों हाथ बढ़ाकर विकृत निगाह में चेहरा विभंग कर माँडिया जानी कहने लगा—"और कितने दिन कजोड़ी? तू उदुलिया नहीं आओगी?"

लम्बी साँस छोड़कर छाती में कोई भूकम्प पैदा कर, दोनों हाथ से अपने बिखरे बाल मुँह से हटाकर, पीछे कर कजोड़ी ने सिर हिलाकर मना कर दिया।

माँडिया का सारा उद्दाम उत्साह एक बार में बर्फ हो गया।

"नहीं आएगी कजोड़ी?"

"—तू भाग..तू जा....छि....!"

माँडिया जानी का बल-वीरता सब बैठ गये। सिर झुकाकर वह चला गया। कजोड़ी का सिर हिलाना और उसकी आँख का तिरस्कार वह सह नहीं सकता।

चोट खाकर लौट गया। कजोड़ी का डर मिटा। फिर भी माँडिया के जाने की राह की ओर देखते ही कजोड़ी की आँखें भर आयीं।

वह फफककर रो उठी।

जीवन में बागला और माँडिया—ये दो आदमी उसके जीवन में आये थे। बागला सब में ठीक, खाते-पीते घर का लड़का, गोती न था। मन लेना जानता है।

फिर भी मन मानता नहीं। स्मृतियाँ काटते-काटते स्वयं को लहूलुहान कर डालती हैं। मन में धीमे-धीमे जले।

बागला की वागदत्ता कजोड़ी रो-रोकर मन-ही-मन माँडिया को धो डालने की चेष्टा कर रही है। मन हलका लगा। फिर भी माँडिया का सब कुछ धो-पोंछ न सकी।

कजोड़ी घर लौट आयी।

माँडिया दबा नहीं, वह मर्द है, खून और मन दोनों से। दिन दुपहर में शिकार का

बाजा बजा। आज लड़कियों की फरमाइश है—हम शिकार पर जाएँगी! कल मर्द खाली हाथ जंगल से लौटे, उस बात पर व्यंग्य करने का विधान है। देह हलदी में सराबोर कर माथे पर फूल मालाएँ, मन में उफनते आनन्द में देह लहरें ले रही हैं। ये शिकार पर जा रही हैं—

बाजा बजा, फिर चैती शिकार का जुलूस। सब चले।

जंगल नजदीक आ गया। जिसकी जैसी इच्छा, अपना संगी लेकर दल बना जंगल में घुसे—लड़के-लड़कियाँ। कुछ अन्दर जाकर जंगल में अँधेरा मगर आगे दो भाग में बँटकर एक साथ कहीं पाँच, कहीं दो-तीन बैठकर इधर-उधर छुप गये।

जंगल में बाजा बजता रहा। भीड़ की आवाज आ रही है। चैती वन, मालभूमि पर लताओं के पत्ते सूख चुके हैं। बाघ-भालू का भय उतना नहीं। किसी ने किसी को फूल पहना दिये। कोई किसी को गले में झुलाकर, कोई कन्धे पर बिठाकर पीठ पर लादकर आधे रास्ते ले गया। छाया तले जाकर पटक दिया। छोरियों की लाँदा (माँडिया मद) पीकर पेंडम (जरा तेज माँडिया मद) पीकर आँखें शरूर में चढ़ी हुई। छोरे, सब महुवा पीकर उग्र हुए हैं। वहाँ कोई रोक-टोक नहीं। डर-भय नहीं। बस, रोजमर्रे के बँधे-बँधाये नीति-नियम तोड़ने को सब व्याकुल हैं। सारी रोका-टोकी तोड़कर उसकी विरोधी मनोवृत्ति लेकर मौज करने को तत्पर हैं। हिसाबी बुद्धि गुम हो गयी, सब उद्दाम, सब उच्छृंखल, अतः पागल हैं। कुछ पुराने बन्धन टूटे, नये बन्धन जुड़े, कुछ सम्बन्ध घनिष्ठ से घनिष्ठतर हुए। किसी का सब कुछ गुम हो गया, किसी को सब कुछ मिल गया। उसी चैत की माया है—वन में यहाँ पकड़े जाने का डर नहीं कि समाज की लाल आँख नहीं, सबकी अपनी रुचि और ख्याल, सबका अपना-अपना भाग्य है।

टिकरा जानी एक पतली धारा वाले झरने के पास गया था, साथ में दो मित्र थे। सब गये। मुँह बन्द कर चुपचाप गये, वह पीछे रुक गया। दोनों मित्र उसके गले की फाँस थे। लताओं में चिड़ियों का घोंसला जाकर ढूँढ़ने में एक से छुट्टी पा ली। अब वे दोनों हैं। एक बाँका आँवले का पेड़ चुनकर वहाँ वे चढ़कर बैठ गये। एक-दूसरे को आँवले खिला दिये। बाद में उतरकर झरने के पास अपना छोटा घर-गिरस्थी—वहीं शिकार पूरा हो गया।

उधर बड़े-बूढ़े कह रहे थे—गये कहाँ इतने लोग? टोकी वगैरह को पल्लू में बाँधकर कोई शिकार पर आता है? हँसते हैं, कोई अपनी बेटी को ढूँढ़ने नहीं जाता। दूर से उनकी हँसी सुनाई देती है। आवाज आ रही है। बूढ़े-बुढ़िया घाटी के छोर की रखवाली करते।

कजोड़ी संग फूलमती, सारिया फूल, नम्रमती, तीनों थीं। और थे बागला, माँडिया, पुरिया, शिंग। अधबीच राह में नम्रमती दूसरे दल में मिल गयी। पूरिया

और शिंग ने ऊपर की ओर जाने का रास्ता पकड़ा। बाद में माँडिया, बागला, फूलमती, सारिया फूल, कजोड़ी।

पहाड़ की ढलान पर उतरकर एक नदी पड़ी। फूलमती पत्थर पर उछलती-कूदती चल दी नदी में। कजोड़ी देखती रही। वह सहारा पसन्द करती है। माँडिया ने उसे उठा लिया। नदी पार करा दी। बागला को आगे जाते-जाते अधबीच में सारियाफूल को उठाकर नदी पार करानी पड़ी। सारियाफूल बागला के कन्धे पर झूल गयी। उस ओर सब के पाँव मिट्टी को छू गये। तीनों लड़कियाँ हँसते-हँसते लोट-पोट हो रही हैं। मर्द दोनों निरुत्तर।

माँडिया ने कहा—"बागला, तू जा। जंगल में ठीक से देख आ, जानवर दिखाई पड़े हैं या नहीं।"

बागला ने कहा—"दिखाई दें तो भी क्या लाभ? जानवर क्या वहाँ बैठा होगा हमारे आने के इन्तजार में?" कुछ दूर पर झरने के पास ऊँचा ढूह दिखा। बागला ने कहा—"तू उधर ऊपर जाकर नजर रख। मैं नीचे हूँ।"

माँडिया को जँचा नहीं—"बेकार, यहाँ क्यों? यह मद घाटी है!"

आगे अधिक जंगल है, झुरमुटेदार जंगल खतम हुआ। ऊपर घेरकर लोग जंगल रौंदते आ रहे हैं। अब कोई एक जगह का फैसला कर बैठना जरूरी है, यों टहलने से नहीं चलेगा।

अब की बार वन में घुसकर नंगे पहाड़ के शिखर की ओर बढ़ चले। शाल वन और घना हो गया। माँडिया ने कहा—"बागला और फूलमती इसी मोड़ पर बैठ जाओ। उस मोड़ पर हम तीन हैं।"

बागला ने मुँह मोड़ लिया। कहा—"यह कैसे होगा? ऊपर से दबाते आ रहे हैं। यदि कोई डर जाए, धाँगड़ी बच्ची अलग-अलग रही तो हाँव-फाँव करेंगी। बेहतर होगा आओ कहीं साथ बैठें। बात सब के मन को भा गयी। भय का नाम सुन धाँगड़ी सिहरकर सिकुड़ उठी। सारिया फूल ने कहा—"चलो लौट चलें।" उसकी बात किसी ने नहीं सुनी।

मौसम बिगड़ गया। माँडिया का मन फीका हो गया।

सब एक जगह बैठ गये। समय बीत चला। ऊँचे पहाड़ पर पेड़ की डाल में पत्तों की फाँक से नीचे का गड्ढा दिख रहा था। जमीन ढलती चली गयी। सात ताल भीतर गहरे साँय-साँय करते स्याह झरने के अन्दर तक। एक छोर पर तुनुपार, कनापाड़ी, बिलानशील गाँव अपनी बड़ी-बड़ी अमराई से पता चले, दोनों ओर भयंकर जंगल की छाया। पास-ही-पास पहाड़ की दीवार। बीच में धरती ढलती-ढलती कितनी नीचे चली गयी, वहाँ आँख पहुँच ही नहीं पाती। बहुत दूर चम्पी गाँव की जली धरती पर मिली है। यह वह भयंकर बिलेई झरना है, धर्मदुवार गाँठ

की एक तरफ है।

बायें हाथ वाले गुम्बज जैसे पहाड़ की ओर देखकर कजोड़ी ने पूछा—"वो उधर कछुवे की पीठ-सा कौन-सा पहाड़ है?"

माँडिया और बागला दोनों ने एक साथ कहा—"पांड्रामाली!"

माँडिया ने फिर कहा—"वह दशमन्तपुर के पास के बारीगाँ का पहाड़ है।"

बागला ने कहा—"ना, वह कोड़ीगाँमाल है।"

दोनों में खूब तर्क चला, उत्तेजित बात हुई। धाँगड़ियों ने मजा लिया। हँसी में सारी बात उड़ाकर कजोड़ी ने कहा—"हमें वहाँ ले चलो। खुद चलकर देख लें कि कौन-सा पहाड़ है? इसमें तर्क की क्या बात है?" बागला हँस पड़ा। माँडिया गुमसुम रह गया। यह बागला हर बात में हँसता है। हर बात हँसी में उड़ा देता है। उस परिस्थिति में मजाक करने पर माँडिया चिढ़ रहा है।

दोनों चुपचाप बैठे रहे। मामूली बातचीत, कुछ इधर-उधर नजर फिराना। बस। इसमें कितनी बिजली कौंधती, कितनी नोंक-झोंक हो जाती, तू-तू, मैं-मैं हो जाती। कजोड़ी दोनों के बीच दो नाव में पाँव दिये बैठी रही। कभी इधर ढलती, कभी उधर। कभी संगी-साथियों में गप्पें जमाती। इसी बीच बागला और माँडिया के बीच फिर बेमतलब बहस होने लगती।

छाया ढलने लगी।

कब, याद नहीं। अचानक देखा तो बाजा बन्द, जबान बन्द। सब चुपचाप। उत्तर की खोखली आवाज की तरह दूर वालों की आवाज। बागला-माँडिया ने एक-दूसरे के मुँह की ओर देखा। ऐसा तो नहीं होता। यह इलाका छोड़कर शिकारी और वन वाले गये नहीं? तभी बागला ने कहा—"नीचे न बैठ गाछ के ऊपर बैठना अच्छा रहता है।" माँडिया राजी हो गया। सब उठ खड़े हुए।

कुछ दूरी पर दो शाख वाले एक झोड़ी पेड़ पर पहले कजोड़ी को चढ़ा दिया। इसके बाद किसी और की प्रतीक्षा न कर माँडिया खुद उसी पेड़ पर चढ़ गया। अब और वहाँ जगह नहीं। कुछ दूरी पर एक और वैसा ही पेड़ है। पुराना पेड़। उधर हाथ दिखाकर माँडिया ने कहा—"तुम उधर चढ़ जाओ। और इन्तजार का वक्त नहीं रहा।" गम्भीर होकर बागला ने सिर हिलाया। दो शिकारी धाँगड़ा का तमतमाया चेहरा देखकर खाली हवा में किसी भय की सूचना पाकर फूलमती और सारियाफूल बागला की दोनों बाँह पकड़ दूसरे पेड़ की ओर बढ़ीं। बागला ने हँसकर सीधे कजोड़ी की ओर देखा। फिर माँडिया की ओर देखकर सिर हिलाया।

घने पत्तों में माँडिया और कजोड़ी दोनों छुपे रहे। चारों ओर निस्तब्धता।

कजोड़ी ने कहा—"सब चुपचाप क्यों है माँडिया।"

माँडिया ने कहा—"चुप रह, कोई डर नहीं है।"

कजोड़ी माँडिया की देह से सटकर बैठी रही। एक हाथ में देसी नली को पेड़ की एक ठूँठ पर टिका दिया, दूसरे में कजोड़ी को कसकर थामकर कहा—"डर मत ननी, मैं हूँ।"

"ना...ना...डर कैसा?" माँडिया का आग्रह बढ़ गया, कजोड़ी माँडिया से चिपक गयी।

आस-पास में लताओं का झूला, गुच्छे-के-गुच्छे फूलों के झूलन, पाँवों के नीचे पातालपुर तक पहाड़ चला गया है। ऊपर पहाड़ सीधा कमरख की तरह ऊँचा उठता गया है। सब कितना सुन्दर दिखता है! माँडिया ने हाथ से इशारा कर दिखाया, नीचे की ढलान पर एक-आध आम ठूँठ पर मोरों का झुंड सटा बैठा है।

माँडिया ने कहा—"दूर हैं। इतनी दूर नली की मार नहीं पहुँचेगी। पास जाने पर देख लूँ। मोर देखने में, हिरन सुनने में।"

कजोड़ी ने तीखी आँखों से देखते-देखते कहा—"छिः, उन्हें रहने दो।"

सब वैसे ही निर्जन, निःशब्द। इस सूने एकान्त में मानो कोई दोनों को एक कोने में बाँधकर पेड़ की डाल पर दबा गया है। ऊपर की स्याह नीलिमा, पास के पहाड़ की चिकचिक, नीचे की चिलचिलाती धूप, ढलान और किटकिट स्याह झरना, सब मानो इन दोनों के लिए ही गढ़े गये हैं।

कुछ समय बाद नीचे ढलान के किनारे-किनारे कोई हाँफता-सा जाता लगा। माँडिया ने कजोड़ी को सावधान कराते हुए कहा—"देख कितना बड़ा वराह है! वह बन्दूक थाम उतरने को तैयार हुआ। कजोड़ी ने उसके हाथ को मुट्ठी में कसकर कहा, "मुझे डर लगेगा, तू मत जा।"

माँडिया बँध गया। छाती पर खींच कसकर कहा—"कैसा डर कजोड़ी? अब बता डर लगता है?" फिर अपनी ऊष्मा में उसका गला भर्रा आया, सुबह की बात उठायी, उसके सामने की कितनी रात, कितने दिन की बातें। कितनी आशा-निराशा की बातें, सारे दर्द को तोड़ते हुए उसके कान में फुसफुसाहट में उड़ेल गया, कितनी बातें जिनका अर्थ अनुभूति में ही सिद्ध होता है, भाषा में नहीं। किरच भर हँसी में होठों को टेढ़ा कर छलछलायी आँखों को आधी झुकी आधी हिलाकर माँडिया की गोद में बैठ, छाती से छाती को कसकर कजोड़ी सपने में तैर गयी, कोई थल नहीं, कूल नहीं, गति की चंचलता नहीं। बस एक घुला हुआ सपना जो किशोरी के रक्त की ऊष्मा में स्वतः वाष्पमय बन जाता है।

इसी तरह वे डूबे थे कि अचानक पास के जंगल में गड़गड़ाहट, फिर नाक भन्ना दे ऐसी तेज गन्ध। लाश की गन्ध की तरह सड़ाँध, दूर से कोई हिरन बेवक्त

में चीख रहा है। हिरन की चीख और जंगल की दुर्गन्ध करीब और करीब आ रही है। कान खड़े कर, रोमांच भर जंगल का अति परिचित अनुभव करीब आता जा रहा है। कजोड़ी कुछ कहने जा रही थी। माँडिया ने मुँह पर हथेली रखकर उसे रोका। स्वयं सतर्क हो बैठ गया। चेहरे पर अस्वाभाविक कठोर दृष्टिभंगी। यह शिकारी के चेहरे पर ही खिलती है।

धम-धम, छपाछप करता कोई झरने की ओर दौड़ता चला गया। माँडिया ने साँस ली। कुछ क्षण एकदम चुपचाप। बाद में माँडिया जानी ने कहा—"अब हमारे पाँवों के नीचे के रास्ते से डर चला गया। अभी नीचे बैठा था।"

कजोड़ी सरककर माँडिया के हाथ को मुट्ठी में और कसकर पकड़ बैठ गयी। माँडिया को हँसी आ गयी। इन्हीं कुछ पलों में मानो इतनी बड़ी अग्नि-परीक्षा उसके भाग्य की हो गयी, परीक्षा से पार हो वह कजोड़ी को अपने करीब पा सका है। मन खूब हलका लग रहा है। इसी में कजोड़ी से कहा—"यह बागला, जिली का मरद है, केवल तेरे पीछे-पीछे लगा है!"

इतने में कई अर्थ प्रकट करने की उसकी इच्छा, मगर ठीक समय पर उसकी जबान पर भाषा स्फुरित नहीं होती।

ठीक तभी कुछ ऊँचाई पर, पहाड़ पर कहीं बन्दूक ठाँय से गरज उठी। तुरत सींगा बज उठा।

"दौड़े आओ, जानवर मरा है। अचानक तूफान बहने की तरह चारों ओर से लोग ऊपर की ओर छूट गये।"

माँडिया और कजोड़ी पेड़ से उतरकर उसी भीड़ में गिरते-से दौड़ पड़े। कैसा हर्ष उस वक्त! केवल दौड़ में ही आनन्द! सोचने का समय न था।

धक्का-मुक्की, चढ़ाई, ढलान, छलाँगना गिर पड़ना, भीड़ में दौड़ते-दौड़ते छलाँग लगाना, माँडिया उठकर धक्का देकर उधर चला गया। बड़े-बड़े हिरन के सींग खून में डूबे हैं। कितना शोर उस घड़ी! यह किस रास्ते आ रहा था? कैसे गोली की चोट खायी? कैसे लुढ़क गया? सारी बातें बार-बार कही जा रही हैं।

पास की चट्टान पर खड़ा बूढ़ा शिकारी अगाधु वैद्य नली झाड़ रहा है। ठोंक कर साफ कर रहा है। नाटा-सा आदमी है वह। उसी की ओर सबकी आँखें हैं। खिंची-खिंची आँखें। हँसते-हँसते कह रहा था—"बाघ तो भाग गया रे बच्चो! यह क्या चीज है!"

पता नहीं कहाँ-कहाँ से कुछेक बाँस लाये गये। किधर से फूलमाला आ गयी। बाँस की खपच्चियों की सेज बना हिरन को लिटाकर फूलों से ढाँपकर, कन्धे पर उठा बाजे-गाजे के साथ गाँव भर के लोग इकट्ठा हो चल पड़े। धाँगड़ा-धाँगड़ी का नाच-गीत, हँसी, तमाशा, चैती आनन्द में सफलता का आनन्द मिल गया।

उन्माद भर रहा था। रास्ते में मद उड़ेला गया हाँडी की हाँडी। होश गुम होने आये। पशुता जाग उठी। आज का शिकार पूरा हो गया।

पूरा गाँव उस दिन बौरा उठा-सा लगा। इसके बाद किसने क्या किया कोई याद करने का साहस नहीं कर सका।

साँझ ढलते गाँव के भेरामण में मरे हिरन के चारों ओर बुझे-बुझे-से आग के लुआठों में नाच शुरू होकर अँधेरे में चला। नंगा नाच है वह। सभ्यता के सारे बन्धन तोड़ विद्रोह, जो याद करा देता है—आदमी कभी पशु था और यह पशुत्व ही भौतिकता का चरम आनन्द, आहार, मैथुन, निद्रा, भय जैसी भौतिकवादी अवस्था ही मनुष्य का वास्तविक जीवन है।

अँधेरे में बाजा कभी नहीं थमा। चाहे बेसुरा हो, थमने वाला नहीं। खुली हवा मद की महक को नाक में भरे दे रही है। एक छोड़ दूसरे यों कितने घूम-फिर स्त्री-पुरुष जा चुके हैं गाँव की इस धूल पर। अन्त में एक-एक, दो-दो कर कहीं कोई गिर पड़े हैं। गाँव की इसी मिट्टी पर। सब विवेक डुबो चुके हैं। दो बूँद आनन्द में। आनन्द का मतलब मिट्टी का मनुष्य जो समझे।

माँडिया जानी को होश था आधी रात तक। मुँह से भिनभिनाती दारू की महक, हाथ में जलता लुआठा लेकर पागल की तरह रो-रो कजोड़ी को ढूँढ़ता फिर रहा है। नहीं मिली, बीच-बीच में छाती थरथराकर हथौड़ी की तरह मन में आशंका जगती है कि बागला भी नहीं दिख रहा।

क्रमशः आस छोड़ दी। अँधेरे में धाँगड़ी झुंड आया है, नरम ऊष्म अवयवों का दबाव और बन्धन—मद के नशे की तपिश दम-दम, एक तरह की तेजी उकसा कर जगा रहा बाजा। माँडिया उसी में खुद को बहा सीधा बैठा चैत की रात में।

यह रात भला-बुरा, मीठा-खट्टा कुछ नहीं मानती। उसकी कोई रुचि नहीं। केवल रात है वह।

सिन्दूरा खुला गाँव के पूर्वी रास्ते पर। पहाड़ रँग गया, बूढ़ा सलप का पेड़ उसकी शिथिल डालियों के सब्ज रंग पर ललाई छिटक गयी और दिन निकल आया। गाँव के भेरामण में घुँघरू बँधे पाँवों पर नाच चल रहा है मरे हिरन को घेरकर। आँखें मिंजी-मिंजी, चेहरा सूखा, बाल बिखरे, फिर भी नाच चल रहा है। बाजा बन्द नहीं हुआ। फिर कहीं नुकीले पैने पत्थरों वाले पितृ पुरुषों की भीड़, सभा में टूटी मद हँडियाँ, टूटे फूलों के तार, धूल का ढेर, फिर वही सूअर, मुर्गे, बच्चों की चें-चें, धुओं की भँवर मिली गन्ध की परिचित महक, नाच चल रहा है।

दिन हुआ! चिड़ियाँ बाग में बोल उठीं, झरने के किनारे कुचला के पेड़ पर

लम्बी गरदन पसार कुचलाखाई ने आवाज दी, पहाड़ की चढ़ाई पर मोर की आवाज क्षीण होती है, गाँव की राह पर गूँज उठी।

गाँव के रास्ते पर चहल-पहल काफी बढ़ गयी। किसी ने मुँह पर लाज में कपड़ा लगा लिया, कोई हँस रहा है, फिर झुंड-के-झुंड लोग। सब रोजमर्रे की बात।

गाँव भर में सिर्फ एक बागला नहीं है। कजोड़ी नहीं है। माँडिया आँख रगड़-रगड़ सोच रहा है। जिसे पूछो—"पता नहीं कहीं होंगे, कब लौटें।"

साँझ ढलने से पहले गाँव के किनारे पर दिख रहे थे, कजोड़ी को पानी घाट पर जाने तक औरतों ने देखा है, बाद में पता नहीं!

उस दिन की वह भोर उतरी कनियाँ झरना के कन्धगुड़ा में। वहाँ गोल घेरा पहाड़ में घोर वन चीर-चीरकर पोढ़गाड़ी नदी-पहाड़ के किनारे-किनारे साँप-सँपीली चली गयी है। बारह घरों की बस्ती है, छाज की तरह, चारों ओर कुछ खुले खेत, फिर जंगल उठ गया है पहाड़ की दीवार के सहारे-सहारे। उन्हीं में एक झुके घर से पहर भर दिन होने के बाद कजोड़ी और बागला बाहर आये, बागला की ननिहाल है वह, वहाँ सिर्फ मामा है, और कोई नहीं।

ब्याह की अगली रात के बाद फिर एक-दूसरे को ताकते खड़े रहे। जंगल झंझं कर रहा है। बागला ने हाँका—"गाड् के य:!"

नदी जाने की राह में लड़कियों से भेंट। बगल में मटका छलकाती हँसती वे उठकर आ रही हैं। बागला पिछड़ गया। कजोड़ी को घेर लिया। हँसी फूट पड़ी। ओट में छुपकर बागला प्रेम का अभिनन्दन नस-नस में अनुभव कर रहा है। वही उसके मन का महोत्सव है।

परजा का ब्याह बातों-ही-बातों में है। वास्तव में विवाह के लिए जब वे दोनों राजी हो एक-दूसरे की ओर झुक आते हैं। कुल के संस्कार हैं। दिशारी दिन बता देगा। छावनी बँधी होगी। बाजा-महुवरी बजेंगे, मुर्गे-कबूतर की पूजा होगी। जात-भाई भोज लेंगे। वे सारे संस्कार मामूली हैं, बाद की बातें हैं। पुरानी प्रथा के मुताबिक कजोड़ी को वह खींचकर उठा लाया है। जब दोनों ने मिलकर गाँव छोड़ा, परजा के अलिखित कानून के अनुसार तभी ब्याह हो गया है, बाकी रहे झोला के रुपये, गाँव में नाई-डोम के हाथों खबर भेजी जाएगी, बूढ़ों में रुपयों का लेन-देन होगा, स्वागत कर लेना होगा। इतना भर रह गया। वो खुद ही हो जाएगा।

शुरू में उदलिया लाने की इच्छा न थी। मगर इच्छा से क्या कोई काम होता है? कल माँडिया के डँग-ढाँग ने खुद रास्ता दिखा दिया। सब गये हिरन देखने। कजोड़ी के हाथ को मुट्ठी में कसकर उसे आधा चलाकर, आधा घसीटता ले चला। कजोड़ी ने बीच-बीच में उसके चेहरे की ओर देखा। आपत्ति बिल्कुल नहीं की।

कहाँ था बागला की मुट्ठी के जोर में आगा-पीछा करने का स्थान?

बाद में, पहाड़ के रास्ते में झरना, वन लाँघकर धू-धू करता उड़ चला। जब तेज हवा कान के पास पसीने की बूँदों का नमकीन स्वाद चखाती जा रही थी, कजोड़ी की थरथराती हथेली ने खुद कसकर बागला की मुट्ठी थाम ली। उस दिन उसका अपरिचित वन राह में वही आश्रय था। पहली बार घर-गिरस्ती की ओर बढ़ती राह में।

ना, कजोड़ी का सन्देह टूट गया है। अतीत की सारी स्मृति, झिझक दूर हो गयी। सतर्क होकर किंवाड़ बन्द किये। सुबह हुई। पहली आग का बड़ा भाग रात में जल चुका है! सुबह वह सहज, शान्त, खुश दायित्व गम्भीर है।

नींद टूटी तो बागला को देखकर कहा—"कभी गाली तो नहीं देगा, बागला? अधिक काम तो नहीं कराएगा?"

हँसते-हँसते आँखें भर आयीं। बाँहों में भरकर बागला ने कहा—"क्या कह रही है, ननी?" उसके कन्धे पर सिर का बोझ टिका रहा। तब तक कजोड़ी शान्त हुई। मन-ही-मन कोई शपथ ले ली। उसके साक्षी थे चारों ओर खड़े वे पहाड़, साक्षी थे पोढगाड़ नदी पर उगी भोर, और उजाले में ऊपर जा रही धूप, उजाले में उठ रहा नीला गम्भीर आकाश।

सपने-सी कुछ बातें उठ रही हैं बागला के मन में और कजोड़ी के मन में। छाया-सी, अँधेरे-सी कई बातें ठुँसी-भरी हैं। मानो वही यथार्थ है। फिर चला जाता है। इस धूप-छाँव के राज्य में कुछ उजाला, कुछ अँधेरा हो जाता है। आदमी खड़े-खड़े सपने देखता।

मन नया बन्धन पहनना सीख रहा है। चाहे वह आभूषण हो, विवाह हो, इनका भी वजन है। अच्छा दिखता है, मगर कभी-कभी थोड़ा-बहुत चुभता है।

चैत पूरा हुआ।

मर रही आखिरी मौज खुद को डुबो देती है। दूर गाँव के उस ढंग-ढाँग के बीच। क्रमशः वह भी डूब जाएगी। आनन्द का ज्वार खुद ही बुझ जाएगा।

घास सूख गयी। वन सूख गया। सनसनाते खेत पर भुस-भास केवल चोट, वह भी फिर अपना खेत नहीं, पराये खेत में।

रात बीतते ही गोती की बाहुड़ा। सारी छुट्टियाँ खतम! कहाँ, लगता तो नहीं! घर का बन्दोबस्त कुछ भी नहीं हुआ। खेत का क्या होगा? गोती का क्या होगा? घर के प्राणी कैसे रहेंगे? वो तो बड़ी-बड़ी बातें हैं, हाथ में जो बात है—वह भी नहीं हुई। पिछली दीवार का एक टुकड़ा धँस गया है, मिट्टी लीपनी है, सो भी मुँह

बाये खड़ा है किस जमाने से। घर के आँगन में सोंवा साफ होने की बात थी, गड्ढा ठीक करना था। उधर घर का एक पट्टा बदलना था। छोटी-बड़ी कितनी ही बातें थीं। सब धरी रह गयीं।

गाँव को दहलाकर बाजा चला जरूर, नाच भी हुआ, शिकार हुआ, इतना बड़ा चैत, पर मन का उफान मस्त कर गाँव की छत पर जा चुका है। हाँ, सब सच है। पर रात बीतते छुट्टी खतम! लगता है जैसे कुछ नहीं हुआ। केवल सुबह दिन निकला, केले के झाड़ तले छाया थोड़ी-सी छोटी हुई, और रात बीत गयी, जीवन में कुछ भी नया नहीं घटा। छाती पर हाथ मारो तो थोथी लगती है। बस खाली, थोड़े दिन खत्म हो गये। बाप, बेटे, बेटी सब जमा हुए हैं। घर के सामने फर्श पर। नीम अँधेरा। इधर-उधर से जिस-तिस के घर की छान से धुआँ उठ रहा है। गाँव की हलचल इसी घड़ी है। दूर कन्ध पल्ली में पहाड़ में से बंसी की पहली अलाप है।

धाँगड़ाघर में डुगडुगा का आह्वान। गाय लौटने की चहल-पहल। बच्चों का शोर।

सब चुपचाप बैठे हैं। सारा अवसाद काले पानी की तरह अँधेरे से झर रहा है। सारा अँधेरा उड़ेल देता है गोती के माथे पर। बीच-बीच में चमगादड़ स्याह छाया-सा फड़फड़ाकर उड़ता फिर रहा है।

बँधुवा की चिन्ता बढ़ रही है...

चुप-चुप गपशप चल रही थी। कई बातें हुईं। शुक्रू जानी ने कहा—"बागला जानी ने कजोड़ी के लिए झोला के तीन कोड़ी (साठ) रुपये दिये हैं। हमारे पास इतने रुपये नहीं थे?"

धप् से सब चुप हो गये। केवल हताशा की दीर्घ साँस। माँडिया और जिली ने सिर नीचे कर लिये। इसके बाद बूढ़ा और क्या कहेगा? जिली आशंका में प्रतीक्षा करती बैठी रही।

शुक्रू जानी कहता रहा—"खराब आदमी के डूमा हैं...वे लोग। खराब में खराब मिल गया। हमारे ये दिन सदा नहीं रहेंगे। माँडिया के पीछे जिली, टिकरा के पीछे बिली सटे बैठे हैं। जब महाप्रभु अच्छे दिन दिखाएँगे, बहन झोला लाएँगी, भैया का ब्याह होगा। कोई अनब्याहा नहीं रहेगा। बस बड़ी आस थी। इसी चैत में यदि..." बूढ़े ने साँस छोड़ी। इधर माँडिया उधर जिली छुप-छुपकर चुपके से फफक उठे।

"ऐसा मैंने सोचा न था। यह किसी ने नहीं सोचा था। अतः आज मुझे मार खाये-सा लग रहा है। छोड़ो, दोष ढूँढ़ने का समय यह नहीं, जिसकी जो मरजी! हमने उन पर भरोसा किया था, चोर की तरह वे हमसे छुपकर चले गये! वे हमारे

नहीं हैं। उनके लिए मन दुःखी कर क्या फायदा।''

लोग कहते हैं मेरी बेटियाँ झोड़िया कुल में सुन्दर हैं। बाप-भाई गोती, बँधुवा बन गये, इसमें बेटी की सुन्दरता कहाँ टूटी? हमारी जात में गाँव-के-गाँव बँधुवा गाँव हैं। क्या हुआ? इससे क्या होता है? कितने धाँगड़ा मेरे पाँवों में सिर रखेंगे, सिर्फ मैंने कहा नहीं था मुँह खोलकर। इसी पर्व के महीने में बेटी का ब्याह करूँगा। फिर माँडिया का ब्याह होगा। फिर जिली। कजोड़ी-बागला की तरह के डोम-पटकार किसी का क्या बिगाड़ लेंगे? बागला तो घर पर टिकेगा नहीं, पता नहीं कब आसाम चल देगा। कजोड़ी फिर धाँगड़ा ढूँढ़ेगी। फिर वे लौटकर हमारे दरवाजे आकर सिर पटकेंगे। पर खबरदार और नहीं...और नहीं।

सिर्फ टिकरा ने कहा—''और?...हें...अब और देखते ही तो...!''

बूढ़े की हर बात बच्चों को सहला गयी। बूढ़ा छिलका है, मगर गिरने पर उठाकर लो, कितना सुन्दर है! बूढ़े की छाती हड़ीली है, मगर ऊष्म है।

''जाओ, बच्चो, आज मौज करो! जमीन को बटाई पर लगा देना। जिली-बिली जरूरत पड़े तो थोड़ा-बहुत कुली का काम करें। समय खराब है। बस, सँभाल लो। और फिर चिन्ता नहीं। किसी दूसरे साहूकार से कुछ कर्ज लेकर हम टिकरा के बाद माँडिया को छुड़ा लेंगे। जो जैसा होगा। आज फुर्ती करो, कल नयी राह।''

दबे-दबे मीठे स्वर में कोई बुला गया—ए सारियादान...!

बिली उठ गयी। पीछे-पीछे उस झुनझुनी राह के अँधेरे में टिकरा दौड़कर मिल गया। बूढ़ा पत्थर पर अकेला बैठा धूगिंया पी रहा था।

घर के एक कोने में जाकर मटकी से उड़ेल माँडिया ने भर पेट मद पीया, जिली के हाथ में खाली मटकी थमाकर कहा—''दो बूँद पी ले, तेरा उपकार होगा।''

आज रात की छुट्टी है!

कल राह पकड़नी है।

घड़ी पहर दिन होते ही साहूकार के घर पहुँचना होगा। वरना डाँट-फटकार। रास्ता ऐसा कभी खतम न हो। बैसाख की पथरीली राह में पाँव से चमड़ी छिल जाए। पसीना चूता रहे, सिर चकरा जाए।

ढलान में चलने पर भी मन पीछे झुके, मीठी धूप में कितने ढंग से धीरे-धीरे राह चलते। कोई कन्धे पर लाठी में पोटली झुलाये, कोई बकरी हाँक इधर से उधर चला गया। दोपहर की धूप पीठ में चुभती है तो खुद ही मन इधर-उधर संगी-साथी तलाश लेता है जिससे रास्ता सहज हो जाता। फिर वही की वह बात।

कतार में वे चलते, आगे शुक्रू जानी पीछे-पीछे माँडिया और अन्त में टिकरा।

कतार में चलने की पहाड़ी लोगों को आदत है। तेज चिलचिलाती धूप पीठ में धँस जाती। न मुँह खुलता और न सिर...राह कटती।

वही धूप, राह में गेरुवा कंक-सी नाचती...मिट्टी पर वो हवा यों ही लहर-दर-लहर ऊपर-नीचे हो रही थी। आगे जितना बढ़ो और दूर सरकती जाती। हिरन के खोजों तक पहुँचने में गला सूख गया। पीछे से, कुछ देसीया भाई आ गये। वे पन्द्रह होंगे। वे पुलिस इन्सपेक्टर बाबू की डोली और कौड़ी पहुँचाने गये थे।

चारों ओर अनेक पेड़। बीच-बीच में पत्थर का फर्श। उसके नीचे पत्थर की सीढ़ी-दर-सीढ़ी बनी हैं। रास्ते पर साँभर के खोज की तरह गहरे गड्ढे। सदा उसमें पानी भरा रहता। दायें-बायें, ऊँचे-ऊँचे पहाड़। नीचे बह रहे झरने।

रास्ते में बीच-बीच में खाना बनाते। एक साथ डाक हरकारा बोझ बदलते। दूर का बटोही खाना पकाता। साँभर की खोज वैसे ही।

पसीना सुखाकर तूम्बा से उड़ेल माँडिया का माँड़ पीते। तम्बाकू का कश खींच लेते। ज्यादा बात करने की किसी के मन में इच्छा नहीं।

थकान लग रही है। पेड़ के नीचे बिछाकर लेट जाने को मन करता। पर समय कहाँ? उधर साहूकार रास्ता देखता होगा।

बूढ़े ने कहा—"कई काम पड़े रह गये। छुट्टी माँग घर आकर काम कर जाना है।" माँडिया केवल ऊँघता रहा। अनमना दूर बैठा रहा। डोली-कौड़ी वाले आदमी मोड़ पर जाने को खड़े हुए। माँडिया को होश आया। कहा—"हूँ!"

फिर तीनों बोझ की बहँगी उठा आगे चलने लगे, मशीन की तरह, और अब रुक नहीं सकते।

कनापारी गाँव के पास, केलार गाँव का ख्रीस्तान 'गुरु' काला कोट पहन धर्म प्रचार हेतु लुल्ला गाँव जा रहा है। कन्धे पर मुर्गा झूलता है। उनके गाँव होकर उसे जाना है।

"चल पड़े?"

"हाँ।"

"पर्व हो गया?"

"हाँ।"

गुरु चला गया। कुछ दूर गया होगा कि शुक्रू जानी ने आवाज लगायी—"मेरी जिली छोरी को कह देना गुरु, कि डरेगी नहीं! फिर साहूकार से छुट्टी माँगकर लौटूँगा। दो दिन के लिए।" गुरु जवाब देकर पीठ फेर चल पड़ा।

माँडिया ने पूछा—"अब छुट्टी कहाँ से देगा साहूकार? पूरा कंजूस है।"

शुक्रू जानी ने कुछ नहीं कहा।

साहूकार का गाँव पास आ गया।

रेंगू परजा नया घर बाँध रहा है, उसके बहू-बेटा घर आएँगे। बागला और कजोड़ी। परजा कानून के अनुसार ब्याह हुआ। बेटे का नया घर। घर बाँध रहा है गाँव के दस-पाँच छोकरों और दस-पाँच छोकरियों को कुली-मजूरी देकर।

नींव खुदाई खतम हो चुकी है। दीवार उठ रही, दनादन। एक ओर कुछ लोग महुवा पीकर पलथी मार बैठे हैं। कड़ी और बाँस मिलाकर सेवली की रस्सी से छात बाँध रहे।

वैसी प्राचीन पद्धति का घर है। बीच का कमरा, बाहर के द्वार, इधर भंडार घर, उधर रसोईघर, दो घरों के बीच खाली में भीतरी किवाड़ लगे हैं। बाहर के कमरे के लिए। वहाँ...हंडी रखने को सीढ़ियाँ बनी हैं। बाहर कमरे के फर्श पर, माँडिया, सोंआ पीसने का गड्ढा (डेंकी) सब पुराने तरीके से है। पर सब नया है।

पानी लाते समय रास्ते में घर पड़ता है, पनघट पर मजूरियों की भीड़। कोई हाथ धो रहा, कोई मिट्टी मथने पानी ले रहा।

दिन दुपहर में जिली नहाने गयी। जहाँ घर बन रहा था, पास में टोका-टोकी गीत बोल-बोलकर काम कर रहे थे। काम कराते हैं गीत और मद। चहल-पहल मची थी। एक ही स्वर में गीत की लहर चल रही थी—

"इति देखले सिति नाइँ। से टोका दिले मिले नाइँ॥"

प्राचीन कवि की भाषा में प्रेम के गुण-विचार गीत में झंकार भर रहे हैं।

"खोजिले सो मिले नाहिं। तथापि खोजि-खोजि प्राण जाए।
जीवनर सब बाँकुलि बाटरे, केउँ कणरेपुणि छपि जाए।
एठि देखिले सेठि न थाए। टंका देले सबु किणि हुए,
किन्तु से हुए नाहिं।"

लहर उठती—"इति देखले सिति नाइँ। से टोका दिले मिले -ँ "
काख में दिये जिली उस रास्ते से गुजरी। किसी धाँगड़ा ने गला खँखारकर आवाज दी—"ऐ नन्ही!"

जिली ने रुककर पूछा—"क्या है?"

"इस नये घर में तू रहेगी?"

"क्यों?"

"तो कौन रहेगा? तेरे लिए तो बन रहा...आकर देखती जा!"

गीत बन्द कर और साथ में कुली ठो-ठो कर हँस पड़े। ठट्ठा में शामिल होकर कहा—"अरे क्या है—क्या दिक्कत है!"

जिली गुस्से में भरी चली गयी। कुछ हो-हो का शोर उसका पीछा करता पनघट की ओर चला। जिली सिर नीचा कर पानी में घुस गयी।

उस बस्ती की कम्बूला टोकी अकेली थी पानी में। पता नहीं क्या सोच करीब

सरक आयी और बतियाने लगी। जिली के पीछे से पीठ-से-पीठ रगड़ रही थी। बातें कर रही थी। जिली से तीन बरस छोटी है।

"जीजी, ऐसा कैसे हुआ? कुछ हमें नहीं बताना? तुझे ब्याहने की बात थी। फिर कैसे तेरी भौजी होने वाली कजोड़ी को उदुलिया चुरा ले भागा? छि: कैसी औरतें हैं वे? किसी की थाली में धूल फेंकने पर धरम सहेगा? इस पानी में बैठकर कहती हूँ, जीजी! बहुत बुरा लगता है मुझे। इतने दिन की लाग-पैठ, इतने दिन की माँग, लड़का-लड़की में जान-पहचान, पीछे ऐसी चोर-चपाटी उनके मन में थी!...छि:...!!"

एक साँस में कम्बूला बातें कहती जा रही थी। जिली की पीठ सहला रही थी। उसे लगता था मानो पीठ से मांस टूक-टूक हो गिर रहा है कम्बूला के इस कोमल घिसने में। क्या कहे वह? कहने को रह भी क्या गया?

ये झूठी सहानुभूति, बहुत जलाती है उसे।

मजाक उड़ाता-सा घाट पर बन रहे घर बनाने का गीत—

"इति देखले सिति नाइँ। से टोका दिले मिले नाइँ।"

धमधम ताल मिलती है। नहाना हो गया, जिली घाट तक चली आयी। कीच धोने पाँव पखारने शिव परजा काम से उठ आया है।

"कौन नन्ही!"

"क्यों?"

"बागला ने धोका दिया, अब तू मेरे यहाँ आ।"

जिली ने गाली दी।

शिव परजा हाथ हिला पानी में कुछ दूर पीछे आया। ऊँचे स्वर में कहा—"तू मुझ तक आ-आ।"

जिली काँपती-काँपती घर लौटी।

घर पर खाना नहीं। जिली कुछ इमली के बीज की गुठली चूर कर थोड़ा पीट-कन्दा के साथ चूल्हे पर औटा रही थी। बीच-बीच में तूम्बे का चट्टू हाथ में लेकर छाती पर हाथ रख अपलक भाप देखती रही। बिली आयी। देखते-देखते वह कितनी बड़ी हो गयी! उसका तमतमाया चेहरा देख बिली विचलित हो गयी।

"—क्या किसी ने कुछ कहा, जीजी।"

जिली ने सुबकते हुए सारी बात बतायी। दोनों बहनें सरककर बरामदे पर बैठ गयीं। कमर पर हाथ रख एक साथ गाली बरसाने में लगीं—

"हम औरत हैं। घर पर कोई मरद नहीं। हमें जो ठट्ठा करे, जो ऐसा कहे, उसकी आँख फूटें। उसे शनि खाये। उसका गाय-गोरू कोई न रहे। भसम हो वह, मुझे धरम है! वह जल जाए, भुन जाए! हम बेआसरा लोग हैं, हम कमजोर हैं,

वह जल मरे, जीभ गले उसकी!'' आदि। ठिठोली करता-सा गीत बस्ती के छोर से आता है।

''इति देखले सिति नाइँ।
से टोका दिले मिले नाइँ॥''

दिशारी ने दिन तै कर दिया है। नये घर के द्वार पर चार बड़ी-बड़ी सेमल पेड़ की छाल पानी में भिगोकर रोपी गयी हैं। उस छावनी पर बड़ा कुम्हड़ा झूल रहा है।

घर के सामने बाजा बज रहा है।

ठीक जब सलप की छाँव डेढ़ बित्ता लम्बी होकर पेड़ के चारों ओर बिछ गयी, योग शुरू हुआ। रेंगू परजा कमर में छुरी खोंसकर लार में भरे सेमल के ठूँठ पर चढ़ने लगा। पास में बूढ़े दिशारी ने देवता का आह्वान अपने थरथराते होठों से किया। रेंगू परजा चढ़कर फिसला, फिर चढ़ा। धीरे-धीरे सरककर चढ़ सका। पसीने में तर। कुम्हड़े के चार टुकड़े कर डाले। नीचे आनन्द में बोल उठे। ब्याह शुरू।

कजोड़ी और बागला को लेकर हलदी पानी में पीला कर गाँव वाले झरने के किनारे-किनारे दूर चले गये। जहाँ दो झरने मिलते हैं, वहीं दोनों को खड़े कर इसके सिर का एरंड तेल उसके सिर, उसके सिर का एरंड तेल इसके सिर मल दिया। हलदी का पिठऊ इससे उसकी देह में, उससे इसकी देह में मल दिया गया। बागला ने कजोड़ी के बायें पैर को अपने दाहिने पैर से दबाकर उसके मुँह में तीन बार थूका। कजोड़ी ने भी वैसे ही किया। अब गले की माला, हाथ की मुँदरी अदला-बदली की। पहनी हुई साड़ी के छोर पर गाँठ लगी, दोनों को नहलाया। घाट पर दिशारी ने राहू पूजा की। मुर्गी का अंडा फोड़ा गया।

उसके बाद गाँव के भेरामण पर पूर्वजों के पत्थरों के पास आये। रास्ते में और भी कई तरह की पूजा हुई। वहाँ भी पूजा। सिर झुकाकर दोनों ने पूर्वजों को प्रणाम किया। अंडा फोड़ा। पत्थर के पास मद उड़ेला, भात रखे गये।

फिर नये घर के पास दिशारी ने दुर्बोध्य स्तोत्र बोल दोनों के सिर हलदी मिले चावल उड़ेले। एक बड़ा काला मुर्गा लाया गया। दोनों के सिर से चावल लिये गये। कुछेक पूजा, फिर उस मुर्गे की बलि। वर कन्या के हाथ में हाथ समर्पण किये गये। दस जन के सामने रेंगू परजा ने बहू के कान में सोने के बाले, नाक में सोने की, गले में चाँदी के तीन 'खगला' हार झुला दिये। ब्याह का पूजा कांड पूरा हुआ। शाम को जात-भाई भोज, राँधा मद, रात में नाच। वर कन्या नये घर में आये। कुल प्रथा के अनुसार बासी विवाह हो गया।

दूर-दूर गाँव से झोड़िया परजा कुल के वंशज भाई आये थे। गाँव में खूब हो-

हल्ला हुआ जो दस चैती नाच को भी मात कर दे। दशमन्तपुर मद दुकान वाले पितेई शुंढि और लक्ष्मीपुर मद दुकान के बागी शुंढि ने छुपे-छुपे मद भेजा है। एक-आध बार बिली जाकर नाच मंडप और ब्याह सभा का इलाका घूम आयी है। जिली घर से बाहर नहीं निकली। बिली बस देखने जाती। घर आकर जीजी को बढ़ा-चढ़ा कर बताती। दोनों बहनें एकान्त में चर्चा को अच्छी तरह ग्रहण करतीं।

"समझी जीजी, किसी के पत्ते में सब्जी है, किसी के में नहीं। सब्जी क्या थी, कहीं से दो बूढ़ी बकरी लाये थे। आँच की गरमी में चाहे हाँडी पिघल गयी, मगर बूढ़ी बकरी नहीं गली और मद क्या अच्छा था? रामी बता रही थी—उसने खुद देखा है, एक टीन के डिब्बे में पाँच टीन पानी साँझ के समय मिलाने को ले गये।"

दिशारी का गला बैठ गया। वह ठीक से बोल नहीं पाता। कहीं से फूटा ढोल लाये हैं, वह भी बज नहीं रहा ठीक से। और वर-कन्या, कन्या तो कब की बूढ़ी, माँडिया उसे खींच-तान कर लम्बी कर गया है। वर ठीक घोड़े की तरह थोबड़ा कर धीरे-धीरे चलता है।

जिली सुनती है, हँसने की चेष्टा करती है।

दोनों सो गयीं। रात गहरी हो गयी। छलछलाकर महुवरि बजती रही। अँधेरे में जिली ने टटोल-टटोल बिली को बाँहों में ले गले से लगा लिया और दोनों फफक उठीं।

साहूकार के गाँव में रात में झोंपड़े में सोये बूढ़ा शुक्रू जानी बेटों से कह रहा था—"समझ रे माँडिया! यह गोतीपन सहा नहीं जाता। कुछ तो करना ही होगा।"

माँडिया ने कहा—"उपाय क्या है? रुपये लिये हैं। गोती करना है, इससे बचें कैसे?"

"ना, मैं सोच रहा था कि..."

"और सोचने को क्या है बापू? जो कमाया, दो कपड़े, अधिकारी जमान का आदर कर, जुरमाना भरकर, सब खरच दिया। बस वह दो घर है।"

ये दो घर और चार खंड जमीन—बस यही बूढ़े बाप के छः हाड़ हैं। माँडिया जानता है बापू सब सहेगा पर ये छः टुकड़े छोड़ना सह न पाएगा।

बाप चार खंड ऊँची जगह छोड़ गया था। बरस में लगान चार रुपये, लेंडू छः पैसा। इसके बाद धूप-बरसा में लग कर गदबा झरना के गहरे से कुछ तोड़कर पाल बाँध बरसों इन्तजार कर शुक्रू जानी ने पानी में से दो खंड जमीन काम लायक निकाली। इन्द्र दया करें तो एक गून छोटा धान फसल हो जाए। कई दिन खेत खाली

रहा, घेरी जमीन पर गुणुपुर...अच्छा धान, छोटा देवल भोग धान, थोड़ा ही होता है। मोटा धान, ऊँची जमीन पर गूण भर माँडिया, सोंआ, अलसी और जौ। पहाड़ी देश में कई जगह घेरा जमीन का लगान नहीं है। पता नहीं कब झरने के बहाव में जमीन बह जाए। पर अमीन आया था, घेरी दो खंड को काम जमीन के अन्तर्गत लिख ले गया। कर चार रुपया बढ़ गया। तब से शुक्रू जानी लगान देता है, जमीन जोतता है। पर उसकी वह प्राण है, अभाव आये, गये, प्राणों की जमीन बन्धक की बात आते ही बूढ़ा गरम हो जाता है।

शुक्रू ने कहा—"ठीक है, घेरी दो है। बहुत दिन से सोच रखा है। जमीन बन्धक रखें, यह गोतीपन उससे भी बहुत कष्ट की बात है।"

"—पता नहीं, बापू, उस जमीन की बात कहने पर तुम गुस्सा हो जाते हो। तुम तो कहते—"अपनी जमीन खुद करो। उसे मन मरजी बन्धक रखो। मेरे बाप-दादा की जमीन, मेरी घेरी जमीन का नाम न लेना। ऐसा करते तो जमीन चाहे न होती, पर आज हम सब बँधुवा होकर बँधे नहीं होते।"

"—नहीं, माँडिया, तू नहीं समझेगा। तब की बात और थी। अब सब उलट गया। सोच, माँडिया, घर पर दो छोरी, कुछ खाने को हम छोड़कर नहीं आये। गाँव-बस्ती में कोई उनकी सहायता को भी नहीं रहा। गुहार कहाँ करेंगी वे? उनकी खबर कौन लेगा?"

माँडिया गुमसुम रहा। टिकरा तब तक खर्राटे लेने लगा था। अनजान हाथ उठ जाता है मक्खी उड़ाने।

शुक्रू जानी ने कहा, "रात हो गयी। अकेले मेरी लाडली दोनों ताटी देकर सो रही होंगी। पेट में खाना कुछ गया या नहीं? नींद आती होगी या नहीं। मैं बाप! कुछ नहीं कर पाया उनके लिए।"

माँडिया के खर्राटे सुनाई पड़ रहे हैं।

"—सो गया है क्या? जमीन बन्धक रखकर छूट जाएँ तो ठीक रहेगा! क्यों क्या सोचते हो?"

माँडिया निरुत्तर। वह तब तक गहरी नींद में जा चुका है। शुक्रू के मन में गाँव दिख गया। घर, जमीन, जिली, बिली। क्रमशः बेटियों को देखते-देखते जमीन अदृश्य हो गयी। दो बेटियाँ ही रह गयीं।

अँधेरे में से उनकी मरी हुई माँ मानो रोज की तरह जैसे हो, आकर खड़ी देखती रही।

शुक्रू का मन सूक्ष्म देह धर बहुत दूर चला गया। वहाँ वह कोई बँधुवा नहीं है।

सुबह हुई। पर जमीन बन्धक नहीं पड़ी।

बातों-ही-बातों में शुक्रू ने साहूकार को यह बात कही। खूब हँसी में उड़ा कर वह बोला—''अच्छा, पहले तेरी जमीन देखेंगे।''

फिर नहाने के समय बाप-बेटों की बातें हुईं। शुक्रू जानी ने माँडिया को कहा—''फिर क्या सोचता हूँ...क्या पता है? जमीन अगर एक बार हाथ से गयी, अपने पहाड़ी देश में तो फिर दुबारा नहीं मिल सके। नयी जमीन गड्ढे में तैयार करने में कितना समय चला जाएगा, उसमें फिर किससे कितना कलह लगे। एक बार जमीन बन्धक रखो, तो फिर वो हाथ न आए। एक और जमीन करने के लिए नायक की हजार खुशामद करो, वो हुई तो हुई, वरना नहीं। हम तो व्यापारी आदमी नहीं हैं कि रुपये कमाकर जमीन जोड़ें। जमीन खतम हो गयी। कुली बनें, भूख में छटपटाएँ—आसाम जाओ! आसाम,....आसाम अतः कहता हूँ, चाहे जो हो, जमीन न छोड़ेंगे।''

माँडिया मन-ही-मन खीझ गया। कहा—''तेरी इच्छा, तेरी मर्जी। जमीन वहाँ पर पड़ी रहे, यहाँ हम बँधे पड़े हैं।''

वह किसी काम से चला गया।

शुक्रू चोट खाने की तरह दूर देखता वहीं उदास बैठा रहा।

यह माँडिया, केवल अपनी फिक्र में है। जमीन की कब सोचगा? उसे कहाँ प्यारी है जमीन? अरे यह मिट्टी नहीं, समूची देह है उसकी।

कहीं नीची, कहीं ऊँची, कहीं बाँबी, कहीं काँटों का झुरमुटा, किस अंश में कैसी मिट्टी, सब उसे ही पता है। उमर का बारह आना उसने जमीन पर गुजारा है। हर ऊँच-नीच, हर ढेले का बरस-बरस का हिसाब है। इस मिट्टी पर पसीना बहाकर तेज धूप में अंकुर को ऊष्मा दी है। कितनी फसल इसी पर उगायी हैं। जमीन का नाम लेने पर सोंबारी याद आ जाती है। निराई, रोपाई के दिनों में, दुपहर में आकर वह खाना दे जाती। चारों बच्चों की बाल-लीला, वह भी बँधी है जमीन के संग।

कितने दिन तक सारे वंश ने मिलकर पत्थर चुगे। बच्चों को समझाया—''मैं तुम लोगों का कोई नहीं, यह धरती ही तुम्हारी माँ है।''

बरस-दर-बरस कितने मुर्गों, कितने कबूतरों की बलि दे-देकर खेत को खूब उर्वर बनाया है।

पीछे की ओर देखो एक-एक दिन का, एक-एक घड़ी की बात-हर अनुभूति के पीछे खेत है।

जमीन को बन्धक रखूँ मैं!

यह नहीं हो सकता!

चैत गया, बैशाख गया, आधा जेठ खतम होने को आया। धुआँ से, राख जैसे आकाश में रंग-बिरंगे बादल उमड़ पड़े। ठीक तभी, साँझ के चारों ओर स्याह हाहाकार तैर आता है, मन खोजता है घर, सनसनाती दूर की हवा में गुमी खोयी स्मृति हिल-हिलकर थर्रा दे, ठीक तभी चल पड़ता है साल में सब से ज्यादा काम।

जमीन की सन्धि में पेड़ पर जेठ में चिड़िया का चूजा खोल फोड़ बाहर चोंच बढ़ाकर देखता है—खोदना-तोड़ना चल रहा है। पसीने-पसीने होकर बैल-आदमी सब खेती-बारी में लगे हैं। गहरे खड्डे में, असूझ पहाड़ पर, जहाँ भी खेत है वहाँ-वहाँ। धान, कान्दुल, मक्का आदि हर फसल, सदा बोते हैं इन दिनों। सारे खेत-कलहों का आरम्भ इन्हीं दिनों। जमीन दखल करने का सूत्र करना होगा जमीन बुआई के दिन से।

साहूकार की आज्ञा से उसकी जमीन से सटे हल्दी सीलगुड़ा के कन्धों की जमीन से जबरन धान बुआई कर वह जमीन खींच लेने को दूसरे बँधुवा के संग माँडिया और टिकरा गये थे।

कभी इन्हीं कन्धों ने साहूकार की दुकान पर मद पी-पीकर जमीन उसे बेच डाली थी। फिर कोई पगला-सा'ब आया। कानून-फानून की पोथी निकाल कन्ध लोगों को मेडूआर (अमान्य करो) बुद्धि सिखा गया। वह कह गया—सरकारी अनुमति बिना यह जमीन की बिक्री रद्द हो गयी। कन्ध लोग उछाह में भर बिकी जमीन पर चढ़ गये। गाँव में एक बूढ़ा बैल मारकर भोज किया गया। बाजे बजाये, सारी जमीन एक साथ वापस छीन ली गयी।

इस तरह कितने ही साहूकारों के अधीन से कन्ध लोगों की जमीन वापस आ गयी। चम्पिया, गोपी शुंडी, डुमरी परदरिया, सोनासी शुंडी, पटणिया सुरिनारायणा, सब को बेदखल कर मेसरेट पाइक, रतन माझी, दीनबन्धू माली आकर एक-एक जमीन खोल दे गया।

कन्धों ने इस बात में जरा भी अधर्म नहीं माना। दिखावे के लिए कहते रहे—''इन शुंडियों ने कूट-कपट किया, महुवे का मद दो-चार बूँद सुँघाकर कितने तरह का ब्याज-बाढ़ी कसते रहे, बाप-दादा के जमाने की अच्छी-अच्छी जमीन दबा बैठे। अब धरम सा'ब ने धरम कर दिया।'' पर महुवे के मद की वह बूँद कहाँ से मिले? कितना महुवा उबाला होगा? कितनी लकड़ी जली होगी? फिर दुकान में पान के रुपये? मगर बिचारे कन्ध के मगज में हिसाब नहीं आता। वह खुश होकर डींग हाँकता, कहता—''साहूकार, रीस ना कर। आज से हम भाई-भाई हैं!''

पर साहूकार भूले नहीं कि रामचन्द्र बिशेई भूला नहीं, रामचन्द्र साहूकार ने रिविनू (जैपुर राजा का रेवेन्यू इन्स्पेक्टर) गरज सुन्दर से क्या धरम सीखा है?

दरअसल, वह उसका चेला हो गया है। गरज सुन्दर कान में कुंडल लगाता है, रामचन्द्र साहूकार भी लगाता है। गरज सुन्दर माथे पर सिन्दूर की लम्बी लकीर खींचता है, रामचन्द्र साहूकार भी लगाता है। गरज सुन्दर नहाकर पल्थी मारकर बाघ की छाल पर बैठकर जप-तप करता है, रामचन्द्र बिशेई भी। दोनों गाँजा पीते हैं। मद पीते हैं। अधिक-से-अधिक छोरियों के पीछे दौड़ते हैं। दोनों अधेड़ हैं, दोनों की एक जैसी मूँछ हैं, वराह जैसे बाल हैं। रिविणी गरज सुन्दर बात-बात में कन्ध परजा की चोटी पकड़कर पीटता है। पीठ पर लुआठे से कोंच देता है। राम बिशेई बाहर वालों पर पहाड़ देस वालों की सादी गाली 'ग्याल्पो' छोड़कर गुरु गरज सुन्दर से सीख-सीख कर 'साला' प्रयोग करता है। गुरु ने उसे अनेक राह दिखायी हैं।

सिन्दूर रेखी मन्दार माला वाला गरज सुन्दर राम बिशेई के दुलकते घोड़े पर चढ़कर आता है, पीछे-पीछे बिशेई के बँधुआ बुद्धू घासी कुछ फल्डे लेकर घोड़े की पूँछ और पुट्ठों पर कोंचते-कोंचते पीटकर चल-चल कहते दौड़ते, पीछे दूसरे एक घोड़े पर चेला राम बिशेई चलता। कई बार इस धर्म के बारे में दोनों आँख फाड़ते, आश्चर्य में भरे गाँव वालों को बघारते :

''देखो, यह पद-शाला-जबान पर लो, बाघ न खाये, गोरू न मरे, धान में कीड़े न लगें, व्यवसाय में हानि न हो।''

इसी तरह चिलचिलाती धूप देखकर, नहानघाट देखकर झरने के किनारे-किनारे वे चले जाते, घोड़े कुदाते। लोग अचम्भे में भरे दोनों यमदूतों को देखते रहते। इस तरह उड़ते-उड़ते चले जाते ये लोग, पूँजीवाद के अग्रगामी-कोडिंगमाली पहाड़ी पर आग लगने का जानकार लोग जबान लड़खड़ाकर कहें—''गरज सुन्दर रिबिनी ने मन्त्रबल से यहाँ आग लगायी है।''

वह अत्याचार करता—मगर कोई ऊँ-चूँ नहीं करता। डर के कारण।

बाघ के शिकार का शेष भाग सियार भर पेट खाये।

चेलेपन के बड़े गुण हैं, मन्त्रबल में बाहु दृढ़ हो, भाग्य प्रसन्न हो, जो मरजी सो, कहने वाला कोई नहीं। कभी-कभी छोटे-बड़े अधिकारी पारिधि पर आते हैं। पहले से खबर पाकर नारणपाटणा की राह होकर पार्वतीपुर से सन्तरा, केला, सिगरेट या जरूरी हुआ तो लाल पानी की बोतलें एक-दो, बाड़ी से गोभी, खेत से बस्ता-दो बस्ता देवलभोग धान का चावल, कान्दुल दाल, बाजार से एक-दो टीन घी, जरूरी है। मानवाली डोम बस्ती से धाँगड़ी एक-दो टहलुवागिरी के एक दो बँधुआ। इस तरह जचा कर रखते कि अधिकारी हँसकर 'वाह बिशेई' कहकर चले जाते। डर गया। फिर गुरु का उपयुक्त चेला जो देता, मूल ब्याज समेत वसूल कर, वह सब अदाकर वराही मूँछों की नोक पर सिरीस का गोंद लगा घोड़े पर चढ़ फिर राज़त्व करते।

गरज सुन्दर ने वादा किया है, हलदी शीलगुड़ा वाली जमीन बिना कष्ट के वह साहूकार की करा देगा। बात पक्की हो गयी है। पठान अमीन ने इस गाँव में डेरा डाला था। पहले कुछ सच-झूठ ऊपर वालों को लिख हलदी शीलगुड़ा प्राचीन नायक ने जामीरी साँबता को पिछले वर्ष नायक की गद्दी से उठा दिया, शलपू साँवता को साँवता बनाया। इतने में खूब मजा होगा। जमीर का तो खातियान नहीं है, लेखा बही में प्रजासत्व हो तो भी प्रचलित विश्वास है कि नायक ही से जमीन है, गाँव की सारी जमीन नायक की है, जिसे मन किया, उसे दे दी। जिसे मन किया छीन ली, अतः बाद में कलह के बीज उगेंगे, जमीन जमीर साँवता की है या शलपू साँवता की।

इसके तीन बरस पहले राम बिशेई के नाम लगान चार हल बढ़ा दिया है, और पड़ोसी गाँव की हलदी सील के लगान में से चार हल कम कर दिया है। अतः बाद में पता चलेगा झगड़े वाली जमीन का चक हलद शीलगुड़ा का तो नहीं। साहूकार से हलदी शीलगुड़ा की तरफ से जो दिक्कत उठती, नये नायक के अँगूठा का निशान लेकर सादे कागज पर जो लिखा उसमें वह लोप हो गयी।

"महाप्रभु दिव्यचित्त हो ग्रहण करें। भिन्न गाँव का भूमि कर, मेरे ऊपर डालेंगे तो मैं मर नहीं जाऊँगा? जमीन भोग करे, सूंडी अपने परदादा के जमाने से, हम गरीब कन्ध हैं, लगान देते-देते क्यों मरें?"

बाद में यदि दावा दरबार होगा, समस्थानम् (जयपुर राजा के यहाँ) रेकार्ड से यह कागज भी निकलेगा, इससे पता चलेगा कि सूंडी के भोग दखल को बहुत समय से कन्धों ने स्वीकार कर लिया था।

बाकी आखिरी फैसला-चेले के भोग-भाग से सन्तुष्ट हो गरजसुन्दर रिबिनि एकदम हलदी शीलगुड़ा की तरफ से दो रुपया करके रैयत में सूंडी का नाम लिख दिया। अतः चक ही नहीं, उससे आगे अन्य जमीन पर भी साहूकार का कागज अधिकार पोथी में रह गया। अतः केवल यह चक साहूकार का क्यों हुआ, इस बात पर जो सन्देह उठता, वह भी नहीं उठेगा। वह निरंकुश है।

बँधुवा ने गजा लिख दिया है इकन्निया टाम्प (स्टाम्प) के सिर पर बटु चिह्न (अँगूठे की छाप) दबा है। वह केवल साहूकार का आज्ञाकारी है। विचार करने का अधिकार उससे छीन लिया गया है। अतः साहूकार जो आज्ञा करेगा, अपनी गाय चराने या परायी गाय चुराने, साहूकार के पाँव दबाने या कन्ध का सिर फोड़ने, दीवार बनाने या डकैती करने, हर हुकुम की तामील करने को बाध्य है। पुलिस के पास सीटीएम डोम लोगों की तरह वह पालतू बन्दर है।

एक जन एक हल, लाठी और कुल्हाड़ी कन्धे पर रख बँधुआ का रेवड़ जमीन पर पहुँच गया। कन्ध हल चला चुके थे। बुआई कर चुके थे। उस पर एक बार फिर

बँधुआ ने हल चलाये, बुआई कर दी। कन्ध गाली दे-देकर दूर रह पीछे हटते गये। बँधुआ ने गाली उलटायी और कुल्हाड़ी, लाठी ऊँची उठाकर कन्धों को मारने का डर दिखाया।

इस तरह उस दिन का काम पूरा हुआ। हलदी शीलगुड़ा के असल चक पर साहूकार का झंडा गाड़ दिया गया।

परायों के लिए लड़कर बाहुबल दिखा हर्ष का अनुभव करते हुए बँधुआ का रेवड़ साहूकार के पास लौट गया।

उस दिन शाम को थोटागुड़ा गाँव में गन्धगुड़ा के कन्ध, थोटागुड़ा के साहूकार और पास वाले गाँव के नायक तथा बड़े रैयतों को मिलाकर एक पंचायत बैठी। पहाड़ी देश में हर बात में पंचायत। कभी किसी जमाने में इस पंचायत में ही सारे झगड़ों का निपटारा होता था। अब पंचायत का फैसला किसी के हाथ नहीं बाँध पाता, फिर भी पंचायत होती है।

कन्धों ने साहूकार के विरुद्ध अभियोग किया—साहूकार ने अन्याय से हमारी जमीन छीन ली है। साहूकार ने अपना दावा पेश किया—वह मेरे बाप-दादा के जमाने की जमीन है। जमीन का कर देता हूँ, कन्ध जबरदस्ती वहाँ खेती कर रहे थे, साहूकार को जमीन की कमी न थी, अत: जमीन खाली पड़ी रहे या कोई खेती करे, इसकी उसने जाँच नहीं की थी। अब जमीन दरकार हुई, उसने खेती की, कन्धों को इसमें क्या कहना है?

कन्धों ने कहा—मेजरेट पाइक ने आकर जमीन उन्हें वापस कर दी थी। साहूकार ने हँसकर बात उड़ा दी। कहा—“वो दूसरी जमीन है। जरूरत है तो उसी पायक को बुलाकर पूछो, कौन-सी जमीन उसने वापस दी थी। तब बूढ़े-बूढ़े जो थे, वे अब नहीं रहे। ये छोकरे अपने फायदे के लिए झूठ बोल रहे हैं।”

कई लोग थे। कई तर्क चले। एक ओर कन्धों की केवल उलटी-सीधी बातें—“नीचे धरती, ऊपर धरम, सामने कोडिंगामाली पहाड़ है। ऐसी शपथ, और हाथ टूट जाएँगे रे! गोरू, बेटा मर जाएगा! आँखें फूट जाएँगी।” इसी तरह उक्तियाँ, दूसरी ओर साहूकार के धारदार तर्क कागज-पत्तर, नजीर—“पोथी देखो-रेकार्ड देखो—क्या कागज है निकालो। रसीद है कोई?”

तीन-चार घण्टे के चीखने के बाद जबान थक गयी। कन्ध वापस लौट गये। पंचायत उठ गयी। साहूकार ने ताकीद कर दी।

“—ज्यादा गोलमाल की तो पुलिस में खबर कर दूँगा। चाहूँगा तो मुझे दावा करना आता है। पोथी देखो, रेकार्ड देखो। धरम कोट हालाँकि मुझे धरम करेंगे। दावा करना आता है।”

पंचायत खत्म हुई। साहूकार ने ढिंडोरा पीटकर बता दिया—“कन्ध लोगों ने

अब की दादागिरी की तो अगली पारी में अधिकारियों को इस इलाके के दौरे के समय जरूर बताऊँगा, होशियार रहना।''

और इसके बाद फिर दिक्कत न हुई।

एक दिन भोज के लिए साहूकार ने बँधुआ लोगों को एक रुपया डाल दिया।

चिलचिलाती धूप। जेष्ठ के बगूले उड़कर भँवर खेल-खेलकर हल किये खेतों पर धूल डाल देते। जहाँ काम करते हैं उस जमीन पर बाल-बच्चों के संग लाओ—तूम्बा से पतूखी में उड़ेल दुपहर में थोड़ा 'माँड़' पीते समय वह पगलाये पवन से उसमें धूल गिराते। कोई छि न कहे। कलरव कर हँसता किसान इस हवा की प्रतीक्षा में रहता है। फिर काम चलता। अपने खेत में काम में कितना उत्साह! हल किये खेत पर गरम मरीचिका की लहरों के आगे मानो आगामी हरियाली फसल झुंड-के-झुंड सिर झुका हँस उठती है। हरियाली के साथ आता है सुनहला महोत्सव। इस परम्परा की डोर में गाँठ पड़ते-पड़ते चली गयी पूर्वजों के जमाने तक!

''यह दादा का गाँव...मामा का गाँव...''

वर्ष-दर-वर्ष आता है वह, थाली का अन्न, देह का कपड़ा, मिट्टी में से छिड़क आता है झुंड-के-झुंड, थाल हुलसाकर, मन को उल्लसित कर।

आती-जाती साँसों की तरह खूब सहज है युग-युग की पकी फसल। एक भाग कौआ, चिड़ियाँ, पतंगा, चींटी के मुँह में जाए। मेड़ के छोर पर मुँह फाड़े, आस किये जो देख रहे हैं, ले लें जिसकी जितनी करामात!

तब जाकर थोड़ा-सा बचेगा, धोयी हँसी या आँसुओं के पानी में भीगकर जीभ पर रखने, काठ-सी जगह-जगह फटी जीभ की फाँक में कितना रस उपजेगा। उसी में कुछ भात, एक दिन हो या छः महीने हो, अपने हाथ की करामात, साँसों की तपन, पसीने में सीझ कर, मिट्टी से वह अन्नपन को आयी है—उसी के लिए कितने-कितने नाच!!

इस तरह कई दिन बीत जाएँ। फसल-की-फसल, बरस गिने जाएँ, इसी के संग झर जाय परजा बुनियादी धरती में। फिर कितने आएँगे, फसल चुगेंगे।

कौन पूछता है दिल्ली की मसनद पर कौन बैठा है? धरती माँ निशाणीमुंडा इसका हिसाब न रखे, मुस्लिम औरंगजेब या मराठा शिवाजी? सिराज उद्दौला या वारेन हेस्टिंग्स?

परजा केवल जानता है—मेड़ की छोर पर है कोई—मेड़ की छोर वाला हाथ फैलाये बैठा होगा, परिचय उसका राम हो या रावण।

किसी के कलह-तकरार से उसका क्या आता-जाता है? या किसी के ब्याह

के निमित्त में? कभी किसी बड़े आदमी के जन्म दिन, कभी किसी के श्राद्ध दिन पर वह कहाँ जाता है हिसाब करने? खेत के चारों ओर मेड़ पर उसकी निगाह लगी रहे। इसी में दिन बीत जाते हैं।

नीचे बसुमती, ऊपर धरम!

कुल इतना ही!

खेत पर जादू पैदा कर ज्येष्ठ की धूप में जब किसान डूबा रहे, शुक्रू जानी का खेत खाली पड़ा है। खेत को बँटाई पर लेने गाँव का कोई राजी न हुआ। नायक ने स्पष्ट कह दिया—"भाग क्यों, बँटाई क्यों? शुक्रू जानी न रख सके तो छोड़ दे। कोई दूसरा करेगा, खाएगा। जमीन खुद नामदार लिख छोड़ दे, आज नहीं तो कल, कोई भाग लेने राजी होगा?" सच बात है, जिली के मन में बात चुभ गयी।

दिन आएगा, बापू बूढ़ा आदमी जमीन छोड़ने को बाध्य होगा। फसल पाना तो दूर, जमीन कभी खाली छोड़ दे तो कर देना भी महँगा पड़ेगा। इस अप्रिय भविष्य ने अगली मेघ माला की तरह गोलमाल होकर तरह-तरह से कई रूप लेकर एक निर्दिष्ट आकार लिया। छाती में घुटन भर जाती।

एक दिन आएगा इस गाँव में कि उनकी अपनी जरा भी जमीन न रह जाएगी। फिर? केवल कुली-मजूरी रहेगी। वह भी कहाँ मिलेगी?

परती जमीन खाली रह जाती है चारों ओर उर्वरा जमीन के बीच। राह पर बिली-जिली खाली हाँडी में पानी भरने गाँव के घाट उतर जातीं। घर पर खाना नहीं। आम की गुठली या इमली के बीज कूटकर फटे कपड़े में बाँध पानी की धार में लटका आती एक खूँटी से। जंगल के कन्दमूल, पत्ते, डाल वही खाना होगा। कभी वन में ततैया का छत्ता, कुछ मिल गया। वही उबालकर झोल बनता। मूसा, धमन साँप, चिड़िया के अंडे, मधुमक्खी का छत्ता ये चीजें मरद छोकरे को तो मिल जाएँ। औरतों को यह आनन्द सपना है। बरसाती कीड़ों के दिन अभी आये नहीं, वरना कलेऊ का काम उनसे भी चल जाता।

पेट में कितनी तरह का कोलाहल होता। कितनी छलछलायी अनसुनी आवाजें। मन घायल हो जाता। दिन काटने आते।

परन्तु हाट वाले दिन, फटा ही सही, साफ-सुथरा परजा-पाँजिया पेई में से निकालता, ठाँव से टूटी बोतल मटमैला-मटमैला-सा एरंड तेल थोड़ा-थोड़ा उसके पास बूढ़ा कंघा काठ का बना जगह-जगह दाँत टूटे हुए। उठाकर गीले चेहरे पर तेल-हलदी वगैरह कुछ मलकर सजती-सँवरती, चिकने जूड़े में दो-चार आँवला फूल खोंसकर यों ही दोनों बहनें हाट के लिए निकल जातीं। उनकी अंटी में दो-

दो पैसे। हाट में कहीं काच का पैसारा, मुँआ (लाजा के लड्डू) का पैसारा। अंटी के दो पैसे निकल-निकल पड़ने को खुजबुजाते। चेहरे पर चमक आ जाती है। पर अंटी तक पहुँच हाथ दुविधा में पड़ जाता। फिर वापस बाहर आ जाता है। सामने अगली हाट की पारी है।

चार कोस जाना, चार कोस आना थोड़े में ही कट जाता, रास्ते में हँसी, नाच, मजेदार गपशप। छोरी दल छोरा दल में चलते-चलते माँगन के गीत गाते चलते। मानो कहीं कुछ नहीं हुआ। भला क्या हो गया है, जब तक प्राण हैं? बस इतना चाहिए और कुछ नहीं।

बस ये महीना भर कट जाए, तो बात बन गयी। फिर धान, माँडिया अँकुराएँगे। घास निराई, पौधे रोपनी, निजानी, रोपानी का काम चल पड़ेगा गाँव में। कुली-मजूरी मिलेगी। पेट बिना दाने के न रहे।

बाकी, मन है। उसी पानी लाने के रास्ते में आते-जाते माँड़ के समय कुछ पहले रास्ते के किनारे नये बने घर के आँगन में बैठ बागला जानी हाँडी से पानी उड़ेल नहा रहा था, तूम्बे से निवाया पानी एक-एक कर कजोड़ी उसकी पीठ पर उड़ेल रही थी। पीठ घिस रही थी, परजा देश की यही रीत है। मौके-बेमौके स्त्री स्वामी को नहला देती है। इसमें लाज कुछ नहीं। केवल कौपीन लगा पारे पर पाँव फैला बैठा-बैठा बागला जानी आँख मींजे-मींजे नहाता, कजोड़ी पानी उड़ेलती।

इसी रास्ते से गुजरती है जिली।

खिलखिलाकर पीछे से कभी-कभी कजोड़ी आवाज देती—"अरी औ सारिया धान" जिली चल देती। पीछे से पति-पत्नी की खिलखिलाहट सुनाई देती।

क्रमशः बाहर वालों के लोकाचार में यह सहना पड़ जाता है। परन्तु मन उदास और दुःखी रहता। गहरी नींद में भी सिर के नीचे तकिया भीग जाता।

डोम बस्ती वाले बारीक की बेटी दीप्तिमनी आयी थी जरा-सी आग की पतंगी लेने के लिए, साँझ ढले। पिछवाड़े सलप पेड़ के उधर मैदान पार करते ही उनका घर। अब वह प्रायः आती रहती है, बस्ती भर में घूम आती आग की तलाश में।

"माथिया गुरु आये थे"

"क्या बात हुई?"

"कोरापुट से फिर लछीपुर गया था। वहीं से लौटा है।"

"बात क्या हुई?"

"आसाम में फिर रोट (सड़क) बन रहे हैं। बहुत से लोग जा रहे हैं।"

"फिर?"

"लछमीपुर सभा इनसपीट (सब-इन्स्पेक्टर) फिर एक बाघ-खाऊ पंचायत को गया है, लौटा नहीं।"

"हूँ!"

"सड़क की राह में जूरी आमन (डाकू) दल ने पोड़ागड़ के पास वारदात की है—एक बैलगाड़ी लूट ली।"

"किसकी?"

"पता नहीं। अधिकारी लोग खेत में लगाने के लिए रैयतों के बीच कमला (सन्तरों) की पौध और मूली के बीज बाँट रहे हैं।"

"हूँ!"

"निगामन (जैपुर का अमीन) कमान पर आएगा, डुम्बागुड़ा राह में कर वसूल करने के लिए।"

"हूँ!"

"सायब! (कोरापुट वाला जर्मन पादरी) को कुछ बुखार हो गया है।"

"फिर?"

"धरम द्वार के पास रोड मरम्मत कर पक्की बना रहे हैं। उसके लिए कुछ कुली जुगाड़ करने कंटाकटर के गुमारते रुपये अंटी में रख गाँव गाँव फिर रहे हैं।"

"अपने गाँव आएगा या नहीं?"

"हाँ, इधर किसी दिन आएगा। माइना (जनाना) को दिन का दो आना, मरद को दिन का तीन आना मिलेगा।"

"जाने पर वापस नहीं आ सके?"

"आने की क्या जरूरत? वहाँ घर देंगे रहने के लिए। इत्ती दूर जाओ—फिर आओ?"

"कैसा काम है?"

"मिट्टी-बालू ढोना, पानी लाना—और क्या काम है!"

"हमारे गाँव से जाएगा कोई?"

"हमारी बस्ती से हम सब जा रहे हैं।"

"जिली-बिली दोनों आग्रह में खोद-खोदकर पूछती गयीं। दीप्तिमनी सिकोरे में राख भर धीरे-धीरे बैठ गयी। बतियाना है।"

वनराज में जबान के बाजे से खबर चारों ओर फैली है—कंट्राक्टर को कुली चाहिए।

दिन के दो आना-महीने में तीन रुपये। दल में रहने-फिरने-घूमने की मौज! नयी जगह फुर्ती करेंगे!

वहाँ माँडिया का माँड़ मिलेगा। भर पेट। जूड़ा डुबो लो, चाहे एरंड तेल में। जूड़ा ढाँप दे इतने फूलों का गुच्छा। साबुन!

वहाँ न होगा कन्दा ढूँढ़ना, न हो आम की उबाली हुई गुठली।

स्वाधीन होगा जीवन वहाँ!

खुला-खुला, मन मरजी वाला!

और वहाँ होंगे धाँगड़ा!

कुछ दिन बाद दुपहर में दोनों पास के जंगल के किनारे-किनारे सबल लिये कन्दा तलाशते चल रहीं, अकेली। चिलचिलाती धूप, पथरीली धरती सहज ही तपने लगी। पाँव में फफोले उठ आये। आज खाना-पीना नहीं। पेट कूँ-काँ कर रहा है निर्जन-सुनसान। बायें में अधसूखा झरना, दाहिने ऊँचा पहाड़। पहाड़ पर पके-अधपके फरफराते बालों की तरह सूखा वन। उसी में इधर-उधर कन्द खोदकर बड़े-बड़े खन्दक खोदकर, लोग कन्दा उठाकर ले जा रहे हैं। अब और कन्दा कहं दिखता ही नहीं।

प्यास से थकी, पसीने में तर-बतर। मुँह कुलबुलाता, दो बगुलों की तरह दोनों बहनें इधर-उधर ढूँढ़ती चली जा रही हैं। ठूँठे पेड़ के नीचे छाँव में कुछ क्षण बैठकर फिर उठकर खोजने लगतीं धीरे-धीरे।

आज कन्दा कहीं नहीं मिला, गायब है।

बिली ने कहा—"चल, वापस। कित्ती दूर हम आ गयीं!"

जिली ने कहा—"लौटने से क्या होगा? चल कुछ और आगे!"

"जीजी, कंटराटर आएगा?"

"मैं क्या जानूँ? बारीक डोम तो कह रहा था।"

"तो चलेगी?"

"गाँव वाले जाएँगे, तो हम क्यों नहीं जाएँ?"

"घर?"

"टट्टी लगाकर बन्द कर देंगे!"

"बापू पता नहीं क्या कहेगा?"

एक पैनी गरम कंकरी जिली के पाँव में चुभ गयी। कहा—"बापू? कौ पूछता है बापू को? वह क्या छोड़ गया हमारे लिए? ये ही...तू और मैं, धूप-आ में रोज कन्दा ढूँढ़ती फिर रही हैं! कहाँ है बापू?"

कितने दिन हुए खाना भी नहीं मिला, अब तक तो जैसे-तैसे कुछ निगल व हम यहाँ पेट भरती हैं। कहाँ है बापू?

पड़ा रहे उसका घर। मेरा तो मन करता है, इत्ते लोग आसाम जाते हैं, हम भी किसी तरह चली जातीं बस, साथ ले चलने को कोई नहीं। कैसे जाएँ? हम नहीं जानतीं।

''—तीनों के तीनों कोई मेहमान आकर चले जाने की तरह छोड़कर चले गये। खबर लेने की भी नहीं सोची।''

''बाकी सब लोग जाएँगे, रोड का काम कर पैसे लाएँगे। यहाँ देहरी पर हम बापू की बाट देखती बैठी रहेंगी, क्यों?''

''अरे...उधर देख, उस ओर भालूगाड़ का रास्ता!''

''इसी भालूगाड़ में सोंबारी को बाघ खा गया था। जेठ में वन में नहीं रहता, मगर दोपहर में बाघ का डूमा फिरता है। जितने लोगों को बाघ खाता है, उनका प्रेत है वह। बच्चे-सा चेहरा, मर्द-औरत पता ही नहीं चले। सिर लाल, मुँह लाल, आँखें लाल, सारी देह पर बड़े-बड़े रोयें। कहते हैं—तरह-तरह की आवाज करे। कूँथने की तरह, गरजने की तरह, लकड़ी तोड़ने की तरह।''

बाघ का डूमा डरा-डरा कर भगाता है।

अपनी बातें पहाड़ के किनारे-किनारे थोथे गले से किसी दूसरे की जबान जैसी लगती है जिली को। देखा—हम बहुत दूर आ गयी हैं। कहीं कोई नहीं...झरने का पानी कुलबुला रहा। खेत पर धूप लहरा रही। पहाड़ ऊँघ रहा है।

मुँह और गाल से पसीने की बूँद पोंछ मुड़कर कहा—''चल!''

साहूकार के घर के सामने दुराहे पर गाँठदार लाठी पर टिके सर्षुपदर गाँव के बूढ़े बारीक ने एक बच्चे से पूछा—

''हमारे गाँव वाला शुक्रू परजा यहाँ है?''

बच्चे ने कहा—''मुझे नहीं मालूम।''

बूढ़ा बारीक डोम पूछते-पूछते परजा की तरफ चला।

दोपहर! शुक्रू परजा बैठा माँड़ पी रहा है। पास में माँडिया, टिकरा भी हैं।

बारीक ने कहा—''मुझे नायक ने भेजा है।''

कुछ समय सब चुपचाप। बाप-बेटे ने अप्रसन्न चेहरे से माँड़ का दोना मुँह से लगाकर उसे कसकर थामा।

''सुनते हो?''

''हाँ।''

''दो साल का जमीन का लगान, वन का लगान है।''

''हाँ।''

"अमीन आ रहा है, दसमन्तपुर के रास्ते में है।"

"हाँ।"

"तो, क्या कहना है?"

"हमारी दशा नायक को क्या पता नहीं? घर पर बच्ची भूखी...हम यहाँ बँधुआ हैं। अभी चार-चार आठ रुपये लगान कैसे दें?"

"नायक ने कहलवा भेजा है, यों मुँह फेरने पर नहीं चलेगा। सब के घर का लगान भरने के लिए मेरे घर पर इतना पैसा नहीं। मैं बारीक भी तुम्हारा लगान वसूल करने इस बुढ़ापे में वन पहाड़ चढ़कर गाँव-गाँव फिर थक-हार गया। खैर, रुपये देने हैं, पूनम से पहले पहुँचा देना, वरना जमीन के बारे में नामदार लिख अपने आप जमीन छोड़ दो, वरना—किसे नायक जमीन दे देगा, कहलवा भेजना।"

शुक्रू आश्चर्य में भर गया, "नामदार?"

माँडिया ने साथ में पूछा, "नायक जमीन खींच लेगा?"

टिकरा ने मुट्ठी भींचकर आग की तरह जलती आँख से उधर देखा।

बारीक ने कहा, "और नहीं तो क्या? तुम गोती रहे, ये बात अमीन नहीं समझता। राजा को तो लगान चाहिए। पर, तुम गाँव में रहे नहीं, बेकार, पैसे, जमान अधिकारी आदि का काम तुम कर नहीं सके। नायक ने खुद तुम्हारा हिस्सा चुकाया है। मगर लगान तो रुकता नहीं। नायक जानी बारीक वगैरह को लेकर अमीन जब सिपाही लेकर बैठेगा, तब तुम बचाने नहीं जाओगे। अतः खबरदार कर रहा हूँ। पूनम से पहले रुपये नायक के आगे धर देना, वरना जमीन गयी।"

बात का परिणाम जानने के लिए बारीक डोम वहाँ नहीं रुका। रैयतों के विरोध में अपना धूप में फिरना, वन में जाना आदि अभियोग बताता वह लाठी टेकता अदृश्य हो गया।

नायक के सहारे की लाठी है, वह गाँव का बारीक है।

बाप-बेटा सिर पर हाथ रखे बैठे रहे। शुक्रू ने कहा—"अच्छा मौका देख नायक ने जड़ से पकड़ा है।"

माँडिया ने सहानुभूति में कुछ नहीं कहा। खारे स्वर में कहा—"मैंने कहा था! जमीन खाली पड़ी है। फालतू घास उगती है वहाँ। किसी को बन्धक रखते तो क्या बुरा होता?"

बूढ़े शुक्रू ने पागलों की तरह सिर हिलाकर कहा—"ना...ना...ना...ना... ना...ना...!"

नाक सिकोड़ माँडिया यहाँ से उठ खड़ा हुआ। टिकरा चल पड़ा। जाते-जाते बापू को सुनाकर माँडिया ने कहा—"वरना नामदार छोड़ दो, जमीन जाए। बन्धक रखते तो हमारा बँधुआपन ही छूटता। कहीं कुली-मजूरी कर कैसे जमीन छुड़ाते।

तुम बात सुनोगे नहीं, जमीन-की-जमीन जाए, हम सदा यहाँ बँधुआ पड़े रहेंगे।''

सब चले गये। सिकुड़-मुकुड़ बूढ़ा अकेला पेड़ के नीचे बैठा रहा। सामने देखता रहा। खेत में तेज धूप, जल रही है। हवा धूल उड़ रही है। मगर वह कहीं नहीं देख पा रहा।

धूप चली गयी।

बूढ़ा बैठा रहा।

शाम का वक्त।

जिली और बिली दोनों बहनें थककर घर के आगे बैठी हैं। अपने अभाव पर सोच रही हैं। दिन बीत रहे हैं, अभाव बढ़ते रहे। घर पर कोई मरद नहीं। सोच-सोचकर मरने को दो छोरी, जिनसे कुछ होगा नहीं।

कपड़ा—उसका स्वभाव है फटेगा, फिर वह जुड़े नहीं। अनाज—वह खतम होता है, अपने आप कुपी भरती नहीं। वे ही केवल सोचती हैं, जिनकी उपजाने की शक्ति नहीं।

मरदों की निगलने वाली निगाहों से लाज बचाने के लिए कारी (पेबन्द) लगा कपड़ा, उस पर रोज सूई की चोट खूब पड़ी है, कपड़ा मजबूत नहीं हुआ। इस पहाड़ी मुलक में औरत के लिए जरूरी है एक मजबूत कपड़ा, वो शरीर पर चमड़ी से भी ज्यादा जरूरी है। वह अपना अधिक है, वास्तव है। रोज रास्ते में चलते फटते कपड़े के संग अपनी स्थिति से कितना भाग टूटकर धूल में लोट रहा—धाँगड़ी के गौरव से कितना भाग आज टटोलो तो वह कहीं न मिले।

वो, गाँव के चौक के बीच पत्थर पर से बातें सुनाई दे रहीं। कितने ही लोग है वहाँ! कंटराटर का गुमास्ता रुपये लेकर आया है। रोड का काम होगा, उधर छोकरे-छोकरी की जरूरत है।

अतः घर-घर में दरवाजे पर बैठकर सलाह-मशविरा हो रहा है। सब जगह माँ-बाप, भाई-भावज तौल रहे हैं—लड़कों को, लड़कियों को छोड़ें या नहीं?

इस घर में विचार करने वाली कुल दो लड़कियाँ।

और तीसरा जन—जिसका रूप न देख सकें, खाली घर, खाली हाँडी, फटे-पुराने कन्था, साँझ का अँधेरा, आदमी में उसका भी स्थान है। इस अरूप का, जो सपने का ज्वार बहाता है, जो राह बताता, नींद को कोंच बाहर फेंक दे, जो चूल्हे पर गरम राख के ढेर को बाहर फेंक दे। किवाड़ बन्द कर दे।

विशाल दुनिया में आदमी के पाले-पोसे जंगल में, चारों ओर सुनसान, जहाँ पर पीछे-पीछे वही कारागार में राह दिखाए, फाँसी के तख्ते पर, मस्जिद गली के

चौराहे तक, रक्त नदी के कछार तक, फिर दौलतखाने और राजमहल तक।

उसे आकार देना कठिन है। उसका बस क्षणिक आवरण-खाली हाँडी का ढेर, टूटी टोकरी का बोझ, जर्जर खाली घर, फटे कपड़ों की लटकी पताकाएँ।

पेट की आग सिर पर चढ़ती, अरूप राह बताती।

बस्ती में कहीं सुनाई दे रहा है...कोई माँ-बाप को सहलाकर कहती है—"रहने दो, मेरी बेटी इतना कष्ट न सह सके। जो कुछ साग-माँड़ है, वही खाकर रह जाएगी, ज्यादा का क्या करेंगे?" कोई बापू समझा रहा—"ना, बेटे, तू न जाना।"

जिली और बिली आमने-सामने हैं, पीछे वही अँधेरा। सामने कुछ दूरी पर कंटरैक्टर का गुमास्ता, अरूप का संकेत उसकी रुपये की थैली है।

"समझी, बिली, किसी के जरिये बापू को खबर भेज देंगे कि हम कुली काम पर जा रही हैं। घर को टट्टी से ढाँप देंगे। भला है क्या? कोई क्या ले जाएगा? गाँव की कई लड़कियाँ जा रही हैं। हम क्या अकेली हैं? हम तो मामूली आदमी, निदरबी आदमी, इतनी सुविधा छोड़ भूखे-प्यासे घर पर पड़े रहें, दिन-पर-दिन गाँववाले और ज्यादा मजाक करेंगे। इससे फल क्या मिलेगा? कोरापुट के पास चिन्द्री, रंगबाली कुम्भा, रेली कुम्भा के लोग बराबर वहाँ कुली का काम करते हैं—गुमास्ता बता रहा है—उनका क्या नुकसान होता है? दिन में दो-दो आना कुली-मजूरी के हमें देगा, रहने को घर, मन हो तो रहो, दो आने में तो एक आदमी का तीन दिन का काम चल जाए। इतना विचार किसलिए?"

बिली ने कहा—"बापू हमें गाली देगा तो?"

"इतने लोग जा रहे हैं, उन्हें कोई गाली नहीं देता, केवल हमें ही गाली देंगे?"

समय बीत गया। पीछे से अँधेरा झनझना रहा। उसी में से कोई चमक मानो बिली को अभिभूत कर रही है। अनदेखी नयी राह के मोड़ पर ढल गया अँधेरा। बिली ने कहा—

"कब जाएँगे जीजी?"

"कल सुबह!"

कुछ समय चुप्पी। बिली ने कहा।

"जीजी!"

"क्या?"

"चलोगी?"

"हाँ, जाकर सो जा!"

सुबह हुई। घर-घर में टट्टी बन्द। काम खतम कर सूखे बालों में पानी लगा,

सहला, हाथ-मुँह चिकना धोकर, सुबह कच्चे बैंगन की तरह चिकना-चुपड़ा बनकर, हाँडी-बरतन माथे पर रख, छोकरी झुंड बना, कंटाक्टर के गुमास्ते संग निकलकर चल पड़े। पीछे-पीछे कोड़ी-कुदाल लिए कुछ छोकरे हैं।

गाँव की हलचल खतम कर आधा आनन्द गाँव से चला गया। गाँव की पगडंडी पर हलचल करते हुए।

गाँव का आधा चौक खाली।

नये रास्ते में नये खेत, नये पहाड़। सब नया...!

लाल सड़क कितनी दूर?

पता नहीं कितनी दूर...?...गाँव...!

धूल से मुक्ति मिली है। अब नया उत्साह, नयी आशा। तरुण की स्वाधीन जीवन-यात्रा में समय और दूरी की मेड़ या दीवार नहीं रहती। नाव की तरह तैरते चले, प्राणों में भरे प्राचुर्य, हँसी-रुलाई की दुनिया की छाती पर। इधर-उधर जिधर मन किया-तैरना ही प्राणों का अभिसार है।

इस जुलूस में कहाँ चला जाता अपना छोटा-सा अभाव, छोटी-सी असुविधा? पिछली बातें उस गाँव की धूल में मिलीं, पीछे छूट गया अँधेरा। बूढ़े की खाँसी की तरह। पता नहीं कितने पीछे रह गया।

अब नया रास्ता, नये खेत, नयी हवा। आदमी का रेला, झुंड-के-झुंड, दल-के-दल, मिला-जुला।

खबर पहुँची साहूकार के गाँव तक। शुक्रू जानी खेत में हल चला रहा था। माँडिया बैलगाड़ी लेकर गया था। टिकरा ढोर चराने गया था।

शुक्रू जानी ने खबर सुनी। दोनों छोरी कुली बन गयी हैं। एक पल चुप रहा। फिर निर्दय हो बैलों को पीटा, हड़हड़ाकर हल चलाया। बाँहें दरक जातीं। कमर दर्द करने लगती। गर्दन में कटकट पीड़ा, दबाकर हल चलाया—अपने पर, बैलों पर, ढेलों पर मन का रोष मिटाने लगा।

पसीने की धार में मन के दुःख को बहाया। उस दिन बहुत काम हुआ। चाहे टेढ़ा-मेढ़ा हो, पर काम खूब था।

साँझ ढले माँडिया से भेंट हुई। बूढ़े ने संक्षेप में सब कुछ कह दिया। माँडिया ने ठहाके के साथ कहा—"शाबास रे, छोरियो! शाबास! शाबास!"

बूढ़ा गुस्सा नहीं सँभाल सका। बेटे को गाली दी।

“गाली क्यों बापू? अच्छा ही हुआ। देखते-देखते एक बरस पूरा होने आया। कभी याद किया उन्हें? अपना रास्ता खुद ढूँढ़ा। तुम्हें इतना गुस्सा क्यों?”

“मेरी बेटी, मुझे बिना बताये कुलीगिरी पर चली गयी? क्यों? हमारा क्या होगा?”

“बस-बस, बापू! गयी, अच्छा किया। पीछे से गाली क्यों दे रहे हो उन्हें? अब चल, साहूकार के पास चलें। वह जमीन बन्धक रखें। बँधुआ के रुपये देकर उससे जल्दी छूट जाएँगे।”

बूढ़ा गाली देता रहा। बेटा ठिठोली पर ठिठोली करता रहा।

“घर खाली हुआ। जमीन परती सूनी रही। घड़ी-घड़ी नायक का लगान की खातिर तकादा। आज ही चल, जमीन बन्धक रख दें।”

पहर रात बीते टिकरा आया। गाय-गोरू बाँधते समय सारी बातें सुनीं। मुँह खट्टा कर कहा—

“वे चली गयीं! वहाँ रहता तो मैं भी चला जाता, रे!”

कुली बनने पर परजा लड़की की जात नहीं चली जाती। मेहनत के लिए ही उसका जन्म हुआ है। पर नित मजूरी हेतु पराये के यहाँ बँध जाना परजा पसन्द नहीं करता, इसमें वह मानहानि सोचता है। अतः दिन के दो आने मजूरी के पैसों से एक आना ईनाम (बखशीश) उसे ज्यादा प्रिय है। उसमें खुद को भुला देता है यह सोचकर कि अपनी इच्छा से पराया उपकार किया है।

धरती की इज्जत सबसे ज्यादा बुनियादी है जबकि दोनों घर छोड़ कुलीगिरी करने बिदेस गयीं!

बिछौने पर छटपटाता बूढ़ा शुक्रू जानी रात भर परिस्थिति समझने की जी-जान से कोशिश करता रहा। जमीन पर हल, मेंड़ बाँधना, धान बुनना, पेड़ कटाई, बस इन बातों के लिए दिमाग में जगह है। बाकी चिन्ता केवल गड़मड़ कर दे। वह घूम-फिर वहीं लौट आती है उसके विचारों में।

फिर भी वह सोचता है। सोच-सोचकर सिर दुखाता है। चिन्ता फीकी नहीं पड़ती।

रात साँय-साँय गरज रही। एक पर एक हाथ से बनाया धुँगिया पिका खतम होता रहा, राख झड़ती गयी। मच्छर हटाने के लिए दोनों हाथ गाल और छाती पर मारे। सोचना जारी रहा।

मामूली दुःख से वह बहुत नीचे चला गया। विचारों का अटूट तार। जिधर देखता उसके खाली खेत की ओर अँगुली दिखा रहे। इससे शायद छुटकारा मिलेगा।

साहूकार जमीन बन्धक ले, लगान चुका दे, बन्धक और बँधुआ दोनों मिलकर शायद कुछ वर्ष में सारा ऋण उतर जाए।

और कोई उपाय नहीं।

साहूकार की खुशामद कर कहो—शायद एक को छोड़ दे। सात-पाँच सोचते-सोचते शुक्रू को पता नहीं कब नींद आ गयी।

सुबह उठते ही तय किया—आज साहूकार से कहकर देखें जमीन बन्धक रख ले। लोहे की साँकल से प्राण उस जमीन से बँधे हैं। मगर बिली और जिली वही साँकल तोड़ चली गयीं कुलीगिरी करने। उसे ठोकर मारकर!

"माँडिया, चल साहूकार से कहकर देखें।"

"सच! चलोगे, बापू?"

"और उपाय है?"

अचानक माँडिया के सिर में मानो बिच्छू ने डंक मारा। विश्वास नहीं होता कि बापू इतनी आसानी से मान लेगा? यहाँ इतने दिन काम कर कई बातें जान गया, पहले अनजान था। उसने तौलकर देखा। बापू की दृढ़ता वह जानता है। मानो बापू ने फैसला माँडिया पर छोड़ दिया है।

अतः वह दुविधा में पड़ गया। असल निचली जमीन है, फिर उठान की जमीन, वहाँ माँडिया पकता है, अरहर होती है, रवि की फसल पकती है। सारी लिख देनी होगी, साहूकार को! बिना लिखाई के साहूकार कुछ नहीं करता।

और फिर पीछे?

यदि जमीन छोड़ना न चाहे साहूकार तो?

यों कई बार हुआ है। साहूकार की दादागिरी कोई नयी बात नहीं। बापू को उकसाने में तो देर न लगी थी। अब समस्या का सामना करना कितना कठिन लग रहा है!

"क्या सोच रहे हो, बेटे?"

"सोचता हूँ...इतनी जल्दी क्यों कर रहे हो?"

"मैंने जल्दी की? कई दिन से तो कह रहा था तू। लगान देना बाकी है। बँधुआ कब तक रहें? फिर बिली-जिली घर छोड़कर कुली बनने चली गयीं। चल...चलें!"

"मैं कह रहा था, यह तो सच है। अब, मान लो साहूकार कहे, यह जमीन मेरी, और फिर दबा ले। दावा-कचहरी कर हम उससे जीत सकेंगे?"

"पागल हो गये बेटे? ऐसा निर्दयी होगा वह? हमारी कितनी जरा-सी

जमीन है? उसे छीनने को मन करेगा? ये बातें मन में क्यों लाता है? पहले वह बन्धक रखता है या नहीं, देखना है। चल देखें, क्या कहता है?''

माँडिया बापू को जानता है। कहा—''ठीक है, चल।''

उसी दिन दोपहर में माँड़ लेने लौटे उस समय बाप-बेटे दोनों ने जाकर साहूकार को पकड़ा। पाँव पसारकर साहूकार ने कहा—

''दूसरे गाँव की जमीन बन्धक लेने क्यों जाऊँ मैं? अरे रे! रुपये क्या मेरे पास सड़ते हैं?''

शुक्रू ने कहा—''हम सब तो बन्धक हैं तेरे। तू नहीं लेगा तो, और कौन दया करेगा?''

''कुछ रुपये लेकर बेच क्यों नहीं देता?''

''बिक्री नहीं होगी, बन्धक रहे साहूकार!''

''यदि मैं नहीं लूँ?''

''तेरा मन, साहूकार!''

''ठीक है, काम पर जाओ। बाद में बात करेंगे!''

बाप-बेटा लौट आये। बहुत अपमान लगा। हमारी सारी सम्पत्ति परायी आँख में इतनी नगण्य हो गयी! सोचा भी न था कभी।

मेहनत से गढ़ी कुम्हार की हाँडी को हाट में खरीदने वाला अगर उपेक्षा कर कह दे—''कैसी टेढ़ी-मेढ़ी, छोटी हाँडी है। वैसे ही देने पर भी कोई न लेगा।'' कुम्हार का मन दुःखी हो जाता है, शुक्रू और माँडिया वैसे ही मन मारकर लौट आये। साहूकार रुपये देकर खरीद सकता है। उसकी नजर में जमीन-जमीन ही है। किसी के मन में जाकर धुँधली अनुभूति में थोड़ी-सी निचली जमीन को पहचानना बिशेई बेटे ने नहीं सीखा।

''क्यों, माँडिया, क्या कह रहा था?''

''घोर कंजूस है वो! तब मैं कह रहा था।''

''कितनी जमीन, कितने गाँवों में है, तुझे पता है?''

''कितनी भूमि हो चाहे। हमारी जमीन की तरह सुन्दर जमीन किसी की है? कहीं पर एक गाछ रोपने पर दो उगते हैं?''

''हमारी जमीन में सोना उगता है। साहूकार से कहें एक बार देख ले।''

''उसकी मरजी। उसे कहने मैं और नहीं जाऊँगा।''

माँडिया जानी काम पर चला गया। बूढ़ा पीछे देखता रह गया स्नेह में छलछलायी आँख से। कितने गुणों में यह बड़ा बेटा मेरे जैसा है। ज्यादा बोलता नहीं। वह सब समझता है। बाप का असल बेटा है। जमीन की मर्यादा समझता है। हालात ने मोड़-तोड़ दिया। मगर मजबूती बाप के जैसी। धरती की सन्तान मिट्टी

को पहचान रही। इसमें अचम्भे की बात नहीं।

दूर तक दिख रही बैलगाड़ी की लकीरों-ही-लकीरों पर बेटे को देखता रहा।

हाँ, पक्का निश्चय किया था चैत में बेटे के लिए बहू लाऊँगा।

ठीक गिन-गिन कर पाँच दिन बाद शाम के समय शुक्रू ने बात फिर साहूकार के आगे रखी—"क्यों, क्या तै किया साहूकार?"

"कौन-सी बात?"

"जमीन बन्धक रखने की बात!"

"कैसी जमीन?"

"उस दिन क्या कहा?"

"ओह!"

शुक्रू थप्पड़ खाने की तरह फक से बुझ गया। कुछ समय चुप रहा! फिर शुक्रू ने कोशिश की—"बन्धक रखने में दिक्कत है, साहूकार?"

"अरे, क्या कहता है, साफ-साफ बोल!"

"कहता हूँ। हम तीन में से माँडिया को छोड़ दे। जमीन भोग कर तू लगान दे। जितने रुपये हों, वर्ष में जमीन बावत तय कर ले। वह रुपये हमारे बँधुआ के हिस्से के रुपये जितने हों, कुल उतने रुपये हमारे लिये हुए मूलधन से साल-की-साल घटता जाएगा। तेरा पैसा भी तू जल्दी पा जाएगा, हमारी भी जल्दी छुट्टी हो जाएगी।"

साहूकार अचानक बिगड़ गया। बिफरकर गाली देने लगा। ऊँचे स्वर में कहा—"मेरे घर के भात कड़वे लगते हैं रे तुझे? रुपये लिये साल भर भी नहीं हुआ, अभी से हिस्सा-हिस्सा लगा रखा है। तू चला है ठगकर मेरे रुपये डुबोकर चले जाने के लिए? जितने रुपये लिये हैं कौन-सा पोता-पड़पोता चुकाएगा, पता नहीं। पाँच-सात रुपये की जमीन होगी। उसका हिस्सा लगा रखा है? जो इनके बँधुआ से कटेगा! फिर एक धाँगड़ा कम करेगा! अरे...वाह रे वाह! जा...जा किसी और को बताना!"

बात वहीं रह गयी। शुक्रू जानी अँधेरे में कहीं खो गया।

घर। खाली घर।

बाँस की खपच्चियों के किवाड़। उनको अरगली लगा बन्द किया गया है। टट्टी पर दीमक लगकर ऊपर उठने लगी।

छान की तली में मकड़जाल बड़ा-सा। यहाँ-वहाँ एक दो मरे हुए कीड़े, तितली, जुगनू। शून्य में मानो गोंद लगा चिपकाये हैं।

मिट्टी का बरामदा धीरे-धीरे फटने लगा, जाड़े में होठ की तरह।

ऊपर छान, बस जमीन है। पुराने हाड़ की तरह मैली सफेद दिखती। बेढंगे बाँस के टुकड़े। अन्दर अँधेरा छान के अगणित छोटे-छेदों से मुँह कर मेघ भरे आकाश को देख रहा—पहली बौछार की धार की ओर।

जेठ प्राय: समाप्त होने आया। आकाश में मेघ जम रहे हैं। हवा उन्हें बहा लेती है। फिर आते—फिर छँट जाते हैं। यह जमने-छँटने, गड़गड़ाहट का खेल समाप्त होने को आया।

न शोर, न शब्द। खाली घर।

आँगन में कुछ सूखी लतर और ठूँठ, कभी वहाँ बगिया थी।

दो टूटी टोकरी पड़ी हैं। छान के छोर पर। कुछ हटकर टूटे कुल्हाड़े का बेट। दरवाजे के बीच में दो पत्थर सटकर रखे हैं। बीच में कुछ पुराने बाँस। दो-चार अधजले, पैने टुकड़े।

वहाँ कौवा काँव-काँव नहीं करता। मुर्गा भी बाँग नहीं देता।

वहाँ खाली एक घर है। शुक्रू का घर।

पिछवाड़े में साँय-साँय करता खेत। वहाँ पीरी घास-पात अँकुराकर सूख गया। अधमरा चकवड़ और कोरापुटिया झुरमुटे का ठूँठ खड़ा है। छाया की गति में समय की माप कर रहा है।

कभी-कभी चिड़ियों का झुंड झींटे-कीड़े खोजने आता है। खेत में चहल-पहल होती। फिर चिड़ियों का झुंड उड़ जाता। मरे खोये झींटों के लिए जीवित झींटे चीं-चाँ करते। पास वाले खेत का चासी सुनता। उधर की धूल उड़ आती। दिन-रात। खाली घर, खाली खेत पड़ा है।

रोड मरम्मत।

दोनों ओर पहाड़ के ढलान में ढलवाँ खेत। बीच में लाल सड़क। उसके दोनों ओर करंज और अन्य पेड़ों की कतार। सूखे झरे फूलों का ढेर। सड़क, धूल और सड़क की मरम्मत।

अनगिनत कुली। दूर-दूर गाँव से आये हैं। अधिकांश औरतें परजा, अथवा फिर गदबा। मरद सब जात के हैं। ज्यादातर कन्ध हैं, मिस्त्री डोम हैं। परजा के गले में माला, गदबा के कानों में खूब बड़े-बड़े गोल पीतल के तार, डोम के ब्लाउज, कन्ध के जटा जैसे मोटे बाल। कच्छी कंट्राक्टर की बड़ी पगड़ी, बीड़ी का धुआँ, मोजा में पेन्सिल, छाती में मुड़ा रूल, जवान गुमाश्ता। कुल मिलाकर

चंचल हिलती-डुलती छवि। रास्ते के किनारे-किनारे गड्ढे, मिट्टी के ढेर, टूटे पत्थरों के ढेर, बोल्डरों के ढेर। कहीं काट-पीट, कहीं तोड़-फोड़। कहीं उठा-पटक। इसी में बुलाना, गाली-फजीहत, गीत...।

एक साथ कतार में बैठ पत्थर तोड़ते समय, साथ में एक के पीछे एक टोकरी उठाये मिट्टी ढोते समय, कहाँ रहती है भूख-प्यास? ताल-ही-ताल में उनके हाथ चलते। पाँव बढ़ता, इसी में सुर मिला गीत गाने को मन करता। दिन भर हँसी-मजाक, खूब मौज में कटता।

शाम को काम पूरा होता। झुंड में सब वापस लौटते। पास वाले दल बना गाँव लौटते। दूर वाले मिलकर साथ लौटते। सड़क के पास कहीं कंट्राक्टर कुली घर बनाकर बस्ती खड़ी करता है। पास झरने में जाकर सब नहा-धोकर लोट-पोट होकर आते। पोंछ लो बस, साफ। फिर साँझ में झोली-थैली खुलती। दर्पण, कंघी, छोटी शीशी में एरंड का तेल, रास्ते से तोड़े हुए दो-चार फूल।

उस विदेश धरती पर उजाड़ में भी डुगडुगा बजता।

हर घर के आगे आग सुलगती, कतार में रसोई की आग।

दो घंटे बाद हर घर में टट्टी बन्द। सड़क के किनारे कुली बस्ती कहाँ मिल जाती, पता ही नहीं चलता।

एक दिन बीता। आठ पैसे!

पहले पाँच दिन कट गये एक रौ में। तब काम याद नहीं आता। घर याद नहीं आता। हालाँकि दोनों याद आते। एक अजीब तरह की धारणा रहती। उसमें आनन्द नहीं। दुःख भी नहीं। सब नया-नया। हालाँकि किसी का किसी से सम्बन्ध नहीं।

दिन जब बीतते हैं, जान-पहचान ज्यादा लगती है। मन पर रेखा अधिक गहरी खिंचती है। क्रमशः ममता अधिक होती है। छोटे घर में जो जमीन तीन हाथ सोने के लिए, पहले दिन कितनी अपरिचित लग रही थी। क्रमशः ऐसी लगी, पिछले दिनों चार-पाँच देह की ऊष्मा उस पास की धरती पर ही जमा होकर सहेजी है। प्रतीक्षा में है देह की मिट्टी लपेटने के लिए। टट्टी खोलते ही सामने रास्ते पर लाल रास्ते पर ऊबड़-खाबड़ जितना दिखता, वह पहले कितना अपरिचित लगता था। देखते रहो मन के किवाड़ जो बन्द हो जाते थे, अब वैसे नहीं। सुबह होते ही युगों के परिचित संगी की तरह वह राह और उसके उस पार के ऊँचे-ऊँचे पहाड़ की छवि आँखों को अपना लेती। देखते रहो—कितनी स्मृतियाँ याद आ जातीं। पीछे की, आगे की।

परिचय हर बन्धन बनाता है।

करंज से फूल झरते देख अकारण आँखें नम हो जातीं। एक-एक दिन की छोटी-बड़ी कई घटनाएँ, उनका तार पकड़ने को कभी मन नहीं हुआ। क्रमशः लगता

है, उनमें कोई क्रम है, सब प्रतिदिन उसी समय होता है, अत: सुबह उठकर काम पर जाते समय दोनों ओर किस खेत में कौन किसान हल चलाता होगा, किस पेड़ के नीचे कौन गाय चराना छोड़ वंशी बजाता हो, पहले ही मन में दिख जाए। बाहर आँख खोलो तो लगता जैसे वही है।

यह गोधूलि का समय। छोटे घर के पास नीम की छाँव तले दो चील रोज आकाश में उड़ती उलट-पलट होती रहें। समय होने पर आँखें खोजतीं, कहाँ हैं वे? आते-आते जिस दिन देर हो जाए, वे न दिखतीं। अजीब-सा लगता। मन खाली-खाली लगता। मन में स्मृतियाँ कचोटकर रिसती हुई बाहर आ जातीं।

दिन बीत जाए। घड़ी की तरह चल रही घटनाओं पर जितनी बार नजर डालो जानबूझ कर कोई अर्थ मन में नहीं आता। पर गहरे में कोई ताल बजती। अचानक कभी पारिपार्श्विक इस छवि दृश्य में अगर कोई अभाव हो, तो मन बेसुरा हो जाता। कारण खोजो कुछ भी मन में नहीं आता।

सोचने का ज्यादा समय नहीं मिलता। मजूरी का काम इतना है। सब डूब जाता—धूप-पसीना, काम, मैल। बचे समय में दल की मौज। शाम होते ही दुखते हाथ-पाँव बिछौने खोजते। दिन बीत जाते।

धीरे-धीरे वह जीवन भी रास आ गया। फिर नयी अवस्था मन के अवचेतन जाकर चेतना फिर खोजी दृष्टि में बाहर खुल जाती। नये जीवन की अनुभूति शुरू हुई।

छ: दिन की मेहनत के बाद रविवार को काम बन्द रहता। समय हाथ-पाँव के पास छटपटाता। झरने में डुबकी लगाकर नहाना, चिकना कर बाल बाँधना, करीने से साड़ी पहनना, इनमें कितना समय लगे? साज-सँवर कर, खा-पीकर सब इकट्ठे होकर गुमाश्ता की टुँगी के आगे इकट्ठे होते। आज छ: दिन की मजूरी मिलती है। सब उत्साह में हैं। उस टूँगी के आगे लड़के-लड़कियों की भारी भीड़। पैसा मिलता है। आनन्द का उफान। आज छुट्टी वाले दिन चारों ओर खुशी है।

विदेशी धरती पर गाँव वाला बन्धन, रोक-टोक नहीं रहती। रोज मजूरी करने वालों को दूर भविष्य का परिणाम उतना बड़ा नहीं दिखता। दिन भर मेहनत, उससे बचकर जो समय मिलता है, उसमें गाँव के बाड़े के कठोर नियम-कानून के लिए किसी में हिम्मत नहीं रहती। कोई मौज करे, जो न करे वह हँसकर रह जाए। कोई किसी की आलोचना नहीं करता।

वे हैं छोकरे-छोकरी। यह उन्हीं का समाज है। खुद कमाते हैं, अपने मालिक आप हैं। गाँव दूर, गुरुजन भी दूर। सरल नियम है इनका, काम करो, पैसे लो। वे गरीब हैं, खोने को कुछ नहीं। वन राज्य में वन के बच्चे।

अत: उनका केवल एक धर्म है आनन्द करना। उन लड़के-लड़कियों के नये

समाज में आनन्द-यौवन का ही आसरा लेता है। उसकी सार्थकता वह खुद है।

नये लोग आते हैं, कुछ पुराने जाते! जो जिस धर्म का हो चाहे, धीरे-धीरे नये धर्म के प्रभाव में पड़ जाता है। आनन्द, हर कोई अपनी तरह उसे खोजता है। मगर मजूरों का उपाय है—कुछ फुर्ती, लड़के-लड़कियों का मेल-जोल।

पहले जिस दिन नये धर्म ने जिली को खींचने की चेष्टा की, वह छटपटाकर भाग आयी। उस दिन शाम का समय था। सब अपनी-अपनी आँच के पास बैठे बातें कर रहे थे। अपने घर के आगे घूमते-फिरते जिली बाहर आ गयी। उधर कुछ नशे में श्याम परजा जिली की ओर बढ़ गया। उसका पल्लू पकड़ लिया। कहा—"औ, ननी! आ...री!"

जिली गाली दे-देकर भाग छूटी। अँधेरे में चारों ओर हँसते हुए श्याम परजा का नाम लेकर आवाज देते हुए कुछ लड़कियाँ पास आ गयीं। अपने घर जा रही जिली-बिली। अनेक अपरिचित लड़कियाँ श्याम परजा को घेरे हुई थीं। किसी को भींचता, किसी पर गिरता, किसी को थपथपाता, श्याम परजा चला गया। चारों ओर हँसी का अभिनन्दन।

दोनों बहनें एक-दूसरे का मुँह देखने लगीं। विदेश में कितना बेसहारा लगता है! मगर रोज ऐसे दृश्य आँखों में पड़ते। शाम को खाने के बाद आधा घंटा इस बस्ती में हलचल रहती। आना-जाना चलता। मीठी आवाज, सवाल-जवाब होता। सीटी, गीत, खाँसना, हूँ...हाँ!

एक कमरे में जिली-बिली दोनों सोतीं। कभी नींद, कभी उनींदे। पर दोनों चुपचाप लेटी रहतीं। चौकन्नी हो उठतीं। बाहर की आवाज पर चौंकतीं। सिहर जातीं।

देखती-काम के समय बहाना कर लड़के-लड़की चुपके कहीं चल देते हैं। लौटने में देर हो जाती। कोई खोयी चीज लाने बड़े घर की ओर जाती।

कभी देखती, कोई किसी के पास सरककर-मिलकर काम कर रही है। कोई लड़का मिट्टी खोदता, दूसरी लड़की खुद सिर पर उठा देती है। कोई लड़का पत्थर तोड़ने बैठता है, लड़की टोकरी लिये पास बैठकर गुन-गुन कर गप कर रही है।

ये सब आम बातें हैं। आदत होने पर खुद आँख में आती हैं। जवान गुमाश्ता, जवान कुली सरदार, वे भी काम करते-करते किसी की देह में खुजबजाने लगते। किसी के माथे, किसी की पीठ पर हाथ फिरा सहला देते।

"काम कर...काम करो!" उनकी सतर्क निगाहें हैं। हमेशा उनकी आँखें जगह खोजती रहें। इधर आदमी की आँख वहाँ पड़ जाए तो नये का पसीना बह जाए।

ये नयी बातें मन को कचोटतीं, मानो कोई सिखाता—

"बाँध तोड़...तोड़ दे बन्धन!"

घर याद आता। बागला याद आता। बापू, भैया याद आते। कभी-कभी बिली कहती—

जिली मना करती, "कभी तो चलेंगे ही। बिना काम पैसा नहीं मिलेगा" कभी उदास हो जाती। पर सोचने की फुरसत कहाँ थी।

"मेहनत बहुत है। इतना ही रहने दो! बापू बहुत नाराज होगा, चलें!"

बन्धु आते, नये बन्धु आते। मिलकी, कमला, फूलमनी, यमुना आदि कई-कई। वे इनमें पुरानी हैं। सदा हँसी। कमला, यमुना मिलकी रोज आतीं। इतिहास सबका प्रायः समान है। उस दिन बातों में कमला ने कह दिया—

"बापू बीमार है। हाथ-पाँव फूले हैं। छाती में दर्द, माँ दूसरे मर्द के संग चली गयी। खाने-कपड़े का ठिकाना नहीं। मुझसे छोटी बहन को बापू के पास छोड़कर आयी हूँ कुलीगिरी करने। पहले शुरू-शरू में अकेला लगता था। बहुत बुरा लगता। सलमन मिस्त्री मेरे पीछे पड़ा कमला-कमला करता साथ फिरता। आखिर एक तरह से रख ही लिया। रखा है, मगर उससे बँधी नहीं।"

पर तभी—कमला हँस पड़ी। इशारा कान के सोने के बाले और साड़ी की ओर था।

सब ऐसी ही गप्पें मारतीं। जिली-बिली को नया-नया अटपटा लगता।

एक बार। पहली रात। तीनों सहेली बुलाने आयीं। रोड गुमाश्ता कल का बाजा लाया है, बजाएगा, चलो सुनें!

सब मिलकर चलीं। गुमाश्ता के घर के पास कई लड़कियाँ और भी थीं। गुमाश्ता लालटेन लगाये झोंक में पुराने हारमोनियम पर अलाप रहा है। पास में तीन मिस्त्री भी हैं।

"अरे, वहाँ क्यों? अन्दर आ आओ...आओ।" जिली, बिली आगे सरकीं। कुछ समय ऐसे ही कट गया खड़े-खड़े। अचानक प्रकाश बन्द हो गया। फिर अँधेरा। उसी में खींचा-तानी। जिली-बिली और यमुना खिसककर वहाँ से आ गयीं। राह में यमुना हँसी।

"मुझे क्यों खींच लायी? देख तो?"

जिली-बिली हँस पड़ी। जिली ने कहा—

"रहने दो बस! बस आज इतना ही।"

कभी वे गुस्सा होतीं। रोज गुस्सा नहीं हुआ जाता।

प्रतिदिन शाम में कहीं-न-कहीं नाच का ठिकाना रहता। किसी को किसी दिन हेड कुली के हाथों खबर आती—रोड गुमाश्ता की टूँगी में हारमोनियम सुनने चलना है। अतः सब तैयार होतीं। कुली के पैसों से घुँघरू खरीदे जाते, डुगडुगी के तार खरीदे जाते। साबुन-तेल खरीदा जाता। चार पैसों वाला सुगन्धी तेल, जो छोटी बोतल में होता।

गुमाश्ता पच्चीस वर्ष का जवान छोकरा, कच्ची-कच्ची मूँछें, गोरी देह। दिन भर धूप में साइकिल पर मेहनत का दूर-दूर का चक्कर काट लौट आता है। शाम के बाद उसका विश्राम।

आँखों-ही-आँखों में वह तौल लेता है। कई छोरियाँ उस पर खुद ही मरती हैं। किसी को वह मुँह खोल कह देता है। मगर इतने अनुभव के बाद वह समझ रहा है कि जिसके लिए वह प्यासा है, उसके संग साफ-साफ आमने-सामने बात नहीं हो पाती। खोलकर कह दो तो आधा आनन्द नष्ट। अतः जरा चोरी छुपे, जरा कारसादी जरूरी है।

इन बातों में उसके हाथ में सहारा देती दो बुढ़िया, रामी और मोती हैं। 'चिन्द्री वाली रामी।' यही कहकर बुलाते हैं। अनेक देशी-विदेशी लोग ऋणी हैं वहाँ। शाम ढलते ही खाना-पीना खतम। गुमाश्ता हारमोनियम पर गला साधता है। फिर बिस्तर पकड़े। तब लगता है पाँव में, कमर में दिन भर की टीस, दरद, कहता—''रामी...जरा दबा देना!''

रामी, मोती दिन भर कुली करतीं। गुमाश्ता के घर को साफ करतीं, झाड़ू कर देतीं। उनमें कोई पाँव-कमर भी दबा देती।

पाँव दबाते-दबाते बातें होतीं। गुमाश्ता कहता—दिन भर की अनुभूति, आशा की बात, मोती या रामी कहती दिन भर की चेष्टा के फल की बात। कुछ समय कट जाता। घर में छोकरी को बुलाकर रामी कहती—''आ, जरा-सा काम है, मेरे हाथ दुःखने लगे, बूढ़ी औरत ठहरी।'' रामी बाहर चली जाती।

रोज ऐसी कई कौशल की बातें। कायदे से यों कहो तो वही कविता है। कभी किसी के घर पर कमर में पुड़िया छुपाकर रामी ले जाती। कभी फूल दे आती। कभी साबुन की टिकिया या पीतल की माला।

हाथ में ठूँसकर कहती—''गुमाश्ता जी ने कहा है—शाम को गीत सुनने आना।'' हँसकर रामी उस लड़की की चिबुक हिलाती। किसी को गौर से देखती। किसी को सहलाती। ''सच, कित्ती सोहनी हो!''

अब रामी की उमर ढल गयी है। इसी देन-लेन, भेंट-मुलाकात में मन हुलसता। सब मानो उसी की लीला है। पराये खेल को अपना कहती। अकेले में

खुद को बहलाकर टूटे आईने को पकड़ अपना चेहरा देखती। सफेद बाल कान के पीछे धकेल देती। माथे पर फूल खोंसती। गुनगुनाती हुई वह छोरा-छोरी की हाट में जाकर सब भुला देती।

रामी ने जिली-बिली का पीछा किया। उस रात में हारमोनियम सुनने के बाद। अलग-अलग एक-एक से बातें करती। अलग बुलाकर कहती—

"लोग कहाँ-कहाँ नहीं जाते। तू मुँह सुखाये क्यों बैठी रहती है?" आकर फूल देती, बालों में खुद ही कंघी कर देती। मीठी-मीठी बातें करती।

कभी गुमाश्ता खुश होकर एक-दो पैसा खुद दे देता। पैसे से रामी का पेट नहीं भरता। पेट भरता काम से। मँगनी लगाने में। मानो इसी के लिए वह पैदा हुई है। लड़कियाँ उसे पकड़तीं, लड़के पकड़ते। दोनों ओर की पकड़ा-धकड़ी में उसका मन भर जाता। पेट से हँसी उछलती, भर जाती दोनों ओर।

वह अधेड़ है, पर लड़के-लड़कियों के बीच एक सीढ़ी है। पाँव की आवाज में चेतना लौटती, यौवन जाने के बाद भी अपनी छाती जोड़कर सदा श्यामला बनी रहती मन-ही-मन।

न कोई बन्धु, न कुटुम्ब। विदेश की धरती पर दिन भर मेहनत करती है। शाम को बहुत उदासी लगती। पीछे-पीछे रामी, उसकी हँसी, बातें, फुसला-फुसली। आगे-आगे समुदाय के और दस आदमी। उनका केवल दारू, नाच, गीत बिना संकोच के सटे-सटे रहना और मेल-जोल।

कोई छोकरी सात दिन मुँह फुलाये रहती। कोई पन्द्रह दिन बाद में फिर खुद सब सहज हो जाता। नाच मजलिस में कोई जवान किसी नवेली का अनायास हाथ पकड़ खींचे, मुँह से ना...ना करे, मगर कदम-दर-कदम खिंचती हुई ओट में भागती चली जाती।

उदास लगना पहली सीढ़ी है। फिर लड़की संगी-साथियों की मौज, मजलिस की ओर सहज भाव से देखती। उनके आनन्द में हँसती। पर उनकी राह चलने को कहो तो सिर्फ कहेगी—"नीचू...नीचू..." (ना-ना)

मगर कितने दिन? पीछे रामी, आगे की ओर बलिष्ठ पशु अभिसार! दूर देश, अनजान धरती। यहाँ मुरबी लोगों की लाल आँख नहीं, समाज का डर नहीं।

रातें कटतीं। धूसर आँखों में जिली-बिली नाम मात्र को बिस्तर पकड़े रहतीं। वंशी सुनाई पड़ती। डुगडुगा सुनाई देता, रोड गुमाश्ता के हारमोनियम की आवाज बन्द किवाड़ पर थिरकने लगती और मर जाती। दोनों बहनें हाँय-फाँय कर साँस छोड़तीं।

संस्कार कई बातें ना करना सिखाता है। परन्तु वह सब रहता है मन में। खून में उसकी रेखा नहीं पड़ी। यौवन की जरूरतों में समाज की बनायी बूढ़ी कठोरता

एक किसी कोने में पड़ी रहती।

डुगडुगा की आवाज छाती पर हथौड़े-सी लगती। जिली देखती बिली की ओर। बिली जिली की ओर। एक के लिए दूसरा ही समाज है, और कोई अन्य नहीं।

अँधेरे में टटोलकर यह उसे, वह इसे, कसकर थामे रहती—कहती—''नींद नहीं आ रही?''

दोनों हँसतीं। परस्पर को जकड़े पड़ी रहतीं। नरम देह पर मजूरे हाथ का सहलाना, नारी हाथ हो चाहे, मन में कितने सपने तैर जाते। नस-नस में ढेर सारी नींद भर जाती। सपना देखते-देखते नींद आने लगी।

बाहर मेघ की गरज सुनाई देती। अँधेरा घिर आता। अपनी-अपनी करवट लेकर सो जातीं।

ऐसे ही एक दिन बिली काम पर गयी थी। सिर में दर्द हो रहा था। जिली सोयी हुई थी। रामी ने आकर पास बैठकर बात छेड़ी—

इधर-उधर की चर्चा के बाद रामी ने कहा—

''गुमाश्ता तेरे बारे में पूछ रहा था। आज वहाँ गीत सुनने जाओगी?''

जिली ने कहा—''हमेशा इतने लोग तो गीत सुनने जाते हैं। मेरे न जाने से क्या होगा? मुझे ले जाने को उसका इतना मन क्यों है?''

हँस-हँसकर रामी ने कहा—

''जाएगी तो तुम ही पूछ लेना। बता देगा।'' जिली कमजोर पड़ रही थी। कहा—

''छि:, बुरा है! मैं ना...ना!''

रामी ने पीठ पर हलके से धौल जमाकर कहा—

''इत्ती-सी छोकरी! बुरा-भला क्या जानती है? हमारे देसीया कुल में जिस पर मन, वहाँ जाना। मन न माना तो लौट आना। इतना बुरा-भला क्या कहती हो? इतने लोग फुर्ती करते हैं। सब जो करते हैं, उसमें क्या बुरा है? या फिर यों मन मसोसकर अपने आप में ही पड़े रहना बुरा? छि:-छि: कैसी धाँगड़ी हो तुम? ऐसा रूप, ऐसी नजर, पड़े-पड़े मिट्टी कर रही है!''

उभान हो रहे दम्भ को समेटकर जिली ने कहा—

''मैं कल घर लौट जाऊँगी। मैं, ना...ना।''

रामी ने कहा—

''जा, घर लौट जा। पगली! मैं क्या समझ दूँ, तुझे! खाने को दाना नहीं, तन ढाँपने को कपड़ा नहीं। रात-दिन गारे-कीचड़ में तू मेहनत करे! कुलीगीरी में कैसे

सोने-सा बाबू है! खाना, तेल, गहना फैलाये बैठा है। हर बात में बुरा-बुरा दिखता है, ना-ना करे!''

''अरी! तेरा ये रूप! माथे में तेल न दिया, न सही। अच्छा-भला कपड़ा न मिला, कोई बात नहीं। खाना अगर भरपेट न मिला, यों तू कब तक चमकती रहेगी? उमर जा रही है या आ रही है?''

गरीब की जबान पर बुरा क्या-भला क्या? फिर विदेश में कौन तेरी चोटी पकड़ता है?

''जितनी धाँगड़ी को उतने धाँगड़ा चाहिए। धाँगड़ा न हो तो धाँगड़ी का गर्व किसके लिए?''

हम गरीब! जो हमें पालेगा-पोसेगा, सिर पर उठाये, आदर करे, हम उसके हैं, वह हमारा है।

''कहाँ पर तुझे ऐसा धाँगड़ा मिलेगा? इस गुमाश्ते की तरह का? देखने में जैसा, गुण भी इसके वैसे ही। क्या कुछ न देगा वह तुझे? उसे पाने पर क्या कुली रहोगी? नाम भर कुली होगी। सब अच्छा-ही-अच्छा होगा, खाना, कपड़ा, सोना-गहना...सब बैठे-बैठे पाओगी। फिर वह छोकरा, हमारे देश का होता तो, कहीं से भी एक धाँगड़ी उठा लेता। पर नहीं, तेरे लिए वह छटपटा रहा है। सजधज कर रहता है, शायद तुम कब आओ।''

कितनी धाँगड़ी मुझे पकड़ने चली। मैंने मना किया। ना, जिसका जो है! जिली बताकर रात में उसे किसी को भी थमा जाऊँ। जो धरम-अधरम होना था, हो गया है, और अब बुढ़ापे में अधर्म क्यों करना?

तेरे लिए कितनी मिन्नत करता रहता है...मेरे पाँव पकड़कर कहता है—''रामी! उसके सिर का बासी फूल ही एक ला दे। उसे मैं जेब में रखूँगा।''

रामी बैठे-बैठे खींचकर गहरी साँस लेती। जिली में जोर न था। सिर लटका कर जमीन पर नाखून कुरेदने लगी।

अचानक सिर ऊपर कर रामी का हाथ थाम, खाली गले से जिली कहने लगी—''क्या डर नहीं लगेगा? रामी?''

रामी ने उसे बाँहों में भर लिया, सान्त्वना में कहा—''कैसा डर? कोई क्या कर लेगा? कोई क्यों जानेगा? कोई डर-फर नहीं। मुझे सब पता है।'' जिली को कहने का मौका दिये बिना रामी उठकर चली गयी। जाते-जाते कहा—

''मैं फिर आऊँगी, शाम को।''

जिली ने एक बार चारों ओर आँख फिरायी। कहीं कोई नहीं। एक पल में सिर-दर्द गायब था। लाज, शर्म, देह की भूख, सब गड़मड़ कर एक हो गये। वह सोने की चेष्टा कर रही थी।

उस दिन शाम में फिर बादल गरज रहे थे। रोशनी टिमटिमाती। रामी उपेक्षा कर आयी। जिली को बाहर बुलाया। वन गुलाब के फूलों की माला जूड़े में चारों ओर बाँध दी, कहा—"बाबू ने भेजी है। माँड़ खाने के बाद फिर आऊँगी बुलाने।"

रात गहरायी। माँड़ खाना खतम हुआ। इधर-उधर मजलिस घरों में डुगडुगा बजा। इधर-उधर वालों की भीड़ जमी। जिली बाहर निकली। रामी ने उसे पकड़ा। सफेद पतली हलकी चादर अपनी देह पर और जिली की देह पर अच्छी तरह ढाँप दी। उसे धीरे-धीरे चलाकर ले गयी गुमाश्ते के टूँगी घर की ओर...।

आधी रात में जिली अपने घर में टट्टी धकिया अन्दर आयी। बिली अकेली लेटी हुई थी। पूछा—

"कहाँ गयी थी अब तक?" लड़खड़ाती हुई हँसी की चेष्टा में जिली ने कहा—"नाच में गयी थी।"

बिली ने कहा—"ठीक है, थक गयी होगी। सो जा तू!"

बिली ने तय किया। और क्यों? अब किसका डर। मैं भी आगे नाच में जाऊँगी। मगर मन भारी हो गया। इतने दिन में आज पहली बार जिली और बिली के बीच दीवार खड़ी हो गयी! मन में कैसा मान भर गया। उसका स्वरूप ठीक से समझ में नहीं आता, और जबान खुली नहीं।

जिली का मन बहुत दुःखी है, मगर देह में शान्ति। आँख में नींद झलमला रही, दिमाग में सब गोलमाल। उसने कुछ नहीं सोचा। चुपचाप सो गयी।

दिन बीतने लगे। रामी के और आने की जरूरत नहीं रही। गुमाश्ता मौका देखकर अपनी मरजी से ही कहीं जिली के संग भेंट करता, कहीं बिली से मेल करता। कोई पीछे नहीं रहती। जब गुमाश्ता न आता, दल में नशे-पानी में कोई दूसरा खींच-तान करता तो भी जिली-बिली संकुचित नहीं होतीं। समूह में धाँगड़ों को झुंड में घेरकर और दस छोरियाँ जैसे हें-हें, फें-फें करती हैं, लोटपोट होतीं। पकड़ा-धकड़ी करतीं। वे भी वैसे ही उनमें मिल जातीं। सब कुछ देह में सहना पड़ गया। यह सब आदत की बात है। मन पर उसकी खरोंच तक नहीं रहती। सोचकर अच्छा लगता।

क्रमशः दोनों बहनें एक बात पर चर्चा भी करतीं। तब उमर का फर्क टूट गया। समूह में सब लड़के, सब लड़की। सबकी उमर बराबर थी।

एकान्त में जिली और बिली अपनी-अपनी सम्पदा टटोलकर देखतीं। एक-एक रुपया कलदार, दुअन्नी, चवन्नी, रंग-बिरंगी नयी साड़ी, छोटे-छोटे साबुन, सुगन्धित तेल, माला, कंघी, अँगूठी। कई प्रकार की सम्पत्ति!

आगे-पीछे कुछ याद नहीं आता। अब काम की भीड़ भी नहीं। रोजगार बहुत, नाच, मौज। जीवन की पूर्णता में भला-बुरा सब भूल जाए।

मेघों की गड़गड़ाहट में दुनिया की ओट में टिमटिमाता खाली घर याद आता।

विदेशी चटीघर में मन खुद ही उसकी ओर ढुलक जाता। वह उदास कठोर छवि। दया आती, मगर भूल नहीं पाती। उसी चटीघर के पीछे दोनों बहनों ने खुदाई कर समतल बना वहाँ पर खुलम-खुले कुम्हड़े के बीज, पेठे के बीज, तोरई के बीज बो दिये। गुमाश्ता के घर के आँगन से वन गुलाब की डाल और मोगरे की पौध लगायी। सब इन्तजार में थे मेघों की। इन्तजार में आशा जिन्दा रहती। खुदाई-बुवाई चली।

अब शाम होते ही दोनों बहनें अच्छी तरह बालों का जूड़ा बाँधतीं। फूल खोंसतीं। बिली कहीं नाच में जाती। जिली जाती गीत सुनने।

अब समूह में वे सबके बराबर हैं। अपनी कर्त्ता वे खुद थीं—स्वाधीन।

लड़कियाँ एक साथ पास-पास धक्कम-धक्का करतीं रास्ते पर रोलर में जुततीं। खींचती जुतकर। पहली बौछार छींटती जातीं। कपड़े-लत्ते भींगते। चेहरे से पानी बह जाता। छाती से छाती टकराती। किसी के मन में दु:ख नहीं। वे सब हँसी-हँसी में रहतीं।

गीत गातीं क्योंकि वे एक नहीं, अनेक हैं और वे सब स्वाधीन हैं।

आकाश में मेघ गरजते। उनमें केवल बीते-बुझे दिनों की बात याद आती, मन में कचोट उठती, सिर भारी-भारी लगता। जेठ आधा। बदलियों के छींटें जाकर अब बड़े मेघ घिर आये। रात-दिन बरसा। आकाश मटियाला-हरा, मालभूमि की बरसा, सूरज दिखाई ही न दे।

बरामदे में कहीं सिमट-गुमट बैठकर चलती पानी की धार देखते रहो, धूँगिया पीने पर केवल चिन्ता के मेघ घिरें,, उसी में बाँके मोटे पानी की धार की छाया की तरह कई प्रकार की चिन्ता आती। छाती थर्रा देती। मन करता हाथ बन्द कर सोये रहें, उस कान स्तब्ध कराने वाली छप्पर-छप्पर की आवाज में।

मेघ के उस जाल में आगे भविष्य कितना दिखे? थोड़ी दूर ही तो। फिर-सिर में सब गड़मड़ हो जाता।

मानो समूचा आकाश उमड़कर झर जाएगा। शाम ढलने जैसी अधमरे दिन की मुरझायी छवि। दूर केवल मेघों का नाच, धरती-हवा सब मिल कुछ ऊपर उठता-गिरता लगे। वर्षा में!

जिधर देखो छोटे-बड़े पहाड़। ऊँचे पहाड़ पर धवल मेघ की चोटी पैनी हो ऊपर उठ आकाश में मिल जाती। नीचे मेघ की धुआँ भँवर की तरह ऊपर उठती। वर्षा आती दिखती, जाती दिखती। वर्षा की झड़ी लगी रहती, और शब्द! बर्छे की

नोक की तरह पानी की धार छिटक-छिटककर तिरछी पड़ती।

पहाड़ी देश में झोंके आते। रात होते ही कें-कटर की आवाज बीच-बीच में रुँधे होने की तरह रुलाई की झंकार पानी मिले हवा में खोजते हुए, खोजते हुए चलती। बड़े पेड़ के पत्तों की सन्धि में टप-टप पानी की बूँद झरती।

देह में पेंग, किरिच, कुसुम, महाकाल तेल मलकर, छाती और पीठ पर पत्ते बाँध, बरसाती में छतरी लिये बँधुआ का झुंड भींगी मिट्टी पर काम में जुटा रहता। दिन भर भीगे रहें। ऐसी घोर वर्षा में भी विश्राम नहीं।

हाथ-पाँव मशीन की तरह काम करते। पर मन कैसा भी रहता। मन में छुपा दर्द मौका देख निकलकर घेर लेता, मन में हाँव-हाँव करता।

शुक्रू ने माँडिया से कहा—

''ऐसी बारिश आयी! माँडिया, लड़कियाँ तो भीग-भागकर मर जाएँगी, हम कुछ कर ही नहीं सकें।''

''और क्या करें, बापू! हम यहाँ...''

''वो, बन्धक की बात। फिर कहकर देखें दुबारा साहूकार से। क्यों क्या कहता है रे तू?''

''कितना तो कहा। फिर कहे से क्या सुनेगा वो? फिर बापू, इतनी हालत जो हो गयी। बरसात के दिन में महुवा कुछ राँधकर बेचने से कुछ पैसे मिलते? इस जाड़े में तेरे भी बहुत काम आता। कौन सालटू आता है इन दिनों यहाँ? दस रुपल्ली पाते तो कहीं कुली-मुलिया लगाकर गाँव की भूमि पर हम भी अपनी खेती करा लेते!''

''बेटे, वो बात जबान पर नहीं लाना। कोई तुम्हारी तरफ का जाकर सालटू को इनाम के लोभ में कह देगा, कितने झमेले खड़े कर देगा! बोल सही! ना, जमीन की बात और नहीं सोचना। भूमि चाहे जाए, सारी जाए, चाहे इस वर्षा में हम भूखे-प्यासे रहें। घर के कोने में पड़े रहें, जरा चैन से! अब हम यहाँ, लड़कियाँ वहाँ, किस मुश्किल में पड़ गये हम! सुबह एक बार कहकर देख लें। फिर जो होता है, होगा।''

''ठीक है, तेरी इच्छा, बापू!'' माँडिया चिन्ता में पड़ गया।

रात में और ज्यादा बातें नहीं हो सकीं। शुक्रू जानी आँख मींजने पर देखता-वर्षा की धार में दोनों लड़कियों को। सोचता—हर हाल में जमीन बन्धक रखनी होगी। माँडिया जानी सपना देखता—फिर सोचता जमीन पर हल चलाये क्या? टिकरा सात-पाँच नहीं सोचता। बरसाती शीत में बिछौना बहुत निवाया लगता, देह उसको याद करती है।

अगले दिन सुबह। खेत में बुआई करने जाते समय, मक्का के बीज लेते समय

शुक्रू ने लड़खड़ाते स्वर में साहूकार के आगे फिर बात रखी—

"साहूकार! मेरी जमीन की बात पर क्या विचार किया?" साहूकार ने आँखें तरेर गला फाड़कर कहा—

"कैसी जमीन रे? ओ हो! वो बन्धक रखने की बात? उसके लिए इतनी हड़बड़ी क्यों? मुझे जमीन की जरूरत भी क्या है?"

"लेगा नहीं?"

"तेरे संग बात करने की फुरसत नहीं मेरे पास अभी। आ जल्दी काम पर जा, तू!"

"तो, दो दिन सील (छुट्टी) दें मालिक! दूसरे किसी आदमी से कहूँगा।"

"अच्छा, अभी जा, वो बात बाद में सोचेंगे।"

शुक्रू मुँह सुखाये चला आया। बाद में साहूकार ने सोचा, ज्यादा पाँव पसारना ठीक नहीं। एक बार जल्दी ही यह जमीन देख लेनी चाहिए। मेरे पास बहुत है, पर नयी कमाने में ढिलाई क्यों? खासकर ऐसी सुविधा में। पहले बन्धक रखो, धीरे-धीरे आत्मसात कर लो, बाद में उसके पास और कुछ हो, उसके लिए हाथ बढ़ाना, यही तो उपाय है। वह चाहे जमीन हो, सोना हो, या कोई और द्रव्य हो।

साहूकार ने सोचा—पहाड़ के ढलान में झरने के पास की जमीन कमला लगाने के लिए बहुत अच्छी है। उसने कन्ध लोगों से कई सन्तरें के बाग हासिल किये हैं। कुछ और भी तो चाहिए। सन्तरे या फिर कॉफी, कुछ न सही तो अच्छा कोई बगीचा ही बनेगा।

अपने हिसाब से सोच निर्णय किया—उस ओर एक बार घोड़े पर चढ़ घूम आने में भी क्या हर्ज है?

दूसरे दिन शाम को अपने गाँव वाले बारीक डोम को भेजा—

"जाकर देख आ।"

अगली शाम बारीक डोम ने आकर चुपके से खबर दी—

"सब ठीक है। खूब सारवान जमीन है। धान को, गन्ने या गेहूँ को, काम की जमीन है। हाथों से छोड़ना ठीक नहीं।"

अगली सुबह साहूकार ने शुक्रू जानी से कहा—

"शुक्रू, ठीक है, कल हम तेरी जमीन देखने चलेंगे। तू हमारे साथ चलना। मगर होशियार! अच्छी जमीन न हो तो बन्धक न रखूँगा। अगर बन्धक रखी, तो छिड़नी...ज्यादा नहीं होगी।"

शुक्रू परजा खूब खुश। बेटे से कहा—"साहूकार आज तो वैसे ही बोल रहा है। जमीन देखकर खुद ही छिड़नी बढ़ा देगा। फिर बाद में मैं जाऊँगा बेटियों को लाने।"

उस रात वर्षा खूब हुई, घनघोर अँधेरा। साँय-साँय हवा सियार के बिल में घुसने की तरह बँधुआ के घर में किसी तरह भी घुसती रही, आग तक को टिकने नहीं दिया। जलते कोयले के टुकड़े सारे घर में बिखर गये। जमीन बन्धक रखने पर कैसे क्या करेगा इसी बात पर कहते-कहते शुक्रू पीरी घास के बिछौने पर पता नहीं कब सो गया। टिकरा सोया, माँडिया का मन नहीं समझ सका। सोचा-साहूकार किसी-न-किसी कौशल से ठगकर जमीन ले ही लेगा। अपनी कहने लायक बित्ते भर जमीन भी बची नहीं रहेगी। बाहर जैसे बँधुआ, गाँव में भी बँधुआ।

सोचते-सोचते सिर चकरा गया।

उफ्! मेघ घनघनाते गरजते रहे। घोर अँधेरा!

मन दब गया। बहुत अफसोस हो रहा है, किसके लिए है अब? जमीन या घर? कजोड़ी खो गयी है। बिली और जिली...!

मगर इन्हीं दिनों, ठीक ऐसी बरसाती रातों में, धाँगड़ा बसाघर में कितनी बार मैंने डुगडुगा बजाया है, धाँगड़ी बसाघर से कजोड़ी धीरे-से उठकर चली आयी है। पास-पास बैठकर दबे गले में गीत मिलाया है, ऐसी रातों में कई-कई बार। दबे-दबे कहा—

लिया नहीं मुझे माँडिया!

मुँह दिखाने का छल करता!!

कैसी घनघोर बरसाती रात! कानों को कुछ न सुने। न कुछ दिखता है। मन की कजोड़ी बाहर आ गयी। मेघों की उलट-पुलट में सब मानो करवट बदल रहा है।

टटोल-टटोल डुगडुगा निकाल माँडिया जानी ने तान लगाकर गीत छेड़ा—

जाइ हेलु बोलिमि। मलि डाडु बोलिमि॥
बाँदुनियाँ जुलोई। एलुटिओ कोषोईं॥
हिन्दी देकु तेबेनि। बेगि काचु अबेनि॥
जाणुलारु एतेकु। सिकु डोरु सेतेकु॥
कएँ केलु रुबेकु। सोड़ि केलु रुबनि॥
मारानुरु दसिड़ु। डँगरकु तसिड़ु अरु गुरेरु॥
जेटु आणु मारुलि। बरसा दुलि आसुलि॥
अन्दारु हो मलुकोएँ। बिजुलि हो जुलुकोएँ॥
लद्दू बोद्दि अइलि। जाड़ु बड़ु होचुलि॥
सोड़ा मारि गीतु रे। नेर्का माटि गीतु रे॥
लिपु जण लिपुलि। लिपु तारा लिपुलि॥

जतारु हों हिएंति। गड़ुरु हो चेंदेलि॥
सने पाणि झिपुलि। रुहलिह झिपुलि॥
गाड़ु गलि कुन्नानि। जड़ि गलि कुन्नानि॥
जाणु राए राबुनुँ। शुनु केड़े कदम्मु॥
बिचुले हो मिड़ुले। नेडे पाणि काडुले॥
जतारु हो हिंयति गड़ुरु हों चेंदेलि॥

बरसात की घर्र-घर्र में अपना गीत उसने खुद सुना। हँसमुख चेहरे पर तीखी आँखें, उसने गाया—लौट आयी हैं कितनी पुरानी खुशियाँ, सुख की स्मृति, मन का मान, चुपके गपशप, वह और कजोड़ी मिलकर करते। गीत जम गया। धीरे-धीरे होठों से उतरा—

"कजोड़ी!"

नाम आते ही सपना टूट गया, बाहर सनसनाती हवा। झरता स्रोत। घोर अँधेरा!

कजोड़ी मना कर चली गयी है।

कुछ समय ऐसे ही बैठकर बाहर मेघ का गीत सुनता रहा। साँय-साँय करती हवा के संग हाँ-हाँव करता मन हाहाकार कर उफन उठा। मेघ की तरह वह भी फफक उठा। माँडिया जानी रो पड़ा।

एक-एक कर स्मृति, एक साथ मिल-जुल नुकसान, अपमान, गुस्से, मान की सारी कारी लगी स्मृतियाँ वह ढाँपकर रखे था, सब मानो एकान्त में अँधेरे में खुल गयीं। कजोड़ी की परिचित हँसी, हँसमुख चेहरा दिख गया। आज वह अकेला, खो गया कजोड़ी में आमने-सामने होकर।

कजोड़ी जितना हँसती, माँडिया जानी उतना रोता रहा। चाहे जमीन जाए, चाहे घर, साहूकार सब ठगकर खा-पी ले। उसका सारा सुख खत्म हो गया है, कजोड़ी अब कभी उसकी नहीं होगी।

आषाढ़ आधा होने आया। घोड़े पर चढ़कर साहूकार जमीन देखने चला। पीछे-पीछे शुक्रू जानी, माँडिया जानी। अपने चिर-परिचित गाँव में। जहाँ बाँबी पर चढ़कर खड़े होने पर लगता राजा है कोई! वहाँ आज साहूकार के बँधुआ के रूप में आने में बड़ा संकोच लगा। पर और कोई उपाय नहीं।

बारिश की बौछारों के बीच हलकी फाँक होते हुए वे चले।

शुक्रू जानी घर जाने को विकल हो रहा था।

माँडिया को साहूकार के पास बिठा छटपटाकर सूने घर में घुसा। चारों ओर

हाहाकार। जगह-जगह छप्पर उड़ गया है। कहीं छान और छप्पर मिलकर झूल रहे हैं। बड़े-बड़े छेद में से पानी गिरा है अन्दर। जगह-जगह घर के कोने में दीवार पर बरसा की धार के सहारे घास और काई सेवार उग आये हैं।

सब उलट-पुलट! हाहाकार ही हाहाकार!

अड़ोस-पड़ोस वाले हॉल पूछने आये।

"अरे, शुक्रू! साहूकार को लेकर आज किधर आया?"

शुक्रू जमीन के पास गया। तमाशा देखने आस-पास बस्ती वाले भी झुंड में पीछे-पीछे पहुँचे। तरह-तरह के मन्तव्य देते रहे। कोई कह रहा था—

"खुद तो एक तरह से गिर गया है। अब बाहर से एक आफत लाकर गाँव में क्यों भरती कर रहा है?"

साहूकार गौर से जमीन को चारों तरफ देखता-फिरता रहा। अपने हिसाब से अन्दाज कर लिया। कमला लगाने के लिए झरने के पास ढलान की जमीन, गेहूँ के लिए यह चक, और बेढ़ा की जमीन...उसमें गन्ना अच्छा होगा।

बाहर से वह एकदम अनमना लगता है।

"यही जमीन दिखाने इत्ती दूर लेकर आया? पटकार, ताँतर कहीं के! क्या है यहाँ?"

"देख, देख साहूकार गुस्सा क्यों होता है? हम रैयत आदमी हैं, झूठ नहीं बोलते। खूब अच्छी जमीन है।"

जमीन देखना पूरा हुआ। फिर बस्ती की बात। मूँछों पर हाथ फिरा इधर-उधर देखता रहा साहूकार। उसकी नजर छोरियों पर थी। वे उसे देखतीं, वह भी उन्हें। कभी हँसे, कभी आँख टिमटिमाये।

लड़के घोड़े के पीछे दौड़ रहे थे।

भीड़ देखकर उधर कजोड़ी आयी थी। माँडिया के संग भेंट हुई आमने-सामने। कजोड़ी हँस पड़ी। माँडिया अनजान-सा उसे मुँह लम्बा कर ताकता रहा।

साहूकार ने चेहरा देख, जीभ से होठ गीले कर माँडिया से पूछा—"ये छोकरी कौन है?"

कजोड़ी भीड़ में पीछे कहीं छुप गयी।

साहूकार चलने को उठ खड़ा हुआ। गाँव के इतने लोगों के बीच साहूकार से अनुरोध करने शुक्रू खड़ा हुआ—

"दो दिन सेल (छुट्टी) दे दें मालिक!"

प्रभुत्व जाहिर कर कड़े स्वर में हाँक लगायी—

''ना...ना...अभी काम बहुत है। चल मेरे संग।''

गाँव भाई गाँव के छोर तक झुंड बनाकर गये। नायक ने पूछा—''जमीन की बात का बन्दोबस्त तो किया। ठीक है। पर लगान के लिए अकेला तू ही दायी होगा? ठग देने से नहीं चले!''

''कहाँ, जमीन का बन्दोबस्त हुआ? साहूकार लेगा या नहीं, अरे इसे तू ही ले ले!'' नायक ने सिर हिला दिया।

लौटकर अपने गाँव पहुँचने के बाद साहूकार ने कहा—''जमीन लूँगा, यदि बात-चीत ठीक होगी तब।''

शुक्रू ने कहा—''बन्धक में ले। तू जमीन भोग कर। लगान दे। माँडिया या मेरा बँधुआ खोल दे। साल के दस रुपये खिड़नी (चुकता) करने का तय रहे। जब रुपये चुक जायें, जमीन छोड़ देना।''

साहूकार कड़क चिल्ला उठा—''ओह, बड़ा चुकता लगाया! दस रुपये दे दूँगा! इसके अलावा फिर बन्धक से आजाद कर दूँगा—फालतू ही में मुझे दिन भर दौड़ा-दौड़ाकर मारा!''

माँडिया ने हँसी में कहा—

''तो फिर वैसे ही ले जा साहूकार। हमें तो लिया है, अब जमीन भला कितने की होगी...!''

साहूकार ने आँखें तरेरी—

''अरे, देखना ठहर जा तू! मेरे रुपयों को पत्थर-कंकड़ समझ रखा है? देख, देखना!''

वह रात बीत गयी।

अगला दिन भी गया।

काफी तर्क-वितर्क के बाद तय हुआ—केवल बूढ़ा शुक्रू ही बँधुआ से छूट पाएगा। उसे छोड़ने के बदले साहूकार जमीन भोगकर राजा का लगान देगा। जिस दिन एक साथ एक बँधुआ के पच्चीस रुपये साहूकार को चुका देगा, उस दिन वह जमीन छोड़ देगा। शर्त यही रही।

ऊपर धर्म, नीचे धरती माता। पास में दस-पाँच बँधुआ—इतने गवाह रखकर जबानी की बात में शर्त पूरी हो गयी। वहाँ जबान-ही-जबान में जमीन हस्तान्तर हो गयी। शुक्रू जानी को छूट मिल गयी।

शुक्रू जानी लाठी-कौड़ी लेकर घर लौटा। आज वह मुक्त है। पर कैसी मुक्ति है? माँडिया रहा, टिकरा रहा, बाकी वह!

न जमीन है, साथ में कोई सहाय या भरोसा नहीं। अकेला बूढ़ा। निर्बल, असहाय।

गाँव का अकेला वह टूटा घर। साँय-साँय निगलने जैसा लगा। कहीं कोई नहीं। धूम-धाम वर्षा। बरामदे में या किसी कोने में सिर छुपाने को भी वहाँ जगह नहीं।

घर में एक कोने में बेटों के दो टूटे डुगडुगा, चमड़े पर फफूँद लग आयी। इधर-उधर लड़कियों की फटी-पुरानी एक-दो साड़ी पड़ी हैं।

यही घर कभी चहल-पहल भरा था।

आज सब चुपचाप है।

दिन में ही चारों ओर से अँधेरा घिर आता है, केवल साँय-साँय, हाँय-हाँय। बस्ती में कभी कोई चोर की तरह इधर-उधर आते-जाते। पानी की भाप में सब बुझ जाता।

हथेली पर गाल रख गीली कोठरी में टूटी चटाई पर लेटकर शुक्रू जानी केवल हाहाकार सुनता। कभी आग सुलगाकर माँडिया का माँड़ दो कटोरे उबाल लेता। उसे पी लेता। फिर निकम्मे की तरह पड़ा रहता। गाँव में घूम आने को अन्दर से कोई कुरेदता।

आज उसकी कोई जमीन नहीं, बन्धु नहीं, बच्चे नहीं-सूने घर में खाली मरी-खोई स्मृतियों की छाँव, और अकेला बूढ़ा जाड़े में थरथराता।

मन का दर्द मन में बुझाकर कुछ दिन यों ही कट गये। शुक्रू जानी उठकर खड़ा हुआ। दिन-पर-दिन मन उफनता रहा, जाकर दोनों बेटियों को ही ले आऊँ। केवल सोचता, कोई रास्ता नहीं दिखता। ले आऊँ, परन्तु खाने को क्या दूँगा? क्या खाकर वे जीवित रहेंगी? केवल अपना स्वार्थ, अपनी खुशी की खातिर उन्हें परेशान करूँ?

साँझ के अँधेरे में लेटे-लेटे बीती बातें एक-एक कर याद आतीं। पत्नी, चार बच्चे, भविष्य का चित्र, कभी जिसे गढ़ता आ रहा था...आज सब टूट-टाट कर मिट्टी का ढेर बन गया है। किसी देवता की पूजा में कभी कसर नहीं रखी। कबूतर, मुरगा, बकरी सब बलि दिये हैं। घड़ी-घड़ी दिशारी के दरवाजे पसरकर गिरा है। कभी किसी ने कहा है कि शुक्रू जानी देवता के आगे कभी अमान्य हुआ है?

और आज गरम आँसू में डूबा देवता का नाम लेकर लोट-पोट हो पुकारता है, नीचे सिर पीट-पीट कर माथा फूल गया। देवता नहीं आया, देवता की दया नहीं हुई। घोर आषाढ़ में वर्षा की धार में निपट अकेला है, और उसका भाग्य आमने-सामने। सब अँधेरा, सब ओर गीला है। देवता उसे छोड़ गया है।

होश उड़ाने वाला अँधेरा घिर आता है, हाँव-फाँव गरजते, हवा-पानी, माथे पर छान उठती-गिरती। किसी की प्रतीक्षा में जागते हुए लेटा है शुक्रू—अपने खोल

की तरह इस टूटे घर में। दीवार ढहने की आवाज उसे सुनाई पड़ती—देखते-ही-देखते समूचे अस्तित्व को दुलकाकर तूफान छान में और भी छेद कर देता। छेद बड़े होते, धीरे-धीरे अधिक चौड़े।

शुक्रू जानी सब देखता।

उस घोर अँधेरे में दूर से रुलाई तैर आती-सी लगती। कोई मानो कहीं फफक कर रो रहा है—मरी सोंबारी की स्मृति ताजा होती, सूने घर में भरी है सोंबारी की रुलाई।

मुँह नीचे किये बूढ़ा, फफक उठता। रो-रोकर धरती पर सिर पीट खोखले स्वर में बूढ़ा उस देवता से विनती करता।

"देवता, तू इतना निर्दयी है!"

हवा का कलरव कम नहीं होता, बढ़ता जाता।

चार दिन गाँव भाइयों के खेत में उसने मजूरी की। पाँचवें दिन वह हाट गया। वहाँ से चार पैसे के लाजा के लड्डू लेता आया। और दो पैसों के पिठा। अगले दिन वह कन्धे पर लाठी रख, लाजा की पोटली बाँध, राह के लिए पिसा माँडिया का आटा लेकर तूम्बा लटकाकर लड़कियों को लाने निकल पड़ा। अपने लिए पत्तों से बना दो पैसों का तरला-तरली भी नहीं खरीद सका। बारिश की चोट से बचाव के लिए भीगते-भीगते धीरे-धीरे झरना पार कर वन की राह चल पड़ा शुक्रू।

रोड जहाँ बन रहा है, वहाँ पहुँचा तब तक दिन ढलने आया। देह सिहर रही है। पहनी हुई लँगोटी-गमछा पानी में भीगे हैं। इसी समय दल बनाकर बेशुमार धाँगड़ा-धाँगड़ी काम से लौट रहे हैं। कन्धे पर खन्ती, फावड़ा, काँक। सारी देह पर लाल मिट्टी के छींटे भरे हैं—आनन्द की सीमा नहीं। काम से छुट्टी कर आ रहे हैं।

दूर-ही-दूर से जितना शुक्रू जानी आदमियों की भीड़ देखता, उतनी निराशा लगती। कहाँ है जिली! कहाँ है बिली? दूर से सभी वैसी दिखतीं। मगर पास आने पर अपनी गलती पता चलती। आदमी के स्रोत को इधर-उधर धकेल बूढ़ा आदमी उसमें धँसकर इधर-उधर खोजता पर लड़कियों का कहीं पता नहीं मिलता।

दल-की-दल लड़कियाँ। आतीं। बूढ़े की पोटली की ओर देखतीं। आँखों में इशारे करतीं। हँसी में पूछतीं—

"क्या लाये हो इसमें? पिठा है? दोगे?" धाँगड़ों का दल आता। मजाक कर पूछता—"निमन्त्रण पाकर कहीं जा रहे हो डोकरे? रात आ रही है। देखते रहना इधर कहीं बाघ खा जाएगा, रे!"

बूढ़ा पूछता—

"सरसूपदर गाँव की बिली और जिली कहाँ हैं? पता है?"

हँसकर वे अनमने हो आगे चल पड़ते। आखिर घूम-फिरकर थक गया। भीड़ के संग मिलकर शुक्रू चला कुली बस्ती की ओर।

अँधेरा घिर रहा। ठंड बढ़ रही है। स्याह मेघ, बादलों में से कहीं-कहीं तारे टिमटिमाकर चौंकाने की तरह उमड़ते और बिखरते जा रहे हैं। विवश होकर लाठी कन्धे पर रख कतार में बने घरों के आगे फिरता बूढ़ा आवाज दे रहा था—

"जिली-बिली! जिली-बिली!"

घरों से कई बिली-जिली जैसी घबराकर बाहर निकलीं। बूढ़े ने पास से देखा और निराश होकर वहाँ से लौट आया। फिर आवाज लगायी।

"जिली-बिली...जिली-बिली!"

उस वक्त दोनों बहनें तैयार हो रही हैं। दिन भर का काम पूरा हुआ। रात में फुर्ती बाकी है। सिर सहलाया...फूल खोंसना चला। कुछ देर में रामी बुलाने आएगी। अँधेरे घरों के अड्डों पर डुगडुगा बजेगा। उत्ताल होकर टुँगी घर में रोड गुमाश्ता हारमोनियम खोलेगा। इसी दौरान बूढ़े बाप की थकी आवाज—

"जिली-बिली...जिली-बिली!"

बिली तेजी से आयी। जिली जूड़े में काफी तेल लगाकर पल्लू घसीटते-घसीटते बाहर आ गयी। बाप-बेटी की भेंट! दोनों बेटियाँ चिल्ला उठीं। बूढ़ा पत्थर-सा खड़ा था। आँख से पानी झर रहा। गला सँभालते-सँभालते बूढ़ा बाप फूट पड़ा—"चली आयी रे बेटियो!"

दोनों बेटी अचानक सहमकर खड़ी रह गयीं। लाज लगी। रुलाई भर आयी।

पथराया बूढ़ा बाहर खड़ा था। घर में से डिबरी की रोशनी चेहरे पर पड़ती रही। पीछे रात का अँधेरा।

सुख के द्वार पर लाल चेहरे वाले प्रेत-सा हड़ीला लम्बा बूढ़ा खड़ा रहा वहीं।

दोनों बेटियाँ दोनों कन्धों पर झूल गयीं। बापू को अन्दर खींचकर ले गयीं। बाप और बेटियाँ घर में अन्दर आ गये।

अब बात चली। काम छोड़ना आसान है। ना कर दे, कोई जबरदस्ती नहीं करेगी!

मगर इसके बाद?

"फिर क्या करे? तुम बच्ची बारिश में, तूफान में घर के पास कुली का काम कर मेरा पेट भरोगी? यही देखने के लिए अब तक विधाता ने मुझे जीवित रखा है?"

"ना, बापू, ऐसा न कहो। घर की हालत सोचकर देख!" जिली ने कहा।

"आज इतने दिन हुए। अब तुम मुझे समझाओगी कि घर की हालत क्या है?"

रोड गुमाश्ता खुद उसे समझाने आया—दो रुपया आगे बढ़ा दिये। कहा—"ले, तू चाहे खर्च कर। लड़कियों को काम से छुड़ाकर हैरान होकर क्यों मरेगा? काम चाहिए, तू भी यहीं काम कर। लड़कियों की रखवाली कर, और यहाँ पड़ा रह। घर जाकर अब ज्यादा क्या करेगा?"

दोनों बहनों ने उसकी बात में बात मिलाकर कहा—

"हाँ, बापू, यहीं रहो। काम की भीड़ भी यहाँ नहीं। रह जा यहीं।"

एक पल शुक्रू ढल गया इस ओर। इतनी भूख, इतना कष्ट! इसके अलावा नगद दो रुपये! इस बाबू की नरम बातें। यह कितना भला बाबू है! पास बिठा कर बातें कर रहा है! शायद यहाँ काम भी ज्यादा न हो।

बाबू की पोशाक देख शुक्रू ने सिर झुका लिया—"हमारा दुःख-कष्ट यदि समझते हो, इन लड़कियों के बदले में मैं यहाँ रहूँ। वे घर चली जाएँ। इस आँधी-तूफान में वे कितना कष्ट सहेंगी? बीमार पड़ जाएँगी। बच्ची हैं, वे जाएँ। मैं रह जाता हूँ।"

"कँटराटी के पैसों में कीड़े लगे हैं क्या रे?" बीड़ी की फूँक खींचकर गुमाश्ता ने कहा—"जवान लड़के-लड़की सारे जाएँ घर, और यहाँ पर काम करेगा तू बूढ़ा?"

"खाने को ठीक से मिला नहीं, बाबू, इसी से बूढ़ा दिखता हूँ। वरना दिखा दूँ कौन जवान काम में मेरी बराबरी करेगा?"

"ना बूढ़ा, तू घर चला जा। इतने दिन इन्होंने यहाँ काम किया है। क्या तेरी बेटी सूख गयी? तू जा, वे यहीं रहें।"

"ना...ना, जा...जा बाबू तू जा।" एक बार में ही शुक्रू ने गुमाश्ता से बात खतम कर दी और वह चुप हो गया।

मुँह बिदकाकर गुमाश्ता चला गया। देसीया रैयत की जबान बन्द हो जाने पर फिर वह खुलती नहीं। वह जानता है।

फिर बेटियों के साथ तर्क। उनकी बातें वह समझता है। घर पर सब खाली है, यह भी जानता। यहाँ से छुड़ाकर ले जाने के बाद क्या करना होगा, इस बारे में उसे कोई स्पष्ट धारणा नहीं। फिर भी मन नहीं मानता। ये इस जमाने की नयी बातें हैं। बाप-दादा के पुराने संस्कारों से उसके ख्याल बने हैं, उमर के लिहाज से वह बाप-दादा के बराबर हो गया है। लड़कियाँ काम नहीं करतीं। वे केवल पीहर में या ससुराल में घर सँभालती हैं। बाप को छोड़, भाई को छोड़, दूर देश में पड़ी

रहें, कुली-मजूरी करें, यह इस नये युग का बेकार कायदा है। बुनियादी परजा की धारणा में यह पसन्द नहीं आता। वर चुनने के लिहाज से भी देखा जाए, कुली का काम निहायत बेबुनियादी है। गाँव के धाँगड़ा, बसाघर, बाटघर, नदी का किनारा, हाट, पर्व-त्यौहार—वहाँ सब मुफ्त लगता। अब यह विदेशी जगह! बारह भाइयों का अखाड़ा है। छिः...छिः!!

''छिः...छिः...क्यों कहते हो बापू? कितने गाँव के कितने लड़के-लड़कियाँ यहाँ हैं। हम अकेली ही तो यहाँ काम नहीं करतीं?''

इस युग के लड़के केवल नजीर दिखाते हैं। तर्क करते हैं। गुरुजनों की बात का उद्देश्य बिल्कुल नहीं समझें।

''ना...ना...छिः-छिः, मैं कुछ नहीं सुनना चाहता। मुझे धन-दौलत नहीं चाहिए। जो मिलेगा, घर में रहकर। चलना ही है। कुछ नहीं...चलो आज ही वापस घर लौट चलते हैं।''

परदेशी घर छोड़ गहरी साँस छोड़ती सिर पर बोझ लाद दोनों बेटियाँ बाप के पीछे-पीछे चल पड़ीं। छान के नीचे कुम्हड़े और तोरई की लता पीढ़े तक ही ऊँची उठी थी। आँगन में मोगरा खिलने ही जा रहा है।

घर आकर जिली-बिली कुछ दिन तो अनमनी पड़ी रहीं। अब घर भरा है। दोनों बेटी, बाप। बेटियाँ बस्ती में मेलजोल करतीं। फुरती करतीं, जितना सम्भव उतना। मगर साँझ होते ही-अपने आप आदत के अनुसार साज-शृंगार, वेशभूषा करतीं, मन खूब चंचल हो जाता। मानो किसी की प्रतीक्षा है। फिर रात कुछ अधिक होने पर अवसन्न लगता। खुशी, हँसी, आनन्द, गप्पें। खोजें देह, बिछौना खोजतीं। धाँगड़ी बसाघर को ज्यादा नहीं जातीं

बूढ़ा शुक्रू जानी खुश था। लड़कियों को घर वापस ले आया। अब उत्साह दूना हो गया। रोज सुबह से साँझ तक वह मेहनत करता। रात में सोचता—काम अभी बहुत बाकी है। पहले टूटे घर की मरम्मत की गयी। कितना कष्ट, परिश्रम! क्योंकि इन दिनों पुवाल नहीं मिलता। पीरी घास भी इस समय पकी नहीं होती।

घर के बाद, बात पड़ी—अब क्या करें कि घर की खुराक कमायी जा सके। साथ में नयी जमीन पाने का क्या उपाय? फिर एक बार नायक के दरवाजे जाकर हाजिर...।

''जमीन तो बन्धक दे दी। कुछ जमीन तो दे, खेती करूँगा-खाऊँगा। लगान दूँगा। मेरे बाल-बच्चे तेरा नाम लेकर जीएँगे।''

नायक ने भरोसा दिया। सोचकर बताऊँगा। इस गाँव में अब और खाली भूमि

कहीं नहीं। पहाड़ की तलहटी में गाँव की जमीन के बीच में इस तरफ पल्ली की जमीन कुछ हो सकती है। पता कर बताऊँगा।

दिन की खुराक के लिए? इस गाँव और आस-पास के गाँव में मजूरों की जरूरत होती है। बुआई अभी तक खतम नहीं हुई। फिर खेत में निराई इस महीने का खास काम है। बाप और दोनों बेटियाँ काम में जुट गयी हैं साथ-साथ। काम से लौटने पर कुछ पैसे और कुछ सेर माँडिया मजूरी में पक्का है।

सच, इकट्ठा न हो, खूब मजे में भी न सही, जैसे-तैसे गुजारा तो हो ही जाएगा।

पराये खेत में काम करते-करते बूढ़ा शुक्रू अपने खेत की सोचने लगा। अब तक खाली है और कितने दिन रहे! कुछ दिन बाद साहूकार खुद आकर खेती करेगा। वह जब अकेला होता तब अपनी जमीन के पास आकर बैठ जाता। पाँव पसार धूप सेकता, ठंडा सहता, घास निराई करता। हाथ वैसे ही खुजबुजा जाते। फिर याद आती—जमीन बन्धक रखी है।

सोच-सोचकर बुढ़ापा बहुत बढ़ जाता। आँखें सिकुड़ जातीं। माथे पर चमड़ी और लूलने लगती। मारे चिन्ता के बोझ के अँधेरे में जब टुप-टाप ओस झरती, बूढ़ा देखता—कहीं कोई नहीं।

जिली-बिली दोनों बहनें पराये खेत में मजूरी करती हैं। रोड के काम की एकान्त अनुभूति के बाद दोनों एक दूसरी की घनिष्ठ हो गयीं। कुछ दिन तक तो गुमसुम रहीं। जब हँसी फूटी, दोनों बहन हँसी में डूबकर काम बन्द कर देतीं। पिछली बातें याद कर लोट-पोट!

जिली कहती बिली से—"क्यों, याद आता है तो?"

बिली उलटकर पूछती। काव परजा जिली का पीछा नहीं करता। जिली उस बात पर मजाक करती।

जिली कहती—"काव भैया फूल ला दोगे?"

बिली कहती—"आज साँझ को आओगे?"

काव परजा खुश हो जाता। दोनों बहनें हँस पड़तीं।

साँझ होने पर नाच के लिए जाने की राह में काव परजा चुपचाप पीछे-पीछे आता। वह कुछ काम-वाम करता। उनकी बात सुनने को तत्पर रहता। इन लड़कियों को पता नहीं कब क्या जरूरत पड़े!

सम्पदा उसकी बस इतनी है।

कभी शाम को, काम कर लौटते समय मेघ घिर आये। सब इधर-उधर दौड़-दौड़ चले गये। काव, जिली और बिली दौड़कर एक घने बरगद के नीचे आ गये। जिली ने कहा—"ठोकर लग गयी। और चल नहीं पाती!"

तीनों वहीं बैठ गये। जिली ने कहा—

"कोई काँटा-वाँटा चुभ गया? देखना काव भैया!"

काव गम्भीर होकर देखने झुका। जिली ने पाँव पसारा। बिली वहीं पर देखती रही। काव परजा ने पाँव उठाकर भींच-भाँच कर गौर से देखा। जिली ने कहा—"अच्छा लगा!" मेघ टप-टप झर रहे थे। जिली ने कहा—

"काव भाई तेरी चादर खोल दे। हम तीनों ओढ़ लें।"

बीच में काव। दोनों तरफ दोनों बहन। ओढ़कर बैठे रहे। जिली-बिली जोर से खिलखिला उठीं। जिली ने कहा—

"हम एक नहीं, तू किसे घर ले जाएगा, बता!"

काव असमंजस में पड़ गया।

"अरे नहीं लड़की! ऐसे हाँ-ना में ही हाँ-ना है।"

"ना, ना! तू ही बोल! यहाँ कोई नहीं!"

दोनों बहनें हँस-हँसकर लोट-पोट। काव को बीच में रखकर हिलतीं-डुलतीं।

वे घर लौट आयीं। ऐसी खुली-खुली हँसी-मस्करी में काव परजा कुछ शंकित हो जाता। मगर वह आस नहीं छोड़ता। लगा रहता। हँसी-मजाक सह जाता।

कुछ दिन बीते। नायक के पास दौड़ते-दौड़ते आखिर में उसने एक छोटा खेत शुक्रू जानी को दिया। खेती करने। गाँव से कुछ हटकर।

खुला मैदान था वह। कभी खेती नहीं हुई उस पर। पहाड़ की तलहटी ढलवाँ पदर। वहाँ से कुछ दूर छोटा खेत। जमीन देख शुक्रू ने मन-ही-मन हिसाब कर लिया—ठीक से मेहनत करने पर आधी गूण अनाज होगी। पिछवाड़े तो पहाड़ की ढलान, वहीं कुछ झुरमुटे क्रमशः घने होते गये हैं ऊपर की ओर। जंगल कुछ साफ करने पर वहाँ अरहर, अरंड, मिरच भी होगा इसमें। पहाड़ी की सन्धि में पतली कुछ खोल है। वहाँ सफाई करके खेती शुरू करो तो सोंवा मिलेगा। सानगुड़ा में चार-पाँच घर कन्ध के रहते हैं। वे सब कोड़िकिया, डँगरमारू हैं। दुर्भाग्य से दुबारा जंगल जमान की इस इलाके में गश्त हो—सरिगि नहीं, बीजा नहीं, केवल लता का झुरमुटा ही तो है—कौन फाँसी हो जाएगी? इतने में? कौन देखता है? गाँव नहीं, गली नहीं, कतार-के-कतार नंगे जंगली पहाड़ की दीवार की ओट में थोड़ी-सी जमीन है।

मगर अकेले यहाँ नाच-कूद करने से कोई लाभ नहीं। पत्थर तोड़ नयी खेती

करने के लिए आदमी चाहिए। इस साल इतने काम के लिए पूँजी नहीं, केवल नायक द्वारा बतायी खाली जमीन काम लायक बनाने पर कुछ हो सकेगा। उसके लिए भी एक-दो आदमी चाहिए। काम करने के लिए अकेला बूढ़ा है। पास में न माँडिया है और न टिकरा है।

साथ में एक और मिले, सानगुड़ा के कन्धों को पकड़, अदल-बदल काम करवा लेने से पाँच को खड़ा कर सकता है। इस देश में ऐसा भी चलता है। एक-दूसरे के खेत में दो दिन काम करे, दूसरे को जरूरत पड़े, अपना काम खतम कर उसके खेत में काम करने आ जाएगा।

घर पर दो-दो बेटी—बेटी नहीं, दौलत हैं। एक-एक से दो-तीन कोड़ी (40-60) रु. मिलते झोला (करार) की बावत। मगर भाग्य इतना छोटा है कि कोई जुटता ही नहीं है। बूढ़े ने अपने उपाय से तय किया। जमीन जोतकर फिर सीधे खड़े होने के लिए तो लड़कियों को ब्याह देना जरूरी है।

पर ठिकाना तय कौन करे? इस देश की प्रथा ऐसी है, पहले मँगन आये, वर की तरफ से। विवाह पक्का होगा, वर यदि कन्या को पसन्द आ जाएगा तब। माँ-बाप केवल देखने वाले हैं। केवल झोला के पैसों के भागीदार हैं। लड़का-लड़की खुद ब्याह में अपने कर्त्ता हैं।

फिर भी शुक्रू ने सोचा—कुछ तो उपाय करना होगा। वरना बँधुआ से मुक्ति नहीं। धकेलकर लड़कियों को धाँगड़ी बसाघर भेजता, साथ ले जाता नाच मंडप में। कुछ-न-कुछ बात कह उन्हें भेजता हाट—"जा, बेटी, मेरा धूँगिया खतम हो गया। किसे कहूँ? न माँडिया है न टिकरा।" वह चाहता कि बेटियाँ खुश रहें। सदा सज-धज कर बाहर निकलें, "अरे! जिली सिर के बाल नहीं बाँधे, देख, आज तेरी माँ जीती होती...?"

बेटियाँ बात न मानतीं तो उन पर माँ का उलाहना देता।

"मैं बूढ़ा बेकार। मैं क्या जानूँ बेटी को कैसे पालते हैं? तभी तुम सदा उदास रहती हो। कभी अपनी देह की खबर नहीं रखती। मैली-गन्दी बनी रहो।"

यही, मरी माँ की बात असर करती। कहते-कहते स्वर भर्रा आता। भूले दुःख की छाया उतर आती आँख में माथे पर। लड़कियों की अपनी उपेक्षा की बात अन्दर जा छुपती।

बिली कहती जिली से—बापू बहुत बूढ़े हो रहे हैं!

एकान्त में दोनों बहनें इसी बात पर सोचतीं, मुँह सुखा लेतीं। शुक्रू जानी का अपना उद्देश्य खुद पीछे हट जाता।

काव परजा नरमाई में आकर पूछता—"मुँह क्यों सुखाये बैठी हो लड़कियो?"

जिली कहती—"तू नहीं आया, इसलिए।"

ठहाका लगता, आँसू छलक आते।

मेघ घिरे। अँधेरा बढ़ा। सब मेघ एक साथ मिलकर उड़ेलने लगे सावन धारा। अब मौसम की आँखमिचौली नहीं रही। लगातार बारिश झर-झर झरती।

ये मेघ धू-धू स्याह अँधेरे में पहाड़ की चोटी पर एक-एक झुंड-के-झुंड काले आदमी। जिनका सामंजस्य है काले अँधेरे के साथ। काले कीच के संग और वन के पेड़ों के संग। दूर से देखो तो पहचान में न आये। पत्थर, लकड़ी, मिट्टी का ढूह, आदमी, या मेघ में कोई अजीब छाँव, हवा-पानी की भँवर में कीच से उठ इधर-उधर झूला खेल रहे दो दिन के लिए।

ढेर-के-ढेर केवल पहाड़। ढूह-के-ढूह केवल पत्थर। उन्हीं में दो-चार पोडूमारु, भूँईतसू, कोड़किधरू आदमी...।

ये अनाथ लोग हैं। मेघ की चपेट में कुदाल की चोट मिलाकर मिट्टी बनाते हैं। पहाड़ की चोटी पर।

नीचे धरती लहराती। शूँढी के खेत में, कुमटी की जमीन में, महाजन के बेढ़ा में, तरला-तरली बाँध। माथे पर छाता-वाता लगा, गाँवों के लोग निजानी, रोपनी, सफाई-सुथरा के काम में लगे रहते। या फिर कोई भाग्यवान चासी अपने खेत में हाथ की करामात दिखाता होता, और ये ऊपर वाले कुछ लोग—एक-एक ऊँचा ढूह लिये बैठे हैं। हवा-पानी, बिजली-बादल में, किसी का ख्याल नहीं।

पाँव में चिपटकर बालू घाव कर देती है। सफेद खाज पीठ पर खुजली करती। देह में कम वर्षा के बाद काँटें चुभ जाते हैं। माथे के बिखरे बालों को हवा खींच-तान करती है—फिर भी वे हटते नहीं। मुँह में एक-एक धूँगिया पत्ता ठूँसकर बाँकी मुटल्ली पाँव की अँगुली में मोटी मिट्टी को पीट-पीट छिपकली की तरह दबा-दबाकर कोड़ी से चोट करते हैं, हाथ थमते नहीं।

वन की ओट से बाघ दहाड़ता, जोर से किसी को उठा, झपट चला जाता है, पांड्रामा सरगीमाली में किसी खोह में। यह नित होता है।

मगर कोड़किमारू हटता नहीं।

किसी आकाशी आदर्श की स्वप्न मूर्ति लेकर हँसता रहे आधे आकाश के इन अधनंगे पथरीले आदमियों की आँख के आगे, जीवन जहाँ सार नहीं, सार केवल काम है। चाहे वह स्वाधीन हो। इतनी बड़ी दुनिया में एक यह कोड़ी ही उसकी सम्पदा है। नीचे की तैयार की गयी जमीन में उसका कोई भाग नहीं है, उसका भाग है मुंडिया शिखर के कंकर मटाल (पक्के) पर। उसके संगी हैं चील और गीध। बाज और मयूरमारु (ईगल) और सारे भूत-प्रेत, आँधी, वर्षा। इसी जीवन में वह

दूसरे जीवन के लिए प्रस्तुत होता है।

दोनों लड़कियों को नीचे की जमीन पर कुली लगाकर शुक्रू जानी कोड़ी लेकर ऊपर उठ गया। सूखी हड्डियाँ, और चिपचिपाती छाल खूब परिचित पानी की चोट पाकर हुलस उठीं। आदत थी उसकी, कई दिन से बीच में छूट गयी थी। गाँव की ओर पीठकर, ढूह पर नये अंचल की ओर मुँह कर, कोड़ी चलाता रहा। दिनों दिन, ज्यादा और ज्यादा।

आज कोई संगी नहीं। हूँ, सोचने का भी समय नहीं। कानों-ही-कानों में हवा की हुंकार। मुँह के पास धूम, बायें-दायें खाली जगह में मेघों की लड़ाई। मैला आकाश, समय का पता ही नहीं चले।

ऐसे एक दिन गड़गड़ाहट की रोशनी खिलाकर सावन के मेघों का जुलूस बनाकर कोई चला था।

जब अपनी गठरी की काँवड़ उठाये दशमन्तपुर की राह में तुमागुड़ा का नन्दीबाली परजा अपने लिए कन्या ढूँढ़ने निकला था।

पिछले वर्ष बाप मर गया। माँ नहीं, संसार में वह अकेला है। जमीन-जायदाद कुछ नहीं, घर का झँझट नहीं। सारी धन-दौलत केवल उसकी जवान उमर है और कद्दावर चार हाथ-पाँव हैं।

पहली बारिश में उसे होश आया—मुझे ब्याह करना चाहिए। मगर खाली अंटी में कन्या नहीं मिलती। सोच-सोचकर तय किया—वर्षा के दिनों में घूम-फिर खोजूँगा, कहाँ है मेरे लिए कन्या! यदि कोई राजी हो गयी, झोला के बदले ससुर के पास बँधुवा बनकर जाऊँगा। पेट भरने वाला घर। दोनों झंझट एक बार में मिट जाएँ।

उसके चार कौपीन, चार जगह फटी धोती, एक अल्युमिनियम का कटोरा, तीन कुम्हड़े के तूम्बे, एक डुगडुगा, एक पक्की बाँस की लाठी। रास्ते के लिए काफी माँडिया का आटा बाँध लिया। सारा सामान लाठी पर झुलाकर नन्दीबाली गाँव छोड़कर चला आया।

बड़े-बड़े परजा गाँव देखकर एक-दो दिन रुकता। गाँव में खोज करता, "किसी को वर चाहिए? बँधुवा रहेगा।" साँझ में धाँगड़ी बसाघर पर झाँकता। कौड़ी कन्धे पर रख डुगडुगा बजाता।

पर कोई राजी नहीं होता। माथे पर मोटी पगड़ी नहीं कि देह पर दुहरा मट्ठा नहीं। धाँगड़ी कहती।

"नीचू...नीचू...!" (ना-ना रे)

नन्दीबाली राह पकड़ लेता।

माँडिया का आटा खतम होने पर किसी के खेत में दो दिन मजूरी कर लेता।

फिर राह खर्च का जुगाड़ हो जाता।

ऐसे ही वर्षा-आँधी में पन्द्रह दिन घूम-घूमकर पहली बार कनियाझोला गाँव में खबर मिली—सरसूपदर गाँव में शुक्रू जानी के घर जाकर कोशिश करो तो कुछ फल मिल सकता है। फिर सरगीगुड़ा में रात बिताकर सुबह-सुबह पैदल चलकर पहुँच गया सरसूपदर गाँव।

पूछ-पूछकर शुक्रू के घर के आगे पहुँचा। देखा घर खाली है—बरामदे में थोड़ी देर इन्तजार किया। खेत पर खाना देने बिली आ गयी। दोनों एक-दूसरे को सिर से पाँव तक देख गये।

नन्दीबाली हँसा। कन्धे से डुगडुगा उतारकर खड़ा-खड़ा अपनी बात कहने लगा। बिली ने पूछा—

''कौन है तू? कहाँ से आया?''

नन्दीबाली ने कहा—''तुझे ढूँढ़ते-ढूँढ़ते आया हूँ। मैं तेरा वर!''

बिली ने खीझकर पीठ फेर ली। खाना लेकर जा रही थी, नन्दीबाली ने पीछे से आवाज दी।

''ओ छोरी! गुस्सा हो गयी? सुन...सुन!''

पास जाकर कहा, ''दे मुझे दे, मैं ले लेता हूँ!'' अपनी गठरी की ओर देखकर फिर कहा—

''इतना तो ढो रहा हूँ, और इतने-से बोझ में क्या मेरा कन्धा फट जाएगा? दे, तेरा बोझ मैं ले लेता हूँ और हाँ, तेरा बापू कहाँ? जरा बुला दो तो उसे!''

बिली हँसते-हँसते लोट-पोट हो गयी।

नन्दीबाली ने गीत में कहा—

''तोइ सलाओलि मोर गन्दा ओली।
कईं केलुबे, बँई केलुबे।''

कहा—देख, तुझे लेने कितनी दूर से मैं दौड़े-दौड़े आया हूँ। ऐसी आँधी-तूफान-बारिश में। वरना क्या यों ही फालतू में तेरा वर हूँ? अरे...ऐसे हँस क्यों रही है? देखती हो? सारा बन्दोबस्त कर लिया, तब आया हूँ मैं।

खाजा खाएगी? ये रहे ले।

डुमागुडा हाट के कलाहाँडिया खाजा पोटली से दो निकालकर बिली के हाथ पर रख दिये। हर देश की धाँगड़ी खाजा पसन्द करती हैं। किसी की चाकलेट तो किसी को मुड़ी के लड्डू।

अब बिली का मुँह खुला। बाप का पता दिया। बिली चल दी। नन्दीबाली ने कहा—''मैं भी चलता हूँ, खाजा और भी दूँगा।''

वन में मेघ के अँधेरे में शुक्रू जानी कोड़ी से चोट करता जा रहा है।

नन्दीबाली आया। कहा—"कोड़ी नहीं लाया। वरना मैं भी मिल जाता। एक से भले दो। तेरी कोड़ी मुझे दे, और तू अब चुपचाप बैठ। देखना मैं कितना खोदता हूँ।"

शुक्रू जानी अवाक् होकर देखता रहा।

नन्दीबाली ने अपनी पोटली नीचे रखी। हाथ से कोड़ी ले ली और चोट करना शुरू किया।

तलरा-तलरी नीचे रख दिये। माथे पर बड़ा रूमाल। उसके हाथ-पाँव खुले। गाँठ-गठीला। मांसपेशी फुलाकर काम करने लगा। शुक्रू की ओर एक बार भी नहीं देखा उसने।

शुक्रू उसकी उग्र मूर्ति देख धूँगिया पीते-पीते हँसकर बोला—"अच्छा काम करता है रे धाँगड़ा! खैर, अब मुझे दे दे! दिन भर क्या मेरे लिए मेहनत करता रहेगा?"

नन्दीबाली ने काम करते-करते बात फेंकते-से कहा—

"मैं तो तेरा बँधुआ हूँ!"

"मेरा बँधुआ?"

कोड़ी रखकर नन्दीबाली ने पास आकर बूढ़े के मुँह को सीधे देखा। फिर अपने कुलशील का परिचय दिया। अपनी हालत बतायी। कैसे धाँगड़ी ढूँढ़ने निकला है। कैसे खबर मिली। कैसे बिली को देखा, मैंने पसन्द भी किया है। झोला के रुपये वह दे नहीं सकेगा। बदले में उसका बँधुआ हो काम करेगा। बूढ़े का सहाय-भरोसा बन आसरा देगा। साफ-साफ बात है।

शुक्रू ने पूछा—"बिली को क्यों, वरन जिली को माँगता तो क्या होता?"

नन्दीबाली ने गम्भीर होकर कहा—"मैंने तो कह दिया। अब जैसी तेरी इच्छा। मैंने पहले देखा है बिली को। वह मेरे मन को भा गयी। बात तय हुई। जबान दे दी। अब इधर-उधर होने वाला मैं नहीं। नहीं तो मैं चला जाता हूँ।"

चेहरा सिकोड़ शुक्रू जल्दी-जल्दी सोचने लगा। पहाड़ के शिखर पर बूढ़ा और जवान आमने-सामने हैं। पीछे है जंगल। पहाड़ के सामने ढलान के किनारे-किनारे बाँके-बाँके पहाड़ के अनेक कन्धे और अनेक सिर। इन्हीं कन्धों पर सिर टिकाकर मेघों का धुआँ मुड़-तुड़ कर आ रहा है। आँख के आगे चारों ओर दुनिया मानो क्रमशः छोटी होती जा रही है, एक भावना के बिन्दु पर।

शुक्रू जानी ने हाथ बढ़ाया। नन्दीबाली ने हाथ थामा। शुक्रू ने एक बार नन्दीबाली को बाँहों में भर लिया। दोनों ने धूँगिया का देन-लेन किया। किसी की जबान पर कोई शब्द न था। इन्तजार न कर नन्दीबाली ने कोड़ी उठा ली। चोट पर चोट चली। पास एक पत्थर पर बैठा शुक्रू मुग्ध देखता रहा। तैरता मेघ पानी उड़ेल

सिर पर से साँय-साँय करता उड़ गया। पीछे कई बोझिल मेघ हैं। चारों ओर छा गये। और कुछ न दिखता।

परजा बेटी के ब्याह में आगा-पीछा बिल्कुल नहीं रहता। जिली ने बहनोई को अपना मानकर बात की। धीरे-धीरे सम्बन्ध एकदम सहज हो गया।

नन्दीबाली शुक्रू के घर पर ही रहता। बाहर वाले घर में शुक्रू के पास सोता। कोई पूछता, कहता मैं बँधुआ हूँ। बँधुआ काम कर, या आधा बँधुआ रह आधा झोला के पैसे जब तक उतार नहीं देता, तब तक नियम-धर्म के मुताबिक विवाहित नहीं। परजा की सीधी धारणा में, जो नियम-धर्म के बाहर है, सो वह है 'दोष'।

फिर भी बातों में, गाँव के बीच नाट्यमंडप में, एकान्त में, रास्ते में भेंट होने पर, बिली के साथ सम्बन्ध एकदम स्पष्ट है। खूब मीठा! कोई लजाता नहीं या कुंठा भी नहीं पालता। एकदम सहज!

जिली उसकी स्त्री से बड़ी है। मगर उसके साथ हँसी-मजाक चलता है। जिली उसकी स्त्री भी होती या बन सकती थी।

जिली लाजा का लड्डू खाती। मजाक, नकल करती। मगर जिली समझती। सूने उदास जीवन में कैसी सुन्दर दोनों बहन बहते-बहते पास झुक आयी थीं। आज एक का घर बसता है, दूसरी, जैसे थी, जहाँ थी वहीं है। मन की बात मन में दबाकर जिली कुछ नहीं खोलती। हर अरमान का गला घोंट रो देती। आह, कुछ भी हो, बिली उसकी अपनी छोटी बहन ठहरी।

मगर कई बातें बिली को कह नहीं पातीं। मन करता कह दूँ—छोटी बड़ी कई बातें, दिन भर का अनुभव, काव परजा का ठट्ठा, बागला कजोड़ी के घर का तमाशा। कैसे वे कलह कर रुठा-रुठी हुआ करते हैं। ये बातें कहने की सोचकर भी भूल जाती। किसी दिन दोनों बहन अपनी-अपनी अनुभूति, जो एक साथ चुग कर कहना चाहतीं—किसी और दिन साँझ के समय बतियाने बैठतीं। बिली बहुत कुछ कहती—जिली को कुछ याद नहीं रहता।

और सज-धज होने में लाज आती, जब बिली पास होती, वह बहन के बाल बना देती, माथे में फूल खोंस देती। अपनी बारी पर कहती—

"रहने दे। देर हो गयी...!"

शुक्रू और नन्दीबाली पुराने साथी की तरह काम में जुट गये।

नन्दीबाली काम करने वाला मेहनती है। अपने हाथों घर की मरम्मत कर ली। घर के पास छोटा-सा बाड़ा बनाकर बरसात में साग-सब्जी लगायी है। दोनों मिलकर कन्धों की जमीन पर बदली की मजूरी कर उन्हें मदद कर रहे हैं। ढलवाँ

जमीन को हल कर दिया। पहाड़ पर से नीचे की ओर लम्बा पसरा है खेत।

दिनोंदिन काम बढ़ता है। कल्पना की बात जबान पर कहते-कहते आगे काम करता चले, समय पूरा नहीं पड़ता।

सावन की अविराम धारा के साथ रोज की देह सहनी जिन्दगी में घुलता-मिलता चल रहा है। सब ठीक दिखता है, किसी का अभाव कोई नहीं समझ पाता।

चारों ओर धान बुआई चल रही है। कहीं किसी खेत में रोपानी, कहीं पर निराई हो रही है। शुक्रू जानी का खेत खाली पड़ा है।

ऐसे में एक दिन तीन बँधुआ और कुछ कौड़ी लेकर, अंटी में रुपयों की पोटली झुलाते आ गये। खुद साहूकार रामचन्द्र बिशेई। नायक को कुछ पैसे देकर गाँव के धाँगड़ा बसाघर में ठिकाना किया। पूछता फिरा—

"कोई और जमीन देगा क्या? कहना है तो इसी समय बोल दो। वरना फिर मैं और नहीं लूँगा। एक-दो कमरा घर कोई बेच रहा है? साफ-साफ है, बाहर आ जाओ।"

वर्षा की धार में चारों ओर काम। किसी ने नहीं सुना।

साहूकार रुक गया। बँधुआ को लगाकर, बैल भाड़े पर लेकर जमीन पर खेती करवा ली। इस गाँव पर उसका लोभ बढ़ गया है। वह जल्दी से जान-पहचान करना चाहता है। धाँगड़ी के संग आगे बढ़कर बात करता। उसके चेहरे को अपलक ताकता रहता। उनके एक-एक लाड़ के नाम लेकर बुलाता—"सारियादान..." 'सारियाफूल' आदि। बड़ों के आगे मूँछ मरोड़कर अपना उद्देश्य समझाता।

"इस गाँव में जमीन ली है, बगीचा करना है, भुक्ताघर खोलकर जरूरत के समय धान, माँडिया कर्ज दूँगा। रुपये कर्ज देकर और बँधुआ रखूँगा। बाट-घाट बनवा दूँगा। पोखर खुदा दूँगा। मैं क्या करता हूँ इस गाँव का, देखना।"

धाँगड़ी बसाघर के आगे अँधेरी साँझ ढले में जाकर साहूकार पालथी मारकर बैठा। बाहर बादल गरजते, झपाझप सावन की मूसलाधार बारिश। गाँव के छोटे-बड़े चार-पाँच जन घेरे बैठे हैं। साहूकार का भाषण जारी है। पहले अपने बारे में कितना बड़ा आदमी है वह, क्या-क्या उसके पास है। अधिकारी लोगों से उसके कैसे-कैसे सम्बन्ध हैं। जो कहे, वही करता है। 'केसू' में डाल सकता है, 'केसू' से छुड़ा भी सकता है। उसके साथ कलह करने पर उसने एक-एक अधिकारी तक को भस्म कर दिया है।

फिर उसकी देश प्रीति! अपनी सहृदयता के बारे में। अपने बाल-बच्चों की तरह वह बँधुआ को पालता है। पैसा नहीं देखता। कहाँ कितना पैसा पिट गया।

पहले दया, धर्म, फिर पैसा। कितनी बार कर्ज चुकाये बिना बँधुआ लोग मर गये हैं। उनके बाल-बच्चों को कर्ज से छूट दी है। जरूरत हुई तो उनकी मदद भी की है।

कितने ही गाँव में उसका नाम है। लोगों के बीच नाम है साहूकार की बात! पहले किसी ने सुनी भी न हो। यों बना-बनूकर बात कहता—इतने सुन्दर ढंग से कहना जानता है। कहने के जनून में वह बोलता जाता। लोगों को थोड़ा-बहुत विश्वास भी होता। वह केवल पैसों का ढेर नहीं, आदमी है। भला मानुष है। उसके पीछे-पीछे चलने को आदमी का मन चाहेगा।

साहूकार धूँगिया पीते-पीते बात करता। पास वाले उसकी बात पर बात जोड़कर बढ़ा देते।

धाँगड़ी बसाघर में से डिबरी के उजाले में झुंड-की-झुंड लड़कियाँ आधी दिखें, आधी छुपी रहें। बातों के सुनने के बहाने मिली-जुली लड़कियाँ धीरे-धीरे आगे सरक आतीं। एक अपरिचित आदमी पास होने पर हँसी-मजाक में फुसफुसाहट ही सुनाई देती। कोंचते-कोंचते कोई हँस पड़ती। बात बीच में रुक जाती। साहूकार बार-बार घर में झाँक लेता। कान गरम हो जाते। कान लगाकर सुनता।

रात कुछ बढ़ जाती। पास वाले एक-दो उठ जाते। साहूकार ने बार-बार फरमाइश की।

"ओ लड़कियो, अरे गीत नहीं बोलोगी कोई? नाचती क्यों नहीं?"

जवाब में केवल हँसी।

धीरे-धीरे साहूकार हँसी शुरू कर देता।

अपरिचित स्वर में अन्दर से सुनाई पड़ा—

"कैसे नाच होगा? धाँगड़ा डुगडुगा बजाये तब तो...!"

साहूकार ने कहा—"नाच करो, धाँगड़ा निकलेंगे।" अन्दर से कोई कुछ कहती, साहूकार जवाब देता।

मेघों का अँधेरा। केवल टप-टप। कट-कट। साहूकार की छाती धप-धप होती। कुंठित-कुंठित स्वर में बात बढ़ाना चाहता। जोर से कहा—

"कुछ चाहिये किसी को? बोल दो। पीछे फिर याद आएगा तो मैं नहीं रहूँगा। कपड़ा, चूड़ी या खाजा वगैरह कुछ? नाच करो। खूब खुश रहो, मुझे भी खुश करो। जो माँगोगी दूँगा।"

मन के उत्साह में साहूकार धाँगड़ी बसाघर की ओर अनायास ही एक कदम बढ़ गया। धाँगड़ी किलबिलाकर सब अन्दर भागीं। केवल हँसी। चिड़ियों के झुंड की तरह। उड़ने पर जैसे कलरव करती हैं उसी तरह।

गाँव के बारीक के भतीजे ईसाक और मधु घासी दोनों ने कहा—"चलें,

साहूकार! तेरे बसाघर तक तुझे पहुँचा आएँ। रात बहुत हो गयी।''

दीर्घ साँस लेकर साहूकार उनके साथ लौट चला।

घना अँधेरा। तारे तक नहीं दिखते। पेड़ों पर बेशुमार जुगनू। इतना ही पेड़ का संकेत है। बाकी सब छुपा रहा, घर, पहाड़, आकाश, जंगल।

मूसलाधार झमझमाती वर्षा में धू-धू हवा के झोंके आते। माघ के जाड़े की तरह देह समूची कँपा देते। अनमने साहूकार को होश आता, उसे बहुत सूना, एकाकी लगता। पूरे जीवन का भोग कृत्रिमता के विजय विलास में, किरच-किरच कितनी अनुभूतियाँ! सोचने बैठो कुछ याद नहीं आता। सब मानो सूना, इस बरसाती रात की तरह। सब अभाव। सब न होने की तरह। ना, उसे और भी धाँगड़ी चाहिए, और अधिक जमीन चाहिए और बँधुआ।

घर के बाहर बारीक का भतीजा ईसाक अपना प्राप्य ले घर लौट गया। साहूकार ने मधु घासी को बिठाये रखा। मजबूत शरीर, मोटे-मोटे होठ, लाल आँखें। अठारह बरस की उमर में दागी होकर वह सीटीएम हो चुका है।

अँधेरे में माचिस लगायी। साहूकार बोतल निकालकर अँधेरे में गटागटा पी गया। मुँह पर नाक फुला मधु घासी महक सूँघता रहा।

मुँह पर सूटा लगाकर साहूकार कहता है—

''मधु! कैसी किटकिटाती अँधेरी काली रात! कितना सूनसान! कहीं कोई नहीं!''

फिर जरा रुकता—''कहीं कोई नहीं! समझा तो?''

कान के पास मुँह ले जाकर ''एक रुपया दूँगा। यदि किसी एक को बुला सके तो बोल। ला सकेगा? वरना मैं रात में कैसे रहूँगा? बोल...?''

ठंडी हवा भुसभुसाकर अन्दर आ गयी। साहूकार ने फिर पूछा—''क्या कहता है, बोल!''

मधु ने कहा—''यही बात? पहले क्यों नहीं बोला? इस गाँव में इस समय कोई भी नहीं। भितरगढ़ गाँव भला कितनी दूर है? कितने सुन्दर 'पाली' लोग हैं वहाँ। कपड़ा ढाँपकर मेरे संग चल। किसी को खबर नहीं होगी। कोई पूछेगा, मैं कह दूँगा—मैं...मैं...हूँ..! यह काम मैं क्या नहीं कर सकता! सब लड़कियों से मेरी जान-पहचान है, और आधी रात में तू अचानक फरमाइश करता है, यहाँ सब सो गये होंगे—दे रुपया दे—खोजकर देखता हूँ कहीं कोई हो। फिर तेरा भाग्य...!''

साहूकार ने रुपया बढ़ा दिया। मधु कह गया—

''सो जा। खोजता हूँ। बहुत देर कर दी। इस गाँव में कोई मेरी नजर में नहीं आती।''

सूने घर में साहूकार सो गया। नींद नहीं।

इधर-उधर छटपटाता करवट बदलता रहा, इन्तजार करता रहा। कल्पना-ही-कल्पना में अनुभूति जैसा लगता, फिर जैसे-तैसे समय ढलता, अब पल-पल युगों जैसा बीतता। आशा डूब जाती। वह लेटा-लेटा वर्षा की आवाज सुनता रहा। जितनी सुनता, उतना वह बेचैन होता।

कभी बीच-बीच में मानो कोई किवाड़ पर दस्तक देता। हल्के से फुसफुसा रहा है। फिर कुछ हटकर किसी की रुँधी-रुँधी हँसी। आशा और उत्तेजना में देह झरे पत्ते की तरह काँप उठती। वह हड़बड़ाकर उठ बैठता। वह एक पल में ही किवाड़ तक पहुँचता। इन्तजार में कुछ देर खड़ा रहता। सारा आनन्द, कल्पना के उसी इन्तजार में मिल जाता। कान लगाता। कुछ देर में टप-टप वर्षा बन्द हो जाती। किवाड़ खोलकर देखता—कहीं कोई नहीं। घना स्याह अन्धकार! सब सुनसान। अचानक बिजली कौंधती और इधर-उधर से अँधेरा चीर जाती। दूर तक दृष्टि चली जाती। फिर बिजली चमकती लेकिन दिखते खाली मेघ और पहाड़।

अँधेरे में छटपटाकर साहूकार घर के अन्दर आ जाता। थोड़ा और मद पीकर गला तर करता। धम से बिस्तर पर गिरता। धीरे-धीरे उम्मीद जगती कि मधु घासी रुपया लेकर गया है। एक रुपया और पाने की आस है उसे...बरसात की रात...कुछ और ज्यादा समय लग सकता है। कान लगाता, नींद नहीं आती।

समय युग जैसा लगता। फिर कई बार बाहर-भीतर होता। आखिरी पहर में कुछ नींद आयी। सोचते-सोचते पता नहीं कब सो गया। हवा, पानी, जाड़ा, अँधेरा, सूनी झोंपड़ी—उसके किसी कोने में, अशान्त मन में छोटी बत्ती—

रात ने जादू कर दिया। सब खो गया।

सुबह मधु घासी आकर धाँगड़ा बसाघर में मिला। साहूकार खफा होगा, यह अनुमान पहले ही कर चुका था। अत: तैयार होकर आया था। कहा—"रात भर फिरा। अँधेरे में कुछ दिखाई न देने से तीन बार ठोकर खायी। देख, पैर का हाल!"

साहूकार के मुँह तक उसने अपना पैर उठाया।

"फिर भी, मैं बैठे रहने वाला आदमी? जिस-तिस के घर में खोजता फिरा। कितनों के निहोरे किये। सब मना करती गयीं। फिर डोम बस्ती से, परजा बस्ती, उधर से रेली बस्ती। सोचा—उधर केलार गाँव में नयी बहू कोई आयी है। ठीक-ठाक है, छोकरी है, बच्चा तक नहीं हुआ। उसका मर्द लँगड़ा है। बहुत मद पीता है, जाकर उसे बुलाया। उसने भी कितना खोद-खाद पूछा—"देख, मैं घर छोड़ जाने वाली हूँ? लाज नहीं? इसमें क्या बुराई नहीं?"

समझा-बुझी की, तो पूछा—"बूढ़ा है या धाँगड़ा? मेरी कसम देकर बोल, बूढ़ा-बड़ा तो नहीं?"

राजी हुई। कहा—"एक रुपया अभी दे। बाद में एक रुपया और देना। वरना

इस अँधेरे तूफान में कोई कहीं जाएगा?'' क्या करूँ? रुपया उसे दे दिया। घर में गयी कपड़े-लत्ते पहनकर आने के लिए। मैं बाहर खड़ा भीगता रहा। वह निकली। किवाड़ तक आयी, तब तक उसका मरद जाग गया। कहा—''ऐ...ऐ...बहुत गुस्सैल है।''

मुझसे कहा—''देखते हो! रहने दे, कल जाऊँगी।'' और वह धप से घर के अन्दर चली गयी। मैं लौट आया।

मन ने कहा—''अब फालतू में साहूकार को क्यों जगाऊँ। कल सुबह मिल लूँगा।''

साहूकार आग्रह में सब सुनता रहा। सोचा—इस पर गुस्से से कोई लाभ नहीं। मधु घासी हाथ से फिसल जाएगा। फिर बस इतना कहा—

''आज रात में तू और ठगना नहीं?''

मधु घासी ने बैठाकर बताया—अपनी करामात की बात कही। जाते-जाते पूछा—

''इतनी मेहनत की! कुछ न देगा मुझे?''

''एक साथ दे दूँगा। आज के बाद समझा?'' साहूकार ने भरोसा दिया।

दिन भर खेतीबाड़ी का काम। खेत की तदारख। जमीन की मरम्मत, आस-पास किसी की जमीन तलाश करना। उन्हें फुसलाना।

''अरे, तेरा बेटा इतना बड़ा हो गया! बहू ले आ। ऐं! रुपये नहीं? कितने चाहिए? जमीन बन्धक रख दे। रुपये ले जा। धीरे-धीरे चुका देना।''

पाँच-सात लोग एक साथ देखता तो उनके आगे बात छेड़ता। अपनी बड़ाई हाँकता।

मगर जब धन्धा मन्दा होता—साहूकार अपने मर्म भाव को प्रकट करने को मन करता। कोई धाँगड़ी का झुंड देखता तो हँसी-मजाक की बात छेड़कर उन्हें कुछ देर रोक लेता। अकेली धाँगड़ी देख वह एक कदम आगे बढ़ जाता। परिचय बढ़ाने की चेष्टा करता। कहता—

''उई! क्या रखा है इस साड़ी में जो तू पहने है? इस उमर में अच्छा न पहनेगी तो कब पहनेगी? क्यों? क्या कहती है? कहाँ से पाएगी? मन हो तो क्यों नहीं मिलेगा?''

कनखी से जरा देख लेता। हँसी का उत्तर पाता तो वह और भी थोड़ा साथ चलता।

गाँव वाले दूर से देखते—पर वे इन बातों में समय नष्ट नहीं करते। चरित्र के बारे में वे इतने चिन्तित नहीं होते। धाँगड़ी खुद स्वाधीन है। अपना अच्छा-बुरा समझ-बूझकर राह चलने का दायित्व उस पर है। ये सब कोई पूछता नहीं।

पानी लाने के रास्ते पर साहूकार ने मौका देखा। नहान घाट के उधर, घास छीलने की जगह, वन से पत्ते ढोकर लाने के इन्तजार में। उसे पूरा विश्वास है इस गाँव में उसने एक कदम मिट्टी में रोप ही दिया है, अब दूसरा बाहर क्यों रहे?

यहाँ भी दो दिन के संसार में अपनी सारी कमाई और सारी रीति अखंड रखने की इच्छा होती है। वह खोजता-फिरता है।

बरसात के अँधेरे में छुपता-छुपाता मधु घासी चोर की तरह एक को साथ लेकर आ पहुँचा। बात ठीक रही, रात वहीं कट गयी सुख-दु:ख में।

सुबह उठकर फिर उदास लगा। मानो आशा मिटी नहीं। केवल सुलगती रही। ठग है मधु घासी। केवल बात बना देना जानता है। भले-बुरे का खयाल ही नहीं।

झरने पर नहाने गया तो मानो गलती हो गयी—साहूकार उधर औरतों के नहाने के घाट पर पहुँच गया। वह विदेशी आदमी है। उससे गलती हो जाना सम्भव है। नहाते-नहाते सोचने लगा यहाँ कैसी-कैसी भोग की सामग्री है! मधु घासी उसमें किसकी खबर रखता है! मधु घासी सुसरा! वह कैसे जानेगा?

नहा-धोकर, तिलक-छापा लगा, पालथी मार बैठकर घंटी टनटनाने लगा। हर दिन वह देवता की पूजा करता है।

कई बच्चे इकट्ठे हो गये। अँगुली से एक नासिका बन्द कर फिर दूसरी बन्द करता। तरह-तरह से बाँकी करता, आँख नचाता, चेहरा विकृत कर गुरु रेविन्यू से सीखी पूजा पद्धति का अभ्यास करता। आँख मूँद देवता का ध्यान करता।

आँख बन्द करते ही इधर-उधर के दृश्य का अंश छाया की तरह तैर जाता, भोग का, अनुभूति का चित्र। प्राण छटपटाते, फिर भी आँख बन्द किये रहता।

पूजा पूरी हुई। मुँह खोले बच्चे ताकते हुए बैठे थे। साहूकार ने भोग का चींटी लगा केला उनकी ओर फेंक डकार ली। बच्चे शोरगुल कर छीना-झपटी करते चले गये। फिर चिलम तैयार हुई। साहूकार बैठकर दम लगाने लगा। फिर दिमाग में चिन्ता होने लगी।

सावन में दूर आस-पास के पहाड़ों पर लहरीली कतार में बादलों का सँभार सजा रहता। वे कितने रंग के होते हैं! क्षितिज के उस पार से मेघ का धुआँ तैर आता। उड़ेल जाता है। वह जादू की तरह घड़ी-घड़ी रंग बदलता। कभी राख जैसा, कभी मूँगे-सा, कभी मटियाला, नीला। बड़े-बड़े स्याह मेघ आकर चले जाते। उनकी सफेद, ललवाँसी किनारी, छाती पर नसों की दरकी रेखाएँ, आकाश में इस छोर से उस छोर तक फैली रहें।

मानो कोई तूली लेकर आँकते-आँकते अपने भूले मन का खयाल आँक रहा है! तरह-तरह के रूप की छवि, कहीं तूली भारी लगी है, कहीं हल्की स्याह रेखा।

कहीं सफेद झक मूसलाधार बारिश, कभी धुआँ-सी, कभी हलकी सफेद।

वह चित्र स्थिर नहीं, इसमें गति है, खुद को गढ़ता है, तोड़ता है और खुद बदलता है।

ऊपर रूप का खेल, नीचे पहाड़ का अभिषेक।

कभी दरके मेघ के छेद में से ललवाँसे मटियाले चेहरे में सूरज जरा झाँक लेता है। नीचे की हर पूर्णता पर वह करुण उजाला झर जाता। खेत में स्रोता बहता। पहाड़ पर से आदमी के आने की पगडंडी पर लुढ़कते-लुढ़कते झरना उतरता चाँदी के जनेऊ की तरह सब्ज पहाड़ पर। गाँव के अन्दर से नीचे हलद स्रोत बह रहा है। चारों ओर केवल स्रोत और पानी।

बिजली गरजती। नदी के किनारे आवाज आती। झरने के किनारे सिहराते-सिहराते रोंगटे खड़े कर काँटे जैसा कर कदम्ब खड़े हो जाते। बहते पानी में रूप देखा जा सके। झरने के उस ओर से तूफान में धू-धू की तरह आवाज आती। पानी उफनता, फेन उभर आते। देखते-देखते पानी पहाड़ से अथाह धारा में बह जाता बिजली की तरह। आँखों के सामने बड़े-बड़े पेड़, डाल चक्कर काटते, पछाड़ खाते, अनेक जीव-जन्तु तैरते बह जाते। कई जिन्दा, कई मुर्दा।

अधखुले सूरज की करुण छाँव सब पर पड़ती। सब विमर्ष दिखता। मानो इतनी पूर्णता, ऊपर-नीचे, सब केवल दुःख।

दिन ढल जाता। मेघ की किसी फाँक से चिलकती आखिरी रोशनी झाँक जाती। दूर के बरसते मेघ की बौछार में रंग लगा जाती। चारों ओर पानी आग-सा दिखता। गन्दले पानी की भँवर में रक्त के रेणु मिल जाते। निस्तब्ध जंगल के सहारे-सहारे एक-एक लम्बे शाल के पेड़ तले गहरा झरने का लाल पानी सोया रहता।

ललाई फीकी पड़ने लगती। केवल अन्दर छाया की धार एकदम निचुड़ जाती। दूर-ही-दूर पहाड़ के शिखर पर, कन्धे पर, आधा उजाला टिमटिमाता, आधा अँधियारा, एक साथ होने की तरह सब्ज लाल, बीच-बीच में बड़ी-बड़ी स्याह नसें।

अँधेरा घिर जाता। पहाड़ की ढलान पर कितने ठूँठ पेड़, बड़े पत्थर, वन-जन्तु जैसे स्याह दिखते। कहीं कुछ पहचान में नहीं आता। ऐसा लगता कि जैसे कहीं वराह का कोई सिर है, भालू की फूली देह है, अजगर की लम्बी पूँछ है।

मोर पीहू-पीहू कर बड़े पेड़ पर चढ़ जाते। गरदन-से-गदरन मिला, पंख पसार कालीसर पक्षी उड़ जाते। धीरे-धीरे वन देश में शब्द कम होता जाता। अचानक पानी भरे खेत में से ऊँची-ऊँची चिड़ियाँ एक साथ विकल हो चीख उठतीं। पहाड़ के मोड़ पर सियार चिल्लाता बार-बार, घड़ी देखकर समय का

व्यवधान ठीक रखने की तरह। साँझ डूब जाती। उसी तरह दिन चला जाता।

पहले अँधेरे में गाँव भर का धुआँ एक साथ होकर कभी छत, कभी बाग में लहरें बिखेर खेलता। गाँव के चारों ओर भीगी धरती, खेत के घेरे के ऊपर भाप उठती। चारों ओर कुहासा छा जाता।

अँधेरा, केवल धुआँ-ही-धुआँ। बीच-बीच में कहीं किसी गाँव की आग।

चारों ओर से क्रमशः अँधेरा दबोचता आता और साथ में गाँव की आग बुझ जाती। गड्ढे, खोह, पहाड़, आकाश सब को ढाँपे है स्याह आकाश।

निराशा होती।

जिली गुमसुम बैठकर सोचती। सोचने पर भूख घटती नहीं। बढ़ती है।

रोड का काम करते समय रोज जाने की आदत हो गयी थी। कुछ नया पाना, और आज इतने दिन हो गये—केवल धूप-घाम, बरसात—और खाली छटपटाहट, भीतर-बाहर सब जगह।

दिन भर कुली का काम। बारिश में भीगना, डूबना, साँझ में अवसाद, अकेले, खाली। बरसात के चित्र में दिख जाती है मन की सारी अपूर्णता, सारे अभाव। पुराना दर्द फिर उभरता, खोखला अस्तित्व टनक जाता, सनसनाती हवा में मसान में पड़ी खोपड़ी की तरह।

निराई रोपाई पूरी कर मेड़ पर बैठ सनसनाती हवा में तरला-तरली की फटी बरसाती ठीक कर बाँधो तो एक बार चारों ओर देखने पर दिखता है—दूर पहाड़ पर उठ रहे हैं स्याह मेघ, आकाश में चारों ओर मेघ भरे हैं, हलके सफेद-सफेद। पहाड़ की बड़ी-बड़ी चोटी की तरह बड़े-बड़े मेघ ऊपर-नीचे हो रहे हैं। फैले तूफान में उफनने की तरह गन्दला-मैला सागर, उसके नीचे गाढ़ा स्याह-नीला आकाश। वहां से कितने ही पहाड़, मेघ के पहाड़ टूटकर उस सागर में डूब जाते। मेघ बरसते, दृष्टि का दायरा छोटा हो जाता, केवल तिरछे-तिरछे मेघों की धार मुँह पर छींटे देती।

बारिश की झरी में जाड़े के साथ सिहराती उदासी लगती।

इतनी मेहनत के बाद दिन भर की खुराक मुश्किल से मिलती। पेट भरता नहीं, तन को कपड़ा पूरा नहीं होता। जितने दिन यों सुख-दुःख में बीत रहे थे, चलता रहा। एक बार स्वच्छन्दता देखने के बाद, एक बार मजलिस में रोड काम में घूम आने के बाद, छोटे अभाव भी बड़े नजर आते हैं। बड़े अभाव तो केवल हताशा हैं।

शाम को जिली मरे साँप-सी पड़ी रहती। धाँगड़ी बसाघर जाने में डर लगता। क्यों फालतू में वहाँ जाए। घर पर सोये रहो तो रात में कई बार नींद टूट जाती। पर

देखती पास में बिली नहीं। बाहर आती। बाहर बूढ़ा अकेला है। वहाँ पास नन्दीबाली भी नहीं। किवाड़ खोल बाहर देखती। केवल हवा की साँय-साँय। किसी की फुसफुसाहट।

लौट आती। नींद नहीं आती।

जब नन्दीबाली होता, बिली होती। किसी बात पर दोनों एक ओर चले जाते। जिली अकेली पड़ी रहती।

काव परजा खाली समय में खबर लेने आता। पहले की तरह खाली-खाली आँख से देखता रहता। यदि वह ऊपर पड़कर कुछ कहता, जिली उसे भी सह लेती। वह केवल तपस्या करती है। उसमें उसका रूप, बेश,...जिली कहती—छि: !

कभी-कभी धाँगड़ी बसाघर में सोयी रहती, अँधेरी रात में धाँगड़ा घर से डुगडुगा बजता। बाहर की ठंड के संग कलह कर देह का खून गरम हो उबल उठता। पाँच-सात धाँगड़ा काले भूत की तरह धाँगड़ी बसाघर पर चढ़ाई करते। राँधा गया मद उनके पास होता। घोर अँधेरा और मेघ की गड़गड़ाहट।

जिली खुद को बहा देती। रुचि का भेद-भाव रोड के काम ने तोड़ दिया था। स्याह विस्मृति में पाप-पुण्य खर्राटे भरते। सब एकाकार हो जाते।

कभी-कभी सूना। मगर सुबह होने पर जिली अब पहले की तरह सूखी यों ही पड़ी रहती। सूने में रात का रूप अलग है, दिन का दूसरा। अब और रात की फुर्ती में देह का या मन का अभाव सरकता नहीं। वही फटी लँगोटी वाला परजा, सूखा परजा, दिन में भी छुपता है। मगर अति उदार, एकदम खुले-खुले। जिली की ओर आँख टिमटिमाते समय सामने बुली या मिंजई या भिंगई किसी को देखते तो उसी आग्रह में उधर बढ़ जाते। देह जल जाती। गुस्सा भर आता।

कई रात जिली मना कर देती। खुशामद चलती। बात खोला-खोली। खींच-तान तक जाती। जर्जर परजा को संकोच नहीं होता। धीरे-धीरे मद पीकर वह जिधर चाहे उधर जाए। जिली के मन में अफसोस होता। नुकसान केवल मेरा है और सबका लाभ है।

इस खेल में पैसों की कोई कमाई नहीं। केवल जबान का स्वाद। वह भी थोड़ी देर। इसमें जीवन काटने की कोई व्यवस्था नहीं होती। सूखे परजा कोई उत्सुक नहीं पैसे देकर ब्याह कर लेने के लिए। इनकी संस्कृति खूब सहज और सादी है।

राह में किसी का नाक बहता बच्चा मिला। गोद में उठाने को मन करता। सब कुछ हँसी-ठट्ठा कर लें, रोते बच्चे का लाड़ कर आँसू पोंछ छाती से लगाने पर मन ठंडा हो जाता। लाड़ करते-करते मानो देह में चन्दन-सी धार बह जाती। उसकी उमर की कई लड़कियाँ किसी गाँव में जाकर माँ बन चुकी हैं। तब छोटे बच्चे को गोद में उठा खेलने लगती, कोई नहीं होता। हँसी कर उसके कान में कहती।

"मुझे माँ कह, खाजा दूँगी!"

तरह-तरह के विचार आते, सपने भी। इनमें शान्ति कहाँ? मन छटपटाता।

हाँय-फाँय होकर एक दिन मधु घासी आ पहुँचा। पहले भी वह कई बार औरों के संग फुर्ती करने आधी रात में आया है। जाना-पहचाना आदमी। साँझ ढले मधु घासी ने आकर कहा—

"ओ, जिली, मेरे संग चल, कुछ काम है।"

कुछ हटकर राह किनारे आम के पेड़ के नीचे बुलाकर कहा—

"देख तो, ये डोरिया कमीज कैसा सुन्दर है! और ये छाता! हमारे अन्दर ऐसी चीज खरीदने के लिए क्या दिमाग है या पैसे हैं? लेकिन बड़े-बड़े लोग दया करें तो कुछ भी पाना मुश्किल नहीं। हाँ, तेरी बात कह रहा था—रोड के काम पर गया था। वहाँ कुली का काम कर कमाई करती थी। अब देख कपड़ा बीच-बीच में फट गया। बालों में लगाने के लिए जरा-सा तेल भी न मिलता। कित्ता गोरा-चिट्टा रंग था! स्याह होकर कोयला पड़ गयी यह देह!"

जिली सिर नीचा किये खड़ी-खड़ी गहरी साँस लेती रही।

"हाँ, अब सुन। यह कमीज, छाता वगैरह सब मुझे दिया है हमारे गाँव में जो साहूकार आया है, उसके पास तेरे दोनों भाई वहाँ पर बँधुआ हैं। तू क्या नहीं जानती? बहुत पैसा है उसके पास, सोने का ढेर, बक्सा भरा है। इतना भला आदमी है! जो माँगोगी वह देगा तुम्हें। मैं कहता हूँ तू सुन। कोई नहीं जानेगा। उस साहूकार को खुश कर सकेगी तो, जो चाहेगी सब पा जाएगी। भाग्य में होगा तो सोना एक-दो कूपा मिल जाएगा। मेरा कहा सुन, तू इनकार नहीं करना।"

"तू मुझे बरबाद करने आया है मधु? ना...ना...मैं ना... करती हूँ।"

जिली दो कदम पीछे हटकर चल पड़ी। मधु घासी इन बातों से खूब परिचित है। कहने लगा।

"इतनी जल्दी क्या है? साहूकार अभी घर गया है। कई दिन बाद लौटेगा। अभी ना...ना करती रह। तब ना मत करना। रात में एक रुपया...समझी? अभी तू जा...मैं फिर आऊँगा।"

मधु घासी चला गया। जिली खूब गुस्से में लग रही थी। सच, इत्ता साहस! किस गाँव का सूँढी बूढ़ा डोकरा! बड़ा आया रुपया देने वाला!

अभी बापू से कहूँ तो मधु घासी का काम तमाम नहीं कर देगा! ऐसी बात कहता है!

बातें उसकी मन के गहरे में तेजी से चलने लगीं। मानो जल्दी से गाड़ी जोतने

पर धड़धड़ करती चल पड़ी हो। उस गति के संग मानो बहुत सारी गरम हवा, अनेक फूल, अनेक पत्ते सूखते-लुढ़कते जाते। चल पड़ा गरम भँवर के खेल की तरह।

परन्तु उसके माथे की नसों को हिलाकर, कान गरम कर धारणाएँ चली गयीं। फिर कहीं इस तपिश का कोई दाग भी नहीं रहा। मधु घासी की बातें मन के गहरे में कहीं डूब गयीं।

कठोर हो चाहे, वह बीज है।

इसके बाद दिन भर बिना बोलचाल, केवल अपने ऊपर चिड़चिड़ा जैसा लग रहा था। हर अभाव आँखों में चुभ रहा था। साड़ी भी एक साबूत नहीं। अभी बापू को कहने से कोई फायदा नहीं। रोड के काम पर कितने मजे में थी! अब देखो, कितनी हैरान हो रही है। चिड़चिड़ी हो गयी है। इच्छा हो रही है कि एक बार फिर मधु घासी आता—उसका सिर चबा जाती—घोर बेईमान कहीं का!

घर पर नन्दी बाली ने पूछा—

"मुँह क्यों फुलाये हो बड़ी जीजी! हाँडी जैसा? ना...ना...मुँह फूला नहीं, देखो, फुलके-सा फैला है। जरा ठहर, मैं डुगडुगा लाता हूँ। ओ बिली, तू जरा नाच तो..!!"

टिकरा जानी को ज्यादातर गाय-भैंसों का गोठ रखवाली करने का काम मिलता।

वन में दूर-दूर कई जगह साहूकार के गोठ हैं। हर जगह दो-तीन बँधुआ हैं।

दोनों ओर घने पहाड़। बीच में कुछ समतल जमीन पर खुला जंगल। उस जंगल में साहूकार का एक-एक गोठ। वहाँ दो-तीन सौ भैंस। वे खुली रहतीं। वे वन में घूमती-फिरतीं। उनके बीच में काटों (झाँटी) की दीवार। वहीं पास में है एक इकला घर। ऊपर एक छान। छोटा घर। एक जगह, साथ सोते। जिधर देखो, घने वन में दूर-दूर पर ऐसा एक-एक झोंपड़े वाला घर। वहाँ आदमी नहीं होते, बोल-चाल कुछ नहीं। दरवाजा खुला। अन्दर छींके पर झूलते हाँडी के हाँडी दूध-दही, वहाँ होती बँधुआ की हाँडी कौड़ी, भैंस के गले में पुरानी गले की पटिया, पुरानी घंटी वगैरह।

वहाँ कोस-कोस पर एक-एक छोटा गाँव है। उस कच्चे घर को केन्द्र कर आस-पास वन में भैंसों के साथ बँधुआ फिरता। कन्धे पर बड़ा ताड़पत्तों का छाता लिये। एक लाठी। उस पर झूलता माँडिया का आटा, माँड़ भरे दो-तीन लौकी के तूम्बे। अन्य जरूरी चीजों में एक पोटली, एक-दो सींगा, कुल्हाड़ी रहती दूसरे कन्धे पर। एक हाथ में लाठी लिये सदा तैयार।

चरवाहा भैंसों को कुछ नमक बाँटता। इसी से उन्हें वश में करता। वह सींगा फूँकता, भैंसें समझ जातीं—अब नमक बँटेगा। फिर धकमधका होकर हिलती, झूलती, जो जहाँ होती दौड़ी आती। बँधुआ सिर पर कपड़ा बाँधे लम्बी छतोड़ी उठाकर मुट्ठी में कस सींगा फूँकता आगे-आगे चलता। चारों ओर से झूलती दो-तीन सौ भैंसें चलती होतीं।

बँधुआ भैंसों को पहचानता है। गिनकर याद रखता किसकी पीठ पर कितनी भँवर हैं, किसकी पूँछ कितनी लम्बी है। यानी किस पर कैसा चिह्न है। कई चिह्न वह खुद लगा देता। पीठ पर दाग देता। पूँछ के बाल काट देता, सींगा से दाग देता।

नमक बाँटते समय भैंसों की गिनती करता। कोड़ी (बीस) कोड़ी का हिसाब। इसके बाद उन्हें इधर-उधर बिखेरकर चरने छोड़ देता। कोई दूर चली जाती चरते-चरते। कोई कहीं झरने के छुपे कीचड़ में लोटती। चरवाहा सबको जाकर बीच-बीच में गिनती कर आता।

जहाँ कहीं भी, वन में शाम हो जाती। भैंसों के झुंड के बीच अपनी छतरी रोपकर बँधुआ सो जाता। चारों ओर आग सुलगा लेता। बरसात की चोट से धुआँ बनकर फिर आग बुझ जाती। मनुष्य, जानवर सब सो जाते। पीठ पर मच्छर चिपक कर बैठे रहते। नींद में ही बँधुआ पीट देता। फिर सो जाता।

बरसात में जंगल खूब गहरा और घना होकर बढ़ता है। जहाँ गरमी में बड़े पेड़ नहीं दिखते, वहाँ अब इतनी घनी हरी घास है। कोरापुट के झुरमुटे और पेड़-पौधे इतने घने कि एक के पीछे एक चले तो भी कोई किसी को नहीं देख पाये। इधर-उधर नये-नये पेड़, नये-नये पत्ते। लता, झुरमुटे और बड़े पेड़ मिलकर ऐसे गुँथे-मिले होते हैं कि अन्धकार से वन भरा रहे। आँखों में कहीं रोशनी की झलक तक नहीं दिखे। बरसात के समय हाँव-हाँव की आवाज, बड़े पेड़ों से बेर की तरह पानी की बूँद झरती रहती। बारिश बन्द होने पर भी हरदम टप-टप। ऐसे शब्दों में पता ही न चले कि वह जंगली जानवर के कदमों की आवाज है? कौन किस रास्ते आ-जा रहा है।

इस घने जंगल में भैंस के झुंड के संग कुल्हाड़ी से रास्ता साफ कर बँधुआ आगे बढ़ता। घौद-घौद काँटे, फल, लता, झूला खेलते। कभी पाँव छिल जाता तो कभी कन्धा छिलता।

जंगल के रास्ते में ठीक से पाँव रख रास्ता चलते समय दिमाग में सदा बाघ की आशंका बनी रहती। घाटी में रास्ते के किनारे पर बाघ की लीद-भरी, कई जगह नयी, कहीं पुरानी। कई जगह कीचड़ में बड़े बाघ के पंजे के निशान। हवा में बाघ की गन्ध। कालखूँट पेड़ के फूल और बाघरी माल के फूल बिल्कुल बाघ की तरह गन्ध छोड़ते हैं। झरने के किनारे-किनारे किसी बड़े जानवर के चलने की तरह झप-

झप, छप-छप होती रहती।

उड़कर आ रही पानी की भाप देख छाती में छन-सा लगे, क्योंकि बाघ की आदत है वह मेघ के नीचे-नीचे फलाँगता चला आएगा। मेघमय मौसम की सिहराती हवा में देश के लोग उसे 'बाघेई मौसम' कहते हैं। घसीटो तो भी कोई बाहर नहीं निकलता। क्योंकि ऐसे मौसम में जरूर, जहाँ भी हो, आदमी को बाघ झपट लेगा।

महाबल (बाघ) की बात कौन नहीं जाने। बाघेई मौसम में उसे ज्यादा भूख लगती है। वह पूँछ उठाकर नाचता है। उसे नाच सताता है। पाँच हों या पच्चीस हों, दिन-दोपहर में भी भीड़ में से आदमी को उठाकर वह ले जाए। अगले दिन दोपहर तक लाश को साफ कर देता है। उस दिन उसे नशा आता है। शराबी की तरह लड़खड़ाता वह झरने के किनारे-किनारे टहलता फिरता है, सो जाता है तो बीच में एक दिन छोड़ देगा। फिर किसी दूसरे गाँव पहुँच जाता है। दिन भर घूमता-फिरता उस तरफ के ऊँचे पहाड़ की चोटी पर पहुँच जाता है। वहाँ रहकर शिकार की खोज करता है। साँझ के पहले पहर में बड़े रास्ते के किनारे, फिर रात गहरी होने पर गाँव के आस-पास घूमता है। इच्छा हुई तो फिर चला जाए सीधा एक रात में दस-पन्द्रह कोस।

जंगल के रास्ते में जाते समय कई बिना छप्पर वाले गाँव हैं। वहाँ भी कभी चूल्हा जलता था, बच्चे नाचते, आज सब सुनसान। वो उधर नन्दाचुआ गाँव, बाग है, एक-दो घर भी हैं। आस-पास के खेतों पर जंगल बढ़ता आ रहा है। वहाँ कोई आदमी नहीं। एक साथ एक गाँव से दस-पन्द्रह चले गये बाघ के पेट में। आखिर गाँव टूट जाता है।

बाघ के नाम के अनुसार कई गाँवों के नाम हैं। कोई बाघलमती, यहाँ लमती का मतलब ढेरों बाघ। दस-पन्द्रह बाग्री नाम हैं—कोई बाघेइपदर, कहीं बाघ्रागुड़ा है। भय का नाम 'शंका' है। जैसे बड़शंका, चीलीशंका।

वर्षा शुरू होने से पहले बाघ शिकार करना शुरू करता है। ठीक जाड़े के दिन खतम होने तक। अर्थात् चैत तक। तब तक जीवन का कोई भरोसा नहीं, जंगल के रास्ते में सदा छाती धक-धक करती रहे।

बँधुआ ने सिर बेचा है। उसे छुट्टी नहीं। बघेई मौसम में भी भैंस चराता फिरता है। भैंस गुमी तो साहूकार उसका गला पकड़ेगा। कहेगा—"भैंस खरीद के दाम उठने तक बँधुआ रहकर मर। जाएगा कहाँ?" अतः बघेई हो, या कुछ और हो, जान लगाकर भैंस के पीछे दौड़ता है।

टिकरा जानी को एक और बँधुआ साथी मिला है। नाम है उसका मिलकू परजा। कुछ ऊँचा सुनता है। थोड़ा लँगड़ाकर चलता है। सूखा बूढ़ा आदमी। बाल-बच्चा या घरवाली कोई नहीं। अपने जीवन के लिए उसे दुनिया भर का डर। कभी-कभी टिकरा को बहला-फुसलाकर पास वाले गाँव में ले जाता है। बाद में दो-चार बटोही साथ मिलें तो जाकर टिकरा से मिल जाता है।

टिकरा जानी ज्यादातर अकेला घूमता-फिरता। उसमें इतना साहस है—लोग कहते हैं—भैंसों के पास बाघ नहीं आता। गन्ध पाकर भैंसें एकजुट हो जाती हैं। भैंसें नसें फुलाकर सींग तानकर खड़ी हो जाती हैं। बीच में रहता टिकरा। बाद में वे छिन-छतर होकर रहने चली जाती हैं। भय जाने के बाद भी टिकरा को थोड़ा-थोड़ा डर बना रहता। भैंसों के नाम पुकार-पुकार कर वह उनके संग घूमता-फिरता।

वह भैंस की पीठ पर बैठ घोड़े की सवारी की तरह चलता है, सिर सहलाता है। अकेला लता के जाल में झूला झूलता। बड़ी-बड़ी गुल्ची लता के गुँथे-गुफे पत्तों पर हवा-ही-हवा में चला जाता। लेकिन सदा लता के अन्दर हल-हल की आवाज से डरता है—खासकर सियाली लता से। बड़े-बड़े गोल-गोल पत्ते शाल पर ऐसे सजे होंगे, खाली अँधेरा। मानो किसी भय का ढेर हो। सींगा बजा, आवाज देकर भैंसों के संग चलते समय उसकी नाक गन्ध पकड़ रही होती। आँखें हर गली, सेंध ढूँढ़ती रहतीं। जरा-सी आवाज भी पहचान लेने के लिए कान खड़े रहते। खट होते ही वह चौंककर कुल्हाड़ी ऊँची कर तुरन्त भैंस के पीछे जा खड़ा होता। सोचता—अब किसका डर है मुझे?

रास्ते में एक-एक बाघखायी जगह मिलती जाती। यह वही कालिया झरना, घर के पास से सावता को उठा ले गया था। यह है महुलकणा, यहाँ उस झाड़ी के पास इसी साल दो को खा गया है। उस पहाड़ी की ओट में जो एरंड का खेत दिखता है, वहाँ एक को, और जिरजरा गाँव के नीचे वाले झरने में हर साल किसी-न-किसी को पकड़ लेता है।

मेघ भरे मौसम में बाघ का अनदेखा झपट्टा आँखों में भरा होता है।

टिकरा जानी भैंसों का झुंड चराता। दूध दुहकर दही बनाता है। कितना सच्चा हो, साहूकार चोर ही कहेगा। जितना भी मेहनत से काम करो, साहूकार तो उसे पक्का ठग कहेगा।

जंगल में मेघ अँधेरा करके पानी उड़ेल देता है। पानी में तरबतर हाथ-पाँव सुखाने को कहीं जरा आग नहीं। भैंसों के झुंड में किसी उजाड़ वन के पास अँधेरी मेघ भरी रात हो जाती। पास में आदमी नहीं। रात-की-रात पेड़ तले कट जाती है। छतरी के नीचे बीस दफा नींद आती और चालीस बार टूट जाती है। बूढ़े को गप्पें अच्छी न लगें। मिल्कू परजा। जरा ठंड हो तो खों-खों खाँसता है। वन के अँधेरे

सूने में खाँसी और बिगड़ जाये।

कभी-कभी दूर-दूर पर एक-आध उजाला दिखता। वह कोई देवता है? बाघ की आँख? या और कुछ! कुछ पता न चले। मेघ भरे अँधेरे में भय हजारों रूप लेकर वन में फिरता रहता है।

कभी कोई मानो रो रहा है। क्यों रोता है? मिल्कू परजा कान के पास कहता—''बाघ का डूमा या किसी की प्रेत आत्मा है। अरे तू सो जा...सो जा।'' देह पसीने में भीग जाती। घर याद आ जाता। मन-ही-मन मुँह से गाली निकल आयी पहले भैंसों के लिए। खैर ये निबुर्धिया जानवर हैं, अनचले रास्ते पर बढ़ते जा रहे हैं, अपनी मरजी से। फिर साहूकार के लिए...कितना खराब है।

फिर भी टिकरा परजा सोचता, यह जीवन उस जीवन से कितना अच्छा है। यहाँ भैंसों की रखवाली न करो, तो साहूकार घर में हाड़ तोड़ काम में जोत दे—''जा, पत्थर समान करके तोड़, उठाकर दरवाजे पर डाल। अकेले जंगल से लकड़ी ला। खेत में काम कर। यह कर वह कर।'' साहूकार की ठसक, गुमाश्ते का रुआब, साहूकार के घर वालों का सबका रुआब, सदा गाली-पर-गाली। दिन में दस बार मुकदमे की तरह अभियोग—''तू ने ये किया, वो कर डाला।''

और सब से कष्ट, साहूकार का अपना अस्तित्व। उसे देखो तो हँसी बुझ जाए। मन का चाव भाग छूटे। चेहरा सूख जाए। वह व्यवहार! सदा चाबुक सटकार-सटकार कर कहता है—

''तू बँधुआ, बँधुआ रे! बँधुआ रे! सदा-सदा के लिए बँधुआ है। तेरी मुक्ति नहीं लिखी इस जनम में!''

उसकी पैनी निगाहों से सरक जाओ, अपनी आँखों में लालमुँहा बन्दर, नोंच लेने को तैयार उसकी छाछ छनी मूँछ, चाकी का पाट फिरने की तरह थर्राते दोनों होठ नसें, गरम तेल डाला है बढ़ाने के लिए—उसका बँधुआ बिना हुए कैसे लगता, कहना या समझना असम्भव है। टिकरा दुःख नहीं करता। इस जीवन के कष्ट में भी आनन्द है। पूरे रास्ते चिड़ियों की किचिर-किचिर! यह अजीब-सा वन का दृश्य। मोर चुग रहे। भालू चढ़ रहा पहाड़ पर। सियार बिजली की तरह भागा-छूटा जा रहा। हिरन किसी लता की ओट में दिखकर कहीं गायब हो गया। वनमुर्गी बच्चे को खिला रही है। सूअर का झुंड झरने की मिट्टी में लोट रहा है। बहुरूपी गिरगिट पोशाक का रंग बदल रहा है। चूहा कत्थई-सफेद दाग वाली देह में लहराकर इस पेड़ से उस पेड़ पर छलाँग भरता है। हवा में गिरते-गिरते ऊपर उठ जाता है।

जंगल का दृश्य। उसमें आँखें थकती नहीं हैं।

भीगी-भीगी सोंधी-सी वन की महक।

छोटे-बड़े कई खेल। झरने की जलधार पर कूदते लंगूरों का भागना, फल भूनकर खाना, सींगा फूँकना, भैंस की पीठ पर लेटकर पेड़ के नीचे धीरे-धीरे गुजरना। कहीं धाँगड़ी नजर में पड़ गयी, गीत गा पीछे-पीछे जाना, ऐसी कई बातें।

सब दिन अँधेरे जंगल में नहीं कटते। कभी-कभी गाँव में रुकने का अवसर भी मिल जाता है। अनजान गाँव, धाँगड़ा बसाघर, धाँगड़ी बसाघर। मौज मजलिस। सुबह नयी राह।

टिकरा परजा मुसीबत को मुसीबत नहीं सोचता। जीवन का वह उपभोग करता है।

मगर ठीक जब बढ़ते-बढ़ते वह आदमी बन आता है, पीछे से मानो कोई पाँव खींच देता है। तभी साहूकार काम बता देता है। काम बदल देता। फालतू बातों में कसकर गाली देता। कभी काम में थककर लेट गया, पाँव से ठोकर मार कह देगा।

''जा, काम कर बे...!''

दोनों भाइयों के रहने की कोठरी बँधुआ शाल में। छप्पर सड़ चुका है। दीवार पर ऊपर से नीचे तक चूने के पानी की तरह धार-की-धार बह आया है साँप का गू। छान की सन्धि में अटककर रह गयी साँप की केंचुली। हवा लगने पर फटे कपड़े की तरह फरफराकर बाहर उड़ जाती। कभी-कभी ऊपर से धम से लेंदा गिरता। घर में बिच्छू के बच्चे कलबलाते फिरते। नीचे छतू खिलने की तरह उभरा-उभरा, बाँबी बन गयी है वहाँ।

यह घर मरम्मत करने का समय ही नहीं मिलता। घड़ी भर फुरसत नहीं। साहूकार के यहाँ घड़ी-घड़ी तकादा आ जाता काम-काम और केवल काम।

धनखेत में घुटनों तक पानी में धान के पौधे बढ़ रहे। वहाँ पानी-गारे में भीगते हुए बछाई करनी पड़ती है। सीढ़ी बनाकर मेंड़ बाँध पानी को नीचे छोड़ना पड़ता है। फिर खेत के चारों ओर काँटे काट बाड़ बनाओ। खेत का काम खतम करने के बाद लकड़ी लाने छाया ढले जंगल जाना पड़ता। काम करने साहूकार दूर-दूर गाँव भेज देता है। शाम को काम का हिसाब लेता है। बात-बात पर गाली देता—''कहता है—महीने के खाने में से काट दूँगा।''

बीच-बीच में माँडिया टिकरा दोनों भाई मिलते। कान पर टँगा पिका छान कर पीका पीते हैं। हमेशा तय करते अपने सोने के घर की छान ठीक करेंगे। काम का बोझ बढ़ जाता। कर नहीं पाते। दुर्दशा की बात साहूकार के कान में जाती—वह हँस पड़ता। कहता—

''ससुरे बँधुआ ठहरे। इनके लिए पक्का घर बनता! क्यों रे!''

साहूकार ने सरसूपदर गाँव से लौटने के बाद इतना काम बता दिया कि सारे बँधुआ व्याकुल हो उठे।

यों दम फूल उठा, शाम को दोनों भाई खेत से लौट रहे थे। टिकरा भाई को जब बघेई के डर की बात बता रहा था तब बहुत डर लगा! तभी केन्दु अड़ा वन में साहूकार के पास रो-रोकर वहाँ का दस्तू परजा भागा-भागा आया।

कहा—"मेरे भाई सनिया को बाघ ले गया। हम दोनों भैंस की रखवाली कर रहे थे, धमधम कर दौड़ा आया और उसे लेकर भाग गया।"

साहूकार बरामदे में बैठा था। कड़ककर कहा—

"और मेरे कर्ज के रुपये? अरे, सत्यानाशी! मेरे रुपये डूबो देगा या देगा? बोल जल्दी बोल-बीस रुपये दिये थे, केवल तीन बरस बँधुआ रहा है। अब ब्याज मूल मिलाकर पता नहीं कितना होगा। अरे मेरे दस रुपये में एक दमड़ी भी कम होने से नहीं चलेगा। तू हल बेच या बैल बेच, मेरे रुपये लौटा दे, वरना मैं तो दावा कर दूँगा समझ ले!"

दस्रू परजा मरे हुए सनिया के गुण बिसूर रहा था। पागल की तरह नीचे लोटता रहा। साहूकार के पाँव पकड़ लोटने लगा। कहा—

"साहूकार, माई-बाप! अनाथ भाई मेरा! तूने उसे जंगल में भेजा। अब भाई कहाँ से पाऊँगा मैं? तू देगा?"

साहूकार गरम होकर कह उठा—"स्साले, जो मुँह में आता है, बकता जा रहा है! तुझे जूतों से पिटवा दूँगा। समझा! ओह! तो मैंने बाघ को सिखा दिया, इसके भाई को खाकर मेरे रुपये डुबो देना! मन नहीं है, मेरे मूल-ब्याज सहित रुपये दे दे। बँधुआ खुला ले। जो होना सो हो गया। अब जल्दी जाकर पुलिस में रपट कर, वरना सब-इंस्पेक्टर तेरी गत बना देगा। जा!"

दस्रू परजा रोते-रोते चला गया। साहूकार हँसते हुए मरे हुए सनिया को गाली देने लगा।

उसी साँझ टिकरा जानी को ऑर्डर मिला—"कल सुबह तू जा केन्दू अड़ार। साथ में मिल्कू परजा जाएगा।" टिकरा और माँडिया दोनों ने आपत्ति की।

साहूकार ने कह दिया—"यों ना...ना करोगे, सब लोग ना करेंगे और क्या एक-एक कर मेरी भैंसों को सीटीएम के लोग मार, खाकर, बाघखाई में डाल देंगे और तुम सब यहाँ बैठे रहोगे? मेरे पास ये सब चालाकी नहीं चलेगी, समझे? एक बात...जाना है, जा, वरना मेरे ब्याज-मूल मिलाकर लौटा दे, घर पर जाकर लन्दा-पेंडम राँध कर पी, वरना मैं जितना है उसका दावा ठोंक दूँगा।"

माँडिया जानी ने कहा—"तो, मैं भी जाऊँगा। पाँच-सात जन और साथ दें।"

माँडिया ने जोर से झगड़ा करते हुए दाँत भींचकर कहा—

"जो करना है कर, तू कर। बाघई जगह मैं नहीं गया तो मेरा भाई भी वहाँ

नहीं जाएगा। हमारे संग में पाँच और नहीं गये तो, हम, तो कोई नहीं जाएँगे।''

साहूकार ने ढेरों गालियाँ दीं। कई बँधुआ एक साथ जमा हुए थे। साहूकार को बाध्य होकर हाँ करनी पड़ी।

बँधुआ लोगों ने उपदेश दिया—

''उसके साथ यों तर्क करना ठीक नहीं। जरूरत पड़े तो वह दस के सामने हाँ कर देता है। मन-ही-मन गुस्सा रखता है। बाद में वह सब कुछ गोलमाल करता है। पक्का चालबाज है।''

माँडिया ने हाथ हिलाकर कहा—

''अरे! बँधुआ तो हो गये। और रहा क्या डरने-मरने के लिए? साहूकार अब और क्या चालबाजी करेगा?''

सामने साहूकार दूर जा रहा था।

माँडिया जानी के हाथ खुजबुजा रहे थे। बँधुआ बना तब से मन का तेज ऊना हो गया। फिर भी आँख के आगे देख-देख, दिन-पर-दिन इस शैतान के स्वार्थ की बातें देख, उसकी बातें सुन, हाथ खुजबुजाते। बाहर मांसपेशियाँ फूल कर उभर उठतीं। फिर सिर नीचे कर बँधुआ माँडिया जानी काम करने में लग जाता। अपना दु:ख दिमाग को परेशान करता। दिन बह जाते।

शाम को सोने तक अँधेरे जर्जर घर में गिक्का मुँह में लगाकर बाघ की बातें बहुत हुईं।

बाघ की दहाड़ जैसा लगता कभी मेघ के गरजन से। बाघ एक तरह से नहीं दहाड़ता। कभी दूर पहाड़ पर बिजली की कड़क की तरह, कभी जिद करते छोटे बच्चे की जिद की तरह। कभी कैसे। बाघ की आँख उजाले की धाँस लगने पर कैसे जल उठती, मानो दो बड़े-बड़े हरे तारे पास-पास बैठे केवल जल रहे हैं। बाघ की आँखों को देखो तो कैसे लगे, मानो दो किवाड़ खुल गये हैं। अन्दर दो हिलोर भरी गुफा! जितना बढ़ो, बड़ी होती जाती है!

बाघ झुरमुटे के नीचे लिपट पड़ जाता है, वह मिट्टी में मिल जाता है, एक चितकबरी कम्बल की तरह, और अपनी इच्छा होने पर खुद को फुला-फुलाकर बड़ा बना लेता है। शायद बड़ी भैंस के आकार में। बाघ अपने मन की खुशी में दौड़ते समय कितना सुन्दर दिखता है! थुल-थुल पेट नीचे सरकता-सा लगे। पट्टियाँ देह में घिसकर मानो किसी ने मोम लगाकर बना दी हैं। पीछे से देखो तो बाघ दिखता है हनुमान की तरह।

बाघ कैसे आदमी को पकड़ता है! पहले आकर हवा की तरह जोर का धक्का मार नीचे गिरा देता है। फिर एक बार में उठाकर लेकर चल देता है। काँख और छाती के पास छोटे-छोटे हाड़ों के बीच कसकर उठाता है, कुछ दूर चलने के बाद

गले में छेदकर खून पी जाता है।

लोगों का कहना है—बाघ औरत पकड़कर 'दोष' करता है—जिन्दा हो या मरी हो।

टिकरा ने कहा—"मैंने भी सुना है।"

माँडिया ने कहा—"अरे, यह केवल सुनने की बात नहीं। आँखों देखी है। कुटिंगा गाँव में अभी भी वो जिन्दा है। कोड़ू कन्ध की औरत। मैंने उसके मुँह से सुना है। उसे बाघ ले गया एक बड़ी चट्टान पर छोड़ दिया। वह इधर आता, उधर आता। यहाँ-वहाँ हाथ लगाता, लाड़ करता। फिर उसे 'दोष' किया। कन्धनी बेहोश हो गयी। होश आया तो देखा—वहाँ बाघ नहीं था। पास ही कहीं कन्दा खोदने के गड्ढे थे। इसी में घिसट-घिसटकर कन्धनी कुछ दूर चली गयी। वहाँ बड़ा पेड़ देखकर वह उस पर चढ़ गयी। खूब ऊँचे, पहने हुए करिया को खोल उसके साथ खुद को बाँध दिया। काफी देर बाद वह बाघ आया। खूब दहाड़ लगायी। इधर-उधर देख, आखिर ऊपर देखकर वहीं नीचे बैठ गया। इसी तरह काफी समय बीत गया। गाँव वाले अब झुंड में आये। बन्दूक चलाकर बाघ को वहाँ से भगाया। वह कन्धनी आज भी जीवित है।"

टिकरा ने कहा—उसकी उमर होगी तो बचेगी नहीं! चार बीसा, पाँच बीसा (80-100) लोगों को बाघ ले जाता है। उनमें चार-पाँच बचकर आते भी हैं। उस बार कन्दा खोदते-खोदते दिहडू साँवता को लेकर चला गया था। थोड़ी दूर जाने के बाद दिहुडू ने छटपटाकर कसकर शाबल भोंक दी। बाघ छलाँग मार कुछ हट गया। दिहुडू चढ़ गया एक पेड़ पर। जीवन था। बच गया।

पिछले महीने लुल्ला के पास थोटागुड़ा गाँव की बात है। बाघ गाँव के पास मुस्का कन्ध की ओर झपटा। मुस्का एक लम्बा बरछा लिये था। मुँह फाड़ बाघ ने छलाँग मारी, मुस्का ने मुँह में बरछे की नोंक ठूँस दी। उसके खून बह गया। बाघ ने बरछे को जकड़ लिया। तुम कभी जाओ तो देखना दाँत के चिह्न। बाघ पीछे हटा, मुस्का ने बरछे को ठीक से सँभाल लिया था। बाघ ने छलाँग मारी। उछलकर आया, मुस्का ने उधर बरछा आगे कर दिया। बाघ पीछे हट गया। जान बचाने की बात। ऐसे एक-दूसरे पर वार करते मुस्का और बाघ गाँव के रास्ते तक चले आये। मुस्का गाँव में आ गया। बाघ गरजकर वापस जंगल को लौट गया।

बन्दिकार गाँव की रिमेइ कन्धनी। वह और उसका आदमी पास-पास बैठे कन्दा खोद रहे थे। महाबल चढ़ आया कन्ध पर। कन्ध गिर पड़ा। बाघ के नाखून लगकर खोपड़ी के ऊपर का मांस सामने और पिछवाड़े उठ गया। केले के पटवा छिलने की तरह। कन्धनी कुल्हाड़ी उठा बाघ के पास धमक आयी। कन्ध भाषा में गाली दी। कुल्हाड़ी से एक चोट कर दी। बाघ सरक गया। कुल्हाड़ी की चोट

नीचे की ओर लगी थी। कन्ध उठकर खड़ा हो गया। लहू की धार बहती रही। आँख में, मुँह में खून। बाघ दूर से ताकता रहा। पूँछ पीटता रहा। आस-पास के कई लोग आ पहुँचे। बाघ भाग गया। दिशारी ने पत्ते पीसकर घाव पर लेप कर दिया। तीन हाट (हफ्ते) में कन्ध ठीक हो गया।

"सब उमर और भाग्य की बात है।"

माँडिया ने कहा—"अरे हम परजा लोग हैं, डर कैसा? बाघ चुन-चुनकर कन्ध को खाता है। क्योंकि वे बन्दर खाते हैं। और हम लोग तो साँप खाने वाले जीव हैं। हमें खाने पर बाघ खुद मर जाएगा।"

बात करते-करते दोनों भाई सो गये। माँडिया खर्राटे भरने लगा।

टिकरा ने सपना देखा। घोर वन, पहाड़ की सन्धि में गहरा झरना, वहाँ झुरमुटेदार घना जंगल। झरने में एक लम्बा शाल का पेड़ बढ़ता जा रहा है। ऊपर-ही-ऊपर। उसकी नोक तीखी, घनी डालों में कोई मचा बँधा हुआ है। वहाँ बैठे हैं वह और माँडिया दोनों। माँडिया बन्दूक लिये है, एक देशी लम्बी बन्दूक।

नीचे पड़ी है आदमी की लाश। मोटी-मोटी सेवल के पत्तों की माला बँधी है खूँटी से। अँधेरा, कुछ चाँदनी छिटकी है लाश के चारों ओर। झरने के किनारे पीठ किये बैठे हैं दोनों चुपचाप। अचानक मानो साँस बन्द हो गयी। नाचता हुआ महाबल आया, देह फुलाकर, कितना बड़ा हो गया! लाश सूँघकर चला गया।

लाश का एक हाथ उठाकर सीधा कर शाल पेड़ की ओर दिखाने लगा। उधर ही दोनों बैठे थे। टिकरा पसीने में तर हो गया। मानो कोई गला भींच रहा है।

महाबल ने एक बार देख लिया। मानो आँखों से आग फेंक रहा है। फिर लाश में मन लगाया। कूदकर पास आता हाथ-पाँव दाँतों से खींच हलके से मुँह फिराता। हाथ-पाँव खट-खट कर टूट जाते। चबाते-चबाते नाचता हुआ कुछ दूर हट जाता। बड़ा मुँह फुलाकर वह हँसता। चाँदनी में उसके बड़े-बड़े दाँत चमचमाने लगते।

दौड़कर लाश को एक ठोकर मारता, सेवली की डोर कट-कट टूट जाती। फिर लाश चाटता। हाथ से सहलाता, पास बैठकर सूँघता। लाड़ करने की तरह धीरे-धीरे इंयाऊँ-इंयाऊँ करता। फिर चड़-चाड़ कड़-काड़ कर टुकड़े कर खींचता, ऊपर फेंकता, मुँह में लपक लेता और देखते-देखते वह और अधिक फूल-फूल उठता।

टिकरा तो देखते-देखते घबरा गया। खाट पर से लुढ़क गया। सूँ-साँ करता खिसकने लगा, नीचे और भी नीचे। अधर-ही-अधर में गिरता चला, पता नहीं कितना नीचे-फिर भी धरती छू नहीं पाता। खाली गिर रहा है। तभी नींद टूट गयी।

देखा—घोर अन्धकार, मेघ घू-घू पुकार रहे हैं। वहीं पर माँडिया जानी गहरी नींद में सोया है। तभी अचानक उसे खयाल आया। कल साथ में जाएगा माँडिया

जानी, अकेले-अकेले अपरिचित गाँव में धाँगड़ी बसाघर में जाकर मौज-मस्ती करना अब शायद सम्भव न हो। बहुत छटपटाहट हुई। उसने सोने की ओर मन लगाया।

आह! धाँगड़ी! नयी-नयी जात के पके फल-सी, कित्ती सूधी, कित्ती खुशी-खुशी! जान न पहचान, अपन-पराया नहीं, केवल गीत-नाच फुर्ती और मौज! माँडिया जोंक-सा लगा रहेगा साथ-साथ, धत्!!

और अब टिकरा जानी बाघ की बात नहीं सोच रहा था।

धरती सब्ज हो गयी है।

जंगल भर गया। खेत भरे हैं।

पुराना खेत गया, जाने दो। नये खेत में 'अनार की रोशनी' की तरह भरभरा कर फसल उठ आयी है। धनखेत में घुस जाने पर ऐसा लगेगा मानो धान के पौधे धकिया-भकियाकर पास सरके आ रहे हैं। कमर तक उठकर गुदगुदाते चेहरा देख रहे हैं। देह में उसका स्पर्श कितने गहरे तक भेद जाता है। मन का सब बाँका-टेढ़ा सीधा होकर आगे दिख जाता है और खेत की महक, धूँगिया की पहली फूँक से भी अधिक आरामदायक लगे। पहाड़ की ढलान-ही-ढलान पर बगीचा है। अरहर के पौधे टहनी पसारे हैं। मिरच बँध रही है। पेठा, कुम्हड़ा, तोरई—बगीचे में चले जाओ—कोई कन्धे पर बाँह झुला रहा है। कोई सटकर पकड़े है, मानो उसका छोड़ने का मन नहीं।

कुल्हाड़ी, फावड़ा, शबल लेकर बूढ़ा-छोकरा दोनों दिन ढलने पर बगीचा देखते हैं। खेत देखते हैं। दिन भर काम, फिर भी शाम पास आने पर लगता जैसे और बहुत काम बाकी पड़ा है। वो तोरई की लतर, कित्ती विकल होकर ताक रही है! नीचे एक सहारे की उसे जरूरत है। कहीं जरा तराशना है। किसी पत्ते के नीचे कीड़ा छुप गया है। अँधेरा घिर गया, कल सुबह देखेंगे।

नन्दीबाली गीत गाता। शुक्रू जानी देखता रहता। धूँगिया खींचता। दूर पास के पहाड़ के मोड़ से कन्धगीत एक-एक कर जवाब-सवाल के रूप में तैर आते। नन्दीबाली गीत गाता। हरे खेत में मन हुलसाकर हलचल मच जाती, बूढ़े के मन में। मन भरा-भरा हो रहा फिर भी बार-बार टकराती काम बाकी काम बाकी है!

बूढ़ा परजा धरती की ओर ताकता रहता। फसल संग, वन के संग, वह भाई-भाई है। वह भी तो इसी मिट्टी से जन्मा है। धूँगिया पीकर देखते-देखते दूर देश की बातें मानो कानों में गूँज उठतीं। जितने चाव से धरती की छाती पर सिकुड़कर मिलने पर भी शाम के संग कुछ आते, उसे खींच लेने। मन के उफान में कसकर

सारे सौन्दर्य को वह जकड़े रखता। मानो वह छोड़कर जाना नहीं चाहता। ना, नहीं जाऊँगा। नहीं जाऊँगा।

वर्षा कम हो गयी है। कभी-कभी इधर-उधर साफ दिखता। जितना पुराना होने पर भी सब में आश्चर्य लगता। सब नया-नया। सब कुछ यहाँ आश्चर्य भरा है।

शाम से पहले—

दूर पहाड़ के काले घूमर के नीचे के टुकड़े को छुपाकर पास के पहाड़ की पतली नाक लम्बी होकर उतर गयी।

आकाश के नीचे दोनों पहाड़ के शिखर पर पतली एक रेखा, उस पर एक-एक पेड़ फरफराकर ऊँघता-सा खड़ा है, बीच-बीच में जगह-जगह, हलके उजाले में। बायें-दायें धार-की-धार पहाड़ की गोलाई मिली है। इधर से पहाड़ की ढलान, उधर से पहाड़ की ढलान तिरछी होकर दोनों ओर से फिसलकर मानो कोई एक साथ गाँठ बाँध गया। मगर मिला नहीं।

आँखों के आगे पास वाले पहाड़ का चित्र विन्यास अच्छी तरह दिखा रहा है उजाला। पिछवाड़े ऊँचे-ऊँचे दूर के पहाड़ की रेखा एक के ऊपर एक बनी दिख रही है। दूर-दूर पर अँधेरा ज्यादा है।

पास के पहाड़ में तरह-तरह के रंग बिछे-बिखरे और धूप-छाँव में एक और ही तरह की छटा है। पास में गाढ़े सब्ज, घने-घने आम के पेड़, पालकी की तरह सजे-धजे हैं। उसके उस ओर पीरी घास, मानो पनीले सब्ज के संग कत्थई मिलाकर किसी ने उड़ेल दिया है। इधर-उधर धार की धार पैने-पैने कच्चे तोतई रंग के शाल के पेड़ हैं। एक ओर आधी ढलान में ऊँचा काला स्याह 'साज' का पेड़, सीधी-सादी डालियाँ, हाथ की तरह खड़े पत्ते। उसके ऊपर कुछ दूर पतली-पतली रेखाएँ, उस पर फुलका-फुलका हल्के कुछ निकट लाल-लाल, ललवाँसे, बूँद-बूँद 'मुँडी' पेड़। जगह-जगह ढेर सारी आकारहीन छाँव, जगह-जगह 'साली' पेड़ जो केवल सफेद-सफेद बूँद हैं।

जगह-जगह कई चमचमाती बूँदें।

दोनों ओर पहाड़ की ढलान उतर रही है, बीच में गड्ढे के इस ओर सानगुड़ा गाँव के घर हैं। नीले रंग की पैनी 'मुरगी' झुरमुटे भँवर की तरह, उसके पीछे घर की छान आधी-आधी ऊपर दिख रही है। पीछे काले-गोरे पहाड़ों की गाँठ बँधी है। गाँव के इस ओर तिरछे सीढ़ी-दर-सीढ़ी उतरती जा रही बेढ़ा नदी। वहीं सानगुड़ा के सारे धनखेत हैं।

गाँव के इस ओर बेढ़ा पर दूह का चक है। नीचे ढलान में घनी वन-कदली-आधी उजाले आधी अँधेरे में मिली धूप-छाँव की थरथराती पत्रावली। उसके ऊपर

ढूह का चक। गाँव की समतल धरती, पास के पहाड़ के हाथ की अँजुरी में मानो लेटकर खिलखिलाती हँस रही है।

चारों ओर ढूह के किनारे-किनारे एक-एक महुआ का पेड़, मानो किसी कारीगर ने साँचे में ढालकर उतारा है। उसकी लम्बी-लम्बी पैनी अँगुलियाँ, उनमें दर्पण-से नख आधे उठे हैं। फिर बाँकी-बाँकी गाँठ-गँठीली डाल, उस पर शब्द जाल की ध्रुपद की तरह लहर होकर नीचे-ऊपर, इधर-उधर, जड़ से मोटी-मोटी शिखा पर पतली-पतली रेखा। पुराने कांड और डाल चिकने स्याह, नयी पतली डालों का सफेद जाल चमचमाता, मानो कोई ढलाई तारकसी के काम का गोल जाल किसी ने स्थापित किया है—छपछपीले ठोस खूँटे पर।

बीच में एक बड़ा बरगद। बढ़ते-बढ़ते खूब ऊँचे से उतर आया। मानो जगह-जगह धार-की-धार गिरकर सूख गयी है। वह खुद छोटा-सा पहाड़ है।

दूर का, पास का दृश्य चलती छाँव की तरह देखते-ही-देखते बदल-बदलकर बुझता जा रहा। बूढ़ा और जवान दोनों घर लौटते।

अँधेरे के संग उदास अवसाद उतरता है बूढ़े पर, वह केवल सोचता रहता। ऐसे एक दिन, मेघ होंगे, पेड़ उगते अँकुराते होंगे, सब रहेगा और वह न होगा। दिन समाप्त हो रहे हैं, व्यर्थ आस बाँधने से क्या लाभ? लुढ़क जाएगा वह भी। बिली का कुछ बन्दोबस्त हो ही गया। अच्छा है और तीन बच्चे रहे बाकी। उनके कैसे ब्याह होंगे? पता नहीं। कैसे घर करेंगे? कितने दिन दोनों भाई बँधुआ बने बँधे रहेंगे?

काश, माँडिया-टिकरा का ब्याह हो जाता! मरने पर भी किसी बहू के पेट में उसका डूमा (आत्मा) आ जाता। वह जन्म लेता। फिर से सुख-दुःख देखता। बच्चों के बीच रहता। उससे अगर पहले मरो तो पता नहीं कित्ते दिन उसका डूमा प्रेत बन कहाँ अघोरी होकर फिरता रहे। यदि जन्म भी ले, कहाँ दूर विदेश में, किसी अनजान घर में—इनके बच्चों के संग, जमीन संग, घर के संग और भेंट न होगी।

ज्यों-ज्यों बूढ़ा होता, सोंबारी ज्यादा-से-ज्यादा याद आती। कब की तो मर गयी। सच, कहीं और जनम नहीं लिया होगा? वह क्या इन्तजार करती फिर रही होगी वन-वन में?

सब गोलमाल हो जाता है। फिर कैसे भी विश्वास आता है—सोंबारी इन्तजार कर रही होगी। उस पार इतना सूना नहीं लगेगा।

छाती हल्की लगती। शुक्रू जानी धूँगिया खींचता।

हल, कोड़ी, बँधुआ लेकर सिर पर दिन पहुँचने से पहले ही साहूकार खेती करने

पहुँच गया सरसूपदर गाँव। लड़कियाँ सुबह दाँत में रखी दातौन का टुकड़ा चबाते-चबाते पानी के गड़िया में उतर रही हैं। साहूकार आया, मधु घासी कुछ दूर उसका स्वागत करने गया। दोनों में बात हो गयी।

साहूकार इसे-उसे अँगुली दिखाता, मधु घासी खबर देता। लड़कियाँ जा रही थीं। दोनों एक आँख से पीछे देख अनमने हो जाते। साहूकार क्या कहता, मधु घासी क्या जवाब देता, बाहर कुछ पता नहीं चलता। मघु घासी ने हाथ फैला दिया। ''दे, एक रुपया दे।'' साहूकार ने जरा सोचकर एक रुपया बढ़ा दिया।

उस राह जिली आयी। मधु घासी ने कहा—''देख, उधर देख, अब की!'' प्रशंसा करते हुए देख रहा था साहूकार। जिली कुछ दूर आगे जाकर चिल्ला उठी—''तू..मधु है रे?''

''हाँ, मैं हूँ।'' मधु ने कहा—''आ सुन जा।''

''ना...देर हो रही है। जा रही हूँ।''

जिली राह से हटकर दातौन चबाती-चबाती चली गयी। रुक-रुककर तिरछे-तिरछे पीछे कुछ देखती जा रही थी।

साहूकार सोने से बँधे हाथ को उठाता। हथेली हिलाता। ऊँची आवाज में बुलाने के लिए मुँह खोलता। फिर इधर-उधर देखता, मुँह खुला रह जाता, शब्द नहीं निकलते।

घासी ने कहा—''ऐसे नहीं आने वाली यह। अच्छा खाना चाहिए। खुशबूदार साबुन, सुगन्धी तेल, मौके पर फूल का हार या गजरा एक-दो, कुछ पैसे, खाजा, मीठी लाजा हो कुछ।''

साहूकार ने कहा—''सब दूँगा। किसी चीज के वास्ते कभी मना किया है?''

मधु ने कहा—''मैंने यह कब कहा कि तू नहीं देगा? पर जानता है, जो जितनी बड़ी है, उसके दाम उतने ही ज्यादा होंगे। इसका कायदा भिन्न है। केवल फुसलाकर बुलाने से आने वाली नहीं यह। भाइयों को जैसे बँधुआ रखे हो, बहन को यदि ले जा सके, तो ठीक है। ले जाना, कुछ भी लगे चाहे। तुम शुंडी वंश में ऐसी एक भी कहाँ से पाओगे?''

साहूकार सोचता रहा।

मधु ने उसके खयालों पर चोट करते हुए फिर कहा—''तुझे दिन में एक चाहिए। इतने ज्यादा लोगों की क्या जरूरत है? इसकी बजाय खाना-कपड़ा देकर कुछ पाँच अच्छी देख ले...कितना अच्छा होता! वरना कभी किसी से यदि कोई बीमारी आ जाएगी, जान ही चली जाएगी।''

धर्म उपदेश सुनकर साहूकार खीझ उठा। उधर जिली कब की अदृश्य हो गयी। साहूकार ने उद्विग्न होकर कहा—''देख, जिम्मेदारी तुझ पर रही इस बात की।

याद रख, इतनी बातों से मुझे कोई मतलब नहीं।''

बारिश कम हुई है। साहूकार फिर उसी धाँगड़ा बसाघर में टिका रहा। चाकर सब कहीं जगह देख गाँव में अन्यत्र टिक गये।

अगले दिन शुक्रू जानी की धरती पर सुबह-सुबह साहूकार हाजिर था। बँधुआ और हलों ने प्रवेश किया।

जमीन पर बहुत काम हुआ। कई लोग काम पर लगे।

थोड़ी-सी सुबह हुई तो उस राह नन्दीबाली और शुक्रू जानी दोनों खेत पर चले। शुक्रू जानी वहीं रुक गया। आगे बढ़कर साहूकार के साथ बातें करने लगा।

कहा—''हल में कोई कष्ट नहीं होगा साहूकार। देख-देख कितना सुन्दर चल रहा है। अधिक जोर लगाना भी नहीं पड़ता।''

साहूकार ने कहा—''मुझे कैसा कष्ट? अरे, ओ, पैसा खर्च करने पर हर असाध्य साध्य हो जाता है।''

''इस टुकड़े पर धान बोएगा तो साहूकार? कैसा धान लगाएगा? जो बोएगा, सब होगा। देख, यहाँ मैं धान लगाता हूँ। यहाँ माँडिया, उधर कान्दूल, वो वहाँ अलसी, सोंआ, तू भी तो वही करेगा? या क्या कहते हो साहूकार?''

नन्दीबाली बेचैन हो रहा है। शुक्रू बूढ़ा अपने खेत के बारे में कहे जा रहा है। जितना कहे और अधिक कहने को मन करे।

साहूकार थोड़ा-सा सुनता। कभी हँसी कर उपेक्षा में इधर-उधर टाल जाता। कभी बात के बीच में उठकर बँधुआ को उपदेश देता, हुकम जारी करता।

नन्दीबाली ने कहा—''देर हो रही है! चलें उधर।''

शुक्रू ने कहा—''रुक, चलते हैं, ठहर जा और कुछ बता दें। जो जहाँ चाहिए, वहाँ न बोएगा—दूसरी जगह बोएगा तो फसल अच्छी न हो। और मिट्टी भी खराब हो जाएगी। उसका इसमें क्या जाता है, उसने तो बन्धक ली है, बाद में हम परेशान होते रहेंगे।''

साहूकार ने अबकी बार मुड़कर कहा—''खाली में खड़ा-खड़ा बहुत बातें कर रहा है। तू हल चलाता क्यों नहीं? तेरी धरती, तुझे ज्यादा पता है। जरा तू भी लग जा।''

हँसते-हँसते लोट-पोट।

''अरे...ठीक है, कुली-मजूरी दे दूँगा। जा, कौड़ी रख।''

नन्दीबाली ने बूढ़े का हाथ पकड़ खींचा—''उधर काम ज्यादा है, देर हो रही है, चलो।''

बूढ़ा चल पड़ा। पीछे से साहूकार ने हँसकर कहा—गाली में, ''कितनी जल्दी अबाध्य बन गया! कल मेरा बँधुआ था। आज मेरे बुलाने पर भी यह सुनता

नहीं। अबे ससुरे, परजा की खेती कैसी होती है, क्या मैं नहीं जानता? तू बड़ा आया है मुझे पढ़ाने! और वो मुस्टंडा, घर जँवाई आया है, अतः इतना कड़क है! हरामी, मेरे बँधुआ का बँधुआ!''

नन्दीबाली और शुक्रू बूढ़ा अपने नये खेत पर चले गये।

नन्दीबाली ने समझाया—''और अब तू उस खेत के निकट कभी मत जाना!''

बूढ़ा चिहुँककर कह उठा—''क्यों?''

नन्दीबाली ने कहा—''अरे थूक दिया जो थूक, और उसे तुम क्या फिर चाटोगे?''

बूढ़े ने कहा—''क्यों? मैंने क्या अपनी धरती बेची है उसे?''

नन्दीबाली ने कहा—''न बेचने पर भी, अब खेती करेगा वह, तुम जब तक छुड़ा न लो। क्यों पराये के पास जाना? कुछ उलटा-सीधा कह देगा। अपनी जमीन, पराये का जोर! वहाँ खड़े होने में मन दुःखता है।''

बूढ़ा चुपचाप चला गया। सच है, मैं कौन हूँ? घर से बाहर कदम रखते ही राह के किनारे सोयी है जमीन। सदा की जमीन, बाप-दादों के जमाने की जमीन। उसी राह मुझे जाना है, वहाँ कमा खाएगा साहूकार। देखो तो वह बिदककर मेरे पीछे भागेगा। एक बात कही कि लाठी फकेंगा। नन्दीबाली बच्चा है, पर यह सच कहता है।

सिर को झुकाये हुए अकूत दुःख की छाया नाक पर देखने की तरह एक-एक कदम डालता शुक्रू जानी आगे चल पड़ा।

फिर मानो हवा बह चली—घोर समय कट गया। आशा का उजाला बिखर गया—शुक्रू ने सोचा—''अरे, सच तो! सदा ऐसा नहीं रहेगा। बच्चे ब्याह करेंगे। जिली के कारण कच्चा पैसा घर में आएगा। नये खेत में फसल पकने पर पैसे उठ जाएँगे। जमीन छुड़वा लेंगे। बँधुआ खतम होगा—यह दो दिन की बात है—खुद टल जाएगी।''

फिर सीधा हो गया। छाती के ढीले पंजर को कुछ बल मिला।

शुक्रू चल पड़ा।

पुराना खेत-दादा-परदादा के जमाने से गाँव में उसकी जड़ें हैं। कितना पुराना है वह! इसमें पूर्वजों की कहानी लिखी है। मेरा इसमें अपना समूचा जीवन है।

घर की लक्ष्मी को पराये की थाली में डालकर वह अभागा बना बैठा है। बिना कसूर के किसी की पत्तल में धूल डाली, उसी का दाव साध रहा है खाली निगाहों में।

खेत की ओर से जाने पर ऐसा लगता है। वहाँ ताकते बैठा है वह, जिसका

मुँह देखने में भी शर्म लगती है।

तेज दुपहर के सूने में गाँव के चौक में पूर्वजों के पत्थर वाले रास्ते से जाने पर वे भी मानो गाली देने खड़े हैं—अधनंगे डेंगू कौपीन पहने पितृपुरुष।

"और अब तू छुड़ा सकेगा? तू होता कौन है रे हमारी जमीन डुबोने वाला? छि: तेरे मुँह पर!!"

मुँह जल जाता है। खेत की ओर जाने पर सिर नीचा करना पड़ता है। वहाँ भी खाली छि: छि:!

रात में सोये-सोये कई सपने देखता। एक-एक कर खोये हुए बूढ़े जन लाठियाँ ठक-ठक कर आते। गाली देते-लौटे जाते।

"किसकी आत्मा है जो तुम आये, केवल डुबो देने!"

नींद में बौरा कर साहूकार को रुपये देने की कहता है। साहूकार ठोकर मारकर रुपये फेंककर कहता है—"जमीन मैंने खरीदी है। मैं नहीं छोड़ूँगा।"

आह भर जाती। पसीने में भीग जाता। नींद टूट जाती। फिर सारी बातें सोच-ठीक से विचार करता—झूठी आशंका।

मन को बहलाता—"भला इसमें बुराई क्या है? जमीन खाली ही पड़ी रहती।"

बेटों की सहमति है। मगर आज अगर सोंबारी होती, वह राजी होती क्या? कभी-कभी विश्वास नहीं होता। कभी सोचता हाँ वह मान जाती।

फिर सोचता—मरे-खोये लोगों की नजर में धूल नहीं झोंक सकता मैं। वे जानते हैं जमीन देकर मैं छूट गया। वे क्या नहीं सोचते होंगे कि स्वार्थी हूँ।

ना, मैं स्वार्थी हूँ। बाहर जितने कारण दिखाऊँ, मैं स्वार्थी नहीं तो और क्या हूँ? बँधुआ, काम में बूढ़े के हाथ पिराने लग जाते थे!

छि: छि:!!

पागल हो जाता। नये खेत की फसल में डूबे रहकर मन करता पुराने के लिए मन हल्का कर रो लूँ। मन-ही-मन सारे देवता, सारे डूमा, सब पितृ पुरुषों को साक्षी देकर कहता—"मैं स्वार्थी नहीं। स्वार्थी नहीं। मैं जरूर जमीन छुड़ाऊँगा।"

साहूकार खेत पर हल चलाता। हल की फाल धँसती बूढ़े की छाती में। उसके खेत पर पराये लोगों की चहल-पहल, उसके मन में तूफान पैदा कर देती।

क्या न्याय यही है? सत्य क्या है? मेरे वक्त पर सारा उलटा?

चासी के खून में खेत की मिट्टी होती है। साहूकार ये बात कैसे समझे!

फालतू की हाँय-फाँय। कठोर सच याद आकर मन को मुरझा दे। वह कमजोर है। हाय! खुद-पर-खुद दया कर समझाने लगता।

बिली ओट में बुलाकर नन्दीबाली को कहने लगी—"बापू ने खाना कम कर दिया! सूख रहा है वह। बूढ़े से तुम ज्यादा काम ले रहे हो?"

"ना...ना ज्यादा काम वह कर नहीं पाता। वह तो सदा अनमना ही रहता है। काम के समय मैं ढेर-का-ढेर काम कर देता हूँ। वह केवल फावड़ा कन्धे पर रखे खड़ा रहकर पता नहीं क्या देखता रहता है।"

"ओहो! बड़ा काम करने वाला आया है तू, उसके आगे?"

"ना, तू ज्यादा कर सकती है। ओह! आ री छोरी एक दिन, देखूँ तेरा दम! काम पर एक दिन देखें कितना करती है!" दोनों हँस पड़े।

"सारिया गारु कु कातिकाड़
शुँडिगारु हंडा!
अइलुस रे टोकी तुई
केड़े रिसि तिंड़ा॥"

"ना, हँसी की बात नहीं। नन्दीबाली। मैंने भी कई बार देखा है। अकेला बरामदे में बैठा धूँगिया पीता रहेगा। बैठा है तो बैठा रहेगा। मैं बुलाऊँ—"बापू, माँड़ पी लो, ठंडा हो रहा है। खाली कहेगा—हूँ, और बैठा रहेगा। माँड़ का दोना मुँह के पास लगा ले दो-चार बार, फिर मुँह बिदकाकर नीचे रख देगा। पहले की तरह ज्यादा बातें भी नहीं करता। इसे क्या हो रहा है?"

"ओ...वैसे ही होता है! दिन भर धूप-पानी में मेहनत कर थक जाता है। फिर खाना को उसका मन नहीं करता। कैसे जानेंगे वह दुःख तुम नाटककार लोग? बात करेगा! बात! खाली जब व्यथा सारी देह से निकलती होगी, और तेरे संग बात करने को मन करता होगा? देख ले, मैं क्या कह रहा हूँ। केवल काम!"

"ना, ना हर बात मजाक न समझ। उसे क़्या हो गया है, मेरी समझ में कुछ नहीं आ रहा। पहले ज्यादा काम करता था। अब खाली चुप बैठा रहता है हमेशा।"

"और पता है, मैंने कई बार देखा, मैं यदि दूर रहूँ, उधर देखते हुए खड़ा रहे, पीठ फेरकर। हाथ बन्द किये। सामने से बारिश आये या ओले पड़ें, वैसे ही खड़ा रहेगा। तलरा-तलरी ओढ़कर बचाव की याद नहीं रहती। मैं पास जाकर देखूँ तो मन-ही-मन भुट-भाट कुछ बातें करता रहेगा।"

"हाँ, पता है। अधिक-से-अधिक याद करता है माँ को। एक बात बोली नहीं कि पास आकर पीठ सहलाएगा।"

"अरे, रो पड़ी! छोरी! अभी हँस रही थी! जा..जा तेरे बापू की रखवाली मैं कर रहा हूँ। कुछ न होगा। देखना...तू!"

मधु घासी ज्यादा-से-ज्यादा आने लगा है जिली के पास। परिचय दिन-पर-दिन बढ़ता गया। पहले जिली मन को दिलासा देती—अच्छा, यह भी एक खेल है। सच, क्या साहूकार मुझे खा जाएगा? नाच ले वह जरा! आत्म प्रसाद आता। इस गाँव में इतनी छोरी हैं, राज्य भर में छोरियाँ हैं, जब कि वह मेरे पैरों तले लोट कर मर रहा है। मरने दो। छटपटाने लगो तो वो मजा नहीं आता। सिर के बालों को खूब कायदे से सँवारती। फूलों का गुच्छा जूड़े में खोंसती। अलसायी-अलसायी, नखरे करती जाती उस नीचे रास्ते पर जिधर साहूकार टहलता होता। कभी-कभी इसी बीच रास्ते में मधु घासी जाता, बतियाता, जिली रुक जाती, दूर साहूकार टहल रहा होता। हल्की-सी सीटी मारते हुए। चार आँख होने पर चमचमाते दाँत दिखा देता और हँस पड़ता। कभी-कभी जिली भी हँस पड़ती, फिर तुरन्त हड़बड़ाकर अपने रास्ते आगे बढ़ जाती। रास्ते में इतनी हँसी आती, वह सोचती-कितना छटपटा रहा है यह आदमी! ओ! जो तो हँसी है उसकी! आग के लुआठे-सी! आधा प्यार आधा व्यंग्य मिली गालियाँ याद आतीं।

"तुझे मरना तो नहीं है!"

कभी-कभी मधु घासी नहीं आता। कहीं पर काम ज्यादा होता। वह दो-तीन दिन चला जाता। तभी जिली को अटपटा लगता। ठीक मानो जैसे जरा-सी खुजली कहीं थी, आज खोजो तो मिलती नहीं। नाखून की कटकटाहट पुकार रही है।

मधु घासी जान-बूझकर नहीं आता। वह खेलना जानता है।

जिस दिन आता, वह शुरू करता—"आज साहूकार तेरी बात कह रहा था। तेरे लिए जॉकिट बनाने को कहा है कुमटी (बनिया) की दुकान में। जॉकिट देखी है? यों पहनते हैं! ऐसी सुन्दर फूलों की पंक्ति उसमें होती हैं, और वे फूल सिलाई किये होंगे कपड़े से।"

मैंने उससे पूछा इतने पैसे क्यों बेकार करते हो उसकी खातिर? मुझे ही भला दे देते! उसने कहा—"अरे तू नहीं जानता। बच्चा है। जो सुन्दर है, वो पहने तो फबता है। उस पर जँचता है। उसके लिए इतने कपड़े-लत्ते! मुझे वह नहीं पूछती, न पूछे। मेरे पास ढेरों सोना है। न सही लाड़-चाव में मैंने उसे जॉकिट दिया, दो साड़ी दी, साबुन, सुगन्धी तेल की शीशी दी, क्या इसमें मेरा खतम हो जाएगा? मेरा मन है।"

जिली ने कहा—"केवल जबान है, क्या वह सचमुच में देने की बात कह रहा था? इतना बड़ा साहूकार मेरे भाइयों को बँधुआ रखे है, हमारी जमीन गिरवीं रखी है। कहाँ, कभी एक पैसा खाजा खाने तक तो हमें किसी को नहीं दिया!"

"देगा री! देगा। पैसा लेकर क्या करेगी? कितनी सुन्दर चीज मँगवायी है! चिट्ठी लिखी है, धीरज रख। मगर तुझसे दी बोल सुनता, कितना अच्छा लगता उसे। फिर तू जो कहेगी वही होगा! कहूँ?"

सिर हिलाकर जिली ने कहा—"नीचू, नीचू!"

मधु ने कहा—"देख-देख, यों खाली ना...ना करती रहेगी, और मुझे गाली देती रहोगी कि ये क्यों माँग कर नहीं देता, वो क्यों नहीं ला देता! उसे आज कहता हूँ!"

खूब चालाक बन आँख तिरछी कर जिली ने कहा—"पहले क्या देता है दे!"

मधु घासी चला गया। उसी दिन चवन्नी लाकर जिली के हाथ में थमा दी। जिली ने कहा—"इतना-सा किस काम आएगा?"

"न सही, और ले!" और एक चवन्नी दे दी। जिली पैसों को मुट्ठी में कसकर जल्दी-जल्दी चली गयी।

इतने दिन बाद सचमुच आठ आने! अठन्नी! ये तो चार दिन के कुली के पैसे! वो भी यहाँ कहाँ? सोचा हाट से कुछ ले लूँ। फिर सोचा—क्या जरूरत है। पास में पैसा रहने दो, कितने काम आता है पैसा? उस दिन कुछ-कुछ सोचा। रोड के काम की बात याद आ गयी। थोड़ा सहमी, वह रोड गुमाश्ता की बात याद कर। अपने मन से किसी के आगे मानो छुपे-छुपे ठीक प्रसंग डाल, तौलकर देखने लगी। उसी मन में मानो किसी ने खदेड़ा। फिर वही बात! घृणा होने लगी। पैसों को झरने में फेंक दूँ! वहाँ पर फिर पैसा कभी नहीं दिखेगा। पल्लू में से दोनों चवन्नी खोल मुट्ठी में भरकर देखने लगी। इधर-उधर देखा। फिर पल्लू में बाँध लिया। रहने दो, ये भी कभी काम आ सकते हैं।

अगले दिन आकर मधु ने फिर अठन्नी दिखायी। जिली ने कहा—"नीचू-नीचू, तू जा।"

मधु घासी चला गया। अगले दिन छुपाकर एक साड़ी दे गया। हँसकर कहा—"ये पहनकर साँझ ढले जाना फिर साथ में जॉकिट है। मैं आऊँगा।"

शाम ढलते-ढलते जिली घर में घुस गयी। तबीयत ठीक नहीं, कहकर फिर बाहर नहीं निकली। घर में लेटे-लेटे सचमुच माथा दुखने लगा। रात हो गयी। आँखों में नींद नहीं आयी।

आधी रात में वह ताजा होकर बाहर आयी। कहीं कोई नहीं दिखता। उसे

चैन मिला। बहुत डर लग रहा था उसे। सचमुच यदि मधु घासी आ जाता! कितनी मुसीबत होती!

बाहर जाकर जिली बरामदे में चढ़ गयी। पीछे से किसी ने पल्लू खींच लिया—मधु घासी था।

मधु ने दबे स्वर में कहा—''आ!''

नशा होने की तरह थरथराती, लड़खड़ाती जिली उसके साथ-साथ चली गयी। एक शब्द भी मुँह से नहीं निकला।

गाँव का धाँगड़ा बसाघर आया। अँधेरे में तनिक आगे धकियाकर मधु घासी पीछे हट गया। अगली सुबह।

मधु घासी और साहूकार दोनों बातें कर रहे थे।

मधु घासी ने कहा—''तेरे रुपये खाकर हजम करने की बुद्धि है, साहूकार?''

साहूकार अनमना हो मूँछ मरोड़ रहा था। नहाकर पूजा करने जा रहा था। कहा—''हूँ! होशियार! सब मेरे पैसों में मन्त्र लगा है, वह कहीं जाए! बच्चू, गला पकड़ खींच लाएगा। याद रखना!''

इसके बाद उसने मन्त्र पढ़ा। मधु घासी मुँह बाये देखता रहा।

जंगल-ही-जंगल में घूमते-फिरते दोनों भाई सुख-दुःख की बात करते सोचते—''सदा क्या यों ही जंगल में भटकते रहना पड़ेगा।''

माँडिया टिकरा को बच्चे जैसा नहीं देखता। चासी के समाज में, मजूरों के समाज में जो पेट भरने लग गया—उसके सिर तक हाथ पहुँच गये। वैसे कहा जाये तो वह भी सब के संग समान है। वह धूँगिया पी सकता है। वह साथ में बैठकर मद पी सकता है। वह जरा फुर्ती करने चला तो कोई आपत्ति नहीं करता।

''अरे कितना बुद्धू है बापू! घर जँवाई बँधुआ ही रख लिया बिली के लिए! हाथ से पैसा छोड़ दिया!''

टिकरा ने कहा, ''इधर हम बँधुआ बने मेहनत करते रहें!''

माँडिया ने कुछ नहीं कहा।

टिकरा ने कोंचकर कहा—''तू भी चुप हो गया! सब अपना-अपना सुख देखते हैं। मैं भी सोचता हूँ, अब और इतना क्यों? यहाँ से कहीं भाग जाकर देखते हैं, कहीं कुछ हो सके!''

''ऐसा न कह। वह बेईमानी की बात है। रैयत का बेटा होकर बेईमानी की बात? यह हमसे नहीं होगा! समझे!''

टिकरा ने अच्छा थप्पड़ खाया। माँडिया ने कहा—''इतना बुरा लगता है,

साहूकार से कहेंगे, तू जा, तेरे बदले में मैं रहता हूँ बूढ़ा होने तक। जाकर क्या करेगा? जहाँ भी जाओ, बैठकर खाने को कोई नहीं देगा, काम करना पड़ेगा। हाँ, यहाँ कुछ ज्यादा काम है। बस इतना ही तो?''

टिकरा ने कहा—''सच, क्या तुझे यहाँ छोड़कर मैं आसाम भाग जाऊँगा? पर तू ही बता, बिली के झोला के कुछ पैसे मिल जाते।''

माँडिया ने कहा—''सच है, मगर पैसे देने पर भी नन्दीबाली जैसा एक काम वाला आदमी कहाँ से पाएगा? वह फसल पैदा कर रहा है। अपने घर तो ले जाएगा नहीं। उससे कुछ मिलेगा। फिर बापू बूढ़ा हो गया है। वहाँ उसे देखने वाला कोई नहीं। नन्दीबाली रहा। और बेच खाने की बात। बिली को जाने दे, जिली तो अभी है।''

हाँ है! मगर उसका भाग्य ठीक नहीं। क्यों क्या कहते हो? इतनी लड़कियों को वर मिल रहे हैं। उसे नहीं! किसी को वर नहीं, तो किसी को कन्या नहीं मिलती।

माँडिया ने कहा—''ठीक! हम गाँव-गाँव में खोज रहे हैं। देखें!''

''भैया, तू आज झुंड हाँक ले। मैं दामनजोड़ी में रह जाता हूँ।''

माँडिया ने कहा—''कितनी बार इस गाँव से उस गाँव में भटकता रहेगा, साहूकार सुनेगा तो क्या कहेगा?''

''साहूकार नहीं सुन सकेगा। अभी गाँव-गाँव फिरकर जिली के लिए वर तय करना मेरा मुख्य काम है। फिर मेरे लिए एक भौजी! मगर बात यह है कि तुम दोनों निकम्मे हो!''

माँडिया हँस पड़ा—''और तू खुद?''

''वो तू देखना। मेरा पेट तो दुःखता नहीं। ठीक है मैं चला। आते समय देखता हूँ तेरे लिए एक-दो बोतल...!''

माँडिया हँस पड़ा—''ठीक है, जा। देर न करना। तेरे आने पर मैं जाऊँगा तेरे लिए कन्या देखने के लिए!''

तीन दिन जिली नहीं आयी। साहूकार बहुत नाराज हो गया। मधु घासी पर। पहले की तरह जिली राह रोककर खड़ी नहीं होती। कभी भेंट हो तो पीठ फेर चल देती है।

जिली नहीं आयी! खेत में कुली काम पर गयी, घर लौटी है। लोगों से मेले में छुप जाती। जिली ने जी-जान से छुपने की चेष्टा की है। रात में नशा, सुबह अवसाद। सोचकर गुस्सा हो आता। वह किस सुख के लिए दौड़ी गयी वहाँ? उससे

क्या उपकार हुआ? मन-ही-मन सोचती रही। किवाड़ खोल विषाक्त बातों के लिए उसमें शक्ति नहीं, कि उसका मुँह नहीं।

मिली हुई दो साड़ी और पैसे उसने पेटी में छुपाकर रख दिये हैं।

घर पर जब कोई नहीं होता, तब वह पेटी खोलकर देख लेती है। अपनी सारी सम्पदा देखती है। खुशी होती है। तभी आशा बढ़ जाती है। चुपचाप बैठी रहती।

हाथ में नयी साड़ी लेकर मन में उत्साह भर आता।

पाप-पुण्य की धारणा मन में नहीं आती। केवल दुनिया के संग आँख-मिचौली दिख जाने का डर है, बस। एकान्त में खयालों में डर नहीं लगता। सोच-सोच कर एक रात की अनुभूति को सौ बार वह फिर मन-ही-मन याद करती। उसकी सम्पत्ति सौ गुना हो जाती। साहूकार और मधु घासी में झगड़ा होने लगा।

मधु घासी ने कहा—"मुझे क्यों दोष देते हो? तूने पता नहीं कैसे उसे बिगाड़ दिया। वह नहीं आयी, इसमें मेरा क्या दोष?"

साहूकार ने कहा—"वाह रे वाह! कपड़ा दिया। पैसे दिये, ठगकर वह चल दी! और मैंने क्या भरोसा किया तेरा?"

मधु ने कहा—"देख, साहूकार! हम जितना जो करें, जो जैसा है वो वैसा, बदलेगा नहीं। तूने पैसे खर्चे, मानता हूँ। तेरे पैसे मैं खा नहीं गया। पर तुझे शुरू से मैंने कहा है कि—वह छोरी ऐसे नहीं मिलेगी। एक दिन के देने-लेने में एक दिन का काम है। हाँ, डोम मिल जाएगी। मगर उसके जैसी असल धाँगड़ी इसमें नहीं फँसेगी। उसकी जरूरत है तो अंटी से सारी कौड़ी निकालनी होगी, उसका मन जीत उसे रोकना होगा। एक ब्याहता औरत की तरह घर-बार बनाकर उसे ठीक से रखना होगा। मैं क्या करूँ? तेरी जैसी इच्छा!"

साहूकार खीझ रहा था। पैसा गया इसका दु:ख है। और जिली के न आने का अलग दु:ख। वह आकर भी नहीं आयी। छूने पर भी पकड़ाई में नहीं आयी। दूर-ही-दूर रहकर केवल प्यास बढ़ाती रही। अत: उसकी जरूरत है।

वह पकड़ाई में नहीं आती। उसके दाम ज्यादा हैं।

फिर दोनों में सात-पाँच चली। मधु ने खेल खेला। पैसों की बात तय हो गयी। मधु घासी दुबारा गया।

साहूकार ने सोचने की चेष्टा की। काफी पैसा है उसके पास। सच! बहुत भोग किया है। मगर ये जिली, यानी उन सबके ऊपर है। उसकी कमी मन में कितनी फाँक कर देती है, दिन-पर-दिन खाली कगार टूटती है।

उस पल वह दास है। वर्तमान की धारणा सबसे चमकदार है उसके लिए।

घर काटने दौड़ता है। मन किसी में नहीं लगता।

घर में बाप, बिली और नन्दीबाली और वह जिली। घर के काम में उसका

कितने में कितना हिस्सा है? बाप को केवल जमीन की फिक्र है। वह काम देखता है। काम न हो तो धूँगिया ले लेता है। चुपचाप सिमटा-गुमटा बैठा रहे एक कोने में।

बिली गप्पें करती है, मगर उसके लिए पहले नन्दीबाली है। उसकी समस्या टूट गयी है, अब केवल आनन्द, जब जीजी के साथ बातें करती है, नन्दीबाली की चर्चा जरूर करती है उसकी हँसी-मजाक, और प्यार आदर की बात।

नन्दीबाली बड़ा शौकीन है। जिली के संग बहुत हँसी करता है। मगर सीधे मुँह डोंगी में पतवार लगा चला जाता है, दोनों ओर खाली छपाछप। जिली नन्दीबाली की बड़ाई करती, उसकी हँसी में ठहाका लगा लोट-पोट होती। इससे अपने दुःख भूल पाती है। पर नन्दीबाली चला जाता है, बिली का पीछा कर, जिली के मन में दुःख के मेघ घुमड़ आते हैं—वह मेरा कौन होता है—सोचने लगती।

इस सावन की बरसा में, नीम अँधेरे में, मेघ के अन्धकार में ढँककर वह हवा-पानी की दुनिया जब विकल शब्द कर सुनाई देती, बुझते चूल्हे के पास गाल पर हाथ धरे जिली अकेले बैठी रहती। वह कुछ नहीं सोच पाती। सारा अस्तित्व एक रागिनी की तरह इधर-उधर हाँय-फाँय होकर तैरता रहता। जिस रागिनी का अर्थ है—तेरा कोई नहीं...कोई नहीं तेरा।

उमर ढलती जा रही, आज की धूल कल चिपकी नहीं रहेगी। तेरा कोई नहीं। उमर जा रही है। अन्दर चेता रही है—तुझे अपना भी कुछ कहने की घड़ी आ गयी। मगर तू तो केवल बहती जा रही। हाथों में कुछ नहीं मिलता।

ऐसे समय में मधु घासी आकर आवाज देता। उसे आये दो दिन हो गये थे। दूर से गले की खाँसी सुनते ही छाती में छन-से लगती है। वह बोलता है, जिली सिर नीचा किये बैठी रहे। मुँह से कुछ नहीं निकलता। बहुत समझा-बुझा कर उसके चले जाने के बाद खाली गहरी साँस निकलती है। पत्थर की तरह सहकर रह जाती।

पर मन में प्रलय मच जाता। सोच-सोचकर केवल वही धारणा सुलगती है, राह छोड़ लीक से हटकर चली जाऊँ। कई ऐसे जाती हैं। मैंने किसी का क्या बुरा किया है, किस ठाकुर को गाली दी है जो मैं यों अनाथ पड़ी रह जाऊँ!

अब लीक छोड़ चल पड़ूँ! साहूकार की घरवाली बनने पर कई दुःख मिट जाएँगे। तब कोई मेरा क्या कर लेगा? वह एक नया जीवन है और उसका सन्धान लाती हैं सावन की अँधियारी रातें।

मैं परजा बेटी हूँ। अपनी मर्जी से घर बसाऊँगी, मेरी इच्छा से घर टूटेगा। फिर नया घर होगा। मुझे हँसी, फुर्ती चाहिए, रुलाई नहीं।

आज मधु घासी आया।

आज जिली इनकार नहीं कर सकी।

दूर बादलों की गरज। हिलाता-डुलाता जाड़ों का पवन आ रहा है। अन्धकार किटकिट कर रहा है।

जिली चुपचाप उठ चल पड़ी।

यहाँ साहूकार को रहते आज दस दिन हो गये। मंगलवार को आया या बुध को आया। गाँव के बारे में उसकी खूब मोटा-मोटी अच्छी धारणा हो गयी है। इस गाँव में जमीन अधिक है, बगीचा-बाड़ी, फसल खूब पैदा की जा सकेगी।

बँधुआ बनने के लिए अनेक परजा सन्तान हैं।

और धाँगड़ी।

सोचने पर इस गाँव से पाँव नहीं उठते। साहूकार के पास जमीन की कमी नहीं है। मगर इस गाँव को पसन्द किया है।

साहूकार रुपयों की थैली खोलकर बैठ गया। जिससे भी मिलता केवल बन्धक रखने की बात करता।

''साफ-साफ बात है जमीन बन्धक रख दो, रुपये ले जाओ।''

''रुपयों से कपड़े-लत्ते खरीदो, ब्याह करो, खाओ-पीओ। मजलिस करो। पैसे लौटाते रहो आराम से धीरे-धीरे।''

''ऐं! क्या कहा? नायक? लगान के रुपये नहीं? अमीन गाली दे रहा है? एक टुकड़ा जमीन दे दे, रुपये ले जा। हाँ, बेचने की जरूरत नहीं। बन्धक रख लूँगा।''

''अरे! तीन फोलिया डोम! वो धरती तेरी है? ओ तुम डोम लोग व्यापार-बट्टे में अच्छे पैसे कमा लोगे। धरती मेरे पास रहने दे, बीस रुपये लेकर छाल के व्यापार में लगा दे।''

शुक्रू जानी की जमीन के पास और भी पाँच-छः जमीन बन्धक रखने की बात साहूकार ने पक्की कर ली। बरसात के दिन। खेत में काम के लिए कई लोग रुपये ले गये। हल-बैल के लिए ले गये। नायक का लगान बाकी रह गया था। तीन फोलिया डोम ने चमड़े का व्यापार शुरू कर दिया। कई ने कन्या तय कर ली। साहूकार के साथ झोला के रुपये की बात तय हुई।

और अधिक बँधुआ, और जमीन और ब्याज। साहूकार ने जोरदार पूजा शुरू की थी सुबह-शाम। वह पंगत में मिल जाता। सुबह-शाम गाँजे की चिलम लगाता। कुछ बूढ़ों को बहला-फुसला लिया है—कोई मन्त्र सिखा दूँगा। बूढ़े नाडु जानी की गोरू मर गयी है। बूटी परजा को बाल-बच्चे नहीं हुए अभी तक। सब साहूकार

पर आसरा किये हैं। वह पैसा देता है, सुविधा देखकर चेला मूँड़ लेगा। कोई डर नहीं।

वह सोचता—जो छूता है, हर बात में सिद्धि है। गुरु रेविन्यू को याद करता। मन-ही-मन उसकी प्रशंसा करता।

कोई कभी नहीं पूछता कहाँ गये थे।

मधु घासी आता, जिली जाती। वह न आता तो भी जिली जाती। उस अँधेरे पहर में, कितना सहमति, याद करा देता—समय हो गया!

आनन्द है या दुःख? कुछ नहीं। केवल अभ्यास। तो टिमकते तारों के उजाले में अँधेरी राह पर चलते समय, दोनों ओर के घरों में जब सुनती पति-पत्नी को लाड़ में बुला रहा है, कोई रोते बच्चों को सुला रही है। यों ही हँसी आ जाती। और उसके साथ-साथ मन भारी हो जाता। सोचती सब पर दाव साध रही हूँ, और फिर सोचती मैं एकदम निकम्मी नहीं, मैं भी काम करती हूँ। मेरा जीवन है और दस की तरह आँखमिचौली खेलती हूँ।

मगर सूनी रात में लौटते समय कान में हवा की सन-सन पड़ती। सब उदास-चुपचाप लगता। खराब लगता। तब वह सात-पाँच सोचने लगती। मन को घुन खाने लगता। कभी किसी दिन चाँदनी रात को साफ कर देखती, स्याह मेघों की ओट में सफेद तोफा चाँद उगता। मन में लहर उठती। ऐसे ही अकेली राह चलती होगी। जल्दी-जल्दी केवल अपने आप पहने कपड़ों की खस-खस और हाथ में पहनी चूड़ियों की खनखनाहट सुनती।

अँधेरा टूँगी घर। वहाँ से खिसक आने पर चैन लगता। मगर फिर चिन्ता बढ़ती। घर पास आने पर घुटने-से-घुटना टकराता। मन कहता सब भूल जाऊँ। देह मन सबको हवा और अँधेरे में घुला-मिला दूँ। सब ठंडा हो जाएगा। मन की तपिस और जलना-भुनना।

उसमें कुछ न होगा।

जिली थिर होकर सो जाती।

आधी रात में छन् से नींद टूट जाती। दूर पर कोई डुगडुगा बजाकर गीत बोल रहा है। रुक-रुककर तैर आता है। अच्छा गा रहा है। गाने दो!

कोने वाले घर से तरह-तरह के शब्द। जिली कान देती। फुसफुसाहट होती। फिर बूढ़े बाप के खर्राटे। थरथराती हँसी। जिली पसीने में भर जाती। करवट लेकर सो जाती। बाँहें दोनों कान पर। मुँह पर मूँद लेती।

देर तक चुपचाप। फिर आवाज और हँसी। जिली पाँव दोनों समेटकर दीवार से सटकर सोने की चेष्टा करती। आँखें कसकर मूँद लेती। केवल लाल और तपन भरी।

उसका खोखला जीवन पराया सुख नहीं पाता। मन की फाँक धकधकाती है, पसीना और आँसू मिल जाते।

दिन के उजाले में अपने पैसे गिनती रहती। नये कपड़े उलट-पलट कर देखती। इतना ही दम्भ है उसका। ऐसे दम्भ दिखाकर प्रकट में वह एक दिन उठकर चली जाएगी। लोग हँसी करेंगे, करें। दो-चार दिन की बात है। फिर अपने कपड़े-लत्ते, अपने गहने, अपने पैसे। दस के मुँह पर थूककर अपनी राह चलेगी। झोला के रुपये चुका दो ब्याह खतम। बन्धु-कुटुम्बी भोज खाएँगे और मुँह आकर देखेंगे परजा से शुंढियानी बनना एक सीढ़ी ऊपर है, वह मेरा सम्मान है।

बच्चे की तरह खुद को वह हिम्मत देती। हर घड़ी साहस देने की जरूरत पड़ती। सब अटपटा। सब विघटन है, अतः स्नेह का पात्र कोई एक-दो थे कभी, मन में टटोलने बैठो, उन जगहों पर केवल गुस्सा और वितृष्णा-ही-वितृष्णा भर जाती है। सुख के दिन यों झूठे ही कट जाते, वैसे ही कटें। सब भाग्य की बात है। पर इतने साल इस पथरीले, भोथरे रास्ते पर पाँव छिला-छिलाकर देह भर आयी है। आसरा चाहिए। और पाँव तले एक बेगार करने वाला।

उसी हिम्मत में सब सहना पड़ जाता है। अँधेरे टूँगी घर में मद गन्ध अब नाक को कष्ट नहीं देती। न गाँजे का धुआँ कोई उबकाई लाता।

बिली पूछती—"कहाँ जाती है?"

"धाँगड़ी बसाघर!"

बिली हँसकर कहती—"ना, मैं जानती हूँ।"

जिली बेहया होकर कहती—"तो बोल, बता, कहाँ?"

मगर बिली कुछ नहीं जानती। जानने का समय कहाँ? आँखों में तो नन्दीबाली है। धाँगड़ी बसाघर जाने का हर धाँगड़ी का अधिकार है। इससे ज्यादा खोज-बीन की किसी को गरज नहीं।

"मैं भी चलती, तेरे संग धाँगड़ी बसाघर, जीजी!"

"किस दुःख में जाओगी?"

जिली नन्दीबाली को कह देती—बिली धाँगड़ी बसाघर जाने को कह रही थी!

नन्दीबाली बिली को पकड़ता। मजाक करता, और बात पानी की तरह खुद-ब-खुद बह जाती।

गाँव में लोग फुसफुसाने लगे—किसी का नाम लेकर नहीं। केवल ऐसे ही कि साहूकार धाँगड़ी खोज रहा है। ब्याह करने जा रहा है। कौन, किसी दिन अकेली

लौटते समय मिली, उस पर तर्क चला और दस के साथ जिली का भी नाम आया।

मगर कोई क्यों पराये के बारे में ज्यादा चर्चा करेगा? परायी बात से परजा ज्यादा डरता है। उड़ती बातों की तरह एक-दो बात उठी, फिर सब उड़ गयी। क्योंकि साहूकार तभी जल्दी-जल्दी अपने गाँव लौट गया। फिर तो सब चुपचाप हो गये।

साहूकार लौट गया! मधु घासी समझ गया। जिली समझ गयी। साहूकार वचन दे गया है। कुछ दिन छोड़कर फिर आएगा वह।

आषाढ़ गया, सावन गया, अब भादों चल रहा है। साहूकार आया है, गया है। शुक्रू के खेत के पास के सारे खेतों पर हल कर फसल उगा रहा है। शुक्रू का खेत खाली रखा है।

पहाड़ की ढलान में सोंआ की कटाई हो रही है। नीचे-नीचे समतल का धान तैयार है, बाड़ी में मक्का लगायी। फसल भरपूर। पर झरने के किनारे शुक्रू का असल खेत खाली है। बीच-बीच में जगह-जगह गड्ढे खोदे हैं। उनमें खाद भर दिया गया और कुछ नहीं।

शुक्रू सोचता—बात क्या है?

उसके नये खेत में फसल देख आशा बढ़ती, अरहर में महीने भर, धान में डेढ़ महीना, मिरच दो महीना, फिर बेचने बैठूँ तो तीस रुपये से कम न होंगे। जैसे-तैसे चला लेंगे, कुछ दिन। कर्जा भी एक भाग चुका सकेंगे।

एक-दो बार उसने साहूकार से पूछा था—"इतनी खेती-बारी की है, चारों ओर फसल उगायी, मगर इतनी सुन्दर जमीन खाली छोड़ दी? क्यों?"

साहूकार ने हँसी उड़ाकर कहा—"खेती-बारी तू क्या जाने? मैं जमीन पर नयी फसल करूँगा। ज्यादा जोर चाहिए मिट्टी को। धरती सही हो, तो फिर देखना।"

शुक्रू जानी ने नन्दीबाली से परामर्श किया।

नन्दीबाली ने कहा—"एक बार शुंढी को सौंप देने पर फिर क्या हो, क्या नहीं, कौन जाने? पता नहीं उसकी क्या इच्छा है। कन्दमूल लगा सकता है, पर इतने दिन क्यों चुपचाप है? ठहर जा, देखें!"

शुक्रू का मन नहीं समझ पाया। फिर साहूकार से पूछा, "कुछ समझ नहीं आता। कदली की बाड़ी करेगा क्या?"

जवाब में साहूकार ने गाली दे डाली—"अरे, मेरी बात में तेरा क्या है? मेरे रुपये लौटाकर अपनी जमीन क्यों नहीं ले जाता? मेरे काम में तुझे इतनी दिलचस्पी

क्यों? इतनी समझ-बूझ क्यों लगाता है?"

बारिश कम हो रही है। चारों ओर सब्ज और सफाई। फसल देख पेट भर जाए। घर-बाहर, जंगल, लता, फल, सब खुश-खुश लगते हैं।

मगर कभी-कभी अवसाद आता। बरामदे में ऊँघते-ऊँघते सोचता—गलती कर बैठा। जिसे अब सुधार नहीं सकूँगा।

उस दिन दोनों बेटे आये थे। खूब आग्रह से नन्दीबाली और शुक्रू परजा घुमा-फिराकर उन्हें नया खेत, नयी फसल दिखा लाया। मगर दोनों में उतना आग्रह नहीं दिखाई पड़ा। वह उसका और यह उसका चेहरा एक-दूसरे का देखता रहा। यों ही हँसते रहे।

माँडिया ने केवल इतना कहा—"इतना सब कर कितने पैसे चुका देगा, जिसमें हमारा दु:ख मिटेगा?"

नन्दीबाली ने कहा—"तू होता तो और ज्यादा उखाड़-पछाड़ कर डालता? क्यों?"

"अरे किस गाँव का मँगता परजा है तू।" माँडिया ने हँसी में कहा—

"मैं तो यहाँ पर नहीं हूँ। होता तो तू जान पाता।"

बात खत्म हुई। दोनों ने बापू को समझाया—"अरे! बुढ़ापे में कितना कष्ट पाया? जितना कर सको उतना काम करना। ज्यादा परेशान मत होना!"

माँडिया गाँव में घूम-फिर आया। पुरानी जमीन देखी। कहा—

"बापू, जमीन कब छुड़ानी है?"

बूढ़े ने कहा—"जब पास में पैसे होंगे।"

"पहले से कहे देता हूँ, पैसा पाते न पाते जमीन छुड़ानी है। बाद में साहूकार कहीं ठगी न कर बैठे।" माँडिया ने कह दिया।

बूढ़ा आँखें टिमटिमाते बेटे की ओर देखता रहा। ये लोग क्या कह रहे हैं? सच, क्या पैसों के पेड़ में फूल खिल गये हैं? दो दिन में फल होंगे।

माँडिया या टिकरा ने और ज्यादा कुछ नहीं कहा।

धान, माँडिया, मक्का हल्की बयार में फूल बिखेर रहे हैं। सुबह मेघ नहीं होते। केवल ओस, मेघ से बढ़कर। पहाड़ की ओट से सूरज उगते, नीचे से धुआँ उठता। ऊपर से खंड-खंड बुलबुले जैसे मेघ पीछे हटते जाते किसी कोने में डूब मरने के लिए। पिछले जंगल में मयूर, वनमुर्गे आवाज दे रहे हैं। दूर ढलान में गाँव की लड़कियाँ झुंड बाँधकर बाँस की कनी काटने जा रही हैं।

ऐसी आशायी भोर में मुँह पर ललवाँसा उजाला पड़ता है, खेत में कोहरा,

फसल की ओस और धूप मिल-जुलकर एक साथ औटाया जाकर शुकू को लगता। वह सोचता—''माँडिया ने ऐसा क्यों कहा?''

फिर बीच में दुपहर में मेघ ढाँप लेते, बरसा उड़ेल देते। बूढ़ा सोचता—''बच्चों की बचकानी बातें हैं!''

पुराने खेत के रास्ते वह घर लौटता। खेत पर काले-काले गड्ढे चेचक के दाग जैसे साफ-साफ दिखते। वे केवल रहस्य पैदा करते, खाली खेत पर खाली गड्ढे!

''साहूकार पगला गया है क्या? ठीक है, मरजी उसकी...!''

कुछ दिन बाद। बँधुआ झुंड कमला (सन्तरे) की पौध ढोकर ले आये। गड्ढों का रहस्य टूटा। यहाँ कमला के पेड़ लगाये गये।

शुक्रू जानी-नन्दीबाली दोनों ने जाकर फटकारा। बँधुआ लोग कहने लगे—''हम चाकर हैं। हमसे वाद-विवाद कर कोई फल नहीं, व्यर्थ मारपीट होगी!''

गाँव में हड़कम्प मच गयी।

''शुक्रू की जमीन गयी। सदा के लिए। साहूकार ने कमला का बाग लगा दिया है। और अब छोड़ेगा?''

''अच्छा हुआ! क्या करेगा इसे रखकर?''

''ओह...! कितना कष्ट पड़ गया? तो जमीन कभी नहीं छूटेगी?''

कई तरह की चर्चा चली।

साहूकार खुद आया। सारे तर्क, आन्दोलन हँसी में उड़ा दिये।

''अरे...पगला रहे हो, तुम! परायी जमीन रखूँगा? मुझे नहीं जानते? इसकी बात पर विश्वास करते हो? मैंने सोचा—यह है अभावी आदमी। बँधुआ खुल जाएगा, जमीन बन्धक छुड़ाकर साफ होते-होते दस साल लगेंगे—खाली धान, माँडिया उगाने की बजाय दो-चार कमला के झाड़ लगा दें। चौगुना लाभ होगा। फिर किसी प्रभु, अफसर के घर दस-पाँच...समझे? तुम लोग भी लगाओ। नारणपाटणा के रास्ते में कन्ध लोगों ने लगाये हैं—फिर हम तुम क्यों नहीं कर सकते? हाँ, इस बीच जो मेरे रुपये रख देगा, उसकी यह जमीन लौटा दूँगा। फिर उसकी मरजी, कमला के झाड़ रखे या न रखे। उसकी खुशी...!''

''जमीन की सारी ताकत तो कमला के झाड़ खींच लेंगे। फिर जमीन लेकर मैं क्या करूँगा?''

''अभी अपनी जमीन ले ले, मेरे रुपये दे दे!''

''अभी दे सकने लायक होता तो तू कमला के झाड़ रोपता?''

''तो फिर चुप रह। झूठे ही गाली दोगे, कमला खट्टे हो जाएँगे। तेरा नुकसान

है। अरे, बुद्धू, यहाँ फसल में जो पाएगा, कमला पैदा करने पर दस गुना होगा। बस तीन-चार साल इन्तजार करना होगा। तू सुन! तेरा कुछ नहीं बिगड़ेगा।''

''भला-बुरा...कोई और रास्ता है क्या साहूकार? तेरा धन खाया है मैंने साहूकार! तुझे-मुझे धरम! जो सोचता है, कर!''

''मुझे कोई लोभ नहीं है रे शुक्रू, मेरे रुपये अभी डाल दे, मैं तेरी जमीन छोड़ दूँ। रुपये दे...या फिर चुप रह!''

फिर?

मन कुछ और ही हो जाता। सच, साहूकार जमीन ले लेगा? कमजोर काया, थरथरा उठती। मन करता—अभी जाकर जमीन छुड़ा लाऊँ! पसीना बह जाता। फट से पैसे फेंककर कहूँ—''उखाड़ तेरा यह कमला का कूड़ा। छोड़ मेरी जमीन। अपना रास्ता देख!''

पर उसके आगे तो अँधेरा है।

चाँदनी रात ठिठोली कर हँसती। तरह-तरह की महक तैर आती—नयी पक रही फसल के फूल, फल आदि। पीछे साँय-साँय करती अँधेरी झोंपड़ी। वहाँ भी कुछ नहीं।

केवल मच्छर, डाँस बिच्छू और भावनाएँ।

अपने आप भाव आ जाते। दिन बीत जाते। बाँस की गाँठ की तरह वह केवल गाँठ बनकर रह गया है। बेकार ठूँठ, एक गुच्छा भी पत्ते नहीं।

छान के नीचे दो भीमरी बोल रही हैं, पत्तों की भीड़-भाड़ में कहीं सरसराहट करती हवा। भावना में पंख लग जाते हैं तो सब सहज ही सोच जाता है। पत्नी गयी। गाय-गोरू गये। रुपये-पैसे गये। स्वाधीनता गयी। शायद अब जमीन भी गयी।

और बाकी क्या रहा? ना...गया!

उसी झींगुर की झीं-झीं आवाज की तरह सूँ-सूँ करते हवा की गति की तरह, सब केवल जाने में लगे हैं, न आगा न पीछा, सब जा रहे हैं।

आकाश में चाँद चल रहा, तारे चलें। खंड-खंड मेघ चल रहे। सब चला जा रहा।

और देखते-ही-देखते आँखों के आगे पृथ्वी भी खूब जोर-जोर से घूमने लगी। वह भी चल रही है।

हवा धीमी हो चली है। सूँ-सूँ कम होने आयी। झींगुरों ने भी दुकान बन्द कर दी। बरामदे पर लेट गया है बूढ़ा। लाठी हाथ के पास। कान में खोंसा अधजला, पिका भी गिर चुका था।

कब चूहों की खटखटाहट में धीरे-धीरे मन लौट आया। चारों ओर आँख

फाड़कर देखा। ना-चक में कहीं-कहीं ढीरा लग गया है। सब अटपटा होकर रुक गया। सिर में अकूत कोई शोर अब और नहीं है।

अटपटा लगा। आवाज दी—"जिली!"

न शोर न शब्द!

कोई नहीं।

वह भी नहीं! दीर्घ साँस!

कितना अकेला है वह!

कितना सुन्दर सपना!

पत्थर नीचे की ओर लुढ़कता-लुढ़कता चला आ रहा है, पहाड़ की ढलान से, पहाड़ ढह रहा है। झरना बह रहा है। वह भी जा रहा था पता नहीं किस ओर। बहुत चंचलता के साथ। उसकी समूची देह अलग-अलग होकर एक साथ सिर फिरा भागती जा रही और अचानक जगा तो देखा—सब खाली।

जंगल में भैंसों के झुंड के संग-संग माँडिया और टिकरा। डर नहीं, भय नहीं—दोनों भाई।

वह कई दिन की बात हो गयी। दोनों भाइयों ने प्रण किया था—मरें चाहे, हर उपाय से इससे मुक्ति जरूर पानी है।

मुक्ति की राह अधिक नहीं है। वो थोड़ी-बहुत जो हैं वह बड़ी सड़क की तरह लम्बी-चौड़ी हैं। सीटीएम डोम लोगों के साथ सलाह कर चोरी करना, सेंध कर घर में घुसना, मार-पीट कर गले और कान-नाक से गहने छीनना। बात यह है—पेट में जब गरम कन्दा के साथ पेट का रस लड़ाई करता है, केवल कुछ फटे-टूटे शब्द निकलते हैं। गरम पेट में बहुत तर्क हुआ। पर यह बड़ा बेबुनियादी रास्ता है, मन दब गया, बात बन्द हो गयी।

दूसरी सड़क सीधी असम चाय बागान की ओर है। सैकड़ों लोग जाते हैं। चाय बागान के पास कुली डिपो के निकट कितनी भीड़! कितनी खुशी! पतली लम्बी टीन की खोल पर कागज चिपका डिपो सरदार गाँव-गाँव घूमता है। बढ़ा-चढ़ा कर कई बातें बताता है।

"मद, जिसे जितना चाहिए मिलेगा। धाँगड़ी-जिसे जितनी चाहिए ले। रुपये—उनकी बात ही छोड़ो!"

इस अनजान देश की पुकार कभी किसी को उच्चाट कर पहाड़ की खोह में से खींच ले आती है। टिकरा खड़े-खड़े सपना देखता है। पर माँडिया सारा गुड़ गोबर कर देगा। माँडिया कहता—

"लौटें या नहीं? लौटते समय तक यदि घर नहीं होगा? बाप न हो। धाँगड़ी न हो, भूमि न हो, तब फिर उन रुपयों का क्या होगा? किसके लिए?"

थोड़ी-सी बात में सिर में मेघ घिर आते हैं, बाद में और उसे हँसाना सम्भव नहीं। परिचित आदमी की बात सुनता जाता। कान नहीं लगाता।

"तू बच्चा है, अतः विकल हो रहा है। दूर विदेश में थैली सिर के नीचे रख बीमार होकर पड़ा रहेगा, सामने देश दिखता होगा, पर आँख खोलने पर कुछ नहीं। परिचित की-सी आवाज हो, पर कान लगाने पर सुनाई नहीं दे।"

बुलाएगा—"बापू...बापू" मगर कोई जवाब नहीं देगा।

फिर संगी-साथी लौटेंगे। तू नहीं लौट सकता। फिर देश नहीं देख सकेगा।

अतः वह रास्ता बन्द है।

फिर है, मद राँधना।

"इस बार उल्लू की तरह नहीं। एक रखवाली करेगा। दूसरा पकाएगा। कहीं जरा खट-खट हो सब छोड़-छाड़ कर भागो। देखें, कौन पकड़ता है। पास में कोई चीज तो न होगी। फिर भाग्य!"

मद बेचने को जगह बहुत हैं। मिटिं पहाड़ के नीचे, गोदला गाँव वाले खँगार गाँव का बाग है। जहाँ घनघोर जंगल में भी चौराहे की जगह है।

"यही तो समय है। गोरू को भात खिलाने का पर्व आने की तरह। इसके बाद दशहरा माह। झंडा-पताका उठाकर लोग सजधज पहाड़ की खोह में से धार लगाकर चलें, जैपुर (कोरापुट) राजा के घर नाच करने। एक-दो माह में, कितने ही कमा लेंगे। फिर चाहे विडि, धरनी, नला, तोड़-फोड़, फेंक-फाँक देंगे।"

बात टिकरा के मन को भा गयी।

उस दिन से भैंस के पीछे-पीछे घने जंगल में घुसते समय मन में एक इच्छा हुई। उत्साह घटा नहीं।

कमजोर दिन के बाद अँधेरी खोल के पास ठनठन रुपयों की हँसी।

"अब जरा तलछट रह गयी है, ना, मुझे अब और नहीं चाहिए, तू ही पी!"

रोज नया रास्ता।

जंगल के बीच एक टुकड़ा छोटा-सा और जर्जर गाँव।

चार-पाँच घर। पर वहाँ भी धाँगड़ा बसाघर, धाँगड़ी बसाघर होगा। दो-चार धाँगड़ी कहीं से भी जुटेंगी। वही एरंड का तेल, वही फूल, वही कपड़ों में हल्दी का चिह्न, वही परिचित महक और जूँ। और हँसी, मजाक, नाच।

भाई के पीछे-पीछे भाई। भूख नहीं कि प्यास नहीं। हर बात में दोनों समान।

अनजान रास्ते में मद राँधने के बाद समय काटना। कितनी तरह के फन्द रचने पड़ें। जब कुछ न होता तो पेड़ के नीचे बैठकर यह उसके और वह उसके सिर से

जुँएँ बीनते। हँसी-मजाक कर गप्पें मारते।

बड़ी-बड़ी आलोचना होती उस आलस्य भरे खाली समय में। बाकी समय में कितना भी गम्भीर हो, गाल पर हाथ दिये बैठकर सोचो, कुछ याद नहीं आता।

"तीन कोड़ी (साठ) हो गये, और दो कोड़ी होने से पूरा हो गया, रुपया जिसके जितने हैं, पूरे होंगे!"

टिकरा की आँखें जल उठतीं—"ऐं! तीन कोड़ी?"

"कितने महीने तो हो गये जरा हिसाब कर देख, दिन-रात तो मेहनत की है, यदि भगवान की नजर है, दशहरे के माह पूरा होने तक यह घड़ी भर जाएगी। फिर..."

"फिर क्या माँडिया? दो धाँगड़ी, एक मेरी, एक तेरी, सुख से मिलेंगी, कहीं-न-कहीं, फिर कितनी खुशी का समय, कितनी खुशी...!"

"अरे पगले! पहले बँधुआ से छूटना जरूरी है या पहले धाँगड़ी? इस मद केस के लिए तो मैं बँधुआ बना, फिर इस मद की राह से मैं बँधुआ होने से छूटूँगा। फिर जीना देखेंगे।"

टिकरा हँसते-हँसते लोट-पोट।

"ना...ना...पहले ब्याह-आगे ब्याह, पहले धाँगड़ी..."

ब्याह करने का उसका मन है, सो बात नहीं। बस यों ही हँसता है और मजाक करने लगता है। हँसती आँख में आँसू झलमला जाते।

उसकी हँसी देखकर माँडिया जानी के सूखे नीरस चेहरे पर भी हँसी खिल जाती है। वह हँस पड़ता।

"टिकरा, क्या समझा तू? उस दिन और थोड़ी बात हो जाती तो बापू को कह डालता। मेरा मन बहुत कच्चा हो गया था। बूढ़ा सोचता है जमीन गयी। उसे सोच-सोचकर भात भी नहीं रुचते। मन करता था सारे रुपये उसके हाथ में बढ़ाकर चला जाऊँ। लेकिन ना, हल्ला हो जाएगा। बात फैलेगी। लोग जानेंगे। फिर सालटू! साफ-साफ पकड़कर भेज देगा जेल। छूटने में जो लगेगा. उतने कर्ज में सारा जीवन चला जाएगा।"

"बड़ा अटपटा है भैया! कितने महीने हुए, मैंने कभी हिसाब माँगा तुझसे? फालतू में मुझे इतनी बातें कह डाली। ऐसे किसी दिन किसी दूसरे के आगे बोल देगा...!"

"बताऊँ! पता है तुझे टिकरा! क्या पता शायद कभी मुँह से निकल जाए, तभी तो मैंने मद पीना एकदम छोड़ दिया है।"

"हाँ, ठीक! तू केवल झरने का पानी पीकर जी रहा है!"

"मजाक मत कर टिकरा! कोई सुनेगा...फिर...!"

झुंड-के-झुंड लोग, बँधे हाथ, आगे-पीछे लाल आँख और लम्बे सीधे उस एक फाटक की ओर।

जिस फाटक की ओर देखते रहो तो लगता है जैसे लुल्ला गाँव के पास सिन्दूर पहाड़ की बाघ गुफा, भालू गुफा में झाँककर खड़े होने की तरह। दल-के-दल लोग, बँधे हाथ उसी गुफा के मुँह की ओर। बाहर की खबर उसमें जा सकती है? धूँगिया वहीं मिलती है? और लन्दा? किटकिट करता अन्धकार, कहीं जरा टिमटिमाता उजाला। दूर गाँव में गाल पर चिकोटी काट छाती पर पीट-पीट भें-भें रोते हैं। हवा में कान लगाते हैं, आ गया क्या वह झम-झम बरसा—कहीं कोई नहीं।

माँडिया गुमसुम बैठ गया। भावना भरी, आँखों में कई चित्र। उसका अपना कोई अस्तित्व नहीं मगर छाती चूर-चूर कर दे। सोचकर देखता। ऐसे घने जंगल में वह दौड़ रहा, पीछे से कोई आ रहा है, दौड़ना उसका खतम नहीं हो रहा, पीछा करना जारी है। नशे के सपने में मुँह बलबला उठता। अटपटी बातें निकल पड़तीं।

''महाप्रभु...महाप्रभु...जरा रुको..ठहरो!'' समूची देह पसीने में भीग जाती है। देखता—कहीं कोई नहीं।

''टिकरा सो गया है क्या?''

टिकरा के खर्राटे जवाब देते। वह गावदी हो चुका है।

''जान गया तो धाँगड़ी माँगनी न पड़े...वाह रे!''

''ठीक है, मैं गलती मान लूँगा। तू मना कर देना। मैं कहूँगा टिकरा कुछ नहीं जानता। रुपये तो वे लेंगे नहीं। तेरे पास रहेंगे। तू धाँगड़ी खरीदना। जमीन छुड़ा लेना। मैं जेल जाऊँगा। तू चाहे तो जैसे-तैसे मुझे भूल जाना...।''

अपनी कल्पित उदारता में वह सौ गुना बढ़ जाता। बाघ फूलने की तरह होता। तब उसे हँसी आ जाती।

तलछट का मद जरा-सा पी लेता। गले में ताजगी आती। आ...हा...हा...!

''समझा, टिकरा! हमारा इतना दुःख-दर्द। कभी खाना मिले, कभी नहीं। कभी कपड़ा नहीं। स्साला साहूकार मौज कर रहा है। अब हमारे खेत पर कमला का बाग लगाया है। इतना साहस उसका? तू याद रखना टिकरा, कभी-न-कभी उसका यह दर्प चूर होगा। कंजूस मक्खीचूस ससुरा कहीं का! मन-ही-मन जमीन दबा लेने की सोच रखी है। तू याद रखना, मैं मना कर रहा था बापू को। नहीं सुनी—दुष्ट कहीं का, दुष्ट!!''

सारा मद आँखों में चढ़ जाता और थोड़ा-सा पीकर माँडिया जानी सो जाता।

यह वन की महक, वन का साज है। पीछे-पीछे पहाड़ के ऊपर-ही-ऊपर छवि। आगे-आगे जाल बुना। भीगा-गीला जंगल। कतरा-कतरा उजाला, दोनों ओर पहाड़ की तीख। यहाँ याद आती धाँगड़ी खाली। चिलचिलाती धूप। झरने का घाट। झरने के घाट पर नहाती, धाँगड़ी बाल खोल यहीं लहराती।

टिकरा में दुस्वप्न नहीं। जो देखता और जो पाता उसी में जीता है। माँग निकाल, फूल खोंस, दल बाँध किस वन की राह, वन के हाट में धाँगड़ी जाती हैं, टिकरा देखकर आनन्द लेता है। कोई दूध का भार लिये, कोई लकड़ी का गट्ठर लिये पास के गाँव दौड़ी जा रही है। टिकरा सुख-दुःख की बात करता। गीत गाता। हँसी-मजाक कर लेता।

उसी आग्रह में फूलों के गुच्छे तोड़ खुद को सजाता। भैंस के गले में लगा देता और बालू में से चमकती कंकड़ी चुनकर कमर में खोंस लेता। घर बनाने को व्याकुल नहीं, सब उसी पल के लिए होता।

मगर माँडिया—उसका फप्सा मन है। सब उसमें छन जाता। कजोड़ी जाकर भी नहीं गयी। दुनिया से छुपाकर, खुद से छुपाकर, मन के गहरे में सोचकर आनन्द आता। हारना स्वीकार नहीं कर पाता। स्मृतियाँ भी धो नहीं पाता, झरने के ठंडे पानी में। वह मुँह फुला लेता, गुस्सा होता, ऊपरी मुँह से छिः कर देता। फिर कभी वन की छाँव में ऊँघ जाता, नन्ही-नन्ही चिड़ियाँ उड़कर पास आतीं, पेड़ की डाल से झाँककर गीत गातीं।

और लेटे-लेटे वह क्षमा कर देता—गुस्सा हटाकर उस जगह क्षमा आ जाती। अहा! बेचारी! उसके पास क्या चारा था? उसका क्या दोष!

वह क्षमा करता! नींद में होठ बाँके हो जाते। हँसी खिल जाती। वह क्षमा दे देता।

दिन दोपहर में, झरने की झम-झम और पेड़ में हवा की साँय-साँय! पेड़ों में से मच्छरों के झुंड आकर खून चूस लेते। हँसी के पास मक्खियाँ भिन-भिन करती घेर लेतीं। कान के पास टिकली कीड़ा भाँय-भाँय करता फिरता।

गावदी सोया रहता, क्षमता करता जाता।

कजोड़ी फिर लौट आती।

सब जानते हैं साहूकार को फुर्ती अच्छी लगती है। सब जानकर भी अनजान बनते कि साहूकार धाँगड़ी का पीछा करता है। क्योंकि स्वर्ग को सीढ़ी नहीं, बड़ों को जवाब नहीं। वन वालों का सीधा स्वभाव है, वे जानकर भी कुछ नहीं जानते। पूछने पर कहें—"हमें पता नहीं, वो सब बातें!"

सब जानते, केवल जिली नहीं जानती। उसके मन ने कभी नहीं सोचा—जिस अँधेरे मोह में खुद से भाग वह अँधेरी टूँगी में सत्ता गवाँ देती है, और कई छोटी-बड़ी मक्खी, तितली खींचकर झूल जाती होंगी उसी जाल में।

दिनों-दिन जब जान-पहचान बढ़ती गयी, साहूकार की पहुँच गाँव की हर बस्ती में बढ़ गयी। पास-पास उसके मधु घासी, साँझ ढलते न ढलते सूने टूँगी घर में वह अकेला धाँगड़ा बसाघर भर देता। बाहर बैठने वाले अपने-अपने घर में बैठे अनुमान करते, खुद कुछ नहीं देखते।

लोग उससे डरते हैं।

डोम बस्ती से समय-असमय में निकलते देखते हैं, हाट वाले दिन, जब सारे मर्द हाट जाते हैं, दुपहर में—जब लोग खेत में होते हैं। वे एक-दूसरे के घर की धाँगड़ी पर सन्देह करते, अपने घर की बात तब कोई नहीं सोचता। सन्देह बढ़ता चलता। बूढ़ी-बडेरी घाट पर, बाट में बातें बनातीं। बात को लेकिन लोग मुँह पर भी नहीं लाते।

लोग न कहें, फिर भी लोग समझते हैं। वन के आदमी की आँखें खूब तेज हैं। यह सन्देह का जाल चारों ओर वन में कसने की तरह खिंचकर छोटा होने आया, उसमें केवल दो-चार स्याह बूँद, डोम बस्ती को छोड़कर बाकी एक आदमी है। वह आदमी एक ढंग से चलता, ढाँप-ढूँप जल्दी-जल्दी रातों-रात में, पीछे-पीछे मधु घासी की छाया। कभी किसी दिन आता, कभी नहीं।

जिली अपने रुपये गिनती, कपड़े-लत्ते सहेजकर रखती। कभी कोई चीज दिख जाती, बिली अचम्भा करती। शक की निगाह से उसे देखती। घर की बात इतने में दबी रह जाती। बाहर वाले लोग मन-ही-मन खोजते कौन है वो?

कुछ दिन आँख-मिचौली चली। जिली ने साहूकार के मन को थोड़ा-बहुत जीता-बाँधा है। अब सब सहज हो गया है। लाज का पहला परदा उठ गया, अब जिली के मन में आया है आश्चर्यजनक अलस जिसमें इस अध-बूढ़े आदमी को अपने एकाकी जीवन में एक स्थिर खम्भे की तरह थाम लेने को उसका मन करता है। अब वह मन चौंकता नहीं। गाँव पूरा सो जाने के बाद उसे लगता जैसे वह घर का काम करने जा रही है। अटपटा तो लगता, मगर सब चल जाता।

और यह चोरी-छुपे! यही इसका रस है। उसका मन इसमें परेशान नहीं होता।

रात के अँधेरे में गड्ढे में सोने की तरह गाँव के सैकड़ों लोग सोये हैं। रात साँय-साँय गरजती है। लोग सोचते—कौन है वो?

यह रहस्य जीवित रखता जिली और साहूकार का सम्बन्ध। साहूकार यहाँ फर्क पाता डोम बस्ती से। वहाँ वे आगे बढ़कर खुद आतीं। पहने हुए उनके कपड़े

उनकी देह को छुपाते नहीं, दिखाते हैं, दिन में हिलती-डुलती आती हैं वे। एक-एक कर घर देखने का निमन्त्रण देकर राह बताती आगे-आगे चलती—"आ, देख साहूकार कुछ नहीं हमारे यहाँ। तू बड़ा आदमी है, कुछ इनाम दे!" वहाँ कोई रहस्य नहीं, डोम आदमी तो व्यापारी है।

यह जिली केवल सुन्दर नहीं, होशियार है। हँसी आए, पर मन झुक जाता है। उसका रूसा-रूसी, उससे न्याय-धर्म की बड़ी-बड़ी बातें मुँह में चबाई नहीं जा सकतीं और उसका स्वातन्त्र्य—वह मिट्टी की गुड़िया नहीं साहूकार वाह...वाह करता।

जिली उसे चाहिए।

"क्यों, छोरी, रह जा यहाँ, मेरे संग मेरे गाँव चलेगी तो।"

देह अलसाकर आँख फिराकर जिली कहती—

"छिः छिः ना ना!" गाँव वाले क्या कहेंगे?

"कहेंगे क्या? ऐसा क्या नहीं होता? झोला के रुपयों में उनका हक है। भोज है उनका। इस लुका-छिपी में क्या रखा है? तू अब रह जा सदा के लिए मेरे पास, बाकी तेरा मन..."

जिली कुछ नहीं कहती।

ये आदमी, आँखों के आगे उसके हमेशा रहता। बापू की जमीन रखी। भाइयों को बँधुआ रखा है! लोग कहते हैं यह बड़ा साहूकार है। बहुत प्रतापी है, जितना हँस-खेलकर लोगों से मिलता है, उससे वे लोग उतना ही डरते।

मगर जिली अब उसे डर की चीज नहीं सोच पाती। सुनसान आधी रात में चारों ओर शोर-शराबा कुछ नहीं, गाँव की बस्ती में इकलौते घर में यह आदमी उसकी आँखों के आगे घिघियाकर झुक जाता है। कहाँ जाता है तब उसका प्रताप, उसका तेज...!

उस दिन जिली ने जब जोर देकर कहा—अब और आना मेरे लिए सम्भव नहीं होगा, प्रतापी साहूकार ने कितनी विनय दिखाकर बात कही! बार-बार। फिर तो पाँव पकड़ लिये!

हालाँकि तब कुछ ज्यादा ही पीये हुए था। वह मद पीता है—गाँजा खींचता है। तब वह दुर्बल होता है, जिली को अच्छा लगता। अतः मद या गाँजे की परवाह नहीं करती, दया आती। दिखावे में जरा खीझ उठती। मगर घृणा नहीं करती।

उसकी जान निकलने जैसी उत्कंठा—उसकी विकल बातें—मानो वह कोई भिखारी है। ऐसे समय में वह उसे अपने पास पाती। ऐसे समय में धन-दौलत और

साहूकार होने का गर्व कहीं उड़ जाता।

जिली के आगे एक आम आदमी है, जिसका जर्जर अस्तित्व देखकर मन में दया आती। इच्छा करती लाचार आदमी को उठाकर उसकी हिफाजत करूँ। इसका माथा सहला दूँ, खाट पर लिटाकर पंखा झल दूँ—चैन से सो जाए यह।

"अरी! किवाड़ में साँकल लगा आ!"

मद में बात घुल जाती। मुँह से तब पता नहीं क्या निकल जाता।

"देख, तुझे रानी बना दूँगा मैं। मेरा जो है, वह सब तेरे नाम लिख दूँगा। इतने राज देखे हैं, इतने लोग देखे हैं, तुझ-सा और कोई नहीं देखा!"

"सोचता हूँ—सारा काम-धन्धा छोड़ यों ही पड़ा रहूँ। तू इसी तरह बैठी रह। मैं तेरा मुँह देखता रहूँ!! कौन, परजा तेरा क्या दाम समझता? तू सोचती है तेरे भाई, बहन, इतने लोग हैं, सब क्या तुझे चाहते हैं? क्यों?

"झूठ! हजार भाई-बहन, बाप एक तरफ, अकेला मैं एक तरफ। मेरा जैसा प्यार उनमें है? तेरे लिए मैं बना हूँ। मेरे लिए तू है। वरना कहाँ यह गाँव, कहाँ मैं!"

"क्या धन-दौलत है इस गाँव में? मेरे गुहाल में जो होगा, यहाँ क्या उतना भी है? बस, है तो तू...मेरी सारी सम्पत्ति तेरे लिए है। सब तेरे कदमों में डाल चला जाऊँगा। तू मुझे छोड़ेगी तो? बोल...जरा कह दे...मेरी कसम खाकर बोल दे...!"

मद पीने वाला कुछ ज्यादा बकता है, यह बात कौन नहीं जानता। पहले-पहले जिली को बहुत हँसी आती, अब और हँसी नहीं लगती।

उसी शराबी आदमी के पास अँधेरी रात में एकान्त में बैठी-बैठी सात-पाँच सोच जाती। हालत में फर्क नहीं पड़ता। होता, अगर एक परजा धाँगड़ा, ना सही, एक अधबूढ़ा शुंढी है। परजा के पास धनबल नहीं होता, शुंढी के पास है, और बातचीत वे एक ही ढर्रे की, फर्क इतना है कि परजा काम भी खोजता तथा संगी भी ढूँढ़ता, पर शुंढी काम नहीं खोजता, संगी खोजता है।

यहाँ इसके पास सदा रह जाने की बात वह सोचती है। एक ओर गाँव की हँसी-मजाक, लोग चाहे कुछ कह सकते हैं। धाँगड़ा बसाघर में और धाँगड़ों के बीच कुछ हलचल पैदा हो जाएगी। मगर उन्होंने तो अब उसे बँधुआ की बेटी मान लिया। उसकी पूछने वाला कोई नहीं...!

उस तरफ सफेद चूने का घर, धन-दौलत, खाना, कपड़ा-लत्ता है। स्वाधीन है। परजा बेटी, जब मन करेगा सम्बन्ध झटके में तोड़ दे सकेगी। सब मेरे हाथ में है।

दो दिन की हाँव-फाँव, ज्यादा बुरा नहीं कर सकेगी।

फिर भी पता नहीं क्यों मन नहीं मानता! इतनी दूर बढ़कर भी कहीं उसका धाँगड़ी गौरव आहत हो लौट आता है। जात अलग है, इसलिए नहीं। वह डोकरा...!

मानो वह फूल लगा, माँग निकाल, कपड़े पहन, हाथ हिला किसी अँधेरी कोठरी में जा रही है, खुली बाँहों में बाँधकर देखा—एक कंकाल, सोने में लदा है, मगर कितना ठंडा है! उसकी ठंड अपनी देह की सारी तपन बुझाकर बर्फ बनकर छाती में अन्दर घुस जाती है। हाथ खोलकर पीछे हट जाती है जिली। मगर भागकर जा नहीं पाती। आँखें बन्द हो जाती हैं, उस सोने के ढेर पर। वह बर्फ है, मगर सोना है!

साहूकार के पास रह, साहूकार से मन छीन, वह अपने भविष्य की बात सोचने लगती। गुमसुम होकर सोते समय अनमना एक सुख वह गढ़ने लगती। इसमें डोकरा का कोई भाग नहीं, डोकरा की छाँव वहाँ नहीं पड़ती। मगर साहूकार की दया से कोई अभाव वहाँ नहीं रहता।

बुरा नहीं लगता।

काव परजा एक बँधुआ, गरीब बँधुआ। वह नायक का बँधुआ है।

जिली ने उसे हँसी में उड़ा दिया। वह जिली को भुला नहीं पाया। इस उपेक्षा के कारण स्पर्श और सम्बन्ध जितनी बार खोजना चाहा, वह अकेली जिली या दोनों बहनों के पीछे दौड़ता रहा। वह जानता है कि वह सुन्दर नहीं, धाँगड़ी उसका मजाक उड़ाती हैं, मगर वह गुपचुप आदमी ठहरा, चुप-चुप में पता नहीं क्या आनन्द पाता, वही जाने।

उसने तय किया था जिली को वह खुश करेगा। कई दिन बीत गये। झोला के रुपये जुगाड़ करने में। रुपयों की आस दिखी। इतने बड़े चुपी आदमी की छाती धकधक करने लगी अब। जिली को देख उसे लाज आती। मन-ही-मन जानता, जिली को पाने के दिन नजदीक हैं। बहुत लाज आती, वह जिली के निकट नहीं जा पाता।

बिली ने मजाक कर पनघट से आवाज दी—

"क्यों, काव भई! हमारी ओर नहीं जाते! भूल गये क्या?"

काव परजा हँस देता! अपने को सँभालने हेतु वह बैल की पूँछ मरोड़ भगा ले जाता।

"आ...हा...च...ल...चल...।"

कुछ दिन ऐसे ही लाज में कटे। फिर वह निकला। जिली के जाने के रास्ते में जाने के बाद आँख में प्यार भरे खड़ा रहता। कभी दो फूल, किसी दिन अंटी में चार अंडे रखकर चुपचाप खड़ा रहता। जिली उधर से गुजरती। हाथ खुजबुजाने लगते। मुँह से उलटा-सीधा कोई कुशल प्रश्न करता, वह अपना हाथ बाहर नहीं निकाल पाता।

और गाँव के पास वन में गाय चराते-चराते जब कोई आदमी न होता, उस पर पागलपन सवार होता। चारों ओर गाय चरने की आवाज। पेड़ पर बन्दरों की उछल-कूद, झरने के पास चिड़ियों की चिल्लपों, वहाँ किसी पेड़ की मोटी डाल पर बैठ काव परजा गावदी जवान की तरह झूलता।

फूल तोड़ लाता, बालों में खोंसता, बाँह पर सिर रख ऊपर देख पथरीली जंगली जमीन पर लेट कीड़े खाये दाँत भींच-भींचकर सीटी बजाता। पाँव पटकता, साधना की भंगिमा में सिर पर पाँव लाद देता।

लोटता, उठता, अपने भर्राते गले को और जमाकर वह गीत बोलता।

जोर से आवाज लगाता—

"ओ...जिली...जिली...
उसके कान तले लूली लूली लूली!"

उसकी साधना में सहानुभूति दिखाकर डाल पर से बन्दर गाते—

"खा...का...को...खा...का...खो..."

काव परजा हँस-हँसकर ढेले फेंकता। कसकर, एक-एक निशाना साध कर फेंकता। अपनी काया देख वह खुश होता। काव परजा फूलों का मुकुट लगा-पीछा कर दौड़ता।

हा...हा...हा...हा...!

बाँका, टेढ़ा, कुबड़ा असुन्दर वह! वह जागना नहीं चाहता, न इधर-उधर नजर है।

ब्याह की उम्र कब से उसको ठगकर जा चुकी है। खयाल ही नहीं। अनुभूति में केवल आगामी जीवन-परजा दुनिया की सबसे सुन्दर कन्या उसके लिए होगी, उसके बाद घर बसाएगा। लोग ईर्ष्या करेंगे, करें—कौन पूछता है!

जब अपने बल का परिचय यह पाता, बहुत खुशी लगती, तब बिना कारण बछिया का सींग पकड़ उसे रोक लेता। बेमतलब वह गाय के पीछे-पीछे दौड़ता, पहाड़ की ढलान में उस पर बैठ जाता। छोटे झरने के पास कूद पड़ता। वह हुलस उठता। मन के उल्लास में वह एक कन्ध वंशी जुगाड़ कर लाया। उस पर धामन साँप की खाल मढ़ी है। उसके दो आने पैसे लगे थे। वह आड़ी वंशी है।

पहले वंशी के प्रति उसका मन न था। दो आने पैसों में वंशी के साथ-साथ

कन्ध लड़के से बजाने के कई गुर भी सीख लिये थे।

"देख, यों पकड़ो, यों अँगुली दबाना, यों उठाना। असल वंशी है, बस, फूँकने से ही बजती है। तू तो ले जाएगा, पर मुझे तो वन में और एक घूम-फिर कर तलाशनी होगी।"

काव परजा ने सब सीखा, बस फूँकने का कौशल नहीं सीखा। कन्ध वंशी करीब दो हाथ लम्बी होती है। कन्धे से शुरू होती है। इतने बड़े यन्त्र में मुँह के पास मुँह सटाकर खूब आवेग में जब वह प्राणों की बात उँडेलता, हवा फूँ-फाँ होकर इधर की उधर फिसल जाती। केवल दीर्घ साँस और हाहाकार!

वह दबता नहीं। बजाने वाले के होठों की छवि याद करते-करते तरह-तरह से मुँह बिदकाता। होठ से छेद बन्द कर फूँकता, गाल फूल-फूल उठते। सिर साँय-साँय करने लगता। छाती दबने लगती। काव परजा नाक फुलाता। होठ मोड़ भौहें नचाकर झुरमुटे से बालों के झुंड बना देता। कान के पास पसीना उतर आता। होंठ से लार बह चलती, जुटा रहता निर्जन में।

कभी-कभी बरसा कूटती। इस महीने नयी घानी के कुसुम तेल में बाल चुपड़ कर काव परजा काम पर जाता। कुसुम तेल देह को गरम रखता है।

काव परजा वंशी पर रियाज करता। उसे तो बस दो बोल चाहिए—"जी...ली!" किसी छेद से चाहे कोई पद निकले।

गेंदे के फूलों से कागजी फूलों की कतार में वन भर रहा है। पाँच अँगुली वाले बाघनखी फूलों से सजकर छोटे शाल के अँकुरों में लिपटी है। इधर-उधर वन में ओलुअ फूलों पर मक्खियाँ घिरी हैं। सारी जमीन भीगी-भीगी केवल घास, झुरमुटे, लता, पेड़-पौधे, चारों ओर भरे हैं। खेत भरे हैं सब्ज, मटमैले, गरदन तक ऊँची पकी फसल से। हलकी हवा, और उस समय से धुला-पुछा निर्मल आकाश। सब उसकी अनुभूति में सजा रहे। उसी में वंशी की अधूरी खोखली आवाज। सबका अर्थ एक ही ओर ढल जाता। शाम ढले गाय के रास्ते में गोबर, गोमूत की गन्ध में। घर की छत पर फूल भरे, कच्चे फल भरे, लौकी, कुम्हड़ा-तोरई, सेम की लतर का जाल। सब उसके मन में पूर्णता भर देते। जो वह नहीं पा सका, सबको मिल जाता है। ऐसा मानकर अपने कुत्सित आवरण में पाता है चाँदनी रात, निर्मल चाँद, दूर चमचमाते देवदार की थिरकती छाँव, मधुमालती की हलकी महक।

कितने ही दिन अपने को भुलाने में बीत गये। इसके बाद वह स्मरण राह से कीर्तन की राह पर उतर गया। बिली के संग, नन्दीबाली के संग, घर पर बुढ़िया माँ के संग। कोई न हो तो कन्ध वंशी के संग चर्चा लगा देता—केवल जिली के बारे में।

नन्दीबाली अनसुनी कर कुदाल कोड़ी लेकर अपने रास्ते चल देता। बिली

मजाक करती—बूढ़ी माँ चिड़चिड़ी होकर कहने लगती—

''वही-वही बात कितनी बार कहता रहेगा? अभी से इतना! फिर तो सचमुच बहू लाने के बाद मेरी तरफ बात करने की भी फुरसत नहीं होगी।''

वंशी गड़बड़ कर देती। कुछ कें का होते न होते ही वह होठ से फिसल जाती। फिर ठिकाना खोजकर लय लाने में समय लगता।

एक तरह से उसका रास्ता कट जाता। मगर सचमुच जब अँधेरा जाकर झिलमिलाती चाँदनी रात आती, नींद नहीं आती। मन करता किसी सुनसान जगह पर फुसफुसाकर बतियाता। देह चंचल हो उठती। अनमना हो उठता। काव परजा गहरी साँस लेकर निकल पड़ता बाहर एक घनी-मोटी बाँकी छाँव, मानो किसी अनदेखे वजन को ढोते हुए बाँकी हो गयी है देह, धीरे-धीरे घूम-फिर आता सारे गाँव में चारों ओर एक-दो तीन बार। फिर चोर की तरह खड़ा रहता धाँगड़ी बसाघर के सामने। उसको विश्वास था जिली वहाँ होगी।

''कौन है वहाँ?'' कोई लड़की पेशाब करने उठती तो पूछ लेती।

''मैं हूँ री नन्ही!''

''वहाँ क्यों हो काव भैया? मैं तो डर ही गयी। चमक गयी।''

नन्ही गीत गुनगुन करती बरामदे पर चढ़ गयी।

''झूठे मानते हो? ये देखो ना आकर, देह भर में कैसे थरथराहट भर गयी। उधर क्यों खड़े हो? ठंड नहीं लगती? आ, ऊपर आकर जरा आग सुलगाकर सेंक लेते।''

''नहीं रे, नन्ही, डरो नहीं तुम। मैं तो यों ही घूम रहा था।''

चाँदनी रात में भीगी धरती से खूब कुहासा उठ रहा था। काव परजा उसी धुआँ में मिल जाता। पीछे से नन्ही की खिलखिलाहट सुनाई पड़ती।

कितनी ही बार यों धाँगड़ी बसाघर से निराश लौटकर काव परजा ने तय किया, जिली घर पर सोती है बाप के पास। मन करता देख आऊँ। फिर सोचता—ये ठीक नहीं। नन्दीबाली और बिली—बूढ़ा-अड़ोस-पड़ोस के क्या कहेंगे? जिली याद आती। जवाब नहीं पाता।

ऐसे ही एक रात, पूर्णिमा के आस-पास होगी। घूमते-फिरते पाँव खुद अनायास चले गये शुक्रू के घर तक।

बाहर घर के एक ओर छाँव में काव परजा चुपचाप बैठा रहा। कष्ट नहीं हुआ। सोचा—यहीं घर में है वह।

सारी शुभकामना, सारा प्यार उस घर पर छिड़क दिया। मन कर रहा था—काश वह निकल आती!

सोचते-सोचते समय कट गया। पीछे हटते-हटते लम्बी छाया घर के आगे

कुछ हटकर कतार में पड़ रही है। कितना अँधेरा है वहाँ! चारों ओर कोहरे का धुआँ, ऊपर चाँदनी रात फीकी पड़ रही है। चारों ओर सुनसान है।

उसकी साँस थम गयी। पसीना छूट गया। सामने का किवाड़ खुल गया। जिली निकली।

देह की गठन से, चौकस आकार पहचान में आ रही, जिली है। बिली नहीं है। प्राण आँखों में भर काव परजा का उस चेहरे को पी जाने को मन कर रहा है। जिली तनिक खड़ी रही। चारों ओर देखा, फिर घूमकर तेजी से कदम बढ़ाती राह पर चल पड़ी।

काव परजा अचम्भे में भर गया। सुना है नींद में लोग चलते हैं। इस जादुई चाँदनी रात में कई लोगों को भूत जगाकर चक्कर काटता है। चारों ओर सुनसान। जिली चल रही है।

सोचा, आवाज दूँ, पर गला रुँध गया। कल सुबह दिशारी से पूछूँगा। आज इस रात में! काव उतना साहसी नहीं। छोड़कर घर लौट चलूँ? पाँव पीछे हट रहे हैं। मगर मैंने खुद उसे देखा है! जिली को अकेली छोड़कर कैसे जाऊँ? छि:!!

वह कुछ दूर रहकर सहमा-सहमा चलता रहा, जिली के पीछे-पीछे। आँख लगी है उसके ऊपर। भले-बुरे में वह भी तो आगे जाएगा। जिली को अकेली नहीं छोड़ा जा सकता। भूत मुझे खाएगा, खाने दो। मगर जिली को अकेली नहीं...!

कितना सुनसान...! ओ:! पेड़ पर चिड़िया चीं-चीं कर रही है। ठीक नहीं। सियार भौंक रहे, वह कोई सपना देखता है? कीचड़ पच-पच, दोनों ओर मेंढकों की टर्र-टर्र। झींगुर की झीं-झीं और कड़-कड़!

जिली आगे-आगे तेजी से चली जा रही थी।

धाँगड़ा बसाघर आ गया। अकेली टूँगी।

साहूकार यहीं तो रहता है? यही है उसका घर! जिली ने दरवाजे पर एक थाप मारी। दरवाजा खुल गया। जिली अन्दर गयी। दरवाजा बन्द!

उफ! कुल्हाड़ी कहाँ? हाथ में लाठी तक भी नहीं! दो कदम निकट तक सरक आया। दरवाजे पर धक्का मारूँ? जाने दो-क्या जरूरत है मुझे? यहाँ मैं होता कौन हूँ?

उसके चिपटे मुँह पर मोटे होठ गुस्से में फनफना गये। अन्दर से कुछ उठकर आ रहा है और भी मुड़ी-सिकुड़ी वह नाटी छाया चाँदनी में विराट एक मेंढक की तरह चलती, रुक-रुक कर लौट गयी—जिस राह आयी थी उसी राह।

अगली भोर।

"तेरी बेटी जिली रात-रात भर धाँगड़ा बसाघर जाती है, वहाँ शुंढी साहूकार ने ठिकाना बना रखा है।"

कहकर काव परजा रास्ते पर जा रहा था। ज्यादा वह बोलता नहीं। सारा गुस्सा और घृणा इतनी-सी बात में खतम। यहाँ से छूटकर वह आत्म-रक्षा कर सकेगा।

बूढ़ा मुड़कर पीछे-पीछे बढ़ आया।

"क्या कहा?"

काव परजा ने नहीं सुना।

"क्या बोला रे?" शुक्रू ने आगे बढ़कर हाथ पकड़ लिया।

उदासी में काव परजा ने कहा—"जा, घर जा। मुझे काम है।"

उसकी आँखों में आँख डाल बूढ़े ने फिर कहा—"क्या बोला?"

"जो देखा, सो कहा! साहूकार से पूछ, अपनी बेटी से पूछ!"

गुस्सा दिखाकर काव परजा चला गया। कितना काम अभी आगे बाकी है। कर्ज का जुगाड़ हो गया था, अब और क्या रहा? मना कर देना होगा। छोटी-बड़ी सारी तैयारियाँ, केवल उसके मन में थीं, उन सब पर ताला डाल देना होगा! जा...!

अब तक बात मन-ही-मन में रखी थी। रात भर आँखें लाल, पलक नहीं झपकी। एक बार कह देने के बाद, मन से आधी तपन छँट गयी। अब कुछ और कहने को मन है। और-और, तनिक मन हलका हो जाए।

वह देवता गढ़ रहा था। सारे धूप, दीये, फल, भोग उड़ेलता रहा। अब विसर्जन, जितनी जल्दी करे उतना जल्दी। ध्वंस की हिंसा सृजन के दुःख को चूर-चूर कर उड़ा देना चाहती है, क्योंकि वह आदमी है।

जिली का मुँह नहीं देखना। साहूकार को देखूँगा। मगर गहरे मन में वंश परम्परा के भय का रूप, हिताहित का ज्ञान और दर्शन शास्त्र के सूत्रों की तरह गुँथे प्राणों को समझाता—क्या जरूरत है? साहूकार अधिकारी का मित्र है, खूब सोना, रुपये हैं उसके पास...अरे बाप रे बाप रे! बाप रे!

वह पहाड़ है, सर पीटने से कुछ नहीं। थप्पड़ खाये अपमानित बालक की तरह काव परजा चारों ओर कहता फिरा—लोग हँसने लगे। लोगों ने बात की, इतने दिन में रहस्य खुला! यह उसे, वह तीसरे को, यों बात सारे गाँव में फैल गयी।

शुक्रू जानी गम्भीर हो घर लौटा।

"जिली...!"

जिली घर पर नहीं।

बरामदे में बूढ़ा बाँबी की तरह बैठा रहा। आँख लाल दिख रही है। सिर चकरा रहा। कितनी पुरानी बातें याद आ रही हैं। भला-बुरा कुछ नहीं समझता। वह

समझता है इज्जत! समझता पिता के प्रति सन्तान का कर्त्तव्य, समझता सरल साफ बात! हाँ, इस देश में ऐसा है कि जिस पर मन किया, उधर जाओ। वह जाना ही विवाह है। मगर परजा लड़की का शुंढी से विवाह करना, गैर-कानूनी नहीं, फिर भी बड़ा अप्राकृतिक है। गाँव वाले क्या कहेंगे?

ये लुका-छिपी! छिः छिः!!

और शुंढी तो शुंढी है! एकदम साहूकार! वह जमीन पर कमला का बाग लगा चुका है। बेटों को बँधुआ बना रखा है! और उसका चरित्र! छिः...छिः! थूकने को मन करे। उसकी औरत है, बच्चे हैं, अधबूढ़ा, कितने शर्म की बात है यह। इस लँगवाड़े अधबूढ़े की ओर चली गयी मेरी जिली? छिः छिः छिः!!!

आज मेरा साहस घट गया। बल कम हो गया। ठीक से खाना नहीं खा पाता। मन में हजार चिन्ता भरी हैं। पहले वाले जैसे दिन होते, कुल्हाड़ी की एक चोट! सिर से धड़ अलग। जैसा व्यवहार की वैसी सजा!

पिता के मन में सन्देह भर आया—मेरी जिली क्या कभी ऐसी हो सकती है? जमान की बात याद आयी। जहाँ से उसकी दुर्दशा शुरू हुई। तब जिली ने बुरा कुछ नहीं किया। नायक के बँधुआ ने मार खायी। रात में बुलाने आया था। वही जिली, बदल जाना क्या सम्भव नहीं!!

काव परजा ने कहीं झूठ कहा हो! कुछ देख उसने शायद कह दिया। समय बीतने के साथ बूढ़े का सन्देह बढ़ा। मगर बुरी बात के तो लक्षण ऐसे ही होते हैं, सुनते ही मन विश्वास करने को हो। बूढ़े के मन ने प्रमाण खोजा।

यदि सच हो, नायक आकर बुलाएगा, पंचायत बैठेगी, वहाँ पर ही तलब होगा। वह और मेरी बेटी। कितना अपमान!

फिर जुरमाना! लोग जो व्यवस्था देंगे, वह सब दिख गयी। वह अकेला एक तरफ। दूसरी तरफ सारा समाज। वहाँ परजा गाँव के सारे लोग, एक साथ दल बनाकर इन्तजार में बैठे हैं। झुरमुटे जंगल की ओट में। एक साथ फलाँग कर बोटी-बोटी चबा जाएँगे।

मुसीबत-पर-मुसीबत!

सच! उस दिन से अपने घर में खुद मेहमान होने की तरह रहता आया है—मन में चैन नहीं—सब उड़ेलकर बैठा है इन दोनों बेटियों पर। केवल अन्दाज में भागी है और किसमें नहीं। मेहमान बनकर घर बार की बात छोड़ चुका। मन मरजी बहता जा रहा सब कुछ। अब गया चूल्हे में सब।

शुक्रू सोचते-सोचते घर के अन्दर चला गया।

एक खयाल में जिली की पेटी तलाश कर डाली। एक बन्द है। दूसरी खुली है उसमें नयी-नयी तीन साड़ियाँ हैं, सलवट तक टूटी नहीं।

ये साड़ियाँ तो पहले कभी नहीं देखीं यहाँ!

छोटी बोतल में कोई लाल-लाल चीज! नाक के पास ले गया, महक है! तेल होगा। दो साबुन की टिकिया।

सब नया। पहले जो न देखा।

शुक्रू जानी एकदम चकित-सा देखता रहा। पेटी की चीजें बेतरतीब लुढ़की नीचे पड़ी हैं।

दोनों हाथों से उसने अपने रूखे बाल नोंच लिये। छाती पीट ली। सोचने की चेष्टा करने लगा।

इसी तरह सब बिखरा था कि जिली आ गयी। नदी पर नहाना-धोना कर आयी है। कुछ नहीं जानती वह। झूलती-झूलती खुशी में भरी आयी थी। एक कदम डाला कि चौंककर खड़ी रह गयी।

बूढ़े ने थरथराकर गुस्से में चिल्लाकर कहा—"जिली!"

मुट्ठी भींचकर गरजकर कहा—"तू इस साहूकार के संग..."

जिली की छाती काँप गयी। आँखें चारों ओर घूम गयीं। मानो कोई आग भभक रही है।

सब देखा, वह समझ गयी। हवा की तरह वहाँ से भाग गयी।

बूढ़ा चिल्लाया—"जा, भाग जा, तू भाग जा। मुँह न दिखाना यहाँ फिर। अब मत आना कभी!"

जिली अदृश्य हो चुकी थी।

शुक्रू परजा बरामदे में आया। सोचा-साहूकार के पास चलूँ! फिर मन में कहा—"ना यों नहीं, सब आएँ!"

वह पाँव पसार बरामदे में बैठ गया। जलता पिका होठ पर रख थूकता रहा। थू...थू...थू...थू...!

बिली और नन्दीबाली खेत पर गये हैं। दो घड़ी होने आयी। अब गाँव के सब लौटेंगे। उफ् कितनी धूप!

बस्ती में केवल बच्चों का शोर। मक्का, ककड़ी चबाते-चबाते फिर रहे हैं। अगणित तितलियाँ उड़ रही हैं। बच्चे पीछा कर रहे हैं। चमचमाती सब्ज घास पर धूप आग उड़ेल रही है। छोटे-छोटे चूजों का झुंड लिये मुर्गियाँ इधर-उधर दौड़ रही हैं। किसी के गुहाल से हाल की ब्यायी बछिया रँभा रही है।

उफ्! धूप! कितनी जला रही है, अदिन की यह धूप! और धूँगिया एकदम कड़वे लग रहे हैं—छिः, छिः...थू...थू...!!

बापू ने कहा है—"जा"

समाज कहेगा—"जा"

रहने का उपाय नहीं, जाना ही होगा।

हर तरफ से दरवाजे बन्द करने पर एक राह खुली, दूसरे से धक्का खाकर उस एक ही राह पर जाना होगा। दूसरा उपाय नहीं।

आज हाथ-पाँव बाँधकर एक धार में बहकर जाते समय मन को जलने का काफी समय मिल गया। आधी रात में चोरी-छुपे जो अच्छा लगता, तेज धूप में वह आज दिखता है कितना खराब! मगर बाध्य होकर अपनाना पड़ रहा है। अतः उफन चली विद्रोह की लहर।

उस थोड़ी देर में जिली समझ गयी—इस अधबूढ़े, लम्पट बूढ़े को कभी एक दिन भी नहीं चाहा मैंने। अब भी नहीं चाहती, जबकि खींच-तान की तो मन को लगा, उसके घर-बार को अपना करना होगा—यदि वह अपने पाँव के पास कुछ जगह दे दे। वरना, और कुछ न हो चाहे, परन्तु लज्जा की सीमा न रहेगी।

उसी चिलकती घड़ी में जिली जाकर धाँगड़ा बसाघर के दरवाजे पर सिर नीचा किये खड़ी रही। चेहरे का पानी मर गया।

साहूकार अकेला था। बाहर आकर अवाक् देखता रहा। जोर से हँसी हँस कर मजाक से पूछा—"आज दिन में कैसे याद आ गयी? आ अन्दर आ! आ बात करेंगे!"

जिली ने कहा—"बापू ने देख लिया है।"

कहकर वह फफक उठी। अब और रुलाई रुकी नहीं। साहूकार को अचम्भा हुआ। धीरे से कहा—"किसी ने उसे कह दिया है क्या?"

जिली ने कहा—"मुझे नहीं मालूम। पर बापू सब जान गया है।"

"जानने दे। खैर, रोती क्यों है तू?"

साहूकार ने गरजकर कहा—"जान ले वह सब। मेरा क्या बिगाड़ लेगा? उन्हें क्या चाहिए, हिसाब कर लें। तू आ! मैंने तुझे अपना लिया है!"

साहूकार ने हाथ पकड़ जिली को अन्दर खींच लिया। उसकी मूँछ, उसकी निगाहों में यथेष्ट दृढ़ता थी। जिली बैठ गयी। आगे कुछ सोच नहीं सकी।

गाँव में हलचल मच गयी।

छाँव लौटने की वेला-नायक, बड़े रैयत और शुक्रू जानी एक साथ मिलकर आये।

दूर से देख लिया। साहूकार गम्भीर हो तैयार था। पास आते ही उलटे दबंग

होकर कहने लगा—"क्यों रे नायक, ठीक समय पर आया है, तुम्हारे संग बात है, मेरी इच्छा मुताबिक परजा छोरी लूँ तो झोला के बावत कितने रुपये गिनने होंगे? बोल तो?"

"अरे, ओरे शुक्रू परजा। यों चेहरा खट्टा कर क्यों आया है? ओ...हो...तो गुस्से में हो? यों गुस्सा होंगे तो, टेसन ले जाकर अधिकारी को कहकर ठंडा कर दूँगा तुझे!"

"अरे! तेरा भाग्य अच्छा है। क्या कमी रहेगी तुझे! मेरा जैसा जँवाई पा रहा है, ससुरा परजा आदमी!"

"अरे, क्यों रे नायक तू ही बोल!"

उसके इस निपट निलज्जपन पर आने वाले सब अप्रस्तुत हो उठे। वे एक-दूसरे का मुँह देखने लगे। मगर किसी के मुँह से एक भी बोल न निकला।

शुक्रू खुजबुजा रहा था। कुछ समय बाद अचानक उसने गाली शुरू कर दी—"बेईमान, नीच, चोर, नालायक, स्साले! चुराकर तू मेरी बेटी को ले आया!"

साहूकार ने गुस्सा होकर रोका—"अरे! देख, फिर! जो मुँह में आया बक रहा है! तेरी बेटी को लाने मैं गया था? या वो ना-ना करती रही और उसे मैंने रोक रखा है? ठीक-ठीक ढंग से, मिल-जुल चलने की बात करनी है तो बोल, क्या लेगा झोला का? वरना चुपचाप अपनी राह जा। गोलमाल करना ठीक नहीं रहेगा।"

कुछ लोगों ने शुक्रू परजा के पास जाकर समझाया...!

"अरे, बीती बात गयी, बड़ों को ऐसे नहीं कहते, क्यों?"

एक ने कहा—"पंचायत बुला ले और छोरी से पूछ ले!"

साहूकार ने खूब आग्रह में कहा—"पूछो, पूछो! जिली!"

बड़ी मुश्किल से जिली बाहर दरवाजे तक आयी। नायक ने पूछा—"यहाँ कैसे आयी?"

जिली ने डरते-डरते साहूकार की ओर देखा। थूक निगलकर कहने लगी—"अपनी इच्छा से आयी!"

काफी गोलमाल हुई। शुक्रू परजा तमक रहा था—उछल रहा था। लोगों ने थाम लिया। जिली अन्दर चली गयी। साहूकार ने दस को गवाह रखकर कह दिया।

"तुम सब सुन लो। झोला के रुपये ये बूढ़ा बताता नहीं। बाद में घर बार देख जो मैं सोचूँगा दे दूँगा। उसमें आपत्ति करेगा, मैं नहीं सुनूँगा। तुम सब गवाह रहना।"

लोग बुत बनकर रह गये।

साहूकार भाषण देता रहा। उसकी लाल-लाल आँखें चमकती रहीं। मुँह फूल उठा। मानो कितने बड़े अपमान में अपमानित हो रहा है। मानो किसी ने कितना बड़ा अनिष्ट कर डाला। नुकसान का हिसाब करते-करते मानो जल रहा है।

"अरे देखो, कैसे नवरंग! मैंने कोई चोरी की है? किसी का खा गया हूँ? लोग हजार औरतें ब्याहते हैं। न सही, मैंने एक औरत रख ली। मेरा काम-धाम करेगी। खेती-बाड़ी देखेगी। मेरा मन हो गया। इस गाँव का कितना कुछ नहीं किया मैंने, कितना उपकार किया! आज सब देख लें! समिति देखे। पंचायत देखे। पूरा गाँव उठ आया, मानो कोई अनर्थ हो गया। कल सुबह मैं टेसन जाता हूँ, रपट लिखाता हूँ। अकल लगा पिटीसन बनाकर अधिकारी को दे आता हूँ। क्या समझ लिया है सबने मुझे? अधिकारी महाप्रभु आएँ, आकर देखें..."

"ना...ना...साहूकार, यों गुस्सा करने से काम नहीं चलेगा!"

विज्ञ नायक ने कहा—

"कोई तुझे कुछ नहीं कहता। तेरे जैसे बड़े अधिकारी को कोई क्या कहेगा? किसमें अकल है, हिम्मत है? तेरा कौन नहीं खाता है? चारों ओर गाँव-गाँव में, दुनिया भर में? तू ने छोरी ली, अच्छा किया। केवल, हमें, दस को जरा-सा कह देता। उसके बाप से बात करता। कुल के धर्म के अनुसार होता—खैर, वो न किया—क्या बिगड़ गया? अब झोला दे, भोज दे दे! बात खतम! क्यों...क्या कहता है तू शुक्रू...!"

सब साथ के लोगों ने मिलकर कहा—"हाँ...हाँ..."

शुक्रू परजा अवाक् रह गया।

उसका अपना सारा गुस्सा पत्थर बन खुद पर टूट पड़ा।

साहूकार की बात पर भयालु देशिया रैयतों में आशंका पैदा हो गयी। जो आशंका जंगली लोगों में खुद-ब-खुद आती है, उसका न कोई रूप होता, न आभास होता। केवल एक आशंका रहती है जिसके कारण वे ढोर-बकरी हैं। सब एक बार में साहूकार की तरफ उलट गये। अधिकारी, पिटिसन, रिपोर्ट, बाट, दावा-दरबार, कौन झेल सकेगा इतना झमेला? मन्तव्य दिया गया—

"हाँ, बात सच है!"

"देखो छोरी की अपनी इच्छा है। कोई क्या कर लेगा?"

"धर्मात्मा साहूकार गलत बात नहीं करते!"

"छोरी की मरजी के विरुद्ध, बाप की मरजी कैसे रहेगी हमारे रैयात कुल में?"

इत्यादि....!

साहूकार सब देखता, सब सुनता। सबका चेहरा देख-देख अपने आसन का जोर परखता। देखा दवा काम करने लगी है, सब सुधरने आया, अब कोई डर नहीं। दया भरी हँसी हँसकर सबसे सम्भाषण किया एक-एक बार, स्वागत करने की तरह बात बदलकर शुरू किया—

"देखो, तुम्हारे गाँव में मैं जब आया था, कभी सोचा था कि तुम्हारा बन्धु-कुटुम्बी बन बँधकर रह जाऊँगा? भूमि-बाड़ी कमाकर खाऊँगा। रुपया उधार दूँगा, तुम्हारी बढ़ोतरी करूँगा, अपनी मेरी भी सुविधा होगी। केवल इतना सोचकर मैं आया। तुम्हारे गाँव को देखकर मुझमें श्रद्धा और प्यार बढ़ गया! और फिर अब तुम्हारा बन्धु-बान्धव बन गया।"

शुंढी कौन? परजा कौन? मनुष्य तो सब एक हैं!

अब किसी को मामू (ससुर) कहूँगा, किसी को कहूँगा भाई। युग-युग का बन्धु हूँ। अब भोज में खाने-पीने में मुझे बुलाना। तुम धूँगिया की फूँक लेते होंगे तो मुझे भी पूछना। और यह मामू, साला मेंना (ससुर का बेटा) घर-बार पैर रखने हेतु मुझे एक कमरा बनाना होगा। सब हँस पड़े। शुक्रू परजा कुछ न बोला।

नायक ने कहा—

"दया रखना! साहूकार! अभी रहने दो, झोला की बात बाद में करेंगे। कहाँ जाते हो? हम तुझे यों ही छोड़ देंगे क्या?"

सब हँसते-हँसते चले गये। जिली ने किवाड़ की फाँक से झाँका। गाँव वालों की हँसी देख मन से बोझ हलका होता लग रहा था।

मगर उसने गौर किया, जिसके कारण मन की खुशी, मन का चाव मर गया है। बूढ़ा बाप सिर झुकाये चला गया। बापू चला गया, उसके और अपने बीच मानो पृथ्वी फटकर खुल गयी पाताल के गहरे तक। जिस दरार के ऊपर से पार करना असम्भव है।

बचपन में माँ मर गयी, बिसूर-बिसूर कर बापू रह गये, अब उसे ज्यादा और ज्यादा याद आती, मुँह में कौर रुचता ही नहीं।

टूटकर बहते चले, एक गुच्छे में बाप-भाई, बहन सब। संसार में अपना कहने लायक कोई नहीं। अकेली वह स्रोत के बहने में तैर रही है, भविष्य पता नहीं क्या...?

"देखा तो! सारी गोलमाल मिटा दी। मगर, जोरदार मोटी रकम झोला की ठीक से माँगने आएँगे तेरे लोग, तू कोई ऐसी वैसी धाँगड़ी है?"

हाथ फैला लाड़ करने आगे बढ़ आया साहूकार। जिली अनमनी थी। छूते ही खींच-तानकर खुल गयी। जबान से स्वतः निकल पड़ा—

"छिः-छिः!"

साहूकार फिर पास सरक आया।

इस आदमी के लिए इतनी बातें! अधबूढ़ा हो चाहे, कितना जोर है इसमें! कितना जबरदस्त है ये आदमी! बाघ की तरह, जमान की तरह! साक्षात मानो कोई बड़ा अधिकारी है! कितनी कठोर आँखें, मानो जल रही हैं! घड़ी भर में उलटाकर जलाकर राख कर देगा!

साहूकार ने पकड़ लिया।

जिली ने आपत्ति नहीं की।

मगर सहज, सरल हँसी, जो प्राणों में से निकलकर आती है, उसे मेघों ने ढाँप लिया। शायद बुझ गयी सदा के लिए।

घर पर बैठक भी हुई। दबे-दबे बात भी हुई।

"मुझे तो कब से लगता था, कहता नहीं था, सो बात और है!"

बिली ने नन्दीबाली से कहा—

"अब अकल आ रही है। झूठ! कोई कुछ नहीं जानता।"

शुक्रू रुक-रुककर बोलता रहा, मानो साँस रुक रही है।

"ये साले गाँव वाले लोग, गाँव वाले सारे एक ओर हो गये! सबने उसकी तरफ लेकर कहा—बन्धु बना, कुटुम्बी बना, झोला के रुपये दे, भोज दे! पाजी, हरामी, धोखेबाज! चुराकर फुसलाकर मेरी बेटी ले गया। पूजा करता है, मन्त्र बोलता है! वह बच्ची तेरा मुकाबला कर पाती?"

"धर्म नहीं, न्याय नहीं। कुछ भी नहीं। जिसके पास रुपये हैं, सब उसका है। सब उसकी ओर हो गये। मेरा कोई न रहा? मेरा कोई नहीं...!"

विलाप कर रहा था बूढ़ा। बेटी, जँवाई समझा रहे हैं—

"हो गया, सो हो गया, बापू! अब क्या हो? जिस पर उसका मन था, वहाँ वह चली गयी। हम उसे नहीं चाहते, यह हमारी इच्छा। उसका मन किया, उसने चाहा। चली गयी। परगोत्री बेटी। बेटे तो स्वर्ग नहीं ले रहे। बेटी किसी का क्या करेगी? अब तू क्यों इस तरह बौरा रहा है? जिली जिस पर भी मन करती उधर जाती, वहाँ चली गयी। अब तू चल, फिर एक बार नायक को लेकर चलें, चार कोड़ी या पाँच कोड़ी (80-100) रुपये झोला के माँग लें साहूकार से। वह अभावी तो है नहीं, देगा क्यों नहीं?"

"ओह रे! मेरी बेटी! जो तो बेटी है! मैं अब उसके झोला के रुपये माँगने जाऊँ? जाने दो, जिधर उसका मन! ऐसी बेटी! मेरी क्या है वह? उसके झोला के रुपये मैं खाऊँगा?"

"ऐसे न बोल, बापू! बेटी का अमंगल होगा। कुछ दिन जाने दो। तेरा मन नहीं, बेटी को कहकर देखेंगे। वह उसे छोड़ आएगी। दूसरी जगह ब्याह देंगे। यों तो हजार बार होता है, हमारे कुल में।"

"अब वह और क्या आएगी? अब वह लौटेगी? आज माँ जीती होती उसकी!" शुक्रू फफक उठा। इतना ही जवाब और सान्त्वना। घर के पिछवाड़े

छलछलायी आँख से बिली देखती रही नन्दीबाली की ओर। जबान चुप। नन्दीबाली ने लाड़ में कहा—

"क्यों री? बड़ी परेशान है? क्या हुआ बोल?"

"बचपन से इतने दिन बाद हम दोनों अलग हुई हैं, वरना कभी नहीं।"

"ओ, यह बात है? जितने भाई, उतने घर। जितनी कन्या, उतने वर। साहूकार उसे खींच ले गया। वरना मैं नहीं आता, उसे छोड़ वह तुझे खींच लेता। मैं था तो तुम बच गयी।"

नन्दीबाली छाती फुला बाँह मरोड़कर अपना जोर दिखा रहा था। हँसा—

"हाँ...हाँ...फिर से रो! अरे छोरी, साहूकार है तेरा बहनोई। वह मेरा साढ़ू है। तेरे बाप का जँवाई। अब बीज खरीदने या बैल खरीदने, खाजा खरीदने में और क्या परेशानी? मुँह खोला कि, सब मिल जाएगा। जो कहो वो होगा। उससे खाजा, मिठाई खा मुझे छोड़ उसके संग लटपट हुई तो फिर तेरी बहन चोटी पकड़ धुरमुस जमा देगी, होशियार रहना!"

नन्दीबाली बिली को खींच, कोंच-कोंच गुदगुदाता रहा, हँस पड़े दोनों।

उसी शाम। गाँव के बीच रास्ते पर आग जला बैठकर लोग सुख-दुःख की चर्चा कर रहे हैं। दिन भर के हाल-चाल पर वहाँ चर्चा होती है। नायक, बारीक, बड़े रैयत गण, और बाकी लोग-बाग होते हैं। दिन भर के हाल-चाल पर संक्षिप्त टिप्पणी भी होती। नायक समझाकर कहने लगा—

"तुम सब शायद साहूकार से चिढ़ रहे होगे मन-ही-मन। मुँह से कहना ठीक नहीं। वह ठहरा बड़ा आदमी। हम छोटे हैं। वह अधिकारी के संग उठता-बैठता है। देश-दुनिया की बातें जानता है। उससे बैर-कलह करोगे, सदा वो ही जीतेगा, हारेंगे हम। बड़ों को जो करना है, करेंगे। हम छोटे हैं, मुँह खोलकर कुछ कहें, वह हमारा दोष होगा। फिर किसी तरह रास्ता नहीं मिलेगा।

एक तरह से ठीक हुआ। इधर-उधर गाँव में फिरकर यहाँ-वहाँ गोलमाल करने की बजाय एक जगह मिलकर, सबकी जबान बँधकर रहे, इसमें गाँव का भला है।

अरे, जितनी धाँगड़ी उतने धाँगड़े। धाँगड़ी अपनी इच्छा से जहाँ चाहेगी जाएगी। इसमें दूसरों का कलह क्यों? बेकार की बात है!

और फिर, इसमें दोष क्या है? किस-किस देश के अनजान अधिकारी नौकरी में यहाँ आकर दो दिन के लिए आदमी रख लेते हैं। यह तो इस देश का आदमी है, ब्याह करने के लिए ही रख रहा है। मैं तो कहता हूँ यह कोई बुरी बात नहीं। पैसे वाले बड़े लोगों को बन्धु, समधी पाना बड़े भाग्य की बात है।

बूढ़ा यह नहीं समझता। दो दिन में दुःख करेगा। कुछ भी हो, जन्म दिया

है, बेटी को। दो दिन बाद सब समझ जाएगा, बेटी उसकी होगी, जँवाई भी उसका होगा—

सब सुनने वालों ने सिर हिलाया, गाँव के बड़े जो फैसला लें, वही उसका है। सनिया परजा ने कहा—

"मैं भी अब की साहूकार से कहूँगा कुछ रुपये कर्ज दे, एक जोड़ी बैल खरीदूँगा।"

बूढ़े बारीक ने कहा—"साहूकारनी से कहना, जल्दी कर्ज मिलेगा।"

"अरे बागला, वह छोरी तो तुझ पर लुटी थी?"

"हमारे भाग, उसके भाग देखो, कैसी बात कहते हो?"

गाँव वाले खीझे नहीं। उनका क्या आता-जाता है?

धाँगड़ी बसाघर में लड़कियों ने चर्चा की—"अधबूढ़ा!"

"घर पर शुंडियाणी है। कई बाल-बच्चे हैं!"

"खाली जहाँ-तहाँ मुँह मारता-फिरता है। बूढ़ा हो गया, मगर वह तो गावदी जवानों से बढ़कर है।"

"उस छोरी को देखो। कितनी चुपी! भीतर-ही-भीतर...!"

मन के गहरे में ईर्ष्या। बाहर खूब मजाक, आलोचना।

जिली गयी है। गाँव में एक घटना हो गयी। नींद से उठ आँख मल-मल कर बात करने के लिए।

साँझ से जिली ने धाँगड़ा बसाघर में घर-गिरस्ती शुरू कर दी। किसी के कहने की जरूरत न पड़ी। घर बुहारना, चीजें सजाना, बिस्तर लगाना, सब्जी काटना, रसोई बनाना।

चूल्हे के पास एक-पर-एक लकड़ी झोंक रही है। आग सुलग उठती।

वह बैठी रहती। सोचती—कब तक यह घर का काम है? इसमें क्या कोई सुख है?

आज दुपहर से आयी। सदर दरवाजे से आयी है। आज और लुका-छुपी का कोई खेल नहीं है। उसने दरवाजे पर कोई थिरथिर आवाज नहीं दी थी।

अब खुद उसने रसोई शुरू कर दी।

साहूकार अन्यत्र बैठा गाँजा पीता रहा। अपनी बुद्धि से, अपने बल से सारी सुविधा कर ली है। मगर कितनी परेशानी की बात है। कितनी बड़ी मुसीबत टल गयी। कितने गोलमाल का बोझ उसके सिर पर लाद दिया है! कस-कस कर खींचकर गाँजे का धुआँ खींची।

आज मन में खीझ है, बाहर करो तो और भी अशान्ति बढ़ेगी। छोरी कलह करेगी, रोना-धोना, इसमें असुविधा बढ़ेगी।

बाप रे कितनी मुसीबत, परजा, गदबा, देशिया लोग—बन्धु-कुटुम्ब, सब जमा होकर असुविधा खड़ी कर देते! जबरदस्त छोरी को छोड़कर कहते—तुझे अपनाना होगा। इसे हम घर पर रखकर क्या करेंगे? अब हमारा झोला दे, छोरी रख, जो करना है तू तेरा कर।''

गाली-गलौज, मार-पीट। बाप रे बाप! गाँजे के धुएँ में आगे-पीछे की हजार बातें सोची जा सकती हैं!

अब उपाय? झोला के रुपये देने होंगे। भोज! उसमें कोई साठ-सत्तर रुपयों के आस-पास।

सत्तर रुपये! या, देखा जाएगा, कुछ दिन इसी तरह चलने दें।

इस गाँव में यहाँ वह छोरी रहने को राजी न हो। अपने गाँव में लेने का उपाय नहीं। यहाँ से चलो—दो कोस पर कदमझोला गाँव है। वहाँ अपना बड़ा खमार (स्टोर) है। कन्ध बँधुआ रहते हैं वहाँ। फिर वहाँ भी व्यवस्था करनी होगी।

सत्तर! उफ! इतने रुपये!

रसोई हो गयी। जिली ने आवाज लगायी—''खाना लगा दूँ?''

आँख मूँद करम को उसने स्वीकार कर लिया था।

रात भर जिली सोने नहीं देती। आदर-सन्तोष तक सब उसने काठ की तरह सहा। केवल अनुनय, विनय और रोना। साहूकार ने जितना समझाया पर वह रोती रही।

''कल सुबह किसी को कैसे मुँह दिखाऊँगी मैं? गाँव के लोग, बस्ती, अड़ोस-पड़ोस वाले। सब रहते हैं यहाँ। क्या करूँ?''

''करना क्या है? वे तेरा क्या कर लेंगे? डर से क्यों मरती है! ताज्जुब है!''

वास्तव में साहूकार अचम्भे में भर गया। जब तक तूफान था, चुप थी। अब इसमें कितनी ममता है? पहले कुछ दिन के बाद अपने आप रात में ही चुपके से आकर किवाड़ थपथपाये हैं! अब? सारे फैसले के बाद, रोना शुरू! कैसी हरकत है!

''अरे, ठहर! इतना रोती क्यों है? क्या हो गया है तुझे?''

साहूकार बड़े झंझट में पड़ गया। औरतों का यह अजीब व्यवहार वह कतई नहीं समझ पाता। आदमी जब सोचता न होगा जो बात, तब वही बात होगी!

मैं आफत में न पड़ूँ। दो घूँट मद पीकर गला साफ किया।

जिली को उबकाई उठ रही है।

बाहर हलके मेघ फीकी गीली मिट्टी पर बौछार डाल रहे हैं। चाँद छुप गया।

अँधेरे घर में जगह-जगह कुछ जुगनू-मकड़ जाल में फँसे हैं और वे हाँफ रहे हैं। धीरे-धीरे उनकी चमक भी फीकी पड़ रही है। छिपकली चिल्ला रही।

उसी के पास सोयी हुई जिली फफकती जा रही। केवल सूँ-साँ। काम होने के बाद कितनी झुँझलाहट होती है! आदमी जरा चैन से सो पाता!

फिर मद, फिर मद।

"देख, इतना मन दुःखी क्यों करती है? मुर्गा बाँग दे तभी चलोगी कदमझोला गाँव? वहाँ मेरा एक कुठल्ला घर है। वहाँ तू रहना। मैं रहूँगा। तेरे गाँव वालों को मना कर दूँगा, वहाँ कोई नहीं जाएगा।"

"ना...ना...ना..."

"फिर ना...ना कैसी? शान्त हो जा। सुबह वहाँ चलेंगे। कोई डर नहीं।"

दोनों सो गये।

जिली के सूखे आँसुओं पर निशा और नींद की शान्ति किरच-किरच झर गयी। आँख में जलन न रही। नींद, भुलावा और सपने।

मन गहन से चिन्ता का उफान धीरे-धीरे ऊपर तैर आया। अँधेरा-अँधेरा— वहाँ कोई रोक-टोक नहीं। कोई गोलमाल नहीं। भागने लायक दुनिया की कोई ऐसी घटना नहीं।

दबे-दबे वह देख आया है। गहरे मन से गहरा सपना धीरे-धीरे आ रहा है।

साहूकार मुँह खोल खर्राटे ले रहा था। खर्र-खर्र कर रहा था। पास सोया है। पर वह नहीं। साहूकार गया, वह गाँव तो बिल्कुल नहीं लौटा। धाँगड़ा बसाघर टुँगी घर गये। आज का दिन गया। कई दिन गये।

घर पर बाप-भाई, बहन। गुहाल में गाय रँभा रही है। पीढ़े पर कौवा काँव-काँव कर रहा। आँगन में साड़ी उबल रही, भाप आ रही है। फर्श पर बापू बैठा, पिका पी रहा, सब हँस रहे हैं।

सिर पर फूल लगाये हाँडी के पास बैठी माँडिया के संग जिली मजाक कर रही है। बापू हँस रहा। टिकरा-माँडिया दोनों एक हल का फाल पीट रहे हैं। कितनी ही हँसी की बातें हो रही हैं।

खूब साधारण, रोज की बातें हैं।

किन्तु उस दृश्य के एक ओर से कब ऊपर मन के नुकीले ओर से घटना की किरच मुँह दिखाकर खड़ी हो गयी। छाया केवल उसी की है, सब था उसके खोये अतीत के चलते-फिरते चित्र पर। सपना देखते-देखते अकारण जिली की आँख के कोने में अधसूखा आँसू फिर झूल उठा गोल होकर, जमा होकर ढल गया। सूँ-साँ करती चित हो सो गयी।

रात के अन्तिम पहर आस-पास के मुर्गे बाँग दे रहे थे। केवल साँय-साँय

में हड़बड़ाकर जिली उठ गयी। साहूकार को हिलाकर व्याकुल स्वर में कहने लगी—

"हे...हेह...हे...!"

"ऐं!"

"चलना है?"

"हाँ!"

"जंगल-ही-जंगल अँधेरे में एक पोटली झुलाकर, दूसरी पोटली सिरपर ढोकर धीरे-धीरे चलते गये। साहूकार के पीछे-पीछे जिली।"

आसिन! महक और चेहरा। और अनुभूति—

स्वच्छ-साफ, निर्मल आकाश में चाँदी-से छोटे-छोटे मेघ, पंख की तरह हलके।

पेड़ बढ़ गये हैं। सीधे खड़े हैं, बढ़ते आदमी की तरह। उसके माथे पर रंग-बिरंगा विन्यास। देह में रंग-बिरंगी पोशाक, कितना चुनचुना लगता है!

पेड़ बड़ा हो गया। खाद्य की कमी नहीं। जड़, कन्दा, कच्चे फल। छाती भर ऊँची हरियाली फसल। सिर पर थाली-की-थाली खाद्य लिये झूम रहा, कतार में।

आकाश से चित्र निचुड़ आया। पाताल के झरने तक। हलके सफेद मटमैले मेघ। उनके नीचे पहाड़ की चोटी धूमधाम में वहाँ भरी-पूरी पीरी घास। नीचे पहाड़ की भुजा, वहाँ रंग पुताई, छिड़का-छिड़की कई तरह से।

पाँवों तले जैसा मोटा आबू-सा गाँव। फसल और आदमी। झुंड-के-झुंड ढोर, बकरियों के, सुअर, मुर्गों और कबूतरों के समूह। सघन घरों की छान, वहाँ तूम्बा, कुम्हड़ा, तोरई, करेला की लतर।

गाँव के रास्ते गायों से लदा-भरा, खेत की मेंड़ आदमी के पगचिह्नों से दबे-चिंथे, इधर-उधर भरा, मधु छत्ते की तरह मक्का के थोथे भुट्टे, गाँव में धान भरा, सोंआ, पीरी का ढेर।

यही अनाप-सनाप शुभ का परिचय है।

शुभ महीने में—वह महक, चेहरा और अनुभूतियाँ।

बौरा जाए। याद करा दे कई अनटूटी अनुभूति।

हवा में सपना तैरता, छवि में कुछ-कुछ, अनुभूति में बँधा हुआ।

तेल में चमचमाता, फूल खोंसा जूड़ा। पहाड़ की तरह ऊँचे दप-दप गोल-गोल ऊष्मा भरे जीवन्त दो, जिनका नाम है उच्छ्वास। तुरई की महक में वे आकार लें। लाल-लाल बूँद-बूँद धातुकी में उसकी सूचना आती है। वन मल्लिका की

क्यारी, रात में उसका स्पर्श भर जाता प्राण में। सदा ताजा भोग, क्लान्ति नहीं।

गोल-गोल फल से लदे आँवलों के झाड़। केवल भरी-भरी हँसी में लकदक चेहरे, पतली लता में बाहरी ढाँचा, आगे-आगे पतली अँगुली, अन्दर हिलाती आग की हिलती टूक-टूक तुर्शी-तेजी की तरह।

बढ़ी घास में उसकी ठवनि। झरने में उसकी बेणी। रंगरँगीली उड़ती तितली की तरह वह आते-जाते। केवल छवि और उल्लास।

एक-एक आकांक्षा उड़-उड़कर पंख टूटते जाय गिर जाएँ। पंख कटी आकांक्षाओं का ढेर मन पर, पंख लगी चींटी-सा।

इस शान्त शुभ के नीचे-नीचे, जहाँ पतला मोटा हो जाता है, पत्ते खांडा बन जाते, फूल बन जाते कंकड़ के टुकड़े, वहीं भैरव की तुरी बजती। पहाड़ कँपाकर किलकिला छूटती। सुन्दरी अस्त्र धारण करती।

इसी शुभ में खून बहता। कीच और खून एक साथ मिल जाते। छाया-छाया में कितनी देवी-ठकुरानी आती हैं, रक्त चाटने, पीने के लिए।

देवी आती है, बोडणी नाचती हैं, बकरे, भेड़, भैंसे कटते हैं। पिच-पिच खून बहता, कीच और खून एकमेक हो जाते, मटमैला दिखता। धम-धम बाजा बजे। हाँके लगे पहाड़ भी चौंक जाता, तुरी बजे।

खांडा, कुल्हाड़ी, भाला, बर्छा। बाजा, ढोल, पताका, जुलूस गरज, किलकिला हुंकार। आसिन सन्देश लाता है। सुन्दरी अस्त्र धारण करती।

कटे मुंड लौटते! कटे धड़ फेंकते! रक्त-ही-रक्त!

किस दिग्विजय की प्रेतात्मा है यह? दूर आकाश की खोयी गड़गड़ाहट की गूँज की तरह हिला-डुलाकर चली जाती, ऋषि की तरह इन बूढ़े, चुपचाप पहाड़ों के सामने!

महाबल के मन्दिर में घंटा बज रहा है, भवानी मन्दिर में दीप बुझ चुका है, चासी के खलिहान में फिर भी खून-खून-खून!

इस दशहरे माह में, सामन्त चले आएँगे पहाड़ की खोह होते हुए पटवार में, हथियार सजाकर। चल पड़ेगा, गिरि कन्दरा से राजा के प्रतिनिधि का जुलूस। राज्य के भेंट का दरबार। अस्त्र सजे, कतार, दबदबा।

चुपचाप, थिरथिर, सब शान्त है आज। चासी का खलिहान, वहाँ धान, माँडिया, मक्का। वहाँ साँड़ पलता है, गाय चरती है, बछड़े चरते हैं, बकरियाँ बड़ी होती हैं। फिर भी वहाँ इतनी बड़ी अचल शान्ति में किस टूटे अतीत के भूत का कोलाहल और खून-खून-खून! वह केवल बकरी का, भैंसे का, कबूतर-मुर्गे का,

जिसे रोकने की ताकत नहीं, जो मूक है, जो पशु है उसका, किसी और का नहीं।

एक राजा है। प्रतिनिधि कई हैं—वे हैं नायक, बारीक, कन्ध साँवत, बड़े रैयत। उन्होंने 'हललेखा' दिया है। वे लगान देते हैं। अमीन ने एक-एक चिराल (लीर) भेजी है, उसे झंडा बना प्रतिनिधि दशहरा के जुलूस में चलेगा। हाथी, घोड़ा, गाड़ी वहाँ सामन्त होंगे, सारे सामन्त—दीवान, टाइलकल के अधिकारी, चीनीकल के अधिकारी, जंगल अधिकारी आदि। तरह-तरह की पोशाक, पगड़ी, कितना बड़ा दरबार!

एक बैंगन, लम्बा या गोल, लम्बे-सीधे भाले पर रखेंगे, वह होगा उनका लक्ष्य। दरबार का, बन्दूक की गोली से उसे निशाना बनाएँगे। डा..........दुम!

पुरस्कार देंगे। कोलाहल। परजा नाच, गदबा नाच, आकाश में पटाखे, निचले खेत से ऊपर ढू...ढा...ढू...ढा।

''डर नहीं, देशिया, आकाश में पटाखे छूटेंगे। आदमी की देह में लगेगा नहीं—डरो नहीं—कोई डर नहीं।''

राजा का यह खास दरबार। वहाँ कवि लड़ाई, कुंडल झुलाते कई पंडित आएँगे, तिलंगा देश से। शब्द का जाल, संगीत की झंकार, फिर बाईजी का नाच।

''जानते हो रे देशिया! पान्तुलू जी ने क्या कहा? राजा हमारे सूरज, चाँद, ब्रह्मा, विष्णु सब हैं। हाथ जोड़ नमस्कार करो, इतनी दूर से ही।''

पान्तुलू जी! खन-खन रुपये!

''मुँह खुला है रे देशिया? कितनी दूर से आये हैं। पंडित जी! कवि का मोल तू क्या समझेगा? हजारों श्लोक हजार अशरफी-सुलतान महमूद नहीं जानते?''

धत ते रे की। दशहरा। बैंगन। केले का झाड़। नाच।

फिर भी प्राण हुलसाकर प्रेत की ताड़ना में रण वाद्यों का दबदबा।

और खून-खून जिनके नख नहीं, दाँत नहीं। उनका जितना उड़ेलो कोई मुसीबत नहीं।

जईपुर दशहरे में कई दूर-दूर से पताका लहराते आते, लौटते बोझिल मन लिये—जईपुर की बात। वही बात चारों ओर फैलती। लेन-देन, फेंकना...लोग बातें करते, सोचते रहते। कुछ दिन बातों और बहस में मजे में कट जाते।

घाटी के मुँह के पास दोनों भाई जंगल में, झरने के निकट टिकरा व माँडिया गप्पें मार रहे हैं। दुपहर का समय।

"देखो, टिकरा, तेरे कहने से जईपुर दशहरा देखने जाता तो सब मिट्टी हो जाता। अभी तो ज्यादा मद बिकेगा, बाद में इतना कहाँ बिकेगा?"

"कितना हुआ?"

"बीस ऊपर पाँच।"

"और पन्द्रह रुपये मिलने पर सचमुच बन्द कर दें? रुपये कहाँ मिलेंगे?"

माँडिया ने मुँह सुखाकर कहा—"वर्षा कम हो गयी है, अब कोई हरकत नहीं। अधिकारी लोग ज्यादा घूमने आएँगे। आबकारी कर्मचारी कौड़ी लेकर केसू खोजने आएँगे, अब और-और। दूर से गन्ध पहचान लेंगे। पकड़ लेंगे—मर गये फिर तो!"

"साहूकार पूछेगा रुपये कहाँ से लाया, जमीन छुड़ाने के लिए? क्या बोलेगा?"

"साहूकार बेईमान, चुगा! स्साला! जिली को खींच ले गया। देखी उसकी चालाकी! यों मन करता है कि..."

"गुस्सा क्यों?" टिकरा हँसा—"जिली का मन न होता, साहूकार ले जा पाता अपने आप? पागल हुए हो? ठीक है, बहनोई हुआ, हमें झोला के रुपये देगा। जिली ने ठीक किया। हमें कम काम देगा!"

"कम काम?"

अनमना हो पत्थर पर कुल्हाड़ी की धार घिसने लगा माँडिया।

"अपनी औरत होते हुए, बुढ़ापे में डोकरा ने...!"

"तू क्या कर सकता है? जिली का अगर मन नहीं है तो निकल आये..."

माँडिया गुम बना रहा।

राह पर कोई आवाज सुनाई दी। माँडिया उठकर चला गया।

यह माँडिया अचानक आग हो उठता है, टिकरा सहम जाता है। जब जिली के जाने की खबर पहली बार आयी—क्या से क्या हो गया वह! निकल पड़ा था वह। लोगों ने समझा-बुझाकर उसे रोका, तब रह गया। वह गुस्सा चढ़ने पर खाना नहीं खाता। केवल इधर-उधर टहलता रहता है या फिर कहेगा—"टिकरा, चल आज झुंड को दूर ले चलें!" वह हर तरह दिक्कत करता। बाकी समय, जो कोई देखे, कहेगा—आहा! कैसा सीधा बच्चा है! कितना सरल शान्त है!

टिकरा सोचता जिली के जाने की बात। किसी से कुछ पूछा नहीं। कोई जान नहीं सका। वह चुपचाप चल दी साहूकार के संग! मैं भाई हूँ, जिली मेरी बहन है। भाई का काम है बहन को सँभालना। बहन का बोझ भाई पर है। वह गम्भीर हो जाता।

मन-ही-मन जिली पर कड़ाई बरतता। मन-ही-मन इस जिली की ओर कड़ी निगाहों से देखता। वज्र की तरह बातें उगल देती जिली। मुँह नीचे कर लेती,

रोती, पाँव पकड़ माफी माँगती। मैं पाँव छुड़ा लेता।

सोचते—कन्धे कभी-कभी कसमस करते हैं, छाती चौड़ी होकर और छः अँगुली फैल जाती है।

और फिर बात अच्छी भी नहीं लगती। किस दिन भला जिली मुझसे डरी है! मुझसे परामर्श किया है? मेरी नाक पकड़ी है? पीछे से चोटी खींची है। मजाक की है! हर बात मजाक में उड़ाती रही। सदा जिली ज्यादा जानती, ज्यादा समझती, ज्यादा कहती। क्या मैं जिली को रोक सकता? हँसी-हँसी में ही छोटी बना देगी जिली की नजर। देह में मरोड़ी ऐसी लेगी, ऐसे सिर में झटका लेगी, सदा कितना छोटा बन जाता हूँ जिली के सामने।

कितनी जल्दी अकलवान बन जाती हैं ये लड़कियाँ। बड़े-बड़े आदमियों के संग समान हो जाती हैं। वरना उन्हें बलि चढ़ा दें। लोग उन्हें आदमी में गिनते? मगर टिकरा! सब सोचते हैं कि वह तो सदा का नन्हा बच्चा है!

जिली की झोंक याद आती है। एक बात...बस उसी पर अड़ी रहेगी। जिली बड़ी है। बहुत बड़ी। इतनी बड़ी जिली इतनी छोटी होकर छुप-छुप भाग गयी! सोचकर दुःख होता है। सहानुभूति होती है। भाईपन में बढ़कर टिकरा सोचता है—देख लूँगा वह कौन है, कितना है!

साहूकार से उसे चिढ़ है। अब सोचता है जिली की तरह उससे सम्बन्ध रख सकेगा तो? या एकदम छोड़ देगा? आह जिली! माँ की जायी बहन। अकेली! अब उसका कोई नहीं! जिली को कैसे छोड़ दूँ?

क्यों? साहूकार भिन्न जाति का है इसलिए? ऐसे तो कोई भिन्न जाति वाले मिल जाते हैं जंगल में। गाँव-गाँव में धाँगड़ा बसाघर से धाँगड़ी बसाघर देखता फिरा है भैंस चराते समय। कितनी ही छोरी देखी हैं, छाती पर हाथ रख कोई कह सकेगी कि सब उसकी जाति के हैं! जात-पात उसके मन में गोलमाल नहीं लाते।

मगर साहूकार! कसक वही है। वही बात गोलमाल करती है। इसी कारण ज्यादा चिढ़ होती है।

साहूकार! वह बड़ा आदमी है। उसका परिचय उसके बक्से में है और रैयत बच्चा-वे गरीब हैं।

ऐसा दिन कभी आएगा जब साहूकार अपने ऊँचे बरामदे से नीचे उतरकर रैयत लोगों के संग एक हो जाएगा? मगर फिर वह साहूकार कैसे रह जाएगा? उसके बकसा के खजाने में मिट्टी चली जाएगी।

साहूकार—वह कर्ज देता है। बँधुआ रखने वाला है। रैयत—वह ब्याज गिनने वाला आदमी। बँधुआ तो रहने वाला आदमी है।

साहूकार, वह मेंड़ के पास साफ-सुथरों में एक है। फसल पकते ही उसकी

है। रैयत—वह खेत में फसल के संग एक है, वह काम करेगा।

रैयत की कौपीन, साहूकार की सफेद धोती, रंगीन कमीज। रैयत की माँडिया खीर, आम की गुठली, इमली के बीज के आटे की खीर, साहूकार के भात, मोगरे-से महकते भात!

साहूकार है वह—आग! रैयत लड़का-जलावन की लकड़ी! फरफराती पिरी घास का ढेर!

यही तो दिक्कत है। टिकरा सहम जाता है। जिली की बात सोचकर मन कहता है जिली रास्ता, दरवाजा सबको रोककर बैठी है—सामने साहूकार, जाने को कोई राह नहीं।

कोई रैयत लड़का अगर जिली को खींच ले जाता, वह हो जाता 'विवाह'। साहूकार ले जाने को लोग कहेंगे 'रखना'। परजा लड़की से साहूकार ब्याह क्या करेगा? वह है 'रखना'।

साहूकार और रैयत लड़की के मिलने-जुलने में हुई लाज की बात, इस लाज में—''प्राण रोएँ, प्राण खोएँ।''

माँडिया सँभाल नहीं पाता, कुल्हाड़ी घिसने लगता। फिर चारों ओर देख कुल्हाड़ी गले में लादकर लकड़ी काटने निकल पड़ता, सेवली की डोर काटने चल देता।

टिकरा गुस्सा हो जाता। मगर ऐसी हालत में मुँह फुलाकर वह बैठा नहीं रह पाता। यों ही मन-ही-मन कुटु-कुटु खुजबुज करते पाँवों में नाच की इच्छा होती। हाथों में खाज होती-गुनगुन कर गीत बोलता। इधर बन्दर हुड़काने दौड़ता, बीच में भटककर फूल तोड़ने चला जाता। चारों तरफ इस सार-असार सब में मन को आह्लाद मिलता। वह सबमें मिल जाता।

शुभ—उसकी महक और चेहरा, अनुभूति!

शुभ—साफ निर्मल आकाश से चाँदी-से छोटे-छोटे मेघ, वे पंख-से हलके-हलके उड़ते फिरें।

वह नाक फनफनाकर महक लेता। कान लगाकर आवाज सुनता। हिरन के छौने की तरह कुलाँचें भर इधर-उधर कूदता-फिरता।

जिली आयी है कुल दो कोस अपने गाँव से। सरसूपदर से कदमझोला केवल दो कोस है।

इतने में बोझ खूब हल्का हो गया—यहाँ पर भुलाने में कितनी सुविधा है।

यह कन्ध गाँव है। उनके बाल-बच्चों की बात समझी नहीं जा सकती।

जिली एकदम अकेली है। फिर गाँव ऐसा, चारों ओर वन-पहाड़, झरना, किधर रास्ता है कुछ पता ही न चले। इसी सन देश में उल्टे मुड़ जाए, पूरा देश आँख से ओझल हो जाता है। कोई किसी की खबर नहीं रखता। जिली के अपने गाँव से चील-कौवा भी नहीं आता इधर कूकने के लिए।

जिली नयी बहू बनकर घर बसा रही है। इस अनजान देश में, अपरिचित कन्ध गाँव में किसी की बुराई उसके कानों में नहीं पड़ती। वह यहाँ स्वाधीन है। केवल वह है, उसका घर है, उसका वर और भविष्य! जितने दिन जैसा योग रहेगा!

रात हो रही है। वह सोच रही है, शायद बापू गाँव वालों को लेकर आज आएगा झोला के रुपये माँगने। सोचती-लाज कहाँ छुपाऊँगी? बापू से क्या कहूँगी जिसे ठगकर चली आयी हूँ, अलग जाति के एक अधबूढ़े के संग? उन लोगों से क्या कहूँगी जो पीठ मोड़कर हँसते होंगे, कहेंगे—पैसों के लोभ में कुतिया-सी पीछे-पीछे चली आयी! धम-धम छाती में लोगों की आवाज सुनने कान लगाती, देखती, खोजती। आज दिन में लाज के मारे धरती में गड़ने का योग जरूर आएगा।

मगर साँझ ढल जाती। कोई नहीं आता। सुबह लाज वाली धारणा में छुपा-छुपा आनन्द था, शाम में वो भाव खो चुका था। कोई खोज-खबर लेने नहीं आया। समाज उसे छोड़कर चला गया है घने वन में....!

आधी रात को कृष्णपक्ष का चाँद निकल आया है।

आकाश का तोहफा। जगह-जगह काले-काले चित्र। मुँह पर कुछ काली पट्टियाँ। उनमें चमकती सफेद धारी। उस सफेद धार में मधुछत्ते की तरह आधा चाँद झूल जाता। पास में दूर का वन दिखता। चुपचाप-सा सुनसान। ऊपर लहरीला उजाला चमचमाता। नीचे वन समूचा स्याह बन, पसर गया है चाँद तक।

एक-एक पटे पर चढ़-चढ़कर चाँद ऊपर उठ जाता है। एक-एक कर बड़े-बड़े लम्बोतरे पेड़ खड़े हैं चुपचाप। न कोई शोर, न शब्द!

यह है कुठल्ला घर। चारों ओर केले की बाड़ी, पास में खलिहान। खमार, गुहाल, चौकीदार रहने का घर। कतार की कतार में घने अँधेरे की तरह कुछ दूर कन्ध गाँव।

उसका अपना घर संसार है। अँधेरा कूढ़-का-कूढ़, उसमें है उजाले की थाप। न शोर न कहीं शब्द।

चाँद देखते बाहर बैठ जाओ, नींद नहीं आए। जिली अन्दर ही अँधेरे में मिल जाती। भुलाने की चेष्टा करती। बापू बैठा-बैठा खाँसता होगा।

पिका खींचता होगा।

नन्दीबाली?

बिली।

घर।

गाँव।

क्या सोचता होगा बापू?

उफ..........! छोड़.....जाने दे।

सब भुला दूँ। जाने दे। उसमें और क्या है?

साहूकार और जिली अकेले। अब तो कन्ध गाँव में सूना घर बसाना है।

इस आदमी की उमर जा चुकी है, केवल उमर ही नहीं, मन का चाव भी गया। जीवन के हर दिन भोग-ही-भोग में कटाते-कटाते। अब केवल उसके पास भात, दाल, तरकारी है। कम हो जाए तो भूख लगे, मिल जाए तो केवल खाना, उसमें उन्नीस-बीस करने बैठो या गुण-दोष दिखाने को कभी उसका मन नहीं होता।

जरा नशा था शुरू में। जब तक न मिला, तब तक। फिर—रोजमर्रे का घर-बार, ज्यादा क्या है इसमें? नया दरकार!

जीवन उसकी आँखों में नये के पीछे भागना है।

पाने के बाद, लुढ़का दो ताख पर एक ओर!

फिर और खोजना!

शुरू-शुरू में उसने जिली पर मन लगाने की चेष्टा की। उसके बचकाने खेल में अपने कब से खोये बचपन को याद किया, उसमें शामिल होने की चेष्टा की। देखा कष्ट हो रहा है, और दरकार भी नहीं। फूल गूँथना, सिर सँवारना, गीत बोलना। कोमल-कोमल बातें कह झुके-झुके जिली के पाँव पर छाती बिछा देता, इन बातों का समय जा चुका है। ये पुरानी रीत हो गयी।

इसके बाद दुनियादारी की साधारण बातें, जितनी दरकार उतनी। घर-बार की बातें, सात-पाँच। दुनियादार आदमी गैर-जरूरी बातें नहीं करता, क्योंकि अब वह बच्चा नहीं।

एक बात पर झुँझला जाता, सोचकर, बात इतनी दूर न खींचता तो भी चल सकता था। लोगों ने जाना, जानें। असल परेशानी है कुछ रुपये गिनने पड़ेंगे। वे लोग आएँगे झोला के रुपये माँगने। वो कोड़ी-कोड़ी गिने जाते हैं, पाँच-दस नहीं।

और आज, हाथ में जिली चले आने के बाद लगता है—क्यों इतना झंझट किया? बेकार में ही लगाया।

यहाँ खेती घर में जिली ठीक है। अपनी बनकर वह रहेगी। हलवाहों से काम का पता कर लेगी। चीजें सहेज रखेगी। जब जिस दिन साहूकार का काम पड़ेगा, बसाघर, सब फिटफाट, यह अच्छा हो गया।

बस एक दिक्कत रही। रुपयों की!

दिन बीतने लगे। अब तक कोई नहीं आया झोला के रुपये माँगने। साहूकार मन-ही-मन खुश है! ठीक है, मैंने अपना काम कर दिया। इतने दिन उनका इन्तजार किया, कब तक बैठा रहता? दस जगह मेरे दस काम-धन्धे हैं। पीछे-पीछे फिरते रहें वे।

जाना होगा। यहाँ जिली को छोड़ काम पर चलना है। मन उड़ रहा है। जिली कुछ मुँह सुखाएगी या रोएगी। औरतों को समझाने में क्या देर लगती है? जरा फुसला-फुसली, लाड़-चाव, एक-दो बड़े वादे, बस! हो गया! भीतर कोई कुछ सोचे, ऊपर मुँह से समझ लेती है और गोलमाल नहीं करती।

फिर? कौन पूछता है मन के झरझर को? ज्यादा समझाने की बात उसके भोग-विलासी जीवन के अनुभव ने कभी नहीं सिखायी। साहूकार मन-ही-मन हँस पड़ा—वाह!

ओ...शाम हो आयी—पूजा करनी होगी?

पालथी मार बैठ गया। नाक-भींच-अपनी सफलता के देवता की पूजा की। जिसकी दया से अपना घर भरा है, पराया घर चाहे मिट्टी में जाए!

दो दिन बाद, साहूकार कह सुन, समझा-बुझाकर, निकल पड़ा। कहकर गया—"अगली हाट वाले दिन जरूर लौट आऊँगा।"

"अपना घर-बार ठीक कर, पूछ-ताछ करती रहना, तू होशियार रहना। सब तेरा है। भला हुआ तेरा दायित्व, खराब हुआ तेरी बदनामी।"

कन्ध गाँव में एक ही डोम घर है। वहीं गाँव का नाई है। केवल वही ओड़िया समझता है।

उसकी बेटी सुकुमणि नयी साहूकारनी का ध्यान रखने के लिए है। वह नौकर, वह बन्धु, वही सखी है। छोटी बच्ची है। मगर बुद्धि तेज है। साहूकार जिली को ताकीद कर गया—सावधान रहना, यह चोरनी है।

यहाँ कोई संगी-साथी नहीं। केवल देखते रहना, सोचते रहो।

जितना देखो, सब नया-नया लगे, अवाक्-अवाक् लगे। अच्छा नहीं लगता।

पहाड़ कितने नीचे से ऊँचे उठे हैं! पहाड़ के नीचे गड्ढे की जमीन धान भरा। ऊपर ढूह दूर से दिखता। मानो कई-कई सब्ज साँप एक साथ गुँथे हुए, मिले हुए उठे हैं।

नीचे गाँव वाली जमीन लुकी-छिपी दिख रही है। साफ दिख जाता कहाँ माँडिया है, कहाँ सोंआ है।

साँझ होने पर पहाड़ के आस-पास सोंआ के खेत पर मोर आकर भर जाते हैं। वे झुंड-के-झुंड में आते। एक मोर संग तीन-चार मोरनी। मोर नाचते। गाँव के चौक में नाच, जैसे बीच में धाँगड़ा, चारों ओर घेरे हों धाँगड़ी।

एक बड़ा स्याह पत्थर दिखता। गंजा, बड़ा आबू-सा है वह। वहाँ मोर चढ़ने पर बार-बार काव परजा की याद आती। उसकी बार-बार याद आती। कई खयाल उपजते। वह असुन्दर है, उसका लोग मजाक करते, मगर कोई अवगुण न था उसमें। क्या बुरा है वह?

माँडिया के खेत में बराही फिरती। बागला याद आता। क्यों? अच्छी तरह चोट कर सकता है इसलिए? बागला उसे छोड़कर चला गया है। कितना गुस्सा आता है! फिर भी मन-ही-मन उसकी बातें बार-बार उभर आती हैं। कोई कुछ ऊष्मा देकर दब जाती। कान लाल कर देती है। सूने में मेघ बरस जाते।

शाम ढलती। काम से लौटती वेला गोरू बाहुड़ा का समय, नीम अँधेरा। हवा में कैसी एक महक भरी। कन्धगुड़ा से जबान गड़बड़ा जाती। रोड का काम याद आता। वो गुमाश्ता बाबू, टूँगी घर। काम चलता होगा वहाँ? कभी इसका चेहरा जरा, कभी उसका चेहरा, सब याद आ जाते हैं।

फिर गुमाश्ता बाबू बार-बार याद आ रहा है। खराब लगता। कितना एकाकी है वह!

स्मृति—वह केवल जलाना जानती है। ठीक जब जल मरने को मन करे, वह खुद आ जाती है। ऐंठन तोड़कर कान में धीमे से कहेगी—

"भूल कर दी, भूल की है!"

बीते जीवन का सारा मोल, सारा तौल उलट-पलटकर स्मृति दिखा देती है आदमी की सारी गलती।

फरफराते मुँडिया कन्ध लोग मोटे-मोटे हाथ-पाँव। सदा हँसमुख। काम पर जाते समय गीत, लौटते समय गीत।

शाम में चार-पाँच वंशी एक साथ बजती हैं। पतले-मोटे गले में दस-बारह गीत होते। सदा हलचल उस कन्ध गाँव में।

और इधर!

साहूकार के खमार घर में सब चुपचाप!

आधी रात में टुकड़ा भर या किरच भर चाँद चुपचाप कब निकल पड़े। रास्ते पर लम्बे-लम्बे केले के झाड़ के चीरे-फटे पत्तों की सन्धि में उजाला झलमल कर रहा। इधर-उधर जगह-जगह धूप-छाँव।

खमार की कतार में अन्दर कहीं से जरा सीधा होकर अँधेरा पतला होता गया। जरा उजाला खुल आता है। मानो किसी बन्द कोठी में से रुँधी रुलाई तनिक-सी बाहर आ रही है।

फरफराते मेघ में चाँद साँय-साँय कर बाहर आ जाता।

जिली सोयी रहती।

दशहरा पर्व समाप्त हो गया। कतार लम्बी कर जंगली लोग राजा के यहाँ दशहरा देखकर फिर जंगल में अपनी राह वापस लौट आये।

इतनी बड़ी हलचल! राज्य भर के बाजे-गाजे बजना, सब अचानक ढीले पड़ गये।

वन में माँडिया और टिकरा भैंसों के संग इधर-उधर फिरते, मद राँधते रहे। मद बेचा है, पैसे जमा किये हैं।

चारों ओर की मौज मजलिस से मन खींचा और मद हाँडी में डुबोया। काफी परिश्रम हुआ। सदा लुक-छिपकर चलना, शायद सालटू लोग जान लें। सब खतम! बाहर से मन खींचना, अन्दर अशान्ति में डूबे रहना, सारे कष्ट एकत्र होकर साधना को बल देते रहे, रुपये जमा हुए हैं।

पाप-पुण्य, न्याय-अन्याय, बड़ी-बड़ी बातें हैं। बाहर पैर रखो या एक बात बोलो, तो चासी कानून तोड़ देता, दोष हो गया। अत: कर्मफल को वह इतना सोच-विचार कर नहीं देखता। देखता है भाग्यफल को।

क्योंकि गढ़ी हुई मुसीबत तौलकर नहीं देखता। सोचता है यह अनहोनी है, इससे बचना असम्भव था। अत: अपने भय, संकोच, हालत का सँकरापन, इसी में दबकर हाथों में जो करना, वही करने की चेष्टा करता है।

कोई जिद कर पकड़ ले, तो कहेगा—''हार गया, जो करना है, कर। तेरी इच्छा!''

''कितने युग तक पड़े रहेंगे, यों पराया गुलाम बनकर, अरे टिकरा! मद राँधना है, देख सहज हो गया तो ठीक है, पकड़ा गया, जेल जाएगा, अब की जुर्माना नहीं देंगे।''

अब भी वह सोचता—जुर्माना देने की बात कहकर ठीक नहीं किया! आँखों के सामने देखता आया है, सैकड़ों कन्ध लोग जुर्माना के बदले कुछ दिन जेल में काटकर आ जाते हैं। गंजे सिर पर फिर बाल उगते हैं। फिर से पहले की तरह चलता है। केवल जाति-कँवारे की जात गयी तो और ज्यादा उसका क्या अनिष्ट होगा?

रुपये जमा होने आये। दिन-पर-दिन भारी लग रहा है। मन करता है—

''और घड़ी भर नहीं। बँधुआ छूट, जमीन छुड़वाकर फिर नये सिरे से जीवन शुरू करें। बाद में देखें, पानी किधर ढलता है...!''

मगर सारे रुपये इकट्ठे करना जरूरी है। एक रुपया कम हो गया, तो साहूकार उसे पता नहीं क्या कुछ कर...दस बरस बँधुआ बना रखे। पावला धेला तक सब ठीक होना चाहिए।

तभी इतना परिश्रम।

दशहरा पर्व खतम होते-होते सारे रुपये जमा हो गये। दोनों भाइयों ने बैठकर गिने। चार कोड़ी तीन! ठीक हैं।

"टिकरा! तू एक बार फिर पाँच-पाँच कर गिन ले। मुझे यह याद नहीं रहता। शायद कहीं भूल हो गयी होगी।"

उस ओर बाप, जमीन, दोनों पूजनीय हैं, दोनों पुरातन हैं। इधर बँधुआ, वन, बाघ मेघ सब है इन कुछ रुपयों में।

रात का अँधेरा। सूने वन में, अड़ार घर में।

दिन-पर-दिन अमावस पास आ रही। कितना अँधेरा!

काला स्याह! उधर देखो तो दो पहाड़ों के शिखर पर एक-एक उज्ज्वल तारा दिख रहा है।

सब चुपचाप।

अड़ार घर में छोटी आग सुलग-सुलग जल रही। दोनों भाई लेटे-लेटे ऊँघती आँखों से इधर-उधर की बातें करते रहे।

"आज गिने थे। ठीक है? जो हो! इतने दिन, कितने दरिद्र थे हम!"

उधर घर डूब रहा। देख, जिली जैसी बेटी चली गयी। यहाँ भूमि पर कमला लगाने बैठा है साहूकार। कितनी बातें हो गयीं एक साथ! चारों ओर।

अब सब सुधर जाएँगी। क्यों रहेगी वहाँ जिली? जाकर ले आऊँगा। कोई भला आदमी मंगन आएगा, उसे फिर ब्याह देंगे।

"तेरे लिए कहीं से भी एक छोरी देखनी पड़ेगी। वरना घर लौटकर क्या भला होगा?"

"हाँ-हाँ देख लेना...देख लेना। पहले चल, साहूकार का कर्ज चुका दें।"

उचाट लगती है। इतनी जल्दी सब सुधरेगा? बँधुआ न होंगे? ऐं! डर खत्म हो जाता। गहरी नींद आ जाती। देह घर तलाशने लगती। सोये जंगल और वे अँधेरे में मिल जाते।

सपना भी नहीं आता।

कुछ दिन बाद खबर आयी, सालटू आ रहा है। चेरंगा परजा ने चेताया और कह गया। भुरसामुंडा कबूतर खरीदने आया था, गाँव में कह रहा था। सालटू आ रहे हैं, केसू पकड़ रहे। हाँडी, नली, धानी सब समेट ले जाते हैं।

सालटू आ रहे हैं?

भागो-भागो!

सालटू आ रहे हैं!

दोनों भाइयों ने साथ बात की। नला, धरणी, फास, हाँडी सब तोड़कर फेंक दिया। पास के तूम्बा, डंकी, मटकी, सब तोड़े गये।

जगह बदल भैंसों के झुंड को लेकर कोडिंगामाल की राह पर चले गये।

"अब दरकार पड़ने पर खरीदकर पियेंगे, टिकरा, अपने पास में कुछ न रहे!"

"तू जैसा बड़ा, आगे चला, बड़बोला आदमी है, खुद सारी बात जाहिर कर देगा, पकड़ा देगा, तेरे पेट में फाँस है, राँधे मद की गन्ध है, अतः आकर पकड़ लेंगे।"

माँडिया हँस पड़ा। बहादुर मानता था मन-ही-मन में खुद को।

पास वाले पहाड़ की चोटी पर थोड़ा-सा खेत अलसी का है। उसके नीचे गाँव है। अलसी खेत, मानो औटाया हुआ सोना है। पास-पास थोड़ा-सा पोडू कर छोड़ रखा है, वहाँ कोरापुटिया झुरमुट जंगल, ऊपर सारा ताजा गोइँठ की राख की तरह, नीले-से राख की तरह फूल छाये हैं। गुच्छे-गुच्छे लाल फूलों का जंगल। सफेद तोफा फूलों का जंगल।

पर सबसे खास है उधर दूर के पहाड़ पर यह फूल खिला अलसी का खेत, तँवकती धूप में भी याद आये। देखते रहो, बाप बँधुआ था, नया घर याद आये। याद आती कजोड़ी, उसका खयाल गले में मोटा-सा गुमटा बँधा लगता है। नये घर का काम पूरा कर नहीं सका। खंड-खंड होकर कहीं उड़ गया। अब चौकस मिट्टी का ढूह बन गया।

इसी अलसी खिलने के दिनों में बाप शुक्रू जानी पहले बँधुआ होकर गया था।

तीन दिन बाद दोनों भाई कुन्तेस गाँव के पास साहूकार के दूसरे ठिकाने पर जाकर मिले।

वहाँ भी दो अड़ारिया, चितम परजा, दामिनाडु परजा और एक कूकर रहता है आदमी की तरह बुद्धि, वह जनम से भैंस की रखवाली करता।

कुन्तेस अडार के घर में और धाँगड़ा बसाघर, धाँगड़ी बसाघर में मजे में दो दिन कट गये। बाद में दोनों अडारियों को समझा, भालूथमा दोनों भाई चल दिये।

"घर पर जरा काम है। जमीन का विवाद है। साहूकार को कहकर जाना। दो दिन ठहर, आदमी आ जाएगा। हम कोई कम फिरे हैं। ठीक है, हम चलते हैं, नये आएँगे, तम्बाखू पते लाएँगे।"

"सच, भाई चलें साहूकार के घर?"

"नहीं क्यों? बिना गये यदि कोई हानि-लाभ हो गया, फिर पकड़ लेगा हमें।"

"पता है, साहूकार के घर के पास हारगुणा कन्ध बकरी रेवड़ की रखवाली करता। एक रात में खाना खाने के लिए गया था, चीता आकर चार बकरी दबोच ले गया। एक-एक बकरी के छः रुपये हिसाब कर पच्चीस रुपये लगा दिये। साहूकार ने कागज पर कर्जा लिखवा लिया। दो वर्ष मुफ्त में बँधुआ रहे। खाना भी नहीं दिया।"

"अतः बिना बोले वहाँ जाने में बड़ी मुसीबत है!"

साहूकार नहीं था। गुमाश्ते को नाममात्र कहकर दो बँधुआ को वहाँ रखवाली पर छोड़ दोनों भाई घर चल पड़े।

शुक्रू बैठा-बैठा तारे देख रहा था।

कई दिन से आकाश में एक बड़ा तारा दिख रहा है। कार्तिक तक साल में एक बार। साफ-साफ दिखे। पांड्रा माली के सिर पर आकर खड़ा होता।

कितना बड़ा आकाश! साफ-साफ तारे बिखरे हैं!

यहीं कहीं तो, या कुछ दूर होगा (परमेश्वर 'दर्मू' का घर) दर्मू है, पर वह कहीं दिखाई नहीं देता। वह सब देखता है। कुछ कहता नहीं। ठीक इस पांड्रा माली पहाड़ की तरह। बाराकोटनी पहाड़ की तरह, धरती माँ की तरह सब। लोग इतने कष्ट पाते हैं? क्या करते हैं। केवल मुर्गा काट, कबूतर मार, भेड़-बकरी काट दे, तो चुप, वरना कोप करेंगे।

'दर्मू' तू देखता है तो? बूढ़े के आँसू। माँ-बाप मरे हुए बच्चे के आँसू, बँधुआ का पसीना, कोड़िया के कन्धे का आबू, बैल की गरदन का घाव। किसी के हाड़-पंजर एक-एक गिन लो। किसी के पुट्ठों पर दो फाँक, यानी चटू दो फाँक जैसे।

कहते हैं दर्मू की नजर तेज है। वह सब देखता है। हर आँसू। हर खून चखता है, पहचानता है, कौन कितना अधूरा है।

दर्मू जीवित रखे, दर्मू मारता है। पिछले जन्म में बुरे काम करने पर जल्दी मरे, फिर डूमा (आत्मा) को लेकर भरता है किसी और के पेट में।

दर्मू जन्म देता है या डूमा खुद ही पैदा होगा? पता नहीं।

जो जल्दी मरी, वह खराब डुमा हुई? सोंबारी, बुरी थी?.....

इस साफ बड़े आकाश को देखते रहो तो सोंबारी याद आती है। कितनी शान्त, सुन्दर चुनचुनी चेहरे में और आँखें, कभी आकाश-सी, कभी तारों-सी। उस पर अभी भी सोचो तो हाड़ों के अन्दर हवा-सी आकर सिहराती आये, ऊपर-ही-ऊपर।

ये लो सच मुझ में सोंबारी आयी। आँख मींच बूढ़ा बुदबुदाने लगा। ऐसे कई बार होता है उसे।

"देख, कोई है पास? या सब अपनी राह पर...दर्द?"

इधर तो हाथ-पाँव में बहुत दर्द! कोई दबाता है?

ठंडी हवा में आँख खुल गयी। कितनी ठंड है! अन्दर तक सिहरा देती है। बिली को आवाज देने पर सिगड़ी नहीं ले आती?

देखो, पिका नीचे पड़ा-पड़ा जल रहा! कितना सुनसान!

गाँव के कुत्ते भी जल्दी सो गये?

अँधेरा और शान्ति। कान भाँय-भाँय कर रहे हैं। अंग-अंग में दर्द बढ़ जाता है और ये हवा?

डूमा कितने दिन रहे यहाँ घर कर? देह चलने को है।

"बापू!"

बूढ़ा चौंक गया। बुढ़ापा गायब हो गया।

"वन की राह में इतने में अँधेरे कहाँ? खाया है? क्या खाया?"

"हाँ, खाना पीना सब हो गया, अँधेरा कहाँ? भला कितनी रात हुई? अरे टिकरा, जा जिली-बिली को जगा दे। हम राह चल रहे हैं, वे मजे में सोएँ!"

"जिली अब कहाँ है इस घर में? तूने कुछ सुना नहीं?"

माँडिया जानी दन से कह गया—

"हाँ, सुना है। बिली को बुला, नन्दीबाली कहाँ गया?"

उसी रात बाप-बेटे ने चर्चा कर ली। बूढ़ा अवाक् रह गया। सच, सारे रुपये? रुपयों को जल्दी गिना, मिट्टी में पुती खाली बाँस नली में रखने गया, दो-चार उड़ेले। झन होने पर वह चौंकता। इधर-उधर देखा नहीं। कहाँ गयीं उसकी बातें, और नींद! डिबरी की लौ चेहरे पर पड़ रही, उसकी परवाह नहीं। हाथ थरथर काँपते, नाड़ी तेज, साँस जोर से।

सब उसने छुपा दिया। डिबरी बुझा दी। चुपचाप बाहर आकर बेटों के आगे उपदेश बखानने लगा—

"मद राँधने में बड़ा दोष है। फिर सालटू लोग पकड़ लें, तो? फिर केस, जुरमाना, जेल! जान-बूझकर गलती करो, कौन सँभालेगा? कोई नहीं जानता तो? पास में वो गन्दा सरंजाम नहीं है तो?"

बूढ़े ने उपदेश दिया—

उसने आगे के लिए ताकीद कर दी।

जितना कहता—मन उतना हलका लगता।

और ज्यादा कहने को मन हुआ।

दोनों बेटे बुद्धू की तरह बैठे सुनते रहे। बाप की गाली ऊपर-ही-ऊपर मुँह पर ही होती है, यह कौन नहीं जानता।

"साहूकार कहाँ पर होगा, बापू?"

"वो कल यहाँ आएगा।"

जल्दी-जल्दी बात तय कर सब सो गये। कैसी नींद है आज! एकदम निघोड़, गहरी नींद।

शुक्रू ने और तारे नहीं गिने। तारे बुझ चुके हैं। यह अँधेरा कुछ कट जाए, कल नया दिन!

सूरज दो लाठी ऊपर आ गया तब तक भी कोहरा ठीक से नहीं छँटा। साहूकार घोड़े पर चढ़ आ पहुँचा है गाँव के पास। इस गाँव के प्रति उसमें कितनी ममता है! राह चलते-चलते सोचता है कभी यह गाँव उसका होगा। जिली याद आती, मन थोड़ा दब जाता! जिली दूर है, ममता आती, यह जिली के बाप का गाँव है।

इस गाँव में उसकी खेती बढ़ी है, जमीन बढ़ी है। अब की बार यहाँ एक खमार घर बनाना पड़ेगा। उसका नाम होगा—"भुक्ताघर!" रुपये के ब्याज की बावत ये गाँव वाले जितनी फसल लाकर देंगे, सारी-की-सारी इसी भुक्ताघर में जमा रहेगी। बाद में भूख-प्यास के दिनों में यही गाँव वाले आकर फसल कर्ज पर लेंगे। अगले साल और ज्यादा ब्याज होगा।

शुक्रू के खेत में कमला पेड़ कितने सुन्दर हुए हैं! कितने सुन्दर साँवले चिकने होने को आये वे, और कितने चुनचुने! अच्छा बाग होगा। नीचे झरना चला गया है, यहाँ पर फल खूब होंगे। अगले साल एक और, फिर दूसरे साल एक और, इस तरह साल-की-साल कमला बाग बढ़ाता जाऊँगा। फल के दिनों में लाभ कितना! अच्छी जमीन, भला गाँव, सब उसका होगा।

साहूकार खड़ा होकर देखता रहा। यह कमला बाग मेरे आदर्श की सूचना है। पहली चाहत में पाने की शुरू की मान-मनौवत की तरह ये कमला के कुछ झाड़ उसकी आँख में हैं। सुन्दर झुरमुट बन रहा है। अच्छी जगह, मैंने जगह भी तो खूब चुनी है!

कोहरा मिट गया, धूप स्वागत कर गाँव में ले गयी। यह दीवाली माह की पहली धूप। देह और मन में जीवन भर दे। नींव खोद दी है, अब केवल काम।

उसका वहीं धाँगड़ा बसाघर में ठिकाना। पराये घर में कब तक रहे?

बूढ़ी रंगिया परजन से जो जमीन बन्धक रखी है, वहीं पर भुक्ताघर हो तो कैसा रहता? बन्धक! हँसी आती है। दो रुपल्ली में एक माण (एकड़) जमीन!

डीह! बूढ़ी के अब कितने दिन रह गये! पीछे कौन है उसका जो अड़चन डालेगा?

खाना-पीना कर साहूकार बरामदे में बैठे चिलम पी रहा है। गाँव के नायक, बारीक, बड़े रैयत गण, उनमें शुक्रू जानी, माँडिया जानी, टिकरा जानी एक साथ दल बाँधकर पहुँचे।

टिकरा, माँडिया, यहाँ? साहूकार के बदन में आग लग गयी। वे तो उधर भैंस का दल रखवाली कर रहे हैं! वास्तव में कितने बदनीयत होते जा रहे हैं ये परजा अब दिनोंदिन! बात देखो!

लोग दूर सकपकाकर खड़े हो जाते हैं देखकर! सिर हिला रहे। दबी-दबी बातचीत!

वे निकट आ गये। साहूकार को याद आया, ये लोग जिली के बारे में शायद बात करेंगे। अच्छा दिन है आज? लेंगे आज, अभी तीन कोड़ी रुपये माँग बैठेंगे। कन्या का पैसा, झोला का रुपया। फालतू बदाबदी से क्या लाभ? रुपये वे माँगेंगे। मगर रुपये देने की हाँ भरनी होगी।

आज हाँ भर देंगे। इसके बाद? देंगे....देंगे...कहते रहेंगे। मगर नहीं देंगे। साहूकार जल्दी-जल्दी सोच गया सारी पैंतरेबाजी।

"क्यों रे! टिकरा, रे माँडिया! भैंसों को बाघ के मुँह में छोड़कर चले आये? ठहर जा, तुम लोगों की पीठ खुजलाने लगी है। अरे, बूढ़े, खुद तो बँधुआ छूट गया। उधर ऐसे दो बँधुआ थमा आया! देख लो, तुम लोग। फिर कहेंगे कि साहूकार ऐसा है—वैसा है!"

"बाघ कुछ नहीं करेंगे साहूकार! चितम परजा और दामिनाडू भैसों को देख रहे हैं। जरूरी काम आ गया तेरे पास। इसलिए चले आये। गुमाश्ता को कहकर आये हैं, वहाँ पर तू तो था नहीं।"

गाँव वाले बरामदे के नीचे बैठे। पाँच-पंचायत के आगे शुक्रू ने करिया, अंटी में से थैली निकालकर खोली। एक-दो-तीन...गिनकर सौ रुपये रख दिये। कहा—

"हमारा कितने दिन बँधुआ हुआ, हिसाब कर। रुपये काट दे। बाकी रुपये ले ले। बँधुआ खोल दे। जमीन छोड़ दे।"

साहूकार चुपचाप बैठा रहा।

कुछ समय बाद सोचकर कहा—"इतने रुपये आये कहाँ से? चोरी का माल लगता है। पुलिस में रपट के लिए जाना होगा।"

"रुपये और कहाँ से? माँग-मूँग, इधर-उधर से, जैसे-तैसे कर, नयी जमीन से बेच-बूचकर, नन्दीबाली से झोला के रुपये लेकर चारों ओर से जुगाड़ किये। हमने तेरा क्या कसूर किया है कि पुलिस में रपट देगा? ठीक है, तेरी इच्छा! वो

बात तो बाद में होगा। पहले ये जमीन की बात हो जाए। तेरा ऋण चुकता हो जाए।''

''जमीन की बात इतनी जल्दी कैसे टूटेगी? हल दो बार कर, पचास-पचास रुपये उड़ेल दिये हैं। तीस बरस की बन्धक रही है। कागज पर अँगूठे का निशान दिया है, और जमीन इस समय कैसी?''

''ओ! तुम लोग शायद नहीं जानते! क्या दरकार थी जो मैं तुम्हें कहता। ये बूढ़ा भी मेरे पास बँधुआ था, तब तीस साल के लिए बन्धक रखकर चला आया। कहा—तीस साल ही नहीं, जितने साल तेरी इच्छा, तू खेती कर खा। जितने दिन करेगा, ऋण के रुपये में से काट देना। सोचा, हाँ, परजा सन्तान है तो, जो कहेगा, उसकी जबान एक है। वैसे कर दिया। समझा!''

अब किसी ने पढ़ा-सिखा दिया है। आकर कहता है जमीन दे, जमीन दे! उधर कितने पैसे खर्च कर खाद दिया। खाद डलवाई के आठ आना, आठ आना के कमला के पौधे छः-सात कोड़ी (120-140) मैंने लगाये हैं, यह बेईमान है या और कोई बेईमान है? इस जैसा दुनिया भर में, बोलो?''

बहुत शोर। हो-हल्ला बादानुबाद चला। भद्र लोगों ने कहा—

''कहाँ, ये बात तो हमें कुछ पता नहीं।''

शुक्रू और उसके बेटों ने मना किया। गोलमाल हो गयी।

साहूकार समझाने लगा—''मेरे गवाह हैं। रिबिन बाबू से पूछो। कहोगे तो तुम्हें कागज दिखा दूँगा।'' लोग आधे इधर, आधे उधर हो गये। कुछ लोग गोलमाल होने के डर से अपनी-अपनी राह चलते बने।

बात का फैसला न हो सका।

गाली देते-देते शुक्रू, माँडिया और टिकरा घर लौटे।

बाप-बेटे ने एक-दूसरे को दोष दिया। मीमांसा हो न सकी। किस कारण जमीन बन्धक पड़ी? खूब कड़ी बातें कहा-सुनी हो गयी। माँडिया ने दोष दिया—''तूने क्यों वन में काम किया? केस में पड़ा।''

बाप ने दोष दिया—''किसने कहा मद राँध? सालटू के हाथ में पड़ने के लिए?''

जमीन जाने को है। पितृपुरुषों के जमाने की जमीन! प्राणों पर थप्पड़ लगा। साहूकार का कुछ नहीं कर सकते। सारा गुस्सा खुद पर उड़ेलकर बाप-बेटों ने आपस में झगड़ा-कलह दिया। किसी ने किसी की परवाह कर बात नहीं कही।

''अब क्या करें बापू? मैं मना करते-करते रह गया!''

''अरे! ऐसे गुणवान पूत! दोष दे डालने में आगे!''

वाद-विवाद करते-करते शाम हो गयी।

बूढ़ा भूखे ही सो गया।

सुबह ठंड पड़ रही है। उधर छान से, बूँद-बूँद बेर की तरह पेड़ से ओस झर रही है। घना कोहरा, पुवाल के धुआँ की तरह।

मोटे-मोटे गूदड़ से देह ढाँप शुक्रू जानी के घर के सब लोग आग जलाकर चारों ओर बैठ गये। चेहरे पर किसी के पानी नहीं। दबे-दबे बातें हो रहीं। शीत रात की भूखी-क्लान्त नींद में अपने बीच झंझट की बात खुद ही हजम हो गयी है। अब केवल उपाय की चिन्ता है।

नन्दीबाली ने कहा—"मैं जानता हूँ, घोर दिखावटी आदमी है साहूकार। एक बार कुछ मुट्ठी में आ जाए, फिर मुट्ठी बन्द। इतनी आसानी से मुँह जबानी यह जमीन छोड़ देगा—उम्मीद नहीं है।"

माँडिया ने कहा—"हम उसके रुपये देने के लिए उससे पूछने आये। न लिये उसकी खुशी। अब जबरन हम अपनी जमीन पर जाकर खेती करेंगे, क्या बुरा है?"

शुक्रू इसमें राजी नहीं। चौआँख वाला बूढ़ा आदमी। सिर फटे, पकड़ा-धकड़ी, पुलिस में रपट, केस, ऐसी कई बातें देखी हैं। ये ठीक नहीं। इसमें अच्छा फल न मिले। मना कर दिया—"ना...ना..."

नन्दीबाली ने कहा—"एक उपाय है...रपट में जाएँ। प्रभु अधिकारी को बताएँ। दावा करें। वही अन्तिम राय है सबकी।"

"रुपये?"

"ऐसे कितने खर्च होंगे? दुनिया भर के लोग तो दावा करते हैं। वैसे ही हम भी करेंगे। पहले चलें, पूछें, घबराना किस बात का?"

शुक्रू माथे पर हाथ रखे रहा।

"कचहरीघर हमने कभी नहीं देखा। जमीन गयी, अब दावा, दरबार। कितना कष्ट रखा है विधाता ने हमारे भाग में?"

दोनों बेटों ने समझाया—

"हाँ, दावा करेंगे। यही एक उपाय है। तुम डरते क्यों हो बापू? हर बात में डरते-डरते रहोगे तो सम्पत्ति राक्षस खाएँगे। दावा करेंगे, धरम कोर्ट में विचार होगा। यों कन्नी काट देगा, ये साहूकार?"

सुबह आग सुलगाते न सुलगाते सारी बात पर विचार हो गया। केवल कह देने से कुछ नहीं होगा। दावा, केस बड़ी गोलमाल बातें हैं।

दावे की बात लोग जबान पर लाते हैं। कहते हैं फलाँ गाँव के अमुक का दावा मर गया, उसका दावा जीत गये। मगर कैसे होता है, वन में ये शाल और पहाड़ के पत्थर उसकी खबर नहीं रखते। मेंड़ बाँधना, जमीन पर हल चलाना, बुनाई

करना, निराई करना आदि बाप-दादा के जमाने से करते आ रहे हैं। मगर-दावा करना!!

कचहरी, भीड़-के-भीड़ लोग-बाग, गुमास्ता, टरणी, दलेइत (चपरासी), जमान (कान्स्टेबल)। चश्मा लगाये वकीलों के पीछे-पीछे हिलते-डुलते दल-के-दल भागते रहो। कागज पत्तर खस-खास, किताबों के ढेर। मुच्छल, पग्गड़धारी दलेइत, जमान आँखें तरेरकर देखते रहें। जरा-जरा-सी बात में गरजन—"हे...हे....उधर क्या करते हो?"

"कहाँ धँसे जाते हो?"

"कौन पिक्का चूस रहा है?"

वह बाप-दादा से लेकर चौदह पीढ़ी के नाम-गाँव पूछ लेंगे। जबान से एक बार जो निकला, वह कागज में लिखा रहे।

कचहरी!

इन देशिया लोगों को बहुत डर लगता है, कचहरी में कभी पाँव न रखने वालों को!!

हर भय सुनी-सुनायी बातों में बढ़ता है।

समान पत्र (समन) आता है। लोगों ने देखा है। लेखा आते हैं। उनमें लाल मिरच बाँधकर देती है दलेइत, वरना अपना एक हस्ताक्षर भेज दे। हुदा, लाठी और साथ में 'समनपत्र'। उसे देखकर कोई रोक न सके। इस गाँव के लोग दौड़े-दौड़े जाकर उस गाँव दे आएँ। उस गाँव वाले दूसरे गाँव, इस तरह ठिकाने छोर पर हुकुम पत्र चलता रहे।

यह तो बुलावा है, फिर केस भी है।

हाँ, बड़ा कठिन काम है। मगर और कोई उपाय है? यदि जमीन चली जाएगी तो?

जो होना है होगा। पर मुकदमा करना होगा।

उस दिन बाप-बेटे तीनों तैयार होने में जुट गये।

पहले नायक को पकड़ा-धकड़ी। नायक गाँव का बड़े दिमाग वाला आदमी है। वह माने बिना कोई काम न हो, नायक ने कहा—

"अरे, बहुत दरकार है, पाँच रुपया अभी दे दे!"

रुपया लिये। भरोसा दिया।

"ठीक है, दावा कर। बाद में बुलावा आने पर मैं जाऊँगा। जो हो तुम गाँव के रैयत हो, पहले तुम मेरे हो।"

बड़े रैयत और पंचायत की खुशामद करनी पड़ी। उनकी खुराकी, बीड़ी खर्च, मद पानी, उस पर और कुछ खर्च। इतना देने पर बुलावा आने से वे कचहरी जाएँगे।

"ऐं! हम हैं रैयत बेटे! नीचे वसुमती, ऊपर धरम, जो जो जानते हैं सो कहेंगे। सब सच-सच कहेंगे।"

वे राजी हो गये। पर कितनी जरूरतें हैं, उनकी सब पूरी करनी होंगी। किसी को कपड़ा, किसी के बच्चों को लँगोटी। किसी को कर्ज चाहिए। सबको भोज देना होगा।

शुक्रू, जरा टालटूल करता। पीछे हटता। उसका इन्तजार किये बिना माँडिया, टिकरा, नन्दीबाली सारी बातों में राजी होते। उनका उत्साह ज्यादा है।

गाँव में हल्ला मच गया। शुक्रू जमीन को लेकर साहूकार के नाम दावा करने जा रहा है। लोगों ने चर्चा की। साहूकार ने सुना। अब तो शुक्रू गाँव भर में घर-घर घूम-फिर रहा है।

असल जमीन है। कमला बाग है। उसके पास सटकर सुन्दर उर्वर जमीन। इसके अलावा उसकी अपनी कड़क और इज्जत! माँडिया और टिकरा बँधुआ नहीं जाएँगे। छोड़ देंगे। ठीक है, साहूकार भी दावा लाएगा अपने ऋण के रुपयों के लिए। बँधुआ के लिए। कोटघर केवल परजा के लिए नहीं है। उसके लिए भी है। वे चले जाएँ, वह भी गाँव में फिरेगा।

शुक्रू और दोनों बेटे तथा नन्दीबाली एक साथ मिलकर दिशारी के पास गये। दिशारी लगन बताता है। दिसा-योग का हिसाब कर कहा—

"सुबह मुर्गा बाँग देने की घड़ी चल पड़ो, अच्छा समय है।"

पाँच दिन के लिए माँडिया का आटा, जलावन, अन्य सारी चीजें ठीक कर ली। अधिकारी लोगों के पास खाली हाथ जाना ठीक नहीं। एक घौद केले, तीन गंडा (दर्जन भर) मुर्गी के अंडे ठीक किये। साथ चलने को दो और आदमी लिये।

सब तैयार हो गये। कल सुबह यात्रा।

रात के अन्तिम पहर में बूढ़े की कुछ आँख लगी।

अचानक याद आया—मानो वह जाग रहा है, मगर उसकी देह कहीं चली गयी। बिना देह बहुत दुर्बल लगा। थोड़ा खाँसा। खाँसी बहुत खोखली थी। धीरे-धीरे उसे काफी गोलमाल सुनाई पड़ी। खड़-खड़, दम-दम। खीझ उठा। मानो कुछ सुनते हुए पड़ा था, कुछ लोग जबरन घुसकर गोलमाल कर रहे हैं। उसकी खीझ बढ़ गयी। धीरे-धीरे पाँव-हाथ कहीं चले गये थे, लौट आये हैं, समूची देह फिर मिल गयी है और चिढ़ गया। उसकी सारी देह पिरा रही। बीच-बीच में ये खट-खट। ठंड लग रही है।

सिकुड़-गुमट फिर आँख मूँद ली। नाम भर को। फिर गाँवभर के मुर्गे बाँग देने लगे। माँडिया ने हल्के से हिलाकर कहा—बापू, चलना है!"

धीरे-धीरे उसने देखने की चेष्टा की। आँखें अचानक खुलतीं नहीं। मानो गोंद

में चिपक गयी हैं। मगर देह में टीस अब और नहीं है। खयाल आया, उसकी जमीन को साहूकार ठगकर ले रहा है। दावा करना होगा।

सोचते-सोचते ऊष्मा आ गयी। ठंड मिट गयी। उसके दिमाग में साफ लग रहा। कठोर बात में हाथ दो तो खुद ही जोर आ जाता है। नींद टूट गयी।

शुभ घड़ी देखकर चलते-चलते, जगह-जगह पहाड़ की राह काटकर रुकावट डालता है। वहाँ एक पेड़, नीचे चौकोर पत्थर, पास में कई दिन की कोयलों की राख। चौराहे पर कहाँ-कहाँ के लोगों से भेंट होती। शुक्रू जानी ने पता लगाया दावा कैसे करते हैं। क्या-क्या करना पड़ता है। जो-जो बात सुनता, शुक्रू सब को गाँठ बाँधकर तय करता—ये सब करना होगा।

कदली की घौद। दर्जन भर अंडे, कोट घर में अधिकारी की मेज पर रख हाथ जोड़ कहेगा।

''महाप्रभु, साहूकार ने ऐसे-ऐसे किया!''

पीछे खड़े बेटे उसकी बात में साथ देंगे। सब बार-बार उनके पाँव तले पड़ेंगे। अधिकारी के पाँव पकड़ेंगे। अधिकारी जरूर उनकी सुनेगा। फिर वे जो विचार करें।

माँडिया जानी का मद केस कुछ अलग तरह से विचार हुआ था।

''वो मद का केस था, ये भूमि का दावा है। बात अलग है। वो अनुभव यहाँ कोई काम नहीं आएगा।''

नहीं, वह डरेगा नहीं। अधिकारी के आगे पड़ा रहेगा। एकदम जमीन लेकर लौटेगा। सच बात पर डरेगा क्यों?

धरम है वहाँ। वह देश भर का माँ-बाप, सारी बात, सबके मन की बात और पता। वह प्रभु, अन्तर्यामी है। साहूकार ऐसी एक खुराक पाएगा, वह जीवन भर याद रखेगा।

प्रतिहिंसा ने बूढ़े की नस-नस में आग लगा दी। सारी कमजोरी, निस्तेज भाव सारा किसी कोने में छुप जाता। सारे अस्तित्व को ढाँपे एक दृढ़ता थी, वहाँ न भूख, न प्यास।

राह में अलसी का खेत पड़ता है। हलदफूल भरे। खेत में घुसो, अलसी की माटी-सी महक अलस भर दे। गुस्से का जोर कम हो जाए। कोमल मन में सारी बात सोचने बैठो, अपना खेत याद आता। स्नेही आदमी के चाहने की तरह फिर याद आता। शायद जमीन और कैसे मिलेगी?

प्राणों में से कोह निकल उसे खींच लेती। बहुत उदास लगता। फिर भी मशीन की तरह पाँव आगे बढ़ते। मन के किसी गहरे कोने में से पाने की आशा चुप-चुप चलती रहे, छुपे-छुपे सारे काम कराती।

सोच-सोचकर राह कट जाती। भूख नहीं, प्यास नहीं रहती।

तुर्कागुड़ा में रात बिताकर सुबह फिर राह चलो। शाम को कोरापुट के पास बड़चिन्द्री में दानियल के चटीघर में रहना, फिर रात वहीं।

सुबह उठ बँधुआ, कुली, मजूरों के संग मिलकर कोरापुट। नीचे खड में से पहाड़ पर के घरों की चोटी दिख जाती है। नीचे केवल कोहरा। घने कोहरे में छाया की तरह, और अनेकानेक अपरिचित लोग। सब अपने-अपने काम में लगे हैं।

मजूरों की धार लगी है। उन्हीं से बात का पता मिला। यहाँ कौन किसे पहचानता है? किसने सुना है कि कैसे करना होता है दावा। जो कहता, परजा तीनों मुँह फाड़े सारी बातें पी जाते। सुबह का पकाया शहर में एक जगह पेड़ के नीचे माँड़ पीया, कौवे, कुत्ते भगाये। इधर-उधर पेड़ के नीचे जगह देख और भी झुंड-के-झुंड लोग, उनका भी कचहरी में काम है। कन्ध, परजा, डोम, गदबा। बातचीत, सुख-दुःख चर्चा।

"तुम्हारे राज्य में खेती कैसी है?"

"गोरू मड़क (गायों की बीमारी) तो नहीं है?"

केवल दो बात, राह कौन बताए? कौन इतना समझा दे!

कचहरी से पहले मेसरेट घर के सामने आम के पेड़ के नीचे लोगों की भीड़। इधर-उधर ताक-झाँक, उझककर देखना। एक आया-हुड़का दिया—"जा...कचहरी में जा, यहाँ क्यों गोलमाल!!"

केले घौद फटे कपड़े में ढाँपे, दर्जन भर अंडे अंटी में पुड़ा बनाकर लटकाये, बाप-बेटे साथ वाले लोगों सहित कचहरी में गये। केले में से ज्यादातर तो दिख रहे हैं, उन्हें ये वो सब ताक रहे हैं।

कचहरी के बरामदे में चश्मा लगाये चादर झुलाये आये एक बाबू ने कड़क में कहा—"मैं दरखास्त लिखता हूँ। उसे सब 'लेखू' कहते हैं। सूआ की चोंच-सी नाक झाड़कर खूब विश्वासी आदमी की तरह बुलाकर ले गया।"

"आ, मैं पता कर दूँगा।"

कितनी बुद्धि है, गाली देकर चला गया। समझ में नहीं आया। फिर उस केले की घौद की ओर कड़ी निगाह, 'लेखू' की शायद उस पर नजर है। शुक्रू जानी ने कपड़ा ढाँप दिया। माँडिया जानी आड़कर खड़ा रहा।

"देख पिटीसन न लिखो, वकील न पकड़ो तो जमीन न मिले! और तुम्हारी ओर कौन वकील है? चेलापति राव?"

"धर्मा राव?" कोई छोटा-मोटा वकील ठीक कर दो बाबू! हम न सकेंगे!

लेखू पहले रुपये माँगता है। ना, पहले खुद चेष्टा करें, यहाँ पटेगा नहीं।

खिड़की से दिख रहा—वो देख अधिकारी बैठा है। दरवाजे की राह से दिख रहा है। कितने लोग, कितनी भाँत की पोशाक, ठवनि। लाल पागड़, लाल हूदा!

उधर दरवाजे पर एक गाय को पकड़े दो आदमी खड़े हैं। सींग उठाये बड़ी-बड़ी आँख किये सिंहासन की ओर बढ़ने की उसकी इच्छा।

कचहरी घर में हंडे-के-हंडे राँधा मद, बीड़ी, धरनी, नला आदि। काठ की अरगला में दीवार से सटे कुछ लोग। पुलिस का वहाँ पहरा।

कचहरी घर में केवल अधिकारीमय।

भीतर घुसते ही मन केवल सकपकाता रहा, और डरता रहा। कहीं अधिकारी गुस्सा तो नहीं होगा। दलैत चिहुँक तो नहीं जाएगा?

"जो करें, करेंगे। एक बार जाना है। क्या आरम्भ करें, उस बारे में।"

युग बीता। गाय ले गये। बड़े धरनी डब्बा सब गये। पुलिस जमान कड़ी झनझनाकर जूते खटखटाकर अरगला के अन्दर वालों में कई को बाँध ले गये। बीच-बीच में आवाज—"तुझे छः माह शिक्षा!" (जेल)

"तुझे बीस रुपये जुर्माना!"

थर्रा जाते। शुक्रू जानी बेटों को धकियाकर कुछ पीछे ले जाता। मुँह बाये वे देखते रहते।

कचहरी दरवाजे पर दलइत नाम लेकर बुलाता। लोग आते, वकील आते, शोर होता। एक कन्धे पर केले की घौद लादे हुए रखने में कन्धा दुखने लगता। वे केवल सब देखते रहे। पाँव चलते ही नहीं।

समय हो गया। आज कचहरी बरखास्त।

अधिकारी बाहर आये।

तुरन्त शुक्रू जानी, माँडिया, टिकरा और गाँव वाले उसके पीछे-पीछे दौड़े गये। आधी राह में अधिकारी को घेरकर पाँव तले पड़ गये।

"महाप्रभु! तू दया न करे तो..."

केले की घौद तुरन्त खुली। अंडों की पुटली को माँडिया ने जल्दी से खोला। बूढ़े ने ऊँचे स्वर में कहा—"जल्दी-जल्दी!"

अधिकारी झुँझला उठे—"अब तक कहाँ थे? राह में क्यों गोलमाल करते हो? जा, तुम कल आना।"

अधिकारी जल्दी-जल्दी चला गया। घौद उठाकर हड़बड़ी में बूढ़ा दौड़ पड़ा।

"महाप्रभु ये..."

अधिकारी गरजे—शुक्रू जानी हट गया।

मुँह सुखा ये सब फिर उसी ठिकाने के पेड़ के नीचे चले आये। माँडिया ने कहा—"ना, वो लेखू को पकड़े बिना कुछ न कर सकेंगे हम।"

उसी शाम। फिर लेखू के घर।

लेखू ने घौद ली। लेखू ने अंडे लिये।

मन और दब गया।

खर्च की लेखू ने तालिका थमा दी।

मुंड पाँच रुपये का लगेगा। कागज दो रुपया फिर और खर्च है, बाद में कहूँगा।

अगले दिन दावा दाखिल हुआ। लेखू ने कहा—"दो दिन और रुकना होगा।"

उसने अभय दिया—"दावा लेंगे, अलबत्ता!"

"खर्च से क्यों डरते हो? सारा खर्च तुम्हें बाद में मिल जाएगा। दावा जीतने के बाद!"

पन्द्रह रुपये चले गये। मगर डर नहीं रहा है। लेखू का मुँह देखकर ही विश्वास आता है अपने आप। बड़ा बल है—यह लेखू! साहूकार के भविष्य के बारे में जो वर्णन करता—खर्च की बात भूल जाता। इतनी खुशी होती! उसके बाँके नाक और चश्मे की ओट में छुपे रह साहूकार पर पत्थर फेंक जाते वे लोग मन की मौज में। कंकड़, ढेला-पत्थर फेंकना...!

पेड़ के नीचे शीत कष्ट नहीं देता।

लेखू की बात में खुद निवाई लगती।

यही है कोरापुट।

कभी किसी जमाने में 'रणा' जात के लोगों ने छोटा 'पुट' या पल्ली बसायी थी पहाड़ की सन्धि में। उन रणा लोगों की संज्ञा (टाइटल) थी करा। उनका गोत्र करा या 'खरा' अर्थात् खरहा (खरगोश) गोत्र था। अब उस पुराने करा वंश का अन्तिम मुरबी डमरू करा दूध बेचता है। उसका करापुट था छोटा पल्ली, जबकि आज उसी के घर के नाम पर अब है इतना बड़ा 'कोरापुट' बन गया समूचा। करा घर टूट चुका, कोरापुट बढ़ा है, पूरा एक जिला है।

पास में और रणा जाति के 'फुजारी' का पुजारी 'पुट' गाँव, सिन्दूर मुदली परजा का 'सिन्द्री गाँव', रंगबाली मुदली का 'रंगबाली कुम्भा' है। आदमी मर जाता है, पर कैसे नाम रह जाता है। दादा-परदादा का नाम, जो मर गये हैं, उन्हें याद रखने में सुख लगता है। यही लगता है—आदमी खुद कहीं से आया नहीं, खुद वह एक स्रोत का अगला है। उन मरे खोये लोगों के डूमा क्या सुख नहीं पाते होंगे यह सोच-सोचकर कि जीवित लोगों ने उन्हें नहीं भुलाया?

कितना भाग्यवान था करा कि उसका नाम रह गया। कई नाम छुप जाते हैं। करापुट के आस-पास में जो नंगे पहाड़ हैं, किसी का नाम रहा है इसमें? जो आग पेट में से सुलग रही थी, आज उस आग का पता नहीं और पहाड़ तले के खेत, किसी का नाम उसने याद नहीं रखा। अगणित लोग आये हैं, गये हैं।

अब दीवाली माह में लोग मरे हुओं को स्मरण करते हैं, जिसको जितने नाम याद आते हैं। याद न रहे, मरे हुए का सूखा हाथ जीवित को थामकर राह दिखाता है, जीवित पर छाया सवार होने की तरह मरे हुए का डूमा दबोच लेता, काम कराता है।

अतः जैसा हुआ था वैसा होता है। उसे आदमी कहता है बुनियाद, जो बेबुनियादी है, वो कोई आदमी नहीं।

उन खोये पितृपुरुषों की स्मृति के लिए कम-से-कम साहूकार के कब्जे से जमीन छुड़ानी होगी, वरना मरते समय कितनी अशान्ति रहेगी। बाप-दादा की जमीन! सूई की नोक जितनी भी छोड़नी नहीं है, चाहे गरदन कट जाए।

दावा-दाखिला हो गया। लेखू ने बन्धुता की बात कही है, दो दिन बाद साहूकार को नोटिस गयी। लेखू ने बाकायदा समझा दिया। शुक्रू परजा बच्चों को लेकर अपने घर लौट आया।

राह में बेटों ने जिद कर ली मुकदमा तो चला, जमीन को बलात्कार से साहूकार खींच ले गया। बँधुआ भी भविष्य में जाना नहीं होगा और कैसा सम्पर्क रहा साहूकार के साथ, कि उससे जिली के झोला बावत रुपये नहीं माँगेंगे? यह कुल की रीत है। जो बेटी लेगा, या ब्याह करेगा, वह बेटी के बाद को रुपये देगा। बन्धु-कुटुम्ब को देगा भोज! साहूकार से यह सब लेने का हक है। एक बार माँगा जाय, वरना लेखू को पकड़ और एक मुकदमा करेंगे। क्यों, क्या कहते हो?

"जो मुझे धोखा देकर ऐसे गन्दे आदमी के घर चली गयी, उसके रुपये लाकर मैं खाऊँगा?"

उदास हँसी में बूढ़े ने कहा—

"ना...ना ऐसा न होगा। तुम सब इतने परेशान क्यों हो रहे हो? मेरी कितनी उमर रही? मेरे मरने के बाद बहन को बेचकर झोला लाकर खाओ!"

"अरे कितनी बेवकूफी की बात है, बापू? झोला न लोगे, तो फिर जिली को लौटाकर क्यों नहीं लाता? वह जमीन को खोएगा। झोला के रुपयों के लिए भी मना कर देगा? सब तरफ केवल उसका लाभ होगा? तेरे कहने से ही हो गया? ना...एक बार चलकर देखें।"

बूढ़े को समझाया नहीं जा सका। उसकी ना...ना, बस यही उसने समझा है।

"जिली...आह!"

मैं पिता हूँ, सब कुछ माफ करने को राजी हूँ। कब से माफ कर चुका हूँ। मेरे मन में कोई कह रहा है—जिली दुःख में है। ऐसे ठग, गाँजाखोर, गँजेड़ी, अधबूढ़े आदमी की रखनी (रखैल) बनकर रहने से तो और कुछ भी हो वो अच्छा। आसाम चले जाना भला।

एक भूल में छोरी, अनदेखी राह, कुबाट में चली गयी। अब वह कितना कष्ट पाती होगी? बाल उमर, किससे गलती नहीं होती? सारी बदमासी के मूल में वह परजा कंटक पूँजीपति साहूकार है। जो जप-तप, मन्त्र-तन्त्र कर पैसों का लोभ दिखा, कच्ची बुद्धि वाली लड़की को घर से खींच ले गया। कच्चा देख कर, वह भेजे को चबा-चबा कर खा जाता है।

उससे झोला लेने का मतलब सदा के लिए जिली को उसके संग बाँध देना है। उफ...कितना बड़ा शैतान है!!

नस-नस में आग लग जाती है। ना, झोला नहीं लूँगा। जिली के लौटने की राह खुली रहे। जब तक वह लौट नहीं आती। ये लड़के कुछ जानते ही नहीं।

सबसे अच्छी जो औषध है, उसका नाम है 'समय'।

जो आज सोचता है—विष खा लूँ, कल वह सोचेगा—अब कुछ दिन जाने दो। समय घाव सुखाता है। रोग भी सहना पड़ता है। फिर हर बात के जवाब के लिए आदमी के मन में एक आनन्द खोजने के लिए।

जिली ने कर्म को मान लिया। समय आया जब अपनी अवस्था में उसे सुख मिला। सोचने लगी—सब ठीक हुआ है।

ज्यादा मद पीने पर जीभ से लार बहती। बाँह फड़काकर, "ऐ जिली...ऐ...जिली....!" चिल्लाकर लड़खड़ाता हुआ साहूकार पीछा करता रहे। गाँजा फूँकने पर लाल आँख मन्दार-सी। माथे की नसें फूलकर बाहर दिखने लगें। इन दो हालत में साहूकार को देखने पर डर लगे, खीझ लगे, बाकी समय में वह उतना असहज नहीं लगता।

कभी-कभी वह जिली को खुश करने के वास्ते कायदे से चेष्टा करता, मूँछों पर गोंद लगाता, गजरा डालता, खूब बनाकर बातें कहता, बात खींच देता। मगर वह अधबूढ़ा है, और इस पर जिली को हँसी आ जाती, क्योंकि जीत लेने पर पुरुष जितना गर्व करता है, उससे कम स्त्री भी गर्व का अनुभव नहीं करती।

जिली जानती है इन बातों के नीचे दरार कहाँ है। अत: वह ऊँचा होती, चाहे पुवाल डालकर सही। उसका नाम बहुत बड़ा है। जिली सुनती, गाँव वाले, आकर कहते, इसमें जिली भी खुश होती।

सबसे बड़ी बात—जिली आज तक हुकम की तालीम करती आयी है, अब उसे हुकम देना पड़ता है। गाँव वाले उसे मुरबी मानते हैं। उस दिन साँवता बड़मुंडिया ने आकर कहा—

"कितना अच्छा हुआ, तू आ गयी है। हम पर कितनी मेहरबानी है! वैसे

देखो तो कितना बड़ा साहूकार, गाँव भर का भुक्ता, इधर उससे महीने में एक बार भेंट भी मुश्किल। अब मगर...?''

साँवता हँसा।

लोग आते हैं, पूछेंगे, काम कहेंगे, दुःख कहेंगे, माँगेंगे। झोड़िया परजा घर की बेटी है। मगर उनकी 'साहूकारनी' है। वह हो गयी है, जो देखे, सब उसका है। अपने गाँव की बात सोचना अच्छा नहीं लगे। क्योंकि वे सब केवल चुभती हैं। दुःख को ढाँपने जाकर परायों पर मान आता—''देखो, मरे, गये पर भी कभी पूछने नहीं आये। ठीक है।''

एक छोटे-से 'ठीक है' में एक अध्याय के पन्ने उलटकर जिली अपनी अवस्था पर नजर डालती। सोचती इसमें क्या-क्या सुख, क्या दुःख है। साहूकार की भलमनसाहत कहाँ-कहाँ है।

ये लोग उसके आगे साहूकार की इतनी बड़ाई करते हैं, और समूचे गाँव को साहूकार ने मेरे लिए दिया है।

मैं उसकी रखनी हूँ, ब्याहता नहीं। अपना परजा बुद्धि से इसमें कोई फरक नहीं मानती।

पहली शुंढी स्त्री गाँव में है। बाल-बच्चे हैं, जिली को सोचने में मजा आता। वह सोचती है मैं जीत गयी हूँ।

''सुकुमणि! तूने देखा है उसे? उसे? वह यहाँ कब आती है?''

''एक बार देखा। उनके गाँव गयी थी। तेरी जैसी नहीं। वह बूढ़ी हो गयी। उतनी सुन्दर नहीं।''

''पके केले दो खा ले सुकुमणि! सब सड़ रहे हैं। हाँ, वो गोरी है या काली?''

''काली!''

अकारण जिली को हँसी आ जाती। खुश होती। जूड़ा बना, फूल लगा, हाथ फैला सहारा लेकर बैठी है, पास में सुकुमणि है।

साफ आकाश। चुनचुना खेत! भिनभिनाता अलसी फूलों का मधु। दल-के-दल तोते उड़ आते। धान खाते। झुंड-के-झुंड गौरैया, कलिसर, सफेद बगुले। लहरों की तरह इस पहाड़ से उस पहाड़, कन्ध गीत, घर पर सुकुमणि और वह।

हँसते-हँसते चुप। छटपटाहट लगे। वह घर याद आता। जो घर अब और कभी उसका अपना नहीं होगा।

''ऐ, सुन, सुन कैसे गाते हैं!''

''जेइता! निलस मा। बाइले। बाइले।

जेइता। तालस मा। बाइले। बाइले।''

एक साथ तीस-चालीस स्वर एक साथ गूँज उठे।

"तू उनकी बोली समझ पाती है?"

"जरा-जरा समझ लूँ। बचपन से यहीं तो हूँ।"

सुकुमणि का गीत में बहुत मन है। कान लगाती। हजार ढंग, हजार लहरों होते हुए कन्ध गीत ढलता हुआ, एक साथ तीस-चालीस जन बोलते। दो पंक्ति इस तरफ के पहाड़ वाले धाँगड़ा बोलते, कुछ दूर से उस पहाड़ पर से फिर धाँगड़ियाँ दो पंक्ति बोलतीं।

जिली उनकी भाषा नहीं समझती। मगर गीत के बोल उसके भन में कई तरह की भावना भर देते। तोफा आकाश में अकेली चिड़िया की तरह मन उड़ता- फिरता, खूब ऊँचे, पर खूब उदास और ठीक उलटी धारणा बनाकर कन्ध गीत उलट-पलट होता। मानो मँगने की उनमादना में माताल करना चाहता है इस अचल धरती को।

"सुन-सुन! राग बदल दो तो कितना सुन्दर है! इसमें क्या बोलते हैं, पता है? सुनु गुंडा डुलाने हे!"

आनन्द से उदासी में निचुड़ गया स्वर। मानो बूँद-बूँद गद्‌गद होता झरना कहीं हलके सलसल कर चला, अँधेरा भरे जंगल छाये पहाड़ की फाट के अन्दर है।

मानो दुपहर की मुरझाये पत्तों भरी उमस में कहीं दूर जंगल में देश भर के कबूतर गले से मिलाकर एक साथ बैठे बिसूर-बिसूर कर बोल उठे—

"सुन...सुन.....

जेइके माल निलस	जेइके माल तालस
सुनु गुंडा डुलाने हे	जेइके माल तालस
जेइ सँबर गोडिरे	जेइ बन्दर पाणिरे
सुनु गुंडा डुलाने हे	जेइके माल तालस
जेइ लेलिया डुँबर	जेइ लेलिया लेंबर
सुनु गुंडा डुलाने हे।	जेइके माल तालस
एनी आताला इआत	एनि मिणतोला मिणिआत
सुनु गुंडा डुलाने हे	जेइके माल तालस
ला आँ पुंजिलि हाजिल	पो आँ तिंजिलि हाजिल
सुनु गुंडा डुलाने हे	जेइके माल तालस
हाटता हाज्जिमनाति	राटता हाज्जिमनाति
सुनु गुंडा डुलाने हे	जेइके माल तालस

जिली ने कहा—

"लेंबर, डुँबर, निलस, तालस, ...ऐसे ही इनके गीत हैं?"

सुकुमणि ने कहा—

"ये सब तो नाम हैं। हर धाँगड़ी को धाँगड़ा यह प्यार में देता है। सब ये नाम लेकर गीत बना रहे हैं। कहते हैं—इतने बुला-बुला कर हम थक गये, तुम तो भूल गयी। ठीक है, क्यों आओगी? तुम बड़े घर की बेटी हो। तुम्हारी हथेली पर इतना चूना लिपा है कि सदा केवल चूना झरता रहता है।"

सुकुमणि हँसते-हँसते लोट-पोट। जिली अनमनी हो रही थी। चौंककर कहने लगी—"ऐं!"

"हाँ, सुन, सच री!"

"हाँ, कन्ध गीत के साथ-साथ सुकुमणि भी बोलने लगी।"

जिली का उधर मन न था।

रखैल औरत।

अधबूढ़ा साहूकार! उसके बाल-बच्चे हैं।

बागला!

धाँगड़ा बसाघर!

बापू का गुस्सा।

भाइयों द्वारा अनादर।

माँ!

मरी माँ! बूढ़ा बाप!

बागला!

उफ माँ, बागला! बागला!

वह जिसका नाम ले न सके और जबकि वह नाम छोड़ दे तो समूचा जीवन केवल इस छोर से उस छोर तक बालू का उजाड़।

जिसका नाम लेने का अधिकार नहीं, मगर इसी कारण जो मन में सदा छलकता रहे।

वो, तो नहीं है।

जिली ने टिमटिमाकर देखा—धूप कम होती जा रही है।

समय! सबसे अच्छी औषध! वह घाव सुखा दे। मगर भीगा मौसम देख पुरानी टीस को उभार दे, जहाँ-तहाँ गँठिया वात की तरह।

जब वह आयी उस दिन के तूफान को शान्त होने के बाद जिली सोचती—मैं गाँव क्यों नहीं जा सकूँगी?

साहूकार ने कितनी बार कहा—"गाँव में घर बनाना है। वहाँ दिन पर दिन

खेत-खलिहान का काम बढ़ रहा है। वहाँ कमला होगा, गेहूँ बोएगा, गन्ना लगाएगा। घर बना देगा, तब जाकर उसके बाद...?''

जाने में आपत्ति क्या? साहूकार कहता—''तू आते समय एक रकम से आयी थी, अब जाते समय जाएगी दूसरी रकम।''

जिली उस दिन के इन्तजार में है। जिनकी छाया पड़ने से धरती में लाज के मारे धँस जाने की बात सोचती, अब बात वैसी कड़वी नहीं लगती। सब जो करते हैं, वही तो उसने किया है। किसी और को अच्छा लगे न लगे, मुझे तो वह अच्छा लगता है।

इन्तजार करते-करते दिन कट गये।

गाँव वाले कोई नहीं आये।

ऐसे एक दिन साहूकार ने आकर बताया—''तेरे बाप ने मेरे नाम पर भूमि का दावा किया है।''

साहूकार ने अपनी ओर की बात बढ़ाकर कही—समझाया कि मुझ पर कितने अत्याचार हुए हैं। जिली ने कहा—

''तीस बरस की बात तो मैंने कभी न सुनी। वरना घर पर वे क्या नहीं बताते।''

साहूकार ने कहा—''बूढ़ा कैसे खोलकर तुम्हें बताता? क्या बेटे छोड़ते उसे? ना, उसे दोष देने से कुछ नहीं होगा। बूढ़ा आदमी, बँधुआ काम नहीं कर सका। जमीन ऐसे दे दी, बेटों के आगे क्या कहता? दावा हुआ है माँडिया और नन्दीबाली के कारण। देख, फालतू में, अरे, उनकी जमीन मैं खा जाऊँगा? ऋण के रुपये, नींबू-कमला (सन्तरे) पौध की खरीद, मजूरी, जो उस जमीन पर डाला है, दे दो, अपनी जमीन तुम ले लो। मेरे जैसे सीधे आदमी पर दावा? ठीक है। धर्म भी तो कोई है।''

जिली दु:खी होने की कोशिश कर रही है। मगर हो नहीं सकी—जब साहूकार और उसके बापू के बीच सम्बन्ध में खींचतान चली, चट से कुछ टूट गया।

सोचती तो वह देख पाती बापू की जमीन में मेरा कुछ नहीं।

साहूकार ने बहुत लाड़ किया, अपनापन दिखाया।

''देख, ऐसी बुद्धि है उनकी! कभी कुछ था, आज तो मैं उनका जँवाई हूँ। एक दिन भी तुझे देखने नहीं आया। उलटे बहुत गुस्सा। मैं तुझे ले आया। तेरा क्या कसूर जो तुझे काटकर अलग कर दिया।''

मैंने फिर भी कहा—अरे, जिली तेरी जनम दी हुई बेटी है। मुझ पर दावा किये से जिली पर दावा करने जैसा होगा। बाप होकर, बेटी पर दावा!

जैसे ही इतना कहा, माँडिया और नन्दीबाली तेरे नाम पर इतना बकने लगे, जबान से वह सब कहना मुश्किल है! मुझे तो काट खाने दौड़े।

यह बात ठीक नहीं। समझौता करने का मन नहीं। बस, केवल मुकदमा, मुकदमा! सिखाई-लगाई आग, मामला। मैं उनका जँवाई, मुझे अपना दुःख-कष्ट कहते बताते, मैं क्या उनकी बात नहीं मानता, देखता? मुझे कहने की क्या जरूरत? वे तुझे तो पूछ सकते थे!

"ना, उनकी बात दूसरी है!"

साहूकार जिली के लिए साड़ी लाया था। गले में पहनने के लिए गिलटी का गलबन्ध और पीतल का हार था।

प्यार से कहा—

"ऐसे ही बेटी से उलझ रहे हैं, खैर, उनका धरम!"

दो दिन साहूकार खेती के काम से गाँव में रह गया। ऐसा लाड़-चाव जिली ने कभी नहीं पाया। फिर मन ऊष्म हो आया। साहूकार के अच्छे गुणों पर सोच रही थी—ये किसी को नहीं पूछता, लगा जैसे मुझे ही चाहता है।

जमीन के मुकदमे की बात मन के किसी कोने में चुपचाप मर गयी। वो बातें घर के काम-काज के बाहर की हैं, मेरा क्या जाता है।

साहूकार जब-तब मन दुःखी कर बैठता। वह जिली से सहानुभूति चाहता। यदि नरम स्वर में कुछ कह देती—साहूकार उसकी तरफ से तुरत समूचा युद्ध के लिए तैयार हो जाता। हाँकने लगता—"ठीक है, देखें, वे क्या करते हैं। तू डर नहीं, तेरी जमीन तुझसे वे छीन नहीं सकेंगे। धरम है।"

फिर साहूकार चला गया। जिली अकेली बैठी सोचने लगी—सचमुच मेरे घर वालों ने मुझे पराया कर दिया?

साहूकार ने मन की बातें खोलकर बहुत कही। अपने भविष्य के बारे में जिली में एक धारणा आयी है—वह उठकर आकर चिपकी नहीं रही, उसकी प्रतिष्ठा हुई है, दूर गाँव में उसकी अदेखी शुँढियाणी सौत की तरह।

जमीन के कलह की बात पर विचार करने बैठें तो सोलह आने सहानुभूति पीहर पर नहीं पड़ती। अपने स्वार्थ की ओर नजर खुद चली जाती है। सब तो उसकी है।

अधबूढ़े गँजेड़ी आदमी पर घृणा नहीं होती। सब सहना हो गया है। सब मेरा है।

वह साहूकार के अच्छे गुण सोचती—जो गुण केवल औरत अनुमान से मन-ही-मन सोच पाती है। उसकी जात के किसी और पर भरोसा करती, खाली सपना देखने जैसा लगेगा। फिर उसकी आँख में सुख के उजाले की चमक पाती। पाँव हल्के हो जाते।

समय के हिलोर में सारे दुस्वप्न, सन्देह चूर-चूर होकर कहीं बह जाते।

साहूकार सरसूपदर गाँव में जा बैठा। थैली का उसने मुँह खोल दिया।

धाँगड़ा बसाघर में गाँव का नायक, बारीक, बड़े रैयतों की ऊठा-बैठी है। मधु घासी एक-एक को बुला लाता, बातचीत करता।

शाम, अँधेरा ढलने पर एक-एक कर लोग उस टूँगी घर में आते। उजाला नहीं होता, केवल बूँद-बूँद पिके की आग।

धीरे-धीरे बातचीत होती। गला दबा-दबा कर। बाहर मधु घासी पहरा देता।

लोगों ने देखा—भूख-प्यास के समय यहाँ रुपया-धेला मिलेगा, अभाव पूरा करेगा यह। इससे शत्रुता करने से फिर कहीं कुछ और लगा देगा। रिविणि (रेविन्यू) गरज सुन्दर इसका मित्र है। वह काले को सफेद कर सकता है।

साहूकार समझा देगा। पर वह डराना भी जानता है।

"तुम कितना कुछ भी करो। तुम्हारी बात को कभी मेरे कागजों से बड़ी कोट कचहरी नहीं मानेगी। खुद रिविणि गरज बाबू मेरी तरफ से खड़े होंगे। फालतू में तुम सामने आओगे। बाद में अगर कुछ खराब हुआ तो तुम लोग मुझ पर नाराज होंगे। मुँह सुखाओगे। तब मैं कुछ नहीं कर सकूँगा।"

फिर—

"नायक, समझते हो तो? पठान अमीन, गरज रिबिणि, इनकी बात बड़ी है या ये मूसा और साँप खाने वाले बँधुआ लोगों की बात बड़ी है? हाँ, मैं तुझे समझा देता हूँ, यदि मेरी बात नहीं मानेगा, बाद में अमीन बाबू लोग तुझे नायकपन से हटा देंगे। झूठा, ठग आदमी कह देंगे, मुझे फिर दोष मत देना।"

दवा काम करती। बड़े रैयत परेशान हो उठते।

"क्यों बड़े लोगों के संग लगा बदी करें? उफ!"

हर शाम वे आते। साहूकार से बात सुनते। पूरे रास्ते चुपचुप बातें कर घर लौटते। उसकी बातें उनकी छाती में आग सुलगा देतीं।

"सच, तो! साहूकार गुस्सा हुआ तो कितना नुकसान कर देगा! बात मानो तो वह दया करेगा, उसके चरण ठंडे रहें। वह भात, भोग, रुपया-पैसा, सब देगा। युग-युग से बड़ा बन्धु है! गाँव का हितकारी है। शुक्रू ने कह तो दिया है, पर उसके पास है क्या जो वह देगा? उस पर श्रद्धा कर गाँव के बड़े आदमी का विरोधी बनकर दु:ख भोगना ही सार होगा!"

मगर एक बात—धरम! उसके बाद किससे भय? धरम यदि इतना मजबूत है, शुक्रू की तरफ धरम है, तो और लोग कुछ भी करें, शुक्रू की जरूर जय होगी...!

और धरम, वह सब का ध्यान रखता है, तो किस हाल में पड़कर हमें साहूकार की तरफ झुकना पड़ता है, वह क्या नहीं जानता? सब जान-बूझकर वह हमें दोष किस मुँह से देगा?

पहले नायक गिरा।

पीछे-पीछे उसका किंकर, गाँव का बारीक ढुलका!

नायक, बारीक को छोड़कर रैयत अलग कैसे रहेंगे? रैयत का खयाल है नायक के हाथ में सबकी चोटी है। उसके हाथ में भविष्य है, अपने भले-बुरे में पीछे नायक खड़ा रहे।

साहूकार ने कुछ खर्च किया। गाँव वालों ने जवाब दिया—

"हम तुम्हारे (सब) हैं। शुक्रू हमें गवाही देने खड़ा करेगा तो भी हम सब साहूकार की तरफ ही बोलेंगे।"

"साहूकार, तेरे चरण-पादुका, दृष्टि ठंडी रहे! तेरे आसरे पर हम जीते हैं। वैसे हम रैयत बच्चे हैं, इतने झंझट से हमें क्या लेना-देना?"

तेरा धरम तेरे पास, उसका धरम उसके पास? जमीन पर खेती करने से हम हमारे बाल-बच्चों का पेट भरते हैं, हम क्यों....? ऐं....?

दस जन एक साथ मिलकर जो कुड़मुड़ाये, जो समझें, उस पर विश्वास आ जाता है। खुद को समझाते समय यह उसे, वो इसे समझा-समझी करते हैं।

"अरे भई, क्यों क्या कहते हो?"

"देखो!"

"सच या झूठ?"

नायक साथियों को समझाता—

"वो बड़ा आदमी है। जो जिद कर ली है, वह करके रहेगा। इसे वह ले, खाये। कमला फलने पर वह क्या हमें-तुम्हें नहीं देगा? कहीं दूसरी जमीन शुक्रू को कुछ दे देंगे। डूगर में खेती कर पेट भरे। एक तो दी है, वैसे और कहीं-न-कहीं दे देंगे। वह भी तो हमारा भाई है, उसके बाल-बच्चों की खातिर हम कुछ नहीं करेंगे, तो कौन करेगा?"

सारा फैसला हो गया। शुक्रू जानी कुछ जान नहीं सका।

लेखू ने अभय दिया है और उसके संगी! कराघाट वाला पुजारी, वह भी ऐसी बात करे, मानो हाथ उठा देगा।

लेखू ने रुपये खाये हैं, अभय दिया।

साहूकार को नोटिस आया। शुक्रू जानी खुश।

माँडिया से कहा—"अब और कैसा डर?"

बस्ती भर में कहता फिरा—कैसे मैं कोरापुट गया, वहाँ क्या-क्या हुआ, आदि कई बातें।

इस साल नयी जमीन पर माँडिया, अलसी कटाई के लिए तैयार, मिर्च पक आयी, सब होकर कुछ मिलेगा। मगर नयी जमीन पर ज्यादा भरोसा नहीं। वह इसके बाद पुरानी वापस पाएगा। फिर खेती का काम चलेगा। अब पहले की तरह घर भरेगा। काम करने वाले लोगों की कमी नहीं।

इस दीवाली माह की ठंडी हवा में सिमट-गुमट कर निवाई धरती पर लेटा था। कभी-कभी पुरानी जमीन पुकारती, पुरखों की धरती है। वह सुनता। बचपन के दिन याद आते, बाप-दादा उस जमाने की काकी-दादी। तलरा-तलरी ओढ़ लेता। मिलकर-झुककर खेत की निराई करता। मेंड़ बाँधते दिनोंदिन उस धरती पर। वहीं पास में आग सुलगाकर खाना पकाते। उमर ज्यों-ज्यों बढ़ती बचपन के वे लोग ज्यादा याद आते हैं। वे, जो अब और न रहे, जिनका संकेत गाँव के रास्ते पर घने पेड़ तले नुकीले पत्थर, चपटे पत्थर हैं।

उनकी स्मृति के लिए साहूकार के कब्जे से जमीन छुड़ानी है।

फिर दो बैल रख लूँगा, हल करूँगा। फिर होगी अपने बाप-दादा की जमीन पर मन इच्छा खेती, इस छोर से उस छोर तक।

हाथ खुजबुजा रहा है। मन फनफनाता। मगर सूखे हाड़, दबी नसें, कमर और घुटने पिराते, जरा जोर लगा दूँ तो सिर भन्नाने लगता। सोचता चिन्ता और कमजोरी, भरपेट भोजन नहीं, काम अधिक है। इससे मन दब जाता। मैं बूढ़ा होने आया। चिन्ताएँ झुकाकर चली जातीं घने पेड़ के नीचे नुकीले चपटे पत्थरों की ओर, अड़ियल बैल की तरह।

कल के बच्चे आज बड़े हो गये हैं। कई दल मिल कन्धे-से-कन्धा लगा कर उठ रहे। वे कल माँ के पेट में भी न थे। उनके चक्कर में बूढ़े के घुटने दरद करते। कमर पकड़ लेती। उन्हें देखते उमर ढल रही। उसका हिसाब पता ही नहीं चलता। क्योंकि अपनी उमर वह नहीं जानता। वह तो मिट्टी में से एक टुकड़ा है। मिट्टी का कोई जन्म दिन नहीं होता। पके अनाज का हिसाब है।

साहूकार को नोटिस आया है! फिर गवाह का विचार। सब सच बात कहेंगे! जमीन मिलेगी!

अपना पिघल रहा सारा जोर वह दम्भ लगा रखे है उस शुभ दिन के लिए। जमीन मिलेगी, फिर चैन से सोएगा।

केवल सोने पर कोई छोड़ देता है? फिर माँडिया और टिकरा का ब्याह होगा। जिली के लिए कोई अच्छा वर ढूँढ़ उसे वापस ले आऊँगा। घर टूट चुका है, उसे बाँधना होगा, फिर अथ से शुरू करो।

उत्साह आता। बुढ़ापा भूल जाता। माँडिया का बेटा, जिली-बिली के बाल-बच्चे को मैं नहीं देखूँगा? कितनी पुरानी बात है, जब ये सब छोटे बच्चे थे। उसके बाद इस डीह पर बच्चे की किलक सुनाई नहीं पड़ी। घर सुनसान है।

फिर शुरू करो। कितना कष्ट!

खुद पर दया आती। बच्चों पर भी। जमीन पर सिर टिका बार-बार जुहार कर कहता—

"हे दादा बूढ़ा, हे दर्मू, हे दरतनी माँ, कबूतर, मुर्गा जितना कहोगे, मैं उतना दूँगा। हैरान न करूँगा। मैं निदरबी रैयत बच्चा हूँ।"

काका! ना, रहने दो, अभी दो पहाड़ और चढ़ेगा सूरज तब इस गाँव में मुँह दिखाएगा। अभी तो बस कोहरा है! सारे पेड़ों पर चूरा-ही-चूरा ओस कण भरे हैं। छान पर थप-थप बेर की तरह बूँदें पड़ रही हैं। उफ् कितनी ठंड!

बोरी को और जरा आगे खींच अच्छी तरह देह के नीचे कर लेता। घुटनों को पेट में ठूँस लेता है। आँख मूँद आवाज देता—

"हे धरमू, हे धरतनी माँ!"

बड़ी सुबह इनका नाम लेना अच्छा है।

बाहर धुएँ की तरह घना कोहरा। कोई-कोई आग जलाकर देह सेंक रहा था। टुप-टाप बातें कर रहे। सूरज नीचे से ऊपर चढ़ते-चढ़ते पूर्वी तट के पहाड़ चढ़ने में लगे हैं एक-एक कर पांड्रामाली, कोडिंगामाली, देवमाली।

कोरापुट में—

जमीन का मुकदमा चला। शुक्रू जानी बनाम रामचन्द्र बिशेई साहूकार। शुक्रू का वकील नहीं, केवल कचहरी के द्वार पर लेखू और कराघाटिया वाला पुजारी, उन्होंने ही बुद्धि बतायी है। ऐसा कहना, वैसा कहना।

रामचन्द्र बिशेई ने वकील पकड़ा है—'टेटमेंट' दाखिल किया है।

दो तारीख हो गयी हैं। तीसरी तारीख पर समझा दिया कौन-कौन पास है कौन-कौन गवाह लाएगा।

तारीख बता दी—"अगले माह छः तारीख को अपने गवाह लाना, शुक्रू जानी!"

"क्या दिन है महाप्रभु? तारीख तो हमें याद न रहे। मैं नहीं समझ पाऊँ!"

हाकिम ने एक कागज देखकर कहा—"बीच में तीन मंगलवार छोड़ देना! उसके बाद मंगलवार! जा!"

कचहरी में हो-हा, घो-घा। हथकड़ी बँधे मुदई लिये पुलिस आयी और कई

लोग आये। वकील आये। दलेइत ने हाँक लगायी—

"जिसका काम हो गया, जाओ...!"

परजा सब बाहर आ गये। दिमाग में गोलमाल हो रहा था। हाकिम ने कहा—मंगलवार का वायदा। याद है और कोई तारीख की बात भी कही थी। हाकिम के बाद लेखू ये सब अच्छी तरह समझाएगा।

बुद्धू पशु की तरह वन का आदमी है। वह इसमें क्या समझेगा तारीख या दिन? या वह वायदा? कुछ याद न रहे। सब गोलमाल हो जाता है।

बाहर बरामदे में घेरे हैं लेखू और कराघाटिया पुजारी, एक ओर कुंडल झुलाता साहूकार बैठा है। वे दोनों शुक्रू जानी के पास चले आये।

"उसे मैंने गाली दी है। वकील से क्या होगा? वह तो डर-डर कर मर रहा है।"

पुजारी ने कहा—"वायदा याद रहा? होशियार! वायदा वाले दिन नहीं आये, मुकदमा मर जाएगा। रोने-धोने से फिर कोई लाभ नहीं।"

लेखू ने बताया—"क्यों मरेगा मुकदमा? बूढ़ा इतना बेवकूफ है? वायदा वाले दिन न आकर मुकदमा खारज क्यों करेगा!"

पुजारी ने कहा—"याद रखना। आज को मिलाकर छठे मंगल के दिन। यहाँ विचार होगा। गवाह लेकर आना।"

लेखू बुलाकर ले गया—

"बोल, गवाह के नाम बोल। कौन क्या बोलेगा, मैं बता दूँगा।"

बरामदे के उधर साहूकार आवाज देकर अपने लोग बुलाकर चला गया।

"आओ, चलें, आज को मिला पाँच मंगलवार जाने के बाद छठे मंगल के दिन फिर आएँगे। चलो आज अब चलें।"

दोनों पक्ष दो तरफ चले गये।

उसी शाम टरणी पुजारी कराघाटिया साहूकार से गुप्त रूप में मिला था। वह पक्षपात करता है—यह बात कोई दुश्मन भी न कहे। सब मामलाबाज लोगों की मदद करना उसका कर्त्तव्य है।

अगले दिन शुक्रू घर लौटा। फिर लेखू और कराघाटिया पुजारी ने उसे अभय दिया। उसने उन्हें रुपये दिये।

पुजारी ने कहा—"कैसे झाड़ दिया उसे कोरट बरामदे में, पता है? छाती काँप गयी होगी!"

फिर अलसी फूलिया राह से घर की ओर चला।

गिन-गिन कर, अभी तो पाँच मंगलवार और हैं।

मंगलवार खतम ही नहीं हो रहे!

बाँकी-बाँकी लहलहाती सब्ज धान की नदी में दिन-पर-दिन बीच-बीच में खाली दिखने लगा, धान कट रहा है। खल्वाट बढ़ने लगा। माँडिया-सोंवा कट चुका। वह ढलान का खेत पूरा खाली है। पहाड़ के किनारे हलद अलसी खेत साँवला होने आया। इस मंगलवार इधर, उस मंगलवार उधर अलसी पकती।

दिन भर गाँव में हर घर में किवाड़ बन्द। कटाई, बँधाई के दिन हैं। रात में डुगडुगा खूब बजता।

आदमी की सम्पदा बढ़ती। धरती की सम्पदा घटती है। आदमी के हाथ में सब कुछ उड़ेल सूखा माथा दिखा फीके चेहरे पर उदास हँसी हँसने की तरह धरती पड़ी है। दिन भर हल्का कोहरा, रात भर ओस।

इस अगहन माह में शीत ज्यादा है।

चाँदनी रात आ गयी हैं। अभी दो मंगलवार और हैं। धुआँ आग मिला जैसा दिखता। टिकरा माँडिया कहीं चल देते। बड़े पेड़ के नीचे गाँव वेरामन की ओर रात के माँड़ खाने के बाद केवल झूँमर-झूँमर। कोहरे पर हल्की छाया उतरती। कोई किधर चल देता। केवल मिले-जुले, भेंट-मुलाकात, नये चावल का लन्दा पीकर आँख टिमटिमाते, खिलखिलाती हँसी, इधर जाती, उधर जाती। कोहरे भरी चाँदनी रात के रहस्य में लुका-छिपी कर उठती-गिरती आदमी की छाती में रहस्य लगा रहे। देह-ही-देह की ऊष्मा में अगहन का शीत हार जाता।

बोरी की जरूरत नहीं पड़ती।

घर के आगे अलाव सुलगाकर बूढ़े-बूढ़ी सब मिल, बैठकर बतियाते हैं। चाँद तैरता चलता।

शुक्रू जानी बैठाये रखता नन्दीबाली को और गप्पें चलती रहतीं। बिली छटपटाकर बस्ती में घूमने-फिरने चल देती।

"देखा, भई, नन्दीबाली! नये खेत की फसल, तीन-चार महीने तो चला देगी। पूरा न पड़े।"

"फिर भी खूब फसल हुई है। नयी मिट्टी, नयी खाद, अच्छी तरह मिली नहीं। अगले साल देखना।"

"अगले साल! मुकदमा तो पूरा होने आया। अगले मंगलवार हमारे गवाह, फिर एक दो वायदा, बस फिर पुरानी जमीन हाथ में आ जाएगी। अच्छा बता तो, कमला को रखेंगे या काट देंगे?"

"देखो, मामा (ससुर) पहले से इतना सोच-विचार क्यों, मुझे यह पसन्द नहीं। फैसले की बात मैं नहीं कहूँगा। केवल आशा में बहने से पीछे सूखे में पड़कर

कष्ट होगा। मैं नहीं कहता कि साहूकार धर्म पर चढ़ जीतकर चला जाएगा। पर मुकदमे का विचार तो पूरा होने दो। कितना चालाक है वह! कितने लन्द-फन्द कर देगा वह! बड़े लोग उसके बन्धु हैं। इतने सहज क्या सब हो जाएगा? मुझे नहीं लगता। होगा। पर कष्ट होगा। मैं कहे देता हूँ, देख लेना।''

''जो होगा मामा! इतना विकल क्यों? धरम है, वह देखेगा। मगर तू पहले से फैसला मत कर। धरम नाराज होगा, कि यह मुझे भी लाँघ गया!''

शुक्रू जानी चुप हो बैठे-बैठे आग सेंकने लगा। कोहरा व धुएँ का उलट-पलट चल रहा है। फिर अगहन का शीत! साफ नीलम आकाश तले चाँद नहाया कोहरे का सागर कितना सुन्दर दिखता है!

गुफा-सा खुल जाता। और फिर झरने की तरह कल-कल करता बहता जाए गड्ढे भरते हुए। कितना सुन्दर!

मगर गौर से देखो—कुछ पता न चले।

सब आकर चला जाता।

किवाड़ पट-पट बन्द हो जाते।

केवल सूनी जाड़ों की रात।

सुनसान!

कुछ नहीं।

ये बच्चे!

यह नन्दीबाली!

बचपन में ही बूढ़ा।

यह पहले ही बुरा सोचता है, सोच लेता है कि मानो बुद्धिवाला काम कर रहा है।

हर बात में सन्देह।

पहले देखेगा कि नहीं होने वाला है।

ऐसा दुर्बल मन ले कैसे ये आदमी बनेंगे? केवल सोच में बहते रहो। सात-पाँच, पाँच-सात। नाप-तौल, पाँव सँभाल-सँभाल कर चलो!

कोहरे में दूर कन्ध गाँव में जोड़ी वंशी पर कोई पुरानी कन्ध रागिनी। दो स्वर, कोहरे पर बहते तैरते आये।

एक साथ लटपटाकर लड़खड़ाते, कहीं लुढ़कते, फिर अलग हटकर, एक के पीछे एक दौड़ना, कभी एक साथ कदम मिला थोड़ी दूर, फिर मिले-जुले। जाते-जाते क्लान्त हो ऊँघ जाएँ। धीरे पंख पसार उड़ते-उड़ते चल रहे उजाले-ही-उजाले में। धुआँ के ऊपर-ही-ऊपर जाते। पता नहीं किधर!

शुक्रू अनमना हो गया था। ओस में भींगने पर चाँदनी रात में वह ऐसे ही ऊँघ जाता है।

“आजकल के लड़के!” विचार चल पड़े—“बहुत कमजोर। इनमें हड़बड़ी ज्यादा, काम कम। जंगल पतला हो गया, वर्षा घट गयी। इस देश में। बच्चे पोपले, कलिंग देश के समतल की तरह। कंकड़-पत्थर नहीं।”

माँडिया टिकरा का ब्याह नहीं हुआ। इसमें किसका दोष? कन्या एक-एक लाकर उन्हें देनी होगी? हँसी आती है।

नन्दीबाली पुरानों की तरह कुछ मजबूत है। मगर हिसाबी होना चाहता है इस उमर में। वह पहले अमंगल देखता है।

“बचपन में तू नन्दीबाली, किससे इतना डर था? हम जमीन जरूर पाएँगे। बहुत काम करेंगे। कमला पेड़ों की बात पहले ठीक कर रखना उचित होगा, और कुछ पेड़ रहें। बीच-बीच में चाहे सोचें माली बगीचे की तरह लहसुन लगा देंगे। उसके चारों ओर खेती करेंगे। बीच में वो रहे, बाग रहेगा।”

“हाँ, फल पकने पर फिर साहूकार आएगा, कहेगा मैंने लगाये थे, फल मैं लूँगा। फिर होगा कलह!”

“तो काट फेंकना ठीक होगा? ठीक है तेरी बात रही।”

फिर अनमना हो गया। कितनी ठंड! रात बहुत हो गयी। फिर भी गाँव के चौक में नाच चल रहा है। इन बच्चों को ठंड नहीं लगती।

गवाही के लिए सबसे कहा, नन्दीबाली उन्हें धूँगिया पानी देकर चर्चा कर लेना होगा। हमारे गवाह, हम खातिर न करेंगे, दूसरा कौन करेगा!

सुना मामा, साहूकार ने गाँव के सबको बुलाकर फुसलाया था। उन्होंने उसकी बात में फँसने से मना कर दिया है। उसने उन्हें जितना भी सिखाया, ना...।

शुक्रू जानी हँस पड़ा।

“ओह, तभी तू ऐसे बोला! धरम है! धरम! तुझे इतना सोचकर परेशान होने की जरूरत नहीं। साहूकार सिखा रहा था! ऐं? कोरट ने गला पकड़ा है, नींद नहीं आती होगी।”

वो कौन है रे? ये मेरा, बाप-दादों का गाँव है या उसका? उसके कहने पर लोग अधरम कर मुझे मारकर उसे बड़ा करेंगे? कल हम चलेंगे नायक के पास। पूछेंगे।

जिली की बात सोचकर नस-नस में आग लग जाती है। एक बेटे जैसी थी, सारा काम करती, कोई जवान उसकी बराबरी कर पाता? आज वह चुप हो बैठी है साहूकार के घर में! इधर साहूकार लगा है कैसे उसके बाप-भाइयों को नचाएगा। गवाही वह सबको देना सिखा रहा है?

माँडिया घर लौटा। कहीं थोड़ी-सी सुड़क ली है।

“सुना है, माँडिया! साहूकार गवाह को सिखा रहा है।”

माँडिया लाल हो गया। लड़खड़ाकर चीखा—

"ऐसे, वह रास्ते पर नहीं आएगा, बापू! अभी जाता हूँ। उसके टुकड़े-टुकड़े कर उसी धरती में गाड़ दूँगा। उसकी बोटी-बोटी काटूँगा। मुझे कोई न रोकना...कहता हूँ—छोड़ दो। मैं कौन हूँ। जानता है तो वह? मत पकड़ो, वरना मेरे आँसू, मेरे बाप के आँसू, मेरे टिकरा के आँसू तुम पर पड़ेंगे। तब? बेईमान! धोखेबाज! डोम, नीच! मैं उसकी बोटी-बोटी कर....दूँगा!"

माँडिया लड़खड़ाकर घर के अन्दर चला गया। नन्दीबाली हँसा। "खूब पीया है...सच, मगर कहा—"

शुक्रू ने कहा—"हाँ, घर में अभी वह बोटी-बोटी करेगा।"

फिर जिली की बात याद आती है।

रात साँय-साँय कर रही है।

बचपन से माँ छोड़ गयी।

इतनी ठंड में क्या करती होगी? साहूकार उसे पालेगा! जिसका नाम लेने पर रोटी न मिले! जिली क्यों गयी? पागल है वह!

आदमी जिन्दा क्यों रहे? क्या सुख पाता है? बस छटपट!

पंजर हिलाकर साँस खींची। ना, वह जिन्दा रहेगा अपनी जमीन छुड़ा लेने तक।

पर इस निश्चल रात में डूमा बनकर कोहरे संग मिलकर फिरने में कितना आनन्द होगा! न भूख, न दुःख। केवल साफ आकाश और चाँदनी!

कोई कहीं नहीं। आग जल रही है मशान की आग की तरह। डूमा, भूत, वे फिरते होंगे। इस सूनेपन में झुंड-के-झुंड।

उस पेड़ से कई छाया उड़कर आती दिखीं। धीमी हवा, मानो ओस बिखेर गया कोई छाती पर! शुक्रू सोने गया।

बेटे-बेटी, घर, खेत। चिलम, पिका। कहाँ रहेंगे ये? क्या नाती-पोते नहीं देखूँगा? टूटा घर ठीक नहीं कर सकूँगा?

शुक्रू जानी मरने से डर गया।

कितना सूनापन! आँख मूँदते केवल सोंबारी की छवि!

"ना...ना...पल भर रुको सोंबारी! इतने दिन तो बीत गये। दो-एक काम हैं, पूरे कर दूँ। फिर..."

घर से खर्राटे आ रहे हैं।

सब शान्त हैं।

आग बुझ चुकी है।

शुक्रवार को सुबह उठकर घर लीपा था। घर के सामने आम के पत्ते झुलाये।

चौराहे पर पूजा कर दिशारी ने मुरगी के अंडे फोड़े, कौवे-कुत्ते को भात दिया गया।

शुक्रू की तरफ के गवाही पर विचार होगा मंगलवार को, दो दिन पहले से जाना होगा।

नौ गवाह, जो पक्की बात जानते हैं, जिनकी इस जमीन से सटकर जमीन है, और गाँव का नायक बारीक। इतना कष्ट होता है सबको जाने के लिए राजी करने में।

अकड़कर, पाँव पसार बैठने में बस्ती वालों के तीन मौके होते हैं, एक ब्याह के निमित्त, एक शुद्धि क्रिया और तीसरा मुकदमे की घड़ी।

किसी ने कहा—

मेरी फसल कटाई है, फुरसत नहीं। किसी की कमर दरद कर रही है। चल नहीं सकेगा। कोई साफ-साफ कह बैठा—

"घर पर दो पैसे दिये बिना मेरा घर कुछ दिन चलेगा कैसे?"

हाथ जोड़, मिन्नतें कर, फुसलाकर, मान-मनौवत कर कुछ खर्च-पानी देकर, बाप-बेटे उन्हें साथ लेकर चले।

मंगलवार पास आ गया। वो सामने है।

शुक्रवार शाम को गवाह तुर्कागुड़ा में जिद पकड़ बैठ गये—एक बकरी काटनी चाहिए। राँधा मद खरीदा जाए, पीएँगे। उफ! राह चलना क्या ऐसी-वैसी बात है! किसकी गरज पड़ी है, कोरापुट में कचहरी में जाकर पहुँचे? देह का दरद दूर करने बकरी का मांस हो, राँधा मद।

माँडिया और नन्दीबाली ने सब बन्दोबस्त कर दिया।

अगले दिन सब ने एक साथ याद किया तम्बाखू पत्ते खतम हो गये हैं! राह में न खरीदें तो काम कैसे चलेगा? उफ! कितनी धूप! और राह चलना। मुँह में धुआँ न हो तो पाँव आगे पड़ें कैसे?

वह भी सहा।

शुक्रू ने बेटे और जँवाई को बुलाकर कहा—

"राह में इतना खर्च! फिर लेखू है, कराघाटिया पुजारी है, मुकद्दमा जीतने पर बड़ा भोज है!"

नन्दीबाली ने कहा—"चुप! चुप! खर्च की बात! अभी कुछ नहीं बोल। गवाही बिगड़ जाएँ तो हार जाओगे। जो चलता है, चलने दो।"

मन-ही-मन उतना बुरा नहीं लगता शुक्रू को। आज तो उसकी गरज पड़ी है। कितने लोग उसके पक्ष में, कतार बनाकर एकजुट होकर सब चल रहे हैं। कोर्ट की ओर। उसके बाप-दादा के जमाने की जमीन छुड़ा जाने के लिए। समाज उसका है। वह समाज का है। राह हल्की लगती, साहूकार को अब अँगूठा दिखाया जा सकेगा।

कई दिन से साहूकार की खबर नहीं। इस गाँव में वह आया ही नहीं। मंगलवार को तारीख है। शायद अपने वकील के पास गया है। जाने दो, कौन पूछता है!

शनिवार शाम कोरापुट के पास बड़चिन्द्री में डानियल के चटीघर में रहे वे लोग।

और कई दल मुकदमे वाले लोग हैं। कोई कहीं, कोई कहीं, वन से आये हैं। झोला के रुपये, जमीन का झमेला। मक्का चोरी।

''साहूकार को देखा है?''

''नहीं। हमें नहीं पता।''

चटीघर में बैठे-बैठे मुकदमे की बात चल पड़ी। कौन क्या कहेगा, किस ढंग से कहेगा।

लेखू ने सिखा दिया। साहूकार का वकील गवाह से पूछेगा। तब जवाब देने होंगे।

''ना, झूठ है। मुझे कुछ नहीं पता!''

घुमा-फिरा कर केवल ये ही कहना। वकील कुछ नहीं कर सकेगा। लेखू सब जानता है! उज्ज्वल चाँद!

चिन्द्री गाँव के खोल से कोरापुट दिखता है एक बड़ी बाँबी की तरह। उसमें छत्तू खिले हैं। एक-एक छत्तू, मानो एक-एक बड़े अधिकारी का घर हो!

कोहरा ढाँप देता। बड़े शहर का भय मिट जाता है।

दूर एक सूने शिखर पर कोई झुरमुटे-सी बस्ती। बड़ी आग जल रही। चारों ओर लहर की तरह छोटे-बड़े सिर, कोहरा घिरा है।

घर याद आता है। वहाँ भी जगह-जगह सूने में आग जलती होगी। एक मचान पर खेत की रखवाली करने वाले हैं। इस गाँव से उस गाँव तक सींगा की आवाज जानवर भगाने के लिए। सूने दालान में कोहरा भरा, सब सोये हैं।

घर में रहो तो घर नहीं दिखता।

दूर से पता चल जाए। कोसों कोस दूर से।

वहाँ से वह ठीक दिखता है।

सब सो गये हैं।

शुक्रू सपने में अपना खेत देखता है। एक-एक कुल्हाड़ी लेकर सारे कमला के पेड़ काट रहा है।

काटता जा रहा है।

काटना खतम ही नहीं होता...

रवि-सोम कोरापुट में घूमना-फिरना।

कचहरी खाली है। लोगों ने कहा—कचहरी की छुट्टी है दो दिन।

घूम-फिर परेशानी में दो दिन कटे।

मंगलवार सुबह हुई।

कचहरी खुलते न खुलते सब जाकर हाजिर।

हड़बड़ी में माँड़ भी नहीं लिया था। काम पूरा होने पर आज सब भात खाएँगे।

एक-एक कर कई लोग आये। लेखू नहीं, कराघाटिया पुजारी भी वहाँ नहीं। शुक्रू का चेहरा सूख रहा। नायक आश्वासन दे रहा था।

"ठहर, बुलावा खुद ही होगा, तब कहीं से भी लेखू आएगा।"

कचहरी शुरू हुई। घो-घा, भीड़। वहाँ आवाज लग रही—नये-नये लोग। शुक्रू का नाम नहीं। लेखू के दर्शन नहीं।

बीच में अधिकारी उठ गये। कोटघर में से भीड़ छँट गयी।

दलइत इधर-उधर होता रहा। शुक्रू ने जाकर नमस्कार किया। परजा घेरकर पूछने लगे—"हमारा दावा कब बुलाओगे?"

निहोरा किये। दलेइत लेकर पेशकार तक गया। कागजों से नजर उठाये बिना बाबू ने कहा—"दावा किसने किया है?"

"मैं शुक्रू जानी..."

बाबू ने खाता देखा।

"शुक्रू जानी—रामचन्द्र बिशेई! यह नाम है? छः तारीख को तारीख का दिन था। आये क्यों नहीं? दावा मर गया। जा!"

"महाप्रभु!"

शुक्रू चीखता हुआ पाँव तले बैठ गया—"ऐसे कहोगे, तो मैं मर जाऊँगा! आज छठा मंगलवार का वायदा था! आज मंगलवार..."

"जा-जा परेशान मत कर!"

दलेइत हटाकर ले आया। कहा—

"तुम्हें वायदा आज कैसे याद आया? इतने दिन कहाँ सोये थे?"

"वो-वो...रहा लेखू!"

माँडिया ने देख लिया। सब लोग तुरन्त उधर बढ़ गये।

कुछ लोगों को लेकर लेखू चला जा रहा है। कराघाटिया पुजारी टरणी भी उनके साथ है।

"हमारा दावा कैसे मर गया? बाबू!"

"दावा! तुम आपस में राजी होकर छः तारीख के दिन जान-बूझ कर आये नहीं!"

"झूठ! यह तो बेईमानी की बात है!"

"झूठ हो या सच। मैं क्या करूँ? साहूकार उस दिन आया था। यही कहा कि तुम नहीं आये। तुम्हारा दावा मरा। मुझे और पाँच रुपये देने हैं, कब दोगे? मैं इन्तजार में बैठा हूँ।"

शुक्रू ने टरणि पुजारी से पूछा—"तूने कहा या नहीं कि पाँच मंगलवार को छोड़ छठे मंगलवार को गवाही देने आना।"

लेखू से कहा—"और यार तूने भी कहा बाबू....!"

दोनों ने कहा—"पागल आदमी है! महीने के पाँच दिन छोड़कर छठे दिन मंगलवार को विचार होगा, समझा दिया। अब कैसे कहता है, देख लो!"

सारे परजा अवाक् रह गये। कचहरी फिर भर गयी।

हाकिम पधार गये हैं।

सारे घर में पुलिस और अधिकारी हैं।

"अब कैसे होगा बाबू?"

कराघाटिया ने कहा—"अब धीरज रख घर लौट जाने की बात है। तेरा दावा मर गया। परेशान करने पर अधिकारी गुस्सा करेगा, अनर्थ हो जाएगा।"

"तुम लोगों ने ही मरा दिया मेरा दावा। उस दिन साहूकार के संग क्या-क्या बतिया रहे थे? ठीक है, तुम्हें, मुझे धरम है!"

"जा, जा पगला, ससुरा! गाली करोगे, अधिकारी के आगे खींचकर खड़ा कर दूँगा। तब देखना। जितना समझाने पर भी भूल जाते हो! बिना अकल के देशिया आदमी! दावा मरने पर हमें दोष देगा! क्या कहते हो?"

जो दस जन दल बाँधकर उनके संग गये थे, सब ने सिर हिलाया—

"सच, सच! हमारी देशीया बात ऐसी है! हम तो बिन बुद्धि के ही हैं। किसलिए भले आदमी को दोष देंगे?"

सबने कहा—"सच...सच...!"

साथ आये नायक, बारीक और गाँव वालों ने भी यही कहा।

"सच...सच!"

लेखू और कराघाटिया चले गये। शुक्रू के दोनों कन्धे पकड़ टिकरा व नन्दीबाली ने कहा—"चल-चल!"

शुक्रू रो रहा था।

बारीक ने कहा—"चलें चल, अब भूख लगी है।"

सारे रास्ते परजा लोग आपस में बातें करते रहे।

साहूकार ने कुछ चालबाजी कर मुकदमा मार लिया। इसे धरम नहीं सहेगा। शुक्रू कुछ नहीं बोल रहा था।

उसके पास कहने को कुछ न था।

गूँगे की तरह कुछ दूर चलता, रुकता, दोनों हाथ से बाल नोंचता। आँखें भर आँसू बूँद-बूँद ढल जाती खुद ही। लोग समझाते। विकल चेहरा कर केवल ताकता, कुछ नहीं बोलता वह।

गाँव वालों ने कहा—"ऐसे क्यों रो रहा है? मुकदमा ही तो मरा है। हम साहूकार को समझा-बुझा कर देखेंगे।"

माँडिया गाली बकता जा रहा था। कुछ खयाल नहीं उसे। मानो अपने गीत में खुद विभोर है।

टिकरा नन्दीबाली आपस में बातें कर रहे थे—

"उफ्, कितने रुपये बेमतलब खर्च हो गये!"

"मैं कहता हूँ, साहूकार है! बड़ा आदमी। कितना कौशली। जगत उसका है, जिसका कुछ नहीं, ऐसे निदरबी रैयत का कौन है? दावा मरा, अब बूढ़ा और उठ न सकेगा। बिली मुझे गाली देगी!"

उसी दिन उन्होंने फिर राह पकड़ी।

शुक्रू कह रहा था—"भूमि तो गयी और अब जीकर क्या लाभ?"

नायक ने कहा—"छि:! वैसे न कहो। थोड़ी-सी जमीन तो मैंने दे दी है—और जरूरत होगी तो कहीं से और थोड़ी दे दूँगा!"

माँडिया ने कहा—"किसकी जमीन कौन लेगा, देखेंगे। गला कट जाए, पर वो जमीन मैं नहीं छोड़ूँगा। मैंने तो तब कहा था इतने दावा-दरबार से क्या होगा? हम अपनी जमीन खेती कर खाएँगे। साहूकार जाए अपने बाप के पास। ठीक है, अब तो देखेंगे...!"

गाँव वालों ने धमकाया—"यों हुड़दंग करने पर दंड पाओगे। बड़ों की बात मान, यों मत कर। दावा मर गया। यह किसी के हाथ की बात है? भाग्य, कपाल में जो होना है, होता है, कौन रोक सके?"

"भाग्य, कपाल, धरम!"

"ओह, जो धरम! साहूकार जमीन चोरी कर लेना ही एक असल धरम रहा है! ना...बाबा अपना धरम-फरम तुम अपने पास रखो। हम रैयत आदमी। खेती करके खाते जीते हैं। वो हमें नहीं चाहिए। दावा ही तो मरा, भूमि तो मरी नहीं कि हम मरे नहीं।

हमारी जमीन है, सच है या झूठ?"

"रुपये देने पर जमीन दे दूँगा—साहूकार के संग हमारी बात हुई थी। सच है या झूठ?"

एक बात जो कही उस मुताबिक वह रुपये ले। न ले तो उसकी खुशी।

"मगर गला कटे चाहे, जमीन मैं नहीं छोड़ूंगा।"

टूटा आदमी, थोथा आदमी। मुँह पर तेल, हल्दी अन्दर मिट्टी। मिट्टी आदमी की नहीं, आदमी मिट्टी का है।

आदमी की मुट्ठी में रहकर भी हँसती है धरती, इन्तजार करती है कि आदमी कब झरेगा, मिट्टी का बल बढ़ेगा, खाद, पुख्ता हो, दोरसा हो। फिर उसमें बेशुमार घास बढ़ेगी, माँडिया हो, धान हो। बढ़ेगा, झरेगा। पक-पक कर मिलता रहे। युग-युग तक।

बूढ़े शुक्रू जानी के दिमाग में 'दर्शन' चढ़ गया। जर्जर देह में चढ़ रही है धरती!

वह एक खोखली मशीन है। साठ बरस में बनी बड़ी-बड़ी घड़ियों में पहले पहर पूर्णिमा की रात में बज रही थी, भैरवी रागिनी समाप्त होती आ रही है। वह चुप बैठा है।

आज कोहरा हल्का है, रात तोफा है। घास भी साफ दिख रही। पेड़ के पत्तों की सन्धि में चाँदनी झिलमिल करती। घने इमली के पेड़ के नीचे छाँव-चाँदनी का जाल, जिधर देखो गड्ढा, पहाड़, ढलान, सब सपने जैसे हैं।

घर में अँधेरा, मन में घोर दुःख, बाहर इसका इतना जरा भी सामंजस्य नहीं। पूर्णिमा की रात में एक छोटा स्याह मेघ, पहाड़ की ओट से सिर उठाकर झाँक रहा है। आगे चलने में डर लगता है, छुपने को जगह नहीं।

कहाँ? कोई वज्र पड़ा नहीं। धरती फटी नहीं। कोई जला नहीं कहीं।

गाँव-गाँव से बाजे की आवाज सुनाई दे रही है। गोल-गोल हँसता-हँसता चाँद धाँगड़ियों को खींच-खींचकर जमा कर रहा है नाच देखने के लिए। पहाड़ मानो सफेद चादर ओढ़ लेने की तरह। सिर पर एक--एक टिमटिमाता तारा है।

अकेला घर के आगे वह सिमटा-गुमटा बैठा है।

टिकरा बस्ती में गया है, अच्छी चाँदनी है। हल्का कोहरा। सलप पेड़ के नीचे पत्थर पर उस बस्ती की गोरी धाँगड़ी रँगिया बैठी-बैठी चाँद को एकटक देख रही थी। टिकरा को देख अनजान की तरह दौड़कर अन्दर कहीं खिसक चली गयी। टिकरा खोज रहा है। आज रात है, टिकरा की आँखों को वह भा गयी है। भेंट हो जाती तो उससे बात करनी थी।

माँडिया कहीं गया है, दिख ही नहीं रहा।

नन्दीबाली गाँव के चौक में पंगत में बैठा है। लोग मुकदमे की बात पूछते हैं। समझा रहा है।

रात में सोने के समय माँडिया ने आकर कहा—

"बापू, तू मैं और टिकरा कल सुबह जरा साहूकार के पास चलेंगे। वह कदम झोला में है। दो बात कहकर देखें—"

शायद—अभी भी आशा है?

बेकार।

जमीन गयी।

कोह उठा। चेहरे की दाढ़ी में आँसू भर गये।

फिर भी लेटे-लेटे शुक्रू ने बार-बार कहा—

"दरम दरम दरम!"

मन-ही-मन कहता रहा नींद आने तक।

चाँदनी रात हँस रही थी।

साहूकार ने जिली को समझा दिया था—धर्म की कैसे जय होती है। मुकदमा कैसे मरा।

"तुझसे तेरे बाप-भाई जमीन छीन रहे थे, नहीं छीन सके। इसके बाद उन पर मेरे बँधुआ के रुपये हैं बाकी। दें तो ठीक है, वरना बाध्य होकर फिर उन पर दावा करना होगा। क्यों, क्या कहती है? तेरी जैसी इच्छा, वैसा ही होगा। बोल तू रुपये छोड़ देगी क्या?"

जिली केवल हँसती थी।

कदमझोला में पूनो का उजाला उफन रहा है। कन्धवंशी हलचल मचा रही थी। गाँव वालों के खर्च पर साहूकार ने गाँव वालों को एक भोज दिया था।

हँसी-खुशी, लाड़-चाव में जिली सुख पा रही थी। रात ही तो उसके लिए सार थी।

कलह, कूड़ा, न्याय-पंचायत में वह दिमाग नहीं खपाती। वह ऊष्म खोजती है, ऊष्म पाती है, उसका सुख उसके अपने आस-पास है।

पीहर में बड़ी हुई, अन्य लड़कियों की तरह नये घर में जल्दी-जल्दी जड़ें जमा ली हैं। अतीत का पछतावा न था, आगे देखती चाँदनी रात में सुन्दर दिखतीं।

साहूकार जिद कर बैठा, तो आज जूड़ा बनाया। फूल खोंसे, अच्छी साड़ी पहनी, उस पर खूब फब रहे थे।

साहूकार की बात टाल न सकी, पानी में मिलाकर दो घूँट पी ली है। देह में, मन में तपिश भर गयी। ठंडी रात बसन्त की तरह लगती है। देह कितनी हल्की हुई।

साहूकार ने मन-ही-मन सोच लिया—जिली को भुलावा दिया है। औरत को दो दिन भुलावा देना उतना कठिन नहीं। पर मन में शान्ति नहीं। सम्पत्ति कमाने में अब कोई रुचि नहीं उसे। औरत चुनकर खेल खेलना और फेंकना अच्छा लगता है। मगर औरत के पास फन्दे में फँसने की चाह नहीं। जिली को दो दिन हो गये। अब वह जाएगी। जिली के लिए झोला के रुपये कभी नहीं दूँगा।

ऐसी सुन्दर रात, इतनी गहमागहमी, पर मन के किसी कोने से शीत घुस आता है। खुली चाँदनी रात कितनी बातें याद कराती है। कितने दिन हो गये नयी धाँगड़ी का पीछा नहीं किया! जिली अभी तक भागी नहीं। उसे लाड़ करने में सुख नहीं। कितने दिन हो गये नयी जमीन हाथ लेने को कोई चक्कर नहीं किया। नया कोई बँधुआ भी नहीं रखा अब। बीच में मुकदमा आकर कूड़ा-करकट कर गया। फिर पंचांग खोलूँगा। पायी हुई चीज गिनने बैठो तो मन की आग अस्थिर करती है।

अतः वह फिर से पारिधि पर निकलेगा।

कान के पास बाल कुछ-कुछ सफेद होने लगे हैं। अपना जन्म वर्ष उसे याद नहीं। घर पर बड़ी बेटी माँ की मदद करती है। बड़ा बेटा अब आगे बैलगाड़ी में आना-जाना करेगा। उनके लिए घर है, मेरे लिए राह है।

जीवन भर मैं घूमता रहा हूँ, कभी मन या देह थके नहीं।

सम्पत्ति बढ़ती जा रही है।

मुकदमा जीत गया। परजा लोग कैसे खट्टा-खट्टा मुँह कर घर लौटे होंगे। बूढ़े को जरूर कष्ट हुआ होगा। अपने भले के लिए कितने लोगों को कष्ट दिया!

मगर पराया हित करने के लिए जिस दिन वह रुककर खड़ा हो जाएगा, उस दिन बूढ़ा हो जाएगा। उसका दानव यौवन आदमी की कमजोरी को स्वीकार नहीं करता।

सुन्दर चाँदनी रात!

पीछे गुनगुनाती कौन? जिली है?

जिली सुन्दर है। पर जाना होगा उसे। कल नहीं, कुछ दिन बाद।

भोर से बाप-बेटे तीनों कदमझोला की ओर चल पड़े। पागलों की तरह अनचली राह पर कदम रखे।

मुकदमा खतम हो गया। साहूकार नरम बातों में आकर छोड़ देगा, यह आशा जरा भी नहीं। फिर भी जरा-जरा विश्वास है। निहोरे कर, रो-रो कर पाँव तले गिरें तो पत्थर भी पिघल जाए। साहूकार तो आदमी है। माँडिया जानी की यह बुद्धि है, वह सदा का बैल है।

''हमारी तो रोजी-रोटी सब गयी! बापू अब हम कैसे जीवित रहेंगे? इतना ही नहीं अब कहेगा, आह, तुम जीवन भर बँधुआ बने रहो।''

मरने तक उसके घर में बँधे रहेंगे!

मन करता है अपनी जमीन हम जबरन खेती करें। मगर वह फिर अनर्थ करेगा। वह दुःख और अधिक होगा।

उसकी बजाय चलें, गुहार करें, दुःख जताएँ, मुकदमा किया इसके लिए जो सजा देगा, सहेंगे। उसका कोप शान्त हो। हमारी जमीन हमें लौटा दे वह।

राह में बातें बन्द। तेज कदम। सुबह उसका मन ठीक रहेगा। जो करेगा सुबह। बाहर के दस-पाँच आदमी वहाँ आवाजाही नहीं करते होंगे। क्षमा माँगने, सन्धि करने में लाज नहीं लगेगी, जर्जर मन के नीचे से करुणा की दो बात स्वतः निकलेंगी।

जाते-जाते अँधेरा झीना होता गया। नुचा-मुड़ा जंगल खुलकर अँगड़ाई ले रहा है। पतली पहाड़ी नदी की आँखें अचानक खुल गयीं। धीरे-धीरे।

कदमझोला गाँव पर घाटी के छोर तक पौ फट चुकी है।

सामने उगती दिशा पर कोहरा मूठ भर फीकी लाल अबीर में भरा है।

वो रहा नीचे कदमझोला गाँव।

ढलान में जल्दी उतर वे साहूकार के घर की छान तले खड़े हो गये।

बुलाने को गला खुलता नहीं। कैसे बात करनी होगी वे क्या जानें? सिर झुकाये एक-दूसरे को देखते रहे। छाती दब रही।

किवाड़ खुला। साहूकार बाहर आया।

कुछ कहने से पहले ही माँडिया, साथ में शुक्रू और टिकरा ने उसके पाँव पकड़े, औंधे गिर गये।

माँडिया ने कहा—

''मर गये, मर गये। साहूकार, जो होना था, हो गया। अपने रुपये ले। हमारी जमीन छोड़ दे।''

बूढ़ा शुक्रू रो-रो कह उठा—

''तू साहूकार है, तेरे पास कितना पैसा है! कितनी जमीन है! तेरी हम तो निदरबी हैं। कुछ नहीं पास में, वही हमारा अन्न गुजरान है। बाप-दादा की कमाई है, नीचे धरती है, ऊपर धरम। हमारी जमीन तू हमें छोड़ दे, तेरे धरम पर हम जी लेंगे।''

टिकरा ने मिन्नत कर कहा—

''हमारा दुःख देख साहूकार! हमारी जमीन हमें छोड़ दे।''

साहूकार आग-बबूला हो गया। तीनों के सिर पर तीन ठोकर मारी और कहा—

"उठो भागो...भागो यहाँ से। जमीन छोड़ दूँ। बेईमान, हरामी, नालायक। अरे स्सालो, दावा किया था मुझ पर। जमीन का हक पा गये? जाते हो या जूते मार कर...!"

एक और ठोकर में बूढ़ा शुक्रू लुढ़क गया।

ठीक उसी समय तभी जल्दी-जल्दी में साड़ी ठीक करते-करते आँख मलते-मलते उस घर से जिली निकल आयी। खड़ी हो गयी।

बूढ़ा चीखा—"जिली!"

उठते-पड़ते माँडिया-टिकरा चिल्लाये—"जिली!"

बाँकी हँसी में साहूकार ने कहा—

"हाँ, जिली है। एक और बिली भी तो है! उसे भी लाकर मुझे दे जाओ। जमीन ली है, एक बहन ले ली। एक और बहन को लूँगा, और जितनी को ब्याह करोगे, उनको सबको लूँगा। दावा-दरबार लगाकर कोर्ट से कोर्ट, सारे राज्य में घुमाऊँगा। बँधुआ रखते-रखते जीवन भर नाक में नकेल डालकर घसीटूँगा। तब जाकर मेरा नाम होगा रामचन्द्र सा...हू...का...र!"

हाथ उठाकर वह चिहुँक उठा, कहा—

"हरामी लोग! लाज नहीं आती? औरतों की तरह रोने को चले आये मेरे पास?...जाओ...जाओ!!"

परजा के दिमाग में कट-काटकर कहीं टूट चुका था। आँखों को कुछ नहीं दिख रहा। देह थरथरा रही थी।

वन के जन्तु की तरह गरजकर माँडिया जानी आगे चमककर बढ़ा।

"अधर्म कर जमीन ली है तूने! मगर भोग नहीं कर सकेगा साहूकार! भोग नहीं कर सकेगा साहूकार!"

आँख झपकने भर में कुल्हाड़ी ऊँची कर चोट कर दी।

बाप-बेटे तीनों मिल गये।

कटे पेड़ की तरह साहूकार धम से नीचे गिर पड़ा।

माँडिया जानी चोट-पर-चोट करता रहा। कहता रहा—

"भोग नहीं कर सका! भोग नहीं कर सका!"

बिलबिलाती-सी चीखकर जिली दौड़कर भाग गयी।

पिचकारी मारने की तरह खून निकल परजा के चेहरे पर, आँख में भर गया।

होश आया, सारी देह पर खून की फुहार के छींटे। हाथ की कुल्हाड़ी खून में तरबतर!

आँख सिकोड़े मुँह बाये वे उस लाश को देखते रहे।

टिकरा कुल्हाड़ी फेंककर रो पड़ा।

शुक्रू जानी ने कहा—

"ओह!"

माँडिया जानी ने बाप की ओर देखा। बाप-बेटे आपस में बाँहों में भर रो पड़े। खून में आँसू मिल गये।

कोहरे में सिन्दूरी सूरज पहाड़ पर एक हाथ ऊँचे उठ आया है। चारों ओर सिन्दूरी रोशनी!

उस दिन छाँव ढलने तक तीनों वैसे ही जाकर लछमीपुर पुलिस थाने में हाजिर हुए। कहा, "हमने मनुष्य को मारा है। हमें जो दंड देना हो, दे दो!"

सब इन्स्पेक्टर बाबू चौंककर कह उठे—"ऐं!"

□□□